Lucinda Riley

La ragazza nascosta

Traduzione di
Rachele Salerno

GIUNTI

Titolo originale:
The Hidden Girl

Giunti Editore si impegna per uno sviluppo sostenibile con l'utilizzo di carta certificata FSC® proveniente da fonti gestite in maniera responsabile.

Traduzione: Rachele Salerno per Studio editoriale Littera, Rescaldina (MI)
Realizzazione editoriale: Studio editoriale Littera, Rescaldina (MI)

www.giunti.it

Via Bolognese 165 – 50139 Firenze – Italia
Via G. B. Pirelli 30 – 20124 Milano – Italia

Prima edizione: settembre 2024

Prefazione

Cara lettrice, caro lettore,

grazie di aver scelto questo romanzo di Lucinda Riley. Sono il figlio di Lucinda, Harry Whittaker. Se conoscete il mio nome, sarà senza dubbio per *Atlas. La storia di Pa' Salt*, volume conclusivo della serie delle Sette Sorelle, passata sotto la mia responsabilità dopo la morte di mia madre nel 2021.

Vorrei spiegarvi come siamo arrivati a pubblicare *La ragazza nascosta* nel 2024. Per farlo, però, devo fornirvi un condensato della carriera di mia madre, quindi spero che sarete indulgenti.

Fra il 1993 e il 2000, mia madre scrisse otto romanzi con il nome di Lucinda Edmonds. La sua carriera fu in apparenza interrotta da un'opera di fantasia intitolata *Seeing Double*, la cui trama suggeriva l'esistenza di un membro illegittimo della famiglia reale inglese. Alla luce della scomparsa della principessa Diana e del successivo trambusto monarchico, le librerie giudicarono il progetto un rischio eccessivo. Di conseguenza, gli ordini per quel libro furono annullati, e il contratto di Lucinda Edmonds fu cancellato.

Fra il 2000 e il 2008, mia madre portò a termine tre romanzi, nessuno dei quali fu pubblicato.

Poi, nel 2010, ci fu la svolta. Il suo primo libro firmato Lucinda Riley – *Il giardino degli incontri segreti* – arrivò sugli scaffali. E con il nuovo nome diventò una delle autrici di romanzi rosa di maggior successo al mondo, tanto che a oggi ha venduto sessanta milioni di copie.

Oltre ai nuovi romanzi, mia madre riscrisse i tre libri dell'epoca «Edmonds»: *Aria* (che diventò *La ragazza italiana*), *Not Quite an Angel* (che diventò *L'angelo di Marchmont Hall*) e il già menzionato *Seeing Double* (che diventò *La lettera d'amore*). Quanto ai tre romanzi non pubblicati, in seguito sono tutti diventati grandi successi.

E questo mi porta a *La ragazza nascosta*. La prima pubblicazione risale al 1993, con il titolo *Hidden Beauty*. Era il secondo romanzo scritto da mia madre, all'età di ventisei anni. Parlava spesso di quanto era orgogliosa della storia, e della sua intenzione di ripresentarla al mondo. Purtroppo non ne ha avuto l'opportunità.

La prima volta che l'ho letto sono rimasto impressionato. In queste pagine troverete ambizioni frustrate, amori proibiti, vendetta e omicidio... che culminano in una fatale e dimenticata profezia dal passato. Mi colpiva in particolare che il manoscritto contenesse già molto di ciò che avrebbe caratterizzato le opere successive di Lucinda: ambientazioni glamour, il significato della famiglia e la capacità dell'amore di trascendere le generazioni. Ma, come sempre, mia madre non si tirava indietro di fronte a realtà difficili quali la depressione, l'alcolismo e la violenza sessuale contro le donne.

Non c'è dubbio che Lucinda Riley sia sempre stata una delle migliori narratrici al mondo, ma naturalmente la sua voce è maturata nel corso della sua carriera trentennale. Ha lavorato molto alla riscrittura dei tre romanzi sopra citati, modificando le trame, aggiungendo personaggi, limando lo stile. E di conseguenza sono stato io ad assumermi il compito di rinfrescare e aggiornare questo testo, sforzandomi di trasformare un «Edmonds» in un «Riley».

Non è stato un processo facile. Per ovvi motivi, volevo mantenere l'opera originale il più intatta possibile, ma era mia responsabilità modernizzare i punti di vista e le sensibilità senza modificare il cuore del romanzo. Il mondo è cambiato molto negli ultimi trent'anni, e i commenti su Internet diventano più cattivi ogni giorno che passa. Spero di essere riuscito nella mia impresa da funambolo e di aver reso giustizia a mia madre. Devo sottolineare che conosceva molto bene il mondo in cui state per immergervi. Da giovane aveva lavorato come attrice e modella, e sono certo che alcune parti di questo libro siano basate sulla sua esperienza personale.

Come i lettori di Lucinda ben sanno, mia madre sceglieva spesso di strutturare le sue storie a partire da eventi storici, basandosi su episodi meno noti di un particolare periodo. La serie delle Sette Sorelle racconta le tensioni delle Guerre mondiali, il conflitto fra Gran Bretagna e Irlanda, il movimento per i diritti civili in America, ma anche le sfide affrontate dagli aborigeni australiani e dalla popolazione rom in Spagna. Nella *Ragazza nascosta*, Lucinda dipinge gli orrori del campo di sterminio di Treblinka, nella Polonia occupata della Seconda guerra mondiale. L'argomento le stava evidentemente a cuore, e sarà senza dubbio lo stesso per ogni lettore con un minimo di sensibilità e impegno politico. Sono certo che sarebbe felice se gli eventi fittizi narrati nel romanzo incoraggiassero letture più approfondite sull'Olocausto.

E così *La ragazza nascosta* non è più nascosta. Ai lettori affezionati di Lucinda: mia madre vi aspetta come una vecchia amica, pronta ad accompagnarvi nel passato, in un viaggio attorno al mondo. Quanto ai nuovi lettori: benvenuti! Sono entusiasta che abbiate deciso di passare del tempo insieme a Lucinda Riley.

Harry Whittaker, 2024

Prologo

La vecchia guardò Leah e sorrise. Il viso le si increspò in una ragnatela di rughe. Doveva avere almeno centocinquanta anni. Tutti i bambini dicevano che era una strega e di ritorno da scuola urlavano a squarciagola quando passavano davanti al suo cottage. Per gli adulti era la vecchia Megan, che accoglieva gli uccelli feriti e li curava con intrugli a base di erbe. Alcuni sostenevano che fosse pazza, altri che avesse il dono della guarigione e altri strani poteri.

La madre di Leah, invece, la compativa.

«Povera donna» ripeteva sempre «tutta sola in quella casetta umida e sporca.» Poi ordinava alla figlia di andare a prendere delle uova nel pollaio e di portargliele.

Quando bussava al cottage, Leah aveva sempre il cuore in gola per la paura. Di solito Megan apriva appena uno spiraglio, si guardava intorno in fretta e afferrava le uova con un cenno di ringraziamento. Poi il battente si richiudeva e Leah correva più veloce che poteva per tornare a casa.

Quel giorno, però, la porta si era aperta molto di più, e la ragazzina aveva potuto scorgere i recessi bui del cottage alle spalle della vecchia.

La donna non smetteva di fissarla.

«Ehm... ecco... La mamma ti manda questo.» Sollevò le uova e osservò le lunghe dita ossute di Megan chiudersi attorno al sacchetto di carta.

«Grazie.»

Il tono gentile la sorprese. Non sembrava proprio quello di una strega.

«Perché non entri?»

«Be', io...»

Ma l'anziana le aveva già messo una mano sulla spalla per tirarla dentro.

«Non posso restare tanto. La mamma si chiederà dove sono finita...»

«Puoi dirle che ti sei fermata a prendere il tè con Megan la strega» ridacchiò lei. «Accomodati lì. Lo stavo giusto versando.» Indicò una delle poltrone malconce ai lati di un piccolo caminetto spoglio.

Leah, nervosa, si sedette con le mani intrecciate sotto le gambe. Si guardò intorno nella cucina angusta. Le pareti erano tappezzate di scaffali carichi di vecchi barattoli pieni di intrugli dai colori insoliti. Megan ne tirò giù uno e lo aprì. Versò due cucchiaini di polvere gialla in un'antica teiera di acciaio e, dopo aver aggiunto l'acqua dal bollitore, la posò su un vassoio insieme a due tazze. Infine, sistemò il tutto su un tavolino davanti a Leah e con movimenti lenti prese posto sull'altra poltrona.

«Vuoi versare tu, cara?»

La ragazzina annuì, si sporse in avanti e riempì le due tazze di porcellana scheggiate. Arricciò il naso. Il tè aveva un odore strano, pungente.

«Va tutto bene, non sto cercando di avvelenarti. Guarda, bevo prima io, così ti faccio vedere che non muoio. È tè al tarassaco. Ti farà bene.» Prese la tazza con entrambe le mani e bevve. «Assaggialo.»

Leah si portò timidamente la tazza alle labbra, sforzandosi di respirare dalla bocca. L'aroma era troppo forte per lei. Sorseggiò e deglutì subito, senza sentire il sapore.

«Non è così male, vero?»

Leah scosse la testa e posò la tazza sul tavolo. Si agitò sulla sedia mentre Megan finiva il tè.

«Grazie. È stata molto gentile, ma ora devo andare. La mamma starà...»

«Ti vedo passare di qui tutti i giorni. Sarai bellissima da grande. Già adesso si comincia a capire.»

Leah arrossì sotto lo sguardo dei penetranti occhi verdi della vecchietta.

«Ma stai attenta, la bellezza può non essere una benedizione.» Megan aggrottò la fronte e si sporse sul tavolino. Leah rabbrividì quando le sue dita ossute le artigliarono il polso. Iniziava a spaventarsi.

«Sì, ma... ora devo andare a casa.»

Il corpo dell'anziana era teso e i suoi occhi fissavano un punto imprecisato alle spalle della ragazzina. «C'è del male, lo sento. Devi stare in guardia» disse con voce stridula.

Leah era paralizzata dal terrore. La presa sul polso si fece più stretta.

«Cose innaturali... cose malvagie... non scherzare con la natura, sconvolgeresti l'ordine. Povera anima... è perduto... condannato... tornerà a trovarti nella brughiera... e tu tornerai di tua spontanea volontà. Non puoi cambiare il destino... stai in guardia da lui.»

Di colpo Megan allentò la presa e si accasciò sulla sedia, con gli occhi chiusi. Leah balzò in piedi e sfrecciò fuori dalla porta. Continuò a correre finché non raggiunse il pollaio sul retro della casetta a schiera in cui viveva con i suoi genitori. Aprì il chiavistello e si accasciò a terra, facendo disperdere le galline.

Poi appoggiò la testa contro la parete di legno e trasse un profondo sospiro.

Gli abitanti del villaggio avevano ragione: Megan era completamente pazza. Cosa aveva detto sul fatto di stare in guardia? Le erano venuti i brividi. Leah aveva undici anni e non capiva. Voleva la mamma, ma se le avesse raccontato cos'era successo di certo sua madre l'avrebbe accusata di essersi inventata tutto e l'avrebbe rimproverata, perché non era carino diffondere pettegolezzi su un'anziana signora indifesa.

Leah si alzò e a passo lento si diresse verso la porta sul retro. Le bastò sentire il profumo di casa per calmarsi.

«Ciao, Leah, sei giusto in tempo per il tè. Siediti.» Doreen Thompson si voltò tutta sorridente, ma nel vedere la figlia la sua espressione si incupì. «Che succede? Sei pallida come un fantasma.»

«Non è niente, sto bene. Ho solo un po' di mal di pancia.»

«Dolori della crescita, probabilmente. Prova a mangiare qualcosa, sono sicura che ti sentirai meglio.»

Leah si avvicinò alla madre e la abbracciò forte.

«E ora che c'è?»

«Ti voglio bene, mamma.» Si abbandonò in quella stretta confortante e si sentì meglio.

Ma la settimana successiva, quando la madre le chiese come sempre di portare le uova a Megan, lei si rifiutò categoricamente.

Megan morì sei mesi dopo, e Leah si sentì sollevata.

PARTE PRIMA

Giugno 1976 - Ottobre 1977

1

Yorkshire, giugno 1976

Rose Delancey lasciò cadere il pennello nero nel barattolo di trementina. Posò la tavolozza sul banco da lavoro sporco di vernice e sprofondò nella poltrona logora, scostandosi dal viso i folti capelli rossi. Prese la fotografia e la confrontò con il dipinto appoggiato sul cavalletto davanti a lei.

La somiglianza era impressionante, anche se in tutta onestà per lei i cavalli erano tutti uguali. A ogni modo, i quadri come quello le servivano a pagare le bollette mentre cercava di realizzare una collezione di opere da esporre in una galleria di Londra.

Il dipinto le era stato commissionato da un ricco proprietario terriero del posto che possedeva tre cavalli da corsa. Ondine, la cavalla saura che fissava Rose dalla tela, era la numero due. Il cliente pagava cinquecento sterline per ogni ritratto. Il che le permetteva di riparare il tetto della fattoria in pietra dove viveva con i suoi figli. Certo, non sarebbe servito a risolvere il problema dell'umidità, né a fare alcun progresso contro le muffe e i tarli, ma almeno era un inizio.

Rose puntava tutto sulla mostra. Se fosse riuscita a vendere anche soltanto alcuni dei suoi quadri, avrebbe potuto cominciare a scalare la montagna di debiti. Non sapeva più che scuse inventare con il direttore della banca e sapeva di camminare sull'orlo del precipizio.

Ma era passato molto tempo dall'ultima mostra, quasi vent'anni. Forse nessuno ricordava più i suoi giorni di gloria, quando veniva esaltata dalla critica e dal pubblico. All'epoca era giovane, bella e dotata di un grande talento... Ma poi tutto era andato storto, e aveva dovuto lasciare le luci della ribalta di Londra per vivere da eremita lì, a Sawood, nelle brughiere dello Yorkshire.

Sì, la mostra prevista per l'aprile dell'anno successivo era senza dubbio un azzardo, ma sperava che desse i suoi frutti.

Rose si alzò e con perizia spostò il pesante cavalletto nel disordine del suo piccolo atelier. Si affacciò alla finestra e contemplò il panorama. Malgrado tutto, quella vista riusciva sempre a infonderle pace: era la ragione principale per cui aveva comprato quella fattoria che dalla cima della collina dominava la valle sottostante. Lo specchio d'acqua argenteo noto come Leeming Reservoir, più in basso, contrastava con il verde intenso dei prati. Le sarebbe dispiaciuto rinunciare a quel panorama, ma sapeva che, se la mostra non fosse andata come sperava, avrebbe dovuto vendere la fattoria.

«Dannazione!» Rose sbatté il pugno sulla pietra grigia del davanzale.

Naturalmente l'alternativa c'era. Aveva sempre avuto un'alternativa, ma aveva resistito per quasi vent'anni.

Pensò a suo fratello David, con il suo attico a New York, il casolare nelle campagne del Gloucestershire, una villa su un'isola esclusiva nei Caraibi e lo yacht ormeggiato da qualche parte lungo la Costiera Amalfitana. Aveva perso il conto delle notti in cui, ascoltando il gocciolio dell'acqua nella pentola di metallo alla destra del suo letto, aveva preso in considerazione la possibilità di chiedergli aiuto. Ma preferiva affrontare uno sfratto, piuttosto che chiedergli dei soldi. Le cose fra loro erano andate troppo male, troppo tempo prima.

Rose non vedeva il fratello da anni, ma aveva seguito sui giornali la sua fulminea ascesa al potere. Di recente aveva letto della morte della moglie, che lo aveva lasciato vedovo e con un figlio di sedici anni.

Poi, una settimana prima, aveva ricevuto un telegramma.

> Cara Rose STOP ho importanti impegni di lavoro per i prossimi due mesi STOP mio figlio Brett finirà la scuola il 20 giugno STOP non voglio lasciarlo solo STOP piange ancora per la morte della madre STOP potrebbe venire da te STOP l'aria di campagna potrebbe fargli bene STOP passo a prenderlo a fine agosto STOP David.

Dopo aver letto quel messaggio, Rose non era riuscita a prendere in mano un pennello per cinque giorni. Aveva fatto lunghe passeggiate nella brughiera, riflettendo sul perché suo fratello le stesse chiedendo una cosa del genere.

Non c'era molto da fare: David l'aveva messa di fronte al fatto compiuto. Il ragazzo sarebbe arrivato, e probabilmente era un moccioso viziato e pieno di arie che non avrebbe accettato di buon grado l'idea di soggiornare in una fattoria fatiscente, per giunta senza niente da fare se non guardare l'erba crescere.

Si chiedeva cosa avrebbero pensato i suoi figli dell'arrivo di Brett. Doveva trovare un modo per spiegare l'improvvisa comparsa nelle loro vite di un cugino sconosciuto e di uno zio che era uno degli uomini più ricchi del mondo.

Miles, suo figlio di vent'anni, alto e bello, avrebbe annuito e accettato la notizia senza fare domande, mentre Miranda, sua figlia adottiva di quindici... Lei era più complicata, e Rose avvertì la consueta fitta di senso di colpa.

Temeva che fosse colpa sua se la ragazza era così problematica. Era viziata, scortese e battibeccava con lei per tutto. Rose aveva sempre cercato di dimostrarle lo stesso amore che dava a Miles, ma Miranda sembrava convinta che non avrebbe mai potuto competere con il legame di sangue tra madre e figlio.

Rose ce l'aveva messa tutta ad amare la ragazza, aveva fatto del suo meglio. Ma l'atmosfera in casa era sempre tesa. E il misto di senso di colpa e mancanza di comunicazione tra madre e figlia faceva sì che, nelle giornate buone, riuscissero giusto a tollerarsi.

Rose sapeva che Miranda sarebbe rimasta colpita dall'arrivo di Brett e dalla straordinaria ricchezza di suo padre. Senza dubbio si sarebbe divertita a civettare. Era una ragazza molto carina e aveva già spezzato una sfilza di cuori. Rose avrebbe preferito che non fosse così... esplicita. Il suo corpo aveva già le forme di una donna e lei le mostrava compiaciuta, sfruttando al massimo anche gli splendidi capelli biondi. Rose aveva ormai rinunciato a vietarle il rossetto rosso e le minigonne, perché Miranda era capace di tenerle il muso per giorni, peggiorando ancor di più la tensione che si respirava in casa.

Controllò l'orologio. Di lì a pochi minuti la ragazza sarebbe tornata da scuola e Miles era in viaggio da Leeds, dove aveva appena terminato il semestre universitario. Aveva chiesto alla signora Thompson di preparare qualcosa di speciale per il tè.

Avrebbero fatto merenda tutti insieme e lei avrebbe annunciato l'imminente arrivo di Brett come se fosse la cosa più naturale del mondo che il figlio di suo fratello trascorresse le vacanze con loro.

Si fece forza. Aveva una parte da recitare. *Nessuno di loro dovrà mai saperlo...*

2

«Leah, potresti venire ad aiutarmi alla fattoria oggi? La signora Delancey ha un ospite in arrivo domani e devo dare una bella pulita a una delle stanze al piano di sopra. Per fortuna è estate. e aprendo le finestre dovremmo riuscire a liberarci di quel tremendo odore di umidità.» Doreen Thompson arricciò il naso.

«Certo» disse la ragazza, studiando sua madre. Doreen aveva folti capelli castani portati corti. La permanente fatta da poco le aveva definito i riccioli sulla fronte e sulla nuca. Anni di duro lavoro e preoccupazioni avevano mantenuto snello il suo corpo statuario, ma avevano aggiunto troppe rughe al volto di trentasette anni.

«Va bene, allora siamo d'accordo. Mettiti i pantaloni più vecchi che hai, quella stanza sarà sporchissima. E fa' in fretta. Voglio uscire subito dopo aver finito di preparare il pranzo per tuo padre.»

Non ci fu bisogno di aggiungere altro. Leah corse su per le scale, aprì la porta della sua stanza e frugò in fondo all'armadio alla ricerca di un paio di vecchi jeans. Trovò una felpa sformata e la indossò, poi si sedette ai piedi del letto in modo da potersi guardare allo specchio mentre si sistemava i capelli castani lunghi fino alla vita. Con la treccia dimostrava meno dei suoi quindici anni, ma quando si alzò lo specchio rifletté il corpo di una ragazza molto più matura. Era sempre stata alta per la sua età, come Doreen, ma nell'ultimo anno era cresciuta parecchio, e superava di una buona spanna le compagne di classe. Sua madre insisteva sempre perché mangiasse di più, nella speranza che prendesse qualche chilo.

Leah recuperò le scarpe da ginnastica da sotto il letto e le allacciò in fretta, ansiosa di salire alla fattoria. Le piaceva quando sua madre la portava lì. Era molto più grande rispetto alla loro casetta. E poi la signora Delancey la affascinava. Era diversa da tutte le altre persone che conosceva e più di una volta aveva pensato che Miranda fosse fortunata ad averla come madre. Non che fosse invidiosa, ma tra il marito a cui badare e il lavoro da portare avanti, capitava che sua madre si arrabbiasse e urlasse. Leah sapeva che era colpa della stanchezza, quindi cercava di aiutarla il più possibile con le faccende domestiche.

Ricordava vagamente i tempi in cui suo padre camminava ancora. Faceva l'operaio al lanificio, ma quando lei aveva quattro anni era stato colpito da artrite reumatoide ed era stato costretto a lasciare il lavoro. Aveva trascorso gli ultimi undici anni confinato su una sedia a rotelle e per portare a casa qualche soldo sua moglie era andata a lavorare come governante per la signora Delancey. Leah era legatissima al padre e quando era libera cercava sempre di fargli compagnia. Sapeva che si sentiva in colpa perché sua moglie era costretta a lavorare e a prendersi cura di lui, eppure in tutti quegli anni non si era mai lamentato.

Leah corse di sotto e bussò alla porta del soggiorno. Da quando il padre si era ammalato, il soggiorno era stato convertito nella camera da letto dei suoi genitori, e il comune aveva installato una doccia e un bagno nel ripostiglio accanto alla cucina.

«Entra.»

La ragazza aprì la porta. Il signor Thompson era seduto al suo solito posto, vicino alla finestra. Nel vedere la figlia, i suoi occhi castani, identici a quelli di Leah, si illuminarono.

«Ciao, cucciola. Vieni a dare un bacio a papà.»

Lei obbedì. «Vado alla casa grande con la mamma per darle una mano.»

«Brava la mia ragazza. Ci vediamo più tardi, allora. Divertiti.»

«Lo farò. Ora mamma ti porta i panini.»

«Perfetto. Ciao, cucciola.»

Leah chiuse la porta e andò in cucina, dove sua madre stava coprendo un piatto di panini con la stagnola.

«Li porto a tuo padre e andiamo.»

Oxenhope distava tre chilometri dal piccolo villaggio di Sawood, dove la fattoria della signora Delancey dominava la collina. Di solito Doreen ci andava in bicicletta, ma quel giorno madre e figlia attraversarono a passo spedito il paese e risalirono la collina verso la brughiera.

Il sole splendeva nel cielo azzurro e la giornata era calda e piacevole, ma Leah si era portata una giacca a vento per il viaggio di ritorno. Nella brughiera le temperature potevano abbassarsi all'improvviso.

«Ho l'impressione che quest'estate sarà rovente...» commentò Doreen. «La signora Delancey mi ha detto che verrà qui suo nipote. Non sapevo che ne avesse uno.»

«Quanti anni ha?»

«Non lo so di preciso, è un adolescente. Comunque con il nipote, Miles di ritorno dall'università e Miranda in vacanza la signora avrà la casa piena... Pensare che è nel bel mezzo dell'organizzazione della mostra!»

Ci fu una pausa. «Posso farti una domanda, mamma?» chiese Leah.

«Certo.»

«Che cosa... che cosa ne pensi di Miles?»

Doreen si fermò e fissò la figlia. «Mi piace, ovviamente. Ho dato una mano a crescerlo, no? Perché me lo chiedi?»

«Niente, era così, per sapere» si affrettò a rispondere Leah, riconoscendo l'espressione ferocemente protettiva sul viso della madre.

«Se invece parliamo della sorella, be'... A volte si concia in modo discutibile. Non adatto a una ragazza della sua età.»

Un po' per l'abbigliamento audace, un po' per il modo in cui i ragazzi le ronzavano intorno alla Greenhead Grammar School, dove frequentavano lo stesso anno, Leah si sentiva piuttosto in soggezione davanti a Miranda. Dopo la scuola a volte la vedeva andare al Cliffe Castle Park con un gruppo di studenti più grandi. Leah non capiva come fosse possibile che a Miranda l'uniforme scolastica donasse tanto: le valorizzava le forme e la faceva sembrare più grande. Lei invece finiva per assomigliare a uno spaventapasseri; anche se aveva soltanto un mese meno di Miranda, Leah a confronto si sentiva una bambina.

«Dici che la signora Delancey non ha soldi, ma Miranda ha sempre vestiti nuovi. E vivono in quella grande casa.»

Doreen annuì. «Vedi, Leah, è tutto relativo. Prendiamo la nostra famiglia. Non abbiamo il becco di un quattrino, come dice di sé la signora Delancey. Ma lei prima era ricca, veramente ricca. E quindi, rispetto a come stava prima, ora pensa di essere povera. Capisci?»

«Credo di sì.»

«Miranda si lamenta se non può comprare un vestito nuovo per una festa, mentre tu ti lamenti se non c'è niente da mangiare con il tè.»

«Perché non è più ricca?»

Sua madre fece un gesto vago. «Non so cosa abbia fatto con tutti i suoi soldi, ma ha ricominciato a dipingere solo un paio d'anni fa, quindi probabilmente non ha venduto niente per tanto tempo. Ora basta chiacchiere. Allunga il passo, altrimenti facciamo tardi.»

Doreen aprì la porta sul retro della fattoria ed entrò direttamente in cucina. Quella stanza da sola era più grande dell'intero pianterreno di casa sua.

Miranda, con una vestaglia di raso rosa brillante e un paio di ciabatte pelose coordinate, era seduta a fare colazione al lungo tavolo di pino. I suoi capelli biondi riflettevano i raggi del sole.

«Ciao, Doreen! Sei arrivata giusto in tempo per prepararmi dell'altro pane tostato.»

«Oggi dovrai cavartela da sola, signorina. Devo salire a preparare la stanza per l'ospite di tua madre.»

«Allora sono sicura che a Leah non dispiacerà, vero, tesoro?» insisté Miranda con voce strascicata.

Leah guardò sua madre e, accorgendosi che stava per ribattere, si affrettò a dire: «No, infatti. Vai pure, mamma, ti raggiungo fra un minuto».

Doreen aggrottò la fronte, ma alla fine scrollò le spalle e uscì dalla cucina. Leah infilò un paio di fette nel tostapane.

«Sei più alta ogni volta che ti vedo.» Miranda la squadrò da capo a piedi. «Sei a dieta? Sei molto magra.»

«No, mamma dice che sono ingorda. Leccherei anche i piatti, se me lo lasciasse fare.»

«Che fortuna! A me basta guardare la panna per ingrassare» commentò mestamente Miranda.

«Ma hai un bel fisico. Lo dicono tutti i ragazzi del nostro anno.» Leah trasalì quando il tostapane dietro di lei fece saltar fuori le due fette.

«Spalmaci sopra il burro light e un sottile strato di marmellata. Allora, che dicono di me i ragazzi?» chiese Miranda con nonchalance.

Leah arrossì. «Be', che ti trovano... molto carina.»

«Tu mi trovi carina?»

«Oh, moltissimo. Mi piacciono i tuoi vestiti.» Leah mise il piatto con il pane tostato davanti a Miranda. «Vuoi un'altra tazza di tè?»

La ragazza annuì. «Se ti piacciono i miei vestiti, dovresti dirlo alla mia cara mamma. Dà di matto anche se scopro una caviglia. È una bacchettona. Perché non ti versi un tè e mi tieni compagnia mentre finisco di fare colazione?»

Leah esitò. «Meglio di no. Devo salire ad aiutare la mamma.»

«Come preferisci. Se hai tempo, più tardi, vieni in camera mia, così ti faccio vedere il vestito che ho comprato sabato scorso.»

«Volentieri. A dopo, Miranda.»

«Ciao.»

Leah salì due rampe di scale cigolanti e trovò la madre intenta a scuotere vigorosamente un tappeto logoro nell'ampio corridoio.

«Giusto in tempo. Ho bisogno di aiuto per girare il materasso. È ammuffito in uno degli angoli. Ho acceso il fuoco per cercare di togliere un po' di umidità dalla stanza.»

Leah la seguì nella grande camera da letto e prese un'estremità del materasso matrimoniale.

«Bene, sollevalo su un lato. Brava, così. Spero che non prenderai l'abitudine di lasciare che la signorina del piano di sotto ti tratti come una serva. Dalle un dito e si prenderà tutto il braccio. La prossima volta dici di no, Leah. Non è compito tuo prepararle da mangiare.»

«Mi dispiace, mamma. Ha l'aria così adulta, vero?»

Doreen Thompson colse l'ammirazione negli occhi della figlia. «Sì, ma non è un modello a cui ispirarsi.» Sospirò e si portò le mani sui fianchi. «Bene, ora va meglio. Comunque aspettiamo per mettere le lenzuola, così ha tempo di asciugarsi. Se tutto va bene quella povera anima dovrebbe riuscire a evitarsi una polmonite.» Il suo sguardo cadde sulla finestra. «In quella scatola c'è lo spray per i vetri: puliscili con cura, d'accordo?»

Leah annuì e si avvicinò con il flacone al vetro piombato. Passò un dito nella polvere e staccò un ragnetto dalla sua tela.

«Vado di sotto a prendere l'aspirapolvere.»

Doreen uscì dalla stanza e Leah si mise al lavoro sul vetro sporco, spruzzando il detergente e strofinando finché il panno non diventò nero. Dopo aver pulito i quattro piccoli riquadri, guardò fuori. Il sole splendeva ancora e la brughiera era inondata di luce. La vista era magnifica e abbracciava anche la valle: si scorgevano persino i comignoli di Oxenhope, sulla riva opposta del bacino idrico.

Leah notò una figura appollaiata in cima a una collinetta, forse a quattrocento metri dalla casa. Sedeva con le braccia attorno alle ginocchia e fissava il panorama che si stendeva ai suoi piedi. Riconobbe i folti capelli neri. Era Miles.

Quel ragazzo la inquietava. Non sorrideva mai, non salutava mai. La fissava e basta. Quando era a casa, sembrava che passasse le giornate da solo nella brughiera. Lo vedeva di rado, una sagoma scura stagliata contro il sole, al trotto su uno dei cavalli del signor Morris.

All'improvviso Miles si voltò. E, come se sapesse che lo stava osservando, fissò i suoi occhi scuri su di lei. Leah ne avvertì lo sguardo penetrante e rimase perfettamente immobile, completamente pietrificata, poi rabbrividì e si allontanò in fretta dalla finestra.

Sua madre tornò in quel momento con l'aspirapolvere. «Forza, rimettiti al lavoro. Non sei nemmeno a metà dell'opera.»

Con riluttanza, Leah tornò alla finestra.

La figura sulla collinetta era scomparsa.

«Volevo chiederti, Doreen, se a tua figlia andrebbe di guadagnare qualcosa quest'estate.»

Leah sedeva in cucina con sua madre a bere una tazza di tè prima di tornare a casa.

La signora Delancey, avvolta in un camice dai colori vivaci, era appoggiata al telaio della porta e sorrideva.

«Mi sembra un'ottima idea, vero, tesoro?» disse Doreen.

«Sì, signora Delancey. Cosa vorrebbe che facessi?»

«Be', come sapete, mio nipote Brett verrà a trovarci domani. Il problema è che sono nel bel mezzo dei preparativi per la mostra. Già così ho poco tempo, senza dovermi anche preoccupare di cucinare tutti i giorni. Mi chiedevo se ti andrebbe di venire ad aiutare tua madre a tenere in ordine la casa e preparare colazione e cena per me e i ragazzi. Miles e Miranda sono perfettamente in grado di badare a loro stessi, ma mio nipote... be', lui... ecco, diciamo che è abituato a uno stile di vita più lussuoso. Ovviamente ti pagherò di più per le ore extra, Doreen, e darò qualcosa anche a Leah.»

La signora Thompson guardò la figlia. «Finché una di noi riesce a essere a casa per preparare la cena a mio marito, direi che è una buona idea, non è vero?»

Sapendo che sua madre stava pensando a quanto le sarebbero tornati utili quei soldi in più, Leah annuì. «Sì, signora Delancey, mi farebbe molto piacere.»

«Bene, allora è deciso! Nel fienile ho una vecchia bicicletta, potete usarla per venire quassù. Brett arriva domani pomeriggio e vorrei che preparaste qualcosa di speciale per cena. Mangeremo nella sala da pranzo. Tirate fuori il servizio buono e fate una lista della spesa con ciò di cui avrete bisogno per la settimana. Chiamerò il negozio e chiederò di consegnare tutto a domicilio. Ora devo tornare al lavoro. Ci vediamo domani.»

«Va bene, signora Delancey» disse Doreen.

La padrona di casa fece per uscire dalla cucina, ma poi, ripensandoci, tornò indietro. «Se mio nipote vi sembra un po'... strano, non fateci caso. Sua madre è mancata da poco e, come ho detto, è abituato a un certo stile di vita.» Sembrava turbata. «Va bene, allora, ci vediamo domani.» E con quelle parole lasciò la stanza, chiudendosi la porta alle spalle.

«Povero tesoro, perdere la madre così giovane...» Doreen stava sciacquando le tazze da tè nel lavandino.

La porta si aprì ed entrò Miranda con indosso una minigonna rossa attillata e un top scollato.

«Non dovevi venire a vedere i miei vestiti, Leah?»

«Sì, ma...»

«Fa niente. Sono venuta io a farteli vedere. Che ne pensi? Non sono fantastici?» Miranda sorrise e fece una giravolta.

«Penso che...»

«Penso che sia ora di andare a preparare il tè per tuo padre» intervenne Doreen.

Miranda la ignorò. «Li ho presi in quella nuova boutique a Keighley. Li metterò domani sera a cena per l'arrivo di mio cugino.» Era raggiante. «Sai che suo padre è uno degli uomini più ricchi del mondo?»

«Ora non inventare storie, signorina» disse Doreen.

«Ma è vero!» Miranda si sedette e posò i piedi sul tavolo, rivelando un lungo stacco di coscia candida. «La mia cara mamma non ha detto niente, eh? Suo fratello è David Cooper. *Quel*

David Cooper.» Le fissò aspettandosi una reazione, e si accigliò quando non ne arrivò nessuna. «Non ditemi che non ne avete mai sentito parlare. È famoso in tutto il mondo! Il proprietario della Cooper Industries, una delle più grandi aziende del mondo! Dio solo sa perché dobbiamo vivere in questa catapecchia, quando la cara vecchia Rosie è sua sorella.»

«Non chiamare tua madre per nome, signorina.»

«Mi dispiace, signora T» rispose Miranda. «Mi ero ormai rassegnata al fatto che non sarebbe mai successo niente di entusiasmante, ed ecco che all'improvviso scopro di avere uno zio ricco sfondato, e che suo figlio verrà qui domani. E la notizia migliore è che ha sedici anni. Chissà se ha una ragazza...»

«Cerca di trattarlo bene, Miranda. Poverino, ha appena perso la madre.»

La ragazza sorrise. «Sta' tranquilla, lo farò. Ora vado a provare i trucchi nuovi. A domani.» Si alzò e uscì dalla cucina.

Doreen scosse il capo. «Forza, Leah, è meglio se andiamo. Domani sarà una giornata impegnativa.» Si asciugò le mani su uno strofinaccio e inclinò la testa verso la porta. «E sento puzza di guai.»

3

La lunga limousine nera attraversò senza difficoltà i pittoreschi villaggi dello Yorkshire. Incuriositi, gli abitanti cercavano di distinguere la figura nascosta dai vetri oscurati.

Brett Cooper ricambiava il loro sguardo con aria infelice e smorfie grottesche che sapeva non avrebbero potuto vedere. Il cielo si era rannuvolato e aveva cominciato a piovere. La desolazione della brughiera si accordava perfettamente al suo umore.

Si sporse in avanti per prendere una lattina di Coca-Cola dal minibar. L'interno della limousine, con i morbidi rivestimenti in pelle e le tendine su tutti i lati che suo padre usava per isolarsi dal mondo, gli faceva pensare a una bara di lusso.

Brett schiacciò un pulsante. «A che punto siamo, Bill?»

«Un'altra mezz'ora, signore» gli rispose la voce metallica.

Il ragazzo tolse la mano dal pulsante, allungò le gambe infilate in un paio di jeans e sorseggiò la bibita.

Suo padre gli aveva promesso di andare a prenderlo a scuola e di accompagnarlo di persona nello Yorkshire per presentarlo a sua zia. Ma quando era salito in macchina, con sua grande delusione, l'aveva trovata vuota.

Bill, l'autista, gli aveva detto che il signor Cooper si scusava, ma era dovuto partire per l'America prima del previsto.

Durante le cinque ore di viaggio da Windsor, Brett aveva

provato, nell'ordine: rabbia nei confronti del padre per aver riproposto per l'ennesima volta un copione che si ripeteva immutato sin da quando aveva memoria; paura al pensiero di ritrovarsi da solo con una perfetta sconosciuta; dolore travolgente per il fatto che sua madre non era lì a impedirgli di pensare che a suo padre non importasse niente di lui.

Gli occhi gli si riempirono di lacrime al ricordo dell'estate precedente. Era volato direttamente all'aeroporto di Nizza, e sua madre era andata a prenderlo. Poi si erano spostati nella villa che lei aveva preso in affitto a Cap-Ferrat e avevano trascorso una meravigliosa vacanza insieme, soltanto loro due. Suo padre era passato a trovarli un paio di volte, ma era rimasto quasi tutto il tempo chiuso nel suo ufficio o sullo yacht a intrattenere importanti soci d'affari.

E poi, tre mesi dopo, sua madre era morta. Aveva ricevuto la notizia nello studio del preside.

Dopo era tornato nel suo dormitorio deserto, si era seduto sul bordo del letto e aveva fissato il vuoto. Tutto il denaro e il lusso non avevano impedito a sua madre di morire. L'aveva odiata per non avergli detto che c'era qualcosa che non andava. Non aveva pensato a come si sarebbe sentito sapendo di non essere stato lì con lei?

E suo padre... Anche lui sapeva, ma non aveva detto nulla.

Brett immaginava che suo padre avesse preso la decisione consapevole di dedicare tutte le energie all'azienda. Sembrava essere l'unica cosa al mondo a cui teneva. In effetti, Brett non capiva come mai si fosse sposato. Eppure sua madre era sempre stata così conciliante. Non si era mai lamentata del fatto che vedeva di rado il marito, o che lei e suo figlio sembravano essere in fondo alla lista delle sue priorità. Brett li aveva sentiti discutere solo una volta, quando aveva quattro anni.

«Per l'amor del cielo, Vivien, ti prego, pensaci! New York è un posto meraviglioso in cui vivere. E quando Brett inizierà ad andare a scuola potrà venirci per le vacanze. L'appartamento è fantastico. Almeno vieni a vederlo.»

Sua madre aveva risposto con il suo solito tono tranquillo: «No, David, mi dispiace. Voglio restare in Inghilterra, così sarò qui se il bambino avrà bisogno di me».

Crescendo, Brett si era reso conto che quel giorno sua madre aveva fatto una scelta. Aveva scelto lui. Da allora suo padre era tornato a casa sempre meno, si era stabilito a New York e non aveva più insistito affinché la moglie lo raggiungesse.

Nei suoi primi tempi a Eton, i compagni gli chiedevano spesso come fosse suo padre. E lui rispondeva «fantastico» e «in gamba», ma la verità era che non ne aveva la più pallida idea.

Da quando aveva compiuto tredici anni, suo padre aveva cominciato a chiamarlo in disparte e a fargli vedere i progetti per i nuovi condomini che aveva in costruzione. E lui cercava di mostrarsi interessato.

«Appena uscito da Cambridge verrai qui a imparare come funziona. Un giorno l'azienda sarà tua.»

Brett annuiva e sorrideva, ma dentro di sé era atterrito. Non aveva il minimo interesse per l'impero di suo padre. Non capiva niente di numeri e nemmeno di statistica. Era riuscito a superare l'esame di ammissione a Eton solo grazie al punteggio altissimo nel compito di inglese.

Negli ultimi due anni aveva iniziato a svegliarsi con i sudori freddi al pensiero del futuro che il padre aveva in mente per lui. L'anno prima, a Cap-Ferrat, si era aperto con la madre: le aveva anche mostrato alcuni dei suoi dipinti e lei era rimasta a bocca aperta.

«Oddio, tesoro! Non immaginavo che fossi così bravo! Sono magnifici. Hai un vero talento. Devo farli vedere a tuo padre.»

Ma suo padre li aveva guardati di sfuggita e aveva scrollato le spalle. «Non male. È un bene per un uomo d'affari avere un hobby che lo rilassi.»

Brett aveva riposto gli acquerelli e il cavalletto. Sua madre aveva cercato di confortarlo e lo aveva incoraggiato a continuare a dipingere i magnifici panorami che si vedevano dalla villa.

«È inutile, mamma. Non mi lascerà mai andare all'Accademia d'arte, mai. Ha già pianificato tutto. È così sicuro che andrò a Cambridge che non gli passa nemmeno per l'anticamera del cervello che potrei essere bocciato agli esami di ammissione.»

Vivien aveva sospirato. Sapevano entrambi che, nella peggiore delle ipotesi, avrebbe potuto sistemare tutto con una generosa donazione al college giusto.

«Senti, Brett, ti prometto che gli parlerò. Hai solo quindici anni. Sono sicura che riusciremo a farlo ragionare. Tu, però, continua a dipingere. Sei davvero bravo!»

Brett aveva scosso la testa. Un mese dopo era tornato a scuola e aveva realizzato un ritratto di sua madre seduta sull'altalena nel giardino della loro casa nel Gloucestershire. Si era ispirato alla sua fotografia preferita, che ne valorizzava la bellezza. Aveva in mente di donarle il quadro per Natale. Ma poi lei era morta e il dipinto era ancora avvolto nella carta regalo sotto il suo letto, a scuola. Da allora non aveva più messo piede nell'aula di arte.

Erano passati otto mesi, ma Brett si sentiva ancora come se fosse successo il giorno prima. Sua madre era stata il centro del suo mondo, la sua ancora, il suo porto sicuro. E si sentiva vulnerabile ora che non c'era più nessuno a mediare tra lui e suo padre.

Aveva dato per scontato che per le vacanze estive sarebbe tornato a casa nel Gloucestershire, o forse ad Antigua. Scoprire da una lettera scritta a macchina da Pat che suo padre lo avrebbe spedito nello Yorkshire, da una zia di cui ignorava addirittura l'esistenza, non aveva fatto altro che accrescere la sua disperazione. Aveva tentato di protestare, ma Pat, la solerte assistente personale di suo padre, aveva intercettato tutte le chiamate.

«Il signor Cooper dice che devi andare, Brett. Lui ha un programma molto serrato per i prossimi due mesi. Sono sicura che ti troverai bene. Ti mando cinquecento sterline. Fammi sapere se te ne servono altre, okay?»

Brett sapeva che non aveva senso discutere. Quando David Cooper prendeva una decisione, nulla al mondo poteva fargli cambiare idea.

L'interfono ronzò. «Ancora cinque minuti, signore. Si vede la casa già da qui. A sinistra, è quella in cima alla collina.»

Brett guardò dal finestrino e, attraverso la pioggerellina, vide un grande edificio in pietra grigia, isolato nella brughiera circostante. Sembrava desolato e inospitale, come uscito da un romanzo di Dickens.

«Che squallore...» mormorò tra sé. Il cuore iniziò a battergli più forte mentre imboccavano la salita. Per la millesima volta desiderò che sua madre fosse lì con lui per dirgli che sarebbe andato tutto bene.

La limousine si fermò davanti alla fattoria. Brett inspirò a fondo. Sua madre non era lì e doveva affrontare la situazione da solo.

Rose sentì il rumore di un motore che si avvicinava. Sbirciò dall'angolo della finestra del suo atelier e vide una limousine dai vetri oscurati. Osservò l'autista scendere e fare il giro della vettura per andare ad aprire la portiera del passeggero. Trattenne il fiato quando scese un ragazzo alto. Poi l'autista chiuse la portiera. Brett era venuto da solo.

«Grazie a Dio...» sospirò. Poi, dal suo punto di osservazione nascosto, studiò il figlio di suo fratello.

I capelli erano della stessa tonalità di rosso che aveva lei. Quando si voltò, vide i profondi occhi azzurri e la mascella forte di David. Brett era un bellissimo ragazzo. Lo osservò armeggiare nervosamente con qualcosa nella tasca della giacca mentre l'autista scaricava le valigie dal bagagliaio e si avviava verso l'ingresso. Ebbe l'impressione che suo nipote avesse l'aria triste. *Probabilmente è molto più nervoso di me*, si disse. Poi il campanello suonò e Rose si guardò rapidamente allo specchio. Sentì la signora Thompson aprire la porta d'ingresso, proprio come le aveva chiesto di fare. Miles e Miranda non c'erano: li aveva mandati a fare una passeggiata a cavallo per il pomeriggio. Voleva passare un po' di tempo da sola con Brett.

Rose udì una voce stranamente simile a quella di David che parlava con la signora Thompson mentre lei lo accompagnava in soggiorno. Aprì la porta e avanzò lentamente lungo il corridoio. L'autista stava portando l'ultima valigia.

«La signora Cooper, suppongo.»

«No, Delancey.»

«Mi dispiace, signora Delancey. Il signor Cooper le manda i suoi ringraziamenti. Mi ha anche chiesto di darle questa per coprire il mantenimento di Brett.» L'autista le consegnò una busta.

«Grazie. Gradisce una tazza di tè e qualcosa da mangiare? Il viaggio di ritorno è lungo.»

«No, signora Delancey. Grazie per l'offerta, ma devo andare. Sono atteso all'aeroporto di Leeds alle cinque.»

«Mi sembra che David la faccia lavorare troppo...»

«Mi tiene occupato, poco ma sicuro. Ma mi diverto. Lavoro per lui da circa tredici anni e conosco Brett quasi da quando è piccolo. È un bravo ragazzo e non le darà alcun disturbo. Se le sembra un po' taciturno, a volte, non si preoccupi. Non è facile per il ragazzo: adorava sua madre. È stata una vera tragedia.»

«Non si preoccupi, mi prenderò cura di lui. Sono sicura che andremo d'accordo. Buon rientro.»

«La ringrazio.» Bill si sfiorò il cappello. «Arrivederci, signora Delancey.»

Rose chiuse la porta e sentì la limousine allontanarsi. Poi aprì la busta e trovò un biglietto intestato della COOPER INDUSTRIES e mille sterline in contanti.

«Santo cielo...» sussurrò. «Dovrò dargli da mangiare caviale e champagne tutte le sere per giustificare questa cifra...» Si infilò la busta in una tasca dell'ampio gonnellone, chiedendosi quanto ci avrebbe messo a far venire il muratore per un preventivo per il tetto, e aprì la porta del soggiorno.

La donna che varcò la soglia non c'entrava niente con l'immagine che Brett si era fatto della zia.

Sua madre si era sempre chiesta da chi lui avesse ereditato quell'insolita tonalità di capelli rossi, e ora aveva la risposta.

Sua zia Rose era una signora formosa, vestita con una camicetta dai colori vivaci e un'ampia gonna da contadina. Un tempo doveva essere stata bellissima. Con i suoi occhi da artista, Brett notò i lineamenti aristocratici, gli zigomi alti e prominenti. Due enormi iridi verdi le illuminavano il viso e aveva le stesse labbra piene di suo padre. Rose gli sorrise, scoprendo una fila di denti bianchi. Il suo volto aveva un che di familiare. Era sicuro di averla già vista da qualche parte, ma non riusciva a ricordare dove.

«Ciao, Brett, sono Rose.» Aveva una voce forte e profonda.

Brett si alzò. «Piacere di conoscerti, zia Rose.» Le tese la mano, ma lei, invece di stringergliela, lo abbracciò. Lui sentì un profumo intenso e poi qualcos'altro... Sì, era sicuro che fosse il tipico odore della pittura a olio. Rose lo lasciò andare, si sedette sul divano e indicò la poltrona più vicina. Brett si accomodò e lei gli prese la mano.

«È bello averti con noi, Brett. Immagino che sia strano dover stare con dei parenti che non hai mai incontrato, ma sono sicura che presto ti sentirai a tuo agio. Sarai affamato dopo il lungo viaggio. Vuoi qualcosa da mangiare?»

«No, grazie. Bill mi aveva portato un cestino per il pranzo.»

«Una tazza di tè, allora?»

«Sì, volentieri.»

«Dirò a Doreen di prepararlo.»

Mentre Rose andava in cucina, Brett si guardò intorno. Il soggiorno era pieno zeppo di mobili antichi e cianfrusaglie, ma la sua attenzione fu attirata dai particolarissimi dipinti sul muro...

«Quanto è durato il viaggio?» Rose si sedette di nuovo accanto a lui.

«Oh, circa cinque ore. Non c'era traffico.»

«Ma sarai stanco, immagino.»

«Be', un pochino...»

«Allora prendiamo il tè e poi ti accompagno nella tua camera. La casa è così tranquilla perché i miei figli sono fuori a cavallo. Se vuoi, potresti fare un riposino prima di cena.»

«Magari» disse Brett.

Ci fu un momento di silenzio mentre Rose pensava a qualcosa da dire. «Ah, ecco Doreen con il tè. Vuoi lo zucchero?»

«No, grazie, zia Rose.»

«Oh, per l'amor del cielo, non devi chiamarmi zia tutte le

volte!» Rose sorrise. «Sei praticamente un adulto, e mi fa sentire decrepita. Anche i miei figli mi chiamano Rose. Non voglio saperne di "madre" e "mamma".»

Si morse il labbro nel vedere l'ombra che attraversò il volto del nipote. Si aspettava di avere tra i piedi un ragazzo arrogante e pieno di sé, invece si trovava davanti un adolescente timido, impacciato e ancora sofferente per la morte della madre.

«Stasera a cena incontrerai Miles e Miranda. Lei ha quindici anni, appena pochi mesi meno di te, quindi dovreste andare d'accordo.»

«Quanti anni ha tuo figlio?»

«Venti, e ha appena finito il secondo anno all'Università di Leeds. Non è molto espansivo, quindi non preoccuparti se ci vorrà più tempo per conoscerlo. Sono sicura che andrà tutto bene.» Rose stentava a credere che quella conversazione stesse accadendo davvero. «Se hai finito il tè, ti accompagno in camera tua.»

Brett seguì la zia per due rampe di scale scricchiolanti e attraverso un corridoio rivestito di linoleum.

«Eccoci qui. Non è una reggia, ma la vista da questa finestra è la migliore della casa. Bene, ti lascio disfare le valigie. Se hai bisogno di qualcosa, di solito Doreen è in cucina. Ci vediamo alle otto a cena.» Ciò detto, gli sorrise e se ne andò chiudendo la porta.

Brett guardò la stanza che l'avrebbe ospitato per i successivi due mesi. Il letto matrimoniale era coperto da una vecchia trapunta patchwork. Il linoleum che rivestiva il pavimento era usurato e c'erano grosse crepe nell'intonaco. Andò alla finestra e guardò fuori. La pioviggine si era trasformata in una pioggia scrosciante e una fitta muraglia grigia avvolgeva le cime delle colline in lontananza. Rabbrividì. La stanza era fredda e puzzava di umido. Sentì un debole gocciolio e notò una piccola pozza d'acqua vicino alla porta. Il soffitto sopra la pozza sembrava sul punto di crollare.

Brett aveva la gola stretta dall'angoscia. Si sentiva abbandonato, triste e solo. Perché suo padre l'aveva mandato lì, in quel posto squallido e desolato? Si gettò a faccia in giù sul letto e per la prima volta dalla morte di sua madre scoppiò in lacrime.

Pianse a lungo, poi, rendendosi conto che stava tremando, si infilò sotto la trapunta ancora vestito e cadde in un sonno profondo.

E fu così che Rose lo trovò tre ore dopo. Lo scosse dolcemente, senza ottenere risposta, quindi uscì dalla stanza in punta di piedi e chiuse la porta.

4

Brett aprì gli occhi e sbatté le palpebre. Una luce dorata inondava la stanza. Per un momento non ricordò dove si trovasse. Quando si riprese, si tirò su e lanciò un'occhiata fuori dalla finestra. Non riusciva a credere che il sole potesse trasformare un paesaggio desolato in uno spettacolo di tale serenità.

Si girò e si stiracchiò. Poi la vide.

Era in piedi accanto alla porta e reggeva un vassoio con entrambe le mani. Era alta e filiforme, con una chioma di splendidi capelli castani che le arrivavano alla vita. Anche gli occhi erano castani, incorniciati da lunghe ciglia scure. Il viso era a forma di cuore, con labbra di un rosso naturale e un piccolo nasino alla francese.

I raggi del sole andavano a morire esattamente su di lei, incendiandole i capelli di riflessi dorati. Un'immagine così perfetta che per un attimo Brett si chiese se stesse avendo una visione della Madonna. Poi realizzò che in genere la Madonna non regge vassoi per la colazione e non indossa felpa e jeans, quindi doveva trattarsi di una persona in carne e ossa. La realtà era molto semplice: si trovava davanti alla ragazza più bella che avesse mai visto.

«Ciao» lo salutò lei, timida. «La mamma ha pensato che avessi fame.»

Parlava con un dolce accento dello Yorkshire. *Deve essere Miranda*, pensò Brett. *Wow, due mesi interi insieme a lei.* Forse la vacanza sarebbe stata più piacevole del previsto.

«Che pensiero gentile. In effetti sto morendo di fame. Credo di essermi perso la cena ieri sera...»

«Sì.» Sorrise, mostrando i suoi denti impeccabili, bianco perla. «Lascio il vassoio ai piedi del letto. Sotto la cloche ci sono uova e bacon, e anche del pane tostato e del tè.»

Brett la osservò muoversi con grazia verso di lui e posare il vassoio.

«Grazie, Miranda. A proposito, mi chiamo Brett.»

Lei scosse la testa, accigliata. «Oh no, io non sono...»

«Qualcuno ha fatto il mio nome?» E, un attimo dopo, una ragazza con i capelli biondi, un paio di pantaloni da amazzone e una maglietta con una generosa scollatura fece irruzione nella stanza. Sarebbe stata molto carina, senza quello spesso strato di trucco. Fece un balzo verso di lui e si appollaiò sul bordo del letto, facendo cadere il vassoio a terra con un clangore di porcellane rotte.

«Che cavolo! Chi ha messo lì quel vassoio? Ti dispiace pulire, Leah?» E sorrise a Brett mentre l'altra ragazza si inginocchiava sul pavimento. «Miranda Delancey, tua cugina, anzi cuginastra, visto che la cara vecchia Rosie mi ha adottata quando ero piccola.»

Il cuore di Brett sprofondò. Guardò la ragazza di nome Leah che cercava di separare i cocci delle stoviglie dal caos di uova e pancetta sul pavimento.

«Piacere di conoscerti» disse a Miranda, scendendo dal letto e inginocchiandosi accanto a Leah. «Lascia che ti aiuti...»

«Oh, non disturbarti, è pagata per farlo» fece Miranda, dondolando le gambe sul letto.

Mentre porgeva a Leah l'ultimo frammento di porcellana, Brett notò un lampo di rabbia nei suoi occhi castani.

«Ecco fatto» disse lui, alzandosi in piedi.

«Vado a prendere una scopa e uno straccio per pulire il resto. Vuoi comunque fare colazione in camera?»

Brett guardò gli occhi limpidi di Leah e pensò che la colazione era l'ultima cosa che aveva in mente. «Non ti preoccupare, scendo in cucina.»

Leah annuì, prese il vassoio e lasciò la stanza.

«Chi è?» chiese Brett a Miranda.

«Leah Thompson, la figlia della governante. Aiuta in casa durante le vacanze» rispose lei in tono sprezzante. «Ora passiamo a cose più importanti, come quello che faremo noi due oggi. Rosie mi ha messa a capo del comitato di intrattenimento di Brett Cooper, e mi assicurerò che non resti da solo neanche per un minuto.»

Brett rimase impietrito dall'espressione determinata che le vide negli occhi. Non era abituato alle ragazze della sua età: frequentava una scuola maschile e trascorreva la maggior parte delle vacanze in compagnia di adulti. Miranda lo stava squadrando dalla testa ai piedi e lui si sentì arrossire.

«Allora? Che vuoi fare oggi?»

«Ehm... Ecco...»

«Sai andare a cavallo?»

Brett deglutì. «Sì.»

«Allora è deciso. Quando sarai pronto, andremo dal vecchio Morris e faremo un bel giro della brughiera a cavallo, così possiamo conoscerci meglio.» Si passò una mano fra i capelli e lo guardò fisso.

«Va bene. Potresti dirmi dov'è il bagno? Per prima cosa devo lavarmi e cambiare i vestiti.»

«In fondo al corridoio, seconda porta a sinistra. Cosa ti è successo ieri sera? Mi ero vestita bene per la cena.»

«Niente... Ero solo stanco per il viaggio, tutto qui.»

«Spero che tu di solito non abbia l'abitudine di dormire vestito.» Miranda saltò giù dal letto. «Ti aspetto di sotto. Non metterci troppo, va bene?» E sfrecciò fuori dalla stanza.

Brett si ricompose e uscì in corridoio. Trovò il bagno e aprì i rubinetti della vasca. L'acqua borbottò e schizzò; quando iniziò a scorrere era di uno strano color giallo.

Si tolse i vestiti stazzonati ed entrò, facendo del suo meglio per ignorare il sedimento bruno che giaceva sul fondo dell'antica vasca di ferro. Quando chiuse gli occhi, rivide Leah sulla soglia della sua stanza e provò un enorme disappunto per il fatto che non fosse lei la ragazza con cui avrebbe trascorso le vacanze.

Venti minuti dopo sedeva nell'accogliente cucina a mangiare un enorme piatto di uova e pancetta. Miranda chiacchierava senza sosta dei suoi piani per i prossimi due mesi, e Leah aiutava sua madre ad asciugare i piatti.

«Bene, è ora di andare» sentenziò Miranda. «La fattoria di Morris è a poco meno di un chilometro. Possiamo andare a piedi o, se preferisci, in bicicletta.»

«No, una passeggiata mi farà bene.»

Miranda lo trascinò verso la porta della cucina, ma Brett si fermò e si voltò a salutare. «Ciao, Leah. A presto.»

«Ciao, Brett.»

«Non pensi che prima di uscire dovrei dare il buongiorno alla zia, voglio dire, a Rose?» chiese Brett a Miranda, che stava scendendo a grandi passi giù per la collina.

«Oddio, no. È rinchiusa nel suo studio e non vuole essere disturbata da nessuno.»

«Che tipo di studio?»

«Oh, non lo sai? Rosie era una pittrice famosa secoli fa. Per un sacco di tempo non ha più combinato niente, poi un paio di anni fa ha svuotato una stanza e l'ha trasformata in un atelier. Farà una mostra a Londra l'anno prossimo. Il suo grande ritorno, o qualcosa del genere. Per come la vedo io, penso che stia solo sprecando tempo. Voglio dire, chi si ricorderà di lei dopo vent'anni?»

Brett iniziava a capire. L'odore di pittura a olio quando la zia lo aveva abbracciato, i dipinti sul muro del soggiorno e il suo viso stranamente familiare... Ma certo!

«Il cognome di Rose è Delancey?»

Miranda annuì. «Sì, perché?»

«Vent'anni fa era la stella indiscussa del mondo dell'arte. Probabilmente l'artista più famosa in Europa... Poi di punto in bianco è scomparsa dalle scene.»

«A me i suoi quadri non piacciono. Sono troppo strani.» Miranda arricciò il naso. «Quindi la conosci? Sei appassionato di arte?»

«Sì, molto.» Brett era terribilmente eccitato, ma anche perplesso. Perché suo padre non gli aveva detto che Rose Delancey era sua sorella? Non era una cosa di cui andare orgogliosi?

«Sono sicuro che Rosie sarà felice di discutere con te del suo argomento preferito. Ora, quanto sei bravo a cavalcare? Il castrone è divertente, ma imprevedibile, e la giumenta... forse, se preferisci un trotto facile, puoi scegliere lei.»

Avevano raggiunto le scuderie e Miranda lo precedeva lungo i box.

«Prendo la giumenta, grazie, Miranda.»

Sellarono i cavalli e riposero i panini preparati dalla signora Thompson nella bisaccia del castrone, dopodiché si avviarono lentamente in direzione della brughiera.

«Non riesco a credere che sia lo stesso posto in cui sono arrivato ieri sera. Mi aveva depresso un sacco. Era tutto così nero e cupo!»

«È così da queste parti. Il tempo cambia in un istante. Ed è incredibile quanto siano diverse le brughiere quando splende il sole» concordò Miranda.

«Chi possiede i terreni?» chiese Brett.

«Soprattutto allevatori. Ci tengono le pecore al pascolo.»

«Sembra che si estenda per miglia.» Brett guardò la valle mentre trottavano attraverso un prato e cominciavano a risalire la collina.

«Sì. Quella è Blackmoor, dall'altra parte del lago. E arriva fino al confine di Haworth, a tre miglia di distanza. Il panorama è piuttosto deprimente in inverno, sai? Non puoi nemmeno immaginare quante volte siamo rimasti isolati con la neve.»

Brett provò un senso di benessere. Era felice di trovarsi lì. E non vedeva l'ora di tornare e parlare con la zia.

«Uff...» fece Miranda, asciugandosi la fronte. «Che caldo... Quando arriviamo in cima possiamo sederci a bere qualcosa.»

«D'accordo.»

Un quarto d'ora dopo, i cavalli erano legati e i due ragazzi erano sdraiati sull'erba a bere Coca-Cola.

«Oh, guarda un po'!» esclamò Miranda. «C'è Miles, laggiù, sul cavallo.»

Brett si mise a sedere e guardò a valle, nella direzione indicata dalla cugina. In lontananza scorse una sagoma che trottava attraverso la brughiera su un grande cavallo nero.

«Quando torna dall'università passa quasi tutto il suo tempo a cavalcare nella brughiera» spiegò Miranda a bassa voce, con una punta di malinconia.

«Cosa studia?»

«Storia. Mi manca molto quando non c'è.» La ragazza strappò un ciuffo d'erba. «Stavamo tanto insieme quando era a casa. Miles è diverso dalle altre persone... così tranquillo...» Lasciò in sospeso la frase, poi si rivolse a Brett e sorrise di nuovo, abbandonando l'aria triste. «A me piacciono le persone vivaci, mi piace il rumore e il movimento. Mi trasferirò a Londra non appena avrò finito la scuola. È così noioso qui... Non succede mai nulla!»

«A me sembra bellissimo» mormorò Brett.

«Sì, se non sei obbligato a viverci. Voglio dire, sono sicura che vai a un sacco di feste e a provare ristoranti famosi.»

Brett pensò a quanti ricevimenti il grande David Cooper l'aveva trascinato come una specie di barboncino da esposizione. Quando succedeva, passava tutto il tempo a contare i minuti che lo separavano dal ritorno a casa, dove finalmente si sarebbe potuto togliere l'abito rigido e formale che suo padre lo costringeva a indossare.

«Credimi, Miranda, non sono poi così divertenti.»

«Sarà, però mi piacerebbe comunque provare. Voglio diventare straricca e potermi permettere tutto quello che mi va. Avrei un'intera stanza piena di abiti firmati e scarpe abbinate. E una casa enorme, una Rolls-Royce e...»

Brett si sdraiò sull'erba e si chiese perché tutti pensavano che i soldi comprassero la felicità. Lui sapeva che non era così.

Più tardi riportarono i cavalli in scuderia e tornarono a casa. Doreen era in cucina a preparare la cena.

«Vi siete divertiti?» chiese, sorridendo.

«Sì, grazie» rispose lui.

«La signora Delancey vuole cenare di nuovo in sala da pranzo stasera, visto che ieri non c'eri. La cena sarà pronta per le otto. Ora che ne dite di una bella tazza di tè?»

Alle otto in punto, quella sera, Brett scese le scale ed entrò in sala da pranzo. Non c'era nessuno, così andò a sedersi su una vecchia poltrona di cuoio accanto alle grandi finestre a bifora.

Leah entrò con un vassoio di ciotole da zuppa e le sistemò sul tavolo da pranzo di quercia.

«Oh, lascia che ti aiuti, Leah.» Brett si alzò.

«Non c'è bisogno, ce la faccio. La signora Delancey arriverà tra un minuto.»

Sembrava nervosa.

«Vivi qui, Leah?»

«Oh no, vivo in paese, con i miei genitori.»

«Capisco. Miranda oggi diceva che Haworth non è lontana. Mi piacerebbe andare a vedere la canonica dove viveva la famiglia Brontë.»

Gli occhi di Leah si illuminarono. «Oh sì, devi andarci. Ci sono stata un sacco di volte. Ho letto tutti i libri delle sorelle Brontë, penso che siano meravigliosi.»

«Anch'io! Qual è il tuo preferito?»

«*Cime tempestose*» rispose Leah di slancio. «È così romantico...» Arrossì graziosamente e si diresse verso la porta.

Brett le mise una mano sul braccio per fermarla. «Bene, visto che sembri espertissima in materia, magari un giorno potresti accompagnarmi.»

Lei lo guardò e sembrò valutare la proposta. Infine, sorrise. «Se vuoi sì, Brett.»

«Oh, mi farebbe molto piacere.»

In quel momento Rose apparve sulla soglia della sala da pranzo e Leah corse fuori.

«Allora, Brett, ti senti meglio dopo aver riposato?» chiese, con occhi luminosi, prendendo posto a capotavola.

«Molto. Mi dispiace per ieri sera. Non so cosa mi sia preso.»

«Probabilmente è l'aria dello Yorkshire. Miranda mi ha detto che siete usciti a cavallo oggi. Sembra che ti abbia fatto bene. Eri così pallido quando sei arrivato... Ti stai ambientando?»

«Sì, grazie.»

«Sono mortificata per la perdita nella tua stanza. Domani verranno a dare un'occhiata. Temo che il tetto debba essere messo a posto.»

«Nessun problema» la tranquillizzò educatamente Brett. «Rose, Miranda mi diceva che hai ricominciato a dipingere. Ammiro molto i tuoi lavori degli anni Cinquanta e mi chiedevo se potessi venire a dare un'occhiata alle nuove opere, una volta o l'altra.»

Il viso di Rose si illuminò. «Certo. Ti interessa l'arte?»

«Molto. Avevo dato per scontato che il tuo cognome fosse Cooper, come quello di papà, non Delancey.»

«Sono in pensione da tempo. Ma sono lusingata che tu conosca il mio lavoro. Se vuoi venire in atelier, dopo cena, ti mostrerò cosa ho fatto finora per la mostra.»

«Fantastico, mi piacerebbe molto! Non capisco perché papà non mi abbia mai parlato di te, soprattutto sapendo della mia passione per l'arte.»

Rose aprì la bocca per rispondere, ma proprio in quel momento entrò Miranda. «Ciao a tutti!» Indossava una minigonna rossa attillata e un top scollato. Si sedette su un lato del tavolo e diede un colpetto alla sedia accanto alla sua. «Vieni a metterti vicino a me, Brett.»

Lui obbedì, riluttante, e Rose ridacchiò. «Miranda...»

Una voce profonda proveniente dalla soglia la interruppe. «Scusate il ritardo. Spero che non mi abbiate aspettato...»

Brett fissò il ragazzo che aveva parlato e gli tornò subito in mente la conversazione con Leah. La statura di suo cugino, i capelli neri e gli occhi scuri gli fecero immediatamente pensare a Heathcliff, il protagonista di *Cime tempestose*. Lo guardò baciare Rose, prendere posto a tavola e infine guardare Miranda. I due si scambiarono un'occhiata.

Brett notò che Miles era molto bello, ma, osservandolo meglio, percepì in lui anche qualcosa di inquietante. I due cugini si squadrarono, poi Miles gli rivolse un ampio sorriso amichevole e allungò il braccio sul tavolo.

«Miles Delancey, piacere di conoscerti.»

La stretta di mano durò pochi istanti, ma a Brett bastarono per avvertire tutta la forza del corpo muscoloso di Miles.

«Piacere mio.»

Leah entrò con la zuppiera e cominciò a servire Rose. Brett la guardò e si accorse che non era il solo. Anche Miles la stava osservando. Non le staccò gli occhi di dosso mentre faceva il giro del tavolo e non smise di fissarla neppure quando gli riempì la ciotola. Ma oltre a quello sguardo insistente, a Brett non sfuggì neppure il leggero nervosismo della ragazza quando si avvicinò a Miles.

«Come stai, Leah? Mi sembri molto cresciuta dall'ultima volta che ti ho vista.»

Brett ebbe l'impressione che lei rabbrividisse.

«Sto bene, grazie, Miles.» Leah si allontanò verso la porta con la zuppiera vuota e finalmente Miles smise di seguirla con lo sguardo.

«Bene, buon appetito!» disse Rose, prendendo il cucchiaio.

«Ora, spero che tutti sappiate che il 23 luglio è una data da ricordare» disse Miranda. «Compirò sedici anni, e siamo tutti d'accordo che è un compleanno importante, giusto? Cara Rose, potrei organizzare una piccola festa per celebrare l'occasione?»

Rose non sembrava molto convinta. «Miranda, ho tanto da lavorare, l'ultima cosa di cui ho bisogno è una casa piena di adolescenti...»

«Però a Miles hai chiesto se voleva fare una festa quando ha compiuto sedici anni...» Gli occhi della ragazza brillavano di rabbia.

Rose sapeva di essere alle strette. «E va bene, sabato sera puoi invitare qualche amico.»

«Oh, grazie, grazie, grazie! E quella sera non potresti uscire o andare al cinema...?»

Lo sguardo di Rose chiarì senza ombra di dubbio che non aveva la minima intenzione di lasciarle il campo libero, e Miranda sapeva di non doversi spingere oltre. Quindi cambiò rotta. «La signora Thompson e Leah potrebbero preparare del cibo e servirlo, vero?»

«Non pensi che Leah dovrebbe essere fra gli invitati? In fondo frequentate la stessa scuola» fece notare Miles a bassa voce.

Miranda guardò il fratello, che sorrideva, e annuì subito. «Ma certo! Poi dovrò comprarmi un vestito nuovo e penso che mi farò un taglio di capelli come quello di Farrah Fawcett...»

Miranda blaterò allegramente per il resto della cena. Miles non disse più una parola e, una volta finito il dessert, si alzò da tavola. «Scusate, ma devo mettermi a lavorare. Buonanotte.» E uscì.

«È andato a studiare?» chiese Brett.

«No, è appassionato di fotografia» spiegò Rose. «Passa la maggior parte del tempo nella brughiera a scattare foto e ha trasformato una delle stanze più piccole al piano di sopra in una camera oscura. Immagino che sia andato lì. Alcune sue fotografie sono piuttosto belle.»

«Mi piacerebbe vederle.»

«Allora devi chiedergli di mostrartele. Ti va di venire con me nel mio studio?»

«Oh, mi farebbe davvero piacere!»

«Ma Brett, volevo portarti su e farti sentire l'album degli ABBA che ho comprato sabato!» si intromise Miranda.

«Ci saranno altre occasioni.» Rose si avviò alla porta, seguita a ruota da Brett, che tentò di placare l'irritazione di Miranda con un sorriso di scuse.

Percorsero il corridoio che portava all'atelier. La stanza era buia, ma Rose accese la luce. Brett inalò l'odore familiare e confortante della pittura a olio e della trementina. Lo studio non era particolarmente grande ed era ingombro di tele accostate alle pareti. Vide pennelli, tavolozze e tubetti di colori sparpagliati su un tavolo da lavoro contro un muro.

Il ragazzo si avvicinò a un cavalletto e studiò la tela che vi era appoggiata. C'era solo un intreccio di spessi tratti neri, non distinse una figura in particolare.

«Non perdere tempo a guardarlo. L'ho iniziato questo pomeriggio. Vieni a dare un'occhiata a uno dei quadri finiti.» Rose stava prendendo una delle tele dalla parete.

Brett capì all'istante che tutti l'avrebbero riconosciuto come un Rose Delancey. Lo stile realista era rimasto forte, ma i colori erano più tenui, più morbidi rispetto a quelli dei dipinti aspri e a volte terrificanti per cui sua zia era diventata famosa.

«Che te ne pare?» chiese lei, ansiosa.

Lui pensò a quanto fosse strano che la grande Rose Delancey gli chiedesse un'opinione sul proprio lavoro. Il realismo non era il suo stile; i suoi dipinti si ispiravano di più agli impressionisti inglesi, ma aveva sempre ammirato il lavoro di Rose per la forza e l'unicità, ed era evidente che quella nuova opera si confermava all'altezza delle precedenti, se non superiore.

«È meravoglioso. È diverso dai tuoi primi lavori, ma ha una delicatezza che ti fa venire voglia di guardarlo con più attenzione.»

Rose tirò un sospiro di sollievo. «Grazie, Brett. Non li ho fatti vedere a nessun altro, sai? Può sembrare sciocco, ma avevo paura di aver perso il mio tocco.»

«Certo che no! Non so quanto valga la mia opinione, voglio dire, sono un principiante, ma penso che tu possa mostrarli senza problemi a qualcuno la cui opinione conta. Posso vedere gli altri?»

Per tutta l'ora successiva, Rose e Brett esaminarono le altre otto tele finite. Lei gliele illustrò nei dettagli e analizzarono insieme colori e forme. Rose gli spiegò che sentiva di essersi allontanata dal realismo per cui era diventata famosa.

«È davvero strano» rifletté. «Da giovanissima dipingevo in uno stile molto "idealizzato", per così dire. Ero quasi troppo romantica, forse. Poi ho cominciato a vedere soprattutto gli elementi insoliti e i difetti dei miei soggetti, e volevo evidenziarli. I critici dicevano che le mie opere erano quasi maschili. E al Royal College ho conosciuto i rappresentanti del Kitchen Sink Realism, sono stata fortemente influenzata dal lavoro di Frank Auerbach, Leon Kossoff e Graham Sutherland. Però, da quando sono tornata a dipingere, ho cambiato idea. Ora voglio che le persone vedano la bellezza.»

Brett notò che gli occhi della zia si erano velati di lacrime.

«La vedranno, Rose. Te lo prometto.»

Lei gli sorrise. «Non volevo annoiarti. Mi dispiace. Dai, andiamo a prendere un caffè, ti va?»

Brett la aiutò a risistemare i dipinti, poi la seguì in cucina.

«Come mai hai smesso di dipingere?» chiese, quando furono entrambi seduti al lungo tavolo di pino.

Il volto di Rose si rabbuiò. «È una lunga storia. Diciamo che mi sentivo svuotata, come se non avessi più niente da mettere su tela. Ho avuto successo da giovanissima. E, come saprai, è molto insolito che un artista riesca in un'impresa del genere.» Sospirò. «Una mattina mi sono svegliata e non volevo più farlo.»

«E ci sono voluti quasi vent'anni perché ti tornasse la voglia?»

«Sì, ma non hai idea di quanto sia più piacevole ora. All'epoca mi sembrava di essere una macchina che sfornava dipinti per stare dietro alle scadenze di gallerie e collezionisti. Ora non ci sono aspettative esterne, soltanto il mio bisogno di dipingere.»

«Scommetto che non hai avuto problemi ad assicurarti una mostra in una galleria.» Brett sorrise.

«In realtà è stata una coincidenza. Avevo appena ricominciato a dipingere e portato a termine il mio primo lavoro quando ho ricevuto una telefonata da un vecchio amico che frequentava l'Accademia d'arte con me. Aprirà una galleria a Londra l'anno prossimo. Gli ho detto che avevo ripreso e lui mi ha subito proposto una mostra. Sulle prime ho rifiutato, ma poi, dopo aver finito anche il secondo quadro, mi sono detta: perché no?» Rose guardò il pavimento, e proseguì: «A essere del tutto onesta, Brett, lo faccio anche per ragioni economiche. Questa casa ha bisogno di grossi investimenti e i miei conti languono. Devo guadagnare un po' di soldi e dipingere è l'unica cosa che so fare bene».

«Sono sicuro che l'interesse sarà enorme.»

«Grazie della fiducia, Brett, però ricorda sempre che il pubblico ha la memoria corta. Ma adesso basta parlare di me. Sei sempre stato interessato all'arte?»

«Oh sì. È... *era* il mio hobby.» Si corresse appena in tempo.

«Be', penso che tu sia troppo giovane per andare in pensione.» Rose rise.

Brett cercò di pensare a un modo semplice per spiegarle come mai aveva messo da parte la sua passione, la storia del ritratto di sua madre e come l'idea di avvicinare il pennello alla tela gli causasse una fitta di assoluta disperazione.

«Il fatto è che mio padre non è per niente entusiasta che io diventi un artista. Ha già pianificato il mio futuro. Prima Cambridge, poi il lavoro nella sua azienda in modo da poter subentrare a lui quando andrà in pensione. Mia madre sapeva che volevo andare all'Accademia d'arte e gliene avrebbe parlato a tempo debito. Ma ora...» Si strinse nelle spalle e assunse un'aria così triste che Rose allungò la mano sul tavolo per prendere la sua.

«Brett, nessun artista di successo ha cominciato con la strada in discesa... Quali che siano i tuoi problemi, devi continuare a dipingere. Potresti anche scoprire che ti dà conforto. Per me è stato così.»

«Sì, ma mi sembra inutile. Mio padre...»

«È un uomo complicato. Credimi, lo capisco meglio di chiunque altro.» Rose fece una pausa e fissò intensamente la tazza di caffè. «Ma non rinunciare al tuo sogno.» Si diede una pacca sulle cosce. «Adesso penso che sia ora di andare a letto. Domani passa nel mio studio, ti procurerò un cavalletto, dei colori e della carta. Perché non fai una passeggiata nella brughiera? Ci sono un'infinità di splendidi scorci da dipingere. Voglio vedere se devo preoccuparmi della concorrenza!» Rose si alzò. «Buonanotte. Dormi bene.»

Brett rimase seduto a lungo in cucina, da solo, prima di salire lentamente le scale per andare a letto.

C'erano tante cose che avrebbe voluto chiederle. Per esempio perché non aveva mai saputo di avere una zia, ma il velo di tristezza che aveva visto nel suo sguardo quando aveva parlato del fratello lo aveva trattenuto dal fare domande.

Spense la luce sul comodino.

Rose aveva ragione. Doveva continuare a dipingere. Anche se non gli aveva detto esplicitamente che lei stessa aveva avuto problemi da giovane, lui sapeva per istinto che era stato così. E di colpo si chiese se l'ostinazione di suo padre a ignorare le sue inclinazioni artistiche avesse qualcosa a che fare con Rose.

Era un mistero che voleva svelare, ma nel frattempo doveva dipingere.

E sapeva esattamente con chi iniziare.

5

«Oggi dovrai cavartela da solo, mio caro. Vado a York dal parrucchiere e a cercare un vestito pazzesco per la mia festa. E comunque sono stufa di stare seduta in mezzo alle pecore mentre tu disegni stupidi paesaggi.»

Brett tirò un sospiro di sollievo. La compagnia di Miranda mentre cercava di dipingere si stava rivelando sempre più irritante. A parte questo, però, gli ultimi dieci giorni erano stati i più felici da quando sua madre era morta. Aveva portato a termine ben quattro dipinti. E fare ciò che amava di più, all'aria fresca del Nord, era stato un vero e proprio toccasana.

Miranda si alzò da tavola. «Tornerò per il tè. Ciao.»

Quando se ne fu andata, Brett si voltò a osservare Leah di sottecchi. La ragazza stava asciugando i piatti con la madre.

Con la cugina sempre fra i piedi come un cane da guardia, aveva avuto poche opportunità di parlare con lei. Sapeva che doveva cogliere l'occasione.

«Stavo pensando che oggi potrei andare a Haworth a vedere la canonica. Il problema è che non so come arrivarci.»

«Oh, è semplicissimo» disse la signora Thompson. «Basta prendere la linea della Worth Valley alla stazione del villaggio. Haworth dista dieci minuti e i paesaggi sono incantevoli. Se ti sbrighi, potresti riuscire a prendere il treno delle dieci.»

«Ottimo. Mi chiedevo se Leah potesse venire con me per farmi da guida, se può fare a meno di lei per qualche ora. Sembra che sia esperta delle Brontë e non vorrei perdermi niente di importante.»

La signora Thompson aggrottò la fronte. «Non saprei. Dobbiamo cambiare le lenzuola di sopra e...»

«Oh, per favore, mamma. Sai quanto mi piace Haworth...» Leah assunse un'espressione implorante.

La signora Thompson pensò che, in effetti, sua figlia aveva lavorato sodo nelle ultime due settimane. Era una brava ragazza e meritava un regalo.

«Va bene, basta che torni alle quattro per preparare il tè per tuo padre. Hai i soldi per il biglietto?»

«Non si preoccupi, signora Thompson. Ci penso io, sono stato io a chiederle di venire.»

«Ce li ho, mamma. Grazie.» Gli occhi di Leah brillavano.

«Be', se volete arrivare alle dieci è meglio che vi diate una mossa.»

Pochi minuti dopo i due correvano giù per la collina, diretti al villaggio. Ora che era finalmente solo con Leah, Brett non sapeva cosa dire.

Avevano avuto a malapena il tempo di comprare i biglietti al pittoresco ufficio della stazione che il treno era già arrivato. Brett aprì la porta di una carrozza piena di turisti tedeschi, ma alla fine riuscì a trovare due posti.

Non riusciva a smettere di fissare la bellissima ragazza seduta al suo fianco. Leah guardava fuori dal finestrino e lui ammirava il suo profilo perfetto. Il resto del viaggio trascorse in totale silenzio e Brett si rese conto che Leah era timida quanto lui.

All'arrivo a Haworth seguirono la folla di turisti e presero la strada che portava al centro del villaggio.

«Da questa parte» disse lei, e Brett la seguì mentre si muoveva con grazia lungo l'acciottolato di High Street. La strada era piena di gente che entrava e usciva dai negozi di articoli da regalo e souvenir.

«Probabilmente dovremo fare la fila. Fanno entrare solo un certo numero di persone alla volta» osservò Leah.

Lui annuì. Sapeva benissimo che si stava comportando in modo ridicolo, ma non riusciva proprio a farsi venire in mente qualcosa da dire.

Leah lo guidò su per alcuni gradini in fondo a High Street e poi lungo uno stretto sentiero fiancheggiato da un cimitero sul lato sinistro.

«Eccoci. Non è bellissima?»

La canonica si ergeva alta e imponente, inondata dal sole dorato. Brett stentava a credere che lì dentro potessero essersi consumate tante tragedie.

La coda era più corta di quanto Leah si fosse aspettata, e nel giro di dieci minuti erano nel salotto, a fissare la chaise longue su cui Emily Brontë aveva esalato l'ultimo respiro.

Leah si animò subito e iniziò a guidarlo di stanza in stanza, chiacchierando senza sosta. E anche lui si rilassò, facendole domande e ricevendo risposte competenti e interessanti.

«Non riesco a credere che Charlotte Brontë fosse così piccola. Quel vestito sembra per una bambola! Mi sento una giraffa in confronto.»

I due si erano fermati davanti a una vetrina contenente degli oggetti appartenuti alla famosa Charlotte.

«Ti assicuro che non sembri affatto una giraffa...»

Brett sorrise e Leah arrossì.

Un'ora dopo erano nel negozio di souvenir, dove Brett acquistò una pila di cartoline da inviare ai compagni di scuola.

«Ora vorrei offrire il pranzo alla mia guida e fonte di conoscenza. Hai un posto da consigliarmi?»

Leah sembrava sconcertata. In genere quando andava lì si portava dei panini, e non aveva mai mangiato in un ristorante in vita sua.

«Ehm, ecco, non proprio.»

«Non preoccuparti. Torniamo su High Street e vediamo cosa riusciamo a trovare.»

Trovarono lo Stirrup Café, un locale specializzato in piatti tradizionali dello Yorkshire. Individuarono un tavolo in fondo alla sala affollata e ordinarono. Leah era al settimo cielo.

«Allora, cosa fa tuo padre?»

«Niente. Ha una grave artrite e non cammina.»

«Oh, mi dispiace, non sapevo...»

Leah scacciò il suo imbarazzo con un gesto della mano. «Nessun problema. È l'uomo più positivo che conosco.»

La cameriera portò le bibite ed entrambi bevvero un sorso.

«Trascorri sempre le vacanze lavorando per Rose?»

«No, è la prima volta. Per via della mostra e della tua presenza.»

«Cavolo, mi dispiace averti rovinato le vacanze!» Brett le sorrise.

«Oh no, non intendevo questo. Volevo dire che dei soldi in più ci fanno comodo e...» Leah si interruppe. Aveva sentito Miranda parlare di quanto fosse ricco il padre di Brett e, pensando che non avrebbe potuto capirla, cambiò argomento. «Ti piace stare qui?»

«Molto. Soprattutto oggi. Grazie di essere venuta. Sono giorni che cerco di parlare con te, ma Miranda...» Non finì la frase.

«È molto carina, vero?»

Brett guardò la bellezza naturale seduta di fronte a lui e sorrise. «Sì, se ti piace il genere.» Si fece forza. «Ma penso che tu sia molto più carina.»

Leah abbassò lo sguardo e arrossì di nuovo. L'arrivo dei pasticci di carne le risparmiò di dover pensare a una risposta.

«Che meraviglia...» Brett si rimboccò le maniche, affamato. «Da queste parti sì che sanno cucinare. Quando mio padre mi ha mandato nello Yorkshire per l'estate non ero per niente convinto, ma adesso sono felice di essere venuto. È davvero un posto magnifico.»

«Già.» Leah si sentiva infantile e stupida accanto a quel ragazzo che parlava in modo così spigliato e distinto. Era difficile credere che avesse solo pochi mesi più di lei.

«Una volta finito di mangiare, c'è qualche altro posto in cui potremmo andare? Avrei voglia di fare una passeggiata.»

«Magari potremmo andare nella brughiera dietro la canonica. Oppure alle rovine di Top Withens: la fattoria che forse ha ispirato *Cime Tempestose*, ma non faremmo in tempo. È troppo lontano.»

«Potremmo vedere fin dove arriviamo» propose Brett. Non voleva che la giornata finisse, voleva trascorrere altro tempo con lei.

Tornarono sui loro passi fino alla canonica e si inoltrarono nella brughiera di Haworth, camminando di nuovo in silenzio.

Dopo un po' Brett si lasciò cadere nell'erba. «Forse sto invecchiando» scherzò. «Sono esausto.»

Leah si sedette a una certa distanza. Lui si riparò gli occhi dal sole e fissò l'imponente casa che si erano lasciati alle spalle in lontananza.

«La canonica è stupenda oggi, ma immagino che in inverno sia un po' inquietante. Mi sembra quasi di sentire Heathcliff bussare alla finestra.»

La ragazza annuì. E Brett la guardò contemplare la brughiera con le mani attorno alle ginocchia.

«Mi ricordi Cathy, seduta lì. A parte la maglietta e i jeans.» Lei sorrise e Brett non desiderò altro che prenderla tra le braccia e baciarla. Ma non riusciva a trovare il coraggio.

Leah stava pensando a quanto sarebbe stato romantico se lui le avesse preso la mano. Prima di allora non aveva mai nutrito il minimo interesse per il sesso opposto, ma Brett... Oddio no, cosa pensava? Era solo una ragazza povera di uno sperduto villaggio dello Yorkshire. Di sicuro Miranda era molto più il suo tipo.

Rimasero fermi per qualche minuto, con Brett che cercava di convincersi almeno ad avvicinarsi a lei. Alla fine lo fece e si sedette di nuovo, mettendosi a strappare l'erba con le mani.

«Leah, volevo dirti... Sono stato molto bene oggi, spero che potremo trascorrere più tempo insieme. Anzi, avrei una cosa da chiederti.»

«Cosa?»

«Puoi dire di no, se vuoi, ma mi piacerebbe farti un ritratto.»

«Un ritratto?» Lo stupore nella voce della ragazza era evidente.

«Sì. Penso che tu sia molto bella.»

Nessuno le aveva mai detto niente di simile. A parte Megan, la strega, tanti anni prima. Fece del suo meglio per non rabbrividire.

«Me lo permetteresti?»

«Se proprio vuoi, sì, ma non ho molto tempo. Non puoi farlo a Miranda, invece?»

Brett fu molto chiaro nella sua risposta. «No.» *Ora o mai più*, si disse. Si allungò verso di lei e le prese la mano. «Mi piaci tu.»

Leah pensò che avrebbe potuto morire di gioia.

Brett si avvicinò e le cinse le spalle con un braccio.

«Preferirei che Miranda non lo sapesse, altrimenti vorrà venire anche lei. Vorrei che fossimo soltanto noi due mentre dipingo. Magari possiamo trovarci nella brughiera vicino alla fattoria di Rose. Potremmo incontrarci lì ogni giorno per circa un'ora. Quando è meglio per te?»

Leah lo ascoltava appena, sentiva soltanto il calore del suo corpo. «Di pomeriggio. Verso le tre.»

«Benissimo, allora siamo d'accordo. Troveremo il posto giusto sulla via del ritorno.»

Lei guardò l'orologio. Erano passate le due e mezza. Sarebbe voluta restare lì per sempre, ma dovevano tornare a casa. «Dobbiamo andare.»

«Va bene. Ma prima...» Si sporse per darle un bacio casto, a labbra chiuse. Avrebbe voluto essere più appassionato, ma aveva capito di dover procedere per gradi. Quindi allontanò la bocca, la circondò con le braccia e la strinse in un abbraccio.

Leah appoggiò la testa sulla sua spalla, con gli occhi chiusi, chiedendosi se stava sognando. Il suo primo bacio, in un posto che amava, con un ragazzo diverso dai suoi compagni di classe rozzi e sfacciati. Era così bello che voleva piangere.

Alla fine Brett sciolse la stretta e si incamminarono mano nella mano giù per la collina. Il silenzio, così imbarazzante all'inizio della giornata, era ormai diventato del tutto naturale per due ragazzi che sperimentavano il loro primo assaggio d'amore.

6

«Mamma, non ho niente da mettermi alla festa di Miranda la settimana prossima...» si lamentò Leah.

«Hai il vestito che hai messo alla festa di Jackie l'anno scorso. Andrà benissimo.»

«Ma sono cresciuta un sacco, e poi è un vestito da bambina!»

Doreen fece una smorfia. «Signorina, ti ricordo che hai quindici anni, e poi...»

«Sedici alla fine di agosto» puntualizzò lei.

«Hai solo quindici anni e con qualche modifica quel vestito ti andrà a pennello» insisté sua madre con fermezza.

«Posso andare a Bradford a vedere se trovo qualcosa? Lavorando per la signora Rose ho messo da parte qualche soldino... Ti prego, mamma.»

«Non ti è mai importato niente dei vestiti...»

«Lo so, ma ora sto crescendo, e tutte le amiche di Miranda saranno elegantissime.»

«Loro hanno i soldi, noi no.» La signora Thompson guardò il viso avvilito della figlia e si addolcì. «Sai una cosa? Domani andiamo a Keighley e vedremo se riusciamo a trovare della stoffa che posso trasformare in qualcosa di bello. D'accordo?»

«Oh sì, grazie mamma!» Leah la abbracciò.

«Va bene. Vado a lavorare. Prepara uno spuntino per tuo padre, ci vediamo più tardi.»

Doreen uscì dalla porta della cucina e Leah cominciò a sbucciare le patate. Dopo averle messe a lessare, si sedette a tavola. Un sorriso le illuminò il volto al ricordo del tempo che aveva appena trascorso con Brett.

Ogni giorno, alle due e mezza, lasciava il cottage come se fosse diretta a casa sua e correva attraverso l'erica il più in fretta possibile. Avevano trovato un posto incantevole nascosto nella brughiera, e Brett la aspettava lì, con il blocco da disegno e il carboncino in mano. Leah restava seduta immobile per mezz'ora mentre lui le faceva il ritratto. Dopodiché il ragazzo la abbracciava e andavano a sdraiarsi e a chiacchierare sull'erba. Leah non riusciva ancora a credere che stesse succedendo davvero. Non pensava più a lui come al nipote della signora Delancey o al figlio di un riccone: era semplicemente Brett, il ragazzo che le parlava di quanto desiderasse diventare un artista, di quanto aveva sofferto per la morte della madre e di quanto poco desiderasse tornare a Eton e lasciare lei e lo Yorkshire.

Sospirò e si alzò da tavola per abbassare il fuoco. Si chiese che avrebbe detto Miranda se avesse saputo cosa stava succedendo. Era ovvio che Brett le piacesse, e Leah ancora non si capacitava di essere stata preferita a Miranda.

Tirò fuori dal forno i rustici alla salsiccia, poi schiacciò le patate, aggiunse abbondante burro e le distribuì su due piatti. Infine chiamò suo padre.

Harry Thompson si spinse lungo lo stretto corridoio e si avvicinò al tavolo della cucina.

«Mmm, che profumino, ragazza. Stai diventando una cuoca provetta come tua madre.»

«Grazie, papà.» Leah si sedette di fronte a lui. «Mangia, prima che si raffreddi tutto.»

«Sì, cucciola. Allora, come va il lavoro?»

«Bene. È bello avere dei soldi in più.»

«E che cosa mi dici di questo giovane e ricco nipote della signora Delancey?»

«Oh, è molto... carino.»

A Harry non sfuggì l'espressione della figlia. Aveva avuto dei sospetti nelle ultime tre settimane, notando la sua vivacità, il rossore sulle guance e lo sguardo sognante quando pensava che nessuno la stesse guardando.

«Capisco. C'è qualcosa che vuoi dirmi?» chiese sorridendo.

Leah arrossì. Non era mai riuscita a nascondere nulla a suo padre.

«Oh, papà, promettimi di non dirlo alla mamma. Potrebbe decidere di non farmi più lavorare lassù e...» Gli raccontò tutto. Era un tale sollievo parlarne con qualcuno. «Non so come farò quando Brett se ne andrà» concluse con le lacrime agli occhi.

«Hai me, cucciola. Potrai piangere sulla mia spalla» rispose Harry. Esitò un attimo, prima di aggiungere: «La mamma mi ha detto che è un bravo ragazzo, ma viene da un ambiente molto diverso dal nostro. Non lasciarti ferire da lui, d'accordo?».

«Brett non mi farebbe mai del male» replicò subito Leah sulla difensiva.

«Sono sicuro di no.» Rivolse a sua figlia un sorriso caloroso. «Goditelo. Il primo amore è magico. Se vuoi parlare, ricorda che sono sempre qui per te.»

Leah annuì, si alzò e fece il giro del tavolo per abbracciarlo.

«Grazie, papà. Ti voglio tanto bene, lo sai? Ora vai a guardare *Coronation Street*, io lavo i piatti e ti raggiungo con una tazza di tè.»

Harry annuì e uscì dalla cucina, turbato dall'intensità del sentimento che sua figlia provava per un ragazzo che sarebbe uscito dalla sua vita in meno di un mese e mezzo.

«Cavolo, quest'estate si sta rivelando una delle più calde di sempre» commentò Brett, fissando il cielo blu senza una nuvola.

Leah annuì e cambiò posizione tra le sue braccia.

«Prometti che mi scriverai ogni giorno quando tornerò a Eton?»

«Solo se lo fai anche tu» rispose Leah.

«E stavo pensando che potrei venire qui per la pausa di metà semestre, e magari anche a Natale.»

«Sì.» Leah non sopportava l'idea che lui se ne andasse. Cambiò argomento. «Quando mi farai vedere il ritratto?»

«Quando l'avrò finito. Sei impaziente, vero?» Brett si sporse e cominciò a farle il solletico.

«Smettila! Smettila!» rise lei, assaporando ogni singolo istante di gioia. Alla fine si allontanò e guardò l'orologio con un sospiro. «Devo andare. Devo preparare la cena per mio padre.»

«Va bene, ma prima...» Brett la afferrò e la attirò tra le sue braccia. La baciò con trasporto e le posò la mano sulla gola, per poi farla scivolare sul seno. Sospirò di sollievo quando lei non lo fermò. Titubante, le slacciò il primo bottone e le sue dita si spinsero sotto la camicetta.

«No!» esclamò Leah, sciogliendosi dalla stretta.

Brett sussultò. «Mi dispiace. Pensavo che...»

«Sì. Ma te l'ho detto, non voglio andare oltre.»

Lui era visibilmente avvilito. «Non ti piaccio abbastanza?»

«Certo che sì! Ma la mamma mi ha spiegato in che guai rischia di cacciarsi una ragazza.»

«Pensi che quello che stiamo facendo possa metterti nei guai? Voglio dire, da come si comporta Miranda deve essere stata nella brughiera con metà dei ragazzi di Oxenhope, e...»

«Allora perché non vai a cercare lei?» Gli occhi di Leah si riempirono di lacrime. Si alzò e cominciò a scendere dalla collina.

«Leah, no, aspetta...» Brett sospirò e si lasciò cadere a terra mentre la guardava correre con grazia attraverso la brughiera. Si sentiva in colpa. L'ultima cosa che aveva intenzione di fare era turbarla, ma lei lo stava facendo impazzire. Capiva, naturalmente. Era così innocente, così ingenua, e sembrava molto più giovane di lui. Ma i contorni del corpo che sentiva sotto i suoi vestiti erano un'altra storia. Pensava a lei costantemente, notte e giorno.

Era innamorato. E glielo avrebbe detto alla festa di Miranda la settimana dopo.

Leah continuò a correre finché non si fu allontanata abbastanza, poi si nascose per farsi un bel pianto. Era ingiusto. Brett sapeva che non voleva che lui la toccasse, eppure si era sentita in colpa per averlo fermato.

«Qualcosa non va?»

Un'ombra oscurò la luce del sole e Leah sollevò lo sguardo. Miles era in sella al suo imponente cavallo nero e la fissava. Nel vederlo smontare, la ragazza avvertì un brivido lungo la schiena. Si asciugò le lacrime e si alzò, decisa ad andarsene.

«Niente. Sto bene. Ora devo andare a casa.» Fece per allontanarsi, ma lui la trattenne prendendola per la spalla.

«Hai litigato con il tuo nuovo ragazzo?»

«Eh? Che intendi?» Leah rimase immobile, con l'impressione che la sua mano le ustionasse la pelle. Non voleva girarsi e guardarlo negli occhi.

«Vi ho visti insieme nella brughiera. Sei cresciuta, eh?»

Era paralizzata dalla paura. Miles la fece voltare per guardarla in volto e finalmente le lasciò la spalla.

«Non preoccuparti, non lo dirò a nessuno. Può rimanere il nostro piccolo segreto.» Le sorrise. Poi allungò la mano e le fece scorrere le dita lungo il collo, fino alla vita. Quel movimento riscosse Leah dal torpore. Iniziò a correre a tutta velocità e non si fermò finché non fu al sicuro a casa sua.

Quella notte fece un incubo tremendo.

Un uomo la inseguiva nella brughiera. Era sempre più vicino, e lei sapeva esattamente cosa avrebbe fatto se l'avesse raggiunta. Le sue gambe diventavano sempre più lente e nella valle riecheggiava la voce di Megan, la strega. «Cose malvagie... è perduto... non puoi cambiare il destino... stai in guardia da lui.»

7

«Che ne dici, caro? Non è stupenda la nostra Leah?» La mamma sorrideva orgogliosa.

«È splendida. Il vestito è meraviglioso. Sembra uscito da una rivista di moda. Sei stata bravissima, amore mio.» Il signor Thompson guardò con affetto la moglie.

Leah era nella camera da letto dei genitori e si contemplava incredula allo specchio. Il vestito, confezionato con uno scampolo di cotone, era semplice, ma il taglio esaltava il suo corpo alto e aggraziato. Un giromanica con lo scollo a barca e la gonna a pieghe, attillato in vita. Indosso a chiunque altro sarebbe potuto sembrare un abito da festa per bambini, ma il corpo snello e slanciato di Leah gli conferiva un tocco sofisticato e faceva sembrare anche lei più adulta.

«Ora, signorina, cerca di comportarti bene. Sarò impegnata a servire da bere e da mangiare, quindi non avrò il tempo di tenerti d'occhio. La signora Delancey ha invitato metà dello Yorkshire.» Doreen ridacchiò. «E mi raccomando, non sgattaiolare in bagno a spalmarti il trucco in faccia. Un rossetto neutro è più che sufficiente per una ragazza della tua età.»

«Sì, mamma» disse Leah obbediente. Guardò l'orologio accanto al letto. «È meglio andare.»

Doreen annuì. «Vai a prendere la giacca, Leah. Farà freddo durante il viaggio di ritorno.»

Leah ubbidì e tornò in camera per augurare la buonanotte a suo padre. A volte le si spezzava il cuore a lasciarlo solo.

«Buonanotte, papà.» Gli diede un bacio.

«Buona serata, cucciola. Sembri proprio un'adulta, vestita così. Divertiti e comportati bene.» Le fece l'occhiolino.

«Promesso.»

Madre e figlia uscirono di casa e iniziarono la passeggiata su per la collina nell'aria afosa di luglio.

Miranda finì di stendersi il rossetto rosso fragola, poi si tamponò con un fazzoletto. Guardò il contorno delle labbra sulla stoffa e si chiese per la millesima volta perché Brett non morisse dal desiderio di baciarle.

Le aveva provate tutte, dal flirt spudorato alla pudica ritrosia, ma niente sembrava funzionare.

Si alzò e si guardò allo specchio. Perfetto. L'abito nero attillato metteva in risalto il suo corpo sinuoso. Era certa che quella sera nemmeno Brett sarebbe riuscito a resisterle. Sapeva come usare le sue curve per spingere i ragazzi, a scuola, a fare qualsiasi cosa per darle una sbirciatina sotto l'uniforme. Anche se non era la prima della classe, aveva già capito come funzionava il mondo.

Voleva andarsene da quella catapecchia e da quel villaggio abitato da persone insignificanti che conducevano vite piatte e noiose. Ma, soprattutto, voleva diventare ricca. Il denaro significava potere e controllo, e c'era solo un modo in cui poteva ottenerlo.

L'amore era per gli sciocchi. Ti rendeva impotente e ti impediva di ottenere ciò che desideravi. E lei non aveva mai avuto intenzione di cadere in quella trappola.

Ma la reazione di Brett l'aveva sconcertata. Non si era comportato nel modo che aveva imparato a conoscere. Anzi, sembrava immune all'incantesimo con cui aveva soggiogato i suoi compagni di classe. E la cosa cominciava a irritarla. Lui era il suo passaporto per lasciare lo Yorkshire. Per farla breve: doveva averlo.

Miranda sorrise al suo riflesso. Brett non aveva alcuna possibilità.

«Grazie, Rose, è molto carino» commentò Miranda, osservando il fienile ripulito da alcuni uomini del villaggio e addobbato con dei festoni. Nella parte anteriore stavano allestendo un angolo discoteca e la signora Thompson era in cucina a preparare il cibo.

Rose guardò sua figlia e per un attimo si pentì di non avere il coraggio di dirle che il vestito corto e attillato, il trucco esagerato e i vertiginosi tacchi a spillo non le donavano affatto. Ma si era impegnata tanto per quella festa, soprattutto nella speranza di poter migliorare i rapporti con Miranda, che l'ultima cosa che voleva era una discussione.

«Di niente. Ora però ascolta bene alcune regole fondamentali per te e i tuoi amici. Possono entrare in casa per andare in bagno, ma tutte le altre stanze sono off limits. E non voglio che qualcuno si intrufoli negli altri fienili. Nel punch alla frutta c'è un po' di vino, ma nessuno deve bere altri alcolici. Io sarò in salotto con gli adulti. Se va tutto bene resterò lì, ma...»

«Sì, ho capito» la interruppe Miranda, spazientita. «Tu goditi la tua festa e io mi godrò la mia. A proposito, ti piace il mio vestito?» Fece una piroetta.

Rose strinse i denti. «Be'... notevole.»

«Sono d'accordo. A dopo. Vado su a controllare il trucco prima che arrivino tutti.»

Miranda si avviò su per le scale, rallentata dal vestito attillato e dai tacchi. Camminò lungo il corridoio fino al bagno, passando davanti alla camera di Brett. Lo sentì fischiettare. Si avvicinò di soppiatto alla porta socchiusa e sbirciò attraverso la fessura. Il ragazzo era seduto sul letto, di spalle, e stava avvolgendo un oggetto piatto e rettangolare in una vecchia coperta. Miranda bussò ed entrò nella stanza.

Colto alla sprovvista, Brett trasalì e prima di voltarsi infilò in tutta fretta il fagotto sotto il letto.

«Miranda, mi hai fatto prendere un colpo!»

«Scusa, caro.» Si sedette sul letto e accavallò le gambe, mostrando la giarrettiera. «Era il mio regalo di compleanno?»

«Ehm, no. Ma questo sì.» Brett le porse un pacchetto, pregando che bastasse a distogliere la sua attenzione da quello che c'era sotto il letto.

«Posso aprirlo subito?»

«Se vuoi. Buon compleanno.»

Miranda strappò la carta ed estrasse una scatola di velluto blu. La aprì e osservò il medaglione d'oro. Non era affatto il suo genere, ma restava comunque un bel regalo. Lo tirò fuori per guardarlo meglio. «Grazie, Brett. È bellissimo.» Armeggiò con la chiusura del medaglione finché non riuscì ad aprirla. «Guarda, posso mettere la foto di qualcuno e tenerla vicino al cuore. Ne hai una tua?»

«No, non così piccola, comunque. Sono felice che ti piaccia. Non sapevo cosa regalarti, così ho chiesto aiuto alla signora Thompson.» In realtà era stata Leah a sceglierlo, ma Brett dubitava che Miranda sarebbe stata contenta di saperlo.

«Puoi mettermelo al collo? Voglio indossarlo stasera.»

«Naturalmente.» Brett si inginocchiò sul letto dietro Miranda e le allacciò il medaglione. Prima che potesse spostarsi, però, lei si era girata e lo aveva abbracciato. Brett si ritrovò il viso della ragazza a pochi centimetri dal suo e poteva sentire il suo profumo intenso.

«Penso che dovrei darti un bacio per ringraziarti, non credi?» Miranda premette le labbra sulle sue.

«No, io...»

Prima che potesse allontanarsi, lei gli guidò una mano sul suo seno.

Dopo tutti i pomeriggi infruttuosi nella brughiera e le notti passate a sognare Leah, per Brett era difficile trattenersi. Rilassò le labbra e lasciò vagare la mano su un seno di Miranda, poi sull'altro. Sapeva che era sbagliato e pericoloso, ma il suo corpo aveva preso il sopravvento sulla mente. Miranda non lo fermò quando fece scivolare la mano sotto il suo vestito.

In cambio, lei gli slacciò la cerniera dei pantaloni.

«Oddio» farfugliò Brett. Sentire il tocco di una donna per la prima volta era una sensazione impareggiabile e lo portò troppo in fretta oltre il punto di non ritorno.

La sua passione colò dalla mano di Miranda. Brett era inorridito. Il suo unico desiderio era allontanarsi da lei il più in fretta possibile. Staccò la bocca dal suo bacio e si mosse dal letto verso la porta.

«Miranda...»

Lei aveva uno sguardo trionfante.

«Mi dispiace.» Non riuscì a dire altro. Corse in bagno e si chiuse dentro.

Si sedette sul bordo della vasca con la testa tra le mani. Come aveva potuto farlo, dopo quello che aveva detto a Leah? Era come se in quei pochi minuti fosse stato posseduto. Come se non fosse lui, non era riuscito a pensare ad altro che alla propria gratificazione fisica. Erano tutti così gli uomini? Diventavano tutti incapaci di pensare di fronte al desiderio egoistico di sesso? Era per quel motivo che leggeva di continuo di carriere rovinate da relazioni clandestine?

Non poteva dirlo a Leah. Non lo avrebbe mai perdonato, e non avrebbe potuto biasimarla.

Eppure Brett era stato così emozionato all'idea di quella sera. Avrebbe detto a Leah che la amava e le avrebbe regalato il ritratto finito. Aveva persino trovato un posto appartato in uno dei fienili, e quando Miranda aveva fatto irruzione in camera sua stava giusto avvolgendo il disegno in una coperta, pronto a portarlo di sotto.

Si alzò e si spogliò. Si lavò corpo, viso e mani come per purificarsi dal tocco di Miranda. Poi fece un respiro profondo e decise che per non perdere Leah avrebbe dovuto convivere con il suo vergognoso segreto e farsi perdonare in altri modi.

Leah diventò subito un'icona ai suoi occhi; pura, intatta, innocente, così diversa da Miranda, che era riuscita a indurlo in tentazione.

«Cazzo... Il ritratto!»

Brett spalancò la porta e corse lungo il corridoio fino alla sua camera. Era vuota. Controllò sotto il letto e con enorme sollievo constatò che il disegno era al suo posto. Sperava che Miranda se ne fosse dimenticata, perché era consapevole che, anche se non poteva fare del male a lui, poteva farne a Leah.

Era stata la prima cosa che Miranda aveva fatto quando Brett aveva lasciato la stanza. Soddisfatta del suo trionfo, e della conferma che – per quanto ricchi e potenti potessero essere – gli uomini erano tutti uguali, aveva infilato una mano sotto il letto e aveva tirato fuori l'oggetto misterioso.

Era stato uno shock tremendo. Era diventata cerea ed era

andata su tutte le furie. Nel ritratto Brett aveva catturato alla perfezione la bellezza e l'innocenza di Leah.

Ma lei non riuscì a vederlo. L'unica cosa che vedeva era l'insignificante ragazzina che lavava i piatti per guadagnare qualche soldo.

«Piccola stronza...» mormorò sottovoce. Probabilmente era per quello che Brett era così scostante con lei. Otteneva già ciò che voleva da quella mocciosa.

Il suo primo istinto fu di rompere la cornice e fare a pezzi il ritratto, ma si trattenne: Brett avrebbe capito che era stata lei. Doveva esserci un modo migliore per vendicarsi.

«Ti sistemo io...» sibilò, rivolta al ritratto, poi lo riavvolse nel panno e lo posizionò sotto il letto. Infine si alzò, si sistemò i capelli allo specchio e scese a salutare i suoi ospiti.

Il dj diede inizio alla festa suonando *Mamma Mia* a tutto volume. Alcuni invitati si lanciarono sulla pista da ballo improvvisata e presero a muoversi a ritmo.

Miranda era circondata da amici che le consegnavano regali quando arrivò Brett, che aveva appena finito di nascondere il ritratto di Leah nel fienile al confine con la brughiera.

Non si era accorto che qualcuno lo aveva tenuto d'occhio per tutto il tempo.

Trovò Leah tra la folla. «Eccoti. Accidenti, sei bellissima.» La baciò e le mise un braccio intorno alle spalle.

«Brett, non farlo. Miranda è proprio lì, potrebbe vederci.»

«Non mi interessa più. Non può fermarci.»

«No, ma...»

«Shhh. Coraggio, andiamo a ballare.»

Il fienile si stava riempiendo. Alcuni ragazzi del villaggio avevano portato sidro e birra e Miranda beveva da tutte le bottiglie che le passavano. Quando si guardò intorno, la vista di Leah e Brett insieme non fece che alimentare la sua rabbia.

«Vieni a ballare con me.» Afferrò il ragazzo più vicino, lo trascinò sulla pista e si mise a ballare in modo sensuale, sorseggiando sidro dalla bottiglia che aveva in mano.

Brett, intanto, stringeva Leah e si cullava lentamente con lei al ritmo della musica.

«Sei felice?»

Lei lo guardò. «Sì.»

«Bene. Ho una cosa per te. È nell'ultimo fienile, al confine con la brughiera. Dobbiamo andarci uno alla volta, così nessuno ci vedrà, ma vieni, ti prego. Prometto di comportarmi bene» la implorò.

«D'accordo.» Leah sorrise.

La signora Thompson stava disponendo il cibo sul tavolo in fondo al fienile. E notò subito la figlia ballare con Brett.

«Guai in vista...» mormorò sottovoce. Una volta terminata la canzone, batté le mani e gridò: «Si mangia!».

Tutti si avvicinarono alla tavola imbandita e la signora Thompson cominciò a servire salsicce, patate al forno e insalata.

«Ti tengo d'occhio» sussurrò a Leah mentre le riempiva il piatto.

Lei fissò il pavimento, imbarazzata. «Stavamo solo ballando, mamma, sul serio.»

«Fa' in modo che le cose restino così. Non provare ad allontanarti.» E con quelle parole la donna passò al successivo ospite affamato.

Miles fissava Leah e Brett dal suo punto di osservazione nell'angolo del fienile. Leah stava diventando una ragazza bellissima, proprio come aveva previsto. Ma Brett... Non era degno nemmeno di baciarle le scarpe, anche se suo padre possedeva metà del mondo.

Miles aveva delle fotografie di lei a cinque anni, scattate di nascosto mentre gironzolava per la fattoria con sua madre. Era incredibilmente fotogenica, la sua bellezza eterea veniva esaltata dalla nitidezza dell'obiettivo.

E ora c'era un pretendente. Non vedeva l'ora di fare a pezzi quel ritratto.

Brett doveva capire: Leah non era ancora pronta, era pura e perfetta. Miles se n'era accorto quando l'aveva toccata l'altro giorno.

Uscì dal fienile e si diresse verso il confine della brughiera, una figura oscura e solitaria al chiaro di luna.

Leah entrò nell'ultimo fienile. Era sgattaiolata via non appena sua madre era tornata in cucina a riporre i piatti sporchi. La luce lì dentro era spettrale. Sperava che Brett fosse già arrivato.

«Brett?» sussurrò. Si sentì sollevata quando udì un rumore dall'altro lato del fienile. E poi il suono di qualcosa che si rompeva. «Ehi, tutto bene?» Incespicò nella direzione del rumore e vide il cerchio di luce di una torcia che brillava sul pavimento, ma si spense subito e tornò il silenzio.

«Brett, dove sei?» Leah aveva raggiunto il punto che poco prima era illuminato dalla torcia e sentì qualcuno respirare. Allungò la mano e toccò qualcosa di caldo.

«Grazie al cielo, Brett. Cos'è stato quel rumore?»

Delle braccia si protesero verso di lei e la ragazza vi si rannicchiò. Ma qualcosa non quadrava. Alzò lo sguardo, i suoi occhi si erano abituati al buio, e cacciò un urlo.

Una mano le coprì la bocca. Leah lottò disperatamente, ma lui la teneva stretta.

«Non ti farò niente. Ti prego, smettila di agitarti, per l'amor del cielo.»

Lei era divisa fra il terrore e la repulsione.

«No!» Si dimenò con tutte le forze. Il movimento la sbilanciò all'indietro, facendola andare a sbattere contro il muro. Sentì lo strappo del tessuto quando il suo vestito si impigliò da qualche parte, e un attimo dopo scivolò a terra.

«Leah, stai bene? Accidenti, non vedo un tubo.»

La ragazza si alzò e corse verso la sagoma scura di Brett all'ingresso della stalla. Si gettò tra le sue braccia, singhiozzando forte.

«Che cos'è successo?»

«Laggiù... era qui e pensavo che fossi tu e... Non eri tu.»

«Va tutto bene, ora calmati. Sono qui» la tranquillizzò lui. Guardò verso il fondo della stalla e non riuscì a distinguere nulla.

«Tu resta qui, vado a dare un'occhiata.»

«No! Andiamocene e basta.»

«Ma c'è una cosa che volevo mostrarti...»

«Voglio tornare a casa. Subito. Il vestito è tutto strappato e...»

«Va bene, te lo farò vedere un'altra volta.»

Brett si voltò per uscire e si ritrovò davanti Miranda, con le braccia conserte.

«Bene, bene. Hai avuto una serata impegnativa, eh, Brett?» Fissò lo strappo nel vestito di Leah.

«Ciao, Miranda» sospirò lui. «Volevo giusto dirti...»

«Che ti sei scopato anche lei, oltre a me?» replicò con voce impastata.

Brett serrò la mascella. «Sta' zitta, Miranda.»

«Oh no, penso che la piccola e ingenua Leah abbia il diritto di sapere dov'era il suo amato qualche ora fa, non credi?» Scoppiò in una risata stridula.

Leah era in silenzio, con lo sguardo fisso davanti a sé. Non voleva sentire.

«Forza, Leah, chiediglielo. Vediamo se lo nega» la provocò Miranda.

Leah guardò Brett, implorandolo di negare. Ma non c'era bisogno che facesse la domanda. Aveva il senso di colpa stampato in faccia.

Scoppiò in singhiozzi e corse fuori dal fienile, direttamente tra le braccia di sua madre.

8

«Ti prego, Leah, dimmi cos'è successo...» Doreen mise un cardigan sulle spalle della figlia. La ragazza tremava come una foglia, ma non si riusciva a cavarle una parola di bocca. La donna aveva rispedito Brett alla festa. Poi aveva scambiato due parole con Miranda, che evidentemente aveva bevuto. La ragazza aveva detto di aver sentito urlare e di aver trovato Brett e Leah da soli nel fienile.

Doreen guardò il vestito strappato della figlia e temette il peggio. «Per caso Brett ti ha...?» Non riuscì a terminare la frase. Per fortuna era andata a cercarla quando aveva notato che i due erano scomparsi. Leah rimase in silenzio. Se quel ragazzo aveva toccato sua figlia... Gliel'avrebbe fatta pagare cara, non le importava quanto fosse ricco suo padre.

«Leah, Brett ti ha...?»

«No, mamma.»

«Allora cos'è successo? Come mai hai il vestito strappato?»

La giovane rimase immobile, con le labbra serrate, pallida come un fantasma. Doreen capì che quella sera non avrebbe ottenuto nulla di più.

«Va bene, tesoro. Ne parliamo domani. Ora torni a casa, hai bisogno di riposare.»

Non voleva che Harry si preoccupasse, aveva già i suoi problemi. Andò nel salotto dove Rose stava intrattenendo gli ospiti e chiese al signor Broughton, un contadino del posto, se poteva accompagnare Leah a casa perché non si sentiva troppo bene. L'uomo acconsentì; lei si accertò che la figlia sedesse sul retro dell'auto e le ordinò, una volta arrivata, di andare dritta in camera sua.

A quel punto Doreen tornò in cucina e si mise all'opera sulla pila di piatti nel lavandino. La porta si aprì ed entrò Brett, pallido e timoroso.

«Leah sta bene, signora Thompson?» chiese a bassa voce.

«Sì. L'ho mandata a casa a dormire.»

«Non l'ho toccata, deve credermi. Non lo farei mai. Tengo troppo a lei per fare qualcosa che possa turbarla.»

«Non è quello che mi ha detto Miranda. Sostiene di aver sentito gridare e di avervi trovati soli nel fienile.»

Brett si passò una mano tra i capelli. «Oddio, davvero?»

«Sì. Comunque, domani parlerò con Leah. Non tornerà più a lavorare qui. Penso che tu abbia causato abbastanza problemi per stasera, giovanotto. Se fossi in te, andrei a letto.»

«Sì, ha ragione. La prego, signora Thompson, porti a Leah il mio affetto e le mie scuse.»

Doreen non aggiunse altro, continuò a lavare i piatti.

Brett si trascinò mestamente su per le scale. Era andato tutto a rotoli. Ed era colpa sua. Se fosse stato più forte, se avesse resistito a Miranda, gli eventi avrebbero preso tutta un'altra piega. Quanto a ciò che era accaduto nel fienile, era la sua parola contro quella di Miranda. Si stava vendicando di lui per averla ingannata, e Brett sapeva che Leah non avrebbe mai più voluto rivederlo.

Si spogliò e si infilò sotto le coperte. Poi chiuse gli occhi e sognò il suo amore perduto.

9

David Cooper allontanò la sedia dalla scrivania per guardare fuori dalla finestra affacciata su Central Park. Più in basso, gli alberi somigliavano a piccoli puntini verdi e le auto sembravano giocattoli per bambini.

Il punto di osservazione elevato rifletteva la sua posizione sociale. Non entrava quasi mai in contatto con le persone comuni più in basso di lui, quelle che correvano su e giù per la Fifth Avenue per sbrigare commissioni. Lui incontrava solo persone molto ricche e molto potenti. Sue immagini speculari.

Il piacere di fare soldi era finito il giorno in cui era mancata sua moglie. L'aveva amata. Ma l'intensità del dolore che stava ancora provando era sconvolgente. La scomparsa di Vivien aveva riportato alla luce la consapevolezza della propria mortalità.

Non aveva toccato nessun'altra donna negli ultimi nove mesi. David sapeva che suo figlio pensava che non gli importasse niente della morte di sua moglie. Aveva visto Brett due volte da quando era successo: una al funerale e un'altra a Natale. Non avevano pianto insieme.

Chissà come se la passava il ragazzo nello Yorkshire con la zia. Rose... Non la vedeva da vent'anni, quindi aveva ancora in mente l'immagine della ragazza bellissima che era stata.

Negli ultimi tempi gli capitava spesso di pensare al passato. Per anni aveva scelto di ignorarlo e dedicare la vita a progettare il futuro. Ma ora iniziava a guardarsi indietro e a lasciare spazio ai vecchi ricordi.

Alcuni di questi erano dolorosi, troppo dolorosi perché potesse affrontarli. Ma riflettere sul suo successo finanziario gli aveva fatto realizzare quanta strada aveva fatto negli ultimi ventotto anni.

Nel suo sterminato ufficio di New York, David ripensò ai tempi in cui gestiva gli affari dal salotto di un minuscolo appartamento a Bayswater.

Aveva cominciato alla fine degli anni Quaranta con un fatiscente edificio popolare a Islington, acquistando per due soldi il terreno su cui sorgeva e riconvertendo la struttura per ricavarne quattro eleganti monolocali. All'epoca i giovani non compravano immobili, quindi li aveva messi in affitto e aveva usato i soldi del canone per comprare un altro stabile simile. Verso la metà degli anni Cinquanta ne possedeva venti, il che gli garantiva un reddito mensile costante e sufficiente per chiedere alla banca prestiti sempre più importanti.

Nella City di Londra c'erano ancora zone rimaste intatte dai tempi della guerra. Vi aveva costruito palazzi per uffici, vendendoli a cifre da capogiro alle aziende che stavano spuntando come funghi.

Verso la metà degli anni Sessanta possedeva la più grande impresa di costruzioni della Gran Bretagna. E così aveva iniziato a guardare all'estero, in particolare al mercato in crescita nel settore ricettivo, e aveva acquistato proprietà alle Baleari e in Italia. Aveva costruito alberghi e trattenuto parti di terreno da rivendere ai governi cinque anni dopo, al triplo del prezzo.

Ora, a dieci anni di distanza, possedeva terreni in quasi tutti i principali paesi sviluppati e stava iniziando a cercare opportunità di espansione anche altrove.

Era stato nominato uno dei dieci uomini più ricchi della Gran Bretagna ed era tra i primi cinquanta in America.

Un risultato incredibile.

La gioia di concludere un affare di successo aveva compensato la parte di lui che non riusciva a funzionare. Sapeva che i suoi colleghi, sua moglie e suo figlio lo consideravano freddo. Privo di emozioni.

Ora che Vivien era morta, David rimpiangeva di non aver avuto il coraggio di confidarsi con lei, di dirle perché era stato incapace di dimostrare affetto... Ma ormai era troppo tardi.

Sapeva che era colpa di quell'improvvisa ondata di ricordi se aveva deciso di mandare il figlio da Rose.

Ma non sarebbe andato a prendere Brett dallo Yorkshire. Aveva accarezzato l'idea di rivederla dopo tanto tempo, questo sì, ma non poteva farcela. Quando lei avrebbe tenuto la sua mostra, avrebbe potuto fare un salto nella piccola galleria che aveva appena comprato a Londra, soltanto per dare un'occhiata. Nonostante tutto, teneva ancora molto a sua sorella.

David si voltò e studiò il dipinto sul muro dietro la scrivania con un sospiro. A volte trovava triste la facilità con cui tutto poteva essere comprato e venduto, in particolare le persone. Si alzò e prese la sua valigetta Cartier. Doveva essere da Sardi entro mezz'ora per pranzare con un senatore.

Mentre lasciava l'ufficio e aspettava l'ascensore, si chiese quale fosse il prezzo di quell'uomo.

10

«Bene, Brett, è stato bello averti con noi. Spero che tornerai presto a trovarmi.» Rose lo baciò. «E continua a dipingere. Da quello che ho visto, hai molto talento.»

«Grazie, Rose. Mi è piaciuto stare qui. Cercherò di venire alla tua mostra.»

Bill e la limousine lo aspettavano fuori.

«Ciao, Brett, è stato un piacere conoscerti.» Miranda scese di corsa le scale e gli diede un bacio sulla guancia. Lui non riuscì a ricambiare. Si limitò a sorridere, salutò e salì in macchina.

«Ha passato delle buone vacanze, signore?» chiese Bill all'interfono. «Devo dire che la trovo bene.»

Brett pensò agli ultimi due mesi. Le prime cinque settimane erano state meravigliose, fra la riscoperta della pittura e il tempo trascorso con Leah. Ma l'ultimo mese era stato terribile, perché non riusciva a togliersela dalla mente.

Come aveva detto la signora Thompson, Leah non era più tornata e lui non l'aveva più vista dalla sera della festa. Era rimasto la maggior parte del tempo nella brughiera, dove lui e Leah si incontravano tutti i giorni, sperando e pregando che venisse. Aveva chiesto più volte alla signora Thompson come stava, ma lei si limitava a stringere le labbra e a dire «bene», senza aggiungere altro.

Nell'ultima settimana era così disperato che era sceso al villaggio solo per vederla, ma non l'aveva incontrata.

«Sì, Bill, è stato... diverso.»

«Bene, signore. Suo padre le manda i suoi saluti. Verrà a trovarla a metà trimestre. Sarà in Sud America per le prossime sei settimane.»

Brett si sentiva peggio di quando era arrivato nello Yorkshire. Più la distanza tra lui e la ragazza che amava aumentava, più aveva l'impressione che il suo cuore potesse spezzarsi.

«Ciao, Leah, non ti dimenticherò mai» sussurrò mentre superavano il confine dello Yorkshire e sfrecciavano lungo l'autostrada, diretti a Windsor.

11

Rose batteva i denti, nonostante i tre maglioni e la sciarpa che indossava. Si soffiò sulle mani intirizzite e troppo rigide per dipingere.

La neve era ammonticchiata in grandi cumuli fuori dalla finestra dello studio. A valle aveva cominciato a sciogliersi già il giorno prima, ma sulla cima delle colline resisteva sempre un po' di più.

Attizzò il fuocherello che non riusciva minimamente a rendere accettabile la temperatura nella stanza e provò a scaldarsi le mani. Il gelo di gennaio la faceva sentire infelice e depressa. Si voltò a guardare il dipinto sul cavalletto e si sentì di nuovo insicura.

«Che diamine. Ne vale la pena? Verrò fatta a pezzi dai critici?»

Forza, disse una vocina dentro di lei mentre accendeva il vecchio bollitore. *Pensa al riscaldamento centralizzato che potresti installare se la mostra avesse successo.*

Rose si sedette davanti al fuoco sorseggiando lentamente il caffè e cercando di scaldarsi le dita con la tazza. Poi sospirò, prese pennello e tavolozza e tornò al cavalletto.

«Pensa positivo, Rosie, vecchia mia. Ne mancano ancora due. E questo dipinto deve valere almeno quattro termosifoni e mezzo.»

Sorrise e avvicinò il pennello alla tela.

Circa un'ora dopo qualcuno bussò alla porta del suo studio.

«Entra.»

«Rose, posso parlarti un attimo, per favore?» Miranda era in piedi sulla soglia, insolitamente pallida.

Aveva notato che era più silenziosa negli ultimi tempi. In effetti, era stato un sollievo. Nei quattro mesi e mezzo da quando Brett era andato via e Miles era tornato all'università, era riuscita quasi a finire il lavoro per la mostra.

Ma ora si chiedeva se non le fosse sfuggito qualcosa. Miranda aveva un aspetto terribile. Posò il pennello.

«Ma certo, cara. Vieni a sederti. Che succede?»

La ragazza scoppiò subito in lacrime. Rose non ricordava di averla mai vista piangere di fronte a lei prima di allora. La raggiunse e le mise un braccio attorno alle spalle.

«Qualunque cosa sia, sono certa che non può essere così grave.»

«Sì, invece!» singhiozzò la ragazza.

«Avanti, sputa il rospo.»

«Penso di essere incinta.»

Oddio, pensò Rose. *Avrei dovuto prevederlo. Uno dei ragazzi del villaggio, probabilmente, mentre io ero chiusa qui dentro.*

«Ti è saltato l'ultimo ciclo, tesoro?»

Miranda annuì. «E quello prima, e quello prima ancora e... Non lo so più!» Quando alzò lo sguardo, Rose non poté provare altro che compassione. In fondo ci era passata anche lei.

«Cerca di riflettere, tesoro. Di sicuro c'è ancora tempo per...»

«Circa cinque, o forse sei... Non lo so.»

«Bene, allora telefono subito a un'ottima clinica che conosco a Leeds. Fisso un appuntamento per domani, tormenta permettendo. Potresti non essere incinta. Potrebbe essere un altro problema e...»

«Senti qui.» Miranda le prese la mano e se la posò sul ventre, sotto gli strati di maglioni. Rose sentì chiaramente il rigonfiamento.

«Perché non sei venuta da me prima? Te ne sarai resa conto un sacco di tempo fa, immagino.»

L'osservazione innescò un nuovo flusso di lacrime. «Sì, lo so, ma continuavo a sperare di sbagliarmi e a pensare che il mese dopo sarebbe andato tutto bene.»

«Ora calmati» la tranquillizzò Rose. Aveva un ricordo vivido dello stesso incubo. «Non preoccuparti, sistemeremo la cosa. Ora, che ne dici di una bella tazza di tè?»

La condusse in cucina e preparò il bollitore. Il consueto atteggiamento arrogante di Miranda era scomparso. Ora, seduta al tavolo, c'era una ragazzina spaventata.

Sorseggiò il tè mentre Rose fissava un appuntamento in clinica per il giorno successivo.

«Ecco qui, fatto. Ci aspetta una gentile dottoressa di nome Kate.»

«Grazie, Rose» disse lei con un filo di voce.

«Di cosa?»

«Di essere così gentile. So di essere fastidiosa, a volte, e mi dispiace.»

«Non ti preoccupare.» Rose avrebbe voluto tantissimo chiedere chi fosse il padre ora che Miranda era così arrendevole, ma pensò che fosse meglio aspettare la visita dell'indomani.

«Ho paura.»

Senza il trucco Miranda sembrava molto più giovane. E i suoi grandi occhi azzurri erano pieni di angoscia. Rose la abbracciò.

«Non preoccuparti, tesoro, troveremo una soluzione» disse, con tutta la sicurezza che riuscì a fingere.

«Temo che lei sia incinta di sei mesi, signorina Delancey. Mancano due settimane al termine consentito per l'aborto dal Servizio sanitario nazionale e, a mio avviso, siamo troppo vicine per rischiare. Il bambino nascerà il 20 aprile.»

Rose sospirò. Nulla di diverso da quanto si aspettava.

Miranda rimase immobile a fissare la dottoressa. «Quindi sta dicendo che non posso farci niente?» Era diventata molto pallida.

«Sto dicendo che secondo me sarebbe un rischio che eviterei di correre.»

«Assolutamente» intervenne Rose. «Non ti metterò in pericolo. Mi dispiace, ma avrai un bambino, Miranda.» Strinse forte la mano di sua figlia.

«Il padre lo sa?» chiese Kate a bassa voce.

Miranda si guardò le mani e scosse la testa.

«Sai chi è il padre, tesoro?»

La giovane guardò sua madre e per un istante Rose vide un lampo di paura attraversare gli occhi della figlia. Ma svanì subito dopo.

«No.»

«Ma tesoro, penso che...»

«No. Lui non c'entra niente.»

Rose vide Kate lanciarle uno sguardo di avvertimento.

«Va bene. Se non ha voglia di parlarne ora, va bene. Per quanto riguarda la procedura di assistenza prenatale, voglio che torni domani per un controllo completo. Mancano solo tre mesi alla nascita del bambino e dobbiamo prenderci cura di entrambi. Lei fuma, signorina Delancey?»

Rose riportò la sua Land Rover a Oxenhope; per tutto il tragitto Miranda rimase in silenzio. Si lambiccò il cervello per cercare di pensare a un ragazzo in particolare di cui la figlia le aveva parlato. Se era incinta di sei mesi, significava che il concepimento era avvenuto a metà luglio... Ma certo, la festa di compleanno... Rose sapeva che Miranda era arrivata a fine serata abbastanza ubriaca. Poteva essere uno qualsiasi dei venti ragazzi che erano lì. Forse non se lo ricordava nemmeno, ed era per questo che era così cauta.

«Dovrai lasciare la scuola, tesoro, almeno per il momento. Rimanderò la mostra finché non sarà nato il bambino e tu non ti sarai sistemata.» Rose avrebbe voluto dirle di nuovo che era stata una sciocca a non confidarsi con lei prima, così avrebbero potuto almeno fare dei piani, ma il senso di colpa per la sua assenza degli ultimi mesi glielo impedì. Sentiva che era colpa sua e, quindi, sua responsabilità.

Miranda si limitò ad annuire e continuò a guardare fuori dal finestrino.

Quando tornarono alla fattoria, la ragazza andò dritta nella sua stanza, si gettò sul letto e rimase distesa a fissare il soffitto.

Il padre. Doveva dirglielo? Avrebbe capito, l'avrebbe aiutata?

Si tirò a sedere, saltò giù dal letto e cercò un taccuino nel cassettone. Armata di carta e penna, si sdraiò di nuovo sul letto, sostenendosi con i cuscini.

«Caro...»

Ma poi gettò il taccuino sul pavimento con un urlo, mentre le lacrime le rigavano il viso.

12

Leah sedeva nella sua stanzetta e fissava il vuoto. La notizia aveva già fatto il giro della scuola. Miranda Delancey era incinta e non sarebbe tornata fino a dopo la nascita del bambino. Ovviamente infuriavano i pettegolezzi su chi potesse essere il padre. A Miranda non erano mai mancati gli ammiratori e nessuno poteva dirlo con certezza.

Leah, invece, non aveva dubbi.

La tensione nel suo petto aumentò e l'angoscia che le chiudeva la gola le fece sgorgare una lacrima che scese lentamente lungo la guancia.

«Proprio come mi aspettavo» sentenziò Doreen quando tornò a casa dalla fattoria. «È sempre stata una ragazza problematica. Ha bruciato le tappe. E ora ha una creatura in grembo e non sa nemmeno chi sia il padre. La signora Delancey mi ha detto che Miranda si rifiuta di dirlo.»

Leah capiva perché non volesse dire niente.

Era Brett il padre. Il ragazzo che Leah pensava la amasse.

Negli ultimi sei mesi e mezzo le era sembrato di essere la persona più infelice del mondo. Aveva dato a Brett tutto il suo cuore e dubitava che si sarebbe mai ripresa.

Saperlo ancora così vicino era stata la parte più difficile. Anche immaginare Miranda tra le sue braccia era stato terribile.

Da quando sua madre le aveva detto che Brett era ripartito, almeno, la distanza aveva leggermente alleviato il dolore.

Leah era passata dalla rabbia per essere stata tradita alla sofferenza di sapere che non lo avrebbe più rivisto.

In alcuni momenti era arrivata a pensare che Miranda avesse mentito per vendicarsi, ma adesso sapeva che aveva detto la verità.

Leah avrebbe voluto odiare Brett, odiarlo davvero, così da smettere di sentire la sua mancanza. Ma non ci riusciva. Pensava spesso a quella terribile notte nel fienile, quando quel mostro l'aveva afferrata. Era sicura che fosse stato Miles, ma non osava dire nulla che potesse mettere a rischio il lavoro di sua madre. Brett l'aveva salvata.

Lo amava ancora.

Da sempre silenziosa, Leah si era ritirata ancora di più nel suo guscio. Ora si stava preparando per gli esami e si buttava nello studio per cercare di non pensare al suo cuore spezzato. La madre era convinta che i lunghi silenzi a cena avessero a che fare con quelli che lei definiva «i dolori della crescita», ma il padre sapeva la verità. Le faceva l'occhiolino e le raccontava storie divertenti per cercare di strapparle un sorriso.

Nessuno, però, poteva davvero capirla. Se avesse parlato di Brett, suo padre le avrebbe detto di dimenticarlo, ed era una cosa che Leah non poteva fare.

Non avrebbe mai potuto.

13

«Continua a spingere, brava, ormai ci siamo quasi... Coraggio, ancora uno sforzo e...»

Miranda, rossa in faccia, esausta e senza un briciolo di energia, diede un'ultima spinta e lanciò un urlo che si mescolò ai vagiti del bambino appena nato. Guardò la strana creatura bluastra tenuta in braccio dall'ostetrica e ricadde all'indietro, desiderando solo chiudere gli occhi.

«Ecco, cara, tienila.» La levatrice le mise tra le braccia la neonata. «È una bellissima bambina.» E sorrise mentre la ragazza abbassava lo sguardo su quell'esserino con la faccia grinzosa.

Miranda si era chiesta cosa avrebbe provato quando avesse tenuto sua figlia tra le braccia per la prima volta. Paura, forse? Affetto? Ma non sentiva nessuna delle due cose. Non sentiva nulla.

Restituì il fagotto urlante all'ostetrica. «Sono troppo stanca» disse, e chiuse di nuovo gli occhi.

L'ostetrica fece una smorfia di disapprovazione, ma portò la bambina nella nursery.

Rose entrò di corsa dalla porta cinque minuti dopo e allontanò i capelli biondi, bagnati di sudore, dal viso della figlia.

«Bravissima, tesoro. L'ho appena vista ed è stupenda. Sono tanto orgogliosa di te.» Sorrise.

Miranda annuì, tenendo gli occhi ben chiusi e chiedendosi perché la gente continuasse a ripetere che la bambina era bellissima. A lei non sembrava che lo fosse.

«Ora ti lascio riposare. Torno a trovarti più tardi.» Rose baciò dolcemente la ragazza sulla guancia e uscì dalla stanza. Dopo essersi sincerata con il medico che la madre e la bambina sarebbero state bene per le prossime due ore, lasciò l'ospedale, recuperò la macchina dal parcheggio e si avviò verso Oxenhope. Non tornava a casa da ventiquattr'ore, da quando aveva trovato Miranda in piedi in cucina al centro di una pozza di umori, in preda al panico. Durante il viaggio verso l'ospedale era riuscita a mantenere la calma, nonostante dentro di sé fosse spaventata quanto lei. Ricordava il dolore del parto e avrebbe tanto voluto poterlo affrontare al posto della figlia.

Per fortuna, però, anche se lungo, il parto era andato bene, e Rose tornava a casa con le lacrime agli occhi. Era una splendida giornata di aprile e l'aria profumava di primavera.

«È una rinascita» sussurrò emozionata. «Farò del mio meglio, giuro...» mormorò, sapendo che i problemi erano soltanto all'inizio.

La signora Thompson si era offerta di occuparsi della cura quotidiana della bambina quando e se Miranda fosse tornata a scuola. Ma non essendo mai stata particolarmente interessata allo studio, Rose dubitava che lo avrebbe fatto. Senza contare che l'atteggiamento dei compagni, soprattutto i maschi, sarebbe stato sufficiente a scoraggiare anche la ragazza più sicura di sé.

Ma non c'erano dubbi che Doreen Thompson si sarebbe rivelata utile. Era stata molto brava con Miles quando era piccolo. Rose era riuscita a rimandare la mostra all'inizio di agosto e l'aiuto della signora Thompson si sarebbe rivelato prezioso durante la sua permanenza a Londra.

Risalì la collina e parcheggiò la macchina davanti alla fattoria. Gli operai erano ancora al lavoro sul tetto e sui fienili adiacenti. Per avere una piccola entrata mensile extra, Rose li aveva affittati a un contadino che li stava ripulendo e preparando per ospitare una mandria di mucche.

«Signora Delancey, com'è andata?» gridò dal tetto uno dei muratori mentre lei scendeva dall'auto.

«Tutto bene! È una bambina. Madre e figlia stanno bene.»

«Che bella notizia!» Sorrise. «Le ho lasciato una cosa sul tavolo della cucina. Uno dei ragazzi l'ha trovato mentre puliva un fienile. Pensa che possa essere uno dei suoi disegni.»

Rose si accigliò e annuì. «Grazie, Tim.» Aprì la porta della cucina, convinta che fosse della spazzatura depositata lì dal precedente proprietario.

Era sul tavolo. La cornice era rotta, ma il disegno era intatto. Rose sussultò. Era uno stupendo ritratto a carboncino di Leah Thompson. Lo prese, lo portò nel suo studio e lo mise su un cavalletto. Poi si sedette e studiò la firma nell'angolo a destra. «B.C.» Naturalmente.

Era opera di Brett.

Rose era affascinata da quel ritratto. Il nipote le aveva mostrato i suoi lavori paesaggistici ed era rimasta colpita dal suo evidente talento, ma quel disegno... Aveva una padronanza e una profondità che facevano pensare a un artista molto più maturo ed esperto. Il volto che la fissava era bellissimo. Gli occhi erano ipnotici. Era quasi impossibile distogliere lo sguardo. Brett aveva colto perfettamente l'innocenza di Leah.

Ed era ovvio che fosse un ritratto realizzato con gli occhi dell'amore.

Con un sospiro, si chiese come mai Brett non glielo avesse mostrato. Perché se l'avesse visto e avesse riconosciuto il talento che aveva in comune con lei, pensò con orgoglio, lo avrebbe incoraggiato di più.

I suoi occhi si riempirono di lacrime.

Non posso lasciare che David fermi suo figlio. Andò a un cassetto, tirò fuori un blocco di carta da lettere, trovò una biro sporca di vernice e si sedette alla scrivania.

Dopo aver fissato la pagina bianca e aver masticato l'estremità della penna per cinque minuti, posò il blocco.

Le era venuto in mente un modo migliore di aiutare Brett.

14

«Rose, tesoro! Che piacere rivederti dopo tutto questo tempo!» Roddy la strinse forte, poi si tirò indietro e la squadrò da capo a piedi. «Sempre bellissima, Rosie.»

«È molto gentile da parte tua, ma in questi vent'anni ho messo su parecchi chili...» E gli sorrise ironica.

«Stai benissimo, sei sempre stata troppo magra. Ah!» Roddy batté le mani. «Sul serio, non riesco a credere che tu sia qui.» La prese a braccetto. «Seguimi. Ho una bottiglia del tuo amato Veuve Clicquot in fresco nel mio ufficio. Daremo un'occhiata alla galleria più tardi. A proposito, i tuoi quadri sono arrivati sani e salvi ieri, e devo ammettere che ho avuto la tentazione di sbirciare.»

Rose attraversò con Roddy la spaziosa galleria, le cui pareti vuote le ricordavano il motivo per cui era lì. Sentiva le farfalle nello stomaco.

«Brindiamo a te, tesoro. Sono sicuro che la mostra sarà un enorme successo» disse lui, porgendole una flûte di champagne.

Rose sollevò il bicchiere e bevve, chiedendosi come stavano Miranda e la piccola Chloe. Si sentiva in colpa per averle lasciate, ma con la signora Thompson che le covava come una chioccia era certa che sarebbero state bene. Sperava solo che Doreen non si stancasse troppo, dato che Miranda continuava a rivolgersi a lei per avere a che fare il meno possibile con la bambina.

«Ovviamente sei mia ospite a Chelsea per questa settimana.»

«A dire il vero, Roddy, ho prenotato un albergo e...»

«Al diavolo l'albergo, insisto. Ho un fantastico appartamento che ho comprato un anno fa. È divino. Non vedo l'ora di trascorrere tante piacevoli serate a bere gin tonic e sentirti raccontare tutto quello che è successo negli ultimi vent'anni.»

Rose sorrise. Il suo amico non era cambiato di una virgola, tranne per il fatto che indossava un parrucchino. La sua corporatura robusta, come sempre, era fasciata in un impeccabile abito firmato.

Aveva incontrato Roddy nel 1948 al Royal College of Art. E aveva avuto fin da subito l'impressione che lui avesse intuito i segreti del suo passato ed evitasse accuratamente di farle domande su aspetti troppo dolorosi da ricordare.

In cambio, una volta finito il college, si era trasferita nel suo appartamento a Earl's Court e aveva ascoltato le mille difficoltà della sfera sessuale di Roddy. Era quasi impossibile tenere il passo con il costante avvicendamento di uomini nella vita del suo amico. Roddy discendeva da una qualche famiglia nobile del Devon e stava diventando una figura ben nota al Colony Room e al French's, dove i giovani artisti promettenti si riunivano negli anni Cinquanta.

Avendo capito di nutrire poca passione per la pittura, ma molta per l'ambiente e le persone, Roddy si era concentrato nel mettere a frutto i suoi talenti più libidinosi. A un certo punto nel loro giro tutti avevano iniziato a scherzare sul fatto che l'unica dei giovani artisti di Londra che Roddy non aveva sedotto era proprio Rose. Alla fine lei era partita per lo Yorkshire mentre lui viveva nel Sud della Francia con un ricco mercante d'arte.

«Chi è il proprietario della galleria, Roddy?» chiese lei. «Cork Street è una location eccezionale.»

Roddy le riempì ancora una volta il calice fino all'orlo. «Ho ricevuto una chiamata da un'azienda di New York che mi ha offerto il posto di manager. Non avevo niente da fare, così sono venuto a dare un'occhiata. Avresti dovuto vederlo...» Roddy scosse il capo. «Un edificio messo male e completamente vuoto. A quel punto li ho richiamati dicendo loro di tornare a farsi vivi quando avessero ristrutturato. Pensa la mia sorpresa nel sentirmi rispondere che avevo carta bianca per il progetto, senza limiti di budget. Non sono riuscito a resistere!» Roddy sorseggiò il suo champagne. «Poi è arrivato un tizio elegantissimo da New York per vedere il prodotto finito. E gli è piaciuto molto. In effetti, è stata una sua idea quella di allestire una mostra di artisti degli anni Cinquanta.» Rose aveva un'espressione dubbiosa. «Non devi preoccuparti, è tutto regolare» la rassicurò Roddy. «Paghiamo le tasse e tutto il resto. Sta' tranquilla, tesoro. Non è finanziato con i soldi della mafia o cose del genere. A essere onesti, è un accordo ottimo. Mi lasciano fare.»

«E sta andando bene?»

«Siamo aperti solo dall'inizio dell'anno e la tua è la sesta mostra. Ma con i miei contatti ce la caveremo benissimo.» Le fece un sorriso saputo. «Ho intenzione di riportare il divertimento nel mondo dell'arte. È diventato troppo serioso e snob da quando la nostra allegra combriccola si è persa di vista. Ho invitato tutti a una visita privata. Sontag, Lucie-Smith e altri vogliono passare a salutarti. Anche soltanto per vedere se sei ancora viva.» Ridacchiò.

«Santo cielo, Roddy, mi fai sentire un dinosauro... Ti ricordo che ho quarantasei anni...»

«Mi dispiace, tesoro, ma la gente ama i misteri. Nessuno sa perché sei sparita nel nulla al culmine della tua carriera.»

E se Dio vuole non lo scopriranno mai, pensò lei.

«Ho organizzato diverse interviste. Hai il "Guardian" domani, il "Telegraph" e John Russell giovedì. Il...»

Rose ascoltò Roddy snocciolare un lungo elenco di giornali e si chiese come le fosse saltato in mente di fare una cosa del genere. Sarebbe riuscita a sopportare tutta quell'attenzione? Sarebbe riuscita a mantenere la calma e a mentire a giornalisti esperti nell'arte dell'interrogatorio?

Doveva farlo. Vent'anni di isolamento erano una punizione fin troppo severa per la sua colpa. Doveva cogliere quell'opportunità. Quindi annuì, sorrise e andò con il suo vecchio amico a esaminare i dipinti.

Roddy si prese tutto il tempo necessario per studiare con attenzione le opere mentre Rose stazionava poco lontano, sorseggiando nervosamente lo champagne. Alla fine si voltò verso di lei e la guardò a occhi stretti. «Mi sembra di percepire un tocco di romanticismo... Ti sei per caso innamorata, tesoro?»

Lei rise e scosse il capo. «No, Roddy. Ma il mio nuovo stile è più morbido, i colori meno intensi, le linee meno nette.» D'un tratto si sentì sopraffare dal panico. «Oddio, ma ti piacciono? Ho perso il tocco?» Rose si morse il labbro. Detestava sentirsi insicura quando qualcuno esaminava i suoi pensieri più intimi sulla tela.

«Be', sono diversi dai tuoi lavori precedenti, ma lo stile di Rose Delancey è riconoscibile. Sei maturata. Forse la pausa che ti sei presa è stata la cosa giusta da fare, perché questi...» e Roddy indicò i quadri «sono meravigliosi». Li fissò con sguardo avido. A Rose sembrò quasi di sentire il suono del registratore di cassa nella sua testa. «Ora ti porto a pranzo da San Lorenzo, poi torniamo qui e ci mettiamo a lavorare per stabilire la disposizione delle opere nella galleria. Che te ne pare?»

«Perfetto, Roddy» rispose lei, sorridendo con evidente sollievo.

Presero un taxi per Beauchamp Place e Lucio, il maître, li fece accomodare a un tavolo tranquillo, apparecchiato sotto il grande sicomoro che cresceva all'interno del ristorante. Durante un sontuoso pasto a base di triglie grigliate con semi di finocchio e vitello San Lorenzo, accompagnato da una bottiglia di Frascati Fontana Candida, Roddy esaminò l'elenco dei dipinti e discussero una stima approssimativa dei prezzi.

«Non pensi che siamo un po' troppo ambiziosi, Roddy? Ormai sono vent'anni che sono fuori dal giro e il mio stile deve essere alquanto datato rispetto a quello degli artisti di questi tempi...»

«Assolutamente no, tesoro. Prima di tutto, il figurativo è molto in voga al momento, e guarda i lavori di Lucien! Si vendono per una fortuna. Dobbiamo renderti esclusiva, i rivenditori e i collezionisti devono avere la sensazione di acquistare un pezzo di storia dell'arte britannica. La gente vuole pagare per il piacere di possedere qualcosa di raro, non delle schifezze trovate in uno scantinato.»

«Suppongo che tu abbia ragione.» Rose sospirò. Non sapeva più come andava il mercato. Le cifre che Roddy aveva proposto le sembravano esorbitanti. Avrebbero riempito il suo conto in banca.

«Ma resto convinta che sia un azzardo collocarmi nella fascia di prezzo di alcuni dei migliori artisti in circolazione.»

«Credimi, Rose. Sei il mio progetto numero uno e il destino della galleria dipende dal tuo successo. Quando avrò finito con te, ogni collezionista d'arte da qui al Polo Nord saprà che sei tornata. Ho intenzione di renderti più famosa di quanto eri negli anni Cinquanta.»

«Bene, vediamo come va la mostra, okay?» Rose era determinata a restare con i piedi per terra.

«Va bene, tesoro, capisco la tua apprensione. Ora ordino un caffè e poi puoi raccontarmi della terra dei levrieri, del formaggio Wensleydale e dell'umidità.»

«Non ho un levriero. Ma vivo con i miei due figli e... be', sono appena diventata nonna.»

«Rose!» Roddy quasi si strozzò con l'ultimo sorso di Frascati. «Non sapevo nemmeno che fossi sposata!»

«Infatti non lo sono. E in realtà una dei due, Miranda, è stata adottata.»

«Capisco. E il padre dell'altro?»

«Un tizio.»

«La donna del mistero, come sempre...» Roddy sorrise. «D'accordo, non ho intenzione di farti l'interrogatorio. Ma non vuoi dirmi almeno perché sei scomparsa in quel modo? Prometto di non raccontarlo a nessuno. Ho fatto mille teorie insieme al resto del mondo dell'arte negli ultimi vent'anni. Correva voce che fossi scappata in un harem con quello sceicco che continuava a comprare i tuoi quadri. Qualcun altro suggeriva che eri stata rapita dal conte tedesco, oppure che...»

Rose ridacchiò e scosse il capo. «Niente di così entusiasmante, Roddy. Sono andata nello Yorkshire, tutto qui.»

«Ti confesso che quando sono tornato dalla Francia e ho trovato il biglietto in cui dicevi che lasciavi me e l'appartamento, senza nemmeno un saluto o un indirizzo, avrei potuto ucciderti. È passato più di un anno prima che mi scrivessi dallo Yorkshire, e soltanto perché ti inoltrassi la posta. Ma non importa, ti perdono. Credo.» Roddy tirò su col naso.

«Mi dispiace. Mi sentivo in colpa, però dovevo farlo.»

«Ma perché, Rose? Stava andando tutto a gonfie vele. La tua carriera, tutti quegli uomini meravigliosi e ricchi che volevano sposarti... Ma non mi sembra che tu sia mai stata interessata a qualcuno di loro. Sono ancora convinto che avessi una specie di fidanzato aristocratico segreto di cui non volevi parlarmi. Ricordo che ogni tanto partivi per dei "viaggi". Ora puoi dirmelo, Rose.» Roddy le fece un sorriso incoraggiante.

Lei bevve un sorso di caffè. «Basta parlare del passato. Posso dirti soltanto che ero a corto di energie. Avevo bisogno di tempo per rimettermi in pista e non volevo più dipingere.»

Roddy notò l'increspatura sulla fronte della vecchia amica e capì di non dover insistere. «Certo. Finiamo il caffè, torniamo in galleria e ci mettiamo al lavoro.»

Rose trovò il resto del pomeriggio esaltante. Lei e Roddy passarono ore ad appendere quadri nell'ordine che avevano studiato, per poi decidere che non andava bene, staccarli e ricominciare da capo.

«Santo cielo, sono esausto... È ora di fare una pausa.» Roddy si avviò verso il cucinino sul retro, ma ricomparve due minuti dopo con in mano una piccola cornice.

«Forse ce ne siamo perso uno. L'ho trovato nel magazzino dov'erano gli altri. Diamo un'occhiata...» Roddy tolse la copertura e appoggiò lo schizzo contro un muro. «Questo non è tuo, giusto?»

«Ehm, no» confermò Rose. «Ma cosa ne pensi?»

Lui lo studiò pensieroso. «È davvero adorabile. E la ragazza è stupenda. Di chi è?»

«Un mio amico. Non sa che l'ho portato qui, ma mi sembrava notevole e volevo una seconda opinione. L'artista è ancora molto giovane.»

«Sento odore di protégé?» sorrise lui.

«Non proprio, no. A dire il vero è mio nipote.»

«Ah! È il figlio di David, vero?» Roddy la fissò per cercare una reazione, ma non ne ottenne nessuna. «A riguardarlo, devo dire che c'è una somiglianza tra voi, non nello stile, ovviamente, ma in questo effetto ipnotico. Se vuoi lo metto lì, dietro l'angolo. Può inaugurare la mia piccola sezione di artisti emergenti.»

«Va benissimo. Però non spetta a me venderlo.»

«Certo che no. Ma lo appenderemo lo stesso e vedremo se suscita qualche interesse.»

«Bene. Ora, che ne dici di una tazza di tè?»

Una settimana dopo, Rose era di fronte allo specchio della camera degli ospiti di Roddy a studiare il proprio riflesso. Per la prima volta in vent'anni, si rammaricava di aver perso la sua figura snella. Nello Yorkshire non le sembrava che avesse molto senso preoccuparsi del proprio aspetto. Nessuno ci faceva caso. Ma quella sera gli avvoltoi si sarebbero avventati su di lei, e il suo lavoro non sarebbe stato l'unica cosa in mostra.

Si sistemò la cintura dell'ampio abito nero e si disse che sembrava la tenutaria di un bordello. L'abito Dior, fin troppo costoso, era ricoperto di minuscole paillettes scintillanti. Quando l'aveva provato in boutique le era parso che la slanciasse, facendola sembrare più sofisticata, ma ora si rendeva conto che era stato un errore.

«Fanculo!» Si strappò di dosso il vestito, lo abbandonò sul pavimento di marmo del bagno e frugò nell'armadio alla ricerca di uno dei suoi caftani preferiti. Era vecchio di secoli, l'aveva comprato in un negozio etnico a Leeds per due soldi, ma la faceva sentire a proprio agio. Tornò davanti allo specchio e sorrise. Il verde scuro del caftano le metteva in risalto gli occhi e i capelli rossi. Aggiunse alcune collane d'oro e un paio di pesanti braccialetti.

Poi fece alcuni respiri profondi per cercare di calmarsi. Era nervosa.

«Su, ragazza, ne hai viste di peggiori. Questa è la tua serata. Pensa ai soldi e cerca di godertela.»

Rose percorse il corridoio e trovò Roddy che la aspettava in salotto, in smoking.

«Sto bene? Sii sincero.»

Lui le tese le mani. «Splendida, stupefacente. Quel caftano è meraviglioso. Balmain? Galanos?»

Rose sorrise e gli prese le mani. «Nessuno dei due, temo. Di questi tempi anche Marks & Spencer è al di sopra del mio budget.»

«Aspetta che finisca la serata e vedrai... Una volta che il mondo dell'arte avrà salutato il ritorno della figliol prodiga, potrai comprarti l'intera collezione di qualsiasi grande casa di moda.» Guardò l'orologio. «Bene, il taxi ci aspetta. È ora di andare. E non preoccuparti, tesoro. Tornerai in questo appartamento da regina.» Roddy sfiorò delicatamente la guancia di Rose e le offrì il braccio. Lei sorrise e lo seguì.

Alle nove la galleria era strapiena. Lo champagne scorreva a fiumi e Rose era circondata da volti che non vedeva da vent'anni. Sempre tenendo d'occhio i critici d'arte che esaminavano con calma ognuno dei suoi dipinti, chiacchierò con le molte persone che erano venute a sostenerla. Era un tuffo nel passato. La stessa gente, la stessa atmosfera... Eppure molte cose erano cambiate. E i capelli bianchi e le rughe di persone con cui aveva ballato fino all'alba anni prima ne erano una testimonianza. Era strano vedere molti dei giovani artisti scapestrati che aveva conosciuto trasformati in adulti sobri con lavori seri e mogli sottobraccio.

Tutti le facevano le stesse domande. Dopo una settimana di pratica con i giornali ormai era diventata abile a rispondere, le parole le venivano facili.

Si guardò attorno e scorse Roddy parlare con un collezionista d'arte che ricordava dagli anni Cinquanta. All'epoca era ricco e aveva comprato tre dei suoi dipinti. Aveva soltanto bisogno che qualcuno influente quanto lui facesse il primo passo. Gli altri lo avrebbero seguito a ruota.

Rose guardò furtivamente l'orologio, chiedendosi dove diavolo fosse finito Miles. Aveva promesso di essere lì per le otto e mezza, ma di lui non c'era traccia.

«Rose, tesoro!» Roddy interruppe i suoi pensieri. «Che cosa ti avevo detto? Sapevo che sarebbe stato un grande successo. Ora vieni a salutare Peter. Sono sicuro che ti ricordi di lui. Negli anni Cinquanta ha comprato tre dei tuoi dipinti ed è interessato ad acquistarne due di questa collezione. Quindi sii gentile e...»

Peter Vincent era il collezionista con cui Rose aveva visto Roddy un attimo prima. Sfoderò il suo sorriso più affascinante e andò a stringergli la mano.

Nel frattempo Miles stava entrando nella galleria. La cameriera gli offrì un calice di champagne, ma lui rifiutò e prese del succo d'arancia. Si guardò intorno nella stanza gremita e vide sua madre immersa in una conversazione.

Odiava le folle come quella. Lo facevano sentire a disagio e insignificante. Un frammento di umanità tagliato via dall'articolazione principale. Ma sua madre lo aveva scongiurato di andare e non aveva potuto rifiutarsi. Così era arrivato a Londra e aveva passato gli ultimi due giorni a vendere il suo portfolio di fotografie a riviste e giornali.

E quel pomeriggio si era trovato un lavoro. Un contratto temporaneo, ma con un'importante rivista di moda. Il mese seguente sarebbe volato a Milano per coprire le sfilate delle collezioni estive e primaverili dell'anno successivo. Non avrebbe scattato le foto, ma avrebbe lavorato come assistente di uno dei fotografi più famosi della rivista, Steve Levitt. E tra il cambio dei rullini e il trasporto dell'attrezzatura, forse avrebbe avuto la possibilità di fare anche qualche scatto suo.

Miles iniziò a vagare tra le stanze, osservando i quadri appesi al muro. Trovava sempre strani i lavori di sua madre, non riusciva ad associarli alla persona che conosceva. Ne capiva il talento, ma preferiva la riproduzione obiettiva della realtà delle sue fotografie.

Svoltò l'angolo, lieto che quella zona della galleria fosse meno affollata delle altre, e si ritrovò di fronte il ritratto di Leah. Il suo bel viso risplendeva dalla cornice, ma il disegno non le rendeva giustizia come le fotografie che lui le aveva scattato negli anni.

«Bastardo...» mormorò sottovoce.

«Come, prego?» Alle sue spalle era comparso un tizio biondo che stava studiando il disegno.

«Niente, mi dispiace» si affrettò a rispondere.

«Oh.» L'uomo alzò un sopracciglio. «Non sai per caso chi è questa ragazza, vero?»

«Dovrai chiedere al gallerista. Mi spiace, non posso aiutarti.» Miles si allontanò e uscì furtivo dall'edificio.

Steve Levitt annuì e fissò di nuovo il ritratto. La ragazza era splendida. Giovinezza, innocenza e bellezza, tutto quello che Madelaine cercava a ogni angolo di strada, ogni giorno della sua vita. E il tipo di viso che Steve sognava di fotografare. Si fece strada tra la folla e trovò Roddy in compagnia di Rose Delancey.

«Steve, amore.» Roddy lo baciò sulle guance. «Hai conosciuto la star della serata, Rose Delancey?»

«Sì.» Steve sorrise. «Anni fa, ma sono sicuro che non si ricorderà di me. A quei tempi ero un fotografo spiantato che cercava in tutti i modi di guadagnarsi il pane.»

«Invece mi ricordo benissimo. Una volta mi hai scattato una foto a Regent's Park con un uomo che cercavo di tenere nascosto e l'hai venduta a mezza Fleet Street.» Rose ridacchiò.

«Oddio, ti ricordi di me!» Steve alzò le mani con finto orrore. «Colpevole del capo d'accusa, temo.»

«Sono certo che Rose ti perdonerà. Sai che Steve è il fotografo più quotato di Londra? Anche le megere dell'alta società si rivolgono a lui invece che a Bailey» dichiarò Roddy.

«Me la cavo.» Sorrise Steve. «A dire il vero mi chiedevo se potessi aiutarmi, Roddy. Dietro l'angolo ho visto uno schizzo a carboncino di una ragazza straordinaria. Sai chi è? Sono sicuro che Madelaine sarebbe molto interessata a lei.»

Roddy si strinse nelle spalle. «Temo di no. E tu, Rose?»

«Sì, ma prima vorrei sapere chi è Madelaine» chiese, sospettosa.

«La *châtelaine suprême* della più grande agenzia di modelle di Londra» spiegò Roddy.

Rose era incuriosita. «Oh. Be', la ragazza del ritratto non ha nemmeno diciassette anni, li compirà alla fine del mese...»

«Perfetto. Ci piacciono giovani, di questi tempi.»

«Si chiama Leah Thompson. È la figlia della mia governante.»

«Una vera e propria Cenerentola!» esclamò Roddy.

«Se non hai nulla in contrario, Roddy, domani vorrei portare qui Madelaine per mostrarle lo schizzo. Poi potremmo convincere la ragazza a fare un salto in ufficio e...»

«Fermi un attimo...» lo interruppe Rose. «Quella ragazza vive nello Yorkshire e sta studiando per gli esami. Non credo proprio che i suoi genitori vorrebbero che venisse a fare un salto a Londra.»

«In tal caso sarà Madelaine a venire nello Yorkshire. È molto brava a gestire genitori difficili, te lo garantisco.»

Rose non cedette. «Non lasciamoci prendere dall'entusiasmo. Non sai niente di Leah, non l'hai mai vista dal vivo e...»

Steve la interruppe. «Se è bella la metà di quello che sembra nel ritratto, nel giro di un paio d'anni diventerà una top model come Jerry e Marie. Tu la conosci, Rose. Quanto è alta?»

Rose sospirò, consapevole che l'altezza di Leah, che stimava fosse superiore a un metro e settantacinque, avrebbe fatto illuminare ancora di più gli occhi del fotografo. Perciò rispose con riluttanza.

«Di bene in meglio!» Steve era raggiante. «È stato bello rivederti. Spero che tu mi abbia perdonato per lo scatto a Regent's Park. Quella foto, in realtà, è stata la svolta della mia carriera.» Si rivolse a Roddy. «Allora torno domani insieme a Madelaine, d'accordo?»

«Perfetto» rispose lui. «Così, oltre ad aver riscoperto una delle più grandi artiste viventi, potrò anche vantarmi di aver contribuito a lanciare la carriera di una giovane modella.»

Steve salutò con la mano e uscì dalla galleria. Roddy abbracciò forte Rose. Fremeva di eccitazione. «Allora, siamo quasi certi che Peter ne prenderà due, ho un americano che tornerà domani per studiare *Light of my Life* e un collezionista parigino che è una certezza assoluta per *Tempest*. Potresti aver fatto una fortuna stasera, tesoro. Andiamo a fare un giro e vediamo se riusciamo a individuare altri potenziali acquirenti. La notte è giovane, mia cara.»

Mentre seguiva l'amico nella galleria ancora affollata, Rose si concesse un piccolo sorriso. Era bello essere tornata.

15

«Cosa posso dire, mia cara? Possiamo usare la parola "trionfo" senza paura di esagerare. Sei tornata, Rose!»

Erano al telefono, ma sapeva che Roddy stava sorridendo da un orecchio all'altro.

Preoccupata per Miranda e la bambina, il giorno dopo l'inaugurazione Rose aveva insistito per prendere il primo treno e tornare a Leeds. Il suo amico aveva protestato, dicendo che c'erano ancora dei compratori che voleva farle incontrare, ma lei non si era lasciata dissuadere.

Ora sedeva nel suo studio, circondata dai giornali della domenica, la maggior parte dei quali con recensioni positive o addirittura entusiastiche della sua mostra.

«Grazie, Roddy, grazie di tutto il tuo aiuto.»

«Non ringraziarmi, tesoro. Sei tu l'artista. A proposito, penso che tu possa uscire a comprarti delle nuove tele e dei pennelli. Puoi permetterteli. Abbiamo venduto sei dei tuoi quadri, per un totale di 15.000 sterline.»

«Oddio, è incredibile!» esclamò lei.

«Niente in confronto a quello che guadagnerai in futuro, ma è un inizio. L'altra notizia è che ieri Steve Levitt ha portato qui Madelaine a vedere il ritratto di Leah. E ci è mancato poco che saltasse subito su un taxi per venire nello Yorkshire.»

«Accidenti...» sussurrò Rose.

«Già. Steve va a Parigi la settimana prossima, ma vuole portare Madelaine a conoscere questa ragazza dal vivo quando tornerà. Sarà più o meno all'inizio di settembre. Ho pensato che potrei unirmi a loro e venire a vedere dove vive e lavora la mia artista numero uno. Veniamo su con la Jag e saremo lì per pranzo. Che ne dici?»

«Va bene, Roddy, ma non so dirti quale sarà la reazione dei genitori di Leah a tutto questo.»

«Ti suggerisco di chiedere a Leah e a sua madre di raggiungerci dopo pranzo. Poi Madelaine potrà mettersi al lavoro.»

«Non sono sicura di volermi immischiare. Presto inizierà il nuovo trimestre a scuola e...»

«Senti, dai alla ragazza la possibilità di scegliere. Può sempre dire di no a Madelaine, se vuole.»

Rose cedette. «Va bene, Roddy.»

«Finalmente! Di' a Leah che è un grande onore che Steve Levitt sia pronto a venire fin nelle terre selvagge dello Yorkshire con Madelaine Winter.»

«Domani vedrò sua madre e glielo anticiperò.»

«Grande. E potrei avere altre buone notizie per te sui tuoi dipinti. Domani viene in galleria un tizio interessato ad altri tre. Ci sentiamo. Ciao, tesoro.»

Riagganciò. Rose si spostò in cucina, dove Miranda stava sterilizzando il biberon per la bambina. Chloe gorgogliava allegra nella sua navicella sul tavolo della cucina.

«Ciao, piccola.» Rose si avvicinò alla bambina, che le strinse il dito con una delle sue manine. Poi la prese in braccio e la cullò. «Cavolo, sei forte. Che presa! Ma sai che sei cresciuta mentre ero via?»

«Se lo dici tu...» commentò Miranda imbronciata.

Rose guardò la figlia e fece un sospiro. La nascita di Chloe l'aveva cambiata. Era come se avesse perso tutta la sua esuberanza. Era passata dall'essere quasi ossessiva riguardo al suo aspetto al non prendersi nemmeno la briga di pettinarsi. I suoi bei capelli biondi erano sempre raccolti in una coda di cavallo. E indossava lo stesso paio di jeans da settimane.

«Era Roddy al telefono. Buone notizie. Ha venduto sei dei miei quadri per una grossa somma di denaro. Dobbiamo festeggiare. Domani ti porto a York a fare spese folli.»

«E la bambina?» Miranda strappò bruscamente Chloe dalle braccia di Rose e si sedette a tavola. La piccola vagì mentre la madre le infilava il biberon in bocca.

«Sono sicura che alla signora Thompson non dispiacerà farle da babysitter. Sai che la adora. E devo comunque chiamarla per parlarle di Leah.»

Miranda alzò lo sguardo. «Leah?»

Rose sapeva di dover parlare con molta cautela. Miranda era già abbastanza demoralizzata. «Sembra che un fotografo possa essere interessato a scattarle delle foto. È un amico di Roddy e verrà qui a pranzo a settembre.»

«E come mai questo tizio sa che aspetto ha Leah?»

Gli occhi della giovane erano duri, interrogativi.

«C'era un suo ritratto alla mostra» si affrettò a rispondere. Poi si alzò in piedi, imbarazzata. «A più tardi, tesoro.»

Miranda chiuse gli occhi mentre Rose lasciava la cucina e ascoltò sua figlia succhiare contenta il biberon.

Detestava l'odore di pannolini sporchi, per non parlare di quello di borotalco e latte che impregnava tutti i suoi vestiti. Odiava doversi alzare a ogni ora della notte per darle da mangiare e vedere la sua esistenza rovinata da un esserino che dipendeva da lei in tutto e per tutto. Aveva soltanto diciassette anni e le pareva che la sua vita fosse finita prima ancora di cominciare.

Quella faccenda, però, le aveva insegnato una lezione. Odiava gli uomini. Li odiava da morire. Perché la vita del padre non era stata rovinata come la sua? Un anno prima stava immaginando il proprio futuro. Progettava di controllare gli uomini e usarli per ottenere ciò che desiderava. E invece ora era lei la vittima.

Tolse il biberon vuoto dalla bocca di Chloe e se la mise sulla spalla per farle fare il ruttino.

La nascita della bambina le aveva fatto pensare a sua madre. Per la prima volta nella vita si chiedeva chi fosse e per quale motivo l'avesse abbandonata quando era piccola. A volte Miranda desiderava poter fare lo stesso con Chloe.

Ora capiva. Erano tutti egoisti, tutti interessati esclusivamente ai propri obiettivi. Non c'era nessuno a cui importasse qualcosa di lei.

Tutti i suoi sogni erano stati rovinati dall'arrivo di Chloe.

E i suoi occhi si riempirono di lacrime di autocommiserazione.

16

Rose vide la Jaguar verde fermarsi davanti alla fattoria e osservò Madelaine Winter scendere dal sedile del passeggero.

Ex modella e proprietaria dell'agenzia di maggior successo in Europa, era ancora una bellissima donna. Rose sapeva che aveva qualche anno più di lei, ma doveva ammettere che sembrava più giovane. Nei folti capelli neri acconciati in uno chignon non c'era neppure un filo argentato e il corpo che aveva calcato le passerelle fino all'inizio degli anni Sessanta era ancora perfetto. Sfoggiava un tailleur rosso di Chanel e un trucco impeccabile. Non per la prima volta, Rose si sentì vecchia e sciatta, e si ripromise di mettersi immediatamente a dieta.

«Tesoro! Ce l'abbiamo fatta! Santo cielo, è proprio un posto isolato. Come fai a vivere qui?»

Rose sorrise all'amico, salutandolo con un bacio, poi accolse Steve e Madelaine con una stretta di mano e li accompagnò in salotto.

«Che vista magnifica!» esclamò Madelaine, guardando dalla finestra.

«Sì, davvero» soggiunse Steve.

«Devo dirvelo, spero ne sia valsa la pena fare tutta questa strada per la ragazza. Siamo rimasti bloccati in un ingorgo e ci metteremo ore a tornare in città» si lagnò Roddy.

Rose pensò a quanto era strano avere tre eleganti londinesi nel suo salotto. Erano completamente fuori contesto. Leah si sarebbe sentita in soggezione, e Rose si chiese se avesse fatto la cosa giusta a incoraggiare la signora Thompson a lasciarglieli incontrare.

«Ho fatto preparare un pranzo leggero, ma prima beviamo qualcosa qui, se siete d'accordo.»

«Perfetto! Ho portato una bottiglia di champagne per festeggiare la vendita del tuo decimo dipinto. L'ho consegnato ieri.» Roddy estrasse una magnum dalla busta che aveva in mano.

«Congratulazioni, Rose. A Londra si parla ancora della tua mostra!» Madelaine sorrise, scoprendo una fila perfetta di denti bianchi.

Rose trovò dei bicchieri e Roddy propose un brindisi a lei.

«E a Leah» aggiunse Steve.

«A proposito di Leah, sua madre è in cucina a preparare il nostro pranzo, lei ci raggiungerà dopo. Doreen non è molto contenta di tutto questo, quindi ci andrei piano se fossi in voi. È una integerrima donna dello Yorkshire e un'ottima governante. Non voglio che né lei né Leah si sentano pressate a fare qualcosa che non vogliono.»

«Non preoccuparti, Rose, le tratterò con cautela, te lo prometto» la rassicurò Madelaine.

In quel momento la porta si spalancò ed entrò Miranda. Rose trattenne il respiro. Sua figlia indossava una delle sue minigonne e un top scollato. E il viso era di nuovo coperto di trucco. Non poté fare a meno di sentirsi un po' in imbarazzo.

«Oh, Miranda. Ti presento Madelaine Winter, Steve Levitt e Roddy Dawes. E lei è mia figlia.»

Miranda sorrise e, prima di entrare in salotto, rimase qualche istante in posa sulla soglia. «Ho pensato che potrei unirmi a voi per il pranzo, se per te va bene, Rose.» Parlava in tono lento e strascicato.

«Certo, tesoro. Miranda mi ha appena dato una bellissima nipotina.»

La ragazza le scoccò un'occhiata velenosa.

«Andiamo a mangiare» si affrettò ad aggiungere la padrona di casa.

Si accomodarono in sala da pranzo e Miranda attese spudoratamente che Steve si sedesse per poi accomodarsi proprio accanto a lui.

«Oh, ecco Doreen con la zuppa. Doreen, ti presento Steve Levitt. È lui il signore di cui ti ho parlato.»

«Piacere di conoscerla, signora Thompson. Non vediamo l'ora di incontrare Leah.»

La governante si limitò a fare un cenno col capo.

«Confermo. Mi chiamo Madelaine Winter e dirigo Femmes, un'agenzia per modelle.»

A Rose dispiaceva tantissimo per Doreen. Sapeva che, se Madelaine voleva davvero Leah, quella povera donna non avrebbe potuto fare nulla per fermarla. Sarebbe stata eliminata come un fastidio di poco conto.

La signora Thompson finì di servire la zuppa e uscì dalla stanza.

«In realtà ho una sorpresa per te, Steve» disse Rose.

«Oh, sono curioso.»

«Ho sentito dire che "Vogue" ha assunto un assistente per seguirti a Milano.»

Lui sospirò. «Sì, il mio fidato Jimmy mi ha piantato in asso per mettersi in proprio. Diane mi ha promesso che mi avrebbe trovato un sostituto. È solo per una settimana. Se fa schifo posso sempre trovare qualcun altro quando torno.»

«Be', spero proprio che non ti faccia schifo, visto che è mio figlio Miles.» Rose sorrise.

«Tuo figlio?!» esclamò Steve.

«Che coincidenza, eh? Non lo sapevo nemmeno io, ma poi sabato stavamo parlando e mi ha detto che avrebbe lavorato per te a Milano.»

«È qui?»

«No, è a Londra, ma sono sicura che non resterai deluso. È un fotografo di talento e gli ho ordinato di comportarsi bene.»

«Com'è piccolo il mondo!» commentò Steve.

Rose tenne d'occhio Miranda per tutto il pranzo, costernata da come continuava a flirtare con Steve, scuotendo i capelli e chinandosi in avanti in modo da mostrare la scollatura a tutti i commensali.

«Tua figlia sa che non ha speranze?» le sussurrò Roddy. «Te lo dico io, è gay quanto me.»

Rose annuì mentre si spostavano di nuovo in salotto per il caffè e fece una smorfia quando notò che Miranda per poco non era salita in braccio a Steve anche sul divano.

La signora Thompson li raggiunse cinque minuti dopo, reggendo il vassoio del caffè. Dietro di lei, imbarazzatissima, faceva capolino Leah.

Miranda la squadrò da capo a piedi. Non riusciva proprio a capire perché mai Steve fosse interessato a lei. Era solo una giraffa pelle e ossa, senza un minimo di sex appeal. Non poteva competere con lei.

«Credo sia ora di dare il biberon a Chloe, cara» disse Rose.

Miranda si accigliò. «Sta bene, sta dormendo.»

«Ma vai a controllare, d'accordo?»

La ragazza si alzò riluttante. «Ci vediamo dopo, Steve.» Gli fece un sorriso raggiante e uscì.

Steve, però, stava fissando la ragazza sulla soglia che indossava un paio di vecchi jeans e una maglietta larga che le dava un'aria naturalmente aggraziata. I suoi capelli erano meravigliosi. Color mogano, lunghi e folti. Il viso era perfetto per l'obiettivo, con gli zigomi alti e i larghi occhi castani. Inoltre era alta e slanciata. Osservò Madelaine fissare Leah, e quando lei gli rivolse un cenno quasi impercettibile, capì di aver trovato qualcosa di speciale.

«Leah, ti presento Steve Levitt e Madelaine Winter.» Rose si alzò e la condusse prima da Steve e poi da Madelaine. Lei strinse loro timidamente la mano. «Ora vieni a sederti accanto a me, e anche tu, Doreen. Madelaine vorrebbe parlare con entrambe.»

Madelaine sorrise gentilmente alla giovane. «Leah, sai qualcosa del mondo delle modelle?»

La ragazza scosse la testa. «Non proprio.»

«Ma avrai visto le modelle sulle copertine delle riviste, no?»

«Certo.»

«Bene. Io e Steve, che ha scattato alcune di quelle foto, pensiamo che anche tu potresti finire sulle copertine.»

«Io?» ripeté Leah, stupita.

Steve annuì. «Sì, proprio tu. Per questo ho portato Madelaine a conoscerti di persona. Gestisce una delle più grandi agenzie per modelle di Londra.»

«Cos'è un'agenzia per modelle?» chiese Leah.

«Seguo diverse ragazze: mi occupo di trovare lavori da modelle per loro, concordo il compenso e mi assicuro che vengano pagate» spiegò Madelaine. «E mi piacerebbe molto aiutarti a costruire una carriera, Leah.»

La signora Thompson sedeva in silenzio accanto alla figlia. Leah la guardò come per chiedere aiuto, ma Doreen era sopraffatta quanto lei.

«A fine anno ho gli esami» riuscì a dire Leah, e sua madre annuì in segno di approvazione.

«Non c'è motivo per cui non dovresti poter continuare gli studi a Londra. Avrai tutto il tempo per studiare mentre viaggi» la rassicurò Madelaine.

Leah assunse un'espressione terrorizzata. «Quindi dovrei andare via da qui e trasferirmi a Londra?»

Madelaine annuì. «Sì, ma potrai venire a trovare i tuoi genitori tutte le volte che vorrai, e sono sicura che ti divertiresti molto con le altre ragazze.»

«Ma...» Leah cercò disperatamente un'altra scusa. «Ho compiuto diciassette anni la settimana scorsa.»

«L'età perfetta, mia cara. Preferisco prendere le ragazze da zero e farle crescere con me. Così sono sicura che non si portino dietro cattive abitudini da altre agenzie.»

«Cosa ne pensi, mamma?» chiese la giovane.

La signora Thompson sospirò. «Non lo so, Leah. Non so niente di queste cose. E non mi piace che tu vada a Londra a vivere da sola.»

«All'inizio potrebbe accompagnarla lei, Doreen» disse Madelaine.

«Impossibile. Mio marito Harry è in sedia a rotelle e ha bisogno di cure.»

«Mi dispiace.»

Rose notò un lampo increspare la fronte elegante di Madelaine.

«Bene, non sarebbe un problema trovare un posto in cui Leah possa vivere, magari un appartamento con una delle mie modelle. Un altro aspetto da tenere in considerazione è che Leah guadagnerebbe molto se dovesse avere successo. Immagino che a te farebbe piacere essere d'aiuto in famiglia, dico bene?» chiese Madelaine con un sorriso.

Rose era inorridita da quello spietato ricatto emotivo. Vide Leah vacillare.

«Certo, ma...»

«Credo che la cosa migliore sarebbe invitare madre e figlia a Londra per un paio di giorni, per vedere come si trova Leah» intervenne Rose con fermezza. «Sono più che certa che Madelaine può trovare una brava infermiera che si occupi di Harry mentre siete via.»

«Buona idea!» fece Steve. «Io ne approfitterei per fare qualche foto alla ragazza e vedere come vengono. Mentre Doreen e Leah potrebbero venire nei tuoi uffici, Madelaine, e fare una chiacchierata.»

«Certamente. Sarebbe un'ottima occasione per voi di capire meglio come funziona il settore.» Madelaine era raggiante. Sapeva che, una volta a Londra, sarebbe stata sulla buona strada per assicurarsi un contratto con Leah Thompson.

«Fantastico!» Roddy si diede una pacca sulle ginocchia e si alzò. «Ora penso davvero che dovremmo ripartire. Di sicuro beccheremo l'ora di punta e alle otto ho un appuntamento per cena.» Steve e Madelaine si alzarono.

«La settimana prossima parto per Milano, per le sfilate, ma Madelaine ti chiamerà per fissare un appuntamento per la successiva. A presto, Leah. Non vedo l'ora di rivederti.» Steve le strinse la mano.

«Arrivederci, cara. A presto.» Madelaine sorrise alla ragazza, poi seguì Rose, Roddy e Steve fuori dalla porta.

Leah e la signora Thompson rimasero sole in soggiorno.

«Cosa ne pensi, mamma?» Leah aveva gli occhi sgranati.

«Penso che a tutte e due farebbe piacere una bella tazza di tè. Vieni, tesoro.» La signora Thompson passò un braccio intorno alle spalle della figlia e la portò in cucina.

«Rose, promettimi che proverai a convincere la madre nei prossimi giorni. Leah è sensazionale. Devo averla!» la implorò Madelaine.

«Farò il possibile, ma penso che sia Leah quella da convincere. Non sembrava molto entusiasta alla prospettiva di lasciare casa.»

«Non ci credo... Tutte le ragazze sognano di diventare una star! Abbiamo scelto l'unica che non ha la minima idea di cosa ha da offrire» disse Steve.

«Fa parte del suo fascino» gli ricordò Madelaine. «E non vogliamo perderlo. Grazie per il pranzo, Rose. *Au revoir.*» Madelaine montò in macchina.

Roddy salutò l'amica con un bacio. «Ti faccio sapere se ci saranno ulteriori sviluppi sulle vendite dei quadri. Ora torna nel tuo studio e rimettiti a lavorare. Avrò bisogno di molti altri Rose Delancey da vendere il prossimo anno.» Sorrise.

Rose salutò l'auto mentre scompariva giù per la collina, poi rientrò in casa. Leah e la madre erano sedute in cucina a bere il tè.

«Non lo so, signora Delancey. Cosa ne pensa di questa storia di fare la modella?» chiese Doreen.

Rose scrollò le spalle. «Be', credo che dovrebbe sentirsi onorata che il fotografo più quotato di Londra e la migliore agente del settore siano venuti fin qui appositamente per vederla.»

Leah arrossì. «Non riesco a credere che pensino che sia abbastanza carina per fare la modella, signora Delancey.»

«Lascia che siano loro a decidere. Sono professionisti. Non perderebbero tempo se non pensassero che potresti avere successo.»

«Non saprei...» La signora Thompson scuoteva la testa, dubbiosa.

«Senti, Doreen, penso che dovresti accompagnare Leah a Londra e poi decidere. Quello che posso dirti è che Madelaine è la migliore e si prende davvero cura delle sue ragazze. Inoltre, se diventasse una modella di successo, tua figlia potrebbe guadagnare un sacco di soldi.»

«Non mi piace l'idea di stare a Londra da sola, ma se guadagnassi un po' di soldi, tu e papà...» La voce di Leah si spense.

«A parte il fatto che sarebbero tuoi, non prendere decisioni in base ai soldi. Io e tuo padre ce la siamo cavata bene finora, e oserei dire che continueremo a farlo» dichiarò con fermezza la signora Thompson.

Miranda entrò in cucina con Chloe su una spalla.

«Ciao, piccolina» tubò la governante, precipitandosi a prendere in braccio la bambina.

«Come sta la nuova Twiggy?» chiese Miranda con voce strascicata.

«Ha fame, come tua figlia» replicò brusca Doreen. «Perché non vai a casa, amore?» disse a Leah. «Racconta tutto a tuo padre e inizia a preparare il tè. Io finisco di pulire qui.»

«Va bene, mamma. Arrivederci, signora Delancey. Ciao, Miranda.» Leah aprì la porta della cucina e si incamminò verso casa.

Una volta fuori, inspirò la fresca aria autunnale. Adorava l'inizio di settembre, quando la brughiera cominciava a tingersi di una tenue sfumatura dorata e al mattino la nebbia aleggiava dolcemente sulle colline.

Come poteva lasciare lo Yorkshire? E sua madre e suo padre? Sarebbero rimasti da soli, se lei fosse andata a Londra. D'altra parte, se quello che diceva la signora Winter era vero, aiutarli sarebbe stato un sogno. Erano secoli che facevano i salti mortali per far quadrare i conti.

La prospettiva di perdere tutto ciò che aveva dato per scontato negli ultimi diciassette anni la rese improvvisamente grata per la vita che aveva.

In pochi minuti raggiunse il posto in cui lei e Brett avevano trascorso tanti bei momenti insieme. Si fermò e si sedette. Era passato un anno, eppure lo sognava ancora ogni notte. Era perseguitata da un ragazzo che continuava ad amare anche se voleva odiarlo. Forse andare via l'avrebbe aiutata a dimenticare.

Una volta a casa, andò direttamente nella stanza di suo padre. Si era addormentato leggendo un libro e gli occhiali gli erano scivolati sulla punta del naso. Leah lo guardò con un'ondata di affetto.

Il signor Thompson si mosse e aprì gli occhi. E sorrise quando vide la figlia sulla soglia.

«Ciao, tesoro. Com'è andata con quei tizi di Londra?»

Leah andò a sedersi sul pouf accanto a lui. «Vogliono che mi trasferisca in città per fare la modella.»

Harry trasse un respiro profondo. «Ah sì? E cosa ne pensi?»

Leah scosse il capo. «Non lo so. La signora Delancey dice che è una grande opportunità, ma dovrei andare a vivere a Londra. E sentirei un sacco la mancanza tua, della mamma e di casa.»

Il signor Thompson guardò la sua bellissima figlia e sorrise della sua espressione turbata. Era stato molto preoccupato per lei nell'ultimo anno. Aveva sofferto fin troppo per la sua prima delusione d'amore. Ma sapeva che con il tempo le sarebbe passata, e un futuro da modella poteva essere la cosa giusta per farle ritrovare la fiducia. Gli avrebbe spezzato il cuore vederla andare via, ma sapeva che Leah aveva qualcosa di speciale: meritava di esplorare il mondo e trovare il suo futuro altrove.

«Lo so che io e la mamma ti mancheremo, ma qui non c'è lavoro e qualcuno è venuto a offrirtene uno. E anche ricco!»

Leah prese la mano di suo padre. «Ma dovrei lasciare la scuola, e mi sono impegnata tanto per andare bene... Voglio superare gli esami e pensare all'università.»

«È una decisione che puoi prendere soltanto tu, Leah. Ma un'opportunità come questa non si presenta spesso. Sarò dalla tua parte qualunque cosa tu decida di fare. Sei una brava ragazza e, anche se vorrei tenerti qui per sempre, penso che meriti qualcosa di più che finire in un ufficio a fare la segretaria con una nidiata di figli che ti aspetta a casa. Sei una ragazza bellissima. Hai preso da tuo padre, ovviamente.» Il signor Thompson sorrise. «Vieni a darmi un bacio.»

Leah gli mise le braccia al collo e pensò a quanto sarebbe stato bello avere i soldi per ricoprirlo di regali in cambio della gentilezza che le aveva sempre dimostrato. Lo tenne stretto. «Ti voglio bene, papà.»

Lui sentì un nodo in gola. «Su, vai a preparare il tè. Tuo padre ha fame e tu non sei ancora una superstar.» Guardò la figlia lasciare la stanza ed estrasse dalla tasca del cardigan un fazzoletto per asciugarsi gli occhi. Leah era la sua ragione di vita. E sapeva che l'avrebbe persa.

17

«Sono favolose!» esclamò Madelaine con entusiasmo, sparpagliando le foto sulla scrivania in modo che anche Leah potesse vederle.

«Sono davvero io, signora Winter?» chiese Leah, contemplando esterrefatta la bellissima ragazza in foto.

«Per favore, chiamami Madelaine, e sì, sei proprio tu, Leah. È incredibile quello che possono fare un bravo truccatore e un bravo fotografo, non è vero?»

«Sembro molto più vecchia.»

«Be', io direi che sembri più sofisticata. E anche i vestiti aiutano.»

Doreen sfiorava le foto con reverenza. «Devo ammettere che il signor Levitt ha fatto un buon lavoro. Non riesco a credere che questa sia la nostra Leah.» Sorrise con orgoglio.

Madelaine tirò un sospiro di sollievo. Dopo aver speso un patrimonio per ospitarle all'Inn on the Park nelle ultime tre notti, aver rassicurato per ore la signora Thompson sul fatto che si sarebbe presa cura della figlia per tutta la sua permanenza a Londra, e aver persino pagato un'infermiera per assistere il marito disabile, era felice di veder brillare nel suo sguardo quella scintilla di orgoglio materno che conosceva così bene. Ora le restava soltanto da convincere la ragazza.

«Ti è piaciuta la sessione fotografica, Leah? Steve mi ha detto che vi siete divertiti.»

«Sì, mi è piaciuta, signora... cioè, Madelaine. È un uomo gentile.»

«E pensi di poterlo fare a tempo pieno?»

Leah la guardò. Fra il senso di colpa per tutti i soldi che quella donna aveva speso per ospitare lei e la madre in quell'hotel di lusso e il pensiero di come avrebbe potuto aiutare i suoi genitori con i guadagni che le aveva prospettato la signora Winter, era molto difficile dire di no.

Ed era esattamente su quello che intendeva far leva Madelaine.

«E i miei esami?» Guardò sua madre.

«Come ha detto la signora Winter, potresti provare a fare la modella per un anno, e se proprio non ti piace puoi sempre sostenere gli esami l'anno prossimo. È un'occasione unica, Leah» la incoraggiò la signora Thompson.

«Va bene, suppongo che potrei provarci per un po' e vedere come mi trovo» disse lei lentamente.

«Perfetto, cara, anche se la procedura standard prevede che dovrai impegnarti con l'agenzia per un anno.» Madelaine prese il contratto e glielo porse. «Ecco qui, firma pure, così possiamo uscire tutte a pranzo a festeggiare.»

Leah guardò le cinque pagine scritte in caratteri minuscoli davanti a lei.

«Firma, tesoro. Se davvero non ti piacesse e volessi tornare a casa, sono sicura che la signora Winter capirà.»

«Assolutamente, Doreen» si affrettò a dire Madelaine.

Leah, ancora incerta, prese la pesante penna d'oro che le passava la signora Winter. «Ma prima non dovrei leggerlo?»

Madelaine scrollò le spalle con nonchalance. «È pieno zeppo

di termini legali. Ma fondamentalmente dice che Femmes sarà l'unica agenzia a rappresentarti e prenderà una percentuale ogni volta che ti troveremo un lavoro.»

Leah guardò sua madre, che annuì. Poi fece un respiro profondo e scarabocchiò la sua firma sulla linea tratteggiata.

«Meraviglioso!» esclamò Madelaine. «Ora, prima di dedicarci al duro lavoro, andiamo a festeggiare.»

Madelaine le portò in un lussuoso ristorante a due passi dal suo ufficio in Berkeley Square. Ordinò champagne e una dozzina di minuscole portate, e parlò con Leah del futuro.

«Oggi pomeriggio vi farò conoscere Jenny, la tua futura coinquilina. È una delle mie giovani modelle emergenti e ha una stanza libera. Ha un paio di anni più di te ed è una ragazza simpatica e sensibile. Può aiutarti ad ambientarti a Londra. Sono sicura che vi piacerà» disse Madelaine raggiante. «Domani presentati in ufficio alle nove. Prenoterò un appuntamento dal parrucchiere con Vidal e poi da Barbara nel pomeriggio. Ti insegnerà come truccarti. E potrei mandarti da Janet, una mia amica che insegna dizione, giusto per attenuare l'accento dello Yorkshire.»

Leah ascoltò Madelaine pianificare la sua vita e guardò sua madre annuire a tutto ciò che diceva.

«Non è eccitante, Leah? Ringrazia Madelaine di tutto quello che ha fatto per te.»

«Grazie» ripeté la ragazza.

«Cercherò di farti sfilare per le collezioni prêt-à-porter a Milano il mese prossimo. È da lì che iniziano tutte. La caporedattrice di "Vogue" non ti guarda nemmeno se non sei qualcuno in Europa.»

Madelaine continuò a chiacchierare per tutto il viaggio in

taxi fino alla nuova casa di Leah. Era in un quartiere chiamato Chelsea, in una grande casa bianca.

«È una zona molto sicura, Doreen, quindi non devi preoccuparti di niente.» Madelaine suonò un campanello e le aprì una ragazza con indosso una vecchia tuta.

«Tesoro, sei tu!» La ragazza la baciò su entrambe le guance. «Accomodati. Quindi lei deve essere Leah. Piacere, sono Jenny. Coraggio, entra.»

Mentre le tre donne seguivano Jenny su per due rampe di ripide scale, Leah pensò che la sua coinquilina fosse la ragazza più bella che avesse mai visto. Era alta più o meno quanto lei, ma con lunghi capelli biondi e due enormi occhi azzurri. *Molto più carina di me*, pensò.

Jenny le guidò in un tour dell'appartamento, che era piccolo, ma arredato con eleganza. La camera da letto destinata a Leah era poco più grande di un ripostiglio, ma tappezzata con carta da parati a righe e tende abbinate.

Gli «ooh» e gli «ahh» della signora Thompson mentre si guardava intorno nella cucina in miniatura, dotata di tutti gli elettrodomestici più moderni, fecero sentire a Leah la mancanza della cucina semplice e accogliente di casa.

Jenny propose un caffè e Madelaine e Doreen andarono a sedersi in soggiorno.

«Aiutami, Leah. Sembri spaventata a morte.» Jenny le sorrise con espressione rassicurante.

Leah si rilassò. Ma soltanto un po'.

«Non preoccuparti. Ero come te quando Madelaine mi ha scoperta mentre passeggiavo a Bristol. Non ero mai stata a Londra.»

«Nemmeno io» disse Leah.

«Madelaine si prenderà cura di te, e potrai contare su di me. Tieni la testa bassa e fa' ciò che chiede Sua Maestà.»

«Sua Maestà?»

«Sì, noi ragazze l'abbiamo soprannominata "la regina". Ovviamente lei non sa niente» spiegò Jenny in tono cospiratorio.

Leah soffocò una risatina e portò il vassoio del caffè in salotto, cominciando a sentirsi un po' meglio.

Quella sera, però, davanti alla stazione di King's Cross, scoppiò a piangere a dirotto.

«Coraggio, Leah. Sembra che ti abbiano detto che non ci rivedrai mai più! Hai sentito Madelaine? Puoi venire a trovarci già il prossimo fine settimana.»

«Oh, mamma...» gemette la ragazza, aggrappandosi al suo cappotto.

«Forza, ti stai comportando da bambina. Ricomponiti e pensa a quante altre ragazze darebbero qualsiasi cosa per l'opportunità che stai avendo tu» la rimproverò la signora Thompson.

Leah si soffiò il naso e accompagnò la madre al binario.

«Non aspettare di vedermi partire, torna al taxi. Starà costando una fortuna a Madelaine.» Doreen baciò la figlia e aprì la porta di una carrozza. «Ciao, tesoro. Fa' la brava e obbedisci a Madelaine. Ti scrivo appena posso.»

«Salutami papà.»

«Ma certo. Rendici entrambi orgogliosi di te, tesoro.»

Nonostante i suoi sforzi, anche gli occhi di Doreen si stavano riempiendo di lacrime. Salutò frettolosamente la figlia e scomparve nella carrozza per trovare un posto.

Leah ripercorse i suoi passi fino al taxi in attesa. Aprì la portiera della grande macchina nera e salì a bordo.

«Dove andiamo, signorina?»

Leah lesse l'indirizzo di Jenny e l'autista partì, portandola verso la sua nuova vita.

18

«È molto gentile a ricevermi con così poco preavviso. Ci tenevo a incontrarla mentre era a Washington, signor Cooper.»

David studiò l'uomo corpulento con il marcato accento britannico. «Di cosa vuole parlarmi esattamente?»

Era irritato. Aveva un importante meeting di lavoro e non aveva voglia di perdere tempo con le organizzazioni di beneficenza che cercavano di spillargli soldi. In genere era Pat a occuparsi di quel genere di cose. Chissà come aveva fatto quel tizio a sfuggire alla rete.

«Prima di tutto, signor Cooper, devo scusarmi. Sono qui sotto mentite spoglie. Non lavoro per un'organizzazione benefica.»

Ci mancava soltanto questa... David sospirò. «D'accordo, allora per chi lavora?»

«Vuole sedersi, signor Cooper? Così le spiego.»

Sempre più indispettito, David scosse la testa, ma obbedì. «Non perdiamo altro tempo. Cosa posso fare per lei?»

L'uomo cominciò a parlargli a bassa voce e ben presto l'irritazione di David svanì.

Quando ebbe finito, rimase seduto in silenzio, fissando il vuoto. Ogni traccia di colore era scomparsa dal suo viso.

«Come mi ha trovato?» chiese, alla fine.

«Un membro della nostra organizzazione l'ha riconosciuta da un ritaglio di giornale. La conosceva anni fa.»

David annuì lentamente. «Bravi. E ora cosa volete?»

«Sappiamo che sta per stringere un rapporto d'affari con quest'uomo.» Passò a David un fascicolo con il nome dell'uomo in questione sulla copertina.

«Dico bene?»

David annuì lentamente. «Sì. Qual è il problema?»

«Lo ha già incontrato?»

David rifletté. «No. Ho avuto con lui una fitta corrispondenza e abbiamo parlato al telefono, ma finora non ci siamo mai visti. Dovremmo incontrarci a pranzo tra un paio di settimane.»

«Allora le consiglio di leggere il fascicolo. Non serve dirle che è altamente confidenziale. Se dovesse trapelare anche solo una parola, trent'anni di lavoro di intelligence sarebbero stati vani. Glielo lascio.» L'uomo si alzò. «Voglio che lo legga da cima a fondo. Temo che troverà il contenuto un po' inquietante. Fra voi c'è un... un legame di cui non è a conoscenza.» Cooper deglutì a fatica. «Quando avrà finito, vorrei che mi chiamasse a questo numero.» Tese la mano e David gliela strinse.

«Arrivederci, signor Cooper.»

L'uomo lasciò la stanza e David si avvicinò al mobiletto degli alcolici. Si versò un whisky con ghiaccio e si sistemò sulla comoda poltrona dell'albergo per leggere il dossier.

Un'ora dopo aveva le guance rigate di lacrime ed era al quinto drink.

Andò in bagno e si sciacquò la faccia con l'acqua fredda.

Così tanti anni, così tanto dolore. Tutto quel tempo a nascondere il passato, e ora...

Tornò nel salotto della suite e si versò un altro whisky.

Sapeva di dover prendere la decisione più importante della sua vita.

Poi si ricordò della promessa che aveva fatto quando era più giovane.

Le mani gli tremavano ancora per lo shock. La sua mente lo trascinò nel passato, aprendo le porte degli oscuri recessi della memoria in cui non entrava da un'infinità di tempo...

19

Varsavia, 1938

«Mamma, posso andare da Joshua? Ha un trenino nuovo e mi ha chiesto se lo aiutavo a montarlo.»

Adele sorrise affettuosa al bambino di fronte a lei. Nessuno riusciva a resistergli, nemmeno lei. Era molto intelligente e aveva quel viso da angioletto innocente che lo faceva sembrare incapace di pensieri cattivi.

«Sì, puoi andare, purché tu abbia finito la lettura che ti ha assegnato il professor Rosenberg.»

«L'ho finita ore fa. L'inglese è una lingua strana. Ha un sacco di parole che significano più di una cosa. A volte mi confonde.»

Parlava in tono serio e con una proprietà di linguaggio notevole per un ragazzino di dieci anni. I suoi insegnanti prevedevano un futuro radioso per lui.

«Va bene, allora. Puoi chiedere a Samuel di accompagnarti in macchina. E voglio sentirti suonare il violino quando torni.»

«Certo, mamma.»

«Vieni a darmi un bacio, David.»

Lui si fece avanti e le diede un bacio sulla fronte.

«Ciao, mamma.» Sorrise e uscì dal salotto.

Adele sospirò soddisfatta e si disse per l'ennesima volta che era molto fortunata. Era contenta di aver corso un rischio dieci anni prima e di essere fuggita da Parigi con il giovane artista polacco di cui si era perdutamente innamorata.

Nell'estate del 1927 Adele era in viaggio in Europa con la sua zia non sposata, Beatrice. Doveva essere il suo ultimo slancio di libertà prima del ritorno in Inghilterra, dove sarebbe andata in moglie a un uomo scelto da suo padre, che dopo il matrimonio l'avrebbe portata in India. A Parigi Beatrice si era presa una brutta intossicazione alimentare e aveva lasciato la nipote libera di esplorare la città da sola. Era stato durante una passeggiata in un caldo mercoledì pomeriggio che Adele era finita nel quartiere bohémien di Montmartre. Incantata dal rumoroso chiacchiericcio di alcuni artisti radunati ai tavolini dei bar, si era seduta a un tavolo poco lontano e aveva ordinato un *citron pressé*. Pochi minuti dopo uno di loro le aveva chiesto aiuto per risolvere una disputa: secondo lei era Picasso o Cézanne il più grande pittore contemporaneo? Adele si era unita alla discussione e aveva conosciuto Jacob Delanski.

Era rimasta incantata da quel giovane polacco, alto, con i capelli biondi, i penetranti occhi azzurri e la risata contagiosa.

Quel pomeriggio il vino era scorso a fiumi e, dopo qualche ora, Jacob aveva trovato il coraggio di chiederle se poteva farle un ritratto. Adele aveva subito accettato e per tutta la settimana successiva aveva lasciato il lusso della sua suite al Ritz per recarsi nell'angusta mansarda di lui in rue de Seine.

Jacob, con la sua personalità carismatica e l'esuberanza che veniva dall'essere un giovane di talento nella città più eccitante del mondo, le aveva fatto perdere la testa. Adele era stata cresciuta secondo i rigidi dettami dell'educazione vittoriana ed era abituata ai giovani ufficiali dell'esercito inglese, formali e severi, gli unici che suo padre riteneva adatti ad accompagnarla ai balli.

E ora eccola lì, in un atelier d'arte di Montmartre, a bere vino alle tre del pomeriggio e ad ascoltare Jacob che le diceva che la amava e voleva sposarla.

Adele aveva provato a protestare e a fargli notare che era impossibile, ma lui l'aveva zittita, ripetendole che si sbagliava, che era destino. Poi avevano fatto l'amore, e lei aveva capito che Jacob aveva ragione: non dovevano mai più separarsi. Sapeva che suo padre sarebbe venuto a cercarla a Parigi, quindi avevano deciso di spostarsi a Varsavia, città natale di Jacob. Accecata dalla travolgente passione che provava per il suo bellissimo amante, Adele aveva lasciato il Ritz nelle prime ore del mattino con una piccola valigia.

Quando i due fuggitivi erano arrivati a Varsavia, si erano rifugiati da uno dei più vecchi amici di Jacob a Wola, un quartiere di artigiani.

La loro priorità era sposarsi, ma non era facile. Jacob era ebreo mentre Adele di confessione anglicana. E in tutta la città non c'era un solo prete o rabbino disposto a celebrare il loro matrimonio. L'unica soluzione era che uno dei due si convertisse, e Adele accettò di farlo.

Frequentò i corsi di preparazione, mentre Jacob faticava a trovare lavoro per portare del cibo in tavola. In assenza di commissioni sufficienti, si rivolse al padre, che gli offrì aiuto, a condizione che rinunciasse alla pittura e accettasse il posto che gli spettava nella banca di famiglia. Jacob rifiutò quell'offerta e trovò lavoro in una biblioteca, guadagnando a sufficienza da affittare una stanza tutta loro e organizzare una piccola festa per il matrimonio, alla quale i suoi genitori non parteciparono.

All'inizio le cose erano state difficili, ma erano riusciti a farcela grazie all'amore. Jacob non mancava mai di farla sorridere quando si sentiva giù: la sua voglia di vivere era contagiosa e

Adele imparò che non c'era problema che non potesse essere risolto con tenacia e ottimismo. Un anno dopo il matrimonio diede alla luce un bambino che chiamarono David. La loro stanza si riempì presto di pannolini sporchi e dell'odore della vernice, poiché Jacob era più determinato che mai ad avere successo e a dimostrare ai suoi genitori che non aveva bisogno del loro aiuto.

Poco dopo la nascita del primogenito, Jacob aveva avuto l'incarico di dipingere il ritratto di un ricco parente di uno dei suoi amici, commissione che gli aveva procurato abbastanza soldi per un appartamento di due stanze. Tre mesi dopo ritrasse un altro membro della stessa famiglia, e presto la voce cominciò a spargersi. La sua ambizione si era finalmente realizzata e poté lasciare il lavoro in biblioteca.

Alla nascita di Rosa, nel 1931, la famiglia si era trasferita a Saska Kępa, un quartiere residenziale collegato al centro di Varsavia dal nuovo ponte Poniatowski. Jacob si stava guadagnando un'eccellente reputazione come ritrattista, e il suo bell'aspetto e il suo fascino gli permettevano di aggiudicarsi importanti commissioni da matrone di mezza età ansiose di essere lusingate sia sulla tela che fuori.

Man mano che la fama e la prosperità di Jacob crescevano, i suoi genitori, pur disapprovando la sua scelta di vita e la moglie di origine gentile, ricucirono i rapporti, lasciarono il centro della città e raggiunsero figlio e nuora a Saska Kępa. Constatarono con quanta cura Adele allevava i figli secondo la tradizione ebraica e, dopo aver saputo che era di nobili origini in Inghilterra, accettarono il matrimonio e capitolarono di fronte ai nipoti.

Adele nel frattempo aveva capito perché Jacob non aveva potuto rinunciare alla sua religione per lei: sarebbe stato come chiedergli di cambiare la propria essenza. Ma era determinata a far sì che i suoi figli crescessero conoscendo qualcosa anche della sua eredità. Quindi, fin da quando erano piccoli, si era sempre rivolta a loro in inglese, anche se la lingua franca della famiglia era il francese, dato che lei faticava a padroneggiare il polacco. E ora che avevano rispettivamente dieci e sette anni, David e Rosa conversavano senza problemi in tre lingue.

Di sera, quando i bambini si mettevano a letto, Adele raccontava loro le storie della sua vita a Londra. Parlava dell'enorme casa affacciata su Hyde Park in cui aveva vissuto, del Big Ben, del Parlamento e del Tamigi, il fiume che attraversava la capitale del mondo. E quando i loro occhi erano appesantiti dal sonno, prometteva che un giorno li avrebbe portati lì.

Adele pensava spesso ai suoi genitori, chiedendosi come avessero reagito alla sua scomparsa. Si era sentita in colpa a lasciare che fosse la povera zia Beatrice a portare loro la notizia, ma non aveva avuto scelta. Ormai probabilmente la credevano morta.

Un colpo alla porta del salotto strappò Adele alle sue fantasticherie.

«Avanti!»

Christabel, la tata dal viso tondo, accompagnò Rosa da lei tenendola per mano.

«Ciao, piccola.»

La bambina, una sua replica in miniatura, con i folti capelli rossi, tese le piccole braccia. Adele la sollevò e la abbracciò forte.

«Di' alla mamma cosa devi mostrarle» la incoraggiò Christabel.

I grandi occhi color smeraldo di Rosa si spalancarono e consegnò alla madre un foglio di carta che si tolse dalla tasca.

«Ecco» annunciò, orgogliosa.

Era un piccolo dipinto di un vaso di fiori. Adele trattenne il respiro quando realizzò che era opera di una bambina di sette anni. Non riusciva a crederci. L'uso del colore, della forma e dei dettagli era degno di un artista molto più maturo. Adele posò Rosa sul pavimento e si prese un momento per studiare con calma ciò che aveva di fronte. Era davvero notevole. Si chiese se stava giudicando il disegno con occhio imparziale, ma le sembrava oggettivamente incredibile.

Rosa era rimasta immobile di fronte a lei, con le braccia incrociate sul grembiule immacolato.

«Tesoro, è meraviglioso! Sei sicura di aver detto la verità? L'hai davvero fatto tu?»

Rosa annuì. «Sì, mamma, l'ho fatto io.»

«Glielo garantisco, signora. L'ho vista con i miei occhi. Ne ha un album pieno, di sopra.»

«Santo cielo! Allora, Rosa, penso che dovremmo farlo vedere a papà, non credi?»

«Sì. E David?» Gli occhi di Rosa si illuminarono.

«Certo.» Essendo figlia unica, Adele era sempre commossa dal rapporto intimo fra i suoi due figli.

Jacob rimase sconcertato alla vista dell'opera di sua figlia. Capì all'istante che aveva un talento da far impallidire il suo, e non perse tempo a nutrirlo.

Da quel momento in poi, per due ore ogni mattina Rosa assisteva suo padre nell'atelier sul retro. Lui le insegnò tutto ciò che poteva e osservò con orgoglio e stupore la facilità con cui la bambina, nonostante la giovane età, lo seguiva senza sforzo. Anche se non ne parlavano con Rosa, la cui pura gioia nel dare vita alle cose su un foglio di carta era parte del suo dono, Jacob e Adele sapevano che la piccola aveva un talento prodigioso.

Fuori dall'atelier di pittura, invece, David mostrava talento per il violino. Per il suo decimo compleanno, nel 1938, Jacob e Adele gli regalarono il Ludwig, uno Stradivari raro e prezioso. E, sera dopo sera, tutti e quattro si riunivano in salotto ad ascoltarlo suonare.

«Te l'avevo detto che saremmo stati felicissimi insieme» sussurrava Jacob a sua moglie quando si mettevano a letto.

«Sì, amore mio» rispondeva lei con un bacio. «La nostra vita è perfetta.»

E si addormentavano l'uno nelle braccia dell'altra, del tutto ignari degli orrori a venire.

Il 1° settembre 1939 la Germania invase la Polonia. Oltre un milione di uomini, dotati di una potenza aerea superiore, riuscirono a sbaragliare in poco tempo l'inadeguato esercito di difesa. Due settimane dopo, la Russia inviò le sue truppe nell'Est del paese. Nel giro di poco le forze polacche cedettero e la nazione fu divisa tra Russia e Germania.

La battaglia per Varsavia infuriava. Notte dopo notte, Jacob, Adele, David e Rosa sedevano rannicchiati l'uno contro l'altro in cantina. Jacob era sempre più spaventato. Aveva sentito parlare delle atrocità commesse contro il popolo ebraico a Berlino e osservato che anche in Polonia si assisteva a sempre più frequenti episodi di antisemitismo. La politica di «evacuazione» degli ebrei da molte piccole città e villaggi polacchi li aveva spinti a riversarsi nella capitale per sfuggire ai brutali pogrom. Erano già morte migliaia di persone, ma, mentre ascoltava le esplosioni che scuotevano Varsavia, Jacob sapeva che quello era soltanto l'inizio.

Il 27 settembre Varsavia si arrese. Per la prima volta da una settimana, Jacob si avventurò fuori e rimase impietrito di fronte alla devastazione della sua meravigliosa città. Il castello era stato raso al suolo e la stazione centrale, ristrutturata di recente, era irriconoscibile.

Percorse le strade deserte diretto a casa dei genitori, e si sentì il cuore in gola quando vide l'edificio accanto al loro completamente sventrato e ancora fumigante.

«Santo cielo, Jacob... Cosa ne sarà di noi ora che sono arrivati i nazisti? Avresti dovuto far scappare all'estero Adele e i bambini finché ne avevi la possibilità.»

Jacob guardò il viso pallido di sua madre. «Lo so, ma Adele non ha voluto.»

«Ha perso un'occasione. Ora dovrà restare e morire insieme a noi.»

«Non dire così, mamma! In Polonia ci sono tre milioni di ebrei. Ci alzeremo e combatteremo.»

Surcie Delanski ammirò l'atteggiamento ribelle di suo figlio, la sua giovinezza e la sua forza. Ma sapeva, nel profondo del cuore, che la battaglia era già persa.

Dopo la resa di Varsavia, il governo polacco andò in esilio a Parigi. In Polonia fu formato un nuovo governatorato con a capo Hans Frank, che ordinò alla comunità ebraica di Varsavia di istituire un proprio consiglio.

Il padre di Jacob era un membro del consiglio e trasmise al figlio l'ultima serie di istruzioni tedesche a cui la popolazione ebraica doveva sottostare.

«Da domani tutti noi dovremo indossare una fascia identificativa al braccio. E non potremo andare in alcune parti della città.»

Jacob si prese la testa tra le mani. «Papà, non ci credo. E il consiglio non sta reagendo?»

«A che servirebbe? Siamo già sottoposti a un regime di terrore. Sparatorie indiscriminate, ebrei caricati sui camion e portati nei campi di lavoro... Sono già morte migliaia di persone» rispose con espressione grave. «E il peggio deve ancora venire.»

«Ma cosa significa che non possiamo accedere ad alcune parti della città? Questa è una ghettizzazione.»

Samuel Delanski annuì con aria triste. «Sì. E crediamo che sia proprio quello che vogliono. Figlio mio, ascoltami, vendi subito tutto quello che hai. Raccogli più soldi possibile, prima che sia troppo tardi. Grazie a Dio ho avuto il buon senso di prelevare i fondi dal mio conto in banca. Sapevo che i nazisti li avrebbero congelati. Alcuni dei miei amici hanno perso tutto. E andrà sempre peggio. Devi insistere affinché Adele lasci la città con i bambini. Ha ancora il passaporto britannico, vero?»

«Sì.»

«Devi far uscire di qui la tua famiglia, Jacob.» Abbassò lo sguardo. «Mi pesa dirtelo, ma senza di te avranno più possibilità di cavarsela. Una donna inglese e i suoi due figli cristiani.»

Jacob sapeva che era la verità. «Adele non vuole andarsene senza di me. Ma cercherò di persuaderla un'ultima volta.»

«Bene. Ho un amico che può aiutarli a raggiungere Gdynia. Da lì ci sono ancora alcune navi che salpano per la Danimarca. Se riescono ad arrivarci, possono nascondersi finché non ne trovano una diretta in Inghilterra.»

Quella notte Jacob riferì alla moglie il discorso di suo padre, ma, come prevedeva, lei si rifiutò categoricamente di partire senza di lui.

«Non capisci, Adele... Senza di me puoi farcela. Con il tuo

passaporto, tu e i bambini siete inglesi. Nessuno dovrà mai sapere che ti sei convertita quando mi hai sposato.»

Gli occhi di Adele erano pieni di lacrime. Scosse la testa. «Non me ne andrò senza di te. Non posso lasciarti qui ad affrontare un futuro incerto.»

Jacob la guardò. L'amore che provava per lei era più forte che mai. Aveva la possibilità di sottrarsi a quella follia, eppure era disposta a restare e soffrire con lui.

Fece un ultimo tentativo. «Adele, *kochana*, purtroppo non posso venire con te. Se ci catturassero, ci ucciderebbero seduta stante. Dobbiamo pensare esclusivamente al bene dei bambini. Immagina quante sofferenze dovranno affrontare se restano. Per favore, amore mio, ti prego.»

Lei sospirò, poi alzò lo sguardo e gli prese le mani. «Jacob, il giorno in cui siamo scappati da Parigi per stare insieme mi hai implorata di seguire il mio cuore. L'ho fatto, e in quel momento ho capito di aver segnato il mio destino. Non si può tornare indietro. Ho deciso di diventare tua moglie e di convertirmi alla tua fede. Non ripudierò il nostro amore. Mai. Quindi, ti prego, accetta che staremo insieme, come una famiglia, fino al giorno della nostra morte.»

Lo abbracciò e lui la strinse forte a sé.

Poi annuì lentamente. «Fino al giorno della nostra morte.»

Come aveva previsto Samuel Delanski, alla fine di novembre del 1940 Hans Frank ordinò che gli ebrei di Varsavia venissero rinchiusi nella parte settentrionale del centro. Avvisato in anticipo, Samuel era riuscito a procurarsi un piccolo appartamento all'interno della zona del ghetto, nel quartiere dei fabbricanti di spazzole in via Lezno. Aveva soltanto tre stanze: una per Jacob e Adele, un'altra per lui e Surcie, e un soggiorno che offriva abbastanza spazio per un materasso per David e Rosa. Rispetto alle condizioni in cui vivevano gli altri, quell'appartamento era una reggia.

Jacob aveva venduto tutto ciò che possedeva per racimolare del denaro. Insieme ai soldi del padre, supponevano di avere a sufficienza per resistere due anni o più.

Quattrocentomila ebrei furono rinchiusi nel ghetto, un'area di soli tre chilometri quadrati e dodici isolati, da via Jerozolimska al cimitero. Il ghetto era sovraffollato, le condizioni igienico-sanitarie spaventose, e il cibo scarseggiò fin da subito. Adele trascorreva gran parte delle mattine a far la fila davanti a uno dei pochi forni autorizzati per portare a casa il pane.

Samuel e il consiglio fecero del loro meglio per dare un minimo di normalità agli abitanti del ghetto. Vennero istituite delle scuole, si organizzavano dibattiti, si formavano gruppi teatrali e una raffinata orchestra sinfonica teneva dei concerti ogni settimana.

Ma, alla fine del 1940, il numero di ebrei costretti a lasciare i villaggi delle province aveva portato la popolazione del ghetto a oltre mezzo milione. Le razioni di cibo a loro destinate erano state ridotte ed erano appena sufficienti a sfamare metà degli abitanti. Di conseguenza, in tanti morivano di fame e nel frattempo fioriva il mercato nero. Chi si avventurava a suo rischio e pericolo fuori dal ghetto chiedeva prezzi esorbitanti per la merce che riusciva a procurarsi. I Delanski non avevano altra scelta che pagare o morire di fame.

Era una vita strana, piena di paure, soprattutto quando gli amici scomparivano e nelle strade risuonava l'eco degli spari, ma Adele e Jacob cercavano come meglio potevano di mantenere una sorta di routine per il bene dei figli.

I bambini frequentavano la scuola al mattino, poi Jacob si

sedeva con Rosa a dipingere nel pomeriggio, usando il retro di vecchi disegni per prolungare la vita della loro piccola riserva di carta. E così passavano le ore, mentre Adele cercava di preparare una cena decente con le scorte di patate e altre verdure quasi marce. Rosa, che aveva nove anni, sembrava beatamente inconsapevole di ciò che la circondava, anche se a volte si avvicinava a David quando il rumore delle esplosioni la spaventava di notte. La sua natura dolce la faceva benvolere dai vicini, che spesso le regalavano una mela in cambio di uno schizzo.

La sera la famiglia si riuniva attorno al camino e David suonava il suo prezioso Stradivari, che Jacob non aveva avuto il cuore di vendere.

L'aprile successivo, Surcie Delanski fu colpita da un attacco di tifo che si diffuse a macchia d'olio nel ghetto. Morì una settimana dopo. Samuel Delanski la seguì a luglio.

Incapace di parlare per il dolore, Jacob adagiò il corpo di suo padre su uno dei carri, stracarichi, predisposti per lo scopo.

Dopo la morte dei genitori, Jacob divenne silenzioso e più chiuso in se stesso. Smise di dipingere e restava seduto per ore a contemplare la desolazione che li circondava.

Adele era disperata. Suo marito era sempre stato esuberante e vitale, e adesso le sembrava di non riconoscerlo più. Quando cercava di consolarlo, lui la fissava come se non sapesse neppure chi avesse davanti. Per quanto ci provasse, non riusciva a scuoterlo da quel torpore.

E così toccò a lei prendersi cura dei bambini, il che significava anche gestire le forniture di cibo. Già indebolita dagli stenti e dalla fatica di aver accudito due persone malate, un giorno Adele stramazzò sul pavimento della cucina.

Inorridito, David la prese in braccio. Era leggera come una piuma, si sentivano le ossa sotto il vestito logoro. Le diede un po' di brodo che stava bollendo sul fornello e in quel momento si accorse che sua madre si era tolta il cibo di bocca per sfamare la famiglia.

Gli occhi di Adele si riempirono di lacrime mentre guardava il figlio.

«Mangia. Finisci tutto» le ordinò lui.

«No, David.» Spinse via la ciotola.

«Mamma, va tutto bene. D'ora in poi prendo io il comando. Ti prometto che entro stasera avremo qualcosa da mangiare.»

Mezz'ora dopo uscì di casa, e alle sei tornò con un sacchetto di cibo.

Da quel momento in poi David si avventurò fuori una volta alla settimana e al crepuscolo tornava sempre con un sacco pieno di provviste. Quando rincasava era avvolto da un odore tremendo e Adele intuì che usciva dal ghetto attraverso le fogne.

Rosa non domandò mai come si procurasse il cibo. Sapeva soltanto che David si stava esponendo a un terribile pericolo e non voleva pensarci troppo.

L'inverno del 1942 decimò ulteriormente il ghetto. Era impossibile reperire del carbone, e perfino David, nonostante la sua ormai eccellente conoscenza del mercato nero, era in difficoltà. I soldi cominciavano a scarseggiare, aveva calcolato di averne abbastanza per sfamare la famiglia per qualche altro mese. Fortunatamente stava arrivando la primavera.

I suoi viaggi fuori dal ghetto, poi, gli erano valsi un certo numero di informazioni utili. Seppe da una delle sue fonti che il ghetto di Łódź era stato rastrellato e gli ebrei erano stati deportati a Chełmno, e la stessa cosa stava accadendo a Lublino. Circolavano voci terribili secondo cui Chełmno era un campo di sterminio, dove gli ebrei venivano massacrati a migliaia.

David avrebbe voluto confidare la notizia a suo padre e sentirsi dire che non poteva essere vero, ma Jacob era ormai confinato nel suo mondo. Non si alzava quasi più dal letto. Così David affrontò da solo quella terribile paura.

Nel luglio del 1942, nel giorno di Tisha B'av, la festa ebraica che commemorava la distruzione del Tempio di Gerusalemme, David stava tornando a casa con un prezioso carico di cinque patate.

Una pattuglia nazista, come quelle che si vedevano sfilare ogni giorno per le strade del ghetto, gli passò davanti e si fermò di fronte all'edificio che ospitava il consiglio ebraico. David non ci fece molto caso, dando per scontato che i tedeschi stessero continuando a radunare gli ebrei per i loro battaglioni di lavoro forzato, non si fermò ad ascoltare quello che diceva il comandante. La regola d'oro era tenersi alla larga il più possibile.

Più tardi, mentre i Delanski erano riuniti a consumare il loro misero pasto, qualcuno bussò alla porta.

David andò ad aprire e si ritrovò davanti un amico che viveva con la famiglia nell'appartamento sotto il loro. Era molto pallido.

«Entra, Johann. Che succede?»

«Mio padre mi ha mandato ad avvertirti. Oggi ha visto i tedeschi radunare gli anziani e strappare i bambini dalle braccia delle madri. Quelli che hanno preso in Umschlagplatz sono stati portati in via Stawki, vicino ai binari di raccordo, dove c'era una fila di vagoni merci. I vecchi e i bambini sono stati caricati sui vagoni e il treno è partito. Nessuno sa dire dove fosse diretto.» Johann aveva le lacrime agli occhi. «Sono tutti nel panico. Parlano dei campi di sterminio. David, tieni Rosa dentro casa. È meglio che non vada a scuola. Devo andare ad avvertire gli altri.»

«Grazie, Johann.»

David chiuse la porta con il cuore che gli batteva all'impazzata. Dunque, come era già accaduto a Łódź e Lublino, la liquidazione del ghetto di Varsavia era cominciata.

Adele lanciò un'occhiata al figlio e capì subito che qualcosa non andava. Più tardi, mentre Rosa dormiva e Jacob era in camera da letto, gli fece cenno di entrare in cucina.

«Cosa voleva Johann?»

Lui le riferì l'avvertimento dell'amico. Gli occhi verdi di Adele si riempirono di paura.

«David, ho capito che sai più di quanto dici, te lo leggo in faccia. Ma è arrivato il momento di parlarmi. Almeno noi due possiamo dividere il peso. Rosa è troppo giovane per capire e tuo padre...» Chiuse gli occhi per un momento, poi si ricompose. «Le voci sui campi di sterminio sono vere?»

Lui guardò la madre e annuì lentamente. «Sì. La gente crede di sì.»

David si sedette sul pavimento e Adele lo abbracciò. Le raccontò tutto ciò che aveva sentito e pianse per il sollievo di potersi finalmente confidare con qualcuno.

Adele lo ascoltò in silenzio prima di offrirgli le sue parole di conforto. «Sei stato molto forte e coraggioso ad affrontare tutto questo da solo. Voglio che tu sappia che sono stata io a scegliere di restare in Polonia con tuo padre. Lui si incolpa di quello che è successo alla sua famiglia, ma il mio amore per lui... Be', forse un giorno capirai perché non avrei mai potuto lasciarlo. Ha sempre visto soltanto la bellezza e la gioia in questo mondo, ma ora non ci riesce più. Ha dovuto chiudersi in se stesso per tirare avanti. Vive nel passato per non lasciarsi sopraffare dal senso di colpa. Capisci?»

Sì, per la prima volta David capiva.

«Ora voglio darti una cosa. Ecco qui.» Adele si tolse il medaglione d'oro dal collo e lo porse a suo figlio. «Aprilo.»

David ubbidì. All'interno c'era una fotografia di sua madre, scattata quando era molto più giovane.

«Togli la foto e girala.»

Il ragazzino osservò una scritta minuscola. «Che cos'è?»

«L'indirizzo dei tuoi nonni a Londra. Se per caso veniamo... separati, devi cercare di raggiungerli. Spero che siano ancora vivi. Spiega chi sei. Il medaglione sarà la prova che non menti. Ora memorizza l'indirizzo e mettitelo al collo. Devi giurarmi che non te lo toglierai mai più.»

David seguì le istruzioni della madre e si infilò il medaglione sotto la canottiera.

«Te lo giuro, mamma.»

Adele si alzò e frugò nel retro di uno degli armadietti della cucina. Tirò fuori un sottile libretto blu. «Ecco, tieni anche questo. È il mio passaporto britannico. Puoi usarlo come ulteriore prova della tua identità. Per ogni evenienza.» Tese le braccia. «Abbracciami. Se succede qualcosa a me o a tuo padre, prendi cura di Rosa per noi. Ha un grande talento e starà a te aiutarla a svilupparlo.»

Adele tenne stretto a lungo suo figlio. David sapeva che stavano entrambi pensando al futuro.

Per tutta l'estate le pattuglie tedesche rastrellarono le strade del ghetto, radunando le vittime e caricandole sui treni, verso una morte inevitabile. La famiglia Delanski non usciva mai di casa. David era l'unico ad avventurarsi fuori in cerca di cibo. Adele lo pregò di non correre rischi, perché era meglio soffrire la fame che perderlo, ma sapevano entrambi che la famiglia doveva mangiare.

Dopo una spedizione che gli aveva fruttato solo mezza pagnotta di pane ammuffito e due carote marce, David svoltò l'angolo in via Lezno giusto in tempo per vedere quattro pattuglie tedesche che trascinavano un gruppo di persone lungo la strada. Una volta fuori dalla vista, corse difilato a casa.

Vedere l'appartamento vuoto e devastato gli strappò un singhiozzo. David cadde a terra, premendosi le nocche sugli occhi.

«Mamma, papà, Rosa. No!»

Non sapendo quanto tempo era passato da quando erano stati portati via, si alzò ed entrò nella camera dei genitori. I cassetti erano stati aperti e il contenuto era gettato sul pavimento. Il portagioie di sua madre giaceva vuoto sul letto.

David cercò il medaglione dentro la camicia, e la sua presenza gli diede un po' di conforto. Poi, con il cuore in gola, si tuffò sotto il letto, pregando che non lo avessero trovato. Per fortuna lo Stradivari, con il passaporto nascosto nella fodera della custodia, era al suo posto.

Tirò fuori il violino e se lo mise sotto il mento, ancora piangendo. Sollevò l'archetto, ma non appena il primo dolce suono riempì la stanza, si sentì sopraffare dai ricordi della sua amata famiglia, e fu troppo da sopportare.

Quando tornò il silenzio, udì un rumore così debole che credette di averlo soltanto immaginato. Sedette immobile, tendendo le orecchie. Eccolo di nuovo. Era... qualcuno che piangeva? Poteva essere?

«Rosa! Rosa, *kochana*, dove sei?»

Incespicò per la stanza, seguendo i singhiozzi fino al pesante armadio di mogano. Con tutti i muscoli del corpo tesi, riuscì a spostarlo dal muro. Dietro c'era una porticina alta appena mezzo metro. La aprì.

Rosa, tremante di paura e quasi isterica, gli cadde fra le braccia.

«David, David! I soldati sono arrivati e hanno portato via mamma e papà. La mamma mi ha nascosta qui. Ero così spaventata. Era tutto buio e non riuscivo a respirare e...»

«Shhh! Va tutto bene, ora. Sono qui, fa' silenzio.» Le accarezzò dolcemente i capelli, ricordando la promessa che aveva fatto alla madre.

Avrebbe protetto Rosa fino al giorno della sua morte.

Dopo due settimane trascorse nel terrore di essere scoperti e sopravvivendo con gli avanzi di cibo trovati negli altri appartamenti vuoti dell'isolato, David capì che doveva uscire o rassegnarsi a morire di fame.

Ma Rosa non voleva restare sola e iniziava a urlare non appena lui accennava alla possibilità di allontanarsi. Solo quando, alla fine, si addormentò sui materassi posizionati dal fratello accanto alla piccola credenza, David poté avventurarsi alla ricerca di cibo. Ma ormai aveva recuperato tutto quello che poteva dal resto dell'edificio e aveva bisogno di spingersi più lontano. E non poteva rischiare che la sorella si svegliasse mentre lui era fuori.

«Tesoro, perché non mi fai un disegno? Devo uscire e cercare qualcosa da mangiare. Non ci metterò molto, ma...»

«No!» Rosa gli si aggrappò al braccio. «Non lasciarmi da sola, per favore!»

Un bel problema. Avrebbe dovuto portarla con sé, altrimenti le sue urla isteriche avrebbero attirato troppo l'attenzione.

Trasse un respiro profondo. «D'accordo, puoi venire con me. Ma devi promettermi di fare tutto quello che ti dico.»

David si avvicinò a un'asse della cucina, sotto la quale c'era il barattolo in cui tenevano i soldi. Gli sfuggì un gemito quando vide quanto poco gli era rimasto.

Poi gli venne un'idea. Era solo una possibilità, ma a qualcuno poteva interessare. Prese la custodia del violino che conteneva il suo prezioso Stradivari.

«Prendo carta e matita, nel caso trovassi qualcosa da disegnare lungo la strada» disse Rosa in tono pedante.

David non obiettò. «Va bene. Dai, andiamo. E ricorda, devi fare esattamente quello che ti dico.»

Rosa seguì il fratello lungo le strade deserte. Era una giornata calda e soleggiata e il fetore dei corpi in decomposizione era quasi insopportabile. David si muoveva rapido, trascinando la sorella al riparo degli androni non appena sentiva un rumore di passi. Sperava soltanto che anche uno dei suoi contatti al mercato nero fosse uscito illeso dall'ultimo rastrellamento. Si sentì osservato mentre si tirava dietro una Rosa stanca e imbronciata.

Quando arrivarono all'appartamento di uno dei fornitori di David, però, lo trovarono deserto. Gli armadi erano vuoti e Rosa iniziava a lamentarsi della sete.

David si prese la testa tra le mani. Non ce l'avrebbero mai fatta: la sorella lo stava rallentando e rischiava di farli scoprire. Doveva lasciarla lì.

Notò un orsacchiotto di peluche su una sedia in camera da letto. Gli occhi di Rosa si illuminarono quando glielo consegnò.

«Anche l'orso si chiama David. Resterà qui e si prenderà cura di te mentre io cerco la cena. Non voglio sentire lamentele. Tornerò prima che tu te ne accorga, altrimenti non ci sarà né acqua né cibo per l'Orso David. Non devi muoverti da qui.» Le rivolse un sorriso. «E se provi a strillare, l'Orso David me lo dirà.»

Con suo sollievo, Rosa annuì, estasiata dal nuovo giocattolo. «Va bene. Ti faccio un disegno dell'Orso David» annunciò.

Lui sgattaiolò fuori dall'appartamento e corse in strada.

Tornò un'ora dopo, con il violino ancora in mano. Era inutile. Anche tutti gli altri stavano morendo di fame. A nessuno interessava uno strumento musicale, per quanto prezioso.

David aprì la porta del soggiorno e il suo cuore si fermò. Rosa era seduta per terra e mangiava avidamente una mela, mentre un ufficiale tedesco studiava un pezzo di carta. Sua sorella alzò lo sguardo e sorrise.

«Ciao, David. Questo signore mi ha dato una mela. Gli è piaciuto il mio ritratto dell'Orso David e mi ha chiesto di fargliene uno mentre aspettavamo il tuo ritorno.»

L'ufficiale si alzò, il tonfo dei suoi stivali gli fece correre un brivido lungo la schiena. Poi sorrise, quasi affabile. «Tu sei David Delanski e questa è tua sorella Rosa, giusto?»

Lui annuì, incapace di parlare.

«Bene. Tua sorella ha molto talento. Mi ha fatto un ritratto a dir poco accurato. Ho sentito parlare di tuo padre. Anche lui era un ottimo artista. Venite, è ora di andare.»

Il soldato sbatté i tacchi e aiutò la bambina ad alzarsi.

«Posso portare l'orsetto?»

David vide un fugace barlume di simpatia attraversare il volto del tedesco mentre fissava il visino innocente di Rosa.

«Perché no?» Alzò le spalle. Qualche ora in più di gioia sembrava una richiesta ragionevole.

Salirono sull'auto dell'ufficiale e furono portati in via Stawki, dove la vista dei treni merci provocò a David una fitta di terrore.

Il binario era gremito di volti spaventati e le carrozze si stavano riempiendo fino a scoppiare.

David scese dall'auto e Rosa lo seguì. Lei si avvicinò all'ufficiale e gli diede un bacio sulla guancia.

«Grazie per la mela.»

L'ufficiale guardò i due fratellini mentre venivano fatti salire su un treno già strapieno.

Vide il volto della bambina riempirsi di paura mentre la porta scorrevole del vagone veniva chiusa.

Tornò alla macchina, poi si fermò e disse qualcosa a una delle guardie, indicando il treno che ospitava David e la sorella.

Era stato il bacio di Rosa a salvarle la vita.

Nel presente, David guardava con aria assente fuori dalla finestra del suo hotel. Si alzò dalla sedia, con il viso che tradiva la sofferenza che aveva appena rivissuto, e si versò un altro whisky. Lo buttò giù in un sorso solo.

Sollevò il ricevitore e compose il numero, consapevole che la sua vita stava per cambiare.

«Per te, Rosa» mormorò non appena sentì rispondere.

20

Londra, ottobre 1977

«Ultima chiamata per il volo Alitalia AZ459 per Milano. Imbarco al Gate 17.» La voce robotica ripeté il messaggio mentre Leah e Jenny attraversavano il controllo passaporti e correvano verso l'uscita.

«Cazzo! Lo sapevo che saremmo dovute partire prima, ma chi si aspettava tutto quel traffico?» ansimò Jenny, paonazza.

«Madelaine non ci parlerà più, se perdiamo il volo!» esclamò Leah.

Dopo dieci minuti e un'infinità di suppliche alla hostess, le due ragazze sedevano a bordo dell'aereo. Le unghie laccate di Leah erano conficcate nei braccioli del sedile.

«Eccoci!» esclamò allegra Jenny. «È una sensazione fantastica, vero?»

Leah chiuse gli occhi mentre l'aereo si librava in cielo in un rombo di motori.

«Siamo decollati, ora puoi rilassarti.» Jenny rise. «Cavolo, sono felice di poter stare seduta dopo quella corsa.»

«Gradite qualcosa da bere, signorine?» chiese la hostess dopo che i segnali delle cinture di sicurezza si furono spenti.

Jenny annuì. «Sì, una vodka e una Coca-Cola. Tu cosa vuoi?»

«Solo una Coca-Cola, per favore.» Leah stava ancora cercando di riprendersi.

«Te lo dico, dovrai essere più avventurosa di così quando saremo a Milano. Bevono tutti, se non lo fai penseranno che sei strana.»

Leah arricciò il naso. «Ma non mi piace il gusto dell'alcol.»

«All'inizio nemmeno a me, ma dopo un po' ti ci abitui.»

«E poi sono minorenne.»

«Come buona parte delle ragazze che iniziano a fare le modelle. Cin cin! Al tuo primo lavoro!» Jenny bevve un bel sorso, poi si voltò ed esaminò la cabina. «Guarda, c'è Juanita. Anche lei è una ragazza di Madelaine. E Joe lavora per "Harper's". Alla fine siamo sempre i soliti, presto conoscerai tutti. Vado un attimo a parlare con Juanita. Torno fra un minuto.»

Jenny si alzò e Leah chiuse gli occhi, sperando che la nuova, terrificante esperienza di volo finisse il più in fretta possibile.

Non riusciva a credere di essere a Londra da più di un mese. Il tempo era volato, con le giornate piene di sessioni fotografiche per il portfolio, più le lezioni di trucco, dizione e portamento. Non aveva nemmeno avuto il tempo di chiedersi se le piacesse o meno. E ora Madelaine la aveva trovato il suo primo incarico.

Jenny era stata meravigliosa, l'aveva presa sotto la sua ala come una sorella e le aveva insegnato un mucchio di cose.

«Che diavolo stai facendo, Leah?» le aveva chiesto inorridita una sera, dopo averla sorpresa a mangiare fish and chips. «Dammi qui.» Jenny aveva requisito il resto del pasto e lo aveva gettato nel cestino.

«Perché l'hai buttato? Sto morendo di fame...»

«Mai e poi mai mangiare patatine.» Agitò il dito verso Leah. «Rendono la pelle grassa. Ecco, prendi una mela.»

Ma Leah trovava difficile adattarsi a quel tipo di dieta e spesso, dopo che Jenny usciva, faceva un salto al negozio all'angolo per comprare qualcosa da mangiare. Non sapeva proprio come facesse a sopravvivere la sua coinquilina, che pareva nutrirsi di frutta e cereali. Ci aveva provato anche lei, ma rimaneva con una fame tremenda.

«Mi arrendo...» aveva detto Jenny una sera, quando rientrando a casa aveva trovato Leah con un enorme éclair al cioccolato. «La cosa che odio di più di te è che puoi mangiare tutto quello che vuoi e non ti vengono mai i brufoli e non ingrassi.» E con quelle parole se n'era andata a fare un bagno.

Jenny aveva provato a convincerla a uscire di sera, ma Leah era troppo stanca e timida per godersi il giro di feste e discoteche a cui andavano le altre modelle. Di solito restava a casa a guardare la televisione e a parlare con sua madre al telefono.

I suoi genitori le mancavano tantissimo e a volte sentiva una terribile nostalgia di casa. Madelaine l'aveva tenuta troppo occupata perché avesse il tempo di tornare nello Yorkshire.

«Secondo me e le altre ragazze sei la nuova protetta della regina. Si sta prendendo molta cura di te. Io sono stata messa su un aereo per Parigi il giorno dopo aver firmato il contratto» aveva commentato Jenny, senza alcuna traccia di invidia.

Del resto non ne avrebbe avuto motivo. La sua carriera era decollata negli ultimi sei mesi, e quando era tornata a Londra da Milano era stata ingaggiata per un servizio di sei pagine su «British Vogue».

«Ciao, posso farti compagnia? Sembri un po' sola.» Leah aprì gli occhi e vide Steve Levitt incombere su di lei.

«Certo.»

Il fotografo si sedette nel posto lasciato vuoto da Jenny. Di tutte le persone nuove che aveva incontrato, Steve era il suo preferito. Le piacevano molto le sessioni fotografiche insieme a lui.

«È sempre così?» Leah indicò il gruppetto che si era formato dietro di loro. Le modelle erano appollaiate all'estremità dei sedili e sui braccioli, a fumare sigarette e bere.

«Temo di sì. Il mondo della moda è un ambiente piccolo. Si conoscono tutti. Ti unirai al club abbastanza presto, vedrai. Sono un bel gruppo, ma...» Steve alzò un sopracciglio. «Non confidarti mai con nessuno. Tieni per te i tuoi segreti, altrimenti il giorno dopo sarebbero sulla bocca di tutti.»

«Grazie, me lo ricorderò.»

«Bene. Vuoi qualcosa da bere?» Aveva in mano una bottiglia di vino e se ne stava versando un bicchiere.

Leah sospirò. «E va bene.»

Steve notò la sua reticenza. «Non fa parte del tuo contratto, Leah! Se non vuoi bere, non sei costretta a farlo.»

«Lo so. Non mi piace bere, non fumo e non prendo droghe, ma Jenny dice che penseranno tutti che sono strana...»

Steve bevve un sorso di vino e scosse la testa. «Tu devi andare avanti a modo tuo, Leah, e lasciare che gli altri ti accettino per quello che sei.»

«È facile a dirsi, ma vorrei piacergli.»

«Certo. È difficile essere la ragazza nuova, ma devono passarci tutte. All'inizio saranno un po' diffidenti nei tuoi confronti.» Si avvicinò a lei e sussurrò: «Si è sparsa la voce che Madelaine ha grandi progetti per te».

«Al momento spero soltanto di ricordarmi quello che mi ha detto e di non inciampare sulla passerella.»

«Sei un talento naturale, tesoro, andrà tutto bene.» Le rivolse un sorriso paterno. «Ma devo darti un piccolo avvertimento. Quel gruppetto è a posto, però alcune ragazze farebbero di tutto per avere successo. Fa' attenzione e sta' in guardia da qualsiasi cosa ti viene offerta alle feste. E intendo *qualsiasi cosa*. Milano è nota per la sua movimentata vita notturna dopo le sfilate, ma c'è anche un lato più oscuro. Resta con Jenny. Lei è abbastanza onesta.» Nel vedere l'espressione preoccupata della ragazza, Steve non riuscì a trattenere un sorriso. «Te la caverai benissimo, non temere. Ora è meglio che vada.»

«Miles è con te?» Leah sapeva che il figlio di Rose gli aveva fatto da assistente in un precedente viaggio a Milano, ma non lo aveva mai incrociato durante gli shooting.

Steve si accigliò. «No. Con lui non ha funzionato. Ora ho un nuovo assistente: si chiama Tony, sono sicuro che ti piacerà! A più tardi, cara.» Leah si rilassò, felice di non dover incontrare Miles. Steve le diede un bacio sulla guancia e tornò al suo posto.

Il taxi portò Leah e Jenny dall'aeroporto di Linate al centro di Milano, la città più ricca d'Italia.

Non essendo mai uscita dall'Inghilterra, Jenny guardava eccitata fuori dal finestrino mentre il taxi attraversava il labirinto di strade strette e piazze. Le auto si fermavano a pochi centimetri l'una dall'altra, gli autisti suonavano il clacson e urlavano dai finestrini. L'atmosfera era cosmopolita ed elettrica e il panorama un mix di grattacieli e pinnacoli gotici – in particolare il magnifico Duomo – che dominavano lo skyline.

«È l'ora di punta! E questo è tutto quello che vedrai della città, quindi goditela finché puoi.» Jenny rise.

Il taxi le lasciò davanti a un grande palazzo storico in piazza della Repubblica.

«Eccoci arrivate, tesoro. Il Principe di Savoia, il miglior albergo di Milano.»

Le ragazze fecero il check-in e, prima di essere accompagnate nelle rispettive stanze, si accordarono per ritrovarsi al bar alle sette e mezza.

Leah non riusciva a credere al lusso della sua suite. Impiegò dieci minuti per esplorarla a fondo, schiacciò ogni singolo pulsante, e sussultò quando la televisione e la radio si accesero all'improvviso.

Appese con cura i vestiti nell'armadio. Quando si era trasferita a Londra, Madelaine l'aveva portata a fare shopping e aveva investito centinaia di sterline per rifarle il guardaroba. Ora possedeva completi di Bill Gibb, abiti da cocktail di Zandra Rhodes e uno scintillante abito da sera di Jean Muir. «È importante che una modella britannica indossi abiti di stilisti britannici, quando possibile. Se Jean ti vedesse con quel vestito, ti porterebbe in passerella domani» le aveva detto Madelaine con un sorriso.

Leah fece la doccia, indossò il morbido accappatoio di spugna fornito dall'hotel e si sedette alla toeletta per farsi un trucco leggero, come le aveva insegnato Barbara Daley.

«Quando sei in pubblico, a prescindere dall'occasione, devi sempre apparire al meglio. Il mito della modella crolla in un attimo se la gente la vede un lunedì mattina al supermercato con la faccia sbattuta. A casa metti pure quello che vuoi, ma fuori dalla porta non smetti mai di essere una professionista.»

Leah si spazzolò i capelli, si mise a testa in giù come le aveva mostrato Vidal e poi li gettò indietro. La permanente leggera aveva dato più volume alla chioma, che era anche stata tagliata di qualche centimetro.

Jenny le aveva detto che quella sera ci sarebbe stato un drink informale al bar dell'hotel, a cui avrebbero partecipato alcuni stilisti. Leah guardò l'armadio ed estrasse una tuta di crêpe nera di Biba, scelta da Madelaine. La abbinò a una spessa cintura nera e a un paio di décolleté a tacco alto.

Studiò l'immagine allo specchio e si sentì ragionevolmente sicura del suo aspetto, molto meno di poter padroneggiare l'arte della conversazione.

Ma non voleva deludere Madelaine, quindi trasse un respiro profondo e si preparò a fare del suo meglio.

Carlo Porselli scrutava il bar affollato, pieno di modelle, fotografi e redattori di moda che chiacchieravano ad alta voce. I suoi occhi si fermarono sulle porte dell'ascensore, che aprendosi avevano rivelato una sconosciuta.

Non aveva mai capito cosa intendessero gli altri stilisti quando affermavano di aver trovato una «musa ispiratrice». Era convinto che gli abiti dovessero essere realizzati per far sentire bene ogni donna che li indossava. Ma quando quella visione in nero si avvicinò a lui, cambiò subito idea.

«Chi è? È bellissima.»

«La nuova modella di Madelaine.» Jenny era seduta accanto a lui al bar e si stava scolando la sua quinta vodka con Coca-Cola. «Vive con me. Si chiama Leah. È nella tua sfilata, insieme a me, Juanita e Jerry.» Agitò la mano. «Ehi, Leah, vieni qui, ti presento Carlo. Venerdì sfileremo con la sua collezione prêt-à-porter. È il giovane stilista più quotato della città.» Prese una sedia per la sua coinquilina.

Carlo si alzò e si profuse in un baciamano. «Buonasera, signorina. È un piacere conoscerla.»

«Altrettanto» riuscì a rispondere Leah con un filo di voce.

Si sedettero. Carlo schioccò le dita e un cameriere arrivò di corsa. «Prendiamo tutti dello spumante per celebrare la prima sfilata di Leah.»

«Preferirei una Coca-Cola, se per lei va bene» mormorò lei.

«Ah, la ragazza, si prende cura del suo fisico e del suo viso perfetti. Per favore, una Coca-Cola e una bottiglia di Berlucchi». Il cameriere se ne andò e Carlo rivolse la sua attenzione a Leah. «È la tua prima volta a Milano, vero?»

«Sì.»

«È la città più bella del mondo, soprattutto in autunno, quando i turisti più chiassosi se ne vanno e le foglie iniziano a cadere. Devi permettermi di mostrartela.»

Jenny ridacchiò. «Non credo che Leah avrà tempo per visitare la città, Carlo. Da domani lavoreremo giorno e notte.»

«Il tempo si può sempre trovare» replicò lui.

Il cameriere tornò con l'ordine e versò lo spumante in tre flûte. Leah prese la sua Coca-Cola e la sorseggiò.

«Ecco qui. Mi offendo se non ti bagni almeno le labbra.» Carlo tese un calice a Leah, che lo prese con riluttanza.

«Va bene.» Ne mandò giù appena un piccolo sorso. Le bollicine le risalirono in gola e le venne da tossire.

Carlo gettò indietro la testa e rise. «Be', non è la reazione che speravo, ma vedo che dobbiamo proteggere la tua innocenza dai predatori che potrebbero approfittarne.» Guardò Jenny, che annuì.

«Carlo sta parlando dei playboy. Questa settimana è la stagione di caccia. Ho già visto una fila di Ferrari parcheggiate fuori dall'hotel.» Jenny indicò l'altro lato della stanza. «Vedi quegli uomini che parlano con Juanita? E gli altri tre con le modelle al bar?»

Leah annuì.

«Sono uomini d'affari, ricchissimi. Vengono qui da ogni parte del mondo. Stasera fanno la loro scelta e poi ti tormentano con fiori e ninnoli finché non cedi e accetti di andare a cena con loro. Dopodiché, le provano tutte per... be', hai capito.»

«Capito...» disse Leah, arrossendo.

Carlo sospirò. «Temo che sia vero. Mi scuso per il comportamento dei miei connazionali. Ma è il sangue italiano: non sappiamo resistere a una bella donna.» Fissò Leah ancora una volta. «Allora, sei emozionata?»

«Sono abbastanza nervosa.»

«Ma certo, è naturale. Sono sicuro che brillerai come una stella luminosa nel firmamento.» Carlo vuotò la flûte. «Ora devo salutarvi e tornare al lavoro. Ho ancora molto da fare prima di venerdì. Buonanotte, Jenny. Assicurati di tenerla sotto il tuo braccio.» La baciò sulle guance.

«Sotto la mia ala, Carlo, non il braccio.» Jenny ridacchiò.

«Buonanotte a te, *piccolina*. Ci vediamo presto.» Carlo baciò la mano di Leah e lasciò il bar, dirigendosi verso l'uscita.

«Sicura di non volerne?» Jenny prese la bottiglia mezza piena e si rabboccò il calice.

Leah scosse la testa e guardò Juanita che veniva scortata fuori dal locale da uno dei giovani playboy.

Anche Jenny l'aveva notato. «Ovviamente...» mormorò. «È incredibile, quella lì. È fidanzata con una pop star, ma le va bene chiunque abbia dei pantaloni attillati e un portafoglio gonfio.»

«Carlo sembrava carino» osservò Leah.

«Oh, ora sì. Ma a quanto pare era inaffidabile come il resto dei ragazzi di questa città. Poi, quattro anni fa, ha iniziato a disegnare abiti e sembra essersi redento. Suo padre è straricco.» Jenny si guardò intorno per assicurarsi che non ci fosse nessuno in ascolto e si avvicinò a lei. «L'anno scorso qualcuno mi diceva che è immischiato con la grande M.»

«La grande M?» sussurrò Leah in risposta.

«La mafia» sibilò Jenny. «Non so quanto ci sia di vero, però gira voce che alcune agenzie di modelle siano invischiate con organizzazioni criminali... Ho sentito dire che un'agenzia che ha rifiutato un accordo si è ritrovata una bomba negli uffici!»

Leah sgranò gli occhi. Madelaine non le aveva detto nulla.

«Scusate, signorine. Possiamo offrirvi da bere?»

Dietro di loro c'erano due uomini italiani di bell'aspetto.

«No, grazie, stiamo bene così» rispose Jenny con fermezza.

«Allora possiamo almeno sederci e avere il piacere della vostra compagnia?»

«In realtà, stavamo giusto uscendo, vero, Leah?» tagliò corto lei. Si alzò e Leah la seguì. «Arrivederci, signori.» Jenny sorrise educata e si avviò verso gli ascensori con l'amica al seguito.

«Penso che sia meglio andare a dormire. Chiama il servizio in camera, se hai fame» disse Jenny mentre l'ascensore si apriva al loro piano. «Buonanotte, Leah. Hai appena superato il primo esame. Promossa a pieni voti. Te la caverai alla grande.» Jenny la baciò e scomparve nella sua stanza.

21

«Buona fortuna, tesoro, andrà tutto bene.» Jenny le strinse la mano mentre iniziava la musica che annunciava il loro ingresso. Leah era contenta che lo stilista l'avesse posizionata in fondo e che dovesse sfilare soltanto con due abiti da cocktail.

«Vai!» ordinò la coreografa, e Leah uscì nel bagliore di luci dietro le altre ragazze. Il pubblico applaudiva. Seguì lo schema che le aveva insegnato la coreografa e riuscì a sorridere quando fu il suo turno di sfilare sulla piattaforma circolare per mostrare il vestito che indossava. I flash esplosero mentre si girava, risaliva la passerella e scendeva dal palco per andare verso la costumista e la parrucchiera a lei assegnate.

Non aveva fretta, ma osservò con interesse alcune delle modelle più anziane ed esperte che si cambiavano velocemente, imprecando, e si precipitavano su per le scale, per poi camminare sorridenti lungo la passerella.

Lo spettacolo si concluse nel giro di quaranta minuti e nel backstage ci furono molti baci e congratulazioni con lo stilista. A questo seguì un cocktail nello showroom, e alle modelle fu chiesto di presentarsi con l'ultimo vestito della sfilata. Leah indossava un top di raso rosso scollato e una pesante gonna di raso nero.

«Congratulazioni. Te l'avevo detto che era un gioco da ragazzi, no?» trillò Jenny. Quella sera era stata una delle due modelle principali, e Leah l'aveva trovata stupenda con un completo da sera di velluto gessato, una camicetta di seta e un lungo papillon al collo. «Ora restami vicino. Questo è il momento in cui qualcuno rischia di perdere il controllo.»

Leah annuì e la seguì nello showroom, dove l'amica fu subito circondata da un gruppo di fotografi, e poi baciata e riempita di complimenti dalla redattrice di moda di «Vogue».

Leah prese un bicchiere di succo d'arancia da una cameriera di passaggio e lo sorseggiò lentamente, sentendosi a disagio. In effetti sembrava proprio che tutti si conoscessero.

«Cara, sei stata perfetta!» Carlo le fece fare una giravolta e la baciò su entrambe le guance. «Certo, gli abiti dello stilista di stasera non sono all'altezza dei miei, ma comunque avevo occhi soltanto per te.»

«Grazie, Carlo.»

«Venerdì ti userò per mostrare il tuo vero potenziale.» Carlo indicò uno stilista di fama mondiale che stava dietro di lui. «Spero che non indosserai troppi abiti domani sera alla sua sfilata.»

«Non lo so ancora» rispose Leah, onestamente.

Carlo le prese le mani. «Bene, perché ti voglio tutta per me. Tu sei la donna che renderà immortali i miei progetti.» La stava scrutando di nuovo con i suoi intensi occhi castani, e Leah non sapeva cosa dire.

«Carlo, caro!» Una donna bellissima con i capelli corvini e gli occhi verdi lo baciò sulle labbra. Seguì una conversazione in italiano, e Carlo indicò Leah un paio di volte.

«Scusami se sono stato scortese, ma erano mesi che non vedevo Maria. È andata in America a guadagnare un sacco di soldi per un'azienda di cosmetici.»

«Piacere di conoscerti, tesoro» disse la donna, con un accento molto marcato. La sua espressione, però, sembrava dire tutt'altro.

«Maria è venuta qui appositamente per sfilare per la mia collezione. Venerdì lavorerete insieme.»

«Ci vediamo, allora.» Baciò ancora una volta Carlo. Mentre si allontanava, si voltò a guardare Leah, mormorò qualcosa in italiano e scomparve tra la folla.

«Scusate. Mi hanno bloccata i fotografi.» Jenny si unì a loro. «Era Maria quella che ho visto andare via?»

Carlo annuì.

Jenny alzò le sopracciglia. «Che... bello che sia riuscita a venire. Ora andiamo all'Astoria. Gianni ha affittato il locale per la serata. Sally e io andremo con lui in macchina.»

«Ah, allora io accompagno Leah. Non preoccuparti, Jenny, è sotto il mio braccio.»

«Sotto la tua ala, Carlo» lo corresse Jenny con voce strascicata. «Va bene, ci vediamo lì. Comportati bene, Leah.» Le fece l'occhiolino.

Carlo batté le mani. «D'accordo. Andiamo.»

«Prima devo cambiarmi» disse Leah, e Carlo annuì.

La ragazza entrò nei camerini e indossò il suo abito da sera di Jean Muir.

«Ah, questo ti si addice di più. Mi piace lo stile di Muir, è simile al mio» commentò Carlo, come se la grande stilista inglese lo avesse copiato. Prese la mano di Leah e la guidò oltre quella folla di persone, uscendo all'aria fresca di via della Spiga.

«Prima dell'Astoria voglio mostrarti un posto. Non è lontano. Possiamo andare a piedi.» Si avviò lungo la strada, stringendole la mano. Poi notò il suo sguardo preoccupato e sorrise.

«Va tutto bene, cara. Jenny si fida di me, no?» Le lasciò la mano e indicò le strade intorno. «Vedi? Siamo nel Quadrilatero della moda. In queste poche vie troverai tutti i grandi stilisti italiani.» Carlo svoltò a destra e Leah lo seguì in una strada più tranquilla. Dopo i grandiosi palazzi bianchi neoclassici e i negozi di lusso di via della Spiga, via Sant'Andrea era un tranquillo mondo settecentesco. Leah si fermò a sbirciare le vetrine di una vecchia boutique.

Carlo le posò una mano sulla schiena. «Vieni, non abbiamo molto tempo.» Lei si scusò e lo seguì di nuovo. «Quello è lo showroom di Giorgio. Sarai lì giovedì, vero?»

Leah annuì. Carlo si fermò duecento metri più avanti. «Eccoci.» Guidò Leah su per alcuni vecchi gradini di pietra. Sulla targa d'ottone vicino al campanello c'era scritto CARLO.

Aprì la porta. «Dovrebbe esserci ancora il mio assistente, Giulio. Voglio che ti conosca. Aspetta un attimo.»

Carlo indicò una sedia e scomparve in fondo al salone. Leah si guardò intorno. Era molto lussuoso, con enormi lampadari appesi al soffitto affrescato e lunghe tende di seta alle finestre.

Carlo riapparve seguito da un uomo basso di mezza età. «Leah, per favore, alzati.» Lei ubbidì. Lui guardò di nuovo l'uomo più anziano. «Non ho ragione?»

«Sì, hai ragione.» L'altro annuì lentamente.

Carlo si avvicinò a Leah. «Ti presento Giulio Ponti. Ha lavorato in molte delle più importanti case di moda di Milano e l'ho rapito perché venisse a lavorare per me, proprio come ho rapito te stasera.» Fece una pausa, poi si rivolse a Giulio. «Voglio che Leah indossi l'abito da sposa venerdì.»

Giulio guardò Carlo come se fosse impazzito. «Ma... l'abbiamo tagliato sulle misure di Maria.»

Carlo sembrava seccato. «Per questo ho portato qui Leah stasera. Voglio che lo indossi lei, e tu devi sistemarlo. Sono sicuro che non ci sarà molta differenza.»

«D'accordo.» Giulio si fece avanti con riluttanza e studiò Leah. «Stessa altezza e stessi fianchi, credo, ma Maria...» Giulio fece un gesto senza il minimo imbarazzo. «È più piazzata qui.» Indicò il petto di Leah.

«Si può adattare in un attimo. Leah, vai nello spogliatoio a destra al piano di sopra. Troverai l'abito da sposa. Per favore, indossalo. Noi saliamo tra poco.»

Leah annuì e si avviò su per le scale. Giulio intanto stava parlando in italiano, ma lei non capiva niente, a parte il nome di Maria. Trovò lo spogliatoio e aprì la porta.

L'abito bianco era appeso in un angolo. Si spogliò e lo infilò. Giulio aveva ragione. Si adattava perfettamente in tutti i punti tranne che sul seno, dove era un po' largo. Bussarono alla porta.

«Sono pronta» disse.

Carlo e Giulio entrarono e rimasero a fissarla. Carlo annuì, con un sorriso sulle labbra. «Avevo ragione. Deve essere Leah a sfilare con questo abito venerdì.»

Giulio annuì, anche se con riluttanza. «Ha la naturale innocenza e la gioia di una sposa il giorno del suo matrimonio.»

«Proprio come pensavo» disse Carlo, soddisfatto. «Procediamo con l'adattamento.»

Giulio impiegò solo dieci minuti per apportare le lievi modifiche. Quando finì, lasciarono Leah a cambiarsi e tornarono di sotto.

«E ora andiamo in discoteca.» Carlo sorrise a Leah, che li aveva raggiunti, e lei pensò che somigliava a un ragazzino che l'aveva appena spuntata.

«Come spiegherai a...»

Carlo agitò un braccio in direzione di Giulio e prese la mano di Leah per accompagnarla fuori.

«La gestisco io, non preoccuparti. Arrivederci, Giulio.»

Quando arrivarono all'Astoria a bordo della Lamborghini rossa, i paparazzi si radunarono subito intorno a loro. Carlo sorrise e le mise un braccio intorno alle spalle. I flash esplosero di nuovo. Lo stilista rispose alle loro domande in italiano, salutò e fece entrare Leah. Poi la accompagnò sul divano di pelle di un séparé vuoto.

«Aspettami qui. Vado a prendere dello spumante e anche, ehm, la Coca-Cola.» Le strizzò l'occhio e si avviò verso il bar affollato.

Leah, ancora stordita per gli eventi della serata, vide Jenny camminare verso di lei con un bicchiere in mano.

«Dov'eri finita? Ti perdo di vista per un attimo e scompari. Mi hai fatto proccupare!» esclamò, irritata.

Carlo ricomparve alle sue spalle. «Era con me, Jenny. Ed è al sicuro, no?» Le rivolse un sorriso affascinante e posò i drink sul tavolo.

«Pare di sì, ma la prossima volta dimmi dove andate. Ho promesso a Madelaine che mi sarei presa cura di lei. E ora torniamo in albergo. Leah sembra esausta.»

«Vieni a sederti un momento, ho una cosa per te» disse Carlo. «So che ti piace ed è la migliore di Milano.» Tirò fuori una piccola fiala dalla tasca della giacca e la porse a Jenny.

Lei parve titubante. «Non dovrei. Ne ho già presa abbastanza.»

Carlo alzò le spalle. «Allora tienila come regalo, cara.»

«Va bene. Grazie, Carlo.» Jenny si fece scivolare la fiala nella borsetta, osservando gli occhi curiosi di Leah puntati su di lei. Lanciò un'occhiata a Carlo. «Torno tra mezz'ora» disse, alzandosi da tavola.

«Allora, balliamo?» Carlo offrì una mano a Leah.

«Oh, ehm... certo.» Le facevano male i piedi e desiderava

solo andare a dormire, ma sapeva che quello era il genere di cose che doveva fare, se voleva avere successo.

Quando arrivarono in pista la musica assunse un ritmo più lento e Carlo la prese tra le braccia. Lei sentì il profumo intenso del suo dopobarba e quello del fumo che aleggiava nell'aria. Era un odore strano, che non riconosceva.

«Oh, mia cara» mormorò lui, alzandole il viso verso il suo. «Ti renderò una star. I nostri nomi saranno uniti per sempre. Sei la mia musa! Dimmi che starai con me stanotte.» Si sporse in avanti e la baciò sulle labbra.

«Ehi, no! Carlo, smettila!» Leah si liberò dall'abbraccio e corse verso l'uscita. Una volta fuori, localizzò rapidamente un taxi in attesa e diede all'autista il nome dell'hotel. Quando fu al sicuro nella camera d'albergo, si gettò sul letto e scoppiò in singhiozzi.

Era decisamente troppo. Poco più di un mese prima viveva con i genitori in una piccola città dello Yorkshire e non sapeva niente del mondo. E ora eccola, in un territorio sconosciuto, con i riflettori puntati addosso, a cercare di difendersi dalle avance di estranei.

Sentiva di aver perso il controllo. Voleva tornare a casa, nel mondo sicuro che conosceva.

Qualcuno bussò alla porta e lei trattenne il fiato.

Bussarono di nuovo.

«Leah, sono io. Posso entrare?»

Andò ad aprire. Gli occhi di Jenny si riempirono di compassione nel vedere l'amica con il viso rigato di lacrime.

«Tesoro, mi dispiace tanto. È stata colpa mia. Non avrei dovuto lasciarti con lui. Dai, vai in bagno a lavarti la faccia, nel frattempo preparo una tazza di tè.»

Leah annuì, in silenzio. Dopo essersi ripulita il mascara si sentì un po' meglio. Uscì dal bagno e Jenny le porse una tazza fumante di Earl Grey.

«Cosa ti ha fatto?»

«Ha provato a baciarmi» rispose lei con un filo di voce.

Jenny tirò un sospiro di sollievo. «Grazie a Dio non ha fatto altro. Ho visto scene ben peggiori in discoteca. Domani lo uccido. Mi aveva promesso che non ti avrebbe toccata.»

«Non è colpa tua. Credo di non essere tagliata per questo genere di cose, tutto qui.» Leah sentì di nuovo un nodo in gola.

«E secondo te non vale per tutte all'inizio? Credimi, Leah, ero più inesperta di te quando ho iniziato e purtroppo ho dovuto imparare sulla mia pelle.» I suoi occhi azzurri si velarono di tristezza.

«Cosa ti è successo?»

Jenny fece un respiro profondo. «Ricordi che ti ho detto che Madelaine mi aveva mandata a Parigi il giorno dopo aver firmato il contratto?»

«Sì.»

«Ecco, non avevo nessuno che si prendesse cura di me. Nessuno mi aveva avvertita che gli uomini avrebbero fatto di tutto per portarmi a letto. Così, quando questo tizio francese ha iniziato a invitarmi a cena e a mandarmi fiori in camera, gli ho creduto. Ero commossa da tutte quelle attenzioni.» Jenny si lasciò cadere sul letto. «Una notte mi ha dato della coca, mi ha portata a casa sua e...» Jenny iniziò a piangere. «Ho provato a dirgli di no, ma era troppo forte. E urlava. Quindi ho ceduto. Non l'ho più rivisto.» Tirò su col naso. «A proposito, con coca intendo la droga, non la bibita.»

Leah annuì. «C'era coca nella fiala che ti ha dato Carlo?»

La bocca di Jenny si strinse. «Sì, ma non osare dirlo a Madelaine, Leah Thompson. Se lo scopre, mi butta fuori seduta stante. Non la uso spesso, ma nel mondo della moda lo fanno tutti. Non puoi farne a meno.»

Leah si sedette accanto all'amica e le cinse le spalle. «Ma se quell'uomo ti ha violentata dopo averti dato quella roba, perché...»

Jenny la interruppe. «Perché ci prendi gusto, tutto qui. Comunque, dimmi dove eravate scomparsi tu e Carlo prima.»

Leah fece una smorfia. «Nel suo atelier a provare un abito da sposa. Vuole che lo indossi venerdì.»

«Cristo santo!» Jenny sembrava inorridita.

«Qual è il problema?»

«È sempre Maria a sfilare con l'abito da sposa per Carlo. È sempre stata la sua modella di punta. Hanno avuto una storia per tre anni, finché lei non è andata in America sei mesi fa. Lei lo sa?»

«Carlo ha detto che glielo avrebbe detto.»

«Che diamine... Ti ha messa in una brutta situazione. Carlo è un viziato, usa le persone per ottenere quello che vuole e poi lascia che siano gli altri a raccogliere i cocci.» Inspirò a fondo. «Dammi retta, sta' attenta a Maria. È già una stronza quando va tutto bene, e con questa storia...» Jenny non riuscì a finire la frase.

«Voglio solo andare a casa» sussurrò Leah con un filo di voce.

Jenny la abbracciò. «Mi dispiace, non volevo spaventarti. Ma no che non vuoi andare a casa. Essere scelta da Carlo Porselli per indossare il suo abito da sposa è l'onore più grande che si possa immaginare! Significa che avrai una carriera incredibile. Volevo solo dire che in questo lavoro è tutta una corsa al successo. Dovrai crescere in fretta, ma se ci sono riuscita io, puoi farcela anche tu.»

«E che succede se Carlo prova a toccarmi di nuovo?»

Jenny alzò le spalle. «Non ti piace? A quanto pare è pazzo di te.»

Leah fece una smorfia.

22

Venerdì mattina Leah si svegliò alle sette meno dieci, si trascinò giù dal letto e andò a farsi la doccia. Mentre usciva, sentì qualcuno bussare alla porta.

«Chi è?»

«La reception con una consegna, Miss Leah.»

Aprì la porta e si ritrovò davanti un fattorino con un enorme mazzo di rose bianche.

«Grazie.» Gli diede la mancia e lui le porse il bouquet. Leah lo portò in camera e aprì il bigliettino.

Stasera sarà indimenticabile, mia sposa. Carlo.

Non lo vedeva da lunedì sera. Non si era presentato a nessuna delle sfilate degli altri stilisti, e lei ne era stata contenta. Quella settimana era stata un corso accelerato sul mondo delle modelle, e Leah iniziava a rendersi conto che, per quanto glamour, era prima di tutto un duro lavoro. Si alzava ogni giorno alle sette e alle nove era in uno showroom di moda del Quadrilatero, dove le ragazze provavano per la sfilata serale. Facevano pratica con i coreografi e con parrucchieri e truccatori, e terminavano con una prova generale. Di solito avevano meno di mezz'ora per mangiare qualcosa prima di prepararsi per l'evento principale.

A seguire c'erano tutti gli incontri mondani. La maggior parte delle modelle restava fuori fino alle prime ore del mattino, andando alle feste e in discoteca. Leah non aveva idea di come facessero a sembrare così fresche la mattina seguente. A parte le lamentele e qualche aspirina buttata giù, le frenetiche attività notturne sembravano far parte del gioco.

Da parte sua, Leah aveva preso l'abitudine di bere qualcosa alla festa organizzata dallo stilista dopo la sfilata e poi tornarsene in albergo, fare un bagno e godersi lo splendore della suite. Non si univa alle folle festanti e, anche se alcune delle ragazze le davano della «guastafeste», per lo più la lasciavano in pace.

Di solito la mattina dopo, davanti a un caffè, Jenny la aggiornava sugli ultimi pettegolezzi. Leah le aveva chiesto come mai i famosi playboy non sembravano minimamente interessati a lei e l'amica non era riuscita a trattenere un sorriso.

«Si è sparsa la voce che Carlo ha posto il veto. E nessuno oserebbe toccarti. Hanno troppa paura di lui. Te l'ho detto, lui e il padre sono molto influenti in città.»

Leah era grata a Carlo. Feste sfrenate, alcol e droghe non facevano per lei, e sapeva che sua madre l'avrebbe uccisa se si fosse lasciata coinvolgere in certe cose.

Ma sapeva anche che quella sera le cose sarebbero andate diversamente.

Chissà cosa avrebbero pensato le altre ragazze quando Carlo avrebbe annunciato che sarebbe stata lei a indossare l'abito da sposa. Se doveva basarsi sui pettegolezzi che aveva sentito nei camerini riguardo le modelle che sfilavano con i vestiti migliori, non era niente di lusinghiero.

«Mantieni la calma, e sii prudente» si incoraggiò, mentre percorreva il corridoio e bussava alla porta di Jenny.

La sua amica aprì, con l'aria stanca e ancora in camicia da notte.

«Entra, tesoro. Sono in ritardo. Mi sa che ho bevuto troppo... Metti su il bollitore per il caffè, intanto mi faccio una doccia.»

Leah ubbidì, poi recuperò dal pavimento il bellissimo abito da sera Chanel di Jenny e lo appese.

«Ah, così va meglio!» esclamò l'amica, sedendosi nuda sul letto a sorseggiare il caffè. «Ieri sera ho conosciuto un uomo.» Lanciò un'occhiata a Leah da sopra il bordo della tazza.

«Ma non avevi detto che non volevi avere niente a che fare con quei playboy?»

Jenny ridacchiò. «Non è un playboy. È un principe.»

«Oh.»

«Oh? La tua migliore amica incontra uno degli scapoli più ambiti al mondo, passa la serata con lui e il tuo commento è "oh"?»

Leah sorrise. «Mi dispiace, Jenny. Parlami di lui.»

«Bene, allora, si chiama Ranu ed è il principe ereditario di qualche paese del Medio Oriente. Suo padre è l'uomo più ricco del mondo, pare. Devi aver sentito parlare di lui, Leah. Tutte le riviste di gossip sono piene di articoli su Ranu e le grandi feste che organizza sul suo yacht o su un'isola privata nei Caraibi. E cercano sempre di farlo sposare con una qualche donna bellissima.»

Leah scosse la testa. «Mai sentito. E com'è stato?»

Il viso di Jenny si fece sognante. «Oh, è stata la serata più romantica della mia vita. Giorgio, lo stilista, è venuto da me e mi ha detto che Ranu voleva a tutti i costi conoscermi. Non ero troppo entusiasta, sinceramente. Voglio dire, ha una pessima reputazione. Ma poi l'ho visto, e... È così dolce, Leah. Un vero gentiluomo. Siamo andati a questa festa in una villa sulle rive del Lago di Como e lui è rimasto al mio fianco per tutto il tempo. Poi mi ha riaccompagnata a casa e non ha nemmeno provato a baciarmi. Puoi crederci? Prima che scendessi dalla macchina, poi, con voce tutta sexy, mi ha detto che vuole rivedermi. Adoro il modo in cui pronuncia il mio nome, con l'accento alla fine.»

Leah aveva la nausea. Non credeva che la dolce e sensibile Jenny si sarebbe lasciata ingannare da quello che dicevano gli uomini.

«So cosa stai pensando, ma non riesco a spiegarti...»

Ora Jenny si era alzata e stava indossando la sua solita tuta. «Lui è diverso, si vede. Stasera verrà alla festa, voglio che lo conosci, così mi dici che ne pensi. Ma adesso basta parlare di me. Pronta per il tuo grande giorno?»

Leah annuì. «Credo di sì.»

«Mi raccomando: ignora tutto quello che dicono le ragazze. Saranno invidiose perché sei appena arrivata e hai già una grande occasione. E stai molto attenta a Maria. Voglio proprio vedere come la gestirà Carlo. Forza, dobbiamo andare, non vogliamo fare tardi.»

Quando Leah e Jenny arrivarono allo showroom di Carlo, la maggior parte delle altre ragazze era già lì, a bere caffè e fumare.

«Allora, signore, venite. Adesso diamo un'occhiata al programma, e poi Carlo vuole parlare con tutte voi.» Giulio aveva gli occhi arrossati e sembrava stanco.

Leah e Jenny si misero in fondo, e Carlo salì sulla passerella che era stata allestita per lo spettacolo.

«Buongiorno a tutte. Spero che nessuna di voi sia andata a letto più tardi di mezzanotte...»

Dal pubblico si levò una risatina.

Carlo inarcò le sopracciglia e continuò: «Oggi ci aspetta una giornata impegnativa. Quest'anno il formato sarà leggermente diverso, con un cambiamento notevole. Alla nostra Maria, che ci ha così gentilmente raggiunti dall'America, la sua azienda ha chiesto di mantenere un profilo basso, per non interferire con il marketing e la promozione negli Stati Uniti. Naturalmente farà parte della sfilata, ma date le circostanze abbiamo deciso che sarà un'altra a indossare l'abito da sposa.»

«Bel tentativo, Carlo...» mormorò Jenny, sapendo che nessuno nella stanza aveva abboccato.

«Dopo aver controllato tutte le vostre misure, la ragazza più vicina a Maria è Leah. E quindi sfilerà lei con l'abito da sposa.»

Un mormorio udibile percorse la stanza. Le ragazze cominciarono a darsi gomitate e si voltarono a fissare Leah, che arrossì e abbassò lo sguardo. Poi si girarono tutte a osservare la reazione di Maria, in prima fila. Ma lei si limitò a scrollare le spalle e sorridere con grazia.

«Va bene, vi lascio nelle abili mani di Giulio, che vi indicherà l'ordine di uscita, e di Luigi, che dirigerà la sfilata. Grazie a tutte.»

Appena Carlo lasciò il palco, le ragazze ricominciarono a sussurrare. Alcune delle modelle più anziane si radunarono attorno a Maria, altre si girarono verso Leah e le fecero delle congratulazioni ben poco sincere. Un attimo più tardi Maria si alzò e si avvicinò alla sua sostituta. Tutti gli occhi erano puntati su di lei.

Con grande stupore di Leah, Maria sorrise e la baciò su entrambe le guance. «Grazie di avermi aiutata, tesoro. Questi americani sono davvero troppo possessivi con me. Buona fortuna. Se hai bisogno di qualunque cosa, non esitare a chiedere.»

Leah riprese a respirare mentre Maria tornava al proprio

posto e Giulio saliva in passerella per iniziare a scorrere l'ordine di uscita.

Per il resto della mattinata Leah si concentrò a imparare i suoi movimenti. Rimase per quasi tutto il tempo con Maria, e la modella più anziana fece il possibile per aiutarla. Pareva determinata a prendersi cura di lei, le portò il caffè quando aveva troppo da fare per andarselo a prendere da sola e in generale la trattò come una figlia.

All'ora di pranzo Leah e Jenny uscirono a prendere una boccata d'aria fresca.

«Non capisco perché Maria sia così dolce con te. Se lo stanno chiedendo anche le altre. Mi sembra strano, quindi non lasciarti ingannare, d'accordo?»

Leah scosse la testa, ma doveva ammettere che le attenzioni di Maria le sembravano abbastanza sincere.

La cosa che più la spaventava della serata erano i cambi d'abito rapidi. Aveva osservato le altre ragazze sera dopo sera e ancora non capiva come facessero a gestire la situazione. Per quella sfilata doveva indossare una mezza dozzina di vestiti, e sia lei che le altre sapevano che erano i più belli della collezione.

La prova generale fu un disastro. Leah aveva mancato due uscite e Giulio le aveva urlato contro.

Un'ora prima dello spettacolo, mentre tutta tremante era seduta a farsi pettinare, Maria si materializzò alle sue spalle.

«Come va, tesoro, sei nervosa?»

Leah annuì e si alzò per lasciare posto alla ragazza successiva.

«Ecco, prendi queste per calmarti.» Maria le porse tre piccole pillole bianche.

Lei scosse la testa. «No, ti ringrazio.»

«È aspirina. Guarda, la prendo anch'io.» Si infilò due compresse in bocca e le buttò giù con un bicchiere d'acqua.

«Non so...» Leah cedette. Aveva un mal di testa tremendo per colpa delle luci e del fatto che continuavano a tirarle i capelli a destra e a sinistra. E aveva visto Maria prendere le stesse pillole, quindi non potevano farle niente di male.

«Grazie» disse, bevendo un sorso d'acqua per ingoiarle.

Mezz'ora dopo Leah indossava il suo primo outfit, un maglione a coste con lo scollo rotondo e una gonna di una lana morbida che era stata molto usata dagli stilisti quella settimana. Stava cercando di mantenere la calma. A dieci minuti dall'inizio dello spettacolo, Carlo apparve in camerino in un elegante smoking bianco.

«Buona fortuna, ragazze. Sono sicuro che mi renderete orgoglioso.» Si avvicinò a Leah e le prese le mani. «Sei bellissima, cara.» La baciò su entrambe le guance. «Tra un'ora sarai la nuova stella del firmamento della moda, fidati di me.»

«D'accordo, ragazze, tutte in fila, per favore.»

Leah prese posto. Ma un istante dopo sentì il suo stomaco fare una gigantesca capriola e i palmi diventare umidi.

«Sono i nervi, non preoccuparti.» Jenny guardò il viso pallido di Leah e il sottile rivolo di sudore sulla sua fronte. Le sfiorò la mano per rassicurarla. «Starai bene una volta fuori, te lo prometto.»

Lei annuì. Probabilmente l'amica aveva ragione, ma si sentiva molto strana.

Si spostò verso l'ingresso della passerella e sentì il brusio del pubblico. Quella sera era lei la modella di punta. Calò il silenzio mentre il presentatore parlava, poi partì il ritmo familiare della musica. I crampi allo stomaco stavano peggiorando.

«Va bene, vai!» ordinò il coreografo.

Leah si avviò verso le luci e fu accolta da un applauso. Finito il primo giro corse verso la vestiarista, più calma, ma sempre più sicura di avere qualcosa che non andava.

I successivi venti minuti furono un vero e proprio incubo. Riuscì a cambiarsi sei volte, convinta che sarebbe svenuta da un momento all'altro. Aveva un disperato bisogno di andare in bagno, ma sapeva di non avere un minuto da perdere. In qualche modo, strinse i denti e riuscì a sorridere mentre camminava sulla passerella.

È quasi finita, ci sei quasi, manca solo il vestito da sposa, si disse mentre correva dalla passerella al suo camerino. Non era nemmeno riuscita a togliersi l'abito da sera quando capì che non poteva più resistere.

«Mi dispiace, devo andare alla toilette.» Fuggì in direzione dei bagni, lasciando una stupita assistente con in mano l'abito da sposa.

«*Mamma mia!* E ora cosa facciamo?»

Giulio scese di corsa le scale dal lato della passerella. «Presto! Non c'è tempo da perdere! Maria, vieni qui!»

Maria si avvicinò a passo lento, con un sorriso trionfante.

«Alla mia agenzia non piacerà per niente» disse con voce strascicata mentre le infilavano il vestito. «Ahia, è stretto sul petto.»

«Allora togliti il reggiseno, presto!» urlò Giulio.

Lei fece un altro sorriso. «Se proprio insisti...»

Un minuto dopo Maria salì in passerella. Il pubblico produsse un sussulto ben udibile, seguito da un fragoroso applauso. Il resto delle ragazze si unì a lei, e Carlo, ancora piuttosto confuso, saltò sulla passerella per ricevere un'ovazione.

Jenny trovò Leah nei bagni.

«Tesoro, che ti succede? Dobbiamo portarti subito in ospedale!»

Leah scosse la testa. «Non serve...»

«Oddio, hai un aspetto tremendo. Cosa ti fa male? Lo stomaco?»

Leah annuì. «Non riesco a smettere... di andare. Scusa.» Spinse Jenny fuori dal cubicolo. Ne emerse cinque minuti dopo, si piegò in due e ricadde di nuovo sul pavimento.

«Sembra un'intossicazione alimentare. Ma oggi non hai mangiato quasi nulla. Ti ho vista. Hai idea di cosa possa essere?»

«Maria ha sfilato con l'abito da sposa?» chiese Leah.

«Sì. E ha fatto scalpore. Non ha potuto tenere il reggiseno, quindi si vedeva tutto attraverso lo chiffon. Non credo fosse proprio quello che Carlo aveva in mente, ma di sicuro sarà su tutti i giornali domani mattina.»

«Mi ha dato delle pillole. Ha detto che erano aspirine, ne ha prese due anche lei. Ho iniziato a stare male un'ora dopo averle prese» confessò Leah a bassa voce.

Jenny era sbalordita. «Scommetto che quella stronza ti ha dato dei lassativi! Ho già sentito di qualcuno che l'ha fatto, ma non riesco a credere che Maria si sia abbassata a tanto. Pensi che sia possibile?»

«Sì. Non ho mangiato niente oggi e non ho avuto la nausea o altro. Continuo soltanto ad andare in bagno.»

«Cristo santo!» esclamò Jenny, mentre Leah chiudeva di nuovo la porta per liberarsi. «Va bene, ora ti prendo i jeans, così puoi cambiarti, e intanto chiamo un taxi per riportarti in albergo. Poi vado da Carlo. Maria non deve farla franca.»

«Lascia stare, Jenny. Non posso provare che è stata lei» disse Leah dall'interno del cubicolo, ma l'amica se n'era andata.

Leah giaceva a letto esausta, con un senso di malessere e molta voglia di piangersi addosso. Era corsa in bagno appena arrivata in albergo e ci era rimasta per tutta l'ultima ora. Non riusciva a capacitarsi che qualcuno potesse averle fatto una cosa così cattiva.

Ma quella serata le aveva fatto capire che non era tagliata per quella vita. Si era messa in ridicolo di fronte all'intero mondo della moda e nessuno l'avrebbe mai più voluta a una sfilata. Decise che la mattina dopo avrebbe comprato un biglietto per tornare in Inghilterra e sarebbe andata dritta nello Yorkshire, a casa sua.

Una lacrima solitaria le scese lungo il viso, ma si trattenne dal singhiozzare pensando che l'indomani a quell'ora sarebbe stata nel suo letto, con sua madre che si prendeva cura di lei.

E così si addormentò, grata al pensiero che il peggio sembrava essere passato.

Dei colpi alla porta strapparono Leah dai suoi sogni.

«Chi è?» chiese, debolmente.

«Sono Carlo. Per favore, fammi entrare.»

«Non sto bene. Vai via.»

«Cara, ti prego, apri. Non me ne andrò finché non lo farai.»

Con riluttanza, Leah si alzò barcollando, aprì la porta e fece appena in tempo a tornare a letto prima che le cedessero le gambe.

Carlo si sedette ai piedi del letto, con espressione angosciata. Le prese la mano. «Come ti senti?»

«Un po' meglio, credo. Mi dispiace tanto, Carlo.»

Lo stilista si accigliò. «Non osare scusarti. Jenny mi ha raccontato cos'ha fatto Maria e un uccellino mi ha confermato che è andata esattamente così. È tutta colpa mia. Sono stato così ingenuo da pensare che avrebbe accettato la cosa di buon grado. Mi dispiace tanto, piccolina.»

Leah scrollò le spalle. «No, è un bene: mi ha fatto capire che questo mondo non fa per me. Domani torno a casa» disse, tristemente.

Gli occhi castani di Carlo lampeggiarono. «Non credo proprio! Ecco, guarda qui.» Le mise tra le mani una copia del «Giorno». Sulla prima pagina del quotidiano campeggiava una grande foto di Leah nel penultimo abito da sera, con grandi parole in stampatello che correvano lungo il bordo superiore della foto.

«Cosa dice, Carlo?» Lei restituì il foglio e lui tradusse.

«Dice: *Chi è questa ragazza?* Ti leggo il resto.» Carlo si schiarì la voce. «"Ecco il volto della modella misteriosa che ieri sera ha fatto scalpore alla collezione prêt-à-porter di Carlo Porselli. Non si è presentata alla festa dopo la sfilata e nessuno l'ha vista in città questa settimana, tranne che al braccio dello stesso Carlo in una discoteca lunedì sera. E anche allora è rimasta soltanto cinque minuti, prima di andarsene via da sola. Si dice che potrebbe appartenere all'aristocrazia russa, o addirittura discendere dallo zar..."»

Leah a questo punto non riuscì a trattenere una risatina.

«"Nessuno nel mondo della moda si spiega perché lo stravagante Carlo abbia permesso a Maria Malgasa, sua ex amante, di indossare l'abito da sposa. Alcuni sospettano che fosse un'offerta di pace per calmare la focosa Maria, perché non ci sono dubbi su chi sia la sua nuova stella. La naturale bellezza della modella misteriosa è servita soltanto a far sembrare più artificiosa l'esibizione piuttosto volgare della carne di Maria."» Carlo sorrise a Leah da sopra il giornale. «Vuoi che continui?»

«No.»

«Allora lo vedi che il piano di Maria è fallito? Il fatto che tu non abbia indossato l'abito da sposa e non sia venuta alla festa non ha fatto altro che aumentare l'interesse dei giornali nei tuoi confronti.» Tese le mani verso di lei. «È un bene che non ti piaccia la vita mondana come alle altre. Ti ha reso un mistero, e non c'è niente che la stampa ami di più.»

Leah girò la testa. «Torno comunque a casa, Carlo.»

Lui sospirò. «Sta a te decidere. Capisco che tu sia turbata dalla scorrettezza di Maria, ma non capisci che il modo migliore per vendicarti è diventare una star? Resta e superala! Se torni a casa si fregherà le mani, convinta di aver vinto. Non credi?»

Leah annuì lentamente, senza dire nulla.

Carlo socchiuse gli occhi. «Quanti anni hai, Leah?»

«Diciassette. Appena compiuti.»

Lui trasalì. «Ah, piccolina, ora capisco. Sei troppo giovane per affrontare tutto questo. D'ora in poi prometto di proteggerti.» Le scostò i capelli dal viso. «Mi dispiace di aver provato a baciarti. È che mi sembravi così bella e sofisticata. Se resti, ti prometto che non ti toccherò mai più. Hai la mia parola.»

Leah si voltò a guardarlo. Sembrava solenne e sincero.

«Devi restare, Leah. È il tuo destino.»

«Va bene.»

L'indomani mattina, quando uscì dall'ascensore, Leah trovò un gruppo di fotografi ad aspettarla.

La sua nuova vita era iniziata.

PARTE SECONDA

Agosto 1981 - Gennaio 1982

1

Londra, agosto 1981

«Ci siamo, signori. Brindiamo alla nostra ultima settimana da giovani spensierati. Presto ci alzeremo tutti all'alba e non ci trascineremo più fuori dal letto alle undici dopo aver perso la prima lezione del mattino. Lavoreremo fino alle otto di sera invece di passare i pomeriggi a sonnecchiare per smaltire i postumi della sera prima. Chissà, forse alcuni di noi diventeranno addirittura pilastri di questo meraviglioso paese. Ma per ora concediamoci la cosa che gli studenti universitari sanno fare meglio: bere!»

I cinque ragazzi seduti attorno al tavolo nello squallido pub di West London urlarono e alzarono il bicchiere.

«E pensare che mi lamentavo della quantità di lavoro che mi ha assegnato il mio tutor» si lagnò Rory.

«Almeno nella City si fanno lunghe pause pranzo, il che è più di quanto si possa dire per gli studenti di Medicina» mormorò Toby.

«Credo che Brett sia quello messo meglio. Andare a lavorare per papà con uno stipendio iniziale che la maggior parte di noi sarà ben felice di guadagnare a fine carriera. Ti è andata di culo, amico» lo prese in giro Sebastian, senza malizia.

Brett si strinse nelle spalle. «Lo so, ragazzi, è dura ai piani alti» scherzò, anche se avrebbe volentieri fatto a cambio con ciascuno di loro. I suoi quattro amici di Cambridge avevano tutti scelto cosa fare dopo l'università, e lui avrebbe volentieri rinunciato al suo lauto stipendio per poter fare altrettanto.

Brett si era goduto i suoi anni di università e gli dispiaceva molto che stessero per finire. Non aveva studiato con particolare impegno, non essendosi mai appassionato al corso di Giurisprudenza, ma aveva trovato la sua nicchia e i suoi migliori amici nei gruppi più bohémien dell'università.

Era entrato nel club di teatro *Footlights*, dipingeva e si esibiva in un paio di varietà. E, con sua sorpresa, era comunque riuscito a terminare gli studi con un voto più che discreto.

Brett guardò tristemente il tavolo. Nessuno di loro aveva deciso di coltivare il proprio talento artistico. Avevano fatto le loro scelte di carriera accettando che il divertimento degli ultimi anni sarebbe finito nel momento in cui si fossero laureati. Essere uno studente universitario a Cambridge e comportarsi in modo stravagante faceva parte del pacchetto, ma alla fine tutti si sistemavano e conducevano vite tranquille, con professioni rispettabili.

Brett sembrava essere l'unico a non accettarlo. La settimana successiva avrebbe iniziato a lavorare per suo padre. E non ne aveva alcuna voglia. A Cambridge era stato uno studente deciso a divertirsi come tanti altri, ma ora, a soli due mesi dalla fine degli studi, sentiva la differenza tra sé e i suoi amici.

«Faccio io, ragazzi.» Brett aprì il portafoglio, tirò fuori una American Express dorata e la infilò nella logora cartella di plastica.

«Grande, Brett» disse Sebastian con nonchalance. «Ora, non so voi, ma io non sono pronto a tornare a casa. E si dà il caso che stasera abbia gli inviti alla festa più figa della città. Me li ha dati Bella, mia sorella. È al Tramp, il compleanno di una modella, mi sembra. Pare che ci saranno delle belle donne...» Gli fece l'occhiolino.

Il cuore di Brett mancò un battito.

Sapeva che Leah Thompson stava avendo un successo stratosferico e che, a quanto si diceva, era una delle modelle con i guadagni più alti al mondo. Le possibilità che le loro strade si incrociassero di nuovo erano scarse.

Ce l'aveva messa tutta per dimenticarla, ma il fatto che il volto di Leah non avesse mai smesso di fissarlo dalla copertina di tutte le riviste di moda aveva complicato le cose.

Brett aveva provato ad avere delle relazioni con qualche compagna di università, tutte considerate prede appetibili dai ragazzi di Cambridge, ma il sentimento che ancora nutriva per il suo primo amore non si era mai spento. Non importava quanto fosse bella o sensuale la ragazza che stringeva fra le braccia, quando chiudeva gli occhi pensava sempre e comunque a Leah.

Razionalmente, Brett si chiedeva se l'avesse idealizzata troppo, ma il fatto era che il suo cuore saltava un battito ogni volta che vedeva una foto di lei. E sognava ancora di incontrarla.

«Dai, prendiamo un taxi. Non vorrei che ci fregassero tutte le ragazze migliori.» Sebastian si alzò da tavola mentre il cameriere restituiva discretamente la carta d'oro a Brett.

Trovarono una macchina e si avviarono in direzione del Tramp.

«Cara, stasera sei più radiosa che mai.» Carlo si fermò sulla soglia della nuova casa di Leah a Holland Park e la baciò sulle guance.

«Grazie, Carlo» sorrise lei. «Ora vieni a conoscere mia madre.»

Lo guidò nel corridoio, il vestito bianco che lo stilista aveva disegnato appositamente per lei frusciava a ogni suo passo. Carlo la seguì in un soggiorno grande e confortevole, dove era seduta una donna sulla quarantina che sembrava piuttosto a disagio in un abito nero formale di Yves Saint Laurent.

«Mamma, ti presento Carlo.»

Doreen Thompson si alzò. «È un piacere conoscerla, signor Porselli. Mia figlia mi ha parlato tanto di lei.»

Leah le mise una mano sulla spalla e la guardò con orgoglio. «Non pensi che mia mamma sia splendida? Ieri siamo andate a fare shopping e abbiamo scelto il vestito per la serata.»

«Signora Thompson, è bellissima. Capisco da chi ha preso Leah.»

Doreen si agitò, imbarazzata. «Molto gentile da parte sua, signor Porselli, ma io mi sento meglio con gonna e mantesino.»

Carlo sembrava confuso. «Mantesino?»

«Mamma intendeva dire grembiule» tradusse Leah. «No, stai benissimo. Ecco, champagne per entrambi.» Porse un calice a ciascuno.

«Ah, sì. È una sera di festa, ma è anche triste. La prossima settimana perderò la mia musa ispiratrice per colpa degli americani.»

«Su, Carlo, non fare il melodrammatico! Mi trasferisco a New York per il contratto sui cosmetici, ma anche perché mi sembra già di passare la maggior parte del mio tempo lì. Sai che è quello il centro del mondo, al momento.»

Lui annuì. «Sì, Leah. Ma New York è lontana da Milano, e per questo sono triste.»

«Verrò alla tua sfilata tra poco più di sei settimane. Ora, prima di andare, ho una cosa per te, mamma. Lo so che è il mio ventunesimo compleanno e dovresti essere tu a farmi un regalo. Quindi, prima di dartelo, voglio che tu mi prometta che accetterai.» Leah si avvicinò all'antica scrivania di mogano con aria seria e ne estrasse una busta. «Ecco.» La porse a sua madre. «Coraggio, aprila.»

Doreen sfiorò la busta di pergamena e guardò il viso eccitato della figlia. La aprì lentamente e ne tirò fuori un fascio di carte.

Era tutto scritto in un linguaggio giuridico incomprensibile, ma notò il suo nome e quello di Harry Thompson stampati tre o quattro volte sulla prima pagina.

«Cos'è, Leah? Sembra un testamento.» Doreen aggrottò la fronte.

Carlo e Leah risero. «Non è un testamento, sono gli atti di proprietà di un nuovo cottage a Oxenhope. L'ho comprato per te e papà.»

Doreen si sedette e fissò le carte in silenzio. Leah si spostò per inginocchiarsi davanti a lei. La donna alzò lo sguardo e vide le lacrime brillare negli occhi della figlia.

«Amore, non posso accettare.» Anche lei era commossa. «Ci hai già aiutati tanto.»

La ragazza prese la mano di sua madre. «E invece devi. È uno dei motivi per cui faccio la modella, per poter fare regali a te e a papà. Il cottage è stato ristrutturato per renderlo accessibile alla sedia a rotelle. È nuovissimo, con un bel salotto, una camera da letto per voi due e una stanza per quando vengo a trovarvi.»

«Oh, Leah.» Doreen scoppiò a piangere e le due si abbracciarono. «Grazie. Spero che tu non abbia finito tutti i tuoi soldi. Devi tenerli anche per te. Te li sei guadagnati.»

«Non preoccuparti. Ne ho abbastanza per tirare avanti per anni e Carlo mi ha insegnato come investirli.» Sorrise. «Questo fine settimana torno nello Yorkshire, così vi faccio vedere il posto» aggiunse, con una nota di orgoglio.

Carlo osservò per un momento la tenera scena che aveva davanti, poi tossì. «Venite, signore, è ora di andare.»

Aspettava quella serata da tempo, e non vedeva l'ora che iniziasse.

Miranda Delancey seguì il resto degli ospiti nella famosa discoteca. La folla di fotografi all'ingresso la fece sentire una star. Il locale era strapieno. Alzò lo sguardo sullo striscione che pendeva dal soffitto.

BUON COMPLEANNO, LEAH, DA TUTTI I TUOI AMICI.

Non per la prima volta, provò una fitta di invidia. Non riusciva proprio a credere a quello che era successo a Leah Thompson mentre lei era chiusa in casa con i pannolini sporchi e la bambina malata... Anche se doveva ammettere che era stato gentile da parte sua mandare a «Rose e famiglia» un invito per la festa.

Chloe, Rose e Miranda erano arrivate il giorno prima dallo Yorkshire. Rose aveva degli affari da sbrigare con Roddy, e aveva promesso di fare da babysitter a Chloe nel suo appartamento, in modo che Miranda potesse andare alla festa.

Quella serata era la sua occasione. E aveva tutta l'intenzione di sfruttarla.

Quando la limousine di Leah si fermò davanti al club, fu subito assaltata dai paparazzi. Il proprietario del Tramp la salutò sui gradini. Carlo chiudeva la fila con la signora Thompson, il cui viso aveva raggiunto una brillante tonalità di rosso.

«Carlo, perché non dai a Leah un bacio per il compleanno?» Gridò uno dei fotografi.

Lo stilista annuì, la prese fra le braccia e la baciò forte sulle labbra.

«Meraviglioso!» I flash scattarono proprio mentre il taxi con a bordo Brett e i suoi amici si fermava dietro la limousine.

Brett rimase paralizzato alla vista dell'italiano che rimetteva Leah a terra, le posava un braccio attorno alle spalle nude e scompariva con lei all'interno. Aveva la nausea. Doveva allontanarsi di lì il prima possibile. «Sentite, ragazzi, credo di aver cambiato idea. Torno a casa. Andate voi quattro, io...»

Seguì una raffica di insulti, e i suoi amici lo spinsero dentro.

Leah era circondata da ammiratori. Brett si nascose in un angolo da cui poterla guardare inosservato e si preparò a tenere il broncio per tutta la serata.

Anche Carlo osservava Leah da lontano.

Provò un moto d'orgoglio nel ricordare la patetica figura distesa a letto in una camera d'albergo di Milano, determinata a rinunciare alla sua carriera e tornare nell'anonimato. La donna posata ed elegante, con uno stuolo di ammiratori che pendeva dalle sue labbra, era stata una sua creazione. Era al suo apice.

Come un pezzo di seta grezza, l'aveva modellata e plasmata in qualcosa di straordinario, lontano anni luce dalle sue umili origini. Aveva impiegato tempo, abilità e pazienza, prestando attenzione ai dettagli, come dovrebbero fare tutti i grandi stilisti. Per quattro anni aveva osservato con desiderio le membra lunghe e sensuali fasciate dai suoi abiti, senza toccarla nemmeno una volta.

Ma ora sapeva che la sua pazienza sarebbe stata ripagata a fine serata.

Leah aveva ventun anni e lui aveva aspettato abbastanza.

«Ciao, bella. Vuoi ballare?» Un uomo alto e avanti con gli anni si era avvicinato a Miranda. Aveva uno strano accento straniero.

Lei vuotò la sua vodka. «Perché no?»

L'uomo la guidò sulla pista e cominciò a muoversi a ritmo, con le movenze goffe di un signore anziano che cercava di adattare i passi appresi da adolescente nelle sale da ballo alla musica aggressiva di una discoteca moderna.

Miranda lo guardò. Era ben piazzato, all'incirca sulla sessantina. Anche nella luce scarsa, si vedeva che il suo viso era coperto di piccole vene blu e che gli mancavano molti capelli.

Non era certo il principe azzurro, ma lei aveva notato il Rolex d'oro che faceva capolino dalla manica del suo abito costoso e di taglio elegante. E così entrò in azione, appellandosi a tutti i trucchi che non usava ormai da anni. Si mosse in modo sensuale, avvicinandosi abbastanza da permettere allo sconosciuto di guardare bene la scollatura del suo vestito attillato di lamé dorato.

La canzone finì e l'uomo la condusse al bar.

«Champagne?»

Miranda annuì.

«Allora, cosa ci fa una brava ragazza come te in un posto simile?» chiese, mentre lei gli sorrideva seducente.

«Sono una vecchia amica della festeggiata.»

«Ah, Leah Thompson. È molto bella, come te.» Il dito dell'uomo tracciò i contorni del suo seno.

«E tu?» chiese Miranda.

Lui alzò le spalle. «Il mio compito è sapere sempre quando c'è una festa imperdibile in città.» Strizzò l'occhio. «Andiamo a cercare un angolo tranquillo, così puoi raccontarmi tutto di te.» Prese la bottiglia di champagne e si allontanò dal bar, seguito da Miranda.

Leah uscì dal bagno e si ritrovò faccia a faccia con Brett, che aveva appena deciso di andarsene.

Il cuore iniziò a batterle come impazzito. Si sforzò di ricordare che lui l'aveva tradita, ma non vedeva altro che il ragazzo che per tanto tempo aveva popolato i suoi sogni.

Brett era cresciuto in altezza. I suoi lineamenti giovanili erano più definiti e somigliava più che mai a Rose.

I ricordi di quei giorni perfetti nella brughiera riaffiorarono, cancellando il modo terribile in cui si erano separati.

«Ciao» dissero all'unisono, e scoppiarono a ridere.

«Buon compleanno, Leah.» Pronunciare il suo nome dopo tutto quel tempo fece correre un brivido lungo la schiena di Brett.

«Grazie.»

Cercò qualcosa da dire per trattenerla. «Sei bellissima.» Era banale, ma sincero.

Per Leah, sentirselo dire da lui valeva di più delle centinaia di volte che gliel'avevano ripetuto quella sera.

«Grazie. Ti trovo bene. Stavi andando via?»

Brett si agitò. «Ehm, ecco...»

«Sto per fare un brindisi. Resta almeno per una coppa di champagne» disse Leah troppo in fretta.

Lui sospirò di sollievo. «Grazie, mi farebbe piacere.»

La seguì all'interno proprio mentre la musica si spegneva e il proprietario del locale si spostava al centro della pista da ballo.

«Signore e signori, se ce ne sono.» Rise. «Vorrei...»

«Leah, dov'eri finita? Vieni con me.» Accigliato, Carlo la trascinò verso il proprietario del club, lasciando Brett da solo.

Lei si voltò per mimargli un «ci vediamo dopo» con le labbra mentre lo stilista la guidava verso la pista.

«Ora vi lascio al signor Carlo Porselli.» Dal pubblico si levò un applauso. «Come tutti saprete, è stato lui a consegnare la nostra festeggiata al successo, ed è anche l'organizzatore della serata.» Si levò un altro applauso fragoroso e gli invitati bevvero un sorso di champagne offerto da Carlo.

Brett aveva notato che lo stilista guardava Leah in modo possessivo. E durante il suo discorso parlò di lei quasi come se gli appartenesse. Leah rimase al suo fianco e chinò la testa per l'imbarazzo mentre Carlo esaltava le sue virtù.

«Prego, volete alzare i calici per un brindisi? A Leah!»

«A Leah» scandì in coro la folla.

«A Leah» sussurrò Brett, quasi fra sé.

«E ora vorrei avere il piacere di essere il primo a ballare con te nel tuo giorno speciale.» Carlo le tese la mano e la condusse al centro della pista. La folla intorno a loro si diradò mentre le note lente di *Woman*, la grande hit di John Lennon, riecheggiavano dagli altoparlanti.

Brett fece una smorfia quando Carlo abbracciò Leah e la tenne stretta. Da come ballavano era evidente che avevano una relazione. Non sopportava quella vista, quindi si voltò.

«Leah, non sai da quanto tempo aspetto questa serata» mormorò Carlo tra i capelli di lei.

Leah notò subito qualcosa di diverso nel suo tono di voce. Le ricordò la prima notte a Milano, quando aveva tentato di baciarla. Si sentì a disagio.

Gli occhi dei presenti erano fissi su di loro. Sembrava quasi che aspettassero qualcosa.

«Baciami, Leah» sussurrò lui, allungando il viso verso il suo.

«Io...»

Ma prima che potesse protestare, Carlo le chiuse la bocca con un bacio. Lei si allontanò e nascose la testa nella sua spalla mentre la folla scoppiava in un applauso spontaneo.

«Ti prego, Carlo, mi metti in imbarazzo.»

«Sei ancora così timida, piccolina. Ma non importa. Ci sarà tutto il tempo per stare da soli più tardi. Voglio che vieni con me nel mio hotel. Il tuo regalo di compleanno è nella mia stanza.»

La canzone finì e il dj iniziò a suonare un pezzo di Shakin' Stevens. La pista si riempì di ballerini entusiasti.

«Scusami, Carlo, ma devo vedere una persona.» Leah si districò dalle sue braccia e si guardò intorno in cerca di Brett. Lo vide dirigersi verso l'uscita e si avvicinò rapidamente a lui.

«Stai cercando di sgattaiolare via di nuovo?»

Brett sembrava imbarazzato. «Be' sì, in realtà.»

Era diventata sofisticata negli ultimi quattro anni, ma non sapeva come dare l'impressione di non volere che un uomo se ne andasse.

Lui fece appello a un po' di coraggio. «Che ne dici di un ballo prima che vada?»

«Ehi, ehi. Non dirmi che sei riuscito a conquistare la bella del ballo stasera?» L'amico di Brett, Toby, si unì a loro, con una debuttante scarmigliata appoggiata a una spalla.

«Leah e io siamo... vecchi amici. Vieni.» L'apparizione di Toby diede a Brett la scusa di cui aveva bisogno per prendere Leah per mano e condurla sulla pista da ballo.

Pregò con tutto il cuore che il dj scegliesse una canzone lenta, in modo da poterla stringere tra le braccia. Ma il ritmo frenetico della discoteca pulsava senza pietà.

La canzone giunse al termine e la voce di Diana Ross in duetto con Lionel Richie si riversò sulla pista. Brett colse l'occasione e attirò Leah a sé.

«È bello rivederti dopo tutto questo tempo» azzardò.

«Sono felice anch'io» rispose lei.

Sentire il corpo perfetto di Leah contro il suo gli provocò

una scarica elettrica. La abbracciò più stretta. «Mi piacerebbe rivederti. Vorrei poterti spiegare, be', cos'è successo anni fa. Il problema è che domenica parto per New York. La sede dell'azienda di mio padre è lì e inizierò a lavorare per lui la settimana prossima. Posso scriverti, magari?»

Leah ridacchiò. «Non ce n'è bisogno. Anch'io sto per andare a New York. Parto martedì per iniziare una campagna per la Chaval Cosmetics.»

Brett spalancò la bocca. «Oh! Che coincidenza! Dove alloggi?»

«Per le prime due settimane starò al Plaza, poi cercherò un appartamento con Jenny, la mia migliore amica. Anche lei è lì, lavora per un'altra azienda di cosmetici.»

«Vai da sola o Carlo viene con te?» chiese cauto Brett.

«Da sola. Carlo ha in programma le sfilate delle sue collezioni. Domani deve tornare a Milano.»

Brett fece del suo meglio per nascondere la soddisfazione. «Posso chiamarti in albergo?»

Leah annuì. «Certo.»

«Leah.» Una mano la fece voltare bruscamente. «Penso che sia ora di andare.» Carlo barcollava leggermente, doveva essere ubriaco.

«Temo che dovrò andare direttamente a casa. Mia madre sta da me, ricordi? Mi darai il regalo un'altra volta.»

Ma lo stilista sembrava sul punto di esplodere. «*Permesso*» disse a Brett, e tirò la ragazza verso la porta d'ingresso.

«Smettila, Carlo! Mi fai male!» Leah cercò di liberarsi dalla sua presa.

«Mi dispiace, ma devi venire con me. Ho organizzato tutto.»

La stava trascinando giù per le scale. Leah era contenta che quasi tutti i paparazzi fossero andati via.

«Carlo! Ti ho detto basta!» Tentò di nuovo di divincolarsi. Quello non era l'uomo che conosceva. Avvertì un formicolio di paura.

In fondo ai gradini, lui fermò un taxi e Leah lottò invano per liberare il braccio dalla sua presa simile a una morsa.

«Non vengo con te, sei ubriaco.»

Carlo cercava di caricarla sul taxi, e lei faceva del suo meglio per resistere.

«Leah! Entra! È tutto pianificato!»

«No!» strillò, disperata.

Due braccia forti le afferrarono le spalle e la tirarono indietro, strappandola dalla presa di Carlo.

«Non credo che la signora voglia venire con lei, signor Porselli.»

Leah riconobbe la voce e si voltò. Era Miles, con tre macchine fotografiche appese al collo. Spinse rudemente Carlo sul retro del taxi e chiuse la portiera.

«Porti quest'uomo al suo albergo.»

L'autista fece un cenno a Miles e il taxi partì.

«Grazie, Miles» riuscì a dire Leah, anche se non era sicura di potergli essere particolarmente grata dopo quella notte nel fienile. «Non so cosa gli sia preso stasera. Non l'ho mai visto così prima d'ora.»

Miles non disse nulla. Si limitò a fissarla in quel suo modo strano.

«Leah. Stai bene?» Brett stava correndo verso di lei, evidentemente preoccupato.

«Sì, sto bene, grazie a Miles.»

«Oh. Ciao, Miles.» Brett tese la mano e lui gliela strinse con riluttanza. «Cosa ci fai qui?» chiese, incuriosito.

«Il mio mestiere» rispose freddamente il cugino.

«È un fotografo freelance. Potresti aver visto alcuni dei suoi scatti sui giornali» spiegò Leah, senza sottolineare che Miles passava il tempo a bighellonare davanti agli ingressi di locali notturni e ristoranti alla moda per beccare i passi falsi di ricchi e famosi e venderli alla stampa scandalistica di Fleet Street.

«Ti chiamo un taxi» disse Miles.

«Devo andare a prendere mia mamma. È ancora dentro.»

«Vado a cercarla. Sali in macchina.» Miles fermò un taxi di passaggio, le aprì la portiera e scomparve all'interno del club.

«Ciao, Leah. Ci vediamo a New York.» Brett sorrise.

«Sì, non vedo l'ora di fare una bella chiacchierata.»

Per un attimo rimasero in silenzio, a fissarsi intensamente. Brett stava quasi per abbracciarla quando Miles ricomparve con la signora Thompson. Così baciò Leah sulla guancia, salutò una Doreen dall'aria sorpresa e si avviò lungo la strada.

Aveva bisogno di aria fresca per schiarirsi le idee, così si incamminò verso il piccolo appartamento di suo padre a Knightsbridge.

Entrambi a New York. Doveva essere destino. E quel Carlo? Forse era arrivato troppo tardi, ma doveva provarci. Gli era stata offerta una seconda possibilità. E quella volta non l'avrebbe sprecata.

Non molto distante, anche Miles stava tornando a piedi nel suo minuscolo appartamento in affitto a Chelsea, pensando a Leah. Una volta arrivato, prese una bottiglia mezza piena di whisky da un mobiletto della cucina e se ne versò un bicchiere per placare la collera.

Aveva dovuto fare appello a tutto il suo autocontrollo per non torcere il collo a quel bastardo di Carlo. Non si rendeva conto che Leah era speciale? Era una creatura da adorare, non da trattare come una puttana da quattro soldi. Ancora con il bicchiere in mano, Miles trovò la chiave della sua stanza segreta, aprì la porta ed entrò. Le fotografie che aveva scattato a Leah in vari momenti coprivano ogni centimetro delle pareti. Era il suo tempio. Si fermò al centro della stanza, inspirò a fondo e fece un giro di trecentosessanta gradi. Respirava Leah, si crogiolava nella sua bellezza eterea. Le immagini avevano un effetto calmante, come sempre.

Dopo un attimo di esitazione, Miles uscì dalla stanza, si chiuse la porta alle spalle e prese il telefono. Compose il numero e gli rispose una voce femminile. Riagganciò dopo appena un minuto di conversazione, felice che lei abitasse a pochi passi da lì.

Aprì la macchina fotografica, tolse le pellicole e le conservò in frigorifero, come faceva sempre.

Poi aspettò.

Dieci minuti dopo il campanello suonò e Miles fece entrare la ragazza. Senza preamboli, la portò in camera da letto e si tolse i vestiti mentre lei si spogliava dei suoi. Poi spense le luci, lasciando soltanto il fioco chiarore dell'abat-jour sul comodino. Era una routine familiare.

La ragazza era pronta per lui, le lunghe membra distese sul letto. Con lei era durata più a lungo che con la maggior parte delle puttane con cui andava a letto. Le piacevano i giochi violenti, era disponibile alle sue richieste insolite e, ulteriore vantaggio, aveva lunghi capelli color mogano. Nella penombra, con la chioma che le nascondeva in parte il viso, poteva quasi credere che fosse Leah.

Miles si mise a cavalcioni su di lei, godendosi la sensazione di dominarla. Non baciava mai nessuna di loro. Non era amore. Esisteva una sola donna in grado di offrirglielo.

Durante l'atto, Miles si godette le urla di dolore mentre la ragazza si contorceva sotto di lui. «Girati» le ordinò.

Lei sembrava spaventata. Quella sera c'era qualcosa di diverso negli occhi del cliente. Qualcosa di perverso.

«Miles...» Cominciò a strisciare sul letto, ma lui la trascinò indietro e la schiaffeggiò forte sul viso, facendole sanguinare il labbro.

«Girati, puttana!»

Troppo spaventata per opporsi, la ragazza ubbidì e guardò il sangue bagnare il cuscino sotto di lei.

«Miles, per favore, fermati...»

Ma lui non la sentiva. Completò l'atto con un ruggito. Mentre la ragazza giaceva dolorante, con la faccia sepolta nel cuscino, lui si alzò, andò in bagno e chiuse a chiave la porta. Quando uscì, lei si era già rivestita ed era davanti alla porta, con il viso gonfio e gli occhi pieni di lacrime.

«Gli uomini come te dovrebbero essere rinchiusi. Non chiamarmi mai più. Se lo fai, ti denuncio.» Aprì la porta, ma si voltò di nuovo verso di lui. «Un giorno ucciderai qualcuno.»

La ragazza corse in corridoio e Miles sentì i suoi passi affrettati lungo le due rampe di scale. Sorrise e scrollò le spalle.

Ne avrebbe trovata una nuova per l'indomani.

Si infilò fra le lenzuola spiegazzate e rimosse con disgusto la federa macchiata di sangue. Ora si sentiva più calmo. Chiuse gli occhi.

2

Miranda si svegliò con un terribile cerchio alla testa. Disorientata, si sedette e si guardò intorno. La stanza non le sembrava familiare, non ricordava dove si trovava. In ogni caso era nuda, e il suo vestito era su una sedia dall'altra parte della camera, insieme alla biancheria intima e alle scarpe. Sul comodino c'era una grossa pila di contanti e un biglietto. Lo prese.

Cara Miranda,
grazie per ieri sera. È stato molto divertente. Questo fine settimana sarò sul mio yacht a Saint-Tropez e vorrei che ti unissi a me. Se torni qui per le sei possiamo andare insieme in aeroporto. Il mio assistente ti sta facendo preparare un passaporto, visto che ieri sera mi hai detto che non ne hai uno. Ti chiamerà in mattinata.
La boutique al piano di sotto ti invierà una selezione di vestiti tra cui scegliere. Ti ho lasciato anche dei soldi da spendere per comprarti un regalo nel pomeriggio.

Il messaggio era firmato con uno scarabocchio illeggibile e si concludeva con un bacio. Miranda si lambiccò il cervello per cercare di rammentare il nome dell'uomo e gli eventi della sera prima. Ricordava di aver bevuto molto champagne e poi un tizio che la portava fuori dalla discoteca. Ma da lì in avanti era tutto confuso.

«Cazzo...»

Sua madre doveva essere preoccupatissima. Sollevò il telefono accanto al letto e cercò di ricordare il numero di Roddy.

«Reception» rispose una voce. Allora doveva essere in un albergo.

«Ehm, sì, buongiorno. Mi chiedevo se potesse trovarmi un numero.» Miranda comunicò il cognome e l'indirizzo di Roddy.

«Certamente, signora. E posso farle portare la colazione?»

Il pensiero del cibo le fece rivoltare lo stomaco.

«No, grazie. Ma prenderei volentieri un caffè.»

«Subito, signora. La richiamo non appena avrò il numero. E posso dire alla boutique di portarle i vestiti che ha ordinato?»

Miranda era senza parole. «Certo» riuscì a rispondere.

Mentre aspettava che la richiamassero, pensò a cosa dire a Rose. Non poteva rinunciare a una simile opportunità. Doveva seguire la sua conquista in Francia. Era quello che sognava da tutta la vita: un invito ufficiale a unirsi al jet set.

Rose avrebbe capito.

«Non essere troppo invidiosa, Leah!» ridacchiò quando la reception chiamò per darle il numero di Roddy.

Ebbe un attimo di esitazione prima di telefonare. Poi lui rispose.

«Ciao, Roddy, sono Miranda.»

«Oh, grazie a Dio! Dove sei? Tua madre è fuori di sé per l'angoscia. Ho dovuto impedirle di chiamare la polizia.»

Miranda fece una smorfia. «Sto bene. E puoi dire a Rose che ho ventun anni, non sono più una bambina.»

Roddy fece una risatina. «Ma avresti potuto dirci dove andavi, tesoro. Tua madre ha chiamato tutta la sua rubrica, stamattina. E nessuno sapeva dove fossi finita.» I rimproveri non la scalfirono minimamente. «Comunque, Rose vuole tornare nello Yorkshire con Chloe. A che ora arrivi?»

Miranda tirò su col naso. «A dire il vero, non tornerò con lei. Un amico di Leah mi ha invitato a una festa per il fine settimana. Dille che sto bene, che ci vediamo lunedì, e di dare un bacio a Chloe da parte mia. Ciao, Roddy.» E mise giù prima che lui potesse ribattere.

Miranda provò una fitta di senso di colpa al pensiero di sua figlia. Ma si consolò dicendosi che aveva dedicato a Chloe tutta la sua attenzione per quattro anni. Non meritava un po' di divertimento?

Il telefono squillò di nuovo. La reception riferì che in linea c'era un certo Ian Devonshire. Miranda non aveva idea di chi fosse, ma disse di accettare la chiamata.

«Pronto?»

«Buongiorno, Miranda. Mi chiamo Ian Devonshire, lavoro per il signor Santos. Mi ha chiesto di procurarle un passaporto *tout de suite*.»

«D'accordo.» Miranda sorrise. Ora sapeva anche il nome del suo amante.

«Ho bisogno del suo cognome e di alcuni dettagli per poter avere una copia del suo certificato di nascita dalla Somerset House.»

«Il cognome è Delancey. La mia data di nascita è il 23 luglio 1960.»

«Grazie. Verrò in albergo a mezzogiorno con i moduli, così potrà firmarli e poi li porterò all'ufficio passaporti. Ho un amico che esaminerà la sua richiesta questo pomeriggio. Riesce a fare due foto entro l'ora di pranzo? C'è una cabina alla stazione di Charing Cross, a pochi passi dal Savoy.»

Il Savoy! Era davvero lì? Ebbe un brivido di eccitazione. Confermò che avrebbe fatto le foto e avrebbe poi incontrato Ian all'American Bar al piano di sotto a mezzogiorno.

Mentre riattaccava, qualcuno bussò alla porta. Saltò giù dal letto troppo in fretta e si sentì stordita e nauseata.

«Arrivo...» disse, guardandosi intorno nella stanza alla disperata ricerca di qualcosa per coprirsi. Alla fine tolse il lenzuolo dal letto e se lo drappeggiò addosso, in stile toga.

Quando aprì la porta, un cameriere spinse dentro un carrello con il caffè, una rosa rossa e una bottiglia di champagne ghiacciato.

«Non ho ordinato champagne...» si affrettò a dire.

Il ragazzo sorrise. «Gliela manda il signor Santos.»

Ci fu un altro colpo alla porta.

«Posso aprire, signora?» chiese il cameriere.

Miranda annuì. Un altro inserviente con la stessa elegante uniforme portò dentro una pila di scatole e buste.

«Una selezione di capi della boutique, signora. Il signor Santos le chiede di scegliere quello che vuole. Se non trova niente che le piace può scendere di sotto, sono certo che la direttrice troverà qualcosa che possa fare al caso suo.»

Entrambi rimasero a fissarla, in attesa, e Miranda si rese conto che volevano la mancia. Si ricordò della pila di banconote accanto al letto e andò a prenderle. Rimase senza fiato quando realizzò che erano tutte da cinquanta. Non aveva scelta, quindi ne porse una al ragazzo più vicino.

«Dividetela tra voi» disse in tono signorile. Nel notare l'espressione di delusione sui loro volti pensò che il signor Santos gliene avrebbe data una a testa. Una volta che il personale dell'hotel se ne fu andato, Miranda si avvicinò alla pesante porta di mogano sul lato opposto della grande camera da letto. La aprì, aspettandosi di trovare un bagno, invece si ritrovò in un sontuoso salotto, con grandi finestre e tende di damasco dorato. Si fece strada tra i mobili pesanti e costosi.

Miranda trattenne il respiro alla vista dell'acqua argentata del Tamigi che scorreva sotto di lei. Doveva essere una suite dell'attico. Tornò in camera da letto e prese quante più scatole di vestiti poté. Una volta trasferito tutto in salotto, si versò un caffè.

Si inginocchiò sul pavimento, circondata dalle scatole. Da dove iniziare? Ma dalla più grande, ovviamente. Eccitata, sollevò il coperchio. In alto, appoggiato sulla carta velina, c'era un piccolo biglietto dal bordo dorato con la scritta: THE SAVOY HOTEL.

Miranda balzò in piedi e fece una piccola giravolta, quasi non credendo ai propri occhi. Poi si chinò e rimosse gli strati di morbida carta velina. Dentro c'era l'abito da sera più bello che avesse mai visto. Era in seta nera e portava sull'etichetta il nome di uno stilista di fama mondiale.

Si tolse il lenzuolo, indossò il vestito e tornò in camera da letto per guardarsi allo specchio a figura intera. Le stava alla perfezione. Si voltò e si raccolse i capelli con una mano.

«Attenta, Leah, arriva la concorrenza» gongolò, tornando di corsa in salotto per aprire le altre scatole, felice come una bambina la mattina di Natale.

Un'ora dopo la stanza era disseminata di carta velina, etichette e migliaia di sterline di abiti costosi. Miranda era in biancheria intima di seta e con un foulard di Hermès legato al collo, e ammirava le morbide scarpe di pelle ai suoi piedi.

Delusa, si accorse che era rimasto soltanto un piccolo pacchetto da aprire. Lo afferrò e tolse il coperchio. All'interno c'erano due scatole rilegate in pelle, una più piccola dell'altra. Nella prima trovò un paio di scintillanti orecchini di diamanti a goccia. La seconda conteneva una favolosa collana abbinata.

«Wow» sussurrò.

Ormai si era ripresa dai postumi della sbornia, quindi si avvicinò al carrello e si versò un bicchiere di champagne.

«A te» si disse. Bevve un sorso e si fece spazio tra i vestiti per sedersi sul divano. Tutto questo per una notte di sesso che non riusciva nemmeno a ricordare.

«Devo essere stata brava...» Sorrise e bevve un altro sorso.

Alla fine si fece una doccia e scelse una camicetta di seta rosa abbinata a un tailleur di Chanel dal taglio perfetto. Uscì dalla stanza, scese le scale e chiese indicazioni al portiere per raggiungere la stazione di Charing Cross.

La raggiunse in poco tempo e cambiò una delle banconote da cinquanta sterline alla biglietteria.

Guardò l'orologio mentre aspettava che le fototessere uscissero dalla fessura. Erano le dodici meno dieci. Giusto il tempo di tornare in albergo e incontrare Ian Devonshire al bar.

Senza riflettere troppo sulla stranezza degli eventi della mattinata – perché dentro di sé aveva sempre creduto che un giorno le sarebbe successo – tornò al Savoy e si sedette al bar.

«Miranda?»

«Sì?»

Un giovane dal viso anonimo, con un abito elegante e un paio di occhiali dalla montatura spessa, si sedette di fronte a lei.

«Ian Devonshire.» Le porse la mano. «Piacere di conoscerla. Posso offrirle un drink?»

«Sì, grazie, vino bianco per me.»

Ian ordinò e poi estrasse un fascio di documenti dalla valigetta. Sembrava in leggero imbarazzo.

«Ora, presumo lei sappia che... non è...» Sembrava sperare

che Miranda concludesse la frase al posto suo, ma lei non aveva idea di dove volesse andare a parare. «È consapevole di essere stata adottata?»

«Sì» confermò, e l'uomo parve sollevato. «Allora ha il mio certificato di nascita originale?» chiese Miranda.

«Sì.»

«Posso dare un'occhiata?»

Ian le porse il documento e Miranda lo osservò con interesse. «Quindi il mio cognome alla nascita era Rosstoff.» Le era appena venuta un'idea. «Sa una cosa? Preferisco questo. Possiamo mettere Rosstoff sul passaporto?» chiese, immaginando che così Rose avrebbe avuto più difficoltà a rintracciarla, se avesse deciso di trattenersi all'estero un po' più a lungo.

«Non vedo perché no. Chiederò al mio amico.»

Miranda sorrise. «Bene.»

«Ora ho bisogno di una firma qui.» Ian indicò il punto sul modulo. «E controlli che i dettagli che ho inserito siano corretti.» Miranda obbedì. «Perfetto. Porto subito tutto all'ufficio passaporti e le consegno il documento entro le quattro di questo pomeriggio.»

«Il signor Santos deve essere un uomo molto potente per organizzare tutto questo per me...» osservò Miranda.

Ian annuì. «Assolutamente. Anche se non viene a Londra spesso, ha molti contatti.»

«Dove vive?»

«In Sud America» rispose Ian, senza guardarla negli occhi.

«E fa spesso cose del genere per lui? Tipo i passaporti?»

Ian scrollò le spalle. «Come ho detto, non viene qui spesso. Ora temo di doverla lasciare, ho molto da fare. È stato un piacere conoscerla, signorina Delancey...» Alzò un dito in aria e si corresse. «... anzi, Rosstoff. Buon viaggio in Francia.»

Ian uscì e Miranda rimase a sorseggiare il suo vino, pensierosa.

Chi era il signor Santos? Si sforzò di ricordare se aveva mai sentito il suo nome in televisione o sui giornali.

No. Per un secondo, un dubbio le attraversò la mente. Era il caso di partire da sola con uno sconosciuto? Poteva essere coinvolto nella mafia, per quanto ne sapeva, oppure nel traffico di esseri umani.

D'altra parte eccola lì, al Savoy, con indosso migliaia di sterline di abiti firmati. Il personale dell'hotel sembrava conoscere Santos, e Ian pareva sincero.

Sentendosi improvvisamente esausta, Miranda si alzò e si avviò verso l'ascensore, troppo assorta nei suoi pensieri per notare che anche un uomo seduto in un angolo del bar si era alzato.

La guardò chiamare l'ascensore e lasciò l'albergo.

Miranda aprì la porta della sua suite. Doveva essere passata la cameriera, perché tutti i vestiti erano stati rimessi nelle loro scatole e il letto era stato rifatto.

Si lasciò cadere con gratitudine fra le lenzuola, decisa a schiacciare un pisolino e poi passare il resto del pomeriggio a prepararsi per il ritorno di Santos. Chiuse gli occhi, con la mente che vorticava per gli eventi delle ultime ore. E si addormentò più felice che mai.

3

«Ciao, David.» L'uomo alto e barbuto gli strinse la mano con trasporto. «Come stai?»

«Bene, grazie. Cominciavo a pensare che non avrei più avuto tue notizie. Sono passati più di otto mesi dall'ultima volta che ci siamo sentiti.»

L'uomo strinse gli occhi. «Ho le mie buone ragioni, te l'assicuro. Come ormai avrai capito, questa partita è lunga. Ogni mossa deve essere pensata con precisione. È un'operazione che ha richiesto anni di preparativi, e non dubito che ce ne vorranno altri.»

David si sedette alla scrivania e invitò il suo ospite ad accomodarsi.

«Hai eseguito i controlli di sicurezza che ti avevamo suggerito?» gli chiese l'uomo.

David annuì. «Sì, l'ufficio è stato esaminato palmo a palmo. Possiamo parlare senza problemi.»

L'altro sospirò. «Non si può mai essere del tutto sicuri, ma ho voluto vederti nel tuo ufficio per evitare di destare sospetti. I parcheggi sotterranei a mezzanotte e gli incontri sulle spiagge deserte all'alba vanno bene per il cinema. La realtà è ben diversa.» Ci fu una pausa imbarazzante. «Le cose cominciano a progredire, non solo da parte nostra ma anche dal tuo punto di vista. Ho ragione?»

David deglutì a fatica. «Sì. Ho fatto come hai chiesto. Puoi immaginare quanto è stato difficile per me, ma il progetto è iniziato sei mesi fa e sto conquistando la sua fiducia.»

L'uomo sembrava compiaciuto. «Stai andando bene. Ma ti avverto, il soggetto in questione è molto astuto.»

«Lo hai tenuto d'occhio per tutti questi anni?»

«Sì.»

«E allora perché aspettare tanto per fare una mossa? Sembra che tu stia procedendo a passo di lumaca.»

L'uomo scrollò le spalle. «In casi come questo, e ti garantisco che ce ne sono molti, è necessario raccogliere prove inconfutabili. Abbiamo notato che più passa il tempo, più i nostri nemici si sentono al sicuro. E così si fanno meno attenti e finiscono per commettere un errore. Se anche ci volesse una vita intera, avrebbe poca importanza.»

David lo guardò in silenzio. «Per me è molto difficile» mormorò.

Il suo interlocutore si appoggiò allo schienale della poltrona di pelle. «Sì, immagino di sì. Ma sei perfetto per questo lavoro, Cooper. Anche tralasciando le tue motivazioni *personali* per aiutarci, hai notevoli somiglianze con l'obiettivo. Entrambi avete scelto, comprensibilmente, di dimenticare il vostro passato. Siete entrambi potenti, famosi e irreprensibili nei vostri affari.» Strinse le labbra. «E si sa che le analogie funzionano da ottime esche.»

David non sapeva cosa dire. Non gli sembrava una risposta molto empatica. Ma negli ultimi quattro anni aveva scoperto che quelle persone non erano particolarmente inclini all'empatia.

L'uomo parlò di nuovo. «Ti chiediamo di continuare e di prenderti del tempo per conoscerlo. Diventa suo amico. Per incastrarlo dobbiamo sistemare alcuni aspetti. Verrai informato quando sarà il momento.»

David tamburellò con l'indice sul ripiano in marmo della scrivania. «Devo dirtelo, in più di un'occasione ho considerato di tirarmi indietro.»

L'uomo fece una risatina sommessa. «Non ci credo, Cooper. Sei stato accuratamente selezionato per svolgere questo lavoro per noi. Non voglio ricordarti chi sei, ma... è ora che il cerchio si chiuda. Ed è tuo dovere chiuderlo.» Allungò la mano oltre la scrivania. «Arrivederci, David.»

E con quelle parole l'uomo attraversò lo spazioso ufficio, aprì la porta e se la richiuse alle spalle.

David emise un sospiro e si strofinò la fronte. Si sentiva svuotato ed esausto. La notte prima non aveva chiuso occhio per l'agitazione.

Erano trascorsi quattro anni da quando il passato era tornato con prepotenza nella sua vita, ma gli incubi continuavano a svegliarlo. I ricordi non erano stati offuscati dal trascorrere del tempo.

Si passò una mano tra i capelli. Si aspettavano troppo da lui. Stava mettendo a rischio se stesso e tutto quello che aveva costruito.

Ma alla fine, come faceva sempre, si ricordò della promessa che aveva fatto quando aveva quattordici anni...

4

Polonia, 1942

Seduto in un angolo del vagone, con la sorellina piangente stretta fra le braccia e il ronzio del treno che sferragliava attraverso la Polonia, David pensò che sarebbe stato meglio essere morti. Alcuni degli altri erano venuti preparati, con provviste di cibo e bevande, mentre loro non avevano altro che il violino, qualche foglio di carta e il prezioso orsacchiotto di Rosa. Soltanto quando lei iniziò a piangere disperata per la fame e la sete una donna anziana si impietosì e le diede un sorso d'acqua e mezza salsiccia secca.

Il caldo nel vagone era insopportabile e la puzza di escrementi mista al disinfettante e alla paglia si sarebbe impressa per sempre nella sua memoria. David parlò poco con gli altri, limitandosi ad ascoltare le loro conversazioni mentre riflettevano su quale destino li attendesse alla fine di quel viaggio. Lui purtroppo lo sapeva già. Sperava che facessero in fretta, comunque, almeno per il bene di Rosa, se non per il suo.

Le donne si toglievano i gioielli dal collo, dalle braccia e dalle dita e li nascondevano nella biancheria intima. David seguì l'esempio, nascondendo il prezioso medaglione nella fodera della custodia del violino insieme al passaporto.

Mentre il viaggio procedeva, l'uomo al suo fianco ebbe un attacco di cuore e gli morì in grembo. *Fortunato*, pensò David, mentre la moglie di quello pianse per il resto della notte. Si tenne il marito stretto al seno, ma le gambe dell'uomo rimasero su quelle di David.

Alle prime luci dell'alba il treno si fermò con uno stridio. David sbirciò dalla minuscola griglia di filo spinato e vide un cartello sul binario: TREBLINKA. Riuscì a distinguere diversi macchinisti e alcuni ufficiali delle SS. Il treno si mosse di nuovo, si fermò e sobbalzò all'indietro, mandando a sbattere gli occupanti contro le pareti di metallo.

Il ragazzo vide che la loro carrozza, insieme ad alcune altre, veniva spinta in un binario di raccordo. La luce svanì quando entrarono in una fitta foresta, poi apparvero alcune capanne e, più dietro, quella che sembrava una gigantesca pila di scarpe. Il treno entrò in una radura e David scorse una recinzione di filo spinato che racchiudeva una specie di accampamento. Una striscia di terra era stata trasformata in un binario improvvisato. Le SS erano ovunque, alcune armate di fruste. Intorno al recinto c'erano delle sentinelle in uniforme nera con dei fucili.

Quando il convoglio si fermò di nuovo, gli altri occupanti della carrozza si ammucchiarono alle spalle di David, cercando di guardare fuori dalla griglia. Ma in pochi ci riuscirono. Le porte si aprirono di scatto e le sentinelle salirono per cominciare a buttare fuori gli occupanti.

«David! David!» Le urla di Rosa gli riempirono la testa mentre veniva trascinata via da una guardia e scompariva nella massa di persone che piangevano e urlavano sul binario.

Sempre stringendo il suo prezioso violino, David si mosse verso un cancello aperto al centro del recinto. Chiamò più volte il nome di Rosa, ma era impossibile farsi sentire nella disperazione generale.

«Mamma, mamma» ripeté, mentre veniva spinto verso un cortile e le sentinelle urlavano: «*Schnell! Raus!*».

Quando entrarono nel cortile, alle donne fu ordinato di stare da una parte e agli uomini dall'altra. David cercò di scorgere la sorella, ma era impossibile. Incurante delle lacrime che gli rigavano il viso, si sedette con gli altri e iniziò a togliersi le scarpe, come indicato da un gruppo di uomini ebrei che indossavano delle fasce al braccio. Distribuirono dei pezzi di filo affinché i prigionieri potessero legarle insieme.

Poi uno degli uomini con la fascia al braccio si avvicinò e guardò il violino accanto a David.

«È tuo?» chiese in polacco.

Lui annuì.

«Suoni?»

«Ovviamente.»

L'uomo parve sollevato per lui. «Lo dirò alla guardia.» Continuò a distribuire i pezzetti di filo, poi scomparve.

David vide che alle donne veniva ordinato di entrare in una capanna dall'altra parte del cortile. Non era abbastanza grande per tutte, così alcune furono costrette a restare fuori per togliersi i vestiti.

Una sentinella ordinò agli uomini di fare altrettanto. David stava per togliersi i pantaloni quando fu tirato in piedi.

«Suona!»

Si voltò e vide un ufficiale delle SS che indicava il violino.

Disorientato, ebbe un attimo di esitazione. Una frustata gli colpì il petto nudo.

«Suona!»

David aprì la custodia con mani tremanti. Si mise il violino sotto il mento e prese l'archetto. Per quanto si sforzasse, non gli veniva in mente nessuna melodia.

Gli altri uomini lo fissavano in silenzio. Erano tutti nudi.

«Bugiardo!»

Alla vista della frusta che si abbassava su di lui per la seconda volta, il cervello di David entrò in azione. Sollevò l'archetto e iniziò a suonare il *Concerto per violino* di Brahms. La melodia dolce e struggente riempì il cortile. Alcuni prigionieri nudi piangevano.

«Basta. Aspetta laggiù!»

David riuscì a malapena ad afferrare la custodia dello strumento prima di essere trascinato per il braccio e fatto entrare in una baracca. Sbirciò da un buco e guardò gli altri uomini che venivano spinti attraverso un'apertura nel recinto. Anche le donne erano sparite.

Pacchi e vestiti erano sparsi a terra.

David cadde in ginocchio, con la testa tra le mani. Indebolito dalla paura e dalla mancanza di cibo e di sonno, tornò con la mente ai tempi in cui la sua famiglia si riuniva nel salotto e lui suonava il violino che gli aveva appena salvato la vita.

Non osava pensare a cosa stesse accadendo alla sua sorellina, alla sua preziosa Rosa. La sua unica speranza era che per lei fosse tutto già finito e che fosse in pace.

Sentì un rumore nel cortile e sbirciò di nuovo dal buco. Apparvero una quindicina di ebrei con le fasce al braccio. Sotto la supervisione delle sentinelle, cominciarono a raccogliere i fagotti di vestiti.

David si guardò intorno. Nella baracca c'erano pile di stracci sparsi sul pavimento, accanto a tazze, piatti e magliette del pigiama. Evidentemente era una specie di dormitorio. Ancora nudo dalla vita in su, afferrò una maglietta dal pavimento accanto a lui e se la infilò sopra la testa. Notò che il materiale era buono, era quasi nuova di zecca.

La porta si aprì ed entrò un fiume di prigionieri sanguinanti, seguiti da una sentinella.

«Seguimi!» abbaiò a David.

David attraversò il cortile stringendo la custodia del violino. La sentinella lo condusse a un'altra baracca. All'interno c'era un gruppo di uomini vestiti in modo strano. Sedevano su lunghe panche di legno e mangiavano avidamente dalle ciotole. Il soldato indicò un anziano dal volto familiare. «Prendi la zuppa e vai da Albert Goldstein. È lui a comandare.»

David prese una ciotola di zuppa dall'odore delizioso da una donna in piedi dietro un tavolo. Quando si sedette accanto all'uomo che gli avevano indicato come suo superiore, capì di chi si trattava. Era uno dei direttori d'orchestra più famosi di Varsavia.

«Signor Goldstein... Non sa quanto sono onorato di conoscerla.»

Albert Goldstein gli fece cenno di tacere. «Mangia, poi parliamo.»

David ubbidì, stupito dalla bontà del pasto. Era la cosa più buona che mangiava da mesi, forse addirittura da anni. Il cibo lo rinvigorì e le sue vertigini si attenuarono lentamente.

Quando l'uomo ebbe raschiato fino all'ultimo boccone dalla ciotola, si rivolse a David. «Allora, cosa suoni, ragazzo?»

«Il violino, signore.»

Albert si asciugò la bocca con la mano. «Avrei dovuto immaginarlo. Il nostro ultimo violinista ha avuto... un incidente.» Inarcò un sopracciglio. «Sei bravo?»

«Niente in confronto ai musicisti che le ho visto dirigere, signore, ma per la mia età ero considerato un talento a Varsavia».

Albert gli fece un cenno. «Potrebbe dirmi dove siamo, per favore, e cosa può essere successo a mia sorella?»

Il musicista lo fissò con sguardo pieno di tristezza. «Quanti anni hai, ragazzo?»

«Quattordici, signore.»

«E tua sorella?»

«Undici.»

Albert sospirò profondamente. «Vieni, andiamo ai nostri alloggi.»

David seguì il signor Goldstein attraverso il cortile e dentro un'altra baracca. Era più pulita della precedente e aveva diversi materassi sottili sul pavimento. Il maestro ne indicò uno nell'angolo, senza coperta.

«Mettiti lì. Era di Josef, ora sarà tuo.»

«Josef?»

«Sì, l'ultimo violinista.»

«La prego, signore, può spiegarmi che posto è questo? Dove sono finite le altre persone del mio treno?» David conosceva già la risposta, ma aveva bisogno di conferme.

Albert lo guardò negli occhi. «Sono andate a morire. Mi dispiace dirti che sei a Treblinka. Non è un campo di lavoro. È un luogo dove i tedeschi portano gli ebrei per sterminarli. Tu sei vivo grazie a quello.» Indicò il violino.

Gli occhi di David si riempirono di lacrime. «E mia sorella?»

Albert scosse il capo. «Le donne servono a poco, soprattutto le bambine. Non sperarci troppo. È meglio capire subito la mentalità dei nostri aguzzini.»

Un piccolo gemito sfuggì alle labbra di David.

«Ogni singola persona ancora viva in questo buco infernale ha perso la propria famiglia. Conviviamo tutti con il senso di colpa per essere sopravvissuti. Ma, come vedrai, la tua sorellina potrebbe essere stata fortunata. Ciò di cui sarai testimone... trasformerà il tuo cuore in pietra.» Albert fissò il pavimento.

«Che cosa intende, signore?»

«Il trio musicale di cui ora fai parte è costretto a suonare mentre gli ufficiali mandano i prigionieri a morire.» Gli occhi dell'anziano diventarono lucidi. «Aiuta a coprire le urla di chi si trova nelle camere a gas e tiene tranquilli quelli che aspettano il loro turno. Ragazzo, vedrai migliaia di persone andare incontro alla morte convinte di andare a farsi una doccia.»

David non riuscì più a resistere e crollò a terra.

«Mi dispiace, ma è meglio che tu sia al corrente della situazione. Ed è nostro dovere anche intrattenere i tedeschi e le loro puttane ucraine dopo cena.»

«Ucraine?» chiese David.

«Sì. E non solo donne. Scoprirai che la maggior parte dei soldati qui sono ucraini, ma operano sotto la direzione tedesca. Anche loro sono prigionieri. Tutta questa zona era controllata dai sovietici dopo l'annessione nel 1939: polacchi, ucraini, bielorussi... Poi è arrivata l'Operazione Barbarossa. E ora l'intero distretto è governato dai tedeschi.» Il volto di David era cinereo. «Forse ora capisci che non siamo quelli fortunati. Il massacro continua notte e giorno. E a noi tocca stare a guardare.»

David cercò di ricomporsi. «Anche i miei genitori sono stati portati via da Varsavia.»

«Come ti chiami?»

«David Delanski, signore.»

La speranza si accese negli occhi di Albert. «Delanski? Come Jacob Delanski?»

David annuì.

«Sei suo figlio?»

«Sì, signore.»

Albert sorrise. «Allora ho buone notizie per te. Tuo padre è vivo. È il pittore del campo. Vive in questo dormitorio e realizza ritratti per i nostri rapitori.»

Gli occhi di David si accesero. «Non ci credo!»

«In effetti è incredibile. Sono momenti come questo che mi fanno pensare che ci sia ancora speranza nell'universo. Ma qui non c'è spazio per il sentimentalismo. Devo avvertirti che in ogni istante la tua vita è in pericolo. Gli ufficiali si divertono a sparare per il solo gusto di farlo. Ai loro occhi c'è sempre un altro ebreo con cui sostituirti. E mi raccomando, stai molto attento al vice comandante.» Albert rabbrividì.

«Come si chiama?» chiese David.

«Kurt Franzen. Non fare mai nulla che possa attirare la sua attenzione. È l'uomo più malvagio e sadico che abbia mai avuto la sfortuna di conoscere. Senza dubbio lo incontrerai a breve. Ora lascia che ti spieghi le regole del campo.»

David ascoltò con attenzione mentre Albert spiegava che suo padre, Jacob, faceva parte di un piccolo gruppo di Hofjuden, ebrei privilegiati, che prestavano servizio per i tedeschi. Tra loro c'erano falegnami, meccanici, calzolai e gioiellieri. A loro non mancavano né cibo né vestiti, a causa della grande quantità di provviste che arrivavano ogni giorno al campo da coloro che non ne avevano più bisogno.

«Fisicamente stiamo bene, forse anche meglio che nel ghetto, se riesci a evitare le botte. Stai lontano dai guai e cerca di mantenere un minimo di sanità mentale. Ora voglio sentirti suonare. Presto saremo chiamati e dovremo esibirci alla perfezione per evitare conseguenze.»

Per le due ore successive, insieme agli altri membri del trio, il ragazzo si esercitò su famose melodie prebelliche che gli fecero venire le lacrime agli occhi.

Quando arrivò la chiamata, David seguì Albert su una piccola piattaforma di legno posizionata al centro del cortile. Guardò il mare di persone in fila davanti a loro. Tre nomi furono gridati da un ufficiale tedesco. Gli uomini si fecero avanti, i volti distorti dalla paura. Furono messi in fila di fronte alla pedana di legno e, uno per uno, gettati su un piccolo sgabello e frustati.

David vacillò, sul punto di svenire. Pensò che sarebbe caduto, ma una stretta simile a una morsa sul suo braccio lo fermò.

«Ti avevo detto di non attirare l'attenzione» sibilò Albert sottovoce.

Dopo che l'operazione fu completata, l'ufficiale delle SS si voltò verso le figure cenciose sul supporto di legno e annuì.

Il trio cominciò a suonare.

Venti minuti dopo si misero in fila a mensa. David cercò suo padre nella stanza e lo vide seduto a un tavolo in fondo.

«Papà!» Lasciò la fila e gli corse incontro. Il gioioso saluto di David non ebbe alcun effetto sull'uomo emaciato seduto di fronte a lui. Continuò a mangiare senza prestargli alcuna attenzione.

«Papà? Sono io, David! Tuo figlio! *Jak się masz?* Come stai?»

Jacob smise di mangiare e rimase immobile. L'uomo seduto accanto a lui si alzò dalla sedia per permettere a David di sedersi.

«Non ci sente, ma riprova» disse piano l'uomo.

David si sedette e mise la mano sul polso sottile del padre.

«Papà, per favore. Sono David.»

Il volto scavato di Jacob si girò verso di lui. Ora lo aveva riconosciuto. «Sei davvero tu, David? Sono morto e sono finito in paradiso?»

«No, papà. Sei vivo. Mi hanno lasciato vivere perché suono il violino. E la mamma...?» La voce di David si spense.

Jacob guardò oltre suo figlio. «L'hanno presa.» Fissò il vuoto, in silenzio. Poi i suoi occhi si posarono di nuovo sul viso di David, come se stesse ricordando.

«Rosa?»

Il ragazzo scosse la testa.

«Così giovane, e con così tanto talento. Dimmi, perché viviamo?» Jacob cercò la risposta sul volto di David, ma non la trovò. Si alzò in piedi. «Addio, figlio mio.» Lasciò il tavolo.

David stava per alzarsi, ma una mano lo trattenne.

«Ascolta. Devi capire che tuo padre ha perso la voglia di vivere» sussurrò l'uomo. «Negli ultimi due giorni ha smesso di dipingere. Si siede e fissa il cavalletto. I tedeschi sono sempre più arrabbiati. Non gli resta molto.»

«Allora devo aiutarlo.»

«Non c'è niente che tu possa fare. Si dice che sull'ultimo treno sia arrivato un altro artista.»

«Sono suo figlio! Vado da lui!» David spinse bruscamente via l'uomo e si avviò verso la porta della mensa.

Tornati nel dormitorio, Albert e Filip, il violoncellista, si stavano preparando per la sessione serale. Non c'era traccia di Jacob.

«Hai visto mio padre?» chiese David ad Albert.

«Sì. L'hanno chiamato nella stanza dove dipinge. È accanto al pellicciaio, sulla sinistra, alla fine di questa fila di capanne. Vedrai un cavalletto vicino alla finestra.»

«Grazie.» Il ragazzo fece per andarsene.

«Non fare tardi. Iniziamo tra dieci minuti!» gridò Albert.

Fuori, David notò che il cielo era illuminato da un inquietante bagliore rosso. Un fumo scuro e torbido si levava dall'accampamento e l'aria era densa del fetore di carne bruciata. Corse lungo le capanne, vide il cavalletto ed entrò nella stanza.

Jacob era seduto su una sedia, immobile, al buio.

«Papà!» David corse a inginocchiarsi davanti a lui. In quel momento la porta si aprì ed entrò un ufficiale delle SS con un dipinto.

«Papà, per favore» sussurrò.

«*Schnell!* Attenzione!» gridò l'ufficiale. Mise il dipinto sul cavalletto e lo spostò accanto a un altro che David riconobbe come opera di suo padre. L'ufficiale uscì dalla capanna e fu sostituito da un altro, con in mano una lampada a olio. David scorse un'altra figura più piccola che gli teneva l'altra mano, ma era nascosta.

Si rivolse nuovamente a Jacob. «Papà, per favore...»

«Che cosa hai detto?» gridò l'ufficiale. «Alzatevi, tutti e due!»

David si alzò e si ritrovò a fissare un paio di occhi così malvagi che il suo corpo fu scosso da un tremito.

«Ti ho fatto una domanda. Che cosa hai detto un attimo fa?» Il volto dell'ufficiale era a pochi centimetri da quello di David.

«Ho detto "papà", signore.»

Gli occhi dell'ufficiale saettarono in direzione di Jacob, che continuava a fissare dritto davanti a sé. Posò la lampada a olio su un tavolo e il suo chiarore illuminò la stanza.

«Allora questa è proprio una coincidenza. Davvero, una riunione della famiglia Delanski.» Il forte accento tedesco dell'uomo induriva la lingua dolce della terra natale di David. L'ufficiale spinse la piccola figura dietro di lui al centro della stanza. «Tutti e tre nello stesso luogo. Saluta tuo fratello e tuo padre, Rosa.»

David sussultò quando l'espressione terrorizzata di sua sorella lasciò il posto alla gioia. La bambina corse da lui. La abbracciò, quasi non osando credere che fosse lei. Poi Rosa vide suo padre.

Ma gli occhi dell'uomo fissavano ancora un punto distante.

«Papà!» strillò. Gli gettò le braccia al collo e lo coprì di baci.

L'ufficiale parve osservare la scena con un certo interesse.

«Bene, sembra che abbiate risolto il mio problema. Volevo chiamare uno degli Hofjuden per aiutarmi, ma credo che la tua opinione sarà più utile. Guarda qui.» Puntò il bastone verso i due dipinti, uno accanto all'altro. «Uno è di tuo padre, l'altro di tua sorella. Una delle guardie mi ha detto che sapeva dipingere, quindi le ho fatto fare questo per me nel pomeriggio. È un ritratto del mio cane, Wolf.» L'ufficiale si voltò verso David. «Naturalmente non ha senso tenere due artisti nel campo. Quindi, ti chiederei di scegliere quale dipinto ritieni migliore.»

David impiegò alcuni istanti per capire cosa gli era stato chiesto di fare. E l'orrore lo colpì quando si voltò verso sua sorella, abbracciata stretta al padre. Jacob stava guardando la figlia e le accarezzava i capelli incredulo.

«E allora, signor Delanski? Quale scegli? Rosa o tuo padre?»

David si guardò disperatamente intorno in cerca di aiuto, di una guida celeste. Ma non trovò nulla. Non era possibile, non poteva essere vero. Come si può prendere una decisione del genere e aspettarsi di mantenere la propria sanità mentale?

«Voglio una risposta, ragazzo!» L'ufficiale stava estraendo la pistola. David sapeva cosa fare. Si mise in ginocchio davanti all'ufficiale.

«Prenda me, signore. Per favore, la prego. Così avrete una bocca in meno da sfamare, come ha chiesto.»

L'ufficiale scosse la testa lentamente, con un'espressione di finta preoccupazione sul viso. «Ma non possiamo, ragazzo. Abbiamo bisogno di te per la nostra piccola orchestra. Scegli!»

David fu preso per la collottola e messo davanti ai dipinti.

Aiutami, mamma!

Guardò i dipinti senza vederli.

«Bene, ragazzo. Se proprio non riesci a scegliere, significa che nessuno dei due artisti è degno di restare. Dovrò cercarne un altro nel prossimo convoglio.»

«No!» David si voltò, tremante, con le lacrime che gli rigavano le guance. Rosa e Jacob lo stavano fissando.

Il padre gli fece un impercettibile cenno del capo e, con un leggero movimento della testa, indicò Rosa.

David sentì la pistola estratta dietro di lui.

Il suo respiro era così affannoso che quasi non riusciva a parlare.

Dio, mamma, papà, perdonatemi.

«Rosa.» Non fu altro che un sussurro.

«Chiedo scusa, ragazzo. Cosa hai detto?»

«Rosa.»

«Più forte!»

«Rosa!» urlò David, correndo verso la porta. L'ufficiale delle SS che aveva portato i quadri bloccava l'uscita. Spinse bruscamente David nella stanza.

«Bene. Sono d'accordo con te. Il ritratto del mio cane è davvero eccellente. Rosa! Vieni qui accanto a tuo fratello. Ti ha scelto per continuare l'opera di tuo padre.»

Jacob baciò la sommità della testa della figlia mentre lei si aggrappava a lui. Poi la allontanò dolcemente. David tese le braccia e lei gli corse incontro.

L'ufficiale puntò la pistola contro Jacob. Sparò tre volte.

L'aria si riempì delle urla isteriche di Rosa. L'ufficiale la prese per il braccio e la allontanò dal fratello.

«Per favore, signore, non può stare con me almeno per un po'?» lo implorò David, mentre Rosa urlava il suo nome, disperata.

«Mi prenderò cura io della nostra piccola protetta.» Spinse Rosa fuori dalla porta e la mise tra le braccia dell'altro ufficiale delle SS. Poi ritornò nella stanza.

«Mi chiamo Franzen. Non dimenticarlo. Ci rivedremo presto, ne sono sicuro.» Sorrise ancora, poi lasciò David con il corpo crivellato di proiettili di suo padre.

David non aveva idea di quanto tempo fosse passato. Ogni giorno di terrore, umiliazione e dolore si fondeva con gli altri. Capì che l'inverno si stava avvicinando quando l'accampamento si svegliò sotto il gelo. La neve iniziò a cadere e lui vide gli uomini e le donne nudi diventare blu mentre aspettavano in fila per morire.

Ora capiva perché suo padre si era chiuso in se stesso. L'orrore di ciò a cui si assisteva tutti i giorni era come un incubo surreale da cui non ci si svegliava mai.

Ogni giorno in cui viveva, David pregava di morire.

Rimaneva sveglio la notte a chiedere a Dio perché persone innocenti venissero punite in quel modo. Non ebbe mai risposta, quindi a un certo punto smise di pregare. La sua fede scomparve insieme alla percezione della realtà. Aveva accettato che nessuno sarebbe venuto a salvare lui e la sorella. Dovevano salvarsi da soli.

Rosa era viva e stava bene. Viveva negli alloggi delle donne ucraine. Franzen, che aveva visto commettere atrocità indicibili, sembrava averla presa in simpatia. Aveva incaricato una delle donne che teneva come sue prostitute personali di prendere Rosa sotto la propria ala. La ragazza si chiamava Anya e lavorava nelle cucine del campo. Aveva sedici anni, era molto carina e dolce e adorava Rosa. Ed era chiaro che aveva più paura lei di Franzen che non sua sorella.

David sospirò e si rigirò nel letto. Doveva dormire, ma continuava a elaborare piani di fuga. Negli ultimi mesi era riuscito a nascondere sotto le assi del pavimento del dormitorio un mucchio di banconote, monete d'oro e gioielli. Sapeva che tutti gli altri prigionieri facevano la stessa cosa. Erano oggetti che trovavano fra gli averi dei morti, e le guardie ucraine erano disposte a scambiare frutta fresca e carne con il denaro quando le razioni al campo venivano ridotte. David considerava il suo tesoro il passaporto che avrebbe potuto usare una volta riuscito a lasciare il campo con Rosa.

Ma in realtà era tutto inutile. La fitta foresta e gli ucraini corrotti che vivevano nei villaggi circostanti rendevano la fuga quasi impossibile. Da quando era a Treblinka, ogni prigioniero che aveva tentato di fuggire era stato catturato, riportato indietro e fucilato da Franzen davanti al resto del campo. Poi il vice comandante chiamava un uomo ogni dieci dall'appello e uccideva anche lui.

Doveva esserci un modo. Se fossero rimasti più a lungo, sarebbero morti comunque. Chiuse gli occhi e cercò di nuovo di dormire.

«Su, Rosa, *liebchen*. Fammi vedere il quadro che hai dipinto oggi.»

La ragazzina si fermò davanti alla scrivania dell'ufficiale Franzen e gli passò la tela sul tavolo. Lui la prese e sorrise.

«Che carino. Stai proprio migliorando. Vieni a dare un bacio allo zio Kurt.» Allargò le braccia.

Rosa fece il giro della scrivania. Era contenta che gli piacesse la sua arte e si godeva la ricompensa quotidiana di dolci. Lo zio Kurt era stato molto gentile con lei da quando Rosa e David erano arrivati a Treblinka. Si assicurava sempre che avesse vestiti caldi e cibo nutriente, e le faceva molti regali. La faceva sentire speciale.

Ma non le piaceva baciarlo. I suoi folti baffi le pizzicavano le labbra e il suo alito odorava di sigarette.

Franzen la prese in braccio e la fece sedere sulle ginocchia, poi si picchiettò la bocca. Rosa conosceva la routine. Gli diede un bacio. Quando fece per allontanarsi, Franzen la tenne per la nuca e cercò di aprirle i denti con la lingua.

L'ufficiale le sorrise. «Bene, bene. Stai migliorando. Domani ti insegnerò un altro gioco che ti piacerà.»

«Sì, signor Franzen.» Si alzò dalle sue ginocchia e si diresse verso la porta. Una volta che se la fu chiusa alle spalle, corse più veloce che poteva nel dormitorio. Trovò Anya sdraiata sul materasso, con gli occhi chiusi.

«Ti senti bene?» le chiese. «Sembri triste.»

Anya aprì gli occhi e guardò Rosa. «Sì, sto bene. È ora che tu vada a dormire. Devo prepararmi per stasera.»

Mentre Rosa si spogliava e indossava la camicia da notte, Anya scelse uno dei vestiti che aveva trovato tra le pile di quelli portati il giorno prima al capanno di smistamento. L'etichetta diceva che era stato realizzato da Chanel. Sperava che a Franzen sarebbe piaciuto e che avrebbe nascosto la curva del ventre. Se se ne fosse accorto... Sapeva che sarebbe stata la fine. Aveva sentito storie terribili sulle donne uccise dagli ufficiali delle SS quando si stancavano di loro.

Si mise un velo di rossetto e si raccolse i capelli dorati in uno chignon.

Pur avendo soltanto cinque anni più di Rosa, Anya era già una donna adulta. Era arrivata al campo un anno prima, quando i suoi genitori, mezzi affamati e alla disperata ricerca di denaro, avevano sentito parlare di un posto libero in cucina da un abitante del loro villaggio. Suo padre l'aveva incoraggiata, ma sua madre lo aveva implorato di non far lavorare Anya per i nazisti. Le sue proteste, però, non erano servite a niente. La famiglia doveva mangiare.

E così Anya aveva iniziato a lavorare a Treblinka.

Una settimana dopo il suo arrivo, Franzen l'aveva invitata nel suo alloggio. Le aveva offerto vino e cibo di una qualità che lei non aveva mai provato prima. Gli era così grata che non aveva respinto le sue avance dopo il pasto. Ma Franzen non si era fermato quando glielo aveva chiesto, e nemmeno quando l'aveva pregato e implorato. Quella notte l'aveva violentata e le aveva ordinato di vivere al campo. Le aveva detto che se avesse rifiutato avrebbe fatto fucilare i suoi genitori.

Nell'ultimo anno Anya era stata sottoposta a così tanti atti di umiliazione che non si sentiva più umana dei prigionieri del campo. A volte, se si rifiutava, Franzen tirava fuori la pistola e la costringeva puntandogliela alla testa. E l'aveva condivisa anche con altri. Spesso per premiare un ufficiale per aver svolto un buon lavoro.

In pubblico la ricopriva di regali e la trattava come se fosse una regina, per questo i prigionieri le sputavano addosso quando la vedevano, ma Anya sapeva che, se non gli avesse dato quello che voleva, Franzen avrebbe scelto un'altra.

L'unica persona verso la quale lo aveva mai visto mostrare un minimo di gentilezza era Rosa. Il nazista l'aveva presa in simpatia fin dal momento in cui era arrivata al campo. Anya credeva che il suo affetto fosse genuino e ringraziava Dio per lei.

Naturalmente la ragazza aveva pensato molte volte alla fuga. Ogni notte, mentre giaceva sul materasso, mortificata e piena di vergogna per ciò che Franzen l'aveva costretta a subire, giurava che sarebbe stata l'ultima volta. E ora non aveva più scelta.

Era incinta, e immaginava che fossero trascorsi più di cinque mesi. Non sarebbe riuscita a tenerlo nascosto ancora a lungo. A Franzen piaceva il suo corpo snello ed elastico, che stava scomparendo. Il bambino non l'avrebbe salvata. Anya non sarebbe stata ritenuta degna di far nascere un membro della «razza superiore». E non era nemmeno sicura che fosse Franzen il padre. Poteva essere uno qualsiasi degli altri ufficiali delle SS che avevano abusato di lei.

Di recente aveva sentito Franzen parlare con il comandante del campo. Discutevano del fatto che presto Treblinka sarebbe diventata una tranquilla fattoria, senza alcuna traccia delle atrocità che vi erano state commesse.

Anya si applicò il rossetto guardandosi in uno specchio rotto e vide la paura nei propri occhi. Se avesse tentato di scappare, i suoi genitori, e senza dubbio anche lei, sarebbero stati uccisi.

Del resto, a volte si chiedeva se non sarebbe stato meglio morire.

«Ciao, Rosa!» Franzen sorrise. «Cosa hai dipinto per zio Kurt oggi?»

«Un lago.»

«Un lago, davvero? Ma che brava! Portalo qui e fammi dare un'occhiata.»

La ragazzina si fermò davanti alla scrivania dell'ufficiale e gli porse l'opera.

Lui la osservò e annuì compiaciuto. «È molto bello, Rosa. Proprio come te. Tieni...» Frugò in un cassetto e tirò fuori un cartoccio pieno di liquirizia. Rosa fece per prenderne un pezzo, ma Franzen le afferrò la mano.

«Devi avere fame oggi...» Rosa annuì. «Ecco. Lascia che sia lo zio Kurt a darti da mangiare.» Prese un pezzo di liquirizia. «Apri la bocca.»

La ragazzina obbedì e Franzen le appoggiò la caramella sulla lingua.

«È buona?»

«Sì, zio Kurt. Grazie.»

«Di niente. Sei una giovane donna molto speciale, con un talento unico. E meriti una ricompensa.» Le fece un gran sorriso e Rosa ricambiò. «Ti fa piacere che lo zio Kurt si prenda cura di te, Rosa?» Lei annuì con slancio. «Perché non posso occuparmi di tutti, sai? Hai sempre la pancia piena, vero?»

«Sì.»

«E una coperta pesante per tenerti al caldo la notte?»

«M-mm.»

«Sono cose che non ha nessun altro, Rosa. Solo tu.» La guardò intensamente. «Non pensi di essere fortunata ad avere lo zio Kurt che ti protegge?» La ragazzina annuì ancora. «Bene.» Franzen si alzò da dietro la scrivania e si avvicinò all'unica finestra del suo ufficio. Guardò fuori e ispezionò la zona, prima di tirare le tende. «E non credi che merito una ricompensa per essermi preso cura di te, Rosa?»

«Certo, zio Kurt. Ti dipingerò altri quadri!»

Franzen ridacchiò. «Grazie, mi piacciono molto. Ma la ricompensa che avevo in mente è un po' diversa. Puoi darmela subito.» Rosa sembrava confusa. «Vuoi un altro pezzo di liquirizia?» Prese una caramella dal sacchetto e quella volta gliela cacciò a forza in bocca.

Rosa trattenne un conato. Guardò Franzen e quel che trovò nei suoi occhi la spaventò. Il suo atteggiamento amichevole era scomparso, sostituito da qualcosa di più oscuro.

«Sei importante per me, Rosa. Davvero importante. Io continuerò a proteggerti. Ma tu devi imparare a fare qualcosa in cambio.»

«Cosa?» chiese lei, con voce un po' tremante.

«Qualcosa che solo due persone che hanno un legame speciale possono fare. Non temere. Te lo insegnerò io.»

Franzen si avviò verso la porta dell'ufficio e la chiuse a chiave.

Anya capì che qualcosa non andava nel momento esatto in cui Rosa entrò nel dormitorio. Era molto pallida e le sue mani tremavano.

«Piccola, che succede? Parlami.»

Rosa scosse la testa, incapace di pronunciare una sola parola. Temendo il peggio, lo stomaco di Anya si rivoltò.

«Franzen. Cos'ha...?»

Rosa non ebbe bisogno di rispondere. Anya la prese tra le braccia e la bambina cominciò a tremare.

«Oh, mio povero tesoro, tesoro mio.» Le accarezzò i capelli.

Basta. Nessuna delle due poteva sopportare oltre.

Dopo cena David prese il suo solito posto in sartoria. I pochi prigionieri che ricoprivano posizioni autorevoli si riunivano lì perché era la stanza più grande e piacevole del campo.

Albert fece un cenno nella sua direzione e il trio cominciò a suonare. Era il momento della giornata che David preferiva, l'unico in cui la vita aveva una parvenza di normalità. La gente sorrideva e danzava. Poteva perdersi nella musica e dimenticare il dolore alle ossa e la fame.

Di recente i treni avevano smesso di arrivare, così come le provviste. Quasi tutti nel campo stavano morendo di fame e gli ucraini pretendevano cifre astronomiche per le merci di contrabbando.

Come al solito, alcuni tedeschi cominciarono ad arrivare e si sedettero sul pavimento. Franzen entrò in sala con Anya e si unì ai ballerini. David li guardò muoversi con grazia al ritmo della musica, come se fossero in una sala da ballo di Varsavia, e non nel bel mezzo dell'inferno. Dopo dieci minuti David vide Anya scusarsi e dirigersi verso di lui.

«Suonate *Danubio Blu*, per favore?» chiese, poi aggiunse, in un sussurro: «Devo parlarti. Nella capanna del pellicciaio, dopo il ballo. Ti aspetto lì». Fece un passo indietro. «Grazie» disse, ad alta voce. E tornò indietro per raggiungere l'ufficiale.

La capanna del pellicciaio era completamente buia.

«C'è qualcuno?» sussurrò David con voce roca.

«Quaggiù.»

Seguì il suono della sua voce e alla fine la vide, seduta su una delle pile di pellicce.

«Perché volevi vedermi, Anya?»

«Io e Rosa dobbiamo scappare e abbiamo bisogno del tuo aiuto.»

«Mia sorella sta bene?»

«No. L'interesse di Franzen per lei non è innocente. Le ha fatto fare cose indecenti.»

A David sfuggì un gemito di rabbia. «Quel bastardo! Ora vado a ucciderlo con le mie stesse mani...»

«Zitto, David! Ho un piano. Anch'io sono in pericolo. Se scopre che aspetto un bambino, mi uccide. Ora ascoltami bene, ti spiego...»

La mattina seguente, terminato l'appello, i prigionieri si avviarono verso i loro macabri impegni. David tornò al dormitorio con il cuore che batteva all'impazzata nel petto.

Era tutto organizzato. Doveva solo calcolare i tempi giusti e nel giro di due ore avrebbe potuto lasciare quell'inferno. Sapeva che ad alcuni prigionieri sarebbe dispiaciuto vederlo andare via, ma doveva scappare, se non altro per raccontare al mondo la follia che si era consumata lì e per punire Franzen.

Come promesso da Anya, aveva trovato la benzina nel capanno degli attrezzi: una tanica piccola, ma sarebbe bastata. Il piano era di dare fuoco alla recinzione che nascondeva le camere a gas, mimetizzata da una montagna di ramoscelli secchi. Avrebbero approfittato della confusione che sarebbe seguita per dirigersi verso il treno, che secondo Anya doveva partire quel giorno per portare in Germania i vestiti lasciati dalle vittime. David sarebbe dovuto passare proprio sotto la torre di guardia, ma sperava che tutta l'attenzione si sarebbe concentrata sull'incendio dall'altra parte del campo.

Era ora di andare. Attraversò con disinvoltura il sentiero che portava alle camere a gas e nel cortile, con la custodia del violino in mano, prima di tuffarsi nella capanna che fungeva da spogliatoio per le donne. Frugò sotto la panca di legno in cerca della benzina che aveva lasciato lì la notte prima e prese i tre fiammiferi che gli aveva dato Anya. Quella era la parte più pericolosa del piano. Doveva raggiungere l'altro lato del cortile, senza niente che lo proteggesse dalla vista della torre di guardia.

Sbirciò fuori dalla capanna. La strada era libera, quindi attraversò di corsa il cortile e si riparò sotto la recinzione alta cinque metri. Agendo il più in fretta possibile, versò la benzina sui rami secchi più vicini a lui e accese il fiammifero sul terreno di ghiaia. La fiamma si spense. Ci riprovò, ma il secondo tentativo produsse il medesimo risultato. Gliene restava soltanto uno.

Per favore, mamma. Aiutami.

Quella volta il fiammifero si accese. Riparando la fiamma

con le mani, lo avvicinò a un ramoscello. Prese fuoco con tale ferocia che David fece un balzo all'indietro per lo spavento.

Udì un grido, si voltò e vide gli uomini della torre di guardia che lo fissavano. Un secondo dopo sentì esplodere i proiettili.

Ormai le fiamme avvolgevano il recinto e le guardie si lanciarono giù dalla torre. David colse l'attimo e tornò di corsa nello spogliatoio femminile. Poi sfrecciò dall'altra parte della capanna e sbirciò fuori da un buco. Il treno era lì. Vide gli ucraini abbandonare le pile di vestiti che stavano caricando e correre ad aiutare i tedeschi a spegnere il fuoco.

Quando il binario si fu svuotato, David aprì la porta. C'erano dieci metri tra lui e la carrozza. Vide Anya arrampicarsi a bordo.

«David! Dai, presto! Copriti! Rosa è già nascosta!»

Lui attraversò con un balzo la banchina, gettò la custodia del violino nella carrozza e saltò dentro. Si tuffò nell'enorme mucchio di vestiti, sforzandosi di respirare. Una mano gli toccò la spalla. Si rigirò, la afferrò e la strinse.

Dopo un'attesa che David avrebbe sempre ricordato come eterna, il convoglio cominciò a muoversi. I suoi occhi si riempirono di lacrime di sollievo. Tenne stretta la mano di Rosa. Lei si spostò fra i vestiti e si accoccolò contro di lui.

«Ti voglio bene, David.»

«Anch'io ti voglio bene, Rosa. E un giorno farò pagare a quell'uomo il male che ha fatto a te e a papà. Te lo giuro.»

Lei si addormentò cullata dal treno. David guardò il suo viso dolce e innocente e capì che la sua promessa era sincera.

L'interfono ronzò, distogliendo David dai ricordi e riportandolo nel suo elegante ufficio di New York. Si asciugò la fronte sudata e gli occhi.

«Sì?»

«Il signor Brett Cooper è alla reception, signore.»

«Grazie, Pat. Servigli un caffè e digli di darmi cinque minuti.»

«Va bene, signore.»

«Dannazione!» Per la prima volta David si chiese se aveva fatto bene a nascondere la sua storia al figlio. Lo aveva fatto con le migliori intenzioni, per proteggerlo, ma ora che il passato si stava insinuando nel suo futuro, minacciando di cambiarlo, non era più così sicuro di aver preso la decisione giusta.

Su una cosa non c'erano dubbi. Gli era stata offerta l'opportunità di vendicarsi. E lui era pronto a pagarne il prezzo, qualunque fosse.

Si ricompose alla meglio e premette l'interfono.

«Va bene, Pat. Puoi dire a Brett di entrare.»

Forse un giorno, quando tutto sarebbe finito, gliene avrebbe parlato. Ma era la sua battaglia, non quella di suo figlio.

La porta si aprì e un Brett esausto e dagli occhi rossi si avvicinò alla scrivania.

«Ciao, papà. È bello vederti.» Si guardava intorno ammirato, con le mani in tasca. «Wow, questo posto è fantastico. È molto più bello dell'ufficio di Londra.»

«Sì. Ti abituerai al fatto che tutto è dieci volte più grande che in Inghilterra. Com'è andato il volo?»

«Bene, grazie. Non ho dormito tanto, quindi sono un po' stanco.»

David sorrise. «D'accordo, allora non partirei con una dura giornata di lavoro. Suggerisco di dedicare un'oretta al piano che ho pensato per te, poi ti porto a pranzo e dopo andiamo a casa mia, così puoi riposare. Che te ne pare?»

Brett gli rivolse un sorriso stanco. «Perfetto. Sono felice di essere qui, papà.»

«E io sono felice di averti qui, Brett.» Era sollevato dal fatto che suo figlio sembrasse aver accettato l'idea di lavorare per la Cooper Industries e avesse lasciato perdere le velleità artistiche. Al momento non era in grado di affrontarle.

Quello che David non sapeva era che la felicità di Brett era dovuta quasi interamente al fatto che Leah Thompson sarebbe arrivata a New York di lì a quarantotto ore.

Padre e figlio trascorsero un'ora piacevole esaminando il piano di lavoro di Brett. David voleva che trascorresse quattro mesi nell'ufficio di New York per imparare come veniva gestita l'attività. Poi sarebbe andato un anno in giro per il mondo a visitare i siti della Cooper Industries nelle diverse fasi di sviluppo.

«Non credo per niente a quelle storie sul fatto che tutti devono iniziare dal basso, Brett. Chiunque in azienda sa che prima o poi prenderai il mio posto. Ma non ricoprirai ufficialmente nessuna carica per i prossimi diciotto mesi, durante i quali mi aspetto che tu faccia di tutto. La cosa più importante è guadagnarsi il rispetto delle persone di cui un giorno sarai capo. Voglio vedere umiltà e voglia di crescere. Sei qui per imparare da ogni singola persona che incontrerai. Bene, discorso finito! Andiamo a pranzo.»

Dopo un pasto piacevole, padre e figlio presero un taxi per tornare al nuovissimo appartamento a due piani di David sulla Fifth Avenue, a sei isolati dagli uffici della Cooper Industries.

«Ho pensato che questa potesse essere la tua camera. C'è una bella vista sul parco.»

Brett si guardò intorno nell'ampio salotto ed entrò nella spaziosa camera da letto con il bagno privato in marmo.

«Andrà benissimo. Grazie, papà.»

«Avevo anche pensato di trovarti un appartamento tutto tuo, ma io non sono quasi mai in casa, e tu andrai via tra quattro mesi.»

«Certo, capisco.»

David sapeva di non dover impressionare suo figlio, ma voleva fare comunque uno sforzo. «Ah, e c'è anche Georgia, la cuoca. Ti preparerà quello che vuoi.»

«È fantastico, papà, davvero.»

«D'accordo. Ti lascio riposare. Stasera sono fuori per una cena di lavoro, ma ci vediamo domani mattina. Se hai bisogno di qualcosa, basta suonare il campanello della governante accanto al tuo letto.» David si voltò per uscire dalla stanza, ma prima si fermò a guardare il figlio. «Sono davvero felice che tu sia qui» disse, e se ne andò.

Brett si lasciò cadere sul letto e chiuse gli occhi. Il suo corpo aveva bisogno di riposo, ma la sua mente era troppo vigile per addormentarsi. Dopo venti minuti si arrese e decise di esplorare la nuova casa.

L'appartamento era grande, con il salotto e la sala da pranzo all'ultimo piano che si aprivano su una terrazza affacciata su Central Park. La stanza di David era collegata direttamente al suo ufficio. Il piano inferiore, dove si trovava la camera di Brett, ospitava anche la vasta cucina, altre tre camere e le stanze per il personale. Brett era abituato al lusso, ma anche lui doveva ammettere che quello era un altro livello.

Si chiese cosa ne avrebbe pensato Leah, poi si fermò. Stava dando per scontato che lei avrebbe voluto rivederlo.

Tornò nella sua stanza e si sdraiò di nuovo sul letto. Mancavano meno di due giorni al suo arrivo.

Con la mente piena di immagini di lei, finalmente si addormentò.

5

New York, agosto 1981

«Leah, tesoro! Mi sembra incredibile vederti qui.» Jenny abbracciò forte la sua amica. «Mi sei mancata. Siediti, ordino lo champagne.»

«Acqua minerale per me, Jenny.»

«Non ci credo... Non puoi andare alla Oak Room la tua prima sera a New York e brindare con acqua minerale!»

Leah fu costretta a darle ragione. «E va bene. Ma giusto un sorso.»

Jenny ordinò una bottiglia. «Mi fa piacere scoprire che non sei cambiata. Vorrei essere disciplinata come te!» Sorrise con aria triste. «Fatti guardare.» Jenny emise un sospiro malinconico. «Più bella che mai. Non hai un filo di grasso e nemmeno l'ombra di una ruga. Sei fortunata.» Alzò gli occhi al cielo. «Io comincio a dimostrare la mia età.»

Leah studiò l'amica. Le dispiaceva ammetterlo, ma in effetti Jenny sembrava stanca e pallida. Aveva gli occhi rossi e il viso un po' gonfio.

«Non essere sciocca. Sei la stessa di sempre» mentì.

Jenny scosse la testa. «Sono orribile, Leah. Ma non preoccuparti, ce la faccio. Stamattina mi ha chiamata Madelaine per dirmi che se non perdo mezzo chilo e non la smetto di bere, l'azienda di cosmetici non rinnoverà il mio contratto il mese prossimo. Vuole che vada in questo centro a Palm Springs a disintossicarmi per una settimana. Il problema è che non puoi bere né fumare, e vivi mangiando del cibo per conigli.»

«Mi sembra un'ottima idea.»

Le due ragazze fecero tintinnare i calici e brindarono al futuro.

«Spero di aver preso la decisione giusta venendo a New York» disse Leah fra sé. «Ho solo un mese di lavoro per Chaval, poi tornerò ai singoli incarichi.»

«Oh, andiamo, Leah. Ti pagano mezzo milione di dollari per venti giorni di lavoro, e scommetto che ti rinnoveranno il contratto. La tua faccia sarà in tutta America. Riviste e fotografi ti chiameranno di continuo.» Jenny sembrava un po' triste. «Come facevano con me quando sono arrivata.» Vuotò il bicchiere. «Ora dimmi tutto della tua festa di compleanno. Mi dispiace tanto non essere venuta, ma quei maledetti non ne hanno voluto sapere di spostare uno shooting» gemette, versandosi altro champagne.

«Direi che è stata ricca di sorprese» disse Leah, pensierosa. «Ho incontrato Brett, il mio primo amore, che non vedevo da anni. E Carlo ha fatto una figuraccia e ho dovuto spedirlo in albergo ubriaco.»

Jenny ridacchiò. «Sembra che sia andata bene. Ma non ti avevo sempre detto di stare attenta a Carlo? Quel tizio è follemente innamorato di te. È convinto di essere la ragione del tuo successo.» Socchiuse gli occhi. «Temo che voglia farsi ripagare.»

Leah si accigliò. «In che senso?»

«Negli ultimi quattro anni si è comportato come se fossi di sua proprietà, e ora si sta muovendo per prendersi quello che ritiene gli sia dovuto.» Jenny inarcò un sopracciglio. «Per non parlare del fatto che tutti nel nostro ambiente, stampa compresa, sono convinti che stiate insieme da anni.»

Leah era mortificata. «Sono grata a Carlo per quello che ha fatto per me e lo considero un amico, ma non provo niente per lui. E sono sicura che lui lo sappia.»

Jenny sospirò. «Santo cielo, sarai anche cresciuta, ma su certe cose resti ingenua. Comunque, cambiamo argomento. Parlami della tua vecchia fiamma che hai rivisto alla festa.»

Leah scrollò le spalle. «Siamo stati insieme quando avevo quindici anni. E a dire il vero mi ha fatta soffrire.»

«Be', spero che tu gliel'abbia fatta pagare!»

Leah si esaminò le unghie. «Non direi. Abbiamo ballato insieme e gli ho detto che poteva contattarmi a New York. Per coincidenza è venuto anche lui a lavorare qui un paio di giorni fa.»

«Non mi dire... La carne della vergine ventunenne ha finalmente un sussulto?»

Leah alzò gli occhi al cielo. «Dai, Jenny. Mi fai sembrare una vecchia. Negli ultimi anni non ho avuto tempo e...»

«Non sei stata lontana dalla vista di Carlo abbastanza a lungo da pensare ad altri uomini, figuriamoci farci qualcosa... Questo ragazzo ti piace, vero?»

Leah fece una pausa, poi guardò l'amica. «Non dovrebbe, mi ha fatto una cosa orribile anni fa, ma sì, mi piace. Molto.»

Jenny bevve un'altra sorsata di champagne. «Bene. Era ora che ti unissi alla razza umana. È naturale avere simpatia per un ragazzo!»

«Sì. Comunque, già che ci siamo, come sta il tuo principe?»

Jenny rabboccò il calice. «Non lo sento da un paio di settimane. Era con il padre per affari di famiglia. Sono sicura che mi chiamerà quando arriverà a New York.»

Leah era contenta che l'amica non avesse sfogliato nessun giornale britannico di recente. Il principe Ranu era apparso nella maggior parte delle pagine di gossip in compagnia della figlia di un ricco aristocratico russo. Un editorialista aveva addirittura accennato a un possibile fidanzamento.

«Ma non sei innamorata di lui, vero?»

Jenny rimase in silenzio e tracciò con il dito il bordo del bicchiere. «A dire il vero sì. Sono passati quattro anni e mi sento ancora come la prima notte che ci siamo incontrati. Se me lo chiedesse, lo sposerei domani e uscirei da questa schifosa corsa al successo.» Lanciò un'occhiata triste a Leah. «Lo so. Non devi dirmelo. Ha una relazione con quella principessa dal cognome impronunciabile. Non è la prima volta, te lo posso assicurare. Ma alla fine torna sempre da me, implorando perdono.»

«E tu perché lo perdoni?»

«Tu perché sei pronta a perdonare il ragazzo che hai incontrato di nuovo alla tua festa di compleanno?»

Leah arrossì. «*Touché.*»

«Mi dispiace. Era un colpo basso, ma mi serviva a spiegare il punto. Lo amo, Leah. Ed è ricco. Molto, molto ricco. Può avere qualunque ragazza voglia, quando vuole. Non ha bisogno di essere fedele, perché ci sarà sempre un'altra donna, più giovane e più carina, in coda dietro di me. Quindi immagino che l'unica possibilità che ho di incastrarlo prima o poi è tenermi stretto il mio posto nella fila.»

«Se la pensi così.» Leah non sapeva cos'altro dire.

«Non preoccuparti. Quando rivedrai quel ragazzo capirai.»

«Ma non mi innamorerò, Jenny.»

«Ah no?» Gli occhi dell'amica scintillarono. «Le ultime parole famose, Leah Thompson.» E ordinò un'altra bottiglia di champagne.

6

«Leah, sono Brett.»

«Ciao.»

«Sembri assonnata. Ti ho svegliata?»

«Ehm, no. Mi dispiace.» Ancora disorientata dal sonno e con il cuore che le frullava nel petto al suono della sua voce, Leah si tirò a sedere.

Era tornata al Plaza da un'ora, dopo un pranzo abbondante con gli addetti alle pubbliche relazioni dell'azienda di cosmetici e un pomeriggio di interviste con la stampa. Stremata per il jet lag e la notte insonne, si era buttata sul letto king-size e aveva chiuso gli occhi.

«Mi chiedevo se ti andasse di vederci stasera per un drink...»

Leah guardò il suo viso pallido e il suo aspetto scarmigliato allo specchio sulla parete di fronte. Prepararsi per uscire era l'ultima cosa che aveva in mente. D'altra parte... Si odiava, ma voleva davvero vederlo.

«Va bene.»

«Grande. Ci vediamo nella hall dell'hotel tra quaranta minuti!»

Sospirò. Non aveva molto tempo per trasformarsi. Era meglio darsi una mossa.

Dopo aver fatto la doccia ed essersi asciugata i capelli, provò l'intero guardaroba, scartando un abito costoso dopo l'altro.

«Cazzo!» urlò, frustrata. Passava la vita a sfoggiare abiti in passerella e ora si comportava come un'adolescente al primo appuntamento.

Alla fine la sua scelta ricadde su un abito disegnato appositamente per lei da Carlo. Poi si sedette davanti allo specchio e provò una miriade di pettinature diverse, tutte, ne era convinta, terribili. Quando si rese conto di essere in ritardo già di dieci minuti, si sciolse i capelli e li lasciò liberi sulle spalle.

«Dovranno andare bene così» mormorò, afferrando la borsetta e dirigendosi verso l'ascensore.

Quando le porte si aprirono e ne uscì Leah, Brett camminava nervoso nell'atrio e controllava l'orologio. Notò subito che tutti gli uomini si erano girati a guardarla. E provò un'ondata di orgoglio quando una delle donne più belle del mondo lo vide e attraversò la stanza per raggiungerlo.

Gli sembrò ancora più bella del giorno del suo compleanno. Era radiosa, con i lunghi capelli sciolti sulle spalle, e gli ricordò la prima volta che l'aveva vista, al sole del primo mattino nella sua camera da letto nello Yorkshire. Naturalmente la sua bellezza era maturata, e a quella si erano aggiunti gli abiti firmati e lo splendore delle passerelle degli ultimi anni. Brett si sentì uno scolaretto mentre lei lo baciava su entrambe le guance.

«Ciao.»

«Ciao.» Il ragazzo si sentì arrossire. «Restiamo al bar dell'albergo?»

Mentre entravano nella Oak Room, entrambi cercarono di farsi venire in mente qualcosa da dire. Alla fine si sedettero in silenzio.

Brett ruppe la tensione. «Cosa ti piacerebbe bere?»

«Acqua minerale, per favore.»

«Non bevi?»

«Raramente.»

«Accidenti, impressionante!»

Brett ordinò dell'acqua e una birra e constatò che Leah era abbastanza fredda e composta. Comprensibile, dopo quello che era successo anni prima.

«Com'è andato il volo?» chiesero all'unisono.

La risata che seguì aiutò entrambi a rilassarsi. «Il mio, bene» rispose Leah.

«Anche il mio, ma ho ancora il jet lag.»

«Sì, anch'io... Sono stata sveglia tutta la notte a guardare fuori dalla finestra. Questa città non dorme mai.»

«Non me ne parlare. Non hai anche tu la sensazione di aver sempre bisogno di una doccia? La sporcizia e la polvere mi sembrano peggio che a Londra.» Brett prese la birra. «Comunque, salute. È meraviglioso rivederti.»

«Grazie.»

«È incredibile essere entrambi a New York nello stesso momento.»

«Lo so.» Leah si trattenne dal pensare che fosse il destino. «Allora, raccontami cos'hai fatto negli ultimi anni.»

Lui le fece un riassunto per grandi linee. Parlò di Cambridge e dei suoi amici con evidente affetto. Era ovvio che non aveva passato il tempo a struggersi per lei, pensò irrazionalmente Leah.

«E ora eccomi a New York per imparare come mio padre gestisce la sua azienda» concluse. «E tu? La mia vita è una noia mortale, al confronto. Non potevo crederci quando ho visto il tuo viso che mi fissava dalla copertina di "Vogue"! Voglio sapere tutto.» Ovviamente la sua carriera era stata documentata dalla stampa meglio di quella del primo ministro, ma ciò che Brett intendeva veramente era: parlami di Carlo.

«Comincerò dall'inizio. Se posso scioccarti per un momento, devo dirti che sei responsabile del fatto che mi abbiano scoperta.»

Lui parve stupito. «In che senso?»

«Rose ha preso il ritratto che mi avevi fatto nella brughiera e l'ha esposto in galleria alla sua prima mostra. Steve Levitt, il fotografo, l'ha visto, e quindi eccomi qui» spiegò Leah con un sorriso.

Brett era sbalordito. «Santo cielo! Dove l'ha trovato Rose? Ce l'ha ancora?»

Leah scosse la testa. «No. È un mistero. È scomparso pochi giorni dopo la mostra. Da allora non l'ha più visto nessuno. Dipingi ancora, Brett?»

«La risposta breve è no. Sono cresciuto. E il mondo non è fatto per gli stupidi sogni infantili.» Fece un sorriso triste.

«I tuoi sogni non erano stupidi. Avevi un grande talento. Penso che dovresti metterlo a frutto, anche soltanto come hobby. A quanto pare hai ereditato il dono di Rose.»

«Forse, a parte il fatto che i nostri stili non potrebbero essere più distanti. Ho visto che ha avuto un bel successo negli ultimi anni. Le ho scritto per congratularmi con lei per l'ultima mostra. L'ho trovata magnifica.»

«Dovresti vedere com'è cambiata la fattoria! È irriconoscibile, arredata con tutti i comfort moderni e divani di Laura Ashley.» Leah fece un respiro profondo. Doveva sapere. «E Chloe è cresciuta tantissimo dall'ultima volta che l'ho vista.»

«Chloe?» chiese Brett, sinceramente confuso.

«La figlia di Miranda.»

Lui sentì un nodo allo stomaco a sentirla nominare. «Santo cielo, si è già sposata?»

«No. E non vuole dire chi è il padre. Chloe ha quattro anni. Miranda ha confidato a Rose di essere rimasta incinta poco dopo che hai lasciato lo Yorkshire.» Leah bevve un sorso d'acqua per avere qualcosa su cui concentrarsi.

Brett sentì un brivido freddo nelle ossa. Era il momento. «Senti, Leah, riguardo a Miranda. Mi lasci spiegare?»

«Se ci tieni. Ma mi sembra abbastanza ovvio. Chloe è tua figlia, vero?»

Leah guardò Brett impallidire.

«Non preoccuparti, sono l'unica a saperlo.»

«No! Nel modo più categorico. No. È impossibile. Te lo giuro, no.» Brett non avrebbe potuto essere più enfatico.

«Ma quella sera Miranda ha detto che voi due... Brett, per favore, non mentirmi. Ce l'avevi scritto in faccia che eri colpevole.»

Lui alzò le mani. «Ti giuro che Chloe non può essere mia figlia. Miranda e io... ehm... ci siamo baciati, toccati, cose del genere, ma non abbiamo mai... hai capito.»

«E allora perché lei l'ha detto? E perché non dice chi è il padre?»

«La risposta alla prima domanda è semplice: voleva vendicarsi. Sulla seconda, sinceramente, non so.»

«Va bene» sospirò Leah. «Temo che la riservatezza di Miranda sull'identità del padre di Chloe mi abbia in un certo senso convinta che fosse tua figlia. Pensavo che fosse troppo spaventata per dirlo a Rose proprio perché eri tu il padre.»

Brett si passò una mano tra i capelli. «Senti, Leah. Non posso provarlo, ma ti giuro che non sono andato a letto con Miranda. Sono stato stupido ed egoista, questo sì, ma ho pagato perdendoti. Immagino come ti senti, e hai perfettamente ragione.» La guardò in modo deciso. «Ma mi daresti la possibilità di dimostrarti che sono diventato una persona migliore?»

All'improvviso Leah si sentì molto stanca. «Mi dispiace, Brett, sono esausta. Domani avrò una giornata impegnativa e ho davvero bisogno di dormire.»

Brett espirò. «Certo.» Lei non lo aveva perdonato. «Però ti farebbe piacere se ti chiamassi di nuovo?»

Leah ci pensò un attimo. «Sì, ma sarò piuttosto impegnata tutta la prossima settimana, e nel weekend Jenny e io andremo a cercare un appartamento.»

«Mi farai sapere il tuo nuovo indirizzo e il numero di telefono?» Brett tirò fuori un biglietto da visita dal portafoglio e glielo porse. «Se non mi trovi, lascia un messaggio a Pat, l'assistente di mio padre.»

«Va bene.» Leah si alzò.

Lui la accompagnò all'ascensore. «Non dimenticarti di farmi avere il tuo numero, okay?»

«D'accordo.» Le porte dell'ascensore si aprirono. «Buonanotte, Brett.» Lo baciò sulle guance ed entrò.

«Buonanotte, Leah.» Le porte si chiusero e lei sparì.

Brett uscì e chiamò un taxi di passaggio. Controllò l'orologio. Le nove e mezza. E lui che aveva sognato di salire in camera sua e fare l'amore fino all'alba. Sospirò. Poteva prendersela soltanto con se stesso. Ora era tutto nelle mani di Leah. Non gli restava che aspettare e vedere se avrebbe chiamato.

7

Miranda si stiracchiò languidamente, aprì gli occhi e fissò il soffitto a specchio sopra di lei. Le piaceva l'immagine che le rimandava. Il suo corpo nudo era parzialmente nascosto dalle lenzuola di raso bianco, i capelli biondi erano sparpagliati sul cuscino.

Si sedette e si guardò intorno nella confortevole camera da letto. La sua nuova casa. Tutto quel lusso, un conto in banca con più soldi di quelli che poteva desiderare di spendere e un guardaroba pieno di bellissimi abiti firmati. Sorrise e si abbracciò le ginocchia. Tutto ciò che aveva sempre desiderato era diventato realtà nel giro di pochi giorni. Ed era stato facilissimo.

L'unico prezzo da pagare era del sesso rapido e indolore.

Lei e Santos erano volati a Nizza e il sabato mattina si erano spostati nel porto di Saint-Tropez per iniziare una crociera nel Mediterraneo. Lui era stato molto dolce con lei sulla barca, e l'aveva presentata a tutti i suoi amici, buona parte dei quali in realtà erano soci in affari.

Miranda non aveva mai visto uno sfarzo simile. Aveva immaginato che uno yacht fosse una piccola imbarcazione con un paio di anguste cabine sottocoperta, ma quello... Era come viaggiare sulla *Queen Elizabeth*! Tre piani di sontuose suite per i quindici ospiti, un magnifico salone con le vetrate, una sala da pranzo formale e cinque enormi solarium.

Nei due giorni in cui era stata a bordo, Santos l'aveva ricoperta di regali e attenzioni, facendo capire chiaramente agli altri uomini che era sua. E loro l'avevano trattata con rispetto e deferenza, come se fosse lei la padrona di casa.

Miranda aveva fatto del proprio meglio per cercare di carpire informazioni su Santos dai suoi amici, ma aveva scoperto soltanto che veniva da qualche parte del Sud America, aveva più di sessant'anni ed era ricco sfondato. Tutte cose abbastanza evidenti.

Quando andava a trovarla nella sua cabina a tarda notte, Miranda chiudeva gli occhi e pensava alla collana di diamanti, ai bellissimi vestiti e al lussuoso jet privato, e di tanto in tanto si esibiva in quelli che sperava fossero realistici gemiti di piacere. Poi Santos la baciava, indossava la vestaglia di seta e se ne tornava nella sua cabina.

Domenica sera lo yacht era rientrato a Saint-Tropez e gli ospiti avevano cominciato a sbarcare e a salire sulle limousine in attesa. Miranda li aveva osservati con una certa malinconia da uno dei ponti, ormai rassegnata al ritorno nello Yorkshire e alla normalità. Ma poi Santos le si era avvicinato e le aveva consegnato una chiave.

«Una vettura ti aspetta per portarti all'aeroporto, Miranda.»

«Non vieni con me?»

«Non posso. Devo tornare a casa. La chiave è di un appartamento a Londra. L'autista che verrà a prenderti a Heathrow ti accompagnerà lì. Ti chiamo più tardi.» La baciò. «Addio, mia cara.»

Atterrata a Londra, Miranda superò i controlli alla dogana e salì su una Rolls-Royce in attesa. L'auto percorse le strade sempre più buie della città e si fermò davanti a un sontuoso edificio in stucco bianco affacciato su un parco.

«Per favore, mi segua, signora» disse l'autista, e guidò Miranda attraverso un ampio atrio e poi al terzo piano con un piccolo ascensore. Dopo pochi passi nel corridoio coperto da una morbida moquette, aprì la porta di un bilocale arredato con gusto.

L'autista aveva portato dentro le valigie e si era tolto il cappello.

«Se ha bisogno di me, trova il mio numero sulla lista accanto al telefono. Buonanotte, signora.»

Miranda aveva la netta sensazione che non fosse la prima volta che l'autista accompagnava lì una donna. E quindi trascorse l'ora successiva a setacciare l'appartamento alla ricerca di eventuali tracce di precedenti occupanti di sesso femminile, o dello stesso Santos. Ma non trovò nulla in nessuno dei cassetti profumati, né sullo schienale del divano di seta. Accanto al telefono, invece, vide una busta con sopra il suo nome. All'interno c'erano duemila sterline in contanti e la garanzia che avrebbe ricevuto due carte di credito a suo nome, entrambe legate al conto del signor F. Santos. A questo si aggiungeva un conto aperto per lei con la somma di diecimila sterline, accompagnate da altre cinquemila sterline l'ultimo giorno di ogni mese.

Miranda era esterrefatta. Neanche nei suoi sogni più sfrenati aveva mai immaginato una simile fortuna. Era ricca.

Quella sera alle nove il telefono squillò forte nel silenzio dell'appartamento.

«Pronto?»

«Ciao, Miranda» tubò Santos. «Hai trovato tutto di tuo gradimento?»

«Sì, mio caro. È meraviglioso» rispose lei.

«Bene, bene.» Ci fu una pausa e la linea disturbata tradì la distanza tra loro. «Spero tu capisca che questo trattamento ha precise condizioni. Non voglio che tu esca dall'appartamento senza chiamare Roger, l'autista, per accompagnarti con la Rolls-Royce. E niente ospiti. Nessun uomo può entrare, a parte Ian, che hai conosciuto al Savoy. Verrà a trovarti di tanto in tanto, e se hai problemi devi contattarlo. Ti chiamerò ogni sera alle nove per assicurarmi che tu stia bene e sia felice. Camilla, la governante, abita nell'appartamento di sotto. Cucinerà i tuoi pasti e si occuperà delle faccende domestiche.»

Non era sicura di come rispondere. «Certo, amore mio» disse alla fine.

«Bene. Soltanto un'ultima cosa. Tieni sempre la valigia pronta, potrei chiamarti in qualsiasi momento e chiederti di raggiungermi all'estero.» Il tono della sua voce cambiò. «E non provare mai a contattarmi, in nessuna circostanza.» Seguì una pausa imbarazzante. «Bene, spero che queste piccole regole non ti impediscano di goderti la tua nuova casa. Ho fatto mettere dello champagne in frigo. Fai un brindisi a entrambi. A presto, Miranda.»

Riattaccarono. Si lasciò cadere sul divano e cercò di dare un senso a quello che aveva detto Santos.

Tutto quel lusso aveva un prezzo molto più alto di quanto avesse immaginato. Dopo un attimo capì la dura verità. Santos l'aveva comprata. Ora era di sua proprietà e, quindi, lui aveva il diritto di dettare legge su come Miranda viveva la sua vita.

Era un'amante.

«Amante.» Pronunciò la parola ad alta voce per vedere come suonava sulla sua lingua mentre fissava gli specchi sul soffitto.

Abituata ai rumori mattutini della signora Thompson affaccendata in cucina, al canto di Rose mentre dipingeva e alla voce dolce e acuta della piccola Chloe, dopo quattro giorni da sola, il silenzio nell'appartamento era diventato assordante.

Di colpo sentì una terribile nostalgia di casa. Prese il telefono accanto al letto e compose il numero.

Rose corse a rispondere.

«Pronto?» Aveva la voce arrochita dalla mancanza di sonno e dalle troppe sigarette.

«Sono io.»

Rose trattenne un singhiozzo.

«Miranda! Grazie al cielo! Stai bene?»

«Mai stata meglio» cinguettò la voce nel ricevitore.

Rose, che aveva passato gli ultimi giorni nell'angoscia più straziante, avrebbe voluto strangolarla.

«Dove sei, Miranda? Mi hai fatto morire di crepacuore. Avresti potuto chiamare... Ti aspettavamo a casa giorni fa...»

«Per l'amor di Dio, Rose, ho ventun anni. So badare a me stessa. Sono a Londra e sto benissimo.»

«Avrai anche ventun anni, signorina, ma sei ancora mia figlia e...»

«Okay, okay. Mi dispiace, Rose.»

Rose fece un respiro profondo. «Va bene. A che ora hai il treno? Verrò a prenderti a Leeds.»

«A dire il vero non torno ancora nello Yorkshire.»

«Perché mai, Miranda?»

«Perché ho conosciuto delle persone qui e vorrei restare per qualche tempo. Puoi prenderti cura di Chloe?»

Rose si morse il labbro. «Certo, ma... Dove alloggi? Chi sono queste persone? E hai abbastanza soldi...?» L'attenzione della donna fu attirata da una manina grassoccia che apriva la porta del soggiorno.

«Mamma? Dov'è la mamma?» Il viso angelico, una replica di quello di Miranda alla stessa età, si contorse.

«Vieni dalla nonna, tesoro.» Rose tese le braccia e la piccola le si avvicinò. «C'è qualcuno che vuole parlarti, Miranda. Chloe, saluta la mamma.»

«Ciao, mamma. Puoi venire a casa?»

«Ciao, Chloe. Non preoccuparti, la mamma tornerà presto.»

Rose fece sedere la nipote sulle sue ginocchia. «Le manchi tanto, Miranda. Chiede ogni giorno dove sei.»

«Sì, ora devo andare. Ma vi richiamo presto. Da' un bacio a Chloe da parte mia. E non preoccuparti, Rose. Starò bene. Ciao.»

La linea cadde. Rose rimise lentamente a posto la cornetta e guardò la bellissima bambina che si succhiava il pollice seduta nel suo grembo.

«Quando torna a casa mamma?» Il visetto la guardò con tanta fiducia e innocenza che gli occhi di Rose si riempirono di lacrime. Abbracciò forte Chloe. «Non lo so, tesoro. Davvero non lo so.»

8

Jenny si gettò di traverso sul divano color crema e si scostò i capelli dalla fronte sudata.

«Mai più.» Scosse la testa.

«Sono totalmente d'accordo.» Leah si accasciò su una poltrona dall'altra parte della stanza. «Non ti aiuterò mai più a spostare le tue cose da un appartamento all'altro. Sei qui da appena nove mesi, come diavolo hai fatto ad accumulare tutta questa roba?»

Lei sorrise. «Scusa. Ma ne varrà la pena, no?» Si guardò intorno con orgoglio nel nuovo appartamento.

Le due amiche avevano trascorso il fine settimana precedente a cercare una casa in affitto, finché non avevano trovato quella perfetta. Non era grande quanto alcuni degli enormi loft che avevano visto a Soho, ma entrambe, abituate agli spazi angusti delle case inglesi, si sentivano a disagio in quegli ambienti spaziosi.

L'appartamento era al dodicesimo piano di un lussuoso grattacielo sulla 70esima est. E avevano capito che era quello giusto nel momento stesso in cui avevano varcato la soglia. Aveva un ampio soggiorno con porte che si aprivano su un balcone affacciato sulla vivace strada sottostante. Lungo il corridoio si aprivano una piccola ma funzionale cucina con zona pranzo, due camere matrimoniali con bagno privato, una camera per gli ospiti e un bagno. Era arredato con gusto in tenui tonalità di beige e crema, e i pavimenti erano coperti da tappeti color pastello. L'affitto era notevole quanto l'appartamento, ma pagava l'azienda di cosmetici, quindi non c'era problema.

«Lo adoro. È molto accogliente» disse Leah. «Caffè, Jenny?»

«Qualcosa di più forte. Penso di meritarmelo. Devo aver perso cinque chili trascinandomi dietro tutte quelle scatole.»

«Va bene. Puoi avere una vodka piccola con molto ghiaccio.» Si spostarono in cucina. Leah cominciò a frugare tra le scatole alla ricerca di un barattolo di caffè.

«È un posto perfetto per una festa. Penso che dovremmo fare un'inaugurazione il prossimo fine settimana. Così posso presentarti alcune delle persone che ho conosciuto» disse Jenny, appoggiandosi al piccolo bancone della colazione.

«Bella idea. Che ne dici di sabato sera? Avrò ventiquattr'ore per riprendermi dal Messico.» Leah sarebbe partita lunedì mattina per un servizio fotografico e non sarebbe rientrata prima di venerdì sera.

«Penso a tutto io. Non ho niente da fare la prossima settimana. Considerami a capo del comitato di pianificazione della festa!»

Leah sospirò e pescò il caffè dal fondo di una scatola. Jenny le ripeteva che non aveva niente da fare da quando era arrivata a New York. Ed era una cosa inaudita per una modella di punta.

Madelaine l'aveva chiamata a metà settimana e avevano avuto una conversazione piuttosto delicata.

«Sono felice che vivrai con Jenny, Leah. Ha bisogno di qualcuno che la tenga sotto controllo. Immagino avrai notato che ha qualche problema con l'alcol.»

«Non so, Madelaine. Le piace bere, ma...»

«Nell'ultimo mese si è presentata a due shooting ubriaca marcia. È ingrassata e ha la pelle che sembra cemento. La voce si sta spargendo. Le ho detto che l'azienda di cosmetici sta seriamente valutando la possibilità di annullare il contratto, se non si rimette in carreggiata. E faccio fatica a trovarle qualcosa da fare nell'attesa dell'inizio della nuova campagna. Ha un paio di mesi per riprendersi. Aiutala, Leah. So quanto siete legate...»

«Farò del mio meglio, Madelaine. Sono sicura che ce la farà. È ancora una delle migliori in circolazione.»

«Forse, ma ci sono migliaia di bellissime ragazze là fuori pronte a prendere il suo posto. Questa è la sua ultima possibilità. Diglielo da parte mia.»

Leah aveva avuto poche occasioni di parlare con Jenny nell'ultima settimana. La sera prima aveva affrontato un programma estenuante di servizi fotografici, interviste, e il grande lancio della campagna per Chaval. Ora aveva ventiquattr'ore prima di volare in Messico. Non era la persona giusta per farle da badante. Ma quella sera avrebbe dovuto dirle qualcosa.

«Ecco qui.» Leah posò la vodka sul tavolo della cucina e si sedette di fronte all'amica.

«Salute. Alla nostra nuova casa.»

Leah sussultò quando Jenny tracannò il bicchiere in un sol sorso.

«Mmm. Ora va meglio. Ti va del cinese da asporto? Sto morendo di fame.»

«Va bene.»

«Scendo al negozio all'angolo a prendere un paio di bottiglie di vino. Passeremo una serata tranquilla.»

Un'ora dopo erano sedute sul balcone a guardar tramontare il sole su New York. Jenny aveva ordinato un banchetto a base di cibo cinese e aveva aggiunto del vino bianco. Nel tempo che Leah ci aveva messo per arrivare a metà del suo bicchiere, Jenny era al terzo.

«Sai che sarà l'ultimo cinese che mangerai per un po', vero, Jenny?»

Lei si stava leccando le dita. «In che senso?»

«Ho parlato con Madelaine. È davvero molto preoccupata per te.»

«Vuoi dire che è una vecchia megera prepotente e invadente a cui piace ficcare il naso negli affari degli altri.»

«Smettila, sai che non è vero. La adoravi. È sinceramente preoccupata per noi, tutto qui.»

«È sinceramente preoccupata per il suo conto in banca...» ribatté Jenny.

«È un'imprenditrice. E il suo lavoro è venderci. Se uno dei suoi prodotti non sta andando bene...»

«Prodotti, brava!» sbottò Jenny. «Hai appena centrato il punto. Non siamo persone. Siamo delle specie di bambole parlanti senza un briciolo di materia grigia!»

«Mi dispiace, Jenny. Non intendevo dire questo.» Leah guardò il viso arrabbiato della sua amica e si chiese come affrontare la situazione con più tatto. «Il fatto è che Madelaine pensa che potresti perdere il contratto dei cosmetici.»

Jenny si guardò i piedi. «Lo so. Te l'ho già detto.»

«E non credo che ti faccia piacere.»

«Certo che no!»

«Allora non pensi che valga la pena rinunciare a qualche bicchiere e alle canne e andare in palestra?»

Jenny fissò l'orizzonte incendiato dal crepuscolo, poi alzò le spalle. «Forse va bene per te, Leah. Non ti piace l'alcol, non tocchi mai le droghe e potresti mangiare patatine tutto il giorno senza ingrassare. Io non sono fatta così. Sono nata per gli eccessi.» Buttò giù il resto del bicchiere di vino. «A che serve? È un circolo vizioso. Mi deprimo perché so di essere in sovrappeso e di bere troppo, e cosa faccio per sentirmi meglio? Mangio di più e mi incazzo, oppure mi sballo. È tutto inutile!» Scoppiò in lacrime, si alzò da tavola e corse in soggiorno, facendo cadere il vino che Leah aveva a malapena toccato e rovesciandolo sul balcone.

Leah la seguì dentro e si sedette accanto a lei sul divano. Le cinse le spalle con un braccio. «Non piangere, tesoro. Mi dispiace averti turbata.»

«Non preoccuparti. So che stai solo cercando di aiutarmi. E quel bastardo di Ranu! Non mi chiama da settimane.» Scoppiò in un nuovo fiume di lacrime. «Leah, mi sento così giù. Fino a due anni fa andava tutto a gonfie vele, ora non capisco più niente e non so come rimettere le cose a posto...»

Leah afferrò l'amica per le spalle. «Ascoltami. Hai ventitré anni. La maggior parte delle altre ragazze hanno appena iniziato la loro vita e tu parli come se la tua fosse finita. Non ti rendi conto di quanto sei fortunata?» Leah le rivolse un sorriso. «È stato tutto lo stress e la pressione. Sei forte, Jenny. Puoi farcela, so che puoi.»

«Non so se ce la faccio.» Tirò su col naso.

«Io dico di sì. Ricordi come ti sei presa cura di me all'inizio? Se non avessi potuto contare sul tuo aiuto, chissà come sarei finita. Adesso è il mio turno, sarò io a sostenerti. Madelaine è disposta a pagare per mandarti in questo centro di disintossicazione a Palm Springs per una settimana. Se fossi in te, accetterei l'offerta senza pensarci due volte.»

Jenny rimase in silenzio. «Hai ragione. Lo devo a me stessa» disse alla fine, con coraggio. «Di questo passo finirò per ammazzarmi.» Si voltò e guardò Leah. «Sei proprio cresciuta. Come hai fatto a diventare così saggia?»

«Deve essere il mio sangue dello Yorkshire.» La abbracciò. «Ora, perché non chiami Madelaine per dirle che andrai a Palm Springs?»

«Va bene.» Jenny si alzò, prese la bottiglia di vino dal balcone e la svuotò in un vaso accanto al divano. «Alla nuova me.»

«Alla nuova te.» Leah sorrise.

9

Esattamente una settimana dopo, l'appartamento brulicava di persone e vibrava al ritmo della musica.

Jenny sorseggiava un bicchiere di Coca-Cola e sorrideva con occhi pieni d'amore al suo principe. Leah aveva tirato un sospiro di sollievo quando l'amica l'aveva chiamata in Messico quel giovedì per dirle che Ranu era in città. Era proprio la spinta di cui Jenny aveva bisogno. Lui le aveva persino offerto il suo jet privato per portarla a Palm Springs lunedì mattina.

Leah era in mezzo a una folla di sconosciuti, per lo più modelle e fotografi, artisti e designer; tutto il bel mondo di New York. Lei non li conosceva, ma tutti conoscevano lei. E le facevano di continuo le stesse domande: come stava Carlo? Veniva davvero pagata mezzo milione di dollari per il contratto con Chaval? Per quanto tempo sarebbe rimasta a New York?

Leah sospirò. Forse era stanca, ma non aveva molta voglia di chiacchierare. Uscì dal soggiorno e si diresse verso il suo bagno privato, in cerca di quiete e silenzio. Si chiuse la porta alle spalle e guardò il proprio riflesso allo specchio. «Il volto più prezioso del mondo.»

Era stato uno dei titoli sui giornali la settimana precedente, quando la stampa era venuta a conoscenza del compenso che aveva ricevuto per il contratto con Chaval.

A volte non riusciva a conciliare il suo viso con la persona che c'era sotto. Il primo era famoso in tutto il mondo, la seconda, be', nessuno si era mai preso la briga di conoscerla. Non erano interessati.

Leah si appoggiò sui gomiti. Pensò a quanto sarebbe stato bello trascorrere una giornata nell'anonimato, incontrare qualcuno che non aveva idea di chi fosse e che la trattasse di conseguenza.

Si spazzolò i capelli e si chiese se Brett sarebbe venuto. Dopo aver esitato per tutta la settimana, aveva deciso di concedergli il beneficio del dubbio. Aveva lasciato un messaggio a Pat alla Cooper Industries con i dettagli della festa e l'indirizzo.

Dopo qualche minuto si rese conto che stava venendo meno ai suoi doveri di padrona di casa. Uscì con riluttanza dal bagno, aprì la porta della camera da letto e si imbatté immediatamente in un uomo alto e con i capelli scuri.

«Mi scusi» mormorò.

«Oh, non si preoccupi. In effetti la stavo cercando.»

«Davvero?» rispose lei in tono stanco.

«Sì. Mi chiamo Anthony Van Schiele.»

Il nome non le diceva niente, perciò si limitò a dire: «Buonasera».

«Credo che lei stia lavorando per me.»

«Come?» Leah non capiva.

L'uomo le sorrise con uno scintillio negli occhi. «Sì. Sono proprietario della Chaval Cosmetics, tra le altre cose.»

«Oddio! Mi dispiace tantissimo. Non lo sapevo...» Leah era sinceramente imbarazzata.

«Non si preoccupi. La maggior parte delle persone che lavorano per me non ne hanno idea. Ho acquisito l'azienda pochi mesi fa, e non c'è niente di peggio di un nuovo proprietario che arriva a sconvolgere tutto.»

A Leah piaceva il suo atteggiamento rilassato, una merce rara a New York. «Bene, piacere di conoscerla, signor Van Schiele.»

«Altrettanto. Posso invitarla a cena per festeggiare la nostra collaborazione?»

Leah non era nella posizione di rifiutare. «Certo.»

«Meraviglioso. Ci vediamo da Delmonico mercoledì alle otto, va bene?» Lei annuì. «Perfetto. Ora devo andare, ma ci vedremo presto. Arrivederci, signorina Thompson.» Fece un inchino e si avviò verso la porta.

Proprio in quel momento Brett entrò e le andò incontro.

«Ciao, Leah.» La baciò su entrambe le guance e le offrì la bottiglia di champagne che aveva in mano. «Per l'inaugurazione della casa.»

«Grazie. Vieni, ti offro da bere. Birra?»

«Volentieri. Cavolo, che successo! Conosci tutte queste persone?» sussurrò stupito.

«No.» Leah ridacchiò. «Purtroppo sembra che tutti conoscano me.»

«Si dà il caso che tu sia piuttosto famosa. Persino mio padre sembrava colpito quando gli ho detto che stavo andando alla festa di Leah Thompson.»

«Dato che sei qui e mi hai portato una bottiglia di champagne, farò un'eccezione e ne berrò un bicchiere. Brindiamo agli inglesi.» Leah strillò mentre il tappo volava via con un botto. All'improvviso si sentiva leggera come un aquilone, e insolitamente civettuola. «Agli inglesi!» Levò il bicchiere.

«A noi» rispose Brett.

Si spostarono in salotto: le casse suonavano *Satisfaction*. Brett la prese per un braccio.

«Vieni, balliamo. Adoro questo pezzo!» Si unirono alla folla scalpitante e urlante sulla pista da ballo improvvisata al centro della stanza. Quando la canzone finì, Brett la sollevò e la fece volteggiare. «Sono felice di essere qui» disse, mettendola giù.

«Anch'io» rispose lei, raggiante.

E diceva sul serio. Era come se si fosse animata dal momento in cui Brett era entrato nell'appartamento. I suoi sensi si erano risvegliati e, di colpo, il mondo sembrava un posto incantevole.

Dopo i Rolling Stones arrivò Lionel Richie a rallentare il ritmo. Brett la abbracciò e Leah si accoccolò contenta sul suo petto.

La coppia fu interrotta da Jenny. «Tesoro, io e Ranu andiamo a casa sua. Te la cavi da sola?»

Leah si voltò, quasi irritata di essere stata disturbata. «Certo. Jenny, ti presento Brett.»

I due si strinsero la mano.

«Invece lui è Ranu» disse Jenny.

«Ciao Brett, come stai?» chiese il principe, poi si rivolse a Jenny: «Ci siamo conosciuti a Eton, era matricola quando io ero all'ultimo anno».

Brett annuì. «Sì. Ho sgobbato per Ranu un trimestre. Era difficile da accontentare.»

Scherzava, ma Leah percepì il guizzo di antipatia che gli attraversò lo sguardo.

«Allora quando torno da Palm Springs dobbiamo uscire tutti insieme!» disse Jenny. «Ciao Brett, ciao Leah. Tornerò domani.» E fece l'occhiolino all'amica mentre il principe la conduceva fuori dal soggiorno.

Brett scosse la testa. «Jenny fa sul serio con Ranu? È un idiota con troppi soldi. A Eton lo odiavano tutti.»

«Temo di sì» rispose Leah. «Ma non preoccuparti, Jenny sa badare a se stessa» aggiunse, senza troppa convinzione.

Per il resto della serata Leah svolse il suo ruolo di padrona di casa, controllando i drink degli invitati e trascinandosi da un gruppo all'altro per presentarsi all'élite della moda. Brett la seguiva con aria annoiata. Sembrava impossibile restare due minuti solo con lei.

Quando anche l'ultimo dei festaioli incalliti se ne andò, Leah e Brett si ritrovarono nel mezzo della completa devastazione.

«Oddio...» Leah gemette alla vista delle bottiglie, dei bicchieri e dei posacenere traboccanti sparsi nel soggiorno. Crollò sul divano. «Non credo di avere la forza di sistemare.»

«Dai, ti aiuto. La parte più difficile è iniziare, poi ci vorrà un attimo.» La tirò su. «Se non lo facciamo subito, dovrai cavartela da sola domani mattina.»

Per un'ora lavorarono alacremente. Quando Leah si lasciò cadere sul divano, l'orizzonte cominciava a schiarirsi.

«Caffè?» propose Brett.

«M-mm. Grazie.» Chiuse gli occhi.

Brett tornò con due tazze fumanti e si sedette sul pavimento davanti a lei.

«Andiamo, Bella Addormentata. Sei troppo alta per portarti in camera da letto in braccio. Bevi. Accendo il fuoco, fa freddo.»

Leah si costrinse ad aprire gli occhi e guardò Brett accendere il caminetto a gas. Un brivido la percorse quando si rese conto che erano soli per la prima volta da tanto tempo.

Sorseggiò lentamente il caffè.

«Adoro l'alba a New York. L'ho vista parecchie volte la scorsa settimana. Per qualche motivo non riuscivo a dormire» rifletté Brett. Si sistemò sul grande tappeto di pelle di pecora che Leah aveva comprato quella mattina e guardò fuori dalle finestre del balcone.

Bevvero il caffè in silenzio, un senso di anticipazione impediva ogni conversazione.

La ragazza posò la tazza vuota sul pavimento. Mentre riportava indietro la mano, Brett la prese e la tenne stretta. La guardò intensamente negli occhi prima di avvicinarsi a baciarla.

Le labbra di Leah si schiusero volentieri verso di lui. Ogni terminazione nervosa del suo corpo fremeva per l'estasi. Sussultò quando la bocca di Brett scese fino al suo collo e lui la tirò sul tappeto di pelle di pecora.

Brett si appoggiò sopra di lei mentre la mano esitava sui bottoni del suo top nero. «Posso?» chiese.

Leah annuì timidamente e lui slacciò con reverenza ciascuno dei minuscoli bottoni di perle, finché l'indumento non cadde.

«Leah, sei bellissima. Troppo bella.»

Lei rimase lì con gli occhi chiusi, godendosi le nuove sensazioni che la attraversavano, ma sapendo che doveva prendere una decisione in fretta. Aveva difeso la sua innocenza per così tanto tempo che era diventata quasi sacra.

E d'un tratto capì il perché: stava aspettando lui.

Brett doveva aver percepito i suoi pensieri, perché smise di baciarla e la guardò negli occhi. «Vorrei davvero fare l'amore con te.»

Le aveva parlato con gentilezza e Leah lesse l'onestà nei suoi occhi.

Annuì, tentata per un secondo di confidargli che sarebbe stato il primo, ma troppo imbarazzata per pronunciare quelle parole.

Sembrava naturale che dovesse succedere. Nel profondo del suo cuore sapeva di averlo sempre aspettato, che nessun altro poteva farla sentire completa come lui.

Le sensazioni fisiche e le emozioni di Leah si fusero in un climax di pura gioia.

Più tardi, rimase rannicchiata tra le sue braccia sul tappeto davanti al fuoco, fissando il bagliore violaceo dell'alba fuori dalle finestre.

Sapeva che quella notte aveva trovato la chiave del futuro. Brett era la sua metà. L'anello mancante nella sua anima.

Anche lui lo sentiva. Aveva cercato di negarlo, ma, guardandola, seppe che era destinato ad amarla.

E così si tennero stretti, nell'assoluta e profonda certezza di aver appena dato una svolta al loro destino.

10

Jenny volò a Palm Springs il lunedì e Brett lasciò l'appartamento di suo padre per trasferirsi da Leah.

Trascorsero la serata rivivendo la gioia che avevano provato all'alba della domenica mattina, trovandola migliore di come la ricordavano. Leah era ansiosa di imparare come dargli piacere e scoprì di essere in grado di toccarlo senza provare il minimo imbarazzo.

Dormirono poco e il martedì mattina Brett si presentò in ufficio con la sensazione di essere appena tornato da un viaggio sulla luna. Era distratto e faticava a concentrarsi. Suo padre gli parlava, ma lui non riusciva a smettere di pensare a Leah e contò i minuti finché non fu liberato dal mondo reale per tornare alla sua esistenza onirica con lei.

Quando bussò alla porta dell'appartamento, quella sera, Leah era lì ad aspettarlo, con i capelli bagnati e il bel viso struccato.

«Mi sei mancata» disse, abbracciandola e inalando il suo profumo paradisiaco.

Dopo aver fatto di nuovo l'amore, Leah entrò nuda in cucina e si mise a preparare gli spaghetti. Brett fece una doccia e si sedette al bancone, contento di guardarla preparare con gesti esperti un ragù.

Poi andarono a sedersi davanti al caminetto con una bottiglia di vino rosso e la pasta.

«Wow, sei un'ottima cuoca. Cos'altro può desiderare un uomo?»

La guardò ridacchiare. Aveva l'aria così dolce, seduta sul divano in vestaglia. Non riusciva a credere che fosse la stessa donna la cui bellezza e raffinatezza bloccavano il traffico dai cartelloni pubblicitari affissi in lungo e in largo per l'America.

«Ti andrebbe se ti portassi fuori a cena domani sera? La settimana scorsa sono stato al 21 Club con papà ed è stato fantastico.»

L'espressione di Leah si incupì. «Domani sera non posso. Devo cenare con Anthony Van Schiele, il proprietario di Chaval.»

Brett fu attraversato da un brivido di inquietudine. Negli ultimi due giorni nulla aveva disturbato le loro preziose serate insieme e l'idea che Leah passasse del tempo con un altro uomo lo faceva sentire fisicamente male. Ma sapeva di dover trovare il modo di gestire quelle inevitabili insicurezze. Era innamorato di una delle donne più belle del mondo e avrebbe dovuto affrontarne le conseguenze.

«Va bene. Capisco» disse, con finta offesa.

Leah posò subito il piatto e andò a sedersi sulle sue ginocchia.

«Non voglio andare, Brett, ma devo farlo.»

«Lo so, tesoro. Non preoccuparti, sono molto indietro con il lavoro, passerò la serata a casa e cercherò di dormire.»

Brett si sentì abbandonato quando la salutò la mattina seguente. «Ci vediamo domani. E ricorda, ti amo.»

«Ti amo anch'io.» Leah lo baciò e salì sulla limousine che la aspettava per portarla alla Chaval.

Brett prese un taxi e andò al lavoro sentendosi ridicolo per le lacrime che minacciavano di sopraffarlo al pensiero di dover aspettare la sera successiva per rivederla.

«Signorina Thompson. Incantevole come sempre.»

Anthony Van Schiele la accolse all'ingresso di Delmonico e il maître li accompagnò al miglior tavolo della splendida sala.

«Posso portarvi qualcosa da bere?» chiese.

«Sì. Una bottiglia del mio solito vino bianco e dell'acqua minerale con molto ghiaccio per la signorina Thompson.»

Leah rimase colpita dal fatto che Anthony Van Schiele si fosse preso la briga di scoprire cosa beveva.

«Per favore, mi chiami Leah.» Sorrise.

«Allora tu dovrai chiamarmi Anthony e darmi del tu.»

Leah guardò l'uomo dall'altra parte del tavolo e pensò che era attraente. Avrebbe azzardato l'ipotesi che fosse sulla quarantina, anche se sembrava più giovane, con i capelli castano scuro sfumati di grigio soltanto sulle tempie. Aveva un fisico snello e tonico, ma erano gli occhi a renderlo unico: di un grigio tenue, contornati da rughette incise da anni di sorrisi. Emanava gentilezza, aveva qualcosa di affidabile e forte.

«Allora, come sta andando la campagna? Ho visto i manifesti... Be', penso che tutti a New York li abbiano visti...» Le sorrise. «Sono meravigliosi, farai guadagnare un mucchio di soldi alla nostra piccola azienda.»

Leah cercò di non ridere. Chaval Cosmetics era una delle aziende più grandi e di maggior successo al mondo. «Lo spero. Sembra che stia andando tutto per il meglio.»

«Mi auguro che il mio vicedirettore marketing ti stia trattando bene e non ti faccia lavorare troppo.»

«Oh, sì. Henry è stato molto gentile.»

«Bene. Per qualsiasi lamentela, chiamami» disse, sincero. «Come ti stai trovando a New York? Sei uscita?»

«Non molto. A essere sincera, ero esausta. Questa città si muove a un ritmo troppo frenetico per me.»

Anthony annuì. «Ah sì. Personalmente non la sopporto. La trovo intimidatoria e impersonale. Ho una casa a Southport, nel Connecticut, dove la vita è più lenta e l'aria è pulita. Però devo dire che New York sembra farti bene. Sei radiosa stasera.» Osservò la pelle luminosa di Leah, che stava facendo guadagnare milioni di dollari ai cosmetici Chaval.

Leah era andata a cena convinta che si sarebbe annoiata, ma scoprì che il tempo volava. Anthony la trattava con il massimo riguardo e sembrava sinceramente interessato ai suoi pensieri e alle sue opinioni. Per questo si ritrovò ad abbattere la solita barriera e a raccontargli cose di sé che in genere teneva private.

Rimase stupita quando andò in bagno e scoprì dall'orologio che erano quasi le undici.

Tornò a tavola e bevve il caffè. «Allora, stasera torni a casa tua a Southport?»

«Sì. Non è molto distante e cerco di tornare a casa tutte le sere, a meno che gli affari non mi trattengano qui fino a tardi. Ho un appartamento all'ultimo piano dell'edificio Chaval, dove posso riposare per qualche ora.»

«Scommetto che tua moglie non ti vede spesso» commentò Leah.

«Mia moglie è morta due anni fa, quindi a casa non c'è nessuno che senta la mia mancanza» rispose lui in tono sommesso.

Lei arrossì. «Mi dispiace tanto, Anthony.»

«Grazie. Ma forse è stata una benedizione. Soffriva da molto tempo.» Fissò un punto in lontananza. «A volte arrivo ancora a casa aspettandomi di trovarla sulla poltrona accanto al fuoco, in attesa di salutarmi. La gente mi dice che il tempo guarisce tutte le ferite, spero che sia vero.»

Leah provò un'ondata di compassione. Istintivamente, allungò la mano oltre il tavolo e strinse quella di Anthony.

Lui sembrava commosso. «Mi dispiace, Leah. Non ti ho portato qui per rattristarti. Ma è complicato, quando gli altri guardano le persone ricche e di successo si soffermano soltanto su ciò che possono vedere e danno per scontato che siano felici.»

Leah annuì. Era la prima volta che qualcuno esprimeva gli stessi sentimenti che provava lei. «Capisco. Con il mio lavoro, nessuno è interessato a chi sono, basta la mia faccia, nient'altro.»

«A me interessa, Leah» disse lui piano. «Se mai sentissi il bisogno di parlare, sai dove trovarmi. Ma ora devo riaccompagnarti a casa. Non posso permettermi che la dipendente più preziosa di Chaval arrivi a un servizio fotografico con le borse sotto gli occhi!»

La guidò fuori dal ristorante. L'autista scattò subito sull'attenti e aprì la portiera posteriore della scintillante limousine nera. Leah salì a bordo e Anthony la raggiunse. Attraversarono le strade trafficate in un silenzio amichevole finché non arrivarono sotto casa di lei. A quel punto Anthony le prese la mano e gliela baciò. «Grazie per la serata. Mi piacerebbe ripeterla, prima o poi.»

Con sua sorpresa, Leah rispose senza esitazione. «Sì, anche a me.» Fece per scendere dall'auto, ma lui la fermò. «Sei una persona reale in un mondo irreale. Non perderti.»

Lei annuì e scese dall'auto. «Non lo farò. Buonanotte, Anthony, grazie.»

Mentre aspettava l'ascensore, pensò all'uomo insolito con cui aveva trascorso la serata. Tra loro era scattata un'intesa particolare e Leah capì di aver appena trovato un amico.

11

Lo squillo stridulo del telefono si insinuò nei sogni di Leah, costringendola ad aprire gli occhi e sporgersi per prendere il ricevitore.

«Pronto.»

«Carissima. Sono io, Carlo.»

Leah guardò il quadrante luminoso dell'orologio.

«Carlo, qui sono le quattro del mattino! Perché mi chiami a quest'ora? Lo sai che devo alzarmi all'alba!»

«Scusa, cara, ma non potevo aspettare un altro secondo. Mi sei mancata così tanto.»

Leah sapeva che Carlo si aspettava di sentirsi dire che anche lei aveva sentito la sua mancanza, ma la verità era che non aveva quasi pensato a lui da quando era arrivata a New York.

Rimase in silenzio.

Carlo insistette: «Ti sono mancato anch'io?».

«Certo, Carlo» rispose meccanicamente. Un braccio la circondò e la attirò nel calore del piumone. Lei non reagì e una mano le coprì un seno.

«Smettila...» sussurrò.

«Eh? C'è qualcuno lì con te, Leah?»

«No, certo che no.» Brett si ritrasse. «Comunque, mancano tre settimane alla sfilata. Ci vediamo presto.» Leah vide Brett aprire gli occhi e accigliarsi. «Senti, devo andare. Devo rimettermi a dormire, domani ho uno shooting importante.»

«Va bene. Capisco...» Il tono petulante lasciava intendere che non capiva affatto. «Ti manco, vero, Leah?»

«Certo, Carlo.»

«Spero che tu ti stia comportando bene e ti stia conservando per me. Ho spie ovunque, me lo diranno se non fai la brava.»

«Sì, Carlo. Ci vediamo a Milano.»

«Non vedo l'ora. Buonanotte, cara.»

Leah riagganciò e si sdraiò sui cuscini.

«Presumo che fosse il signor Porselli che chiamava per controllare la sua protetta» disse Brett.

«Sì.»

Si tirò su un gomito e la guardò con sguardo diffidente. «E cos'era quella storia sul fatto che vi vedrete presto?»

Leah sospirò. «Dai, Brett, non fare lo sciocco. Hai capito male. Carlo è soltanto...»

«Sono geloso, Leah. C'è qualcosa di vero nelle voci su di voi?»

«Certo che no!» replicò lei, irritata e sulla difensiva. «Carlo è stato molto buono con me, ma non c'è mai stato nulla di fisico tra noi. Mai.» *Né con nessun altro uomo*, pensò mestamente, desiderando poter dare voce a quelle parole. «Non sai quanto mi arrabbio quando la stampa inventa storie ridicole. Pensavo che tu non credessi a tutte le sciocchezze che scrivono.»

Brett notò la rabbia negli occhi di Leah e si sdraiò sul cuscino accanto a lei. «Okay, mi dispiace. È che ti amo così tanto e sono insicuro, tutto qui.»

«Brett, ti prego, devi fidarti di me.» La mano di Leah si insinuò sotto il piumone e trovò la sua. «Anch'io ti amo. Non ci sarà mai nessun altro. Mai. Te lo prometto.» Lei gli strinse la mano e lui si rannicchiò sulla sua spalla.

«Buonanotte, tesoro. Scusa.»

Cinque minuti dopo Brett sentì il respiro regolare di Leah, ma per lui il sonno non sarebbe arrivato così facilmente. Il modo in cui l'aveva sentita parlare con Carlo appena un attimo prima... Era sicuro che ci fosse stato qualcosa tra loro. Si ricordò di quando li aveva visti ballare insieme, al ventunesimo compleanno di Leah. Di lì a tre settimane sarebbe partita per Milano e sarebbe tornata nelle grinfie di quell'uomo. E proprio non sapeva come avrebbe sopportato il pensiero di loro due da soli insieme.

Ma tutte le preoccupazioni su Carlo furono spazzate via dal fine settimana idilliaco che trascorsero insieme esplorando le meraviglie di New York.

Sabato mattina andarono a fare shopping al Rockefeller Center, poi fecero una lunga passeggiata a Central Park e guardarono i bambini giocare sulla giostra. La sera Brett la portò da Sardi e rimasero entrambi sconcertati nel vedere le stelle di Broadway sedute a pochi metri da loro. Poi presero un taxi per tornare all'appartamento del padre di Brett e si sedettero in terrazza, nella mite aria di settembre, a sorseggiare un caffè.

«Questo posto è bellissimo» disse Leah, ammirata. «Il mio a confronto è un tugurio...»

«Il tuo appartamento ha un'anima» replicò lui. «Al contrario di questo.»

La convinse a passare la notte lì, assicurandole che suo padre era fuori città e non ci sarebbero stati incontri imbarazzanti a colazione.

Sfortunatamente, però, si sbagliava, e quando salirono le scale in accappatoio per godersi la vista su Central Park dalla terrazza, trovarono David già lì, a leggere i giornali.

Leah lo fissò. David Cooper non assomigliava per niente a suo figlio o a sua sorella Rose. Aveva capelli biondi screziati di grigio, era abbronzato, e i suoi penetranti occhi azzurri la scrutavano con lo stesso interesse con cui lei studiava lui.

«Bene, vedo che abbiamo un'ospite per colazione. La signorina Thompson, presumo.» Si alzò per stringerle la mano e Leah notò che era leggermente più basso di lei, con un fisico tonico e tozzo.

Gli tese la mano e lui la strinse saldamente. «Non ci siamo mai incontrati, ma il tuo viso è a dir poco familiare» scherzò.

Leah rise, anche se aveva già sentito quella battuta migliaia di volte.

Si sedettero al tavolo in terrazza e la cameriera servì loro caffè e croissant. Mentre Brett chiacchierava tranquillamente con suo padre, Leah si ritrovò a mettere a confronto David Cooper e Anthony Van Schiele. L'aura di potere che i due uomini emanavano era simile, ma se Anthony Van Schiele non ostentava la sua ricchezza, David Cooper sembrava invece indossarla come uno scudo.

Leah si sentiva intimidita in sua presenza. Fu felice quando lui si alzò da tavola, la salutò educatamente e li lasciò soli.

«Mi dispiace. Papà deve aver cambiato programma all'ultimo momento» disse Brett, sgranocchiando un croissant. «Allora, che ne pensi?» Lanciò un'occhiata distratta a un giornale.

«Cosa penso di cosa?»

«Di papà, ovviamente.»

«Non gli assomigli neanche un po'» rispose cauta Leah.

«È quello che dicono tutti anche al lavoro. La maggior parte dei dipendenti è terrorizzata da lui.»

«Non mi sorprende.»

Brett la guardò, come a chiedere ulteriori spiegazioni.

«Voglio dire che... non lo so, trasuda autorità. Sembrava molto simpatico, però» aggiunse.

«Lo è, una volta che lo conosci. È uno dei motivi per cui sono felice di essere venuto a lavorare qui. Da piccolo lo conoscevo appena. Era sempre via. Avevo anch'io paura di lui. Ma da quando sono qui a New York, mi è sembrato diverso, in qualche modo più gentile.» Brett alzò le spalle. «Ammiro davvero quello che ha fatto, sai. Ha costruito un impero da zero, tutto da solo. Le poche aziende al suo livello sono di seconda o terza generazione, mentre lui ci è riuscito in trent'anni.» Brett fece una smorfia. «Temo che non sia possibile essendo teneri con i dipendenti.»

«Certo che no.» Leah era sorpresa dal fatto che Brett sentisse il bisogno di difendere suo padre.

«Allora, cosa ti piacerebbe fare oggi, tesoro?»

Lei ci pensò su. «Che ne dici di prendere uno di quei battelli che fanno il giro di Manhattan? Sembra che sarà una bella giornata.»

Presero un taxi fino al molo sulla 42esima, dove salirono a bordo della Circle Line e trovarono posto nella parte anteriore del battello. Si godettero la brezza fresca mentre i motori prendevano vita e l'imbarcazione si dirigeva verso l'altra sponda del fiume.

Poco dopo passarono davanti alla Statua della Libertà.

Brett era appoggiato sui gomiti e fissava il mare. «Le navi degli immigrati passavano di qui per portare i passeggeri verso una nuova vita nella terra promessa. Mi chiedo cosa pensassero quando vedevano l'America per la prima volta» meditò. «Quanto mi piacerebbe dipingere tutto questo» aggiunse, malinconico.

Mentre il battello completava il giro e tornava al molo, Brett si sporse verso Leah e la prese tra le braccia. «Ti capita mai di voler fissare per sempre un momento?»

Lei annuì.

«Bene, per me questo è uno di quei momenti. Ti amo, Leah. Non sono mai stato felice come nelle ultime due settimane. Non riesco a immaginare la mia vita senza di te.»

Dimentichi degli altri passeggeri, si baciarono e si tennero stretti finché la barca non fu ormeggiata e fu ora di scendere.

«So dove voglio passare il pomeriggio, se non ti annoi troppo.» Lo sguardo di Brett si era illuminato.

«Sono sicura di no. Dove andiamo?»

«Al Museum of Modern Art.»

«Mi piacerebbe molto.»

Leah provò un brivido di piacere mentre il treno sferragliava attraverso le stazioni della metropolitana. Quella era la vera New York. L'atmosfera di tensione e pericolo, la sudicia carrozza con il suo mix di odori e i suoi occupanti, che vivevano nella speranza di entrare un giorno a far parte del mondo rarefatto di denaro e comodità a cui appartenevano lei e Brett.

Emerse dalla metropolitana con la sensazione di essere stata su un altro pianeta. Mentre camminava mano nella mano con Brett lungo la strada, pensò a quanto la sua vita fosse cambiata negli ultimi anni. E a ciò che ormai dava per scontato. Si vergognò.

Trascorse il resto del pomeriggio seguendo Brett nell'enorme collezione di dipinti del museo, ascoltandolo ammirata descrivere con competenza tutto quello che vedevano.

Le spiegò la *Notte stellata* di Van Gogh, *Les Demoiselles d'Avignon* di Picasso e la *Danza* di Matisse.

Brett sembrava diverso, come se si fosse risvegliato all'improvviso. Alla fine del pomeriggio Leah aveva capito che aveva una passione per l'arte che lei poteva soltanto invidiare, non provandone una simile per niente di specifico.

«Chi è il tuo artista preferito?» chiese Leah.

Brett sgranò gli occhi. «Non posso rispondere... Magari vedo un dipinto che adoro, che è un'opera d'arte per il modo in cui rende l'atmosfera e per come è stato usato il colore, ma poi ne trovo sempre un altro da cui non riesco a staccare gli occhi. Ho un debole per Manet, Seurat... e Degas! Ha catturato la vitalità e la grazia delle sue ballerine alla perfezione. Li amo tutti.» Rise. «In un certo senso sono felice di non aver frequentato l'Accademia d'arte. Non osservo i dipinti con sguardo tecnico, perché non saprei come fare. Credo che un dipinto debba essere un'opera bella, qualcosa che non vuoi mai smettere di guardare. L'eccesso di conoscenza spinge a trovare difetti e contamina la gioia pura.»

«Ma tu sai un sacco di cose!» osservò Leah, tenendogli la mano mentre uscivano dal museo.

«Sì, ma non sono un esperto.»

«Devi continuare a dipingere.»

Brett fece una smorfia. «Forse. Dai, possiamo parlarne davanti a caviale e blinis alla Russian Tea Room. Mio padre dice che è una tappa obbligata e possiamo andarci a piedi da qui.»

Un quarto d'ora dopo erano seduti su una comoda panca di velluto rosso a sorseggiare un tè. Leah studiò con diffidenza le piccole tartine farcite di caviale rosso e nero.

«Mmm. Che meraviglia. Provane una, Leah.»

«Va bene. Ma ti avviso, sono più una da fish and chips...»

Brett rise mentre lei assaggiava i blinis. Doveva dargli ragione: il gusto era insolito, ma le piaceva.

«Solamente perché lavori per tuo padre non significa che devi smettere di dipingere. Hai davvero molto talento.» Leah era determinata a non lasciar cadere l'argomento. La passione di Brett per l'arte non doveva andare sprecata.

«Come fai a sapere che ho talento?»

«Ti ho osservato mentre mi facevi il ritratto nella brughiera. Era un'attitudine del tutto naturale. Se avessi un talento come il tuo...» Leah scosse la testa. «Ma non ce l'ho. Non ho nessun talento.»

«Ma che stai dicendo? Sei una delle modelle di maggior successo al mondo! Non si può diventarlo senza talento» la rimproverò Brett, con la bocca piena del suo quarto blini.

Leah sospirò. «Sì, invece. È soltanto che ho un bel viso e un bel corpo e i vestiti mi stanno bene. Non è qualcosa che ho dentro. Non ho un dono naturale per le arti o un cervello geniale che possa fare del bene all'umanità.»

Brett la guardò e pensò che riusciva sempre a sorprenderlo. Quando l'aveva conosciuta, quell'estate nello Yorkshire, anche lui si era innamorato del suo aspetto e della sua natura dolce e gentile.

Man mano che si avvicinava a lei, però, si rendeva conto che c'era molto altro da scoprire.

«Viviamo in un mondo immediato, Leah. E la cosa più immediata di te è la tua bellezza. Non devi sminuirla, perché fa parte di te e ti ha portata al successo. E, immagino, anche a dei bei guadagni.»

Lei annuì. «Lo so, Brett.» Fece una pausa e sospirò. «Ma a volte, quando rimango nella stessa posizione per un'ora, guardo tutte le persone intorno a me che armeggiano con le luci, con l'obiettivo della macchina fotografica, con le ciocche di capelli fuori posto. Come se fosse una cosa importantissima. Voglio dire, è una foto. Difficilmente cambierà il mondo, no? Mi sembra tutto così falso e futile... E poi ci sono io, che mi ritrovo con un mucchio di soldi senza fare nulla, quando c'è gente con un vero talento che fatica a guadagnarsi da vivere, come il graffitaro che ha dipinto quel drago sul treno, o i giovani attori che lavorano qui come camerieri.»

Brett le prese la mano. «Capisco perfettamente quello che dici. Ma forse c'è un modo per riconciliarti con ciò che fai.»

«E quale sarebbe, Brett?»

«Sei in una posizione privilegiata. Sei famosa, la gente riconosce il tuo viso. Al momento sei ambasciatrice di un'azienda di cosmetici, ma in futuro potresti usare i tuoi soldi e la tua fama per scopi diversi e migliori. Se vuoi fare del bene nel mondo, sei nella posizione ideale per riuscirci.»

Leah soppesò quelle parole e la sua espressione si distese. «Hai ragione. In futuro potrò fare qualcosa di buono. Non ci avevo mai pensato. Grazie.»

«Per cosa?»

«Mi hai dato un motivo per alzarmi alle sei del mattino e stamparmi un sorriso professionale in faccia per il resto della giornata.»

Lui le strinse la mano. «Ricorda, ci sono persone reali intorno a te. Ed è meraviglioso sapere che il clamore e il glamour in cui vivi non ti hanno cambiata. Sei rimasta te stessa. Ed è uno dei motivi per cui ti amo così tanto.»

Di ritorno all'appartamento di Leah, i due furono accolti da una radiosa Jenny, appena rientrata dalla sua settimana a Palm Springs.

«Leah, tesoro, mi sei mancata!» Jenny le gettò le braccia al collo poi fece un passo indietro. «Come mi trovi?»

«Meravigliosa. Non è vero, Brett?»

«Verissimo.» Lui sorrise.

«Vieni a sederti, così ti racconto. Ho preparato una tisana, ne volete una tazza?»

Leah ridacchiò e Jenny le diede un pugno scherzoso.

«Sì, lo so, è strano che la tua migliore amica abbia iniziato a bere infusi alle erbe, ma ti giuro, Leah, mi sono convertita!» Jenny andò in cucina, versò del liquido giallo in tre tazze e le portò in salotto.

«Ecco qua. Provatela. Fa molto bene.»

Leah si portò la tazza alle labbra e fu subito colpita dall'odore familiare, legato a un ricordo così vivido che per un momento si ritrovò, undicenne e terrorizzata, nella cucina di Megan.

Sbatté la tazza sul tavolino, come per rompere l'incantesimo. Il liquido giallo si rovesciò e formò una piccola pozza.

«Tutto bene, Leah?» Brett osservava preoccupato il suo viso pallido.

«Non è così male, dai.» Jenny ridacchiò. «Comunque, devo raccontarti del centro. Devi andarci anche tu. È stato fantastico, mi sento una donna nuova. Hanno elaborato una dieta pensata per me e mi hanno mostrato gli esercizi che devo fare per mantenere il peso, e non ho bevuto né fumato una sigaretta da quando ho lasciato New York. Mi sento benissimo!»

Leah era orgogliosa di lei. In effetti sembrava rinata e il corpo era tornato più tonico. I capelli biondi le ricadevano in onde lucenti sulle spalle, la sua pelle sembrava sana e, cosa più importante, gli occhi brillavano del loro antico entusiasmo.

«Sono felice, Jenny. Ora devi soltanto continuare così.»

«Lo farò, Leah. Devo farlo, no?»

12

Il telefono squillò alle nove in punto.

Miranda sollevò il ricevitore con il cuore che batteva forte. «Pronto.»

«Sei da sola?»

Glielo chiedeva ogni giorno.

«Sì.»

«Bene. Ti sono mancato?»

Strinse i denti. «Tantissimo.»

«Anche tu. Ora mi sto toccando pensando a te. E tu?»

Miranda si guardò la mano, stretta saldamente intorno a un calice colmo di vino rosso d'annata.

«Anch'io.»

«Non ti credo.»

«Te lo giuro.» Miranda cercò di non lasciar trasparire la repulsione.

«Mmm, che bello. Piace anche a te?»

«Oh, è meraviglioso» rispose lei con voce piatta.

«Venerdì manderò il mio jet a Londra a prenderti.» Il tono di Santos era cambiato completamente rispetto a pochi secondi prima. «Roger ti aspetterà fuori casa alle quattro e all'arrivo troverai una limousine.»

«Dove andiamo?»

«In barca. Non vedo l'ora di vederti, sarà un bellissimo fine settimana. Buonanotte.»

Miranda riagganciò lentamente. Era arrivata a temere l'arrivo delle nove e, man mano che l'orario si avvicinava, beveva del vino per prepararsi alla chiamata.

Nelle prime due settimane Santos era stato molto dolce, poi il suo atteggiamento era cambiato. Aveva cominciato a pretendere che gli dicesse cose sconce al telefono. All'inizio Miranda aveva cercato di opporsi, ma lui le aveva urlato contro. Quando si arrabbiava faceva davvero paura, perciò lo accontentava.

Si passò una mano tra i folti capelli biondi. Non poteva più vivere così. Le cose non erano andate come aveva sperato. Nelle ultime sei settimane aveva vissuto da principessa, consumando pasti sontuosi e indossando abiti eleganti e costosi. Veniva portata in giro da una Rolls-Royce e trascorreva i pomeriggi da Harrods ad arricchire il suo guardaroba o ad acquistare splendidi vestitini che mandava a Chloe nello Yorkshire.

Ma si sentiva sola. Non vedeva mai nessuno a parte Maria, la severa governante tedesca, e Roger, il vecchio autista londinese che insisteva per seguirla ovunque gli chiedesse di portarla. Per disperazione aveva provato a scambiare due parole con loro, ma Maria non parlava quasi l'inglese e Roger rispondeva a monosillabi.

Di recente aveva iniziato a sognare Chloe. L'incubo era sempre lo stesso. Ed era terrificante.

Sua figlia correva attraverso la brughiera, inseguita da una figura oscura. «Mamma, mamma! Dove sei? Aiutami!» la chiamava piangendo, ma quando lei allungava le braccia per prenderla, Chloe non la vedeva e continuava a correre. Poi le sue urla si univano a quelle della bambina quando la figura minacciosa raggiungeva Chloe e lei restava a guardare, impotente.

In genere si svegliava tra i singhiozzi, sudata e tremante. Poi si alzava e camminava su e giù per l'appartamento fino all'alba, pietrificata dall'orrore, rimproverandosi per come aveva trattato la figlia da quando era nata: non le aveva mai dimostrato l'amore e l'affetto che meritava; quelli Chloe li aveva ricevuti da altre persone, come Rose o la signora Thompson. Adesso Miranda voleva sistemare le cose. Voleva svegliarsi la mattina nella sua bella camera nello Yorkshire, coccolare Chloe e sentire i chiurli cinguettare nella brughiera.

Quella sera la nostalgia di casa era insopportabile.

Miranda era spaventata. Voleva scappare, ma sapeva di essere in trappola.

Rimase seduta per il resto della serata, tracannando gin e sprofondando lentamente nell'oblio.

Il mattino dopo, quando suonò il campanello, era ancora sul divano. Con le tempie che pulsavano, si avvicinò barcollante all'interfono.

«Sì?»

«Sono Ian.»

«Okay.» Premette il pulsante e un paio di minuti dopo l'uomo comparve sulla soglia, con un'espressione preoccupata.

«Buongiorno, Miranda. Accidenti, ti senti bene?»

La sua premura la fece scoppiare in lacrime. Ian la accompagnò al divano, la fece sedere e attese finché non smise di piangere. Poi andò in cucina e le preparò una tazza di caffè forte. «Bevi questo e cerca di calmarti.»

Rimase seduto in silenzio a osservarla. Per qualche motivo Miranda trovava confortante la sua presenza. Con gli occhiali e il viso gentile, Ian non era il tipo di uomo che appena due mesi prima avrebbe degnato di uno sguardo. Ma ora le dava quel tocco di normalità e affidabilità che mancava nella sua strana vita.

«Bene, ora indossa il tuo vestito migliore. Ti porto fuori a pranzo.»

Miranda annuì e si spostò in camera da letto per fare una doccia e cambiarsi.

«Ecco, sei tornata bellissima» disse lui gentilmente. Poi le offrì il braccio. «Andiamo.»

Scesero le scale e lei fu sorpresa e felice di vedere Ian aprire la portiera di una Range Rover nuova di zecca.

«Non temere, hai il permesso di venire con me. Sono un dipendente fidato, e ho pensato che preferissi andare con la mia macchina.»

Miranda salì a bordo, grata di potersi allontanare dall'appartamento e dagli occhi indiscreti di Roger e Maria.

Ian attraversò Londra in silenzio e parcheggiò in un vicolo acciottolato poco lontano da Kensington High Street.

«Conosco un ottimo bistrot da queste parti. Pensavo che potremmo mangiare qualcosa e fare due chiacchiere.»

All'interno del ristorantino, scelsero un tavolo d'angolo e Ian ordinò una bottiglia di vino.

«Ti farà sentire meglio. Come dico sempre, se non puoi migliorare le cose, peggiorale.» Rise.

Anche Miranda, per la prima volta da settimane, riuscì a ridacchiare.

«Ti ho portata qui perché Roger mi ha chiamato per raccontarmi cos'è successo ieri sera e volevo parlarti.» La faccia di Ian era seria. «Non so quanto tu sappia del signor Santos.»

Miranda si strinse nelle spalle. «Quasi niente.»

«Non c'è da stupirsi. Al di fuori del mondo degli affari mantiene un basso profilo. Potrebbe andare ovunque nel mondo e non essere riconosciuto. La sua cerchia di amici, ne hai incontrati alcuni a bordo dello yacht, è ristretta ed elitaria. La maggior parte lavora per lui da tempo e lui si fida di loro. Non socializza mai al di fuori di quel gruppo ed è raro incontrarlo nei nightclub di Londra. Tuttavia stava cercando una nuova, ehm, amica. E ha scelto te.»

Una preda. Braccata, catturata, come una mosca indifesa attirata nella tela di un ragno, pensò Miranda.

«Tratta sempre così le sue... amiche? Come prigioniere?»

Ian la guardò con occhi dolci e sospirò. «Miranda, lavoro per Santos da più di dieci anni, da quando ho lasciato la scuola. Mi ha dato un lavoro quando ero disperato. È stato un capo generoso e io sono stato un dipendente leale. Ora per qualche minuto metterò da parte la mia lealtà perché non penso che tu ti renda conto del pasticcio in cui ti sei cacciata. Di solito le ragazze che sceglie sono professioniste: ragazze dure, con il pelo sullo stomaco, pronte a fare qualsiasi cosa per una pelliccia e una vita di lusso. Tu non sei così, vero?»

Miranda scosse il capo. «Credevo di sì. Cioè, anch'io volevo tutte quelle cose, ma non così.»

«Bene, devo dirti che ti sei infilata in una brutta situazione. Nonostante l'anonimato, Santos controlla uno degli imperi economici più grandi del mondo. Ha le mani in pasta dappertutto, anche se quasi sempre utilizza un prestanome per condurre le trattative e l'altra parte non è a conoscenza del fatto che Santos possiede la società. In questo modo è riuscito ad accumulare soldi e potere in tutto il mondo, senza che nessuno se ne accorgesse.»

«Perché lo fa?»

Ian scosse la testa. «Non ne ho idea, ma è sempre stato così. Per esempio, nella società per cui lavoro a Londra, soltanto io e un altro direttore riportiamo a lui. Gli altri non conoscono il vero proprietario. Strano, lo so, ma Santos è un uomo strano.»

«Verissimo» sussurrò Miranda. «Quindi sono la sua unica amante?» Detestava quella parola, ma sapeva che era la sola descrizione appropriata.

«Non posso dirlo con certezza, ma credo di sì. Santos è sposato. Sua moglie è tedesca. L'ho incontrata solo una volta. Ascoltami, non fare nulla che possa irritarlo. È pericoloso quando è arrabbiato» aggiunse Ian a bassa voce.

Miranda ebbe un brivido di paura. «Cosa intendi?»

«Non posso dire altro, ma non voglio che tu o tua figlia soffriate.» Si era lasciato sfuggire più di quanto desiderasse e se ne pentì subito alla vista del volto inorridito di Miranda.

«Come fai a sapere di Chloe?» chiese lei, cercando di controllarsi.

«Tutti quei vestiti per bambini che hai comprato, e poi le telefonate che ha origliato Maria... È per questo che lei e Roger vengono pagati così tanto. Hanno fatto due più due molto in fretta. Per fortuna sono venuti a dirlo a me e non a lui. È importante che Santos non sappia mai di tua figlia. È una leva che sarebbe pronto a usare, se necessario. Quindi niente più telefonate e niente lettere. Devi interrompere ogni contatto, per il bene di entrambe.»

Miranda fece qualche respiro profondo per cercare di calmarsi, ma aveva sempre più paura. «Non capisco perché, Ian. Perché mi tiene prigioniera? Perché paga le persone per spiarmi? Perché non posso parlare con Chloe?» I suoi occhi si riempirono di lacrime. Era peggio di un incubo.

Ian sembrava nervoso. «Finirei in guai terribili se Santos venisse a sapere quello che ti ho appena detto. Ti ha comprata e ora ti possiede. È così che fa con tutte le sue donne. Se sarai buona con lui e farai tutto quello che dice, andrà tutto bene. Altrimenti...»

La minaccia rimase sospesa nell'aria.

Miranda si fece forza. «Me ne andrò. Vado a King's Cross e prendo un treno per tornare a Leeds. Cosa può succedere?»

Ian sembrava cupo. «Verrai fermata.»

«Da te?»

Lui si spostò sulla sedia, a disagio. «Più probabilmente da Roger. Come sai, è meno comprensivo. E se lo riferisse al signor Santos... Mi preoccuperei per la tua famiglia.»

Miranda continuava a scuotere il capo, incredula. «Non puoi aiutarmi? Non c'è niente che puoi fare?»

Ian abbassò lo sguardo. «I miei genitori sono anziani, ho bisogno dei soldi che guadagno.»

«E la polizia?» chiese disperata.

«Santos ha corrotto metà degli agenti, per non parlare dei funzionari del governo.» Miranda si prese la testa tra le mani. «Mi dispiace, non volevo spaventarti. È terribile che tu sia coinvolta in tutto questo, ma dovevo avvisarti. Farò il possibile per starti vicino, lo prometto.» Seguì una pausa imbarazzata. «Ora, vogliamo ordinare?»

Ian cercò di alleggerire l'atmosfera per il resto del pranzo, facendo battute e raccontando storielle stupide. Miranda lo ascoltava a malapena. Mangiò senza entusiasmo e fu contenta quando lui chiese il conto.

Durante il viaggio di ritorno guardò in silenzio fuori dal finestrino.

«Non posso entrare, devo tornare al lavoro. Starai bene?»

«Sì» rispose lei con voce piatta.

«Venerdì partirai per unirti al signor Santos per il fine settimana, credo.»

«Sì.»

«Mi raccomando, sii gentile con lui. Probabilmente ti divertirai. Verrò a trovarti quando torni. Abbi cura di te, Miranda.»

«Grazie per il pranzo.»

Ian la guardò dirigersi alla porta del palazzo e sparire all'interno.

«Povera ragazza» sussurrò, avviando il motore e accelerando lungo l'elegante viale alberato.

13

«Buongiorno, Leah! Sei raggiante, cara. Che bello rivederti!» Carlo l'aveva accolta come un ragazzino eccitato, cercandole subito una sedia nello showroom affollato e ordinando a uno dei suoi assistenti di portarle una tazza di caffè.

Leah si guardò intorno e sorrise. Non poté fare a meno di ricordare la mattina in cui Maria Malgasa era all'apice del successo e Carlo l'aveva trattata come una regina. Si guardò alle spalle e notò qualche ragazza nuova e più giovane. Si erano sedute in fondo, come aveva fatto lei anni prima. La fissavano con palese soggezione e lei rivolse loro un sorriso amichevole.

Le sfilate erano un'occasione per mettersi al passo con il mondo della moda. Dopo il primo anno Leah si era sempre divertita molto. Naturalmente ormai era la star della collezione haute couture di settembre, non solo del prêt-à-porter di ottobre, e i fotografi erano ansiosi di immortalare lei tanto quanto lo erano di scoprire le nuove creazioni di Carlo.

Ma quell'anno, mentre ascoltava Giulio leggere l'elenco di uscita, non provò il consueto brivido di eccitazione. Forse era il jet lag, o più probabilmente la tristezza al pensiero di non vedere Brett per una settimana. A ciò si aggiungeva il fatto di dover affrontare le soffocanti attenzioni di Carlo, ora che si era abituata alla vita senza di lui.

E poi non c'era Jenny. Nessuno degli stilisti aveva voluto farla sfilare. Madelaine aveva assicurato loro che si era rimessa in carreggiata, ma non le avevano creduto. Leah aveva persino chiamato Carlo per implorarlo di dare una possibilità all'amica, ma non aveva funzionato.

«Mi dispiace, tesoro, ma la risposta è no. È finita, ha chiuso.»

Leah gli aveva assicurato che Jenny era pulita: aveva smesso di bere e di prendere droghe e stava benissimo. Ma l'annullamento del contratto con l'azienda di cosmetici non aveva aiutato la causa. Quanto a Jenny, quando Madelaine l'aveva chiamata per informarla, aveva accolto la notizia con relativa freddezza. «Peggio per loro. Ci saranno altri contratti.» E aveva fatto spallucce.

A Leah si era stretto il cuore quando l'amica l'aveva aiutata a fare le valigie per Milano, ma era grata che la storia d'amore con il suo principe sembrasse andare bene. Ranu l'avrebbe portata in vacanza per qualche giorno e Leah era certa che fosse l'unico motivo per cui Jenny non era andata in crisi. Le veniva da piangere a pensare all'impegno che aveva messo nel suo percorso di riabilitazione. Eppure nessuno voleva darle un'altra possibilità.

«Va bene, signore. Mettiamoci al lavoro» disse Giulio.

La collezione fu un enorme successo, quell'anno Carlo si era superato. Alla fine della sfilata i fotografi si raggrupparono attorno a Leah e, come sempre, lui insistette per abbracciarla e baciarla sulla guancia. Lei provò a divincolarsi, ma era troppo tardi.

«La storia d'amore tra voi due va avanti, signorina Thompson?» gridò un giornalista di gossip sopra la folla.

Leah si voltò.

«Signori, basta così. Come sapete, Leah è molto riservata. E ora siamo entrambi stanchi» disse Carlo.

«E il giovane con cui è stata vista a cena da Sardi?»

Leah sospirò. Qualcuno aveva sorpreso lei e Brett mentre lasciavano il ristorante a braccetto, aveva scattato una foto e l'aveva pubblicata su tutti i tabloid americani. *La modella e il figlio del miliardario* recitavano i titoli dei giornali. Non pensava che la foto sarebbe arrivata anche in Italia.

Carlo la guardò in modo strano, poi rispose per lei: «La signorina Thompson non può uscire con un socio in affari quando è sola in una nuova città? D'accordo, signori. Ora basta. Scusate».

E con quelle parole sottrasse Leah dalle grinfie dei fotografi.

«Perdonami, devo vedere delle persone, ma poi vorrei invitarti a cena.»

Carlo si allontanò a grandi passi e Leah capì di aver ricevuto un ordine, non un invito.

Mezz'ora dopo passò a prenderla con la sua Lamborghini rossa. Attraversarono in silenzio le strade di Milano e in breve sbucarono in aperta campagna.

«Dove stiamo andando, Carlo?»

«Te l'ho detto, ti porto a cena.»

Dopo essersi fidata ciecamente di lui per anni, Leah aveva capito che qualcosa era cambiato la sera del suo ventunesimo compleanno. E il suo senso di disagio cresceva man mano che si allontanavano dalla città.

Carlo svoltò a sinistra, oltrepassò un grande cancello in ferro battuto e imboccò un ampio viale. Parcheggiò l'auto davanti a una villa illuminata, simile a un castello delle favole.

«Benvenuta a casa mia» annunciò lui.

Leah non poté fare a meno di trattenere il respiro. Carlo le prometteva sempre che le avrebbe mostrato la sua villa, ma tutte le volte che era stata a Milano c'era troppo da fare e non si era mai presentata l'occasione.

Scese dalla macchina e lo seguì su per gli ampi gradini fino al portone, che fu aperto da un maggiordomo.

«Buonasera, Antonio.»

«Buonasera, signore.»

«È tutto pronto?»

«Sì, signore. Mi segua.»

Leah seguì Carlo e il maggiordomo attraverso una serie di stanze eleganti, ognuna all'apparenza più grandiosa della precedente. Gli alti soffitti erano dipinti in tonalità pastello e raffiguravano scene religiose, mentre i mobili sembravano di un valore inestimabile. A Leah ricordava più un museo che una casa, e pensò che Brett avrebbe apprezzato le opere d'arte che tappezzavano le pareti.

In fondo a un lungo corridoio dal pavimento di marmo illuminato da lampadari, Antonio aprì le doppie porte e li condusse in un salone.

Leah trasalì. Il soffitto era a una quindicina di metri sopra la sua testa. E la stanza era così grande che riusciva a malapena a vedere l'altra estremità.

«La sala da ballo» spiegò Carlo, offrendole il braccio. «Vieni. Mangiamo.»

Il salone era completamente vuoto, fatta eccezione per un tavolo accanto alle grandi portefinestre che si aprivano su una terrazza.

Carlo la accompagnò alla tavola apparecchiata per la cena.

Mentre si sedevano, un cameriere apparve dal nulla e aprì la bottiglia di champagne infilata in un secchiello per il ghiaccio. Lo versò in due calici, poi si spostò sul terrazzo e schioccò le dita. Le note dolci di un pezzo di musica classica riempirono l'aria e Leah vide un quartetto d'archi suonare all'esterno.

Carlo sorrise della sua espressione stupita. «Ti avevo detto che ti avrei portata a cena. È bellissimo qui, vero?»

Leah annuì. «Sì. È un posto da favola.»

Il sorriso di Carlo si allargò. «Sono contento che ti piaccia. Vieni. Facciamo un brindisi. So che non ti piace bere, ma un bicchiere non può farti male.»

Alzò il calice e Leah, con riluttanza, sollevò il suo.

«A noi.»

«A noi» mormorò lei.

La cena che seguì fu la più sontuosa della vita di Leah. Antipasti, risotto allo zafferano con ossobuco e zabaione come dessert.

Alzò le mani in segno di resa quando il cameriere portò un vassoio con una selezione di formaggi e lo posò sul tavolo.

«No, ti prego, Carlo, non ce la faccio. Sto per scoppiare. Era tutto delizioso. Mi sorprende che tu abbia voglia di cenare fuori quando puoi mangiare così a casa.»

«Sì, Isabella è una cuoca eccezionale, fa parte della famiglia da anni. Ora penso che sia ora di ballare.»

Il cameriere spostò all'indietro la sedia di Leah e lei si alzò. Carlo la condusse sulla terrazza e le fece un inchino.

«Posso avere l'onore?»

Leah annuì e lui la abbracciò. Ballarono lentamente al ritmo della musica e lei si sentì quasi in soggezione per tanta bellezza. Ma avrebbe voluto che fossero le braccia di Brett a stringerla, non quelle di Carlo.

«Cara, stasera sei più bella che mai. Diventi ogni anno più affascinante. Vieni, ho una cosa da mostrarti.»

Carlo smise di ballare e la accompagnò in un'altra stanza,

più piccola e accogliente rispetto al salone da ballo. Chiuse la porta.

«Siediti vicino al fuoco. L'aria autunnale è un po' fredda.»

Leah si accomodò su una morbida poltrona di velluto rosso e lui le si sedette di fronte.

«Vuoi un brandy, cara?»

Leah scosse il capo e lo guardò alzarsi e avvicinarsi a un mobiletto con intarsi dorati che conteneva una collezione di pesanti bottiglie di cristallo. Notò che era insolitamente nervoso. Si versò un primo bicchiere di brandy che tracannò in un unico sorso, poi ne prese un altro e lo portò alla sedia accanto al fuoco.

Carlo fissò i ceppi che bruciavano rigirandosi il bicchiere tra le mani.

«Probabilmente ti starai chiedendo perché ti ho invitata qui stasera. Le ultime sei settimane senza di te sono state insopportabili. La distanza ha confermato quello che sapevo da sempre. Ti amo, Leah. Voglio che diventi mia moglie.»

Estrasse dalla tasca della giacca una scatolina di velluto nero e la aprì, rivelando un anello di diamanti. Si inginocchiò davanti a lei.

«È quello che il mondo della moda si aspetta. Siamo fatti per stare insieme. Vivrai qui con me, nello splendore che la tua bellezza merita, e un giorno mi darai dei bambini belli come te.» Carlo le prese la mano e le infilò l'anello al dito.

«Dimmi di sì, cara, e farò di te la donna più felice di tutto il mondo.»

Leah guardò l'anello. All'improvviso si rese conto dell'assurdità della serata e le venne voglia di ridere.

Era tutto così perfetto. Il bel giovane principe che fa la proposta di matrimonio alla sua dama nello splendore opulento del suo palazzo. Una fiaba. L'unico problema era che lei amava un altro uomo.

Leah fece un respiro profondo, scosse la testa e si tolse l'anello dal dito. Lo porse a Carlo.

«No, Carlo. Non posso sposarti.»

Lui la guardò come se l'avesse schiaffeggiato. «Perché no?» Il suo stupore era sincero, evidentemente non aveva mai contemplato la possibilità che lei potesse rifiutare.

«Perché sono innamorata di un altro.»

Lo stupore si trasformò in orrore. «Di chi?»

«Il ragazzo con cui mi hai visto in foto. Si chiama Brett Cooper e lo conosco da quando avevo quindici anni.»

«Mi stai dicendo che hai avuto una relazione per tutti questi anni, mentre io aspettavo pazientemente e mi prendevo cura di te senza mai toccarti?» La sua voce tremava di rabbia.

Leah scosse la testa. «No, Carlo. L'ho rincontrato il giorno del mio ventunesimo compleanno. Anche lui si è trasferito a New York e ci siamo visti lì.»

Lui si alzò e iniziò a camminare avanti e indietro.

«Un momento! Quindi è solo una cotta. Un ragazzino che ti ha tenuto compagnia mentre eri da sola a New York. Lo dimenticherai, Leah. Non può offrirti quello che posso darti io, quello che meriti. Una bella casa, un titolo. Non buttare tutto via. Siamo fatti per stare insieme.»

«In realtà il padre di Brett è uno degli uomini più ricchi del mondo. Non che i soldi contino» aggiunse. «Ne ho abbastanza. E lui mi piacerebbe anche se non avesse un centesimo.»

«È così che mi ringrazi per tutto quello che ho fatto per te? Ti ho reso quella che sei, e tu mi ripaghi scopandoti un ragazzino che puzza ancora di latte?»

Leah si alzò. «Ti sono molto grata per quello che hai fatto

per me, Carlo. Sei stato meraviglioso e ti considero uno dei miei amici più cari. Ma ora è meglio che vada.» Si avviò con calma verso la porta.

«Per tutto questo tempo hai finto di essere la Vergine Maria e ora vedi altri uomini? Ma non importa!» Carlo la guardò con un lampo di trionfo nello sguardo. «È troppo tardi. Nel pomeriggio ho informato la stampa del nostro fidanzamento e del matrimonio imminente.»

Leah si fermò di colpo. «Che cosa hai fatto?»

Lui non rispose, si limitò a sorridere.

«Come hai osato dire una cosa del genere senza il mio permesso? Chi ti credi di essere?»

«L'uomo che ti ha trasformata da una goffa ragazzina nella star che sei adesso.»

«Jenny aveva ragione. Mi ha detto che sei convinto che il mio successo sia opera tua. Ma non sono di tua proprietà, Carlo, non sono di proprietà di nessuno. Faresti meglio a chiamare la stampa e dire che c'è stato un errore, altrimenti lo farò io.»

«Non posso. Domani mattina la notizia sarà sui giornali di tutto il mondo. Cara, ti prego. Non litighiamo. Mi ami, lo so. Dimenticherai questo ragazzo.» Carlo fece per abbracciarla, ma lei si allontanò, tremando di rabbia.

«Non toccarmi, Carlo!»

Lui la seguì e la strinse a forza.

«Penso che tu mi debba almeno un bacio.» Premette le labbra sulle sue, cercando di aprirle la bocca.

«Smettila! Smettila!» Leah si divincolò, ansimando. «Non voglio vederti mai più. Il nostro contratto è scaduto alla fine della sfilata e non ne firmerò un altro. Ora chiama il tuo autista e fammi riportare immediatamente a Milano.»

L'espressione di Carlo cambiò e la sua voce si addolcì. «Non dici sul serio, vero? Forse sono stato un po' frettoloso a dirlo alla stampa prima di parlare con te...»

«Carlo, per l'ultima volta, non ti amo, non voglio sposarti e quello che hai fatto è spregevole. Chiama immediatamente l'autista! Altrimenti sarò io a chiamare la stampa.»

«Va bene, va bene.» Lui suonò un campanello. «Ne riparliamo domani, quando ti sarai calmata.»

Apparve il maggiordomo e Carlo gli disse qualcosa in italiano.

«La macchina è fuori.»

«Addio, Carlo. Spero per il tuo bene che il danno che hai fatto possa essere riparato.»

Leah lasciò la stanza e seguì il maggiordomo lungo il corridoio, furibonda.

Nel viaggio di ritorno a Milano cercò di dare un senso a ciò che Carlo aveva fatto. Se diceva la verità, era troppo tardi per intervenire. La storia sarebbe finita sui giornali l'indomani mattina.

Brett.

Si morse il labbro. Sapeva che era già insicuro e geloso del suo rapporto con Carlo.

Lo chiamò in ufficio non appena rientrò nella sua stanza. Pat le disse che era appena uscito. Provò all'appartamento, ma trovò la segreteria telefonica, così lasciò un messaggio per chiedergli di chiamarla in albergo.

Doveva cercare di spiegargli tutto prima che vedesse i giornali.

Cercò di convincersi che lui avrebbe capito, ma, con l'avvicinarsi del mattino, aumentarono anche i dubbi che la tormentavano.

14

Carlo Porselli, lo stilista italiano che ha stregato le passerelle milanesi questa settimana, ha annunciato ieri il fidanzamento con la sua musa e top model, Leah Thompson. La notizia non giunge inaspettata; i due innamorati sono inseparabili da quattro anni.
Ieri sera la signorina Thompson ha trascorso una serata romantica con Carlo nella sua villa sulle rive del Lago di Como per celebrare l'imminente matrimonio. È stata vista tornare nella sua suite all'hotel Principe di Savoia all'alba.
Oggi Thompson rientrerà a New York per proseguire gli impegni con Chaval Cosmetics, ma Carlo ci ha assicurato che tornerà a vivere a Milano non appena scadrà il suo contratto. Congratulazioni a entrambi!

Leah studiò la fotografia di Carlo che la baciava fuori dallo showroom e sospirò. Mentre il taxi che la portava a casa dall'aeroporto Kennedy sfrecciava per le strade, lesse altri quattro articoli su diversi giornali. Erano quasi tutti identici, parola per parola.

«Oddio...» Si grattò la fronte, sapendo che non c'era speranza che Brett non fosse informato. Si chiese se avrebbe dovuto chiamare il suo avvocato e fare causa, ma a che scopo? I giornali avevano tutto il diritto di pubblicare ciò che Carlo aveva detto. Più che altro avrebbe dovuto fare causa a lui. Arrivò all'ingresso dell'appartamento con la testa che girava.

«Oh, no.» Le sfuggì un gemito quando vide i paparazzi circondare il suo taxi.

«Avete già fissato una data, Leah?»

«Congratulazioni, signorina Thompson!»

«E Brett Cooper, il ragazzo che ti accompagna da quando sei arrivata a New York?»

«No comment, no comment.» Leah si fece strada tra la folla di giornalisti e fotografi. Aveva bisogno di riprendersi prima di rilasciare una dichiarazione, e Madelaine aveva sempre dato istruzioni alle sue ragazze di non parlare direttamente con la stampa. La prima cosa che voleva fare era chiamare Brett.

L'appartamento era silenzioso. Leah gettò la valigia in camera da letto e attraversò il corridoio fino alla stanza di Jenny.

La porta era chiusa. Bussò. «Jenny, Jenny! Sono tornata! Ho bisogno di parlarti.» Non ci fu risposta. Leah spalancò la porta. La stanza era buia, ma distingueva una sagoma addormentata nel letto.

«Jenny, svegliati. C'è un'orda di giornalisti al piano di sotto e...» Si avvicinò al letto. Jenny dormiva profondamente. «Jenny, svegliati.» La scosse delicatamente. Ancora nessuna risposta.

Scostò le tende e la luce illuminò il viso pallido e immobile dell'amica. Solo in quel momento Leah notò la bottiglia di vodka e un flacone vuoto di pillole sul piumone.

«Jenny, svegliati!» gridò, scuotendola forte, in preda al panico. «Oddio.»

Leah afferrò il telefono sul comodino e compose il numero delle emergenze.

«Pronto. Mi serve un'ambulanza, per favore. Sì.» Scandì l'indirizzo. «Penso che possa essere un'overdose di pillole. Sbrigatevi, per favore. Non riesco a svegliarla... Cosa? No, non so da quanto tempo è così!»

Leah abbassò il ricevitore e prese il piumone. Lo gettò sul corpo inerte dell'amica e si sedette accanto a lei, stringendole la mano fredda.

«Jenny, ti prego, non puoi morire. Forza, sono qui.» Le lacrime le scendevano sul viso e ogni secondo sembrava protrarsi in eterno. Non poteva fare altro che stare seduta lì, impotente, e pregare che non fosse troppo tardi. Smise di pensare ai suoi problemi.

Alla fine sentì il ronzio dell'interfono.

Andò a rispondere e nel giro di un minuto i paramedici circondarono Jenny per controllare i suoi parametri vitali.

«Va bene, portiamola in ospedale.»

La issarono su una barella e Leah andò a chiamare l'ascensore.

«È...?»

Non riusciva a pronunciare la parola.

«È ancora viva, ma le condizioni sono critiche. È priva di sensi da ore.»

Alle porte del condominio, i paparazzi si avvicinarono di nuovo mentre i medici sistemavano Jenny sul retro dell'ambulanza e le applicavano una maschera per l'ossigeno.

«Chi è, signorina Thompson? Una sua amica?» Una giornalista si fece strada a gomitate fino alla prima fila.

«Viene con noi, signorina?» chiese il medico.

Leah annuì con gratitudine e salì in ambulanza.

Appena arrivarono al Lenox Hill Hospital, Jenny fu portata al pronto soccorso mentre lei rimase a passeggiare per la sala d'attesa deserta. I suoi occhi continuavano a riempirsi di lacrime quando pensava a quanto l'amica si era impegnata per rimettersi in sesto e a come nessuno fosse stato disposto a darle una seconda possibilità. Jenny stava morendo per colpa della pressione di dover essere perfetta.

Alla fine un medico emerse dalle porte a battente.

«Lei è l'amica di Jennifer Amory?»

Leah alzò lo sguardo, il viso cereo. «Sì» sussurrò.

«Bene, pensiamo che la signorina si riprenderà. È in terapia intensiva e ci resterà per i prossimi giorni, ma dovrebbe farcela.»

«Grazie a Dio» sussurrò Leah, mentre altre lacrime le salivano agli occhi. «È stata un'overdose?»

Il dottore alzò le mani. «Sì, non abbiamo ancora stabilito se sia stata volontaria o meno. Ma il medico che le ha prescritto le pillole dimagranti che le abbiamo appena tolto dallo stomaco dovrebbe essere radiato dall'albo. Mescolate con l'alcol possono essere letali. Dubito che la signorina Amory avesse mangiato qualcosa negli ultimi due giorni. Non abbiamo trovato traccia di cibo dentro di lei. Era a dieta, che lei sapesse?»

«Sì, ma non sapevo che il centro benessere le avesse prescritto delle pillole.»

«Centro benessere? È così che li chiamano ora?» Il dottore inarcò un sopracciglio. «Dirò alla signorina Amory di non sprecare soldi in posti simili, in futuro. Le pillole che prescrivono a volte non sono testate e non sono sicure. Non si può truccare il metabolismo come se fosse una macchina usata.»

«Posso vederla?»

Il dottore annuì. «Ha sonno ed è spaventata, il che è un buon segno. Venga con me.»

Leah lo seguì in una piccola stanza.

Jenny era sdraiata sul letto, con dei tubi che la collegavano a grandi monitor. Aveva gli occhi aperti e si illuminò quando vide Leah.

«Ciao.» La sua voce era roca e flebile.

Leah si chinò e le baciò la guancia fredda, poi si sedette sulla sedia accanto a lei. «I dottori dicono che starai bene.» Sorrise.

«Non volevo prenderne così tante. Ho... perso il conto.»

«Va bene, ma niente più pillole in futuro. Ora sai cosa possono farti...» disse Leah con dolcezza.

«Sì, ma ci tenevo a non ingrassare. Lunedì avevo un appuntamento importante e volevo apparire al meglio. Madelaine ha detto che era la mia ultima possibilità e...» Gli occhi le si riempirono di lacrime e Leah le prese la mano.

«Shhh, lunedì mattina chiamo Madelaine e sistemeremo tutto. Non preoccuparti di questo. Cerca soltanto di riposare, tornerò a trovarti il prima possibile.»

«No!» Jenny le afferrò la mano. «Non voglio che nessuno lo sappia. Per favore, promettimi che non dirai una parola.»

«Okay, lo prometto.»

Il dottore stava facendo cenno a Leah di avvicinarsi alla porta.

«Ora devo andare. Prova a dormire. Va tutto bene.»

Jenny riuscì a sorridere mentre l'amica la baciava un'altra volta e poi usciva con il dottore.

«Non torni a trovarla prima di domani. Ha bisogno di dormire.»

«Mi ha detto che non voleva prendere così tante pillole, quindi non credo che fosse intenzionale.»

Il dottore si strinse nelle spalle. «Chissà, a volte questi episodi sono un grido di aiuto. A ogni modo, prima di dimetterla, ci assicureremo che parli con la nostra terapeuta.»

Leah prese un taxi per tornare a casa, rabbrividendo nonostante il relativo tepore di fine settembre. Per fortuna i giornalisti erano andati via, ma le girava la testa per gli eventi delle ultime ventiquattr'ore. Entrò nell'appartamento silenzioso e si diresse a passi stanchi verso il soggiorno, dove intravide una sagoma familiare seduta sul divano.

«Ciao, Brett.»

Lui non si girò nemmeno a guardarla. «Sono entrato con la mia chiave, spero non ti dispiaccia. Ho pensato che date le circostanze fosse meglio restituirtela» biascicò, gelido. Era ubriaco.

Leah era esausta e l'ultima cosa che voleva era litigare.

«Ce ne hai messo di tempo per tornare. Sei uscita a festeggiare la buona notizia, eh?»

«In realtà ero in ospedale. Jenny ha... oh, non importa.» La sua amica le aveva fatto giurare di mantenere il segreto. Leah scosse la testa e andò a sedersi sulla poltrona di fronte a lui.

«Ho provato a chiamarti ieri sera...»

«Lo so. Ho ricevuto i tuoi messaggi. È stato gentile da parte tua provare ad avvisarmi in anticipo, oppure era per chiedermi di farti da testimone?»

«Brett, ascoltami, per favore. Dammi la possibilità di spiegare prima di saltare alle conclusioni.»

«Conclusioni! Cazzo, Leah! Tutta l'America sa che sei rientrata in albergo all'alba, dopo aver trascorso una piacevole serata da sola con Carlo. Lo neghi?»

«No, ma non è andata come dicono. Sì, ero con Carlo nella sua villa. Mi ha invitata a cena e non avevo capito cosa avesse in mente...»

«Ah, la dolce e ingenua piccola Leah, trascinata nella tana dal grande e cattivo Carlo. E come mai ci hai messo fino all'alba per scappare? Ti teneva prigioniera o non riuscivi a deciderti a lasciare il suo bel letto caldo?»

«Ora basta!» replicò lei, furente. «Non puoi venire a casa mia a parlarmi in questo modo. Hai già deciso che sono colpevole senza nemmeno avermi dato la possibilità di spiegare!» Brett rimase sbalordito dalla rabbia di lei. «Sì, Carlo mi ha fatto una proposta di matrimonio nella sua villa. Ero inorridita e disgustata. E ho rifiutato. Lui però aveva già detto alla stampa che avevo accettato. Gli articoli erano pronti per essere pubblicati. Non ho fatto niente di male. Assolutamente niente.»

Brett si alzò e vacillò leggermente. I suoi occhi faticavano a metterla a fuoco. «È una storiella molto comoda.»

«Sei ubriaco. Penso che faremmo meglio a parlarne quando avrai smaltito la sbornia.»

Brett fece un incerto passo avanti. «E tu non saresti ubriaca se la persona che ami ti avesse mentito, avesse passato una notte con un altro uomo e poi avesse annunciato al mondo il suo fidanzamento? Hai ottenuto quello che volevi. Ti sei vendicata per bene di ciò che ho fatto quando eravamo adolescenti. Spero che tu sia contenta.»

Leah lo guardò trascinarsi verso la porta. Era inutile cercare di spiegare. Era troppo ubriaco e arrabbiato per ascoltarla. Lo seguì in corridoio con gli occhi umidi di lacrime.

«Addio, Leah. È stato bello conoscerti. Spero che tu abbia tanti anni di felicità con quello stronzo.»

«Brett...» Leah gli prese il braccio. «Vai a casa e chiamami quando ti sarai calmato, per favore. E ricorda che io ti ho creduto e ti ho dato un'altra possibilità.»

Per un secondo vide un lampo di comprensione negli occhi di Brett, ma fu subito soffocato dall'orgoglio ferito e dalla rabbia. Scosse la testa, si voltò e barcollò lungo il corridoio fino all'ascensore.

Leah chiuse la porta, cadde in ginocchio e scoppiò in singhiozzi. Sapeva di averlo perso.

Alla fine andò in bagno e si fece una doccia. Sentendosi un

po' meglio, si sedette sul letto e chiamò l'ospedale. Le dissero che Jenny stava riposando. Posò il ricevitore e si infilò sotto le lenzuola.

Ma il sonno non arrivava. Era tutto così confuso. Carlo, Jenny, Brett... Leah guardò il soffitto e pensò a quante ragazze in tutto il mondo avrebbero dato qualsiasi cosa per essere lei. Bella, di successo, ricca. Ma erano tutte cose che avevano un prezzo. E lei non era sicura di essere disposta a continuare a pagarlo.

15

«Chi era?» chiese a bassa voce il patetico fagotto sul divano.

«Anthony Van Schiele. Vuole che domani tu vada a pranzo a casa sua a Southport. Manderà una macchina a mezzogiorno. Probabilmente è turbato per questa faccenda di Carlo e teme che rinunci al contratto per diventare una principessa. È meglio andare a rassicurarlo. Te la caverai?»

«Sì, non ti preoccupare.»

Leah attraversò la stanza e si sedette sul bordo del divano, ai piedi di Jenny. Con il viso pallido e le ossa sporgenti, somigliava a malapena alla ragazza che conosceva.

Erano trascorse due settimane da quando era stata dimessa dall'ospedale. La data aveva coinciso con la fine del lavoro di Leah per Chaval. Da quel momento aveva annullato tutti gli altri impegni e si era presa cura dell'amica notte e giorno. Ma non era riuscita a rilevare alcun miglioramento, e la cosa la preoccupava. In effetti, semmai, Jenny sembrava peggiorata. Aveva perso il suo spirito combattivo e ogni giorno si chiudeva sempre più in se stessa.

Il medico aveva avvertito Leah che dopo un'overdose era possibile avere una fase di depressione e che l'assenza di pillole dimagranti e alcol avrebbe avuto un effetto debilitante sulla stabilità emotiva di Jenny.

Dopo aver lottato anni per mantenere il peso sotto controllo, Jenny era caduta nell'estremo opposto. Doveva quasi costringerla a mangiare. Ormai era pelle e ossa. *Madelaine sarebbe contenta*, pensò amaramente Leah.

«Se ti preparo quella zuppa che ho comprato ieri, ne mangi un pochino?»

Jenny scosse la testa. «Non ho fame.»

«Qualcosina devi mangiarla, tesoro. Stai scomparendo.»

«Sono anni che tutti mi ripetono di dimagrire, e ora mi chiedono di mangiare!»

«Non riesci nemmeno ad alzarti in piedi, figuriamoci farti fotografare. Devi recuperare le forze, mettere su un po' di peso e poi potrai tornare in pista.»

«A che serve? So che cerchi di essere gentile, ma sai quanto me che la mia carriera è finita. Nessuno mi vuole più» disse tristemente Jenny.

Leah si morse il labbro. Dopo aver parlato con Madelaine, sapeva che l'amica aveva ragione.

«Va bene, e che mi dici di Ranu? Gli dispiacerebbe vederti così.»

«Non l'ho più sentito da quando siamo tornati dalle vacanze. Non sa niente di quello che è successo e preferirei che non lo sapesse. E comunque non gliene frega niente.»

«Non ci credo! Non avevi detto che ti sei divertita ad Aspen?»

«Sì, siamo stati bene, ma so che non mi ama. E poi vuole al suo fianco una sex symbol di successo, non una povera tossica come me.»

«Non dire così» replicò Leah, turbata.

«Perché non dovrei? È la verità.»

Leah sospirò. «Jenny. Devi tirarti fuori da questa situazione. Sei troppo giovane per arrenderti. Hai tutte le carte per avere una bella vita. Anche se non farai più la modella, c'è altro al mondo, cose che valgono molto di più.»

«Ho sempre avuto soltanto il mio viso e il mio corpo. Ho provato a distruggerli e non mi è rimasto più niente.»

«È una follia, Jenny! Sono i fotografi e gli stilisti a indurci a credere di non avere niente oltre al nostro corpo. E tu ci sei cascata con tutte le scarpe.» Leah rifletté attentamente sulle parole successive. «Sono molto delusa da te.»

«Mi dispiace, ma è così che mi sento.» Jenny scrollò le spalle.

Leah alzò le mani in segno di resa e si spostò nella camera da letto. Era un sabato mattina di ottobre e gli alberi sotto la sua finestra stavano assumendo tenui sfumature di giallo e oro.

Per qualche ragione la bellezza della scena le fece venire le lacrime agli occhi. Forse perché fare l'infermiera di Jenny le aveva dato una scusa per andare in letargo nelle ultime due settimane. Aveva bisogno di una pausa dalle macchine fotografiche e dalla stampa per fare il punto della situazione prima di tornare sotto i riflettori. Aveva discusso della situazione di Carlo con Madelaine, che si era dimostrata piuttosto allarmata quando lei aveva ventilato la possibilità di fargli causa.

«No, tesoro, non farlo. Ti rovina l'immagine.»

E anche quella della tua agenzia, non aveva potuto fare a meno di pensare Leah.

«Sii paziente, lascia che le acque si calmino. I giornali parleranno d'altro già la prossima settimana. Fra un paio di mesi ti metteranno in coppia con qualcuno altro.»

«Ma non è giusto che Carlo la passi liscia!»

«È vero, si è comportato male. Ma ti ha anche dato la tua grande occasione.»

«Perché continuano tutti a ripetermelo, Madelaine? Io non ho nessun merito, allora? In fondo è la *mia* maledetta faccia.»

Leah sapeva di non aver mai usato quel tono con la sua agente prima di allora.

«Sì, tesoro, ma Carlo è un uomo potente. E *sento* che la cosa giusta da fare è lasciar perdere. La storia si sgonfierà. Presto tutti quegli articoli finiranno nella carta straccia.»

«Non vuoi che gli faccia causa perché lui e i suoi amici smetteranno di usare le tue modelle.»

A quel punto c'era stata una pausa tesa. «Ti piace la tua vita, vero, Leah?»

«Che cosa?»

«L'appartamento di New York, lo status sociale, i soldi. È tutto perché ti presenti in luoghi glamour e ti fai fotografare. La gente ucciderebbe per il tuo lavoro.»

«Cosa vuoi dirmi, Madelaine?»

«Che se vuoi rimanere adorata dall'industria e dal pubblico, devi stringere i denti e andare avanti come sempre. Carlo sa di aver commesso un errore. Usiamolo a nostro vantaggio.»

Leah non aveva la forza di combattere anche contro di lei. «Bene, comincia a dirgli che non voglio più lavorare per lui e che non deve provare a contattarmi, altrimenti lo denuncio!»

L'ingiustizia delle azioni di Carlo era un tormento. Leah lo odiava per aver rovinato la sua relazione con Brett, che non l'aveva mai richiamata. E anche se lo avesse fatto, non credeva che sarebbero riusciti a ricostruire la fiducia.

Le ultime due settimane erano state tremende.

«Benvenuta, Leah. Accidenti, sei bellissima. Entra.»

Leah seguì Anthony nelle stanze semplici ma arredate con gusto. La villa si trovava in una vasta tenuta nella verdeggiante Southport, in Connecticut.

«Cosa vorresti bere?»

«Acqua minerale, per favore.»

Lui annuì e preparò personalmente le bevande, mentre lei guardava il giardino lussureggiante fuori dalle finestre dell'elegante salotto.

«Hai davvero una bella casa» si complimentò.

«Grazie. L'abbiamo... l'ho progettata io. Anche se adesso che mio figlio torna soltanto per le vacanze e mia moglie... be', è un po' troppo grande per me. In pratica uso soltanto il salotto e la camera da letto. Stavo pensando di venderla, a dire il vero.»

Leah rimase a bocca aperta. «Non farlo. È un posto speciale. Non riesco quasi a credere di essere così vicina a New York. Mi ricorda dove sono cresciuta.»

«Ovvero?»

«Lo Yorkshire.»

«La regione delle Brontë. Ho letto tutti i libri delle sorelle.»

Leah non nascose la sua sorpresa. «Veramente? Anch'io. Li adoro.»

Chiacchierarono dei loro romanzi preferiti, discutendo i diversi stili di Charlotte, Emily e Anne.

Una cameriera venne ad annunciare il pranzo e Leah seguì Anthony nella sala da pranzo formale.

«Mi sento un po' stupido a pranzare qui, ma fa troppo freddo per mettersi in veranda e ho pensato che la cucina fosse troppo informale» si scusò lui. «Io e mio figlio mangiamo sempre lì.»

«Quanti anni ha?»

«Mio figlio? Ne ha appena compiuti diciotto. L'ho accompagnato a Yale a settembre.» Le spalle di Anthony si abbassarono. «Devo ammettere che mi manca molto. Scusami, a proposito. Non ho fatto altro che parlare di me da quando sei arrivata.»

«Non c'è nulla di cui scusarsi. Mi interessa.»

Dopo pranzo si sedettero a bere un caffè in salotto.

«Leah, devo chiederti se c'è qualcosa di vero negli articoli che ti danno a un passo dal matrimonio con Carlo Porselli e dal trasferimento in Italia. So che per ora il tuo lavoro per Chaval è finito, ma ovviamente vorremmo rinnovare il contratto per un altro anno.»

Un'ombra attraversò gli occhi di Leah.

«No, Anthony. Non c'è una sola parola vera in tutta quella storia. Avrei voluto fare causa, ma la mia agente me l'ha sconsigliato.»

«Quindi i giornalisti hanno inventato tutto di sana pianta?»

«No. È stato Carlo a passare la notizia alla stampa. So che sembra strano, ma era così sicuro che avrei accettato la proposta che non si è preso la briga di consultarmi prima. E in tutti questi anni non ci siamo mai nemmeno baciati. In ogni caso...» Leah alzò le spalle. «Madelaine dice che passerà, ma confesso di essere ancora furiosa. Per colpa di questo *scherzetto* ho perso una persona a cui tenevo molto.»

Anthony sorseggiò il caffè, pensieroso. «Nessuna possibilità di riconciliazione?»

«No, ma forse è meglio così. Con la mia vita sotto i riflettori, prima o poi sarebbe successo. Non credo che sarebbe riuscito a sopportare le continue voci su mie presunte relazioni.»

«I media possono essere molto pericolosi. Ovviamente Chaval è ben felice dell'attenzione che ricevi, ma non se va a discapito della tua vita personale.»

Leah era sul punto di esprimere la sua disillusione nei confronti della carriera, ma si fermò. Quell'uomo poteva anche essere comprensivo, ma la stava pagando una fortuna per fare quel lavoro.

Anthony suggerì una passeggiata nel parco per sgranchirsi le gambe. Sebbene fossero solo le tre meno un quarto, il cielo si stava già oscurando. Camminarono nei giardini ben curati e lo spazio e la pace della natura di cui Leah sentiva la mancanza da anni le risollevarono lo spirito. Respirando l'aria fresca e pulita, cominciò a sentir tornare parte del suo naturale ottimismo. Di colpo la città di New York e i suoi problemi le parvero molto lontani.

«Quanto mi mancano gli spazi aperti! Penso che la città mi stia prosciugando. È bellissimo qui.»

«Grazie, Leah.»

«Anche se è un po' troppo ordinato per me. Mi piace l'aria aspra e selvaggia della brughiera» scherzò.

Anthony ridacchiò. «Sono d'accordo, ma non hai idea di quanti regolamenti si siano inventati per imporci come tenere i giardini. Il comitato dei residenti mi avrebbe buttato fuori se non avessi mantenuto l'erba al di sotto del quarto di pollice.» Sorrise. «Penso che ti piacerebbe il New England. Ho una casa anche nel Vermont. Puoi venire a trovarmi in qualsiasi momento.»

«Credo che lo farò.»

Lui sembrò compiaciuto. «Prima dicevi che ti piace la danza.»

«Sì, da piccola sognavo di diventare una ballerina. Ovviamente a undici anni avevo già capito di dover rinunciare al sogno. Di primi ballerini più alti di me ce ne sono pochi e comunque avrebbero rischiato un'ernia per provare a prendermi in braccio.»

«Sei alta, ma scommetto che sei leggera come una piuma. Comunque, faccio parte del consiglio d'amministrazione del Metropolitan e tra un paio di settimane ci sarà uno spettacolo di gala. Ballerà Baryshnikov. Ti piacerebbe venire?»

Il viso di Leah si illuminò. «Mi piacerebbe moltissimo!»

Lui la guardò con espressione seria. «Leah, devi venire soltanto se vuoi. Stamattina ho pensato che potevi aver accettato l'invito a pranzo perché tecnicamente sono il tuo datore di lavoro e pensi di non potermi dire di no.» Anthony si fermò e guardò davanti a sé. «Mi piace molto la tua compagnia, ma spero che tu sappia che non sono il tipo di uomo che ti porterà rancore se non vorrai passare il tempo libero con un vecchio rimbambito.»

«Anthony, credimi, mi fa piacere. La prima volta che mi hai invitata a cena ho accettato per dovere, ma mi sono divertita molto. Apprezzo la tua compagnia, e non rinuncerò per niente al mondo alla possibilità di andare al Met, quindi ti tocca portarmi!»

Leah rise e infilò il braccio sotto quello di lui mentre si voltavano e tornavano verso casa. Anthony sorrise. «Sono sicuro che hai l'imbarazzo della scelta in fatto di uomini.»

Il volto di Leah si rabbuiò. «In realtà, no. È un aspetto della mia vita che non riesco a far funzionare, quindi ho deciso che non avrò relazioni in futuro. Avrò soltanto amici. Come te.»

Anthony non poté fare a meno di provare una leggera fitta di delusione. Aveva recepito il messaggio. Ma chissà, forse col tempo... E godere della sua compagnia era meglio di niente.

Più tardi, mentre guardava l'autista riportare Leah a New York, il senso di solitudine che non lo abbandonava da due anni, dalla morte di sua moglie, si attenuò.

Anthony entrò nel salotto e si versò un brandy.

Sapeva che Leah non era pronta in quel momento, ma era disposto ad aspettare finché non lo fosse stata.

Un'ora dopo, a New York, Leah si sentiva riposata e più felice di quanto non fosse da molto tempo. Mentre l'auto si avvicinava a destinazione, si ripromise di non lasciare che i suoi problemi e Jenny la buttassero giù.

Quando uscì dall'ascensore ed entrò nell'appartamento, sentì un brusio di voci provenire dal soggiorno. E rimase a bocca aperta.

Miles Delancey era seduto sulla poltrona accanto al fuoco e Jenny, lungi dal giacere nel suo solito stato di letargia, si era tirata su e gli stava parlando animatamente.

«Ciao, Leah.» La salutò con la mano. «Hai visite.»

«Me ne sono accorta. Che ci fai qui, Miles?»

«Ciao, Leah.» Le sorrise e si alzò per salutarla. «Allora, come stai?»

«Bene» rispose lei. «Sei qui in vacanza?»

Miles scosse la testa. «No, in realtà ho deciso di stabilirmi qui.»

«Ma ho visto le tue foto su "Vogue" il mese scorso. Hai appena iniziato a sfondare in Inghilterra.»

«Lo so, ma la Grande Mela è la vera scena della moda, di questi tempi. Ho deciso che prima di accontentarmi avrei dovuto provare a venire da questa parte dell'oceano e vedere cosa succede.»

«Oh.» Non sembravano motivazioni sensate.

«Jenny è stata molto carina a tenermi compagnia nelle ultime due ore.» Lui le rivolse un sorriso accattivante e Jenny arrossì. Leah sapeva che quando voleva poteva essere molto seducente.

«Miles mi ha aggiornato sugli ultimi pettegolezzi della moda britannica» disse Jenny, guardandolo.

Leah notò che gli occhi dell'amica brillavano come non succedeva da tanto.

«Sì. Non che ci sia molto da dire. Un po' di vino, Leah?»

«No, grazie.»

Guardò Miles riempirsi un bicchiere. Non le piaceva che si sentisse così a proprio agio nel suo appartamento.

«Miles vuole che gli presenti qualcuno che potrebbe aiutarlo a fare i primi passi a New York» spiegò Jenny.

Lui guardò il fondo del bicchiere con aria imbarazzata. «Jenny! Non dovevi metterla in questi termini.» Si rivolse a Leah. «Le ho detto soltanto che ogni aiuto sarebbe molto apprezzato. Sai come funziona nell'ambiente. È più importante chi conosci di quello che sai fare.»

Leah avvertì lo stesso leggero brivido degli anni passati quando Miles la guardava con i suoi occhi penetranti.

«Alloggia anche in uno squallido albergo del Lower East Side. Dato che è un tuo vecchio amico, gli ho proposto di venire a stare da noi finché non si sarà sistemato» disse Jenny.

Leah trattenne il respiro. Miles Delancey nel suo appartamento era l'ultima cosa di cui aveva bisogno. Ma sembrava che la sua presenza facesse bene a Jenny, e ormai non poteva tirarsi indietro.

«Certo. Vado a farmi una doccia e poi andrò a letto. Sono esausta. Non tenerla sveglia fino a tardi, Miles. È stata molto malata.»

«Sto bene, Leah. Smettila di preoccuparti» ribatté Jenny. «Dormi bene.» Poi riportò l'attenzione su Miles.

Leah se ne andò in camera, triste che la sua tranquillità fosse stata ancora una volta turbata. Avere Miles Delancey in casa la metteva in forte agitazione.

Si infilò a letto e chiuse gli occhi.

Quella notte fece di nuovo il solito sogno.

Una vocina ripeteva nella sua testa: «Cose innaturali... cose malvagie... non scherzare con la natura... tornerà a trovarti...».

Leah si alzò di scatto e accese la luce. Era in un bagno di sudore e il cuore le martellava all'impazzata nel petto.

Fu in quel preciso istante che realizzò, con terribile certezza, che l'incubo che la perseguitava fin dall'adolescenza era legato all'uomo nel suo appartamento.

16

«Grazie di avermi informata, Roddy. Miranda? No, non ho notizie. Ci penserò e ti farò sapere appena possibile. Stammi bene, ci sentiamo la prossima settimana. Ciao.»

Rose posò la cornetta e inspirò a fondo. Si sentiva esausta e non ricordava più da quanto tempo non dormiva per una notte intera. Uscì dallo studio, si diresse al tavolo della cucina e si accese una sigaretta. Non era nemmeno l'una, ed era la decima della giornata.

Era ormai passato un mese dall'ultima telefonata di Miranda. Rose continuava a porsi le stesse domande e non riusciva a spiegarsi perché i contatti si fossero interrotti così bruscamente.

Era andata dalla polizia, ma era stato tutto inutile. Miranda aveva ventun anni, ed era suo diritto scomparire senza dire a nessuno dove si trovava, anzi, era una cosa che accadeva di continuo. Visto poi che aveva contattato Rose, gli agenti non avevano motivo di sospettare che fosse stata vittima di un crimine. Ciononostante, Rose aveva lasciato una foto di Miranda alla polizia e aveva chiesto di inviarla a Londra, nella remota possibilità che qualcuno potesse individuarla. Sapeva che le probabilità erano bassissime.

Non poteva fare a meno di chiedersi se fosse colpa sua. Aveva ripensato più e più volte all'infanzia di Miranda; i litigi frequenti li rammentava come se fossero avvenuti ieri. Roddy le aveva detto di smetterla di torturarsi, ricordandole che aveva accolto Miranda da piccola e l'aveva amata come se fosse sua.

Ma Roddy non doveva guardare ogni giorno la versione in miniatura di una figlia scomparsa. Il visetto di Chloe si illuminava quando vedeva Rose, e la cosa le spezzava il cuore. Lei e la signora Thompson la viziavano, forse nel tentativo di rimediare al fatto che la bambina era praticamente un'orfana.

Ora Rose si pentiva di non aver raccontato a Miranda quanto aveva lottato per adottarla... Come aveva smosso cielo e terra pur di diventare sua madre... Ormai era troppo tardi.

Schiacciò la sigaretta nel posacenere e decise di ascoltare il notiziario dell'una alla radio.

La signora Thompson entrò con aria affaccendata. «Devo mettere su il bollitore?» chiese.

Rose annuì. Poi si sedettero ad ascoltare in silenzio, com'era diventata loro abitudine. Quel giorno lo speaker riferì che il cadavere di una giovane donna era stato ritrovato nel suo monolocale a King's Cross, a nord di Londra. Era stata violentata e strangolata. Doreen Thompson vide Rose irrigidirsi e prendere di nuovo il pacchetto di sigarette.

«Si ritiene che la donna, ancora da identificare, sia poco più che ventenne. È una nota prostituta che ha operato a King's Cross negli ultimi diciotto mesi. Altre prostitute della zona sono state avvertite di stare in guardia, dopo quello che la polizia descrive come un crimine particolarmente efferato. È in corso un'indagine su vasta scala per trovare l'assassino.»

Rose tirò un sospiro di sollievo. «Grazie a Dio non può essere lei» sussurrò.

«Ecco qua, signora Delancey.» Doreen le mise davanti una

tazza di caffè fumante. «Vuole qualcosa da mangiare prima che vada al villaggio a prendere Chloe dall'asilo?»

«No, grazie. Penso che mi porterò il caffè nello studio.»

«Va bene.» Fece una pausa, poi aggiunse di slancio: «È ancora viva, signora Delancey. Miranda tornerà, ne sono sicura».

Rose guardò fuori dalla finestra della cucina. «Spero che tu abbia ragione, Doreen.» Sospirò. «Grazie.»

«Di cosa?»

«Per tutto l'aiuto con Chloe e per... essere qui.»

«Non c'è bisogno di ringraziarmi. Adoro quella bambina. Tornerò fra tre quarti d'ora.»

Rose annuì, poi si ritirò nello studio e guardò il dipinto a cui stava lavorando. Aveva riversato la sua paura e la frustrazione sulla tela.

La cosa crudele era che la sua carriera era decollata fin dalla prima mostra, al punto che aveva abbastanza commissioni per lavorare fino a novant'anni. Il suo conto in banca conteneva una piccola fortuna e si era lasciata alle spalle tutte le preoccupazioni finanziarie.

Anche gli anni di ansia per il futuro di Miles sembravano finiti.

In verità si era sempre preoccupata per il suo unico figlio. Per quanto ben educato, era stato un bambino solitario. Nonostante i suoi sforzi per convincerlo a socializzare con altri ragazzi, aveva sempre evitato la realtà, preferendo vivere nella propria immaginazione. Anche quando stavano insieme da soli, continuava a sembrarle distante. E di tanto in tanto, benché cercasse di ignorarlo, vedeva nei suoi occhi qualcosa di... freddo. Non osava pensare al motivo. No. Meglio non rivangare il passato.

In ogni caso, pareva che suo figlio avesse trovato la propria vocazione e fosse diventato un professionista di talento. Ultimamente le conversazioni con lui erano molto positive.

A ben guardare, Rose si sarebbe dovuta sentire benissimo.

Ma Miranda le stava facendo venire i capelli bianchi e l'insonnia.

Si alzò, prese un pennello e lo immerse nei colori a olio verde e giallo ocra che aveva mescolato prima. Tracciò un ampio tratto sulla tela e si chiese se fosse il suo destino vivere una vita senza pace.

17

«Miranda, benvenuta a bordo.» Santos sorrise e allungò la mano per aiutarla a salire i ripidi gradini dalla piccola lancia che beccheggiava accanto allo yacht.

Miranda fece una smorfia quando lui la baciò su entrambe le guance. «Bellissima come sempre, cara. Il volo è stato piacevole?»

«Sì, grazie.»

«Bene. Ora ti suggerisco di andare a riposarti nella tua cabina e di raggiungermi in salotto alle otto per l'aperitivo e la cena. Ai tuoi bagagli penserà Marius. Seguilo.»

Miranda annuì e scese i gradini che portavano nelle viscere della nave, tutti ricoperti di morbida moquette. Si fermò davanti alla sua solita stanza e aprì la porta. Una volta che fu entrata, Marius, in elegante uniforme bianca, chiuse la porta e tornò sul ponte di poppa.

Ormai lo splendore e l'opulenza della cabina non la impressionavano più. Puntò dritta all'armadietto dei liquori, si versò una vodka, si lasciò cadere su una delle comode poltrone in pelle e guardò il mare azzurro fuori dal grande oblò.

Bevve un sorso del drink. Durante il volo per Nizza aveva deciso che l'unico modo per sopravvivere a un altro fine settimana con Santos era anestetizzarsi. Il pensiero di lui che la toccava le dava i brividi.

Disgusto. Ecco l'unica parola in grado di descrivere la sua sensazione. Non lo vedeva da più di un mese e aveva trascorso ogni notte a Londra nel terrore che lui le chiedesse di nuovo di raggiungerlo sullo yacht. Durante l'ultimo weekend passato insieme a bordo di quel palazzo galleggiante, con tutti i suoi lacchè, all'apparenza Santos si era comportato in modo premuroso, come sempre. Ma più tardi, quando erano rimasti soli in cabina... Aveva la nausea al pensiero delle cose che le aveva chiesto, anzi, ordinato di fare.

Ian aveva preso l'abitudine di andare a trovarla il venerdì sera, e Miranda viveva in attesa di quei momenti: la sua unica possibilità di parlare con un altro essere umano durante tutta la settimana. Le comprava libri e regali per tenerla occupata, e si vedeva che le dispiaceva per lei.

Si fermava a bere qualcosa e le parlava della sua settimana, raccontandole aneddoti divertenti per cercare di farla sorridere, ma doveva sempre andare via troppo presto. In genere correva a cambiarsi per una cena o per trascorrere il fine settimana con gli amici in campagna.

«Quanto vorrei poter venire anch'io» sospirava lei con aria triste.

«Piacerebbe anche a me» rispondeva Ian, baciandola castamente sulla guancia. «Prenditi cura di te e cerca di non abbatterti troppo. Sono sicuro che le cose si sistemeranno.»

Ma Miranda era consapevole che erano solo parole vuote: Ian sapeva bene quanto lei che c'erano poche speranze.

Nelle ultime due settimane aveva iniziato a fantasticare su di lui. Immaginava come sarebbe stato se le cose fossero andate in modo diverso. Loro due a cena, a passeggiare nel parco, a teatro. Lo aveva implorato di portarla fuori di nuovo, ma Ian era sembrato diffidente e aveva detto che avrebbe potuto sembrare sospetto e che sarebbe stato meglio se fosse andato a trovarla a casa.

Come poteva esserle di conforto quando Miranda sapeva che era spaventato da Santos quanto lei?

Eppure era così gentile, diverso da qualsiasi altro uomo avesse mai conosciuto. Miranda iniziava a chiedersi se si fosse innamorata di lui. Non aveva mai creduto nell'amore, soprattutto non per una persona ordinaria come Ian. Ma la sensazione che provava quando si svegliava il venerdì mattina, sapendo che lo avrebbe visto di lì a poche ore, aveva un qualcosa di magico.

Ian capiva i suoi sentimenti per Chloe e il senso di colpa che provava per il modo in cui era stata costretta a diventare madre quando lei stessa era poco più che una bambina. Miranda ne parlava spesso, rimproverandosi: avrebbe voluto poter contattare Rose e dirle quanto voleva bene a Chloe e quanto le dispiaceva non averle dimostrato l'affetto che meritava. La bambina le mancava terribilmente.

Ian l'aveva avvertita più volte che Santos avrebbe usato la piccola per colpirla e lei, ogni settimana, gli parlava dei suoi sentimenti repressi. Lui la ascoltava in silenzio, senza mai giudicare, ed era sempre più difficile vederlo andare via.

Miranda si versò un'altra vodka e ascoltò il ronzio del motore mentre lo yacht usciva dolcemente dal porto di Saint-Tropez.

Si sedette di nuovo e pensò a quanto era stato dolce Ian la sera prima. Aveva anticipato la sua visita al giovedì perché sapeva che nel weekend sarebbe andata in barca. Quando aveva sentito la chiave nella serratura era seduta sul divano, con le lacrime che le rigavano il viso, a fissare lo schermo della televisione con occhi annebbiati.

Ian le aveva preparato un drink e si era seduto accanto a lei.

«Non credo di riuscirci, Ian. So già che tipo di cose mi chiederà di fare. Non ce la faccio.»

Lui l'aveva tenuta stretta e l'aveva cullata mentre piangeva. E quell'abbraccio aveva reso la prospettiva del fine settimana ancora più insopportabile.

«Preferirei morire. Per favore, non farmi andare.»

«Fatti forza, Miranda. Non sarà così male. Alcune donne darebbero qualsiasi cosa per volare su un aereo privato e trascorrere un weekend con un miliardario sul suo yacht.»

Miranda lo guardò. «Non io. Pensavo di essere disposta a tutto per vivere nel lusso. Invece ho scoperto di non esserci tagliata. Ora non desidero altro che vivere in una casetta con mia figlia ed essere libera di fare una passeggiata quando mi va.» Avrebbe voluto aggiungere «e vederti ogni giorno», ma non poteva.

«Devi aiutarmi, Ian. Non ne posso più. Sapevi che Santos tiene una pistola sotto il cuscino?»

Lui aggrottò le sopracciglia. «No, ma non mi sorprende.»

«Ti giuro che se mi costringe a fare qualcosa... lo uccido.»

Notando il pallore del viso e l'espressione selvaggia, Ian aveva capito che Miranda diceva sul serio. «Aspetta, non essere sciocca. Non risolveresti nulla. Cerca di resistere questo weekend e quando torni la prossima settimana faremo una chiacchierata seria. Ci faremo venire in mente qualcosa.»

«Dici davvero?» Il volto di Miranda si era illuminato.

Lui aveva annuito. «Sì. Promettimi solo che terrai duro e che farai tutto ciò che Santos ti dirà.»

Se n'era andato poco prima delle nove, quando Santos aveva chiamato, e lei era riuscita a parlargli normalmente.

E ora eccola lì, sullo yacht, alla mercé del suo rapitore, con Ian a centinaia di chilometri di distanza.

«Forza, Miranda. Stringi i denti e pensa a quello che ha detto Ian. È l'ultima volta» mormorò, e andò a fare un lungo bagno caldo con un'altra vodka.

«Buonasera, mia cara. Sei splendida. Tieni, ho un piccolo regalo per te.» Santos le porse una scatola in pelle e i dieci ospiti nel salone smisero di parlare per guardarla mentre la apriva.

Miranda trattenne il respiro di fronte alla scintillante collana di diamanti con braccialetto e orecchini abbinati. Era la parure di gran lunga più impressionante che Santos le avesse mai regalato e non poté fare a meno di chiedersi cosa lui avrebbe voluto in cambio, quella notte.

Per l'ora successiva lo ascoltò chiacchierare di dove sarebbero andati l'indomani. Aveva la completa attenzione di tutti quelli che lo circondavano, e Miranda provò un silenzioso disgusto per la quantità di potere che il denaro sembrava garantire. Quell'uomo non meritava che le sue opinioni fossero rispettate. Ma lei era vittima della sua trappola quanto gli altri presenti. E come loro, era tenuta a mantenere un atteggiamento deferente.

L'attenzione di Miranda fu attirata da un uomo che era appena entrato nel salone e aveva preso una coppa di champagne da uno degli steward. Il viso le sembrava familiare. Era molto bello. Sulla quarantina, con i capelli biondi striati d'argento e un paio di occhi penetranti che era sicura di aver già visto da qualche parte.

Santos si voltò e lo vide. «Ah, David. Benvenuto. Sono felice che tu sia riuscito a unirti a noi.»

«Sì, mi scuso per il ritardo. Sono stato trattenuto a New York per lavoro.» David si sforzò di sorridere e in quell'espressione Miranda riconobbe lo stesso disgusto che anche lei provava ogni volta che guardava Santos.

«Miranda, ti presento David Cooper. Siamo diventati buoni amici da quando abbiamo lavorato insieme a un progetto imprenditoriale a Rio. Ed è un onore che un uomo impegnato come lui ci abbia concesso la sua presenza per questo fine settimana.»

«È un piacere essere qui» disse David.

Miranda trattenne il fiato, temendo che l'uomo si ricordasse di avere una nipote con quel nome che suo figlio aveva conosciuto durante le vacanze nello Yorkshire, anni prima.

Ma David non diede segno di riconoscerla, si limitò a sorridere e a prenderle la mano per baciarla.

«Molto lieto, Miranda.»

Poi distolse la sua attenzione da lei e iniziò a chiacchierare con Santos. Miranda espirò, cercando di calmare il battito impazzito del cuore. Per fortuna lui e Rose non avevano avuto contatti in passato. Razionalmente, non c'era motivo per cui David dovesse sapere chi era. Probabilmente Brett non l'aveva mai nominata. Ma era inquietante sapere che esisteva un legame tra lei e quell'uomo. Se Rose avesse mai scoperto che era una mantenuta che si guadagnava da vivere compiendo atti osceni, forse non le avrebbe più permesso di rivedere Chloe.

Eppure una parte di lei voleva confidarsi con lo zio ritrovato, raccontargli cosa stava succedendo e chiedergli aiuto. In fondo, a detta di tutti, era potente quanto il suo rapitore ed era la prima persona che avesse visto attirare l'attenzione di Santos.

Ci fu un flash quando uno degli ospiti usò una piccola macchinetta per scattare una fotografia di Santos, Miranda e David.

«Per il mio album.» Sorrise in modo accattivante.

«No!» La voce di Santos era simile a un ruggito e tutti sussultarono. «Prendi quella macchina fotografica e falla sparire insieme alla pellicola.» Santos era paonazzo dalla rabbia. Uno dei membri dell'equipaggio che stava servendo da bere annuì e tolse la macchina fotografica dalle mani dell'ospite spaventato.

«Mi dispiace, mi scusi.»

La rabbia di Santos svanì e lui tornò di nuovo a essere l'affascinante padrone di casa. «Non scusarti, è una regola a cui mi attengo. Mi piacciono troppo il mio anonimato e la libertà. Ora andiamo a cena. Miranda, per favore, accompagna David in sala da pranzo.»

Miranda stava studiando il volto dello zio. Fissava Santos con un'espressione che sembrava di... trionfo?

David le sorrise e le offrì il braccio. Seguirono Santos, che aveva preso a braccetto una bella ragazza dai capelli rossi, ed entrarono in sala da pranzo.

A tavola, Miranda era stata messa tra David e Santos, che, sull'altro lato, aveva la ragazza con i capelli rossi, Kim. Miranda notò che Santos sembrava prestarle molta attenzione e si chiese, speranzosa, se la cosa l'avrebbe salvata per quella sera.

«Questa barca è meravigliosa» disse David a Miranda con un sorriso affabile. «Ho uno yacht in Costiera Amalfitana, ma non è niente in confronto. Purtroppo non ho mai tempo per andare in crociera. Stavo pensando di venderlo, in realtà, ma forse dovrei aspettare di vedere quanto mi divertirò questo fine settimana.»

«Sì» disse Miranda.

«Sei inglese, vero?» chiese David, mentre i camerieri entravano con dei grandi vassoi.

«Sì.»

«Di dove?»

«Oh, ehm, Londra.»

«Ah sì? Dal tuo accento avrei detto più a nord. Ma ho passato buona parte degli ultimi venticinque anni a New York, quindi forse ho perso l'orecchio per le sfumature.» Sorrise. «Londra mi piace tantissimo. Ci ho passato alcuni dei miei anni più belli. Cosa fai nella vita?»

Miranda era sconcertata. Possibile che David non avesse capito cos'era?

«Aspetta, fammi indovinare.» La guardò pensieroso. «Sei abbastanza carina per fare la modella, ma qualcosa mi dice che non lo sei. Lavori per il signor Santos?»

Miranda annuì lentamente. In fondo era la verità. Non capiva perché lui fosse così interessato a lei.

«È un uomo affascinante, vero?»

Suonava così sincero che Miranda si chiese se avesse soltanto immaginato l'ombra di disgusto nei suoi occhi quando era entrato nel salone.

«Sì.» Era consapevole che stava mostrando la stessa capacità di conversazione di una bambina di dieci anni, ma non poteva commettere errori.

David, dal canto suo, non parve turbato. Le parlò del progetto con Santos, dando per scontato che lei sapesse tutto. Miranda ascoltò e scoprì che si stava rilassando. Sembrava un uomo gentile, niente a che vedere con il megalomane assetato di potere descritto da Brett. Inoltre la trattava con rispetto, cosa che le restituì un minimo di fiducia in se stessa.

Dopo cena tornarono in salone e si sedettero a bere il liquore.

David si accomodò accanto a Miranda. Quella ragazza lo incuriosiva. Nonostante l'apparenza sofisticata, era ovviamente molto giovane e determinata a non rivelare nulla di sé. La trovava una novità rinfrescante. Senza contare che, quando scoprivano chi era, in genere, le donne si gettavano ai suoi piedi.

E poi gli ricordava qualcuno, ma non riusciva a capire chi.

Si chiese quale fosse il suo ruolo lì. Sicuramente non era una delle prostitute di Santos. Non sembrava avere quella disillusione e stanchezza di vivere che le contraddistingueva.

«Penso che sia giunto il momento per tutti di andare a dormire. Domani attraccheremo a Lavandou. La colazione è alle otto.» Santos si alzò e la serata finì anche per i suoi ospiti.

«Vieni, Miranda.» Le tese il braccio. Lei lo guardò, odiandolo per aver chiarito a tutti che era di sua proprietà e avrebbero passato insieme la notte. Si alzò lentamente e si rivolse a David.

«Arrivederci, signor Cooper.»

David si alzò, le prese la mano e la baciò. «Arrivederci, Miranda. È stato un piacere.» Le sorrise con aria un po' triste mentre lei prendeva il braccio di Santos e lasciava la stanza.

Santos la portò nella sua cabina. «Mi è sembrato che il signor Cooper fosse piuttosto affascinato da te, Miranda. Ben fatto. È un importante socio di lavoro e voglio che sia felice. Ma ora è il nostro momento.» Aprì la porta. Le luci erano soffuse, ma, con suo immenso orrore, Miranda scorse la sagoma nuda della ragazza dai capelli rossi sdraiata sul letto. Santos si avvicinò al mobile bar, versò un cocktail già pronto in un bicchiere e glielo porse.

Lei lo buttò giù e chiuse gli occhi, iniziando a sguazzare nelle acque torbide della sonnolenza indotta dall'alcol e dalla droga. Incapace di resistere oltre, si lasciò sprofondare lentamente.

18

«Stai bene, Leah? Sei molto silenziosa ultimamente.» Jenny, in vestaglia e con due tazze di caffè in mano, la guardò imburrare una fetta di pane tostato.

Leah annuì. «Sto bene. Ho avuto da fare, tutto qui.»

«Ogni tanto bisogna anche divertirsi» commentò Jenny. «Hai visto Brett di recente?» Posò le tazze sul bancone.

Leah sapeva che prima o poi glielo avrebbe chiesto. Era passato più di un mese dalla fine della loro relazione, ma all'amica non aveva detto ancora niente. Nelle ultime due settimane aveva lavorato come una pazza e Jenny era uscita quasi tutte le sere con Miles. In ogni caso, non era un argomento che le andava di affrontare.

«No, tra noi è finita, e preferirei non parlarne.»

Jenny sembrava sinceramente dispiaciuta. «Oh, Leah. Pensavo che tra voi...» Si fermò quando vide il volto dell'amica indurirsi. «Va bene, mi dispiace. Non dirò un'altra parola.»

«Sembra che tu e Miles andiate d'accordo.» Leah la guardò. Stentava a credere che fosse la stessa persona: in due settimane Miles aveva ottenuto quello che lei non era riuscita a fare in mesi. Gli occhi di Jenny brillavano, aveva ripreso peso e le guance non erano più pallide e scavate. Nonostante la sua opinione su Miles non fosse cambiata, era felice che avesse dato a Jenny quello di cui aveva bisogno per rimettersi sulla strada del recupero fisico e mentale.

Il viso di Jenny si illuminò e affiorò un timido sorriso. «Sì, è la cosa migliore che mi sia capitata da un sacco di tempo. Mi sento una donna nuova. Non è bellissimo, Leah?»

Lei annuì, incerta. Da quando viveva lì, Miles era stato molto carino con Jenny, ma lei continuava a sentirsi a disagio. Del resto Miles aveva abbindolato anche sua madre e Rose facendo credere loro di essere un perfetto gentiluomo, ma da tempo Leah sapeva che non era così. Lo sapeva da quella notte nel fienile di tanti anni prima, perché restava convinta che fosse stato lui a terrorizzarla.

«Penso di amarlo» sussurrò Jenny. «Stiamo così bene! Passiamo un sacco di tempo insieme e lui continua a ripetermi che sono bella. Sto iniziando a credergli.» Ridacchiò. «Comunque, sarà meglio che gli porti il caffè prima che si raffreddi. Ciao.»

Mentre Jenny riprendeva le due tazze dal bancone, un lembo della vestaglia di raso le scivolò sul gomito, scoprendole una spalla e svelando un grosso livido viola sul braccio.

«Ehi! Jenny, come diavolo te lo sei fatto?»

Lei arrossì e scosse il braccio per coprire il livido con la vestaglia, rovesciando il caffè sul pavimento.

«Non è niente, ieri sono caduta. Sai quanto sono goffa. Ho ancora le gambe deboli da quando sono stata male. Ma non ti preoccupare, sto bene.»

Leah guardò l'amica lasciare la stanza. Qualcosa nella forma del livido e nel modo in cui Jenny era arrossita quando le aveva chiesto come se l'era procurato le diceva che stava mentendo.

La sera seguente Leah si trascinò stancamente nell'appartamento. A giudicare dal silenzio, Miles e Jenny dovevano essere usciti. Era stata un'altra giornata lunga e faticosa, ma era entusiasta di andare al Metropolitan con Anthony quella sera. Fece la doccia, si asciugò i capelli e cercò di decidere quale abito indossare. Alla fine optò per il suo Lanvin preferito, si truccò e provò diverse collane. Non riuscendo a decidersi, si ricordò che Jenny ne aveva una con dei brillanti a goccia che sarebbe stata perfetta. Uscì dalla sua camera e percorse il corridoio per bussare alla porta dell'amica, senza aspettarsi una risposta.

«Leah, ho da fare» rispose bruscamente Jenny.

«Scusami. Volevo solo chiederti se puoi prestarmi la tua collana di brillanti da mettere al balletto stasera.»

Ci fu una pausa, poi Jenny rispose. «L'ho persa.»

«Ma l'ho vista ieri sulla tua toeletta. Puoi dare un'occhiata?»

«Per favore, Leah. Vai via. Sono impegnata.»

Leah pensò subito alla vodka e alle pillole. Stavolta non voleva correre rischi e provò ad aprire la porta, ma era chiusa a chiave.

«Jenny, fammi entrare subito, altrimenti chiamo il dottore.»

«Sto bene, lasciami in pace.»

In effetti dalla voce non sembrava ubriaca, quindi chissà cosa stava succedendo in quella stanza.

«Dico sul serio, se non mi fai entrare telefono al Lenox Hill. Mi avevano consigliato di farlo se ti comportavi in modo strano. Forza, apri!»

«Va bene, va bene...»

Apparve il volto di Jenny, seminascosto dalla porta. «Visto? Sto bene.» Le porse la collana. «Ecco qui. Divertiti stasera. Ci vediamo più tardi.» Fece per chiudere la porta, ma Leah fu più veloce. La spinse ed entrò, in cerca di prove. Ma non c'era niente. Sentendosi in colpa per essersi sbagliata, si voltò verso l'amica per scusarsi.

«Mi dispiace, pensavo... Cristo santo!»

Jenny teneva lo sguardo fisso sul pavimento. Aveva l'occhio destro semichiuso e l'intero lato del viso di un viola acceso.

«Cosa diavolo ti è successo?»

Jenny si strinse nelle spalle. «Ieri sera sono andata a prendere un bicchiere d'acqua in cucina. Non ho acceso le luci, sono inciampata nel tavolino all'ingresso e sono caduta.»

Leah pensò al brutto livido che aveva visto il giorno prima sul suo braccio. «Non ti credo. Dimmi subito la verità o chiamo l'ospedale.»

«Senti, Leah. Non sono affari tuoi. Non mi interessa se non mi credi. Ho detto la verità. Smettila di interferire nella mia vita, okay? È come avere una madre iperprotettiva che osserva ogni mia mossa! So badare a me stessa, grazie.»

A quelle parole Leah sbottò. «Ah, davvero? E cosa sarebbe successo se non fossi tornata da Milano e non ti avessi trovato? Non mi aspetto di essere ringraziata per essermi presa cura di te, ma che cavolo, Jenny! Almeno non trattarmi da scema! Non sono il nemico, sono la tua migliore amica, e ti voglio bene. È stato Miles a farti questo, vero? Di' la verità!»

E lì Jenny crollò. Le vennero le lacrime agli occhi e si accasciò sul letto. «Per favore, non urlarmi contro... Non volevo fare l'ingrata, ma sapevo che non avresti capito. Sì, Miles è stato un po' duro ieri sera, ma si è scusato tantissimo. Mi ha promesso che non accadrà mai più.»

«Ah sì? E che mi dici di quel livido che ti ho visto sul braccio ieri? È ridicolo, Jenny. A parte tutto, come puoi pensare di ricominciare a fare la modella se sei ricoperta di lividi dalla testa ai piedi?» Poi, con fermezza, disse: «Miles va via stasera».

«No, per favore. Non mandarlo via. Mi ha aiutata tanto. È stato buono e gentile, prima che arrivasse volevo solo morire.

Lo amo, Leah. Ho bisogno di lui. E gli credo quando dice che non mi farà più del male. È stato solo un eccesso di passione, tutto qui.»

Leah fece un lungo sospiro. Era in una situazione senza via d'uscita. Se avesse detto a Miles di andarsene, Jenny se la sarebbe presa con lei e sarebbe sprofondata di nuovo nella depressione. Se lo avesse lasciato restare, be', la sua amica sarebbe comunque stata in pericolo.

«Ti prego, Leah» la implorò Jenny «ti prometto che non succederà più. Dagli un'altra possibilità. Non so cosa farei senza di lui.»

Leah andò a sedersi sul letto accanto a lei. «Conosci Miles da un paio di settimane. Come puoi amare qualcuno che ti ha fatto questo?»

Jenny alzò le spalle. «Non voleva, davvero. Mi ha detto che mi ama. Era nervoso per il colloquio di oggi, sono certa che quando avrà un lavoro e avrà ottenuto la green card si calmerà.»

Leah non si spiegava perché Jenny lo proteggesse. Era meschino usare la violenza contro una donna. Guardò l'amica con un misto di pietà e preoccupazione.

«Va bene, Jenny. Può restare. Sinceramente credo che tu sia pazza anche solo a pensare di farlo avvicinare di nuovo a te, ma, come hai detto tu, non sono tua madre. L'appartamento però è intestato a me e, in qualità di tua padrona di casa, se quell'uomo ti sfiora di nuovo con un dito, è fuori. Niente più possibilità, niente più scuse. Non mi fa per niente piacere, ma...»

Leah fu interrotta dall'abbraccio di Jenny. «Oh, grazie, grazie! Ti giuro che non succederà mai più. So che fa impressione, ma Miles non è così, te l'assicuro.»

«Da chi è andato oggi?»

«"Vanity Fair". Gli ho dato il contatto, lui ha chiamato e ha fatto il tuo nome. Spero non ti dispiaccia, ma sono sicura che una volta che avrà iniziato si sentirà molto meglio.»

L'ultima cosa che Leah voleva era che un maniaco che picchiava le donne trovasse lavoro su sua raccomandazione. Si alzò.

«Devo andare, ho appuntamento con Anthony alle sette e sono già in ritardo. Mi raccomando, abbi cura di te e informa Miles che d'ora in poi non voglio che usi il mio nome per farsi ricevere, okay?»

Uscì dalla stanza, indossò la collana, si gettò uno scialle sulle spalle e scese a fermare un taxi. Infine si accasciò sui sedili di dietro, frustrata. Perché Jenny non capiva che Miles non la amava, se la trattava così? Le stava usando per i loro contatti e per avere un posto dove stare a New York.

E aveva approfittato di una persona debole e indifesa.

Il taxi si fermò davanti al Metropolitan. Come d'accordo, Leah trovò Anthony al bar. Lui la baciò sulle guance e fece un passo indietro.

«Stai bene, Leah? Sembri turbata. Posso aiutarti?»

Lei scosse la testa e accettò un mimosa. «No, sto bene, non preoccuparti. Non vedo l'ora di vedere il balletto. Grazie mille di avermi invitata.»

Quando l'ouverture del *Lago dei cigni* risuonò nel teatro gremito e Baryshnikov fece la sua comparsa sul palco, Leah riuscì finalmente a rilassarsi.

Durante il balletto i suoi occhi si riempirono di lacrime e alla fine dello spettacolo, dopo diverse standing ovation per il famoso ballerino, era ancora senza parole.

«È stato assolutamente meraviglioso» sospirò infine Leah. Si sentiva su di giri mentre uscivano in Columbus Avenue.

«Hai fame?»

Lei sorrise. «È sempre facile convincermi a mangiare.»

«Allora andiamo a cena.»

La limousine li portò al GE Building in Rockefeller Plaza. Leah seguì Anthony nell'ascensore e uscirono in una spettacolare sala con le pareti color melanzana, le poltrone in pelle verde, la band che suonava in sottofondo e i camerieri in frac color pastello che davano l'impressione di un salto indietro nel tempo.

Il maître salutò calorosamente Anthony e li condusse a un tavolo vicino alle vetrate. Leah guardò la strada, sessantacinque piani più in basso.

«Dove siamo?»

«Nella Rainbow Room, uno dei miei posti preferiti.»

«Lo adoro» disse Leah con entusiasmo.

Dopo essersi consultato con lei, Anthony ordinò due bistecche e una bottiglia di vino bianco secco. «Sicura che non ci sia niente che non va? Sei molto silenziosa stasera.»

«Davvero, non è niente.»

«Sicura sicura?»

Leah annuì, sentendosi in colpa per il fatto che lui avesse notato il suo turbamento.

«Va bene, ma spero che tu abbia capito che sono un tuo amico, oltre che il tuo capo. Voglio che tu ti senta libera di parlare con me. Sarò sempre felice di ascoltare. In realtà volevo chiederti, se non mi consideri troppo impaziente, cosa farai a Natale.»

«Ho promesso di trascorrerlo con Jenny, la mia coinquilina.»

«Oh. Bene, ti ricordi che ti avevo detto che ho una casa nel Vermont?»

«Sì.»

«Andrò lì e mio figlio Jack si unirà a me. Mi chiedevo se ti piacerebbe venire con noi. Anche la tua amica sarebbe la benvenuta. È una casa grande e se nevica l'atmosfera è magica.»

«Grazie per l'offerta, ne parlerò con Jenny.»

Un'ora e mezza dopo, Anthony lasciò Leah fuori dal suo palazzo. La bella serata le aveva sollevato il morale, ma ora si chiedeva cosa avrebbe trovato tornando a casa.

Jenny era in salotto e sorseggiava tranquillamente il caffè da sola. «Ciao, Leah, hai passato una bella serata?»

«Sì, molto bella. Dov'è Miles?»

«Nella stanza degli ospiti. Davvero, Leah, era così pentito! Mi ha comprato un enorme mazzo di fiori, però gli ho detto comunque che non tornerà nel mio letto finché non glielo dirò io. Ma la buona notizia è che questo pomeriggio gli hanno affidato un servizio di tre pagine su "Vanity Fair". Non è fantastico?»

«Sì» mentì Leah. «Ora ho una proposta da farti. Anthony mi ha invitato a trascorrere il Natale con lui e suo figlio nel Vermont. Voglio che tu venga con me.»

Lei abbassò lo sguardo. «Oh. E Miles?»

«Non riuscirei a chiudere occhio se sapessi che sei qui da sola con lui. Sono sicura che sarà in grado di badare a se stesso per qualche giorno e penso che una pausa ti farebbe molto bene. E poi credo che potrebbe essere divertente. Anthony è davvero una brava persona.»

«Non lo so, Leah. Devo chiedere a Miles e...»

«Facciamo un patto. Prometto che chiuderò un occhio su quello che ti ha fatto se accetti di venire con me. Me lo devi, Jenny.»

«Va bene, va bene.» Jenny sospirò. «Ma Miles non sarà felice.»

«Problemi suoi. È ora che si renda conto che hai un cervello tuo. Vado a letto. Ci vediamo domani, buonanotte.»

«Buonanotte. Leah?»

«Sì?»

«Grazie. E davvero, Miles non mi farà più del male.»

«Se lo dici tu.»

«Ne sono sicura.»

Leah annuì e andò nella sua stanza, ancora poco convinta.

Distesa a letto, si ritrovò a pensare con ansia al Natale. E doveva ammettere che le piaceva Anthony. In un mondo pieno di uomini egoisti e aggressivi, la sua gentilezza e sensibilità brillavano come un faro di speranza.

19

Miranda sentì la chiave girare nella serratura. Rimase immobile sul divano a torturare un fazzoletto. Poi, con il cuore che le batteva forte nel petto, ascoltò i passi nel corridoio. Ogni volta che sentiva quella chiave restava paralizzata dal terrore che potesse essere lui, che avesse deciso di volare a Londra per controllarla.

«Ciao, Miranda. Ho pensato di fare un salto per vedere com'era andato il fine settimana con Santos e...»

Lei si lanciò tra le sue braccia prima che Ian potesse finire la frase e scoppiò in singhiozzi. Lui le posò le mani sulle spalle, un po' per consolarla, ma anche per impedirle di avvicinarsi troppo.

«Non ce la faccio più. Le cose che mi ha costretta a fare... Non posso nemmeno dirtele. Mi vergogno.»

«Su, non può essere stato così terribile.»

Ma lei si aggrappò forte al suo petto. «Invece sì. Oddio...»

Stava diventando isterica. Ian la riportò al divano e la fece sedere. Provò ad allontanarsi, ma lei non glielo permise. Lo fissò con occhi imploranti.

«Devi aiutarmi. Non ne posso più. Mi ucciderò piuttosto che rivederlo. Per favore, Ian.»

«Va bene, va bene» la calmò lui. «Ora fammi prendere qualcosa da bere per entrambi e ne parliamo.»

Miranda gli lasciò andare il braccio e lui si avvicinò al mobiletto dei liquori per versare due bicchieri di whisky. «Ecco qui. Questo ti aiuterà a calmarti.»

Lei ne buttò giù un sorso.

«Bene. Tanto per cominciare, non c'è niente per cui valga la pena di ridursi in questo stato, no?» Sorrise dolcemente. «Dimmi cos'è successo.»

Dopo molte insistenze e altri due drink, Ian riuscì a tirarle fuori tutta la storia. Il racconto di ciò che Santos l'aveva costretta a subire lo riempì di odio e disgusto.

«La cosa peggiore è che mi ha drogata, ma ricordo tutto quello che è successo. Non posso sopportarlo di nuovo, dico sul serio.»

Ian la abbracciò e provò l'improvviso impulso di proteggere quella ragazza dal mostro che era il suo datore di lavoro. Negli ultimi mesi aveva cercato di convincersi che stava soltanto svolgendo il suo dovere facendo regolarmente visita a Miranda, ma la verità era che si stava innamorando di lei.

Non poteva più negare i suoi sentimenti.

Non voleva pensare a cosa significasse per le sue prospettive di carriera e per i genitori anziani, ma non poteva lasciare che la donna che amava subisse di nuovo quel tipo di trattamento da parte di Santos.

«Miranda, credimi, farò tutto il possibile per aiutarti.»

«Davvero?» Lo sguardo pieno di gratitudine nei suoi occhi spazzò via ogni dubbio che poteva aver nutrito.

«Sì.»

«Grazie, Ian.» Lo abbracciò e lo tenne stretto, mormorando qualcosa di incomprensibile nella sua spalla.

«Cosa?»

Miranda si scostò da lui e abbassò lo sguardo. «Ho detto che ti amo.» Sospirò profondamente. «Non mi aspetto che tu ricambi. In fondo sono la prostituta di Santos e...»

Stavolta fu Ian ad abbracciarla. «Tesoro, non importa. Non hai idea di cosa ho passato nel fine settimana, pensando che eri insieme a lui e immaginando cosa ti stava facendo. Ho provato a soffocare i miei sentimenti, ma è stato tutto inutile. Anch'io ti amo.»

Le prese il viso tra le mani e la baciò dolcemente, sapendo che avrebbe potuto ritrarsi per la paura. Ma lei non lo fece.

E da lì non riuscirono più a smettere. Per la prima volta nella vita, Miranda capì che il sesso poteva essere la massima manifestazione dell'amore, e realizzò che non avrebbe mai più potuto permettere a un altro uomo di usare il suo corpo come veicolo per raggiungere il proprio piacere.

Più tardi, esausti, rimasero nudi ad abbracciarsi.

Ian le accarezzò i capelli. «Qualunque cosa accada, Miranda, ti prometto che non permetterò mai più a quell'uomo di toccarti.»

La paura che aveva provato negli ultimi mesi svanì. Quanto si era sbagliata a pensare che al mondo contassero solo potere e denaro! In quel momento avrebbe dato qualunque cosa per andare a vivere in una casetta modesta con Ian e Chloe. Avrebbero avuto amore e libertà. Ed era tutto ciò che contava.

«Mi farò venire in mente qualcosa, tesoro. Ti tirerò fuori di qui. Ricominceremo in un posto in cui Santos non potrà trovarci e...»

Lo squillo acuto del telefono interruppe la loro pace. Entrambi sussultarono e sul volto di Miranda apparve di nuovo l'espressione terrorizzata.

«Devi rispondere, tesoro.»

«Non posso.» Miranda si morse il labbro e si aggrappò a lui. «Fallo smettere, Ian, per favore.»

«Forza, non dobbiamo lasciargli pensare che ci sia qualcosa che non va, altrimenti si insospettirà e ci renderà la vita ancora più difficile. Devi rispondere. Ti prometto che non dovrai parlargli ancora per molto. Coraggio.» Si avvicinò al tavolo, prese il ricevitore e glielo porse.

«Pronto.» L'angoscia sul viso di Miranda era troppo da sopportare. Ian si alzò, uscì dalla stanza e percorse il corridoio fino al bagno.

Si appoggiò alla porta e si chiese se lei si rendesse conto di quali avrebbero potuto essere le conseguenze delle loro azioni.

20

C'era aria di festa all'aeroporto LaGuardia: invece dei soliti uomini d'affari stressati e ansiosi di arrivare al prossimo incontro, si vedevano ovunque persone allegre e sorridenti.

Leah e Jenny si diressero verso il gate e si sistemarono sull'aereo. «Dimmi di più sul nostro ospite. State... insieme?» chiese Jenny.

«Assolutamente no. Anthony è un ottimo amico. Sono sicura che ti piacerà. Ci sarà anche suo figlio.»

«Quindi non pensi che ti abbia chiesto di andare da lui per Natale con un secondo fine?»

Leah scosse il capo. «No, ne sono sicura.» Sorrise. «Ha perso sua moglie due anni fa e gli manca ancora terribilmente. Credo che non gli piaccia l'idea della casa vuota.»

Anthony le andò a prendere al Lebanon Airport. Il suo volto si illuminò alla vista di Leah e corse subito ad aiutarle con i bagagli.

«Santo cielo! L'invito era per una settimana, sembra che abbiate portato vestiti per mesi.»

«È il triste destino di Babbo Natale, temo. Non ho portato niente da indossare, solo un sacco di regali.» Leah ridacchiò. «A proposito, ti presento la mia amica Jenny.»

«Piacere di conoscerti, Jenny, e benvenuta!»

Le ragazze seguirono Anthony fino alla sua jeep, respirando a pieni polmoni l'aria fredda e frizzante. Durante il viaggio Leah fissò affascinata il paesaggio fuori dal finestrino.

«È bellissimo qui, Anthony. Mi ricorda l'Inghilterra.»

«Non per niente lo chiamano New England. Immaginavo che ti sarebbe piaciuto.» Guidarono lungo strade di campagna fino al pittoresco villaggio di Woodstock, ai piedi delle Catskill, con Anthony che chiacchierava allegramente dei piani per la settimana.

«C'è di tutto, in realtà. Potete fare quello che volete, quando volete. Pare abbia nevicato su in montagna e sono previste altre nevicate, quindi possiamo anche sciare.»

Leah scosse la testa. «Non so sciare.»

«Io sì!» si entusiasmò Jenny. «E mi piace un sacco.»

«Perfetto. Anche a mio figlio Jack piace. A me non fa impazzire, quindi sarà felice di avere compagnia sulle piste.» Sollevò una mano dal volante e indicò attraverso il parabrezza. «Ecco-ci arrivati, ragazze. Casa dolce casa.»

La casa di Anthony era nel mezzo della campagna, con vista sulle montagne circostanti. Era dipinta di bianco, con persiane verdi che incorniciavano le finestre piombate. E un porticato addobbato con una miriade di lucine.

«Oh, Anthony. È fantastica!» sussurrò dolcemente Leah.

«Grazie. Era la casa dei miei nonni. Hanno vissuto qui per cinquant'anni e alla morte dei miei genitori la proprietà è passata a me.» Prese le valigie dal bagagliaio e Leah e Jenny lo seguirono su per i gradini fino alla porta d'ingresso. Quando attraversarono l'ampio atrio e giunsero in soggiorno, la prima cosa che videro fu un albero di Natale alto tre metri nell'angolo, ricco di luci e con una montagna di regali alla base. Il grande camino era un tripudio di fiamme arancioni e la mensola era decorata con dei rami di agrifoglio. Il divano in mogano era cosparso di cuscini patchwork e il pavimento di legno coperto da un inestimabile tappeto Sarouk.

«Oddio, sembra di essere in una fiaba...» sussurrò Jenny.

«Mi ricorda un balletto. *Lo Schiaccianoci*. È bellissimo.» Leah sorrise.

Un ragazzo scese di corsa le scale, entrò in soggiorno e sorrise alle due ospiti.

«Lasciami indovinare. Sei il figlio di Anthony, vero?» chiese Jenny.

«Hai notato la somiglianza? Vorrei dire che papà ha preso da me la sua bellezza, ma...» Scrollò le spalle. «E voi? So che siete entrambe top model, e per i prossimi sei mesi al college potrò vantarmi del fatto che due delle ragazze più belle del mondo abbiano trascorso il Natale con me, ma...» Jack studiò Jenny. «Tu sei Leah?»

Jenny scosse la testa, segretamente lusingata che Jack pensasse che la famosa modella ingaggiata da suo padre potesse essere lei.

«E questo dimostra quanto sia efficace la nostra massiccia campagna pubblicitaria, vero, ragazze?» chiese Anthony, con gli occhi scintillanti.

Jack strinse loro la mano. «Piacere di conoscervi.»

«Jack, perché non accompagni Jenny e Leah alle loro stanze, mentre io preparo il pranzo? Metà del divertimento di venire qui è che facciamo tutto da soli.»

I tre infilarono le scale.

«Ecco, Leah, tu sei qui.» Jack la condusse in una grande camera da letto.

«Se vuoi lavarti e disfare le valigie, ci vediamo di sotto a pranzo tra una ventina di minuti. Vieni, Jenny, seguimi nei tuoi alloggi.»

Uscirono dalla stanza e Leah andò subito alla finestra. Si chiese se Anthony avesse scelto di proposito quella stanza per lei, perché la vista sulla campagna verde era mozzafiato e all'improvviso le fece sentire una grande nostalgia di casa. Pensò a cosa stessero facendo i suoi genitori.

Si appollaiò sulla poltrona vicino alla finestra, lasciandosi cullare dalla malinconia. Poi le venne in mente Brett, come sempre quando pensava a casa. Si domandò dove avrebbe trascorso la vigilia di Natale, come stava, e se sentiva la sua mancanza.

«Ferma, fatti aiutare, Mamma Natale!» esclamò Anthony qualche minuto dopo, ridendo nel vedere Leah entrare barcollante in soggiorno con la sua montagna di regali.

Insieme li sistemarono sotto l'albero.

«Vuoi aiutarmi con il pranzo?» Anthony indossava un grembiule a fiori sopra i jeans.

«Certo. Niente male, a proposito: potresti lanciare una nuova tendenza nella moda maschile» disse lei, seguendolo nella cucina spaziosa e accogliente, che le ricordò subito quella della fattoria di Rose nello Yorkshire. Nell'aria aleggiava il profumo di cucina casalinga e la radio trasmetteva canti natalizi. Leah provò un senso di benessere e cominciò a sentirsi felice di essere lì.

«Un po' di vin brûlé?» chiese lui. «La maggior parte dell'alcol evapora.»

Leah andò a sbirciare nella grande pentola che sobbolliva sul fornello. Il profumo era delizioso. «Certo, lo assaggio volentieri.»

«Bene. È una mia ricetta speciale. A proposito, devo avvisarti che il pranzo di Natale di domani sarà preparato, cucinato e servito dal sottoscritto.» Anthony versò il vin brûlé in due bicchieri e gliene porse uno.

Leah ne bevve un sorso e scoprì che le piaceva il gusto caldo e speziato. «È ottimo. Sono colpita dalla tua abilità in cucina. Io sono proprio senza speranza.»

«Non essere modesta. Sono sicuro che non è vero.»

Anthony servì la zuppa in quattro ciotole e aggiunse del pane appena sfornato su un tagliere di legno, mentre Leah chiamava Jenny e Jack.

I due corsero in cucina ridendo di qualcosa, e Leah fu felice di vedere gli occhi dell'amica brillare.

«Prima di dedicarci a quello che spero sarà un pasto spettacolare, vorrei dire, a nome mio e di mio figlio, quanto siamo felici di avervi qui. Ora cominciate, prima che la zuppa si raffreddi.»

Il pranzo fu allegro, con il vin brûlé che scorreva a fiumi e il cibo quasi all'altezza di quello della signora Thompson. Jenny e Jack si erano piaciuti subito, e lei sembrava aver ritrovato l'arguzia per cui era famosa nel mondo della moda.

Quando finirono erano passate le tre e il cielo si stava oscurando.

«Non so cosa ne pensino gli altri, ma a me non dispiacerebbe un pisolino prima di dare inizio ai festeggiamenti serali. Da tradizione invitiamo sempre alcuni amici di vecchia data a bere qualcosa da noi la vigilia di Natale. Poi andiamo in chiesa per la messa di mezzanotte.»

Tutti concordarono sulla necessità di qualche ora di riposo.

Leah si sdraiò sul letto con un senso di profonda pace e le preoccupazioni degli ultimi mesi che scomparivano...

«Ecco la Bella Addormentata» sorrise Jack quando Leah scese le scale e arrivò in soggiorno. «Ci chiedevamo se ti saresti mai svegliata.»

«Scusatemi...»

«Sta scherzando, Leah. Questo posto è fatto per rilassarsi. Posso dirti che sei molto bella stasera?» azzardò Anthony.

«Sì, niente male, Leah» la prese in giro Jenny.

«Ignorala. Siediti e bevi qualcosa.» Jack diede una pacca sul divano accanto a lui e le porse un calice di champagne. «Papà dice che non bevi molto, ma è Natale.»

«Mi fai sembrare noiosa, Anthony.» Leah gli sorrise dall'altra parte della stanza. «Vedo che ti sei tolto il grembiule per accogliere i tuoi ospiti.»

«Ehm, sì. Ogni tanto bisogna cambiarsi, e domani praticamente non me lo toglierò per tutto il giorno.» Anthony era impeccabile, con un paio di pantaloni di flanella grigi e una giacca dal taglio perfetto.

Qualcuno bussò alla porta e Jack saltò in piedi per andare ad aprire.

Una coppia anziana con dei regali entrò in salotto. Anthony li baciò, offrì loro un bicchiere di champagne e li presentò alle sue ospiti.

Nell'ora successiva il campanello suonò senza sosta. E ben presto il salotto si riempì di gente.

Leah notò che sembravano tutti rilassati quanto Anthony. Nel gruppo non c'era nemmeno un newyorkese rampante, e nessuno menzionò una sola volta il suo lavoro da modella, anche se era ovvio che sapevano chi fosse.

Leah andò in cucina a prendersi un bicchiere di succo d'arancia e Anthony la seguì.

«Ti stai divertendo? Spero non ti dispiaccia la presenza dei miei amici. So che di solito per te i cocktail party sono lavoro.»

«Per niente. Sembrano molto più rilassati degli altri americani che ho incontrato. Più... genuini» aggiunse.

«Sì, anche se potrebbe sorprenderti sapere che la maggior parte di loro ha grandi aziende con sede a New York. Ma vengono tutti qui per Natale ed è una regola non scritta che nessuno parli di affari quando siamo nel Vermont. Bill, con cui abbiamo parlato prima, è a capo di una grande azienda elettronica, e Andy gestisce un'agenzia di pubbliche relazioni a Manhattan.»

«Incredibile...» commentò Leah, stupita.

«Tra poco andremo tutti in chiesa, ma non sei obbligata a venire.»

«No, mi piacerebbe molto. Sono anni che non vado alla messa di mezzanotte.»

«Perfetto. Sono felice che tu e Jenny siate qui. Mi fa sentire... quasi come se fossimo di nuovo una famiglia.» Leah gli rivolse il suo sorriso più caloroso. «Forza, va' a prendere il cappotto. Fa molto freddo e le previsioni danno neve.»

La piccola chiesa era perfetta in ogni dettaglio, illuminata da candele e con un coro in abiti tradizionali. Tutti parteciparono ai canti e alla fine Leah andò con Anthony per ricevere la comunione. Guardò la sua testa china accanto a lei e provò un'ondata di affetto per lui.

All'uscita iniziò a nevicare e tutti trattennero il fiato davanti alla magia della scena. Poco dopo si baciarono e si separarono con i migliori auguri di buon Natale.

Anthony offrì il braccio a Leah.

«Sarà anche suggestivo, ma la neve e il ghiaccio possono essere insidiosi.»

Leah lo prese sottobraccio e partirono, seguiti a breve distanza da Jenny e Jack.

«Devo confessare che questa è la mia serata preferita dell'anno. E questo posto non manca mai di offrire l'ambientazione perfetta.»

«Erano anni che non vivevo l'atmosfera del Natale» sospirò Leah.

«Povera creatura disillusa... Quanti anni hai detto di avere? Cinquanta?» Sorrise. «Stavo scherzando, Leah» precisò, studiando con preoccupazione il suo viso serio.

«Lo so, ma hai ragione. Ho ventun anni e a volte penso come se ne avessi cinquanta. Ti rendi conto che ho solo tre anni più di Jack?»

«Lo so, anche se è difficile da credere. Avete avuto due vite molto diverse.» Erano arrivati a destinazione e Anthony le prese la mano, accompagnandola su per il sentiero che si stava rapidamente imbiancando. «Vieni, entriamo a scaldarci accanto al fuoco.»

I quattro si riunirono attorno al caminetto a bere cioccolata calda.

Dopo mezz'ora Jenny e Jack salirono in camera, uno dopo l'altro.

Anthony guardò l'orologio. «Sono le due meno un quarto. Direi che ci siamo inoltrati abbastanza nel giorno di Natale da aprire la mia speciale bottiglia di porto.»

Si alzò e andò al mobiletto dei liquori. Tornò e riempì due bicchierini.

«Per me no, Anthony.»

«A dire il vero non era per te.» Posò il bicchiere sulla mensola del caminetto. «È per il nostro amico barbuto, quando scenderà dal camino per venirci a trovare. Beviamo un bicchiere di porto insieme ogni anno. Salute.» Anthony alzò il bicchierino e sorseggiò il liquido color rubino. «Se sei stanca, sentiti libera di andare a letto. Io faccio sempre le ore piccole la notte di Natale.»

Leah non si sentiva per niente stanca, era semplicemente

rilassata e in pace con il mondo. Fissò il fuoco e pensò a quanto fosse bello stare con un uomo che non trovava per niente minaccioso. E con cui poteva essere se stessa.

«È triste che quando cresciamo smettiamo di credere nella magia, non trovi?» osservò lei.

«Sì. Ma è intorno a noi. Man mano che cresciamo, le nostre menti si riempiono di pensieri pratici e perdiamo il contatto con la magia. Perciò le notti come questa sono speciali. Sono momenti per uscire dal mondo reale. Per sognare e riconquistare l'innocenza perduta. Quando vengo qui mi ricordo che il mondo è un posto meraviglioso, pieno di bellezza. Con gli anni bisogna impegnarsi sempre di più per cercarla. Ma è qui, anche se nascosta.»

Leah annuì e provò ancora una volta un'ondata di sincero affetto per quell'uomo profondo e sensibile.

Sedettero insieme accanto al fuoco, in silenzio.

«Bene, dato che dormirò soltanto un paio d'ore prima di entrare in servizio, credo che dovrei andare a letto.»

«Mmm.» Leah si stiracchiò. «Che bello. Posso rannicchiarmi qui davanti al fuoco come un gatto e addormentarmi?»

«Come preferisci, però credo che staresti più comoda in un letto.»

«Hai ragione.» Anche se con riluttanza, si alzò. Lui fece lo stesso.

«Buonanotte, Anthony, grazie della bella giornata.» Lo baciò sulla guancia.

«Non ringraziarmi, non so dirti cosa significa per me il fatto che tu sia qui.» Lui le prese la mano e la baciò.

Leah sorrise e si avviò lentamente verso le scale, fermandosi sul primo gradino. «Buon Natale, Anthony.»

«Buon Natale a te, Leah.»

La osservò salire con grazia le scale, poi si chinò a prendere il bicchiere di porto in più. Lo sorseggiò lentamente, assaporandone il gusto.

Leah era una donna unica. Sotto la superficie perfetta nascondeva una grande maturità e profondità. In lei aveva trovato la bellezza nascosta di cui aveva appena parlato.

21

Sei giorni dopo, Leah si svegliò con un peso sul cuore. Il pensiero di tornare a New York la angosciava.

Non riusciva a credere a quanto fosse stata meravigliosa quella settimana. Niente stress, niente problemi, solo buona compagnia, buon cibo e, soprattutto, nessun orario. Si era alzata quando voleva, aveva mangiato quando aveva fame e aveva dormito quando era stanca.

Anthony era stato un perfetto padrone di casa, sempre pieno di idee su cose da fare, ma anche pronto ad assecondarla se preferiva starsene sdraiata accanto al fuoco a mangiare dolci e leggere. E infatti, visto che il tempo era stato brutto, avevano trascorso così la maggior parte delle giornate. Jenny e Jack avevano stretto amicizia e di solito uscivano prima che Leah si alzasse, diretti alle piste da sci. Tornavano soltanto verso le quattro, pronti ad affrontare Leah e Anthony in una battaglia a palle di neve.

Il cuore di Leah si scaldava nel vedere Jenny così felice. La pausa sembrava aver fatto bene anche a lei. Si era chiesta se fra Jenny e Jack fosse nato qualcosa, e nel caso sperava che questo significasse che Miles era fuori dai giochi, ma sembrava che i due fossero soltanto grandi amici.

Si alzò e iniziò a togliere i vestiti dall'armadio per metterli nella valigia, consapevole che le sarebbe mancata la compagnia di Anthony una volta tornata a New York. Negli ultimi giorni si era chiesta più volte se fosse attratta da lui ed era giunta alla conclusione che... sì, lo era. Non con la passione travolgente che le ispirava Brett, ma in modo più calmo, forse più maturo.

Non aveva idea di cosa provasse lui. Non le aveva mai dato l'impressione di considerarla qualcosa di più di una semplice amica, il che, nelle circostanze attuali, era tutto ciò che voleva.

Mentre scendeva a fare colazione, però, non poté fare a meno di sentirsi triste per la fine della vacanza.

«Buongiorno. Ho fatto i pancake con lo sciroppo d'acero per prepararvi al viaggio di ritorno in città.» Anthony le mise davanti un piatto colmo di calorie. Per una volta, Leah non aveva fame.

«Non ricordarmelo...» gemette. «Domani devo andare a una festa di Capodanno per Chaval.»

Anthony si sedette e cominciò a mangiare i pancake. «Lo so, ci vado anch'io. Potremmo fingerci malati e restare qui.»

«Non tentarmi. Adoro questo posto. Il pensiero di New York mi mette i brividi. Tu quando tornerai?»

«Domani. Passerò la serata a pulire casa e prenderò un volo a metà mattinata. Vuoi che passi a prenderti domani sera?»

«Sarebbe carino. Detesto andare a queste cose da sola, e almeno mi presenterò con il presidente dell'azienda» scherzò.

Tre ore dopo arrivò il triste momento degli addii all'aeroporto. Jenny e Jack sembravano affranti all'idea di separarsi.

«Santo cielo.» Anthony sospirò. «È come quando dovevi salutare il tuo migliore amico da bambino perché ti toccava tornare a scuola...»

Jack sorrise e si voltò per salutare Leah con un bacio. «È stato un piacere conoscerti. Grazie per essere venuta. Fai molto bene a papà. Prenditi cura di te.»

Leah guardò tristemente la campagna innevata che si allontanava dal finestrino dell'aereo.

«Devo dire che è stato il miglior Natale della mia vita» commentò Jenny.

«Sono d'accordo» convenne Leah. «Allora, vuota il sacco. Quando sarà il matrimonio?»

«No, non c'è niente tra me e Jack. È come un fratello. È solo che andiamo d'accordo. E comunque lui ha una ragazza seria al college e io ho Miles.»

Il cuore di Leah sprofondò. «Ah.»

«Sono impaziente di rivederlo. E tu, invece? Anthony è affascinante. È incredibile che sia il capo di un'azienda di quelle dimensioni. È così alla mano.» Jenny fece un sorriso sornione. «Ed è follemente innamorato di te.»

Leah si voltò verso l'amica. «Non credo. È come per te e Jack. Ci godiamo la reciproca compagnia. È strano, perché abbiamo vent'anni di differenza, ma ci siamo trovati.»

«Cosa provi per lui?»

«Mi piace molto.»

«Ma non in senso romantico?»

Leah fece una pausa. Non voleva analizzare ciò che provava per Anthony per paura di rovinarlo. «Non lo so.»

L'amica scrollò le spalle. «Leah, se un uomo fantastico come lui mi adorasse in modo così evidente, non me lo lascerei scappare. Voi due state bene insieme. Molto bene. Non scartare l'idea a priori.»

Leah guardò Jenny e scosse il capo. «Non lo farò.»

22

Miranda sentì bussare alla porta e si precipitò da Ian. «Buon anno, amore mio» sussurrò lui.

«Anche a te!» Miranda si accoccolò tra le sue braccia, felice che le ore interminabili della settimana precedente fossero finite e Ian fosse lì, a tenerla stretta.

«Vieni, andiamo in salotto. Ho dei regali per te.» Sciolse l'abbraccio. Alla vista del piccolo albero di Natale di Miranda, fu subito sopraffatto dal senso di colpa. Lei corse a prendere i tre pacchetti che c'erano sotto.

«Per te» disse, tutta eccitata.

«Tesoro, mi sento così male ad averti lasciata sola a Natale. Ma non potevamo permetterci che Santos sospettasse qualcosa, davvero. Sai quanto mi sei mancata? Ho passato ogni giorno a contare le ore.»

«Anch'io» sussurrò lei. «Per fortuna avevo la televisione. Ho guardato di tutto, da *La vita è meravigliosa* a *Canto di Natale* di Topolino.» Non aggiunse che aveva trascorso la giornata in una nebbia di lacrime e alcol, pensando a che cosa stessero facendo Rose e Chloe nello Yorkshire. Il suo unico sostegno era stato il pensiero che Ian sarebbe tornato da casa dei suoi genitori il giorno di Capodanno. Disse invece, con un brillio negli occhi: «Ma sai qual è il miglior regalo di Natale?».

«Quale?»

«Ieri Maria mi ha detto che sarebbe tornata in Germania per una settimana per vedere la sua famiglia. È partita ieri sera e non tornerà prima di martedì prossimo. Quindi potresti restare qui stanotte, se vuoi. Non ci sono spie.»

Ian lo sapeva già, perché Maria gli aveva telefonato tre settimane prima. E questo gli aveva dato il tempo e l'opportunità per elaborare il suo piano. Abbracciò Miranda. «Certo che voglio.»

«Ho messo dello champagne in frigo. Magari possiamo festeggiare Natale e Capodanno insieme.»

«Bene, stappiamo lo champagne e apriamo i regali.»

«Sì!» esclamò lei eccitata. Si aggrappò di nuovo a lui, come se non volesse interrompere il contatto nemmeno per un istante.

Ian rise. «Su, va' a prendere lo champagne. Ho una sorpresa per te.»

Miranda tornò con la bottiglia migliore che riuscì a trovare, Ian la stappò e versò lo champagne nelle flûte.

«A noi» disse lei.

«A noi.» Fecero tintinnare i calici. «Ti prometto che farò tutto il possibile per rendere il nuovo anno migliore dell'ultimo.»

Poi passarono ai regali. Miranda aveva dato fondo a una delle sue carte di credito, provando un enorme piacere nello spendere i soldi di Santos per Ian. Era l'unico modo in cui poteva pensare di fargli dispetto.

Ian si sporse a baciarla. «Grazie, tesoro. Sono tutti meravigliosi. Ma ora è il momento di aprire il tuo.»

Le porse una busta sottile avvolta in una bella carta e legata con un fiocco. Miranda la aprì e le si riempirono gli occhi di lacrime. Era così commossa che non riusciva a parlare.

«Oh, Ian...» Studiò attentamente i biglietti. Due voli per Hong

Kong a nome di «Mr e Mrs Devonshire». E una licenza di matrimonio con gli stessi nomi.

«Mi stai chiedendo...?»

«Sì, amore mio. Di sposarmi, scappare insieme e ricominciare da capo dove Santos non potrà trovarci. Ho organizzato tutto. Ci sposeremo in un ufficio dell'anagrafe, poi prenderemo un taxi che ci porterà direttamente a Heathrow. Nel pomeriggio saremo sull'aereo per Hong Kong. Ho un amico laggiù che mi ha offerto un lavoro. Non vivrai più nel lusso a cui sei abituata ora, ma saremo liberi e lontani da Santos. Dobbiamo farlo questa settimana, l'assenza di Maria ci faciliterà le cose. E Santos è in vacanza con la moglie e i figli. Resterà sul suo yacht fino al 10 gennaio, quando tornerà saremo lontani da un pezzo.»

«Ma mi servirà un passaporto e...»

«Shhh. Domani mattina Roger sarà impegnato con me in ufficio. Voglio che tu esca di buon'ora e ti tinga i capelli di un colore più scuro. Poi vai a farti fare delle foto per il passaporto. Verrò a prenderle domani sera. Se esci in macchina con Roger, indossa un cappello. I nostri nuovi passaporti saranno pronti entro venerdì. Tutti i contatti che ho acquisito negli anni di lavoro per Santos si sono rivelati molto utili.»

«È davvero necessario tingermi i capelli, Ian?»

«È una precauzione in più. Non voglio lasciare nulla al caso. Se qualcosa va storto, be'...» Scosse la testa.

Miranda scoppiò in lacrime. «Oddio, grazie. Sono così felice.»

Lui le asciugò le guance. «Si vede...» commentò ironico.

«Mi dispiace. Sono lacrime di felicità, te lo giuro. Non posso credere che quest'incubo finirà. Ti amo.» E lo baciò con tale trasporto che Ian fu quasi sopraffatto.

Poi un pensiero le attraversò la mente e il suo viso si rabbuiò. «E Chloe?»

«Ci ho pensato tanto, ma per adesso non c'è modo di portarla fuori dal paese con noi. Una volta che saremo a migliaia di chilometri di distanza, però, potrai contattare tua madre, farle sapere che stai bene e ripartire da lì. Mi dispiace, Miranda, ma finché sei prigioniera qui non vedrai mai più Chloe. Almeno, se sei libera, hai una possibilità.»

«Hai ragione» sussurrò Miranda. «Pensi che riuscirò mai a rivederla, Ian?»

Lui le strinse la mano. «Certo, tesoro mio.» La tirò in piedi. «Ora andiamo, voglio festeggiare il nostro fidanzamento.» Si avviarono verso la camera da letto, sempre tenendosi abbracciati.

Erano ancora svegli quando spuntò l'alba e Ian si alzò per andarsene.

«Non avremo tempo di parlare domani quando passerò a prendere le foto, quindi ricorda: prepara solo una borsa piccola. Vogliamo che sembri che ti sto portando fuori a pranzo. Ti farò avere dei vestiti, ma indossa qualcosa di carino. In fondo sarà il tuo abito da sposa.»

«Ma Santos non capirà che siamo andati via insieme, una volta che Roger gli avrà detto che ero con te l'ultima volta?»

«Sì, ma non c'è modo di aggirare il problema. Sono l'unica altra persona autorizzata a portarti fuori, quindi non c'è alternativa.»

Ian tornò verso il letto, la baciò dolcemente sulle labbra e si voltò per andarsene.

Miranda lo guardò allontanarsi con una fitta di terrore.

«Ian!» lo richiamò, quasi gridando.

«Che c'è?»

«Ho paura. E se qualcosa va storto?»

«È tutto organizzato. Pensa che la prossima settimana saremo marito e moglie e il resto sembrerà solo un brutto sogno. Ti amo, Miranda.»

«Anch'io ti amo.»

Lui le mandò un bacio e uscì dalla camera da letto.

Miranda si accasciò sui cuscini, ma sapeva che non sarebbe riuscita a dormire. Si avvicinò alla finestra e scostò la tenda.

Nella penombra, lo vide allontanarsi a passo spedito da lei e dall'appartamento, diretto alla sua macchina, che aveva nascosto qualche strada più in là.

«A presto, amore mio» sussurrò, rimettendo a posto la tenda.

23

«Ciao, Leah. Com'è andato il volo?» Anthony la aiutò a salire sulla limousine e partirono verso il Museum of Modern Art.

«Benissimo. Non riesco a credere di aver lasciato Woodstock solo ventiquattr'ore fa.»

Lui la studiò mentre scrutava in silenzio dal finestrino. «Va tutto bene? Sembri un po' mogia.»

«Mi dispiace, Anthony. Sì, tutto bene.» Leah gli sorrise.

A dire il vero non si sentiva affatto bene, ma non capiva il motivo. Miles le aveva accolte con calore quando erano rientrate il giorno prima. L'appartamento era in condizioni perfette e quella sera lui e Jenny erano andati a una festa nell'East Village.

Ma aveva un brutto presentimento e per qualche strano motivo non riusciva a liberarsene.

La limousine si fermò per lasciar passare un gruppo di giovani festaioli in giro per il Capodanno. Dovevano avere all'incirca la sua età. Per un momento Leah pensò a quanto avrebbe voluto togliersi l'elegante abito da sera, scappare dal mondo rarefatto e privilegiato in cui viveva e unirsi a loro.

Anthony se ne accorse. E si sentì in colpa per il suo desiderio di portare via Leah per sempre. Ma, in un certo senso, se le avesse fatto la proposta quella sera, non le avrebbe restituito la libertà? Non sarebbe più dovuta stare davanti a una macchina fotografica e avrebbe potuto trascorrere le giornate come meglio credeva.

Mentre la limousine procedeva lenta lungo la 53esima Ovest, le sfiorò delicatamente il braccio. «Non essere così triste. Hai il potere di cambiare il tuo destino, se lo desideri.»

Leah lo guardò, stupita che lui avesse capito. «Ho tutto quello che si potrebbe desiderare. Chi non scambierebbe la propria vita con la mia? Soldi, fama, gioventù... immagino di essere il sogno americano.»

L'auto si fermò davanti al Museum of Modern Art e Anthony la aiutò a scendere. Mentre si univano alla folla ingioiellata che entrava nell'edificio, Leah non poté fare a meno di pensare che l'ultima volta ci era stata con Brett.

Lasciò Anthony per andare a togliersi il lungo cappotto da sera in velluto. Quando tornò da lui nella grande sala al piano terra in cui si svolgeva il ballo, Anthony era circondato da persone, alcune delle quali erano dipendenti di Chaval. Tutti si voltarono verso di lei mentre si avvicinava.

Anche una modella professionista che abbellisce le passerelle e i cartelloni pubblicitari di tutto il mondo ha delle serate di particolare bellezza. E per Leah era una di quelle.

I capelli erano raccolti e indossava un abito da sera di Jean Muir, con il corpetto di raso nero attraversato da fili d'argento. La gonna, strati su strati di tulle nero, si muoveva dolcemente attorno alle sue gambe come il tutù di una ballerina.

Anthony le tese le mani. «Leah. Cosa posso dire? Sei... più che meravigliosa. Credo che tu conosca già quasi tutti.»

Le presentò gli ospiti che non conosceva e poi andarono a prendere posto a uno dei tavoli apparecchiati con bicchieri di cristallo e porcellane antiche.

Alla fine del pasto, l'orchestra cominciò a suonare.

«Posso avere l'onore?» chiese Anthony.

«Certo.» Lei gli prese la mano e si avviarono verso la pista.

Mentre cominciavano a muoversi a ritmo, Leah scorse David Cooper che ballava a pochi passi da lei. Lui la notò e la salutò con un sorriso. Anche Anthony lo vide e gli fece un cenno del capo.

«Non sapevo che conoscessi David.»

«Non proprio, l'ho incontrato solo una volta.»

«È un tipo strano. Un po' un enigma nella comunità di imprenditori di New York. È abbastanza insolito vederlo a un evento mondano come questo. In genere sta per conto suo, soprattutto da quando è morta sua moglie, alcuni anni fa. Ovviamente so come si sente. Il lutto può farti ritirare completamente dalla vita sociale.»

L'orchestra smise di suonare e la coppia tornò al tavolo. Il direttore del museo si alzò per fare un discorso su quanto il ballo di quella sera avrebbe fatto bene alla fondazione e chiese a tutti di brindare al nuovo anno.

Tutti si unirono al conto alla rovescia per lo scoccare della mezzanotte. Fra gli applausi, Anthony abbracciò forte Leah e la baciò su entrambe le guance.

«Buon anno. Spero che ti porti felicità e pace.»

«Anche a te, Anthony.»

Poi si spostarono sulla pista per prendere per mano il resto degli ospiti e cantare il tradizionale *Auld Lang Syne*.

Alla fine il ritmo cambiò e le signore sollevarono gli orli dei loro abiti da sera per potersi muovere più liberamente.

«Questa musica non fa per me» disse Anthony. «Ma tu continua pure...»

Prima che potesse defilarsi, però, furono interrotti. «Posso?» Era David Cooper.

«Ciao, David. Sì, certo.» Anthony la lasciò tra le braccia di David.

Messa di fronte alla scelta tra l'essere palesemente scortese o ballare con il padre di Brett, Leah annuì e iniziò a muoversi a ritmo.

«Come stai?» chiese lui.

«Bene, grazie.»

«Sei davvero stupenda stasera.»

«Grazie.»

«Mi è dispiaciuto molto per te e Brett. Avevo la sensazione che fosse una cosa seria.» Un'analisi retrospettiva della sua relazione in compagnia di David Cooper non era proprio il modo in cui aveva sperato di dare il benvenuto al nuovo anno. «Sono rimasto sorpreso quando Brett ha chiesto di anticipare il suo viaggio all'estero.»

E così Brett aveva lasciato il paese.

«Sì» rispose Leah, in modo volutamente ambiguo.

«Quindi ora esci con Anthony Van Schiele?»

Leah scosse la testa. «No. È il mio capo e siamo buoni amici.»

David sorrise. «Davvero, non devi essere timida con me. So come va il mondo. Solo perché hai avuto una storia con mio figlio, non significa che devi entrare in convento ora che è finita.»

Leah avrebbe voluto urlare. Quell'uomo non sapeva niente dei suoi sentimenti per Brett, e il fatto che liquidasse il loro amore come se fosse un'avventura da quattro soldi le dava la nausea.

«Non ho intenzione di entrare in convento, glielo assicuro! Ora, se vuole scusarmi...» Leah si districò dalla sua presa e andò in bagno.

Si lavò le mani sudate e rimase lì a guardarsi allo specchio, riluttante a tornare alla festa. Voleva andare a casa.

Quando tornò nell'atrio trovò Anthony con il suo cappotto.

«È ora di andare?» le chiese.

Leah annuì con gratitudine. «Come lo hai capito?»

Lui la condusse fuori dall'edificio, alla limousine in attesa. «Ti ho vista con David Cooper. E devo ammettere che sono incuriosito dalla vostra relazione. Vuoi tornare al mio appartamento per il bicchiere della staffa? Così mi racconti.»

«Va bene.» Leah si rese conto che era sciocco essere timida, in fondo avevano trascorso l'ultima settimana sotto lo stesso tetto.

L'appartamento di Anthony al sessantasettesimo piano era un susseguirsi di stanze confortevoli e spaziose con una splendida vista su New York. Come la casa di Southport, era arredato in modo sobrio ed elegante.

«Mi fai compagnia? Mi vergogno a bere da solo» disse lui, aprendo il mobiletto dei liquori.

«D'accordo, ma ci tengo a precisare che non sono contraria all'alcol per motivi morali, è solo che non mi piace il gusto.»

Annuì. «Okay, ti porto una crême de menthe frappé.»

Anthony preparò i drink e si sedette di fronte a lei. «Allora, come fai a conoscere David Cooper?»

Leah si strofinò gli occhi stanchi. «È una lunga storia.»

«Abbiamo tutta la notte.» Anthony alzò il bicchiere, facendo tintinnare il ghiaccio all'interno.

«Va bene. Ricordi che quando sono venuta a casa tua la prima volta ti ho detto che avevo appena chiuso una relazione?»

«Sì.»

«Era con il figlio di David Cooper.» Gli raccontò tutta la storia, dall'incontro con Brett quando erano giovani al colpo di scena finale della sua partenza senza nemmeno un saluto.

Anthony ascoltò in silenzio, annuendo di tanto in tanto.

«La faccenda ha messo a dura prova la mia fiducia.»

«Capisco, Leah. Quando provi un sentimento profondo per qualcuno, come quello che evidentemente provavi per Brett, e questa persona ti delude, è terribile. Non vorrei sembrarti troppo paternalistico, ma alla fine lo supererai. Lo dico per esperienza.»

«Sì, ma vedere David Cooper stasera mi ha riportato tutto alla mente.»

Di colpo Anthony parve un po' nervoso. «Senti, Leah, forse non è il momento ideale, dopo quello che mi hai detto, ma siamo sempre stati onesti l'uno con l'altra, vero?»

«Ovviamente.»

«Ecco, il fatto è...» Anthony, di solito così spigliato, faticava a trovare le parole. «La prima volta che ti ho vista ho pensato che fossi una donna eccezionalmente bella. Poi, quando ho iniziato a conoscerti meglio, ho capito che hai molto di più da offrire. La tua bellezza maschera le tue altre qualità, ed è stato un piacere scoprire la profondità e la bontà della tua anima.» Fissò il fondo del bicchiere, cercando il modo migliore di esprimere i suoi sentimenti. «Forse ti suonerò troppo americano, ma volevo dirti che la settimana scorsa ha confermato quello che pensavo. Mi è successa una cosa che non avrei mai creduto possibile dopo la morte di Florence. Mi sono innamorato di te.»

Anthony continuò a studiare il suo brandy e Leah rimase in silenzio, lasciandogli il tempo di finire il discorso.

«Il fatto è che non sono il tipo di uomo che passa da una donna all'altra. Quando ho capito di amarti, mi sono subito sentito in colpa per Florence, e anche per la differenza di età che ci separa. Ho cercato di convincermi che non avrebbe mai potuto funzionare e che avevi bisogno di qualcuno di più giovane.» Incontrò il suo sguardo. «Come Brett.» Anthony sospirò.

«Ma poi, dopo aver passato del tempo insieme, ho iniziato a pensare che forse, essendo così matura, avresti potuto desiderare qualcuno di più anziano.» Deglutì a fatica. «In breve... vorrei chiederti di sposarmi.»

Nell'appartamento calò il silenzio. Leah era sbalordita.

«Ti ho appena sentito parlare di Brett, capisco che ti ci vorrà del tempo per dimenticarlo. So bene cosa si prova. Perdere una persona amata è l'esperienza più dolorosa del mondo, quindi prenditi tutto il tempo che desideri. Ma pensavo che dovessi sapere cosa provo per te. Ti prometto che, se non ricambi, potremo continuare come prima.»

«Anthony...»

«Va tutto bene, non devi dire niente. Non ti chiedo una risposta stasera. Sono sicuro che è stata una sorpresa e voglio che tutto continui come al solito. Mi risponderai quando ti sentirai pronta.»

Leah sgranò gli occhi. «Grazie per avermelo detto, dev'esserci voluto molto coraggio. Sono onorata che tu mi abbia chiesto di sposarti. Ma non so come mi sento, non ho mai pensato alla nostra relazione in questi termini.» Lo guardò. «Ti prometto che ci penserò.»

Anthony sembrò sollevato. «Bene. Non ti chiedo altro. Domani devo andare in Francia per lavoro e starò via per un paio di giorni. Posso chiamarti quando torno?»

«Certo.»

«Perfetto. Chiamo Malcolm e gli dico di prendere la macchina per portarti a casa.»

La accompagnò all'ascensore e la baciò di nuovo su entrambe le guance. «Abbi cura di te, Leah. Ci vediamo presto. E dico sul serio, niente pressione. Non preoccuparti di quello che ci siamo detti stasera.»

«D'accordo. Grazie per la bella serata.»

La porta dell'ascensore si chiuse e Leah scese nell'atrio, dove Malcolm la stava aspettando. Mentre sprofondava nella lussuosa pelle dei sedili della limousine, la sua mente cominciò a vorticare. Nonostante quello che Jenny le aveva detto durante il volo di ritorno dal New England, onestamente non se lo aspettava. Lei e Anthony non si erano mai nemmeno baciati. Erano amici. Avevano una bellissima amicizia, ma nient'altro. O no?

Mezz'ora dopo, Leah girò la chiave nella serratura ed entrò nell'appartamento buio. Si avviò verso la sua camera da letto, ma un gemito la fermò. Era molto debole, sembrava quello di un animale ferito. Allarmata, seguì il lamento fino al salotto, ma lo trovò buio. Cercò a tentoni l'interruttore della luce e la accese al minimo.

Jenny era rannicchiata al centro del pavimento. Era nuda, tremava e si dondolava avanti e indietro, emettendo lamenti sommessi. Leah si avvicinò, ma si fermò a due metri di distanza, trattenendo il respiro.

Il corpo dell'amica era coperto di lividi viola.

24

Per un attimo Leah rimase impietrita. Jenny non sembrava essersi ancora accorta della sua presenza. Quando riuscì finalmente a muoversi, si inginocchiò al suo fianco, facendo attenzione a non spaventarla. «Jenny, sono Leah» sussurrò.

Jenny sussultò quando le mise una mano sulla spalla. «Oddio» gemette.

Leah si tolse il cappotto di velluto e glielo drappeggiò sulle spalle, poi accese il caminetto a gas.

«Su, vieni a sederti qui, altrimenti morirai di freddo.»

La condusse davanti al caminetto. Piangeva. Leah non poteva fare altro che tenerla stretta tra le braccia. «Oh, Jenny» mormorò. «Perché lo ha fatto?»

«Gli... gli ho raccontato che ci siamo divertite un mondo a Woodstock e ho detto che io e Jack ci siamo trovati molto bene. Mi ha accusato di averlo tradito. Mi ha dato della puttana e ha cercato di strangolarmi...» Jenny non riuscì ad andare oltre. Alzò lo sguardo. I segni rossi sulla pelle delicata del suo collo erano già diventati grigi e bluastri.

«Dov'è Miles?»

«Adesso dorme nel mio letto. Era ubriaco. Probabilmente non si ricorderà nulla domattina.»

Il pensiero che l'autore di quel terribile crimine fosse a pochi metri da dove erano sedute le fece venire i brividi. Cercò di pensare alla cosa migliore da fare. «Chiamo la polizia.»

«No! Non farlo!» Jenny assunse un'espressione angosciata. «Ti prego, non farlo» la implorò.

Stava alzando la voce e iniziava a suonare isterica. E l'ultima cosa che Leah voleva era svegliare Miles.

«Va bene, va bene, stai tranquilla. Non chiamo nessuno. Ma penso che dovremmo andare in ospedale per farti controllare.»

«No!» Stavolta quella sul volto di Jenny era paura. «Non mi ha fatto tanto male. È solo lo shock. Sto bene, davvero.»

«Sicura di stare bene?»

«Mi fa male il collo, nient'altro. Per favore, non farmi andare in ospedale, Leah. Mi chiederanno chi è stato e non ce la farei a rispondere a tutte le loro domande. Giuro che ci andrò domani, se non mi sento bene» promise, supplichevole.

«Lo sai che non si può continuare così, vero? Domani Miles deve andarsene.»

Jenny annuì. «Avrebbe potuto uccidermi.»

Ancora una volta Leah aveva ignorato il proprio istinto. Il senso di colpa la travolse. Avrebbe già dovuto buttarlo fuori.

«Forza, andiamo a letto. Puoi dormire con me stanotte, ma domani mattina presto vai a farti visitare. E non tornare prima di pranzo. Ho alcune cose da dire a Miles.»

«Leah, perché la mia vita è così complicata?» chiese Jenny in tono triste. «A Woodstock stavo bene. Ero contenta. Non vedevo l'ora di tornare da Miles e far ripartire la mia carriera. E ora? È tutto inutile. Perché?»

Leah scosse il capo e aiutò l'amica ad alzarsi dal pavimento. «Non lo so, Jenny, davvero non lo so.»

25

Il mattino dopo Leah spedì una Jenny disperata dal medico.

Poi si preparò una tazza di caffè forte e si sedette in soggiorno ad aspettare Miles.

Alle undici sentì la porta della camera aprirsi. Il cuore le batteva forte nel petto mentre lui, con indosso l'accappatoio di Jenny, faceva il suo ingresso nella stanza.

«Buongiorno. Vuoi un caffè?»

«Ce l'ho.»

Seguì Miles in cucina e lo guardò riempire con calma il bollitore e accendere il fuoco.

«Buon anno, comunque.» Sorrise. «Cavolo, che serata.»

«Puoi dirlo forte. Siediti, Miles. Devo parlarti.»

Sembrava vagamente sorpreso dal tono severo di Leah.

«Va bene. Dov'è Jenny?»

«Fuori.»

«Oh. Non pensavo che si sarebbe alzata così presto. Ieri abbiamo alzato un po' troppo il gomito.» Il bollitore cominciò a fischiare e Miles riempì la tazza prima di sedersi di fronte a Leah.

Era inquietante che riuscisse a essere così disinvolto dopo quello che aveva fatto la notte prima.

«Miles, quando sono tornata a casa, alle tre del mattino, ho trovato Jenny che piangeva. Era terrorizzata. Ha detto che hai provato a strangolarla.»

Lui assunse uno sguardo di genuino stupore. «Che?» Scoppiò a ridere. «Be', a quanto pare ha davvero bevuto troppo.»

«Non credo. Era coperta di lividi, e non è la prima volta che succede. Un mese fa aveva il viso gonfio e un occhio nero.»

Il volto di Miles si rabbuiò e i suoi occhi penetranti lampeggiarono. «Stai insinuando che sono stato io?»

«Sì. Oltre al fatto che è stata Jenny a dirmelo, è improbabile che sia stato qualcun altro, non trovi? Sei stato con lei per tutta la sera.» Leah pensò che quella conversazione era ridicola. «Ero pronta a chiederti di andartene già un mese fa, ma Jenny non ha voluto. Ha detto che le avevi chiesto scusa e avevi promesso di non farlo più. Quindi ti ho lasciato restare. Ma così non può andare avanti. Ti voglio fuori da questo appartamento oggi stesso.»

Lui rimase seduto in silenzio, a fissarla. Lo sguardo era lo stesso che l'aveva fatta rabbrividire da bambina. La faceva sentire quasi sporca.

«Allora le credi?» chiese lentamente, senza battere ciglio.

«Sì, certo che le credo. Ho visto i lividi con i miei occhi. E non ho motivo di dubitare di lei. Quindi fa' le valigie e togli le tende entro ora di pranzo. Sei fortunato che Jenny si sia rifiutata di chiamare la polizia. Se te ne vai e prometti di non provare mai più a contattarla, non lo farò neanche io, per il bene della tua famiglia.»

«La mia famiglia? Quale famiglia?»

«Rose, Miranda e Chloe, ovviamente. Sarebbero sconvolte se finissi in tribunale per aver picchiato una donna.»

Miles si alzò e si avvicinò a lei. Per la prima volta dall'inizio della conversazione, Leah sentì la paura scorrerle nelle vene.

«Pensi di sapere tutto della mia famiglia, eh? Cercavi sempre di infilarti fra noi da piccola, leccando il culo a Rose e seducendo il mio patetico cugino. Hai un bel coraggio a dire agli altri come vivere la propria vita. Miss innocenza e perfezione.»

Miles alzò una mano e, per un istante, Leah pensò che stesse per schiaffeggiarla. Invece tracciò delicatamente i contorni del suo viso, poi le dita si spostarono lungo il collo e verso il seno. Questo spinse Leah a reagire. Balzò in piedi.

«Smettila! Non osare toccarmi. Esci subito di qui, altrimenti chiamo la polizia.»

«Va bene, me ne vado.» Lui si avvicinò alla porta, ma si fermò per guardarsi indietro. I suoi occhi scuri lampeggiarono. «Te ne pentirai, mia cara Leah.»

Dieci minuti dopo Miles riapparve con la valigia e gettò a terra la chiave. «Trovo la strada da solo. Ciao.»

Leah sentì sbattere la porta d'ingresso e rimase in ascolto mentre l'ascensore scendeva. Sperava che quella sarebbe stata l'ultima volta che avrebbe visto Miles Delancey. Le metteva una paura terribile, tanto che al momento era incapace di muoversi. Le sembrava di avere di nuovo sedici anni e di essere sola con lui nel fienile di Rose.

Coraggio, Leah. Se n'è andato. Non tornerà. Sa cosa gli succederebbe se lo facesse.

Due ore dopo sentì la chiave girare nella toppa e pensò alla battaglia che avrebbe dovuto affrontare per convincere di nuovo la sua più cara amica che la vita valeva la pena di essere vissuta.

Jenny entrò in soggiorno. Sembrava pallida e terribilmente triste.

«Se n'è andato?»

«Sì, tesoro.»

«Oh.» Jenny scoppiò in lacrime. Leah si alzò e andò ad abbracciarla.

«Lo amavo davvero, sai? Cosa farò adesso?»

«Ora voltiamo pagina e guardiamo al futuro. Mi dispiace, Jenny, ma sul serio, stai molto meglio senza quel bastardo. Conosco Miles da parecchio tempo e ha sempre avuto qualcosa di inquietante. E un uomo che fa quello che ti ha fatto è marcio fino al midollo.»

«Lo so, ma mi aveva dato una ragione per vivere. Prima ero così depressa. E ora se n'è andato.»

«Non dire così. Pensa a quanto eri felice a Woodstock! Perché non chiami Jack? Ti tirerà su di morale.»

«No, è partito per Capodanno con la sua ragazza. Non sono la priorità di nessuno.»

«Sei la mia. Sono qui per te. Per favore, devi continuare a combattere. Ci saranno altri uomini che ti ameranno e non ti faranno del male come Miles.»

Jenny si accasciò sul divano. «Ne vale la pena, Leah?»

Lei asciugò le lacrime dal viso dell'amica. Jenny aveva bisogno di positività. Scelse di dargliela.

«Certo che sì. Hai passato un periodo difficile, tutto qui. Le cose andranno meglio. Fidati di me.»

Jenny afferrò la mano di Leah. «Tu sei così forte. Vorrei essere come te. E sei sempre stata buona con me, anche se non faccio altro che causarti problemi.»

«È a questo che servono gli amici. L'unica cosa che voglio in cambio è vederti superare tutto questo il più in fretta possibile. Devi provare. Me lo prometti?»

Jenny scosse la testa, sconsolata. «Non posso. Miles era tutto ciò che avevo. Il resto è sparito.»

«Coraggio, non devi pensare così.» Leah si stava sforzando di trovare qualcosa da dire per tirarle su il morale. «Cos'ha detto il dottore?»

«Non molto. Sai come sono i medici. Non ha creduto che fossi caduta dalle scale, ma ha detto che non poteva fare nulla se non gli dicevo la verità. Comunque, mi ha visitata e sto bene. Mi ha prescritto alcuni sonniferi e un po' di Valium.»

«Bene, dammeli. Non vogliamo ricominciare.»

«Non li ho nemmeno comprati» si affrettò a dire Jenny.

«Va bene. Promettimi che non lo farai. Riempirsi di farmaci non aiuta, lo sai, vero?»

Jenny annuì.

«Perché non vai a riposare? Devi essere esausta. Ti preparo una tazza di tè e te la porto in camera.»

Jenny si sollevò cautamente. «Sì, sono un po' stanca.» Strinse ancora una volta la mano di Leah. «Grazie di tutto.»

«Di niente. Va', arrivo fra un minuto.»

Jenny si alzò e uscì a passi strascicati dalla cucina.

Leah riempì il bollitore, chiedendosi cosa fare. Non aveva gli strumenti per interagire con qualcuno con una grave depressione come quella della sua amica e, dopo l'ultima volta, si sentiva più che responsabile. Decise di chiamare il consulente di Jenny al Lenox Hill.

La centralinista le disse che il medico era in ferie fino al giorno dopo e le consigliò di richiamare. Leah riagganciò. Per il momento non poteva fare altro, ma avrebbe chiamato l'indomani, se Jenny fosse stata sempre così instabile.

«Ecco.» Le porse il tè caldo e fumante.

«Grazie.»

«Vuoi che resti qui con te?»

Jenny scosse la testa. «Starò bene. Ho molto sonno. Credo che mi addormenterò subito.»

«Va bene. Ma chiama, se ti serve qualcosa. Sarò nella mia stanza.»

Leah si chiuse la porta alle spalle e andò nella sua camera da letto per cercare di recuperare un po' di sonno.

Era la prima occasione che aveva per pensare alla proposta di matrimonio di Anthony. Con tutto quello che era successo, aveva messo da parte il pensiero.

Amava Anthony? Era a proprio agio in sua presenza, si sentiva accudita e, soprattutto, capita. E sì, lo trovava attraente.

Ma un matrimonio? Non lo sapeva.

Alle dieci e mezza di quella sera, Leah entrò nella camera da letto di Jenny.

La ragazza era seduta con la schiena dritta, stava mangiando una mela e guardava la televisione. Si era spazzolata i capelli, e Leah pensò che stava benissimo, considerate le circostanze. Si sedette sul letto e le prese la mano.

«Ciao, Leah. Mi sento molto meglio.»

«Si vede. Vuoi venire a dormire nella mia stanza stanotte?»

«No. Starò bene qui.»

«Sei sicura?»

Jenny le rivolse un sorriso radioso. «Assolutamente.»

«Sono orgogliosa di te, Jenny» disse con calore. «Se hai bisogno, sai dove trovarmi. Buonanotte, dormi bene.» Si alzò.

«Leah?» Jenny allungò la mano e la attirò verso di sé. «Sei stata fantastica negli ultimi mesi. La migliore amica che avrei potuto desiderare. Grazie mille. Ti voglio bene.» Le gettò le braccia al collo e la tenne stretta.

«Anch'io ti voglio bene. Buon anno nuovo, tesoro.»

«Sì, buon anno. Ti meriti il meglio. Resta sempre come sei e starai benissimo.»

Mentre Leah usciva dalla stanza, Jenny la salutò con la mano.

«Addio» sussurrò tra le lacrime mentre la porta si chiudeva.

Il mattino seguente, alle nove, Leah portò una tazza di caffè nella stanza di Jenny.

Prima ancora che potesse vedere qualcosa, il forte odore di alcol le disse che era successo il peggio.

Accese la luce e si avvicinò al corpo immobile e pallido della sua amica. Spostò le bottiglie di bourbon vuote e le confezioni di Valium dal piumone e le controllò il polso.

Poi la abbracciò e la tenne stretta.

«Oh, Jenny, la mia Jenny» mormorò tra i singhiozzi.

26

Miranda si stava guardando allo specchio per l'ultima volta. Dopo aver riflettuto a lungo, la sua scelta era ricaduta su un abito firmato Zandra Rhodes in seta color crema, bordato di ermellino.

Non aveva chiuso occhio, alla fine si era alzata alle cinque e aveva passato ore ad acconciarsi i capelli.

Guardò l'orologio. Le dieci meno cinque. Ian sarebbe arrivato da un momento all'altro. Aveva preparato una borsa minuscola ed era pronta a uscire da quell'incubo e iniziare una nuova vita con lui.

Il giorno prima aveva chiamato Roger, si era fatta accompagnare in banca e aveva svuotato il conto che Santos aveva aperto per lei. Aveva quasi cinquemila sterline in contanti e altre ventimila su un assegno intestato al nome riportato sul passaporto. Ian si sarebbe preoccupato se avesse saputo cosa aveva fatto, ma quando Santos lo avrebbe scoperto sarebbero stati a migliaia di chilometri di distanza, e con quel denaro avrebbero potuto ricominciare da capo.

Miranda andò in salotto e si sedette. Si torceva nervosamente le mani e non poteva fare a meno di fissare il piccolo orologio sulla mensola del camino, con le lancette dei secondi che tichettavano.

«Per favore, non fare tardi, Ian» mormorò. Da quando aveva accettato di scappare con lui, continuava a fare incubi su Santos che si presentava all'aeroporto per impedirle di partire.

Le lancette superarono le dieci e Miranda rimase ancora seduta immobile, in una specie di agonia. Si ricordò le parole di Ian.

«Se non arrivo entro le dieci e mezza, prendi la borsa, esci dall'appartamento e corri finché non trovi un taxi. Ci vediamo all'anagrafe. Se non sono lì, prendi un taxi per Heathrow e ci vediamo alle partenze.»

Miranda sapeva che Ian aveva organizzato un viaggio per Roger quella mattina, e il giorno prima l'autista le aveva detto che non sarebbe stato disponibile fino all'ora di pranzo. Il campo era libero.

Per la centesima volta, cercò nella piccola pochette l'indirizzo dell'ufficio anagrafe. Ormai lo sapeva a memoria.

L'orologio segnava le dieci e un quarto e Miranda non riusciva più ad aspettare. Si alzò e si versò una generosa dose di vodka.

Alle dieci e venticinque era in uno stato di trepidazione tale che aveva cominciato a camminare su e giù per la stanza.

«Per favore, arriva... per favore, arriva» ripeteva di continuo.

Il silenzio nella stanza era assordante. Accese la televisione, sperando che le avrebbe dato qualcos'altro su cui concentrarsi. Avrebbe aspettato fino alle undici meno venti e poi avrebbe fatto come lui le aveva chiesto e avrebbe preso un taxi per l'anagrafe.

Fissò con sguardo assente il notiziario delle dieci e mezza.

Poi il volto di Ian apparve sullo schermo.

Si chiese se avesse le allucinazioni. Si avvicinò e ascoltò attentamente quello che diceva il giornalista.

«... investito alle otto di ieri sera. La polizia sta cercando eventuali testimoni che possano aver visto il conducente dell'auto. E ora passiamo al meteo. L'ondata di freddo è...»

Il volto di Ian scomparve. Miranda cadde a terra, convinta che sarebbe svenuta.

«No, no, oddio, no...»

Si dondolò avanti e indietro, la mente incapace di assorbire ciò che aveva appena visto.

Le dita delle mani e dei piedi formicolavano e il cuore le batteva all'impazzata nel petto. Fece dei respiri profondi, cercando di controllarsi.

La debolezza passò. Miranda si alzò barcollando e prese la bottiglia di vodka. Ne bevve un altro sorso e tornò al divano.

Qualcosa dentro di lei le diceva che era vitale mantenere il controllo. Si costrinse a pensare al da farsi.

Ian era morto.

Era stato un incidente? Non credeva proprio.

Santos doveva averli scoperti.

Le tornò in mente tutto quello che Ian le aveva raccontato sul suo conto. L'aveva avvertita che era capace di uccidere.

Era in pericolo, non aveva un secondo da perdere. Con uno sforzo gigantesco, mise da parte il dolore e la rabbia. Era una questione di sopravvivenza. Se non si fosse mossa in fretta, era probabile che facesse la stessa fine di Ian.

L'istinto prese il sopravvento. Miranda afferrò la borsa e si diresse verso la porta. La aprì e si trovò davanti un volto familiare.

«No!» Cercò di superare l'autista colpendolo al petto, ma lui la prese per un braccio e la trascinò dentro, mentre urlava e scalciava.

«Stia zitta!» Roger la prese a schiaffi mentre lei gridava isterica.

«Assassino! Assassino!»

«Davvero pensava che fossimo tutti ciechi e stupidi? La avverto, signorina. Se ci crea altri problemi, la sua mocciosa nello Yorkshire è morta! Mi ha capito?»

Roger le gettò una busta in grembo.

«Ora la lascio qui a calmarsi. Dia un'occhiata alla busta e non dimentichi quello che le ho detto. Il signor Santos non è felice, per niente. E sappiamo tutti cosa succede quando non è felice.»

Miranda sentì sbattere la porta d'ingresso.

Aprì la busta.

Dentro c'erano le foto di sua figlia Chloe. Era fuori dalla scuola materna nel villaggio di Oxenhope e teneva stretta la mano della signora Thompson. Indossava un vestito che lei le aveva comprato poco prima di andarsene.

La vista di sua figlia e di quella scena felice la fece scoppiare in lacrime. Potevano farle del male. Chloe era in pericolo a causa del suo egoismo.

Corse al telefono e sollevò il ricevitore. La linea era staccata.

Provò ad aprire la porta d'ingresso. Era chiusa dall'esterno.

Era prigioniera.

Finì il resto della vodka, poi cominciò a bere il whisky. Tre ore dopo, la sua mente era annebbiata.

Era semplice. Miranda andò in cucina e tirò fuori il coltello più grande che riuscì a trovare. Se fosse morta, Chloe sarebbe stata al sicuro e Santos sarebbe passato a un'altra vittima.

Si posizionò il coltello sui polsi.

Lo affondò appena, ma la vista del sangue la fermò. No. Era una via d'uscita da codardi. Era l'unica persona al mondo che poteva farla pagare a Santos per i suoi crimini.

Quel pensiero le infuse una forza improvvisa. Prese dal bancone una statuina antica dal valore inestimabile e la scagliò verso la porta. Si frantumò in centinaia di piccoli pezzi.

«Bastardo! Troverò il modo di fartela pagare, Santos.»

27

«Cenere alla cenere, polvere alla polvere...» salmodiò il prete.

Leah osservò una coppia anziana dirigersi verso la bara aperta. Erano aggrappati l'uno all'altra, come per sostenersi. La donna posò una rosa sulla bara, poi si voltò a cercare conforto nelle braccia del marito e scoppiò a piangere sommessamente.

La mattinata grigia di gennaio sembrava riflettere il dolore della coppia. Mentre le passava davanti, la madre di Jenny le afferrò la mano, e lei si ritrovò a guardare gli stessi meravigliosi occhi azzurri della sua amica.

«Grazie, Leah. So che hai fatto tutto quello che potevi. Jenny ti voleva bene come a una sorella. Ci raccontava sempre di quanto eri buona con lei.» La donna fissò il vuoto per un attimo, le strinse un'ultima volta la mano e si allontanò.

Quando la folla cominciò a disperdersi anche Leah avanzò, pronta a dare l'ultimo saluto all'amica. «Addio, Jenny. Ti voglio bene» sussurrò.

Le lacrime le bruciavano gli occhi, ma non riusciva a lasciarle scorrere. Era tutto troppo surreale. Non riusciva a capacitarsi che quella bara di quercia cosparsa di fiori avesse qualcosa a che fare con la sua giovane, bellissima amica.

Alcuni degli altri presenti al funerale avevano pianto a dirotto, in particolare Madelaine.

Leah fece un passo indietro e sentì un braccio sulla spalla.

«Stai bene?»

La voce era forte e confortante. Anthony. Jack era in piedi accanto a lui, gli occhi pieni di tristezza.

«Sì. Sarà meglio tornare all'appartamento. Mi sembra di aver dato indicazioni a tutti.»

Anthony annuì e la cinse con un braccio. Poi seguirono le ultime persone in lutto fuori dal cimitero.

Leah rimase in silenzio durante il breve viaggio a bordo della limousine. Ogni conversazione le sembrava banale alla luce di quanto appena accaduto.

Quando aprì la porta di casa, il soggiorno era già pieno di ospiti e gli addetti al catering distribuivano bicchieri di sherry e bibite analcoliche.

Si mosse tra la folla, nauseata dagli stralci di conversazione che le capitò di sentire. Parlavano dell'ultima giovane modella britannica e del numero di «Vogue» del mese prima.

Era come se Jenny non fosse mai esistita.

«Cara, cosa posso dire? È una tragedia: Jenny è stata una delle migliori che abbia mai avuto.» Madelaine, con il suo abito nero Lanvin e il cappello velato in tinta, era l'immagine elegante e raffinata del dolore.

Leah avrebbe voluto urlare. A Madelaine non era importato niente di Jenny quando era stata nei guai. Le interessava soltanto che il suo «prodotto» non le rovinasse gli affari dando fuori di matto. Quella donna, insieme agli altri ipocriti nella stanza, era responsabile della morte della sua amica. Quando le cose andavano bene erano stati tutti ben felici di guadagnare grazie a lei, ma al primo problema l'avevano abbandonata al suo destino.

Leah lottò per controllare la rabbia. «Anthony, ti presento Madelaine. È la direttrice di Femmes.»

Lui tese la mano e Madelaine la strinse. «Piacere di conoscerla, signor Van Schiele. Leah mi ha parlato tanto di lei. La sua campagna per Chaval sembra andare molto bene. Ho sentito che le vendite sono aumentate di un quarto da quando è arrivata Leah. È valsa la cifra che mi ha pagato, non trova?»

Madelaine sbatté le ciglia con aria civettuola. Leah era nauseata.

La settimana prima, sopraffatta dal dolore, dallo shock e dal senso di colpa per non essere stata in grado di salvare l'amica, aveva camminato su e giù per l'appartamento silenzioso, cercando di dare un senso agli eventi. Non aveva trovato risposte, ma aveva preso una decisione. Il mondo illusorio in cui viveva aveva distrutto una ragazza giovane e bella che avrebbe dovuto avere ancora tutta la vita davanti, non giacere in una bara due metri sotto terra. Il loro era un ambiente corrotto e, sebbene Leah potesse immaginare che non fosse peggiore di altri, aveva bisogno di respiro per riconquistare la semplice gioia di essere giovane e viva. Aveva ventun anni e si sentiva una vecchia amareggiata. Voleva uscirne.

Voi due state bene insieme. Molto bene, le aveva detto Jenny.

E ora, fissando la sua agente, si rese conto di avere a disposizione l'unica arma in grado di ferire quella donna fredda che aveva trattato Jenny in modo tanto crudele. Ricordò la rabbia che era esplosa dentro di lei quando Madelaine le aveva impedito di fare causa a Carlo, l'uomo che aveva distrutto la sua relazione con Brett. E seppe cosa fare.

Con un senso di trionfo, prese la mano di Anthony.

«Ho una cosa da dirti, Madelaine. Quando avrò portato a termine gli incarichi già contrattualizzati, concluderò la mia carriera di modella. In via definitiva.»

Uno sguardo di orrore sostituì il sorriso sul volto di Madelaine. Con tutti i soldi guadagnati grazie alla signorina Thompson aveva comprato una bellissima casa a Cap d'Antibes e una Porsche 924.

«Ma... perché?»

Leah non l'aveva mai vista senza parole, e la cosa le piaceva. Sperava solo che Jenny fosse lì da qualche parte, a guardare e divertirsi. Alzò lo sguardo verso Anthony. Notò un lampo di sorpresa nei suoi occhi, ma scomparve in fretta.

Madelaine ripeté la domanda. «Perché?»

Leah stava ancora fissando Anthony. Gli strinse più forte la mano e gli sorrise.

«Perché io e Anthony ci sposeremo presto.»

PARTE TERZA

Marzo - Agosto 1984

1

New York, marzo 1984

Leah si svegliò al dolce cinguettio degli uccelli che annunciavano l'arrivo della primavera. Tenne gli occhi chiusi, godendosi i pochi momenti di pace tra il sonno e la veglia, quando ogni muscolo del suo corpo era rilassato e riposato.

Poi, con riluttanza, aprì gli occhi e guardò l'orologio posizionato sul comodino. Le otto e mezza. Non aveva nemmeno sentito Anthony andarsene quella mattina.

Era alla decima settimana e si sentiva fiacca ed esausta. La stanchezza l'aveva sopraffatta anche nelle precedenti due gravidanze, che purtroppo non era riuscita a portare a termine.

Si alzò lentamente dal letto e andò a riempire la vasca con acqua e sali da bagno, poi entrò coprendosi il viso con un asciugamano. Inspirò a fondo, chiedendosi come occupare la lunga giornata che la aspettava.

Anthony e il dottor Adams, il suo ginecologo, insistevano perché si muovesse il meno possibile. Niente equitazione, niente nuoto nella piscina coperta... In breve, nulla che la stancasse più del voltare la pagina di un libro.

Uscì dalla vasca, si avvolse in un telo ed entrò nella cabina armadio per cercare qualcosa da indossare.

Si guardò allo specchio a figura intera. Il suo corpo era ancora sodo e tonico come quando appariva sulle copertine delle riviste di tutto il mondo.

Con un profondo sospiro, indossò una morbida tuta di cachemire. Anche se non lo avrebbe mai ammesso con Anthony, a volte le mancavano i suoi giorni da modella. I giorni in cui tutto dipendeva da lei. Quando arrivava in ritardo a un appuntamento causava un sacco di problemi alla troupe assunta per lo shooting.

Negli ultimi due anni, invece, avrebbe potuto trascorrere tutti i giorni a letto e nessuno al mondo, tranne Anthony, se ne sarebbe accorto.

«Andiamo, Leah, smettila di fare la viziata» disse al suo riflesso. Uscì dalla cabina armadio, camminò lungo il corridoio ricoperto da una soffice moquette, scese l'ampia scalinata e attraversò l'atrio.

Croissant, frutta e caffè decaffeinato la aspettavano nella veranda, dove le piaceva sedersi a colazione e osservare gli splendidi giardini. Quella mattina la vista era più bella del solito. L'ultima neve era stata spazzata via dalla leggera pioggia di marzo e il primo vero sole dell'anno annunciava la rinascita della natura. Leah si sedette a tavola, si versò il caffè e sperò che quello spettacolo fosse di buon auspicio per il suo bambino.

Mancavano quattro settimane al superamento del punto critico. Le due gravidanze precedenti si erano interrotte rispettivamente alla dodicesima e alla quattordicesima settimana. Il dottor Adams era sicuro che se fosse riuscita a superare quella data avrebbe portato a termine la gestazione.

Leah odiava l'ingiustizia di tutto ciò. Non aveva mai fumato, non aveva quasi bevuto alcolici in vita sua e si era mantenuta in forma, eppure non sembrava essere in grado di fare quello che veniva naturale a milioni di altre donne. Sebbene si fosse sottoposta a una sfilza di esami, nessuno specialista era stato in grado di individuare la causa di quegli aborti. Le avevano detto che era in buona salute e non aveva alcun problema agli organi interni. Ma la notizia, invece di rassicurarla, l'aveva gettata nello sconforto, perché il suo problema sembrava non avere una causa.

Desideravano così tanto un bambino. Anthony aveva abbondantemente superato la quarantina ed era consapevole che gli anni passavano in fretta. Eppure faceva la propria parte senza problemi, mentre lei, a ventitré, faticava a fare la sua.

Se avesse perso anche quel bambino, non sarebbe riuscita ad affrontare tutto di nuovo. Ogni crampo era fonte di angoscia e ogni leggero dolore, che in circostanze normali non avrebbe nemmeno notato, la gettava nel panico.

Ovviamente sapeva di essere diventata ossessiva. Quel problema aveva monopolizzato l'anno precedente e messo a dura prova il suo matrimonio altrimenti felice. Anthony non aveva fatto altro che dare prova di gentilezza, amore e comprensione, mentre lei era diventata irrazionale e irascibile.

Se solo fosse riuscita a portare a termine la gravidanza... Era sicura che avrebbe smesso di sentirsi tanto depressa. In fondo aveva tutto ciò che una donna poteva desiderare. Un matrimonio felice, una bella casa e abbastanza soldi per fare quello che voleva.

Dato che lui aveva soldi a sufficienza per entrambi, Anthony aveva insistito affinché i suoi guadagni da modella non venissero toccati, quindi erano stati investiti e stavano fruttando una fortuna.

Spesso Leah si rimproverava per quant'era egoista. Era così presa dai suoi problemi che il progetto di fare del bene nel mondo era andato in fumo. Guardava i telegiornali da sola e si sentiva in colpa nell'ascoltare il giornalista di turno descrivere un altro disastro avvenuto in qualche angolo sperduto del mondo, oppure parlare della fame e delle guerre che distruggevano la vita di migliaia di persone. E si diceva che doveva fare qualcosa. Ma poi sentiva una fitta allo stomaco e tornava al suo presente.

Una volta nato questo bambino, si disse, mentre tagliava un kiwi a piccoli pezzi, *mi metterò a fare qualcosa di utile della mia vita.*

La posta era sistemata in bell'ordine su un vassoio d'argento. Leah la sfogliò, separando le lettere indirizzate alla coppia da quelle per Anthony. Erano tutti inviti a eventi di beneficenza, inaugurazioni di gallerie e cene ufficiali. Ma servirono soltanto a deprimerla, perché sapeva che fino alla nascita del bambino non sarebbe andata da nessuna parte.

Il cuore di Leah fece una capriola alla vista della grafia familiare di sua madre. Aprì la busta con entusiasmo. Si sentivano ogni settimana, ma erano passati più di due anni dall'ultima volta che era stata in Inghilterra. Fra gli aborti, la depressione che ne era seguita e la nuova gravidanza, sembrava non esserci mai l'occasione. E ora sarebbero passati almeno otto o nove mesi prima che potesse ritornare. Sempre che fosse riuscita ad avere il bambino.

La mamma la teneva aggiornata sui pettegolezzi di Oxenhope. Lavorava ancora part-time per Rose Delancey – anche se non ne aveva più bisogno, dato che Leah forniva ai genitori un reddito annuo considerevole –, diceva che le faceva piacere avere un motivo per uscire dal cottage. Leah pensava spesso alla misteriosa scomparsa di Miranda, sparita – a quanto pareva – dopo essere stata alla festa per il suo ventunesimo compleanno a Londra. Se n'era andata, lasciando la piccola Chloe, e non se ne era più saputo nulla. Quando saltava fuori il discorso, Doreen la apostrofava con i peggiori epiteti. Leah sapeva che Miranda non aveva mai fatto nessuno sforzo per farsi apprezzare, ma abbandonare la sua unica figlia era un gesto davvero meschino.

Sentiva dalla voce di sua madre quanto le piaceva Chloe, che ormai aveva sette anni. Sembrava che Doreen fosse quasi diventata una seconda mamma per la piccola, mentre Rose si chiudeva nel suo studio a dipingere.

Quanto a Miles, sua madre le chiedeva sempre se lo avesse visto di recente. Ora che era un fotografo di successo, Doreen era sicura che avrebbero frequentato gli stessi ambienti. Leah diceva di no e si affrettava a cambiare discorso. Non aveva raccontato a nessuno di come lui aveva trattato Jenny, limitandosi a constatare con orrore che il nome di Miles aveva cominciato ad apparire su importanti servizi fotografici di «Vogue America», «Vanity Fair» e «Harper's Bazaar». Pregò che Jenny fosse stata un'eccezione e il suo silenzio non avesse messo in pericolo le altre donne che incrociavano il suo cammino.

Di Carlo non aveva più avuto notizie dalla notte in cui le aveva chiesto di sposarlo. Leah supponeva che avesse dato retta a Madelaine e avesse deciso di lasciarla in pace. Aveva letto che Maria Malgasa era tornata a essere la sua musa e modella di punta. In ogni caso, quella brutta faccenda le aveva lasciato l'amaro in bocca, rovinandole anche quelli che sarebbero potuti essere ricordi piacevoli.

Leah lesse lentamente la lettera di sua madre, mordendosi il labbro quando scoprì che suo padre sarebbe dovuto andare in ospedale per l'impianto di una protesi: aveva un'anca distrutta dall'artrite e, sebbene Doreen si sforzasse di sembrare allegra, doveva essere terribilmente in ansia. Le sarebbe piaciuto poterli raggiungere e stare con loro durante l'operazione.

Decise che aveva bisogno di fare una passeggiata. Uscì dalla veranda nell'aria pungente, cercando di scacciare i pensieri spiacevoli. Lo stress faceva male al bambino, e la piccola creatura che cresceva dentro di lei era la cosa più importante della sua vita.

2

Nonostante fossero le quattro del mattino, David era sveglissimo. Il volo DA412 della Delphine Airways era decollato dall'aeroporto Kennedy cinque ore prima, per iniziare il lungo viaggio verso Nizza.

Si alzò per andare a bere qualcosa. Si sedette su una delle comode poltrone e sorseggiò un brandy.

Era agitato, ogni singola terminazione nervosa era tesa. Non l'avrebbe definita paura, no, la paura era ciò che aveva sperimentato a Treblinka. Era più che altro la sensazione del destino in procinto di compiersi, come se la sua intera vita lo avesse portato a quel viaggio dall'altra parte del mondo per vendicarsi dell'uomo che aveva ucciso i suoi genitori e abusato di sua sorella. E anche per tutto quello che era venuto dopo.

Il piano era stato messo a punto nei minimi dettagli. La settimana prima aveva avuto una raffica di chiamate con l'organizzazione. Tutto ciò che doveva fare era raggiungere Franzen nella sua villa di Saint-Tropez. Lì avrebbe trovato un membro dell'organizzazione che si spacciava per uno dello staff.

Gli era stata consegnata una pistola e gli avevano insegnato a sparare con precisione. Doveva usarla solo in caso di emergenza, per difendersi. L'organizzazione voleva Franzen vivo. Avevano ideato il piano in modo che l'obiettivo potesse essere estradato e processato in Europa per i suoi crimini contro l'umanità.

David doveva comportarsi in modo del tutto normale, poi, una volta che Franzen avesse preso carta e penna per firmare la propria condanna, sarebbe stato allontanato dalla villa e tutto sarebbe finito. Avrebbe avuto la sua vendetta.

Non osava pensare all'effetto che gli eventi avrebbero avuto su Rose. Poteva solo sperare che la sua carriera ritrovata l'avrebbe aiutata ad affrontare il trauma. Sapeva che la mostra presso la galleria che aveva acquistato a Londra si era rivelata un trampolino di lancio per il suo ritorno sulla scena artistica.

Controllò l'ora. Aveva bisogno di dormire, di rilassarsi.

Tornò a sedere. Chiuse gli occhi e mormorò una preghiera.

David ammirò la sontuosa residenza di Franzen mentre l'elicottero privato sorvolava la piattaforma di atterraggio della villa. Dalla sua posizione privilegiata sulla cima di una collina vantava una magnifica vista sulla spiaggia di Pampelonne. La costruzione era moderna, chiaramente realizzata per rispondere alle necessità del proprietario in fatto di sicurezza. Una mezza dozzina di telecamere a circuito chiuso adornava le pareti bianche e un'imponente recinzione metallica correva attorno a tutto il perimetro della villa, fatta eccezione per la parte anteriore, dove il prato perfettamente tagliato arrivava fino a un bosco e al ciglio di una scogliera.

Quando l'elicottero atterrò, Franzen lo stava aspettando per salutarlo. «Signor Cooper, è un piacere rivederla.» Gli strinse la mano. «E conosce già Miranda, ovviamente.»

David fissò la ragazza emaciata in piedi alle spalle di Franzen. Tre anni prima era vivace e bionda. Ora aveva capelli castani e lisci e sembrava molto invecchiata.

«Il piacere è tutto mio, signor Santos. E ovviamente mi ricordo di Miranda, anche se mi sembra abbia cambiato colore di capelli.»

«Sì, esatto. Un capriccio femminile, ma penso che le si addica, non è vero? Le ho chiesto di lasciarli di quel colore, dico bene, cara?» Sorrise a Miranda, che annuì scontrosa.

David sorrise a sua volta. «È un piacere rivederti, Miranda.» Cercò una reazione nei suoi occhi azzurri, opachi e inespressivi, e si chiese cosa diavolo potesse aver provocato un tale cambiamento in lei. Poi, con orrore e disgusto, pensò al modo in cui Franzen trattava le donne della sua vita. Per un momento fu grato che Rose non fosse rimasta con lui abbastanza a lungo da subire il destino di quella poveretta...

«Pensavo che potremmo andare in terrazza con una bottiglia di champagne» disse Franzen. «E goderci il panorama.»

Imboccò un sentiero di pietra che puntava verso la scintillante piscina azzurra. David sentì l'elicottero riaccendere il motore e si girò per vederlo decollare. Nel giro di pochi secondi divenne un puntino nel cielo. Si sentì rivoltare lo stomaco.

«Siamo soli questo fine settimana?» chiese.

«Sì, a volte un uomo ha bisogno di un po' di tranquillità, quando ci sono degli affari da sbrigare. Ho preferito non allargare gli inviti. Qualcuno potrebbe unirsi a noi domani, una volta concluso l'accordo, ma per ora siamo solo noi tre e il mio maggiordomo.»

Il trio salì sulla sontuosa terrazza di marmo, dove un cameriere in frac bianco li aspettava con lo champagne. Offrì una flûte prima a Franzen e poi agli ospiti.

«Brindiamo a un fine settimana piacevole e proficuo.» Franzen levò il calice.

Un campanello d'allarme risuonò nella testa di David, ma

lo attribuì al nervosismo. L'uomo dell'organizzazione doveva essere il maggiordomo

Mezz'ora dopo si alzò il vento.

«È ora di entrare. La cena sarà alle otto, dopodiché ci metteremo al lavoro. La prego, si rilassi e si goda la villa. Immagino che vorrà fare una doccia, dopo il lungo volo.»

«Grazie, sarebbe fantastico.»

«Ci sono degli asciugamani per lei nel bagno al piano di sopra. In fondo al corridoio.» Franzen lo salutò mentre attraversava alcune porte scorrevoli in vetro per poi scomparire all'interno.

«Allora, mia cara, che ne dici di lasciare noi uomini da soli a occuparci di lavoro? Mi dispiace, una volta finito potremo passare il resto del fine settimana a divertirci.»

Miranda scosse la testa e a David non sfuggì l'espressione di sollievo sul suo viso.

«Buonanotte.» Si alzò da tavola e si avviò verso le scale.

«Ora, direi di andare nel mio studio e versarci un liquore mentre lei prepara le carte da firmare, che ne dice?»

David annuì. Si alzò e seguì il padrone di casa.

Si sforzò di tenere le mani ferme mentre apriva la valigetta e tirava fuori i documenti. Nel mentre, schiacciò un pulsante per avviare il registratore, nascosto sul fondo. Aveva provato quel movimento un'infinità di volte, fino a eseguirlo senza che fosse evidente. Posò la ventiquattrore sul pavimento. La presenza della pistola nella tasca interna della giacca lo rassicurava.

Non manca molto, David. Mantieni la calma. Tutto sta andando secondo i piani.

Porse i documenti a Franzen, che li posò sulla scrivania di mogano e sollevò il bicchiere di brandy.

«Un brindisi prima di procedere. Alla nostra collaborazione e alla nostra fruttuosa partnership.» Franzen tracannò il liquore in un sorso.

«Ma certo.» David sorseggiò appena il suo. Doveva restare lucido.

«Devo ammettere che sono rimasto piuttosto sorpreso quando mi hai fatto questa proposta. Eri davvero l'ultima persona da cui mi sarei aspettato un legame con, come posso dire?, un gruppo losco di militanti del Sud America. Accettare di fornire armi a questo gruppo – nemico giurato del mio paese – per me significherebbe l'arresto immediato e anche l'espulsione, se il governo argentino scoprisse il mio coinvolgimento. Quindi ho chiesto ai miei collaboratori di fare qualche verifica sul tuo conto.» Franzen lo guardò.

David era raggelato. «E cosa hanno scoperto?» chiese, lentamente.

Franzen fece una lunga pausa, poi sorrise. «Che eri esattamente quello che sembravi. Un ricco e irreprensibile uomo d'affari. Non sono riusciti a trovare nulla contro di te.»

David si rilassò e ridacchiò con Franzen.

Poi lui si sporse in avanti e l'espressione nei suoi occhi cambiò di colpo. «D'altra parte non sanno del nostro legame *personale.*»

La mente di David tornò all'ultima volta che aveva visto quell'espressione malvagia negli occhi di Franzen.

«Sapevo chi eri, naturalmente. È stato ingenuo pensare il contrario.» Si appoggiò allo schienale, incrociò le braccia e rise.

David lo ascoltava come paralizzato. Franzen sapeva chi era. Non aveva speranze.

«Forse non dovrei prenderti in giro. In fondo non hai esperienza nella caccia ai nazisti, non è vero, David?»

Anni di lavoro rovinati.

«Come?» Fu l'unica parola che riuscì a pronunciare.

«Sono sempre rimasto all'erta, per ovvi motivi. Devo ammettere che quando mi hai contattato non riuscivo a crederci. Non pensavo che i tuoi amichetti avrebbero scelto un candidato così ovvio per incastrarmi. Ho fatto perquisire il tuo appartamento, tanto per essere sicuro.» Franzen alzò le mani in aria. «Date le circostanze, non era un po' stupido avere un dipinto di Rose Delancey intitolato *Treblinka* appeso nel tuo studio?» Fece un respiro profondo e soddisfatto. «David Delanski. Fratello della deliziosa Rosa. Come potrei mai dimenticarla? Dopo è stato tutto molto facile. La tua allegra banda di intrepidi cacciatori mi conosce da anni, ma devo dire che il piano era astuto. Avrebbe funzionato, con un protagonista diverso.»

«Bastardo» sibilò David.

L'altro ridacchiò. «Su, David. Credete di essere intelligenti. Pensate di meritare di governare il mondo. Ma è un'arroganza stupida. Non avrai mai il potere che desideri.»

David si alzò. «C'è un altro del gruppo in casa, sai? A momenti verrà a...»

Franzen alzò la mano. «Certo. Il mio fedele maggiordomo. Lavorava per me da due anni. Ma poi ho scoperto i suoi legami con i tuoi amichetti. Impressionante, in effetti. Ma adesso è legato in cantina e non verrà in tuo aiuto. Me ne sbarazzerò più tardi.» Si tolse un pelucco dalla giacca. «Ho deciso che era meglio liberarmi di entrambi insieme. In modo pulito e preciso, come ai vecchi tempi. Sei scappato da Treblinka, ma di qui non uscirai.»

David si rese conto che Franzen viveva ancora in un'epoca in cui si poteva uccidere qualcuno per capriccio. «E come ti libererai di me? Immagino che sia questo il motivo per cui ti sei preso la briga di farmi venire qui e di non invitare nessun altro?» chiese, con tutta la calma possibile.

Franzen annuì. «Sì, hai ragione. Uno dei miei uomini avrebbe potuto farti fuori un sacco di tempo fa, ma mi sembrava giusto portare a termine l'opera che avevo iniziato quarant'anni or sono. E non volevo rovinare il tuo piano.» Sorrise. «Una bella caduta è la soluzione perfetta.» Franzen indicò la finestra e l'estremità del giardino. «Il povero magnate ubriaco caduto dal dirupo mentre si godeva un piacevole weekend di relax nella villa del suo amico Santos. Immagino che farà notizia. Congratulazioni!»

David sentì scattare qualcosa dentro. Un pozzo di odio si spalancò. Si infilò una mano nella giacca, come gli era stato insegnato, e puntò la pistola contro Franzen.

«Basta! È finita, Franzen! Mi hanno mandato qui per assicurarmi che pagassi per quello che hai fatto a Treblinka, ma ho capito che tocca a me ucciderti. Avevo promesso di vendicarmi, ed ecco la mia occasione. In piedi. Subito!»

David puntò la pistola contro Franzen, che sorrise, scrollò le spalle e fece come gli aveva chiesto. Si alzò lentamente.

«Come desideri, David Delanski. Sei tu a comandare.»

«Girati! Andiamo!» ruggì David. Con una mano che premeva la pistola sulla parte bassa della schiena di Franzen, guidò il suo nemico verso le porte scorrevoli del soggiorno e lo costrinse a uscire in terrazza. Sapeva che avrebbe dovuto chiudere Franzen in una delle camere da letto e chiedere aiuto via radio, ma non riusciva a smettere di pensare all'espressione terrorizzata di Rosa dopo la morte del padre.

Raggiunsero il confine del giardino e David costrinse Franzen a scavalcare un piccolo cespuglio ben curato, verso la boscaglia. Per la prima volta vedeva lo strapiombo sull'acqua. La villa era posizionata su uno sperone di roccia. Centocinquanta metri più in basso, le onde del mar Mediterraneo si infrangevano contro gli scogli appuntiti.

«Mettiti di fronte a me» ordinò al suo prigioniero.

«Come desideri.» Franzen si avvicinò al bordo.

«Ora salta» disse David.

Franzen sbuffò. «Credi che ti renderò le cose così semplici? Devi spararmi, Delanski. Anche se dubito che tu ne abbia il coraggio.» David sollevò la pistola e la tenne a pochi centimetri dalla parte posteriore del cranio di Franzen. L'adrenalina gli scorreva nelle vene, provocandogli vertigini e nausea. Aveva il respiro affannoso.

«Aspetto questo momento da molto tempo.» David quasi tremava dall'emozione. «Ho giurato che mi sarei vendicato di quello che hai fatto. Questo è per mamma, papà, Rosa e tutti gli altri. Che Dio abbia pietà della tua anima!»

Sparò. E poi sparò ancora. Due clic fendettero la brezza ed echeggiarono sulla cima della scogliera. Premette di nuovo il grilletto, ma non ci fu nessuna esplosione. Poi sentì qualcosa di più spaventoso. Il suono di una risata. Isterica e vittoriosa.

Prima che avesse il tempo di muoversi, Franzen gli strinse una mano alla gola e gli puntò una pistola alla tempia. David perse l'arma e in breve si ritrovò nella posizione che il nazista aveva occupato fino a pochi secondi prima. Ora Franzen lo teneva per il colletto della camicia e, se non fosse stato per la sua presa salda, David sarebbe caduto dalla scogliera.

«Stupido piccolo idiota. Ti ho svuotato il caricatore mentre facevi la doccia. Temo, mio caro vecchio amico, che non tocchi a me morire, stasera. È il tuo turno, David Delanski.»

«Ho un'ultima domanda, se permetti. Hai mai provato rimorso per aver ucciso migliaia di persone innocenti?»

«Mai. Puoi dire una preghiera, se vuoi. Agli ebrei di solito piace pregare prima di morire.»

La pistola gli premette più forte nella carne, il viso di Franzen era a un centimetro dal suo.

«No? Va bene, allora. È un peccato che non avrai occasione di portare i miei saluti a Rosa. Mi manca così tanto.» Franzen ridacchiò. «E anch'io le manco. Come hai reagito quando hai saputo della nostra piccola riunione?» David fece una smorfia. «Lo immaginavo. Mi piace vederti soffrire, David. Mi fa sentire bene.»

«Bastardo...» sussurrò David.

«Non ho finito, Delanski. Come sai, ti faccio seguire da quando abbiamo iniziato il nostro rapporto di lavoro. Volevo fartela pagare per questo patetico tentativo di vendetta. E anch'io non ho fretta, quando voglio.»

«Cosa intendi?»

«La ragazza, Miranda. L'ho tenuta come una schiava. L'ho trattata come un cane.»

«Non ne dubito. Ma cosa c'entra con me?»

Le labbra di Franzen si curvarono in un sorriso che gli fece correre un brivido lungo la schiena. «È la figlia di Rosa. L'ho fatta trovare dai miei.»

David non credeva alle sue orecchie. «No... non può essere...»

«Ho fatto soffrire molto la tua preziosa Rosa per i peccati di suo fratello. Di nuovo!» Franzen fece una smorfia e aumentò la pressione sulla pistola. «Ho vinto, Delanski. Come sempre. E, nel caso te lo stessi chiedendo... Miranda non è brava a letto quanto tua sorella.»

David usò ogni grammo di forza che gli restava per scagliarsi contro di lui, ma non servì a niente. Il nazista ridacchiò di nuovo. «Addio, David. È stato un piacere ritrovarti.»

Perdonami, Rosa, ci ho provato. Ma ho perso, come tutti gli altri prima di me.

Poi udì un tonfo alle spalle di Franzen, che lanciò un urlo, lasciando cadere la pistola. Mollò la presa su David, che balzò in avanti, gettandosi a terra. Seguì uno schiocco, come di un osso che si spezza. Franzen gemette e gli cadde addosso. Facendo appello a tutte le sue forze, David lo sollevò e lo spinse verso il baratro. Le gambe scomparvero oltre il bordo, ma Franzen riuscì a tenersi aggrappato.

David vide un paio di scarpe con la suola rossa avvicinarsi.

Il piede destro assestò un colpo rapido e deciso al volto di Kurt Franzen, facendolo cadere.

David era senza fiato.

Alla fine, alzò lo sguardo e vide la sagoma stagliarsi contro il tramonto. Stringeva in mano la sua pistola scarica e guardava dritto davanti a sé.

«Grazie, grazie...» David ansimò. «Stai bene?»

La figura annuì. «Pensi che l'abbia ucciso? L'ho colpito forte alla nuca.»

«Non lo so, ma dubito che si possa sopravvivere a quella caduta.»

«Volevo ucciderlo, David. Non l'ho fatto per salvarti. L'ho fatto per me e per Ian.»

La calma con cui aveva parlato lo spaventò. Era sotto shock.

David si alzò. «Miranda, perché non torni dentro? Dobbiamo chiamare aiuto il prima possibile. Vado in cantina a cercare il maggiordomo.»

«Va bene. Sono stanca. E ho freddo.» Gli tese le braccia. «Aiutami, per favore.»

David si avvicinò a lei e, vedendola tremare forte, la strinse in un abbraccio.

«Va tutto bene, ora è tutto finito.»
Lei lo guardò. «Sì. Portami a casa da Rose.»

David scese in cantina e trovò il maggiordomo imbavagliato e legato a una sedia. Lo liberò in fretta.

«Il piano è saltato. Ha sempre saputo tutto. Franzen non verrà processato. O è morto o sta annegando in mare.»

Il maggiordomo gli posò una mano sulla spalla. «Hai fatto il possibile. Contatterò la squadra via radio. Ce ne andiamo subito.»

David annuì e si accasciò su una sedia. Non voleva nemmeno iniziare a pensare all'ultima rivelazione di Franzen.

Miranda... Oh, Miranda...

3

Rose posò il telefono e si accasciò sul pavimento. Lo sconcerto di risentire la voce di David era quasi pari a quello di scoprire che Miranda era viva e al sicuro.

Chiuse gli occhi e fece cinque respiri lunghi e profondi.

Avrebbe rivisto suo fratello, dopo tutti quegli anni. Non si era dilungato al telefono, le aveva promesso di spiegarle tutto al suo arrivo. Avrebbe mandato un aereo privato a prenderla all'aeroporto di Leeds Bradford per portarla in Francia. Le aveva assicurato che Miranda era viva e vegeta, ma pensava che fosse meglio incontrarsi a Saint-Tropez, senza Chloe, in modo che potessero parlare.

Rose non capiva come David avesse trovato sua figlia in una villa francese. Ma sapeva che fare supposizioni era inutile, in meno di ventiquattr'ore avrebbe saputo la verità.

Poco prima che il jet atterrasse a Nizza, Rose si applicò un nuovo strato di rossetto e si spazzolò i folti capelli rossi.

Lo individuò subito all'uscita dai controlli. Era invecchiato, ovviamente, con i capelli biondi striati di grigio.

I piedi la portarono da lui, sempre più vicino.

Quando David la vide i suoi occhi si illuminarono.

«Ciao, David.»

«Ciao, Rose.»

«È andato bene il volo?»

«Non male.»

«Devi essere stanca.»

Continuarono a scambiarsi convenevoli mentre Rose lo seguiva fuori dall'aeroporto e nel parcheggio. David aprì la portiera di una Mercedes e la aiutò a salire.

«Sei bellissima. Non sei cambiata molto.»

La stava fissando.

«Anche tu stai bene.»

«Grazie.»

David salì in macchina e accese il motore. Rimasero in silenzio; nessuno dei due sapeva come colmare il divario che si era aperto tra loro ventotto anni prima. Qualunque cosa potessero pensare di dire era troppo leggera o troppo pesante. Così Rose si concentrò sullo spettacolo mozzafiato del Mediterraneo fuori dal finestrino.

Quindici minuti dopo, David accostò l'auto nel piccolo parcheggio di una baia deserta.

«Andiamo a fare una passeggiata. Ho delle cose da dirti che devi sapere prima di vedere Miranda.»

Rose annuì e scese dall'auto.

Le figure spazzate dal vento trascorsero due ore sulla spiaggia. Era una fredda giornata di marzo e le onde si infrangevano sulla riva mentre loro camminavano fianco a fianco, mantenendo le distanze. A un certo punto la donna si fermò, cadde in ginocchio e si prese la testa tra le mani. L'uomo si chinò per consolarla e la cullò in un abbraccio.

Alla fine si alzarono e ripresero a camminare, con il braccio di lui attorno alle spalle di lei.

La luce si stava affievolendo quando Rose e David tornarono alla macchina.

Rose tremava, sia per il freddo che per lo shock e l'emozione. David la aiutò a salire a bordo e lei si sedette, guardando fisso davanti a sé. Lui fece il giro e si mise al volante.

«È tutta colpa mia, Rose. Franzen le ha dato la caccia per colpa mia.»

Rose scosse la testa. «Non ti biasimo, David. Come potrei? Stavi cercando un po' di giustizia. E sappiamo entrambi che non avresti mai provato a farlo se io non avessi...» Rose deglutì. «Avrei dovuto impegnarmi di più per trovarla.»

«Era impossibile. Miranda ha usato il suo vero cognome perché non voleva che scoprissi dove si trovava.»

Rose si voltò verso di lui, pallida in volto.

«Ti ha detto qual era il suo cognome?»

David scosse la testa. «No. È importante? Almeno Miranda non ha nessun legame di sangue con questa storia.»

Gli occhi di Rose si riempirono di lacrime. «No, David, purtroppo ti sbagli di grosso.»

Miranda si gettò in lacrime tra le braccia di sua madre.

Rose, con il cuore spezzato, le accarezzò i capelli. Sapeva che per la figlia l'incubo non era ancora finito.

I tre salirono le scale della villa affittata da David ed entrarono nel salone.

Lui versò qualcosa di forte da bere per tutti e si sedette su un divano. «Abbiamo molto da raccontarti, Miranda, sul tuo passato e sul nostro. Ma prima di iniziare volevo che ci fosse anche Rose.»

«Comincia tu, David.» Rose si sedette accanto a Miranda e la tenne stretta tra le braccia.

«Hai idea del motivo per cui mi trovavo nella villa di Santos questo fine settimana?»

«Per affari?»

«In un certo senso. Il vero nome di Frank Santos era Kurt Franzen. Durante la guerra è stato vicecomandante a Treblinka, un campo di sterminio per gli ebrei in Polonia. Ha ucciso nostra madre, nostro padre e moltissime altre persone. Ha fatto cose indicibili a Rose. Ma poi Rose... Non è stata colpa sua, ma...» David si fermò prima di raccontare il resto della storia. Il dolore di ripeterla ad alta voce era più di quanto potesse sopportare.

Miranda strinse la mano di Rose mentre lui elencava le atrocità dell'uomo che lei aveva appena ucciso. Le raccontò di Anya, che li aveva aiutati a fuggire, e di come era stata violentata da Franzen e da altri ufficiali delle SS.

«Una volta fuggiti da Treblinka, io, Anya e Rose ci siamo resi conto che la battaglia per la sopravvivenza non era ancora finita» proseguì David. «Vivevamo di espedienti, nascondendoci nelle foreste, usando i soldi che avevo rubato al campo per comprare tutto il cibo che riuscivamo a trovare. Anya diede alla luce il suo bambino in una stalla vicino al confine polacco. Dopo il parto stette molto male, ma alla fine si riprese.» David guardò Rose e capì che anche lei stava rivivendo quei giorni di terrore. «La guerra finì e riuscimmo a raggiungere l'Austria. Ti ricordi di Peggetz, Rose?»

Sua sorella annuì. «Sì. Un posto terribile, un momento terribile...»

4

Campo di Peggetz, Austria, 1945

Centinaia di uomini, donne e bambini si stavano dirigendo verso il campo profughi gestito dall'esercito britannico, tutti con la speranza che lì avrebbero trovato la salvezza. Oltre a quella fiumana di disgraziati che avanzavano a piedi, fra le montagne intorno a Lienz si snodavano anche convogli di camion carichi di soldati.

Rosa e Anya erano esauste, e la bambina di Anya, Tonia, non smetteva di piangere, sballottata su e giù nel marsupio improvvisato appeso alla schiena della madre. Aveva quasi tre anni, ma gli stenti che aveva patito ne avevano ritardato la crescita.

Il campo di Peggetz si estendeva lungo la valle della Drava. In principio era stato una caserma tedesca, ma ora brulicava di profughi di tutte le nazionalità ed era circondato da migliaia di soldati cosacchi. Si vedevano i loro cavalli pascolare per chilometri nella campagna verdeggiante.

«David, sembra di essere a Treblinka...» disse Rosa esitante, mentre seguivano gli altri al di là dei cancelli di legno.

«Stai tranquilla, non resteremo qui a lungo. Dobbiamo solo trovare un ufficiale britannico e dirgli che siamo per metà inglesi. Ci aiuteranno.»

I quattro trascorsero la prima notte a Peggetz sotto le stelle, perché nei dormitori non c'era posto per loro.

L'indomani mattina David lasciò Anya e Rosa a chiacchierare con un soldato cosacco e trovò un ufficiale britannico in uniforme.

«Mi scusi, signore.» Non parlava inglese da mesi e aveva perso l'abitudine. «Io e mia sorella abbiamo dei familiari in Gran Bretagna. Vorremmo andarci il prima possibile. Vede?» Gli mostrò il passaporto britannico di sua madre.

L'ufficiale, colpito dal buon inglese di quel ragazzo scarmigliato, studiò il passaporto.

«Quindi questa è tua madre?»

«Sissignore. Ho anche l'indirizzo dei miei nonni. C'è un treno che possiamo prendere da qui per andare in Inghilterra?»

«Temo che non funzioni proprio così, ragazzo. Ci sono centinaia di persone in questo campo in attesa di partire, e molte di loro vorrebbero andare in Inghilterra. La Croce Rossa è in quella capanna laggiù. Prova a parlare con il funzionario responsabile, potrebbe essere in grado di aiutarti.»

Il cuore di David sprofondò. Sapeva che sua madre era scappata con suo padre e da allora non aveva più parlato con i suoi genitori, che non sapevano di avere dei nipoti.

Avanzò tristemente verso la capanna che l'ufficiale gli aveva indicato, unendosi alla fila di persone in attesa di vedere il funzionario della Croce Rossa. Alla fine arrivò il suo turno.

«Nome.»

«David Delanski. E Rosa Delanski, mia sorella. Vorremmo andare in Gran Bretagna dai nostri nonni.»

«Ah sì?» Il funzionario sembrava scettico.

David spiegò come meglio poteva la situazione. L'espressione del funzionario, indurita da centinaia di storie simili, non mutò.

«Posso soltanto scrivere ai tuoi nonni in Gran Bretagna per vedere se confermano la tua storia. In quel caso potreste avere una possibilità. Hai un documento di identità?»

«Sì. Il passaporto di mia madre.»

«Altro?»

David si ricordò del medaglione. Ce l'aveva ancora al collo. Lo slacciò con cura.

«Mandi anche questo. Era un regalo di mia nonna a mia madre.»

Il funzionario parve compiaciuto. «Bene, sarà utile. Anche se potrebbe passare del tempo prima di avere notizie. La posta non è ancora tornata a pieno regime e abbiamo molti casi di cui occuparci.»

«E la nostra amica Anya? Non ha una casa e vorrebbe venire anche lei in Inghilterra.»

«Di che nazionalità è la vostra amica?»

«Ucraina.»

«Ah. E come hai detto che si chiama?»

«Anya. Non conosco il suo cognome.»

«Va bene. Vedrò cosa posso fare. Intanto, per favore, restate nel campo.» Il funzionario guardò il ragazzo uscire dalla capanna. Per lui e la sorella una possibilità, seppur remota, c'era, ma la ragazza ucraina non aveva speranze. Avevano appena ricevuto l'ordine di rimpatriare tutti i cittadini sovietici, se necessario con la forza. Le migliaia di cosacchi e altri rifugiati russi sarebbero stati rimandati in patria nel giro di poche settimane, per andare incontro a un destino ignoto.

Mentre era in coda per parlare con il funzionario della Croce Rossa, David aveva scoperto che nel villaggio di Lienz si potevano acquistare pane e latte fresco, anche se a prezzi da usura.

Tornò da Rosa e Anya, che non si erano mosse da dove le aveva lasciate, ed erano ancora insieme al soldato cosacco.

«Quando andiamo in Inghilterra?» gli chiese la sorella.

«Presto, lo prometto.» David non condivise con Rosa i dubbi che gli affollavano la mente.

Lei si alzò per abbracciarlo. «Bene. Non mi piace qui.»

«Lo so, ma dobbiamo aspettare che contattino i nostri nonni. Poi possiamo partire.»

Anya indicò il cosacco. «David, ti presento Sergej. Dice che c'è una tenda accanto alla sua che si è appena liberata, ma dobbiamo andare subito, prima che qualcun altro la trovi.»

David gli strinse la mano. «Grazie, Sergej. Se vuoi accompagnare le ragazze nella tenda, andrò a Lienz a cercare qualcosa da mangiare.»

Anya tradusse in russo e Sergej annuì.

Quella notte i due uomini accesero un fuoco sul quale cucinarono la grossa salsiccia che David aveva comprato. Era una notte calda e dopo il tramonto alcuni cosacchi si misero a cantare e ballare con le donne. David si lasciò convincere ad accompagnarli con il violino. Anya ballava con Sergej mentre Rosa si prendeva cura della piccola Tonia. La madre non ritornò alla tenda finché non spuntò l'alba.

«David, tra i cosacchi gira voce che i russi e gli ucraini saranno rimpatriati con la forza. Può essere vero?»

David alzò le spalle. «Non lo so, Anya.»

Gli occhi di lei erano pieni di paura. «La mia famiglia è scappata dieci anni fa per sfuggire ai sovietici. Non posso tornare lì. Sergej dice che ci punirebbero tutti.»

«Ma perché, Anya? Non hai fatto nulla.»

«Lo so, David, ma Stalin è un...» Anya tirò un filo d'erba. «In ogni caso, domani i cosacchi andranno a incontrare il feldmaresciallo Alexander. Penso che ci spiegheranno tutto.» Si voltò e guardò David negli occhi. «Non posso tornare in Russia. Preferirei morire.»

Lui annuì. «Se ci sono problemi, ce ne andremo subito» disse semplicemente.

«Grazie. Ma se succedesse qualcosa... ti prenderesti cura di Tonia per me?»

«Certo, Anya» rispose subito. «Ma forse ti stai preoccupando per niente.»

«Forse.» Anya uscì dalla tenda e contemplò la bellissima campagna austriaca con il cuore stretto dalla paura.

La mattina dopo David e Anya videro gli ufficiali cosacchi salire sui camion, che quella sera tornarono vuoti.

L'indomani il maggiore Davies, l'ufficiale responsabile del campo, annunciò che le voci erano vere. Il rimpatrio forzato era stato concordato tra Stalin, Churchill e Roosevelt. I cittadini sovietici dovevano essere riportati in Russia a partire dal giorno successivo.

Dopo la rivelazione si scatenò l'inferno. Migliaia di rifugiati russi – uomini, donne e bambini – iniziarono a raccogliere i loro averi e ad allontanarsi dal campo, come automi.

Poi fu eretto una specie di palco improvvisato nella piazza principale. Il prete avrebbe tenuto una messa prima della partenza dei profughi la mattina dopo.

David cercò Anya tra la folla vociante, ma non la vide.

Non capiva. Sapeva che i cosacchi sarebbero stati considerati nemici dell'Unione Sovietica per aver combattuto con i tedeschi, ma che senso aveva punire donne e bambini innocenti?

Ritornò alla tenda e trovò Tonia addormentata, avvolta in una coperta su cui era appuntato un biglietto.

Caro David,
Sergej e io abbiamo lasciato il campo. Se restiamo, andremo incontro a morte certa. Forse non capisci, ma credimi, è vero. Andremo in Svizzera, dove speriamo di poter trovare asilo. Il viaggio sarà pericoloso, ed è per questo che ti chiedo, per favore, di prenderti cura di Tonia finché non la manderò a chiamare. Ti cercherò in Inghilterra.
Grazie, mio caro amico.
Buona fortuna e a presto.

Anya

Il giorno seguente David guardò dalla finestra di uno dei dormitori ormai vuoti e vide una marea di persone urlanti e scalcianti caricate sui camion. Sentì risuonare più volte degli spari. Era come rivivere i suoi peggiori ricordi di Treblinka. Era stato così ingenuo da credere che la guerra fosse finita. Ringraziò il cielo che Anya se ne fosse andata.

«Che Dio sia con te» sussurrò, stringendosi al petto Rosa e Tonia.

David dovette riscuotersi per riportare la mente al presente. Miranda lo fissava impietrita. Passò un po' prima che la ragazza si rivolgesse a Rose. «Perché non hai mai parlato del tuo passato con me e Miles? So che non c'entra con me, visto che sono stata adottata, ma...»

«Cara.» Rose le prese la mano. «Perdonami, ma ti sbagli. David, per favore, continua.»

Lui annuì. «Dopo che Anya se ne fu andata e il resto dei russi fu rimpatriato, dall'Inghilterra arrivò la notizia che i nostri nonni erano disposti ad accoglierci. Ma Tonia, la figlia di Anya, non poteva seguirci. Le autorità del campo ci dissero di non preoccuparci, che la bambina sarebbe stata adottata.» David si passò una mano tra i capelli. «Che scelta avevamo? Prima di andarcene, scrivemmo una lettera alla piccola Tonia per spiegarle che sua madre era sfuggita al rimpatrio forzato. Le scrivemmo che Anya aveva giurato di tornare a trovarla una volta che si fosse sistemata, che le volevamo bene entrambi e che desideravamo potesse venire con noi in Inghilterra. Lasciammo i nostri nomi completi, più l'indirizzo dei nostri nonni a Londra, e chiedemmo alla Croce Rossa di mettere la lettera nella cartella di Tonia per tenerla al sicuro finché non fosse stata abbastanza grande da capire. Poi partimmo per Londra e per una nuova vita.»

«Che cosa è successo ad Anya?» chiese Miranda, a bassa voce.

David studiò il volto colpevole di Rose.

«Non lo sappiamo, Miranda. Pensiamo che lei e Sergej siano stati catturati e rispediti in un campo di lavoro in Siberia. Non molti sono riusciti a cavarsela.»

«E Tonia? La bambina?» Alzò lo sguardo verso Rose, che era molto pallida. Guardò David.

«Rose ha un'altra cosa da dirti, Miranda. Credo ti aiuterà a capire perché tutto questo ha così tanto a che fare con te. Sarò nella mia camera. Chiamatemi se avete bisogno di me.»

Rose annuì mentre David lasciava la stanza. Poi guardò sua figlia. Era giunto il momento.

«Tesoro, ho bisogno che tu sia molto coraggiosa, come lo sei stata finora. Devo parlarti della tua vera madre.»

5

Yorkshire, ottobre 1960

La grafia sulla busta era strana, sconosciuta. Rose la prese dallo zerbino e vide che la lettera era stata inoltrata dalla casa di sua nonna a Londra al suo vecchio indirizzo londinese. A quel punto era poi stata reindirizzata, insieme al resto della posta, alla sua nuova casa nello Yorkshire.

Sentì che in cucina Miles stava cominciando a piangere, così portò la lettera con sé e la aprì con una mano, mentre con l'altra dava da mangiare al figlioletto.

L'inglese era stentato e con molti errori. Le ci volle un attimo per decifrare la prima frase.

«Carro signorina Delanski...»

Leggere quel nome la fece rabbrividire. Per lei Rosa Delanski non esisteva più da anni.

> *Mi chiamo Tonia Rosstoff. Sto cerchiando te o David Delanski. Mia madre era Anya Rosstoff. La conscevi a Peggetz. Per favore, molto urgente incontrarti. Per favore, vieni all'indirizzo in cima alla pagina.*
>
> *Presto, per favore.*
>
> *Tonia Rosstoff*

Miles lanciò uno strillo quando la mano che reggeva la sua purea di mele si fermò a pochi centimetri dalla sua bocca.

L'indirizzo in cima alla lettera era nella zona est di Londra.

Una cosa alla volta.

Rose terminò di dare da mangiare al figlio, poi lo ripulì e lo mise nel box improvvisato che aveva allestito nell'angolo della cucina. Il piccolo cominciò a giocare soddisfatto con un camion giocattolo e lei tornò a leggere la lettera.

Il contenuto le fece venire i brividi. Il suo primo istinto fu quello di chiamare David, ma... no, era impossibile. Non dopo ciò che lei aveva fatto. Avrebbe dovuto affrontare la cosa da sola.

Il pensiero di tornare a Londra era già abbastanza brutto, ma dover incontrare la bambina che avevano abbandonato al suo destino le faceva venire le palpitazioni. D'altra parte, era chiaro che la ragazza aveva un disperato bisogno di vederla. Controllò il timbro postale e constatò che la lettera aveva impiegato più di tre settimane per raggiungerla nello Yorkshire.

Non poteva ignorarla. Doveva andare.

Non avrebbe potuto portarsi dietro Miles, ma, anche se viveva a Oxenhope da più di tre anni, non conosceva ancora nessuno. La comunità era molto unita e lei era una donna single con un figlio che aveva comprato la grande fattoria in cima alla collina, quindi la gente del posto la guardava con sospetto.

Decise di fare una passeggiata al villaggio e di chiedere all'ufficio postale se ci fosse qualcuno interessato a guadagnare qualcosa come babysitter.

Come si aspettava, la signora Heaton, che gestiva sia il minuscolo ufficio postale nel centro del villaggio sia il circolo dei pettegolezzi, si dimostrò poco disponibile.

«Una babysitter, mmm...»

Era ovvio che moriva dalla voglia di chiedere dove fosse il

padre del bambino, e Rose dovette lottare per contenere la propria irritazione. In fondo voleva vivere lì per il resto della sua vita. Rivolse un sorriso alla signora Heaton. «Sì. Domani devo andare a Londra e non voglio portare Miles con me. Tornerò entro sera. È davvero urgente.»

«Povero piccolo. Nessuno che si prenda cura di te, eh?» La signora Heaton ridacchiò con disapprovazione. «Bene, forse conosco una persona» disse lentamente.

Il viso di Rose si illuminò. «Meraviglioso, chi?»

«Doreen Thompson. Ha una bambina di due mesi. È una brava donna, Doreen. Sta sempre a casa a prendersi cura di Leah.»

«Posso chiederle dove vive?»

«Attraversi la strada ed esca dalla piazza. Numero 8. Sarà in casa. Le dica che l'ho mandata io.»

«Grazie, signora Heaton.»

Il numero 8 era una piccola casetta a schiera con una fila di fasce bianche appese nel minuscolo cortile esterno. Le galline starnazzarono e si dispersero quando Rose aprì il cancello di legno e spinse il passeggino di Miles nel vialetto.

Bussò alla porta e una donna con in braccio una neonata si affacciò alla finestra della cucina.

«Mi manda la signora Heaton dell'ufficio postale» gridò Rose.

Le rughe sul volto della donna scomparvero e aprì la porta.

«Signora Thompson?»

«Sì.»

«La signora Heaton mi ha detto che forse potrebbe interessarle un lavoro da babysitter, visto che ha già una bambina. Ciao, tesoro.» Rose tese un dito verso la piccola, che lo strinse tutta felice con la sua manina grassoccia.

«Oh, non sono sicura...»

«Il fatto è, signora Thompson, che domani devo andare a Londra e il viaggio è troppo lungo per Miles. È una cosa urgente, tornerò in serata. Dovrei rientrare per le sette, ma dovrò prendere il primo treno domani mattina. Sono davvero disperata, signora Thompson. E Miles è un bravo bambino. Non le causerà alcun problema, vero, tesoro?»

Miles nel frattempo stava fissando affascinato una gallina che razzolava intorno a lui. Allungò le braccia per afferrarla, ma quella scappò.

«Dovrei chiedere a mio marito, ma...» Il volto della signora Thompson si addolcì alla vista del bellissimo bambino nel passeggino. «... non sarà un problema, per stavolta.»

«La pagherò, naturalmente. Due sterline sono sufficienti?»

La signora Thompson parve sul punto di svenire. Poi scosse la testa. «No, non posso accettare. In fondo non mi darà lavoro extra, sono comunque qui con Leah. Dieci scellini andranno benissimo.»

«No...» Rose stava già frugando nella borsa alla ricerca del portafoglio. «Pagherò due sterline perché devo portarle Miles domattina presto e lei è stata così gentile da accettare di aiutarmi nonostante il poco preavviso. Ecco.» Rose porse alla donna stupita due banconote spiegazzate. «Grazie. Allora arrivo domani mattina alle sei con tutto ciò di cui avrà bisogno. A presto.»

Rose sorrise tra sé mentre spingeva Miles oltre il cancello e iniziava la lunga camminata su per la collina. L'istinto le diceva che suo figlio sarebbe stato bene nelle mani abili e materne della signora Thompson.

Il giorno seguente, quando il treno entrò a King's Cross alle undici e un quarto, Rose si sentì fisicamente male davanti a quella massa di persone.

Dopo aver percorso il binario affollato, salì su un taxi e diede all'autista l'indirizzo riportato sulla lettera di Tonia.

Mezz'ora dopo il taxi si fermò davanti a un condominio fatiscente a Tower Hamlets.

«L'appartamento che cerca è in quel palazzo laggiù, ma non posso portarla oltre. Non è una bella zona, signorina.»

Rose se n'era accorta anche da sola.

Attraversò il cortile e guardò i piccoli balconi coperti da panni grigi. Si sentiva l'eco di voci di bambini.

Aprì la porta del condominio che le aveva indicato il tassista e iniziò a salire i gradini. Rabbrividì dal freddo e sussultò per l'odore acre della spazzatura marcia. Lo ricordava bene.

La porta scrostata dell'appartamento era segnata da impronte di stivali neri. Mancava anche una parte del vetro.

Rose fece un respiro profondo e suonò il campanello, ma non funzionava, quindi bussò.

Non ci fu risposta. Bussò di nuovo, più forte.

Ancora niente.

La porta dall'altro lato del pianerottolo si aprì e un paio di occhi castani sbirciarono fuori.

«Andata via.»

«Scusi?»

La donna studiò Rose e aprì ulteriormente la porta.

«Andata. Ambulanza. Due settimane. Molto malata. Forse è morta.» La donna dall'aspetto smunto fece un gesto impotente.

«Sa in quale ospedale?»

«Forse Whitechapel. Molto vicino.»

«Grazie mille. Proverò lì.»

Rose cominciò a scendere le scale. Sapeva dov'era Whitechapel e decise che avrebbe fatto prima ad andarci a piedi, piuttosto che chiamare un altro taxi. Pregò che non fosse troppo tardi.

Una volta lì, chiese di Tonia al banco informazioni, osando a malapena respirare mentre la donna scorreva la lista.

«Ecco. Tonia Rosstoff. Reparto 8.»

Le diede indicazioni e Rose si trascinò lungo i corridoi verde pallido, cercando di non inalare l'odore di malattia e di disinfettante.

Chiese a un'infermiera del reparto in quale stanza fosse Tonia.

La donna aveva l'aria cupa. «È una parente?»

«No.»

«Oh, speravo di sì. Pare che Tonia non abbia nessun familiare. Sfortunatamente è stata ricoverata troppo tardi. Sta molto male.» Scrollò sconsolata le spalle.

«Si riprenderà?»

L'infermiera scosse la testa. «Temo di no. Ha la tubercolosi a uno stadio molto avanzato. Possiamo soltanto evitare che soffra troppo. Poverina. Non dovremmo affezionarci ai pazienti, ma Tonia... Capirà cosa intendo fra un minuto. C'è così tanta tristezza in quei giovani occhi.» L'infermiera sospirò. «E la sua povera bambina... L'hanno portata in ospedale con lei, era malnutrita.» Rose sentì una stretta al cuore. «Ora sta meglio e potrebbe lasciare il reparto, ma Dio sa cosa le succederà quando sua madre morirà. Qualcuno si prenderà cura di lei, suppongo. Mi segua, comunque.» L'infermiera abbassò la voce quando entrarono in corsia. «Non parla benissimo inglese ed è molto debole.»

Alla vista della povera creatura che giaceva nel letto, gli occhi di Rose si riempirono di lacrime. Tonia sembrava minuscola in mezzo a tutti i macchinari che la tenevano in vita.

Le si avvicinò e vide che dormiva. Era minuta e molto magra. Gli zigomi sporgevano dal viso pallido e scavato e aveva profonde occhiaie nere.

Sdraiata lì, con i capelli biondi sparsi sul cuscino, sembrava non avere più di dodici anni, anche se Rose sapeva che doveva averne diciotto.

«Vi lascio» sussurrò l'infermiera, e chiuse piano la porta.

Rose si sedette sulla scomoda sedia di legno accanto al letto.

«Tonia» sussurrò. «Sono Rosa. Rosa Delanski.»

Non ci fu risposta. Prese la mano della ragazza e la strinse. Provò in polacco. «Tonia, *kochana*, Tonia, tesoro.»

Lei sbatté le palpebre e aprì gli occhi. Poi fissò il soffitto, come se stesse sognando.

Rose le strinse dolcemente la mano. «Tonia, capisci il polacco?»

La giovane si voltò leggermente, come se il movimento le procurasse un grande dolore, la guardò e annuì.

Era da tempo che Rose non parlava la sua lingua madre, quindi esordì con cautela. «Sono Rosa Delanski. Mi hai scritto una lettera chiedendomi di venire a trovarti.»

«Sì.» La voce era un sussurro. «Non pensavo che saresti venuta. Grazie.»

«Di cosa avevi bisogno?»

La pressione sulla mano di Rose si fece più forte e Tonia sollevò il busto.

«Ho una bambina. Di tre mesi. È qui in ospedale. Per favore, prenditi cura di lei quando...» Lo sforzo sembrava esserle costato tutte le sue forze. Ricadde sui cuscini. «... morirò.»

«Tonia, cosa ti è successo? Ho tante cose da chiederti. Quando abbiamo lasciato Peggetz, la Croce Rossa ci ha assicurato che saresti stata adottata e...»

Tonia scosse la testa. «No. Orfanotrofio. Terribile. Per favore, non mia figlia. Per favore. Ho scritto una lettera... nell'armadietto.» Lo indicò con un cenno della testa. «Guarda dentro.»

Rose ubbidì e trovò una busta.

«Nel caso non fossi venuta. Ti chiedevo di prenderti cura di Miranda. Una richiesta da madre, capisci?»

Tonia non riusciva a proseguire, il che non aiutava la confusione di Rose.

«Posso aprirla?»

Lei annuì.

La lettera era scritta in un pessimo inglese, ma informava che David o Rosa Delanski avrebbero dovuto avere la custodia di Miranda Rosstoff se Tonia fosse morta.

«Preferirei uccidere la mia bambina piuttosto che lasciarla in un orfanotrofio. Sono cresciuta da sola in un posto terribile. Niente amore, soltanto fame e infelicità.» Tonia piangeva. Stava usando le sue ultime forze per parlare.

Il cuore di Rose era spezzato. Anche lei aveva le lacrime che le rigavano le guance. «Tonia, perché non ci hai contattati prima? Se avessimo saputo...»

«Ho saputo di voi solo un anno fa. Ero in prigione – dovevo rubare e andare con gli uomini per guadagnare soldi per mangiare – e un assistente sociale mi ha chiesto della famiglia. Ho detto che non ne avevo. Ha richiesto la mia cartella alle autorità e dentro c'era la vostra lettera. Ho scritto, ma non ho avuto risposta. Sono venuta in Inghilterra per trovarvi. Sono rimasta incinta. Poi mi sono ammalata. Ho avuto la mia bambina e dopo questo.» Tonia ansimava forte.

«Shhh. Piano. Hai tempo di riposarti.»

Ma lei fissò Rose con occhi sgranati e pieni di terrore. «No. Penso che morirò presto. Ho paura...»

Rose si sporse e la abbracciò forte. Era molto fragile, in effetti, e la sua forza vitale stava svanendo. Le accarezzò i capelli, e le sue lacrime bagnarono la testa di Tonia. Non si era mai sentita così impotente. Le conseguenze del passato e la futilità della vita non le erano mai state evidenti fino a quel punto.

«Sono qui ora, *kochana*. Sono qui e mi prenderò cura della tua bambina. Te lo prometto, tesoro.»

Tonia si scostò e fissò Rose con sguardo colmo di sollievo. «Grazie a Dio sei arrivata prima che fosse troppo tardi. Miranda avrà una famiglia. Per favore, chiama l'infermiera.»

Rose sistemò delicatamente il cuscino sotto la sua testa e allertò l'infermiera, che arrivò di corsa dal corridoio.

«Sta bene?» chiese, preoccupata.

«Non lo so. Ha detto che voleva vederla.»

La donna si avvicinò al letto della paziente. Tonia le parlò a lungo, in un sussurro, lottando con le parole. Alla fine l'infermiera annuì e alzò la testa.

«Credo abbia detto che devo promettere che le lascerò portare a casa la sua bambina, e che lei è l'unica famiglia che le rimane.» L'infermiera inspirò a fondo, riordinando i pensieri. «Dice che lei voleva bene a sua mamma e vuole che diventi la madre di Miranda. Può chiederle in polacco se ho capito bene?»

Rose lo fece e Tonia annuì. «Sì. Non in orfanotrofio, per favore, promettetelo.»

Anche gli occhi dell'infermiera si riempirono di lacrime. «Vado a prendere Miranda, va bene?»

Tonia sorrise e la donna uscì dalla stanza.

Rose tornò a sedersi e prese la mano di Tonia. «Ecco, *kochana*. Hai visto? Non devi preoccuparti. Miranda sta arrivando e giuro che verrà con me. Le vorrò bene e mi prenderò cura di lei come se fosse mia figlia. Ora cerca soltanto di stare meglio.»

L'infermiera portò un piccolo fagotto di lana bianca. Tonia fece segno a Rose di prenderla in braccio.

Rose non poté fare a meno di lanciare un gridolino quando la vide.

«È bella, vero?» sussurrò Tonia, studiandole.

«Sì, come la mamma. E la nonna.»

L'infermiera osservò la madre morente stringere le dita della bambina che aveva così coraggiosamente affidato a un'altra donna. Non credeva di aver mai assistito a una scena più straziante.

Gli occhi di Tonia si stavano chiudendo.

«È ora di andare, adesso. Tonia deve essere esausta.»

Rose annuì.

«Addio, Tonia. Torno a trovarti tra un paio d'ore.»

Tonia tese le braccia verso la bambina. Rose le diede Miranda e lei la tenne stretta.

«*Do widzenia, kochana.* Addio, tesoro mio.» Baciò dolcemente la fronte di Miranda, poi consegnò la piccola a Rose.

«Ora è tua, Rosa. Ti ringrazio dal profondo del mio cuore.»

«La rivedrai più tardi, cara» disse l'infermiera.

Rose baciò Tonia. «Addio, Tonia. Manterrò la promessa, lo giuro. Ora riposati.»

Tonia annuì. I suoi occhi seguirono Rose e la bambina fuori dalla porta. Le lanciò un ultimo bacio, poi si sdraiò e chiuse gli occhi.

Quando Rose tornò in ospedale, due ore dopo, l'infermiera scosse lentamente la testa, con gli occhi pieni di lacrime.

6

Saint-Tropez, marzo 1984

Rose aprì gli occhi. Li aveva chiusi per escludere il presente e tornare in quella squallida stanza d'ospedale. L'episodio le era rimasto così impresso nella memoria che desiderava almeno poter raccontare a Miranda tutto ciò che la madre le aveva detto prima di morire.

La ragazza sedeva immobile. Rose voleva continuare fino alla fine.

«Non ho potuto portarti subito con me nello Yorkshire come avevo promesso a Tonia. Non sapevo che il mondo non funziona proprio così, e nemmeno l'infermiera lo sapeva. Ma almeno tua madre è morta felice, convinta che non saresti andata incontro al suo stesso destino. Dopo la morte di Tonia sei stata consegnata alle cure di una famiglia affidataria. Ho chiesto subito di adottarti, ma visto che non ero sposata non mi hanno ritenuta adatta. Mi ci sono voluti tre anni e numerose udienze in tribunale prima di riuscire a portarti a casa con me. E l'infermiera ha mantenuto la sua promessa. Sono state la sua dichiarazione e la lettera di Tonia che alla fine hanno convinto la corte a permettermi di adottarti. Non dimenticherò mai il giorno in cui ti ho tenuta tra le mie braccia e ho capito che eri mia.» Rose soffocò un singhiozzo. «Miranda, giuro che ti ho voluto bene come se fossi mia figlia, eppure hai sempre pensato di venire dopo Miles. A volte avrei voluto raccontarti quanto avevo lottato per poterti adottare, solo per dimostrarti quanto ci tenevo.»

Miranda guardò nel vuoto. «Quando ho ucciso Santos, cioè, Franzen, ho vendicato la mia vera madre e mia nonna.» Era vero. «Ma da quello che dici, è possibile che quell'uomo fosse mio nonno.»

Rose la strinse forte. «Anya, tua nonna, è stata costretta ad avere rapporti con altri ufficiali delle SS. Non lo sapremo mai con certezza.»

«Oddio...» sussurrò lei.

Rimasero sedute in silenzio per molto tempo, riflettendo sulla terribile verità.

Alla fine Miranda guardò Rose. «Meritava di morire, vero?»

«Oh, tesoro, sì.»

«Ha minacciato Chloe. Le ha fatto fare delle foto e ha detto che le avrebbe fatto del male se avessi provato a mettermi in contatto con voi. E io le voglio troppo bene. Ha ucciso Ian. Negli ultimi due anni mi ha tenuta rinchiusa come un animale in gabbia perché avevo provato a scappare...» La voce di Miranda si spezzò, non riuscì a continuare.

«Sapeva che eri mia figlia. Lo ha fatto per ferire me e David. Era un uomo diabolico e malvagio. La sua crudeltà non è finita a Treblinka. Non sarebbe mai finita. Ma non avresti dovuto andarci di mezzo tu. È stata colpa mia.»

Miranda scosse la testa. «No. Non è vero. Mi hai salvata da una vita da orfana. Mi hai accolta e mi hai voluto bene. Non ti biasimo.» Rose trattenne le lacrime. «Ho paura... Finirò in prigione?»

«No, tesoro. David e la sua organizzazione si stanno assicurando che non accada. Per le autorità tu non eri in quella villa. David ha riferito alla polizia francese che quando lui e il maggiordomo si sono svegliati, Franzen era scomparso. Il corpo si è sfracellato sugli scogli. Credimi, non ci sarà nessuna inchiesta. Sono centinaia le persone che desideravano vederlo morto.»

«Però l'organizzazione lo voleva vivo perché potesse essere estradato e processato. Ho rovinato tutti quegli anni di pianificazione.»

«Credo che sia meglio così. Non sarei mai riuscita ad andare in tribunale per testimoniare contro di lui. Il pensiero di rivedere quell'uomo...» Rose rabbrividì.

«Mi ha fatto fare delle cose terribili, Rose. Non riesco nemmeno a parlartene...» Miranda le strinse il braccio.

«Oh, tesoro. Anch'io ho sofferto come te. E poi ho commesso degli errori terribili. Ho bloccato tutto per sopravvivere, ma il dolore è ancora lì. Adesso dobbiamo aiutarci a vicenda. Dobbiamo provare entrambe a ricominciare da capo, per il bene di Chloe, se non per il nostro.»

«Come sta?»

A Rose vennero le lacrime agli occhi. «È bellissima.»

«Non vedo l'ora di vederla, ma ho paura che mi abbia dimenticata.»

«Non temere, non è passato giorno senza che parlassimo di te. Miranda, non hai idea di quanto sono stata in ansia. Non dormo bene da quando sei scomparsa. Ho immaginato di tutto...»

Alla vista dell'espressione angosciata di Rose, un raggio di sole si insinuò nella mente di Miranda, spazzando via insicurezza, odio e rabbia. Capì che durante tutta la sua infanzia quella donna non le aveva mostrato altro che pazienza e amore. Se ne accorgeva solo ora. E si sentì terribilmente in colpa per il dolore che aveva causato a lei e a Chloe.

«Vi ho fatte soffrire per colpa del mio egoismo, ma credo di essere stata punita» disse, in lacrime, e Rose le strinse forte la mano. «Mi sono innamorata di un uomo che non era né ricco né bello, e mi è stato portato via. Ma mi ha insegnato i veri valori della vita e so che d'ora in poi potrò essere una buona madre per Chloe.» Fece una pausa. «Avrò bisogno del tuo aiuto nei prossimi mesi.»

Rose allargò le braccia.

«E io del tuo, tesoro.»

Madre e figlia parlarono fino all'alba.

«Un paio di giorni fa ero convinta che la mia vita fosse finita, ma mi hai aiutata a capire molte cose su di me e sul mio passato» concluse Miranda con un sospiro. «Ora sono molto stanca.»

«Dormi, tesoro. Sono qui, l'incubo è finito.»

«Sì. Buonanotte, mamma. Ti voglio bene.»

Miranda lasciò il salone.

Rose rimase a lungo a riflettere, poi uscì sulla terrazza per osservare l'alba che annunciava un nuovo giorno.

Aveva molto a cui pensare.

«Come ha preso la notizia che Franzen potrebbe essere suo nonno?» Una mano gentile si posò sulla spalla di Rose.

«Cosa poteva dire? È un pensiero raccapricciante. Ma ha già vissuto cose terribili. È andata come ci si poteva aspettare. Ha tanto da capire e da elaborare. È così ingiusto che la storia si sia ripetuta.»

David sospirò. «Non siamo qui per chiederci il perché. Più invecchio, più credo che il nostro destino sia deciso prima della nascita.» Fece una pausa. «Mi sei mancata, Rose. Mi dispiace di averti evitata. Non avrei mai dovuto...»

Lei si allontanò. «Miranda e io torneremo nello Yorkshire il prima possibile.»

«Ti prego, resta ancora un po'. Miranda avrà bisogno di più tempo per elaborare le novità. Le hai detto chi è Miles?»

Rose deglutì a fatica. «No. Non ci riesco.»

David annuì. «Capisco. Forse potrei aiutarti.» Lei quasi scoppiò a ridere. Suo figlio era il motivo per cui il fratello aveva interrotto ogni contatto con lei. «E c'è una cosa di cui vorrei parlarti» aggiunse.

«Cosa?»

«Brett. Ho cercato di proteggerlo come hai fatto tu con i tuoi figli. Non sa nulla del nostro passato. Ma temo di essere stato un padre terribile, l'ho dissuaso dal coltivare il suo talento artistico perché non ero capace di gestirlo. Sono stato egoista, ma ora devo rimediare e assicurarmi che il mio passato non danneggi ulteriormente il futuro di mio figlio. Ho bisogno del tuo aiuto.»

«Come posso aiutarti?»

«Ti spiego cosa ho in mente...»

7

L'industriale Frank Santos, scomparso dalla sua villa durante una breve vacanza nel Sud della Francia, sembra essere precipitato da una scogliera in stato di ebbrezza. Il corpo è stato recuperato e la polizia francese ritiene che si sia trattato di un incidente. L'allarme è stato lanciato dal signor David Cooper, un caro amico e socio in affari di Santos, l'unica altra persona presente nella villa oltre al maggiordomo. Sebbene Santos possedesse aziende in tutto il mondo, evitava le luci della ribalta, preferendo una vita tranquilla in...

Brett sentì il bollettino nelle prime ore del mattino, proprio mentre stava uscendo dal suo appartamento per dirigersi all'aeroporto Kennedy, e la notizia lo confuse ulteriormente. La sera prima aveva ricevuto una telefonata da suo padre che gli chiedeva di prendere il primo volo per Nizza e raggiungerlo.

Undici ore dopo, all'uscita dai controlli, Brett trovò David ad attenderlo. Suo padre indossava un paio di pantaloni eleganti e occhiali da sole firmati.

«Ciao, Brett» lo salutò, abbracciandolo. «Grazie di essere venuto con così poco preavviso. Andiamo, abbiamo appuntamento per cena con Rose e Miranda a Saint-Tropez.»

«Rose e Miranda?!»

David si avvicinò alla sua Mercedes a noleggio, gettò la borsa del figlio nel bagagliaio e aprì la portiera del passeggero. Poi avviò il motore e uscì dall'aeroporto.

«Allora, ho circa due ore per aggiornarti sulla situazione. Mi sento in colpa per non averti mai detto niente di tutto questo, e ancora più in colpa per essere stato un pessimo padre e non aver mai ascoltato quello che provavi a dirmi.»

Brett restò a bocca aperta. David si concentrò su una svolta a destra, poi riprese a parlare in tono molto calmo.

«Sono appena successe delle cose che hai il diritto di sapere. Comincerò dal principio, e ti suggerisco di ascoltarmi. Tieni da parte le domande per quando avrò finito. Rimarrai scioccato, stupito e disgustato, ma devo dirti tutto.»

Così, mentre attraversavano paesaggi mozzafiato, David gli raccontò la sua storia, cominciando dalla Polonia e finendo con gli eventi che si erano consumati pochi giorni prima nella villa di Santos.

«Mi rendo conto che sia assurdo chiederti di accettare tutto subito, ma ho pensato che fosse meglio che lo sapessi. Sono sicuro che hai un'infinità di domande, farò del mio meglio per rispondere.»

«Papà...» La voce di Brett era incrinata per l'emozione. «Perché non me ne hai mai parlato? Se l'avessi saputo, avrei potuto aiutarti. Non dovevi affrontare tutto da solo! Scusa se non sto avendo la reazione giusta, ma è una rivelazione. E fa parte di me. Non avresti dovuto proteggermi. Avevo il diritto di conoscere il mio passato.»

«Ora lo so. Ma se te ne avessi parlato, sarebbe stata una condanna. Sarebbe stato parte del mio futuro e del tuo.»

«Ma è già così, papà. Ha avuto un effetto enorme su di te, e quindi su di me... e sulla mamma» aggiunse tristemente Brett.

«Ho fatto quello che pensavo fosse giusto per tutti noi. Forse mi sono sbagliato. Mi dispiace tanto, Brett. È difficile spiegare come mi sono sentito...» David scosse la testa.

«Provaci, papà. Forse posso capire più di quello che immagini.»

«Okay.» Ci rifletté un attimo. «Fare soldi era diventata quasi un'ossessione per me. I soldi sono privi di emozioni e sono uno strumento di potere. È così che sono riuscito a superare la confusione e l'odio del mio passato e a concentrarmi su qualcos'altro. Avevo il controllo, mi sentivo al sicuro.» Espirò profondamente. «Ed ero anche bravo.»

«Povera mamma...» sussurrò Brett, quasi a se stesso.

«Già.»

«La amavi?»

«Come, scusa?» David era immerso nei suoi pensieri.

«La amavi?»

«Sì, Brett. E come te, anche lei ha fatto di tutto per fare breccia nella mia corazza. È stata solo colpa mia se non ci è riuscita.» David non volle andare oltre, così cambiò argomento. «Senti, ovviamente ti ho fatto venire qui per raccontarti tutto questo, ma anche per un altro motivo. Quanto sei felice di lavorare per la Cooper Industries?»

Brett fece spallucce. «Mi piace.»

David si voltò a guardarlo. «Sono stato onesto con te, quindi, per favore, sii onesto anche tu.»

«Va bene, papà» rispose lentamente Brett. «All'inizio lo detestavo. Ce l'avevo con te perché non avevi mai preso in considerazione i miei desideri per il futuro e avevi dato per scontato che avrei seguito le tue orme. Il mio senso degli affari non è mai stato all'altezza del tuo, e non lo sarà mai. Non è il mio mondo, ma nel corso degli anni credo di aver imparato ad accettarlo.»

Brett si mise ad armeggiare con il comando del finestrino. «Mi sono abituato e ho cercato di dimenticare le mie velleità artistiche. Sono felice? Non proprio. Ma mi vergogno, perché ci sono milioni di persone che darebbero qualsiasi cosa per essere al mio posto.»

«Mmm» commentò David. «Vedi, Brett, è colpa mia. In fondo, se tu fossi stato povero, non sarebbe importato a nessuno se fossi andato in Francia e avessi passato il resto della tua vita a dipingere. Quindi avere una famiglia benestante non ti ha aiutato.»

Brett annuì. «Forse.» Guardò il Mediterraneo che lambiva la Costa Azzurra. «Ho un'ultima domanda. È stato per il tuo bisogno di rompere con il passato che non hai visto Rose per tanti anni?»

Era una domanda che David temeva, ma aveva la risposta pronta.

«In parte. Avevamo anche avuto una... discussione su una cosa. Ed eravamo entrambi troppo orgogliosi per chiedere scusa. Che sciocchezza. Abbiamo sprecato ventotto anni. Comunque ora è tutto sistemato. A proposito, tua zia Rose e io abbiamo in mente qualcosa per te. È stata una sua idea e voglio che tu sappia che ha tutto il mio sostegno.» David fermò la macchina e allungò la mano per stringere quella di Brett. «Perdonami, figliolo. Spero di essere ancora in tempo.»

Brett vide le lacrime negli occhi di suo padre.

Un attimo dopo David balzò fuori dall'auto; era la prima volta nella vita che Brett lo vedeva mostrare una vera emozione nei suoi confronti.

«Questo è il piano. Che cosa ne pensi?» Gli occhi di Rose brillavano.

Il ristorante sul lungomare era deserto, i primi turisti sarebbero apparsi solo a partire da aprile, quando il tempo avrebbe cominciato a migliorare. Al loro arrivo, Rose li stava aspettando con una bottiglia di vino bianco sul tavolo.

Brett era sbalordito dalla proposta che sua zia gli aveva appena fatto. Guardò nervosamente il padre, che gli sorrise. «Ti ho già detto che ho dato a questo piano il mio totale appoggio. Se non funziona, ci sarà sempre posto per te alla Cooper Industries.»

«Abbiamo pensato che fosse il modo perfetto per farti scoprire se è quello che vuoi» continuò la zia. «Così non sarai sotto pressione e potrai lavorare con i tuoi tempi, invece di iscriverti subito all'Accademia d'arte.»

«E avrai una delle migliori insegnanti sulla piazza.» David sorrise. «Allora? Che ne dici?»

Brett spostò lo sguardo dall'uno all'altra. Era sopraffatto. Rose gli aveva proposto di tornare in Inghilterra con lei e di affiancarla per qualche mese nell'atelier. Dopodiché, sarebbe stato libero di continuare a dipingere e frequentare un'Accademia, oppure di rientrare nella Cooper Industries nella sua posizione attuale.

«Ma... papà, e il mio lavoro? Non posso andarmene così da un momento all'altro e piantarti in asso.»

«Ce la faremo.» Lo sguardo di David era gentile. «È quello che vuoi, vero?»

«Be'... sì, è fantastico!» sorrise.

«Miranda e io rientreremo in Inghilterra tra una settimana» disse Rose. «Vogliamo passare un po' di tempo insieme prima di tornare nello Yorkshire e vedere Chloe, sua figlia. Sarai il benvenuto in qualsiasi momento.»

«Ho alcune cose da chiudere al lavoro, ma...»

David respinse le rimostranze del figlio. «Niente che non possa essere risolto.»

Brett batté le mani. «Va bene, allora! Siamo d'accordo!» I suoi occhi brillavano e sembrava che gli fosse stato tolto un peso enorme dalle spalle.

«Mi dispiace solo che ci sia voluto così tanto tempo. Non capisco come ho potuto ignorare il talento di mio figlio, visto chi era tuo nonno» disse David tristemente.

«Non correre, papà. Sono anni che non tengo in mano un pennello. Potrei non essere più in grado.»

«Credimi, Brett, non è così. Non dipingevo da quasi vent'anni quando ho ripreso. Sono cose che non si perdono» lo rassicurò Rose.

Brett era felice di vedere sua zia e suo padre insieme. Fra loro c'era un'intimità e un calore che rendeva impossibile credere che fossero stati separati tanto a lungo. Era al settimo cielo. Per la prima volta nella sua vita si sentiva parte di una famiglia unita.

Una figura era ferma sulla soglia del ristorante e scrutava i tavoli.

«Miranda! Siamo qui!» David agitò la mano.

Lei gli sorrise timidamente e si avvicinò. David si alzò e prese una sedia libera.

Brett studiò stupito la ragazza magra dai capelli scuri. Non riusciva quasi a credere che fosse Miranda. Suo padre gli aveva spiegato a grandi linee cosa le era successo e, sebbene un tempo l'avesse odiata, provò un moto di simpatia. «Ciao, Miranda. Come stai?» chiese in tono gentile.

Lei alzò gli occhi e lo guardò nervosa. «Meglio, grazie.»

«Bene. Non riesco nemmeno a immaginare cosa hai dovuto affrontare. Penso che tu sia una persona molto coraggiosa.»

Miranda rimase in silenzio, senza sapere come replicare. «Sembra che vi raggiungerò in Inghilterra tra un paio di settimane. Non vedo l'ora di conoscere tua figlia.»

Il viso di Miranda si illuminò. Guardò Brett con occhi pieni di silenziosa gratitudine. «Bene» si limitò a dire.

Quanto avrebbe voluto che fosse lui il padre di sua figlia.

8

Rose guardò preoccupata Miranda che giocherellava nervosamente con i bottoni del cappotto mentre il taxi risaliva la collina verso la fattoria. Poi sua figlia le prese la mano.

«E se non si ricorda di me? Sono cambiata tanto...»

«Si ricorda, non ti preoccupare» rispose Rose, con una sicurezza che non aveva.

Brett fece cenno alle due donne di andare e disse che sarebbe rimasto lui a pagare la corsa e ad aiutare l'autista con i bagagli.

Tenendo ancora stretta la mano di Rose, Miranda si diresse verso la porta d'ingresso, che si spalancò prima che lei avesse il tempo di inserire la chiave.

Sulla soglia apparve la signora Thompson.

«Tutto bene, Doreen? Chloe?» chiese, con tutta la calma possibile.

«Chloe sta bene. Ecco qui, amore. Te l'avevo detto che la tua mamma sarebbe tornata a casa oggi, no?»

Una bellissima bambina di sette anni apparve timidamente da dietro la signora Thompson e lanciò un'occhiata alle due donne sulla soglia.

Per un terribile istante, Rose pensò che Chloe sarebbe corsa da lei.

«Ciao, nonna» disse invece, sorridendo composta.

Poi rivolse lo sguardo a Miranda, che rimase immobile a fissarla.

«Ciao, mamma» aggiunse, e tese le braccia.

Con un grido, Miranda corse incontro alla figlia e la strinse forte, come se non volesse più lasciarla andare.

Gli occhi di Rose e Doreen si riempirono di lacrime per quella scena. Rose sentì una mano sulla spalla. Si voltò e vide che anche Brett era commosso. Rimasero tutti a guardare mentre Miranda portava la bambina in salotto.

«Tesoro mio» mormorò lei tra le lacrime. «La mamma è tornata, la mamma è a casa.»

9

Leah si svegliò e vide il sole splendere dallo spiraglio tra le tende. Si alzò dal letto e le aprì. Era una bella mattina di aprile e il suo umore era migliorato.

In fondo aveva tutte le ragioni per essere felice. Aveva superato il punto critico da tre settimane e si sentiva bene. Il ginecologo le aveva confermato che il bambino era in salute e non c'era motivo per cui non dovesse essere ottimista.

Quando si alzò, però, una leggera fitta al fianco la fece sussultare. Si sforzò di ignorarla, ripetendosi che era del tutto normale provare dolore di tanto in tanto. Decise di andare alla porta accanto e dare un'occhiata alla nursery. Non lo faceva da quattro mesi, spaventata che potesse essere di cattivo augurio, ma quel giorno si sentiva rilassata e positiva riguardo alla gravidanza.

La nursery era stata allestita due anni prima, quando lei era rimasta incinta per la prima volta. La culla era coperta da un telo antipolvere e l'armadio era pieno fino a scoppiare di ogni sorta di costosi vestiti per bebè.

«Sarai un bambino fortunato» sussurrò.

Uscì dalla cameretta e andò a farsi una doccia.

Quando arrivò in veranda per la colazione, stava morendo di fame.

Spazzolò in fretta succo d'arancia e croissant e poi attaccò una ciotola di frutta mentre sfogliava la posta. C'erano tre lettere per lei quella mattina. Due erano aggiornamenti dalle associazioni di beneficienza che sosteneva, mentre la terza era di un mittente sconosciuto.

La aprì e trasalì per l'orrore quando vide il contenuto.

Era un ritaglio da un numero di «Vogue» di quattro anni prima: una sua foto in uno degli abiti di Carlo. Doveva essere stata scattata a una sfilata primaverile di Milano.

Il suo viso era stato tagliato con un coltello.

Strinse la foto con mani tremanti, incapace di distogliere lo sguardo.

Guardò all'interno della busta. Non c'era altro.

«Oddio.»

Carlo.

Le cose erano filate fin troppo lisce su quel fronte. Non aveva sue notizie da due anni, anche se correva voce che i suoi affari fossero crollati da quando lei se n'era andata.

Un'altra fitta al fianco. *Calmati. Niente agitazione e niente ansia.* Doveva chiamare Anthony e dirglielo. Lui avrebbe saputo cosa fare.

Si alzò e attraversò il soggiorno per raggiungere il telefono.

Un altro spasmo le strappò un grido di dolore.

«No! No, ti prego!»

Betty, la governante, arrivò di corsa, attirata dalle sue grida. E la trovò rannicchiata sul pavimento, con il viso contorto in una smorfia angosciata.

«Chiama un'ambulanza. E anche Anthony. Sto perdendo il bambino.» Emise un ultimo gemito, poi svenne.

10

Leah si sdraiò sui cuscini. Non aveva quasi toccato il vassoio della colazione che le aveva portato Betty. Non aveva mai avuto fame da quando era tornata a casa una settimana prima.

Anthony aveva suggerito di spostarsi nella casa di Woodstock, dove avevano trascorso i Natali più belli della loro relazione. Leah si era limitata a scrollare le spalle dicendo che per lei andava bene.

Anthony stava anche cercando di convincerla a vedere il dottor Simons, uno psichiatra, ma lei non aveva bisogno che le dicessero che era depressa. Lo sapeva già.

Le sfuggì una lacrima al pensiero della creatura che avrebbe dovuto tenere fra le braccia di lì a cinque mesi. Non voleva parlare con nessuno di quei pensieri.

Aprì la posta con scarso entusiasmo.

Trovò un'altra foto, con il viso e il corpo ridotti a brandelli, stavolta presa dalla collezione autunnale di Carlo dell'anno successivo.

Al colmo della disperazione, appallottolò il foglio e lo gettò nel cestino.

Sapeva che avrebbe dovuto dirlo a Anthony, ma non era pronta ad affrontare le domande della polizia.

Al momento, comunque, non le importava di niente.

Betty trovò la pagina della rivista tagliata mentre puliva la camera da letto e la consegnò a Anthony.

«Penso che dovrebbe vederla, signore.» Era molto affezionata a Leah, che aveva sempre trattato lei e gli altri membri del personale con la massima gentilezza, ed era preoccupata per il suo stato d'animo almeno quanto Anthony.

Lui prese il pezzo di carta strappato, lo guardò e sospirò. «Oddio.»

«L'ho trovato nel cestino dopo colazione. Forse l'ha tagliata con il coltello da frutta, signore.»

«Grazie di avermi informato, Betty.»

«Di niente. Sono preoccupata per lei, signore. Rovinare una così bella foto: sembra che stesse pensando di...»

«Sì, Betty. Grazie.»

«Molto bene, signore. La signora scenderà tra pochi minuti. Stanno per portare giù i suoi bagagli.»

La governante lasciò la stanza.

Anthony ripiegò il pezzo di carta e se lo infilò in tasca. Non era il momento di parlarne. Forse avrebbe affrontato l'argomento dopo un paio di giorni di relax nella casa di Woodstock.

Leah entrò in soggiorno. Era magra e pallida, ma comunque bellissima, con un tailleur pantalone di lana di Donna Karan.

«Eccoti.» Le si avvicinò e la baciò sulla guancia. «Splendida come sempre. Pronta a partire, tesoro?»

Leah annuì in silenzio.

«Su, non vogliamo perdere l'aereo, no?»

Lei scosse il capo.

«Tesoro, ti prometto che questi giorni ti faranno bene. Adori quella casa, e non dobbiamo uscire se non ne hai voglia. Potresti farmi un sorriso?»

Lei ci provò, ma fu un pessimo tentativo.

«Patetico...» Anthony ridacchiò. «Forza, andiamo.»

La condusse fuori dalla stanza e cinque minuti dopo erano in macchina, diretti all'aeroporto.

Anthony posò il vassoio con il succo d'arancia, il caffè e i croissant ai piedi del letto.

«Come ti senti stamattina?»

«Bene» rispose lei, con voce soffocata.

«Devo aprire le tende? È una bella giornata.»

«Se vuoi.»

Anthony emise un sospiro a metà fra il triste e il frustrato. Era ferito che Leah avesse insistito per dormire in camere separate, ma naturalmente aveva acconsentito. Non riusciva nemmeno a immaginare il dolore fisico e psicologico che stava sopportando. Aveva sperato che, dopo un paio di giorni di completo riposo e relax, Leah tornasse nella loro stanza, ma non era ancora successo. Giorno dopo giorno aveva proposto cose carine da fare, luoghi da visitare, ristoranti che le piacevano, ma non aveva ottenuto reazioni né suscitato entusiasmo. Non desiderava altro che starle vicino, ma lei rifiutava il suo sostegno. Sembrava sempre più lontana e ora si rifiutava anche di condividere il letto.

Temeva che fosse l'inizio della fine.

Continuava a ripetersi che era soltanto la depressione e che sarebbe passata, che i sentimenti di Leah nei suoi confronti non erano cambiati. Ogni giorno, però, di fronte alla freddezza della moglie, diventava più difficile aggrapparsi a quella convinzione.

Sapeva di non doversi arrendere. Se l'avesse fatto, era certo che l'avrebbe persa.

Inspirò a fondo e aprì le tende.

«Ecco qui, guarda.»

Anthony tornò a sedersi sul letto mentre il sole entrava dalle finestre. «C'è qualcosa che ti piacerebbe fare oggi, tesoro?»

Leah si mise a sedere lentamente, scostandosi i magnifici capelli dal viso e riparandosi gli occhi dalla luce del sole.

Lui pensò che non fosse mai stata così bella.

«Non particolarmente» rispose, scrollando le spalle.

«Stavo pensando che potremmo andare in città, magari fare un po' di shopping in quella piccola boutique che ti piace tanto, e poi pranzare al Woodstock Inn. Cosa ne pensi?»

«Preferirei restare qui, a dire il vero. Ma se vuoi andare...»

Anthony sentì che dentro di lui qualcosa si spezzava. Si alzò di scatto. «Non fa niente, Leah, resta pure qui a piangerti addosso. Sai, la maggior parte delle donne...» Si fermò a guardarla negli occhi, ma l'espressione della moglie non era cambiata. Si passò una mano fra i capelli. «Senti, mi dispiace. Sto facendo del mio meglio per capire, ma... Esco a fare una passeggiata, torno presto.»

Leah lo guardò uscire dalla camera da letto. Sapeva che avrebbe dovuto provare qualcosa per la sua reazione, ma non ci riusciva. L'unica cosa che provava era un doloroso intorpidimento che le impediva di reagire, come se fosse distaccata dalla realtà.

Sentì sbattere la porta e immaginò di doversi preoccupare.

Anthony uscì di casa e percorse il vialetto, maledicendo il giorno in cui aveva detto che gli sarebbe piaciuto avere un altro figlio. Per quanto lo riguardava, amava Leah alla follia e, anche se avere un bambino avrebbe consolidato la loro unione, l'aveva proposto soprattutto perché non voleva che lei si perdesse qualcosa sposando un uomo più anziano.

Aveva pregato, soprattutto per il bene della moglie, che la gravidanza andasse a buon fine ed era rimasto sconvolto quando non era successo.

Il medico gli aveva spiegato più volte le ragioni cliniche del cambiamento di Leah: era uno stato d'animo normale, non ci si poteva fare nulla. Il dottore lo aveva pregato di mostrare pazienza e comprensione, ma non ce la faceva più. Il peggioramento dal primo aborto era evidente, e Anthony sentiva sempre di più la mancanza della ragazza allegra e solare che aveva sposato.

A volte pensava che Leah avesse convogliato tante forze e aspettative sull'avere un bambino perché era annoiata. La sua mente veloce e curiosa aveva bisogno di qualcosa in più della routine quotidiana di essere la moglie di un uomo d'affari, soprattutto dopo la vita frenetica che aveva condotto prima del matrimonio. Le aveva chiesto più volte se le sarebbe piaciuto tornare a fare la modella, o addirittura scegliere un'altra carriera che le permettesse di mettere a frutto la sua intelligenza, ma lei aveva sempre rifiutato.

Mentre passeggiava lungo il viale alberato, ascoltando il richiamo dei cuculi fra i rami dei sempreverdi, si ritrovò a chiedersi ancora una volta perché Leah avesse deciso così all'improvviso di sposarlo. Sul momento era stato talmente felice che non si era soffermato a pensarci troppo. Ma ora che vedeva il loro rapporto incrinarsi, non poteva fare a meno di chiedersi se lei lo avesse mai amato davvero.

Aveva paura. Perdere Leah era un incubo intollerabile. Ma sentiva che si stava allontanando, e non sapeva come farla tornare da lui.

Più tardi si sedettero insieme sulla terrazza. Anthony si era scusato e Leah aveva cercato di essere gentile.

Si alzò e andò da lei. «Perché non usciamo per una bella cena romantica? Potresti indossare il vestito di Dior che ti ho regalato la settimana scorsa. Che ne dici, tesoro?» Le mise le braccia al collo e la baciò dolcemente sulla guancia.

Leah si liberò dalla sua stretta e scosse la testa. «Sono troppo stanca per uscire. Vai tu, se vuoi. Vado a sdraiarmi.»

E scomparve dentro.

Anthony rabbrividì, nonostante la notte di maggio fosse tiepida. Sospirò e prese una copia del «New York Times» per cercare di distrarsi.

La sua attenzione fu attirata da una fotografia a pagina quattordici. Era la modella Maria Malgasa nel suo periodo di massimo splendore, radiosa in uno degli abiti firmati da Carlo Porselli.

Lesse l'articolo.

Maria Malgasa, conosciuta da milioni di persone a metà degli anni Settanta come la modella più pagata al mondo, è stata trovata strangolata nella sua camera d'albergo a Milano, dove stava posando per un servizio di «Vanity Fair». Il personale ha scoperto il suo corpo quando non si è presentata all'aeroporto per il volo di ritorno a New York. Il suo amante di lunga data, Carlo Porselli, sta aiutando la polizia nelle indagini. I dettagli sono ancora da chiarire, ma pare ci siano tracce di un rapporto sessuale.

Più tardi, Anthony mostrò l'articolo a Leah.

«La conoscevi, vero?»

Lei annuì. Era diventata molto pallida.

«Oddio, Anthony. Continuo a ricevere per posta mie vecchie fotografie fatte a brandelli.»

«Oh, tesoro, pensavamo che fossero opera tua... Abbiamo trovato quella che hai ricevuto il giorno in cui hai perso il bambino, e Betty me ne ha mostrata una che ha ripescato dal cestino.»

Leah scosse il capo. «Nelle fotografie indosso sempre i vestiti di Carlo, e sono alle sfilate di Carlo. Il timbro postale sulla busta era di Milano. Se sta facendo questo a me, non credi sia possibile che... Maria?» Non riusciva a dirlo ad alta voce.

«Non lo so. Ma chiamo subito la polizia.»

11

«Per favore, credetemi. Ho salutato Maria subito dopo cena. Ha detto che era stanca e voleva andare a dormire presto.» Carlo si passò una mano tra i capelli arruffati e guardò l'agente dall'altra parte della scrivania.

«Signor Porselli, le sue impronte digitali sono state trovate sugli effetti personali di Maria Malgasa e in tutta la stanza.»

«Ma ve l'ho detto!» Carlo batté il pugno sulla scrivania per la frustrazione. «Quella sera io e Maria abbiamo fatto l'amore *prima* di andare a cena, *non dopo*. Le ho augurato la buonanotte vicino all'ascensore e sono tornato al mio appartamento da solo.»

«È un peccato che nessuno nella hall dell'hotel sia in grado di confermarlo... Il portiere giura di aver visto un uomo bruno che corrisponde alla sua descrizione accompagnare la signorina Malgasa nella sua stanza, un quarto d'ora dopo rispetto a quando lei dice di essere uscito. E ha visto lo stesso uomo andarsene alle quattro e mezza del mattino.»

Carlo sospirò. «Non lo so, non so chi fosse quell'uomo, ma non ero io. Amavo Maria! Era la mia modella di punta! Perché avrei dovuto volerla uccidere? Non ho nessun precedente di violenza. Chiedete a una qualsiasi delle modelle con cui ho lavorato nel corso degli anni.»

«L'abbiamo fatto, signor Porselli.» L'agente gettò un plico di documenti sulla scrivania. «Dia un'occhiata a queste.»

Carlo tirò fuori le foto tagliate di Leah.

«Santo cielo, ma è orribile!»

«Lo pensiamo anche noi, e lo pensa anche la signora Van Schiele, che le ha ricevute per posta. L'ultima portava il timbro di Milano.»

Lo stilista aprì la bocca per parlare, ma si fermò. Dal modo in cui il poliziotto lo guardava, era chiaro che lo riteneva colpevole di entrambi i crimini.

«Ci dica, doveva essere lei la prossima vittima, signor Porselli?»

Carlo sentì gli occhi riempirsi di lacrime di indignazione. Il famoso Carlo Porselli era detenuto in una cella del commissariato di Milano, sospettato di omicidio.

«La lascio riflettere su quanto ho appena detto, signore. Abbiamo prove sufficienti per accusarla di omicidio.»

«Quando i miei amici lo scopriranno, la pagherete!» strillò lui mentre l'agente si avviava verso la porta della cella.

L'uomo sorrise. «Temo, signore, che lei abbia meno amici di quanto crede. Buonanotte.»

La porta si chiuse di schianto.

Carlo si prese la testa tra le mani e pianse.

Il volo dall'aeroporto di Linate arrivò puntuale a Heathrow. I passeggeri superarono il controllo passaporti e la dogana e uscirono nell'aria fresca di maggio.

Comprò un giornale mentre aspettava in coda per un taxi, e non poté trattenere un sorriso quando lesse i titoli. Carlo Porselli era accusato dell'omicidio di Maria Malgasa.

L'aveva pianificato proprio per ripagare Carlo per il modo

in cui gli aveva sottratto Leah e l'aveva trasformata in una stronza arrogante ed egoista che lo aveva trattato come feccia.

Maria e le altre avevano soddisfatto i suoi bisogni in via temporanea, ma era giunto il momento di reclamare la donna che era sempre stata sua. Le aveva inviato degli avvertimenti e ora non doveva fare altro che aspettare. Sapeva che sarebbe andata da lui.

Il taxi impiegò un'ora per raggiungere la stazione di King's Cross. Salì sul treno e si preparò per il lungo viaggio verso nord.

12

Brett si svegliò al cinguettio dei passeri che stavano nidificando sotto la grondaia della fattoria, fuori dalla sua camera. Guardò l'orologio e vide che erano appena passate le sei. Saltò giù dal letto, indossò una vecchia felpa e dei jeans e scivolò nel suo atelier. Quella stanza lo riempiva di gioia. Era stata di Rose prima che lei ristrutturasse uno dei fienili, e ora gliel'aveva lasciata. Rimase fermo per un secondo a godersi l'odore di vernice e il disordine che aveva creato lui stesso.

Studiò con attenzione il quadro sul cavalletto.

Sapeva che era di gran lunga il migliore di quelli che aveva dipinto fino a quel momento. I colori erano così tenui e si fondevano in un'armonia perfetta e naturale.

Non era Brett Cooper che scimmiottava un altro artista. Aveva una sua individualità e unicità. Aveva un'identità.

Ci erano voluti nove dipinti e tre mesi di duro lavoro per arrivare a quel punto. Le altre opere sparse nello studio erano apprezzabili, ma non avevano una loro voce. Rose era stata molto incoraggiante, l'aveva spinto a perseverare, convinta che prima o poi il suo stile personale sarebbe sbocciato. Gli aveva ripetuto mille volte che aveva un talento naturale che doveva coltivare e lasciare libero di esprimersi.

E Brett sapeva di averlo fatto.

Negli anni di formazione prendeva un oggetto o un paesaggio e lo enfatizzava in tutta la sua bellezza. Da quando aveva ricominciato a dipingere, però, sentiva di voler dire qualcosa sulla tela, di voler infondere un significato alle sue opere.

La sua ultima fatica ritraeva una bellissima ragazza protesa verso il cielo. La metà superiore del dipinto era un trionfo di colori gloriosi; il cielo era azzurro, il sole splendeva, i meli intorno alla testa della ragazza erano in piena fioritura, e Brett aveva sfruttato l'espressionismo romantico. Per la metà inferiore, invece, aveva usato tonalità molto più scure e cupe. Delle mani maschili afferravano le caviglie della giovane e il terreno sotto di lei era arido e brullo. Una delle mani si allungava verso il suo ventre scoperto.

Brett lo fissò per un momento. «Donna in catene» mormorò.

Avrebbe chiesto a Rose di vederlo quel giorno stesso. Una parte della gioia di vivere lì era rappresentata dalle lunghe conversazioni davanti a una bottiglia di vino che duravano fino a tarda notte. Rose gli raccontava dei suoi giorni al Royal College e parlavano delle opere di Freud, Bacon, Sutherland e dei suoi contemporanei degli anni Cinquanta, dedicando ore a ogni dipinto dell'enorme collezione di cataloghi della zia.

Guardando il suo ultimo quadro, però, Brett si rese conto che era tempo di andare avanti. Era chiaro che non sarebbe tornato a lavorare per il padre a New York. Aveva bisogno di confrontarsi con altri giovani artisti, di crescere insieme a loro. Rose sarebbe stata entusiasta di vederlo seguire le sue orme al Royal College, ma Brett sapeva dove voleva andare: a Parigi. Di notte lo sognava in modo così vivido che si svegliava senza capire dov'era.

Decise che era giunto il momento di discutere del suo futuro con la zia e dirle che voleva andare a studiare alle Beaux-Arts.

Prese la tavolozza e un pennello e iniziò a dare gli ultimi ritocchi. Come sempre quando lavorava, la sua mente era rivolta a Leah.

Aveva letto dell'arresto di Carlo per l'omicidio di Maria Malgasa con sconcerto, ma anche con un pizzico di soddisfazione. Si era chiesto più di una volta perché Leah non lo avesse sposato, dopo l'annuncio del fidanzamento sui giornali. Aveva dato per scontato che avessero litigato per qualche motivo, ma ora, di fronte a quella notizia, il dubbio cominciava a insinuarsi nella sua mente. Quando aveva affrontato Leah era troppo ubriaco e arrabbiato e non aveva voluto dar credito alla sua spiegazione. E se avesse detto la verità? In fondo quell'uomo era appena stato accusato del brutale omicidio di un'altra modella.

Brett sospirò. Era inutile torturarsi. Leah era felicemente sposata con un altro uomo.

A quanto pareva, non erano destinati a stare insieme. E lui era condannato a passare il resto della vita a sognare una donna che non avrebbe mai potuto essere sua.

Posò il pennello e si rese conto di avere fame. Aprì la porta dello studio, attraversò il corridoio e si fermò per prendere la posta.

Miranda e Chloe erano già in cucina a fare colazione. Il viso della bambina si illuminò appena lo vide.

«Ciao, zio Brett. Hai dipinto altri quadri?»

Lui annuì. Provava spesso una sensazione di déjà-vu quando erano seduti a tavola a colazione. Con la signora Thompson che si dava da fare ai fornelli, era difficile non pensare alla prima vacanza che aveva trascorso lì. Eppure era passato tanto tempo e tanta acqua sotto i ponti.

Rose entrò in cucina. «Buongiorno a tutti.» Aveva un'aria esausta.

«Dormito bene?» chiese Brett educatamente.

«No. Non so perché, ma mi sono svegliata alle tre di notte in preda al panico per la mostra di New York. E sono stata nel mio studio da allora.»

«Dai, Rose. So che non hai mai esposto negli Stati Uniti, ma i tuoi lavori sono sensazionali!» la rassicurò.

«Grazie, caro, però mancano meno di due mesi e ho ancora altri quattro dipinti da completare.»

«E noi saremo lì per sostenerti, mamma» disse Miranda.

«Lo so, tesoro. Mi dispiace se sono nevrotica, ma è importante che io abbia successo anche oltreoceano.»

«Andrà tutto bene, davvero. Andiamo a vestirci, Chloe.»

«Va bene, mamma.»

Le due lasciarono la stanza.

Rose sospirò. «Sono preoccupata per Miranda. Il suo umore è altalenante. Spero che il viaggio a New York le faccia bene, anche se non avrò molto tempo da passare con lei. È un peccato che non possano restare con me tutto il mese, ma Chloe deve tornare per iniziare la scuola.»

«Sono sicuro che si divertiranno un mondo. L'appartamento di papà è stupendo, ed è proprio al centro di tutto. Mi ha anche detto che si prenderà una pausa dal lavoro per portare in giro Miranda e Chloe.»

Rose sorrise. «Sarebbe carino.»

Brett si alzò. «Sarà meglio che torni al lavoro. Potresti venire nel mio studio più tardi, quando hai un attimo? Ho una cosa da mostrarti e voglio fare una chiacchierata.»

«Certo.»

Rose si sedette al tavolo e sbadigliò.

Se fosse andata a New York, non era sicura che sarebbe mai tornata a casa.

13

Leah gironzolava per il giardino soleggiato, recidendo di netto le rose appassite.

Controllò l'orologio. Le dieci e dieci. Aveva davanti l'intera giornata, che sarebbe culminata nella conversazione tesa durante la cena, quando Anthony sarebbe tornato a casa.

Non riusciva a credere a come si sentiva. Morta dentro, insensibile, senza il minimo barlume di interesse per niente.

Non aveva provato nulla neppure quando la polizia l'aveva interrogata e lei aveva mostrato le pagine tagliate che le erano state inviate per posta. Era come se fosse una spettatrice e osservasse la sua vita svolgersi da lontano. Non aveva provato nulla quando Carlo era stato accusato: in fondo le prove portate da lei non facevano altro che sommarsi alle impronte trovate nella camera d'albergo di Maria. La polizia aveva detto che avrebbero potuto convocarla in tribunale come testimone dell'accusa, ma non voleva pensarci.

Era sicura di non amare più Anthony. Tuttavia le dispiaceva vedere la facilità con cui riusciva a ferirlo, anche solo con una parola.

Non dormivano nello stesso letto da più di tre mesi, da quando erano tornati da Woodstock. Il pensiero di fare sesso con lui la ripugnava: non faceva che ricordarle le sue inadeguatezze e la morte dei suoi tre bambini. Sapeva che era inutile continuare a provarci. Quindi aveva deciso di smettere.

Si chiedeva spesso se Anthony avesse un'amante. Era naturale che si consolasse con un'altra donna. Ma non arrivava mai in ritardo e la chiamava in continuazione quando partiva per un viaggio d'affari.

In un certo senso, pensava che sarebbe stato meglio se avesse avuto un'altra. Avrebbe messo fine al suo senso di colpa. Avrebbe voluto che lui si arrabbiasse, come quando aveva avuto quello scatto d'ira a Woodstock, invece Anthony accettava rassegnato il modo in cui lei lo trattava.

Le aveva proposto di riprovare ad avere un bambino e, quando lei si era rifiutata categoricamente, aveva suggerito l'adozione. Ma Leah aveva rifiutato di nuovo. Adottare un bambino sarebbe stata una conferma pubblica della sua incapacità.

E così si svegliava ogni mattina e si trascinava per tutta la giornata, nell'attesa che fosse ora di andare a letto, per poter scivolare nel sonno e fare il suo sogno meraviglioso. Era sempre lo stesso: cullava un bambino fra le braccia, e Brett li guardava entrambi, con occhi pieni di orgoglio e di amore.

Cercava di non pensare a lui, ma poi faceva quel sogno e passava il giorno seguente a ricordare i sentimenti che aveva provato per Brett e quanto era stato perfetto il loro amore. Il pensiero risvegliava in lei un desiderio sessuale che credeva sopito da tempo, e ogni volta si sentiva in colpa al pensiero di Anthony e di quanto avrebbe sofferto se l'avesse saputo.

Ma c'era anche l'altro sogno, quello che aveva da quando era bambina. La figura oscura che la inseguiva attraverso la brughiera finché non riusciva più a correre... e la voce di Megan che la avvertiva...

Scosse il capo e cercò di tornare al presente. Sapeva che stava sprecando tempo prezioso, che la sua vita era andata fuori binario e non stava facendo nulla per rimettersi in carreggiata.

Era come se fosse in un limbo, in attesa di un evento che, lo sentiva, l'avrebbe salvata da se stessa.

Fino ad allora, la vita doveva andare avanti.

Raccolse da terra le rose cadute e tornò in casa.

Il telefono stava squillando. Sollevò la cornetta.

«Pronto?»

«Leah, sono la mamma. Devo...»

Dall'altro capo della linea si udì un suono soffocato.

«Mamma? Stai bene? Che succede?»

«Mi dispiace, Leah, è tuo padre. Si stava riprendendo bene dall'operazione all'anca, ma ieri sera l'ospedale mi ha chiamato. Ha avuto un infarto, è grave. Non sanno se ce la farà. Sono così spaventata, non so cosa fare.»

«Mamma, ascoltami. Prendo il prossimo Concorde per l'Inghilterra. Papà è all'ospedale di Airedale?»

«Sì.»

«Ci vediamo lì appena possibile. Resisti, mamma, e di' a papà di fare altrettanto. Arrivo.»

«Grazie, Leah. Abbiamo bisogno di te.»

«Sta' tranquilla, mamma. Ti chiamo da Heathrow quando so a che ora arrivo a Leeds.»

Leah riagganciò e compose subito il numero delle prenotazioni della British Airways. Si accaparrò l'ultimo posto sul Concorde dell'ora di pranzo per Londra. Arrivava alle dieci e mezza di sera, quindi avrebbe perso la coincidenza per Leeds. Non le restava che noleggiare un'auto e guidare fino allo Yorkshire.

Corse di sopra per gettare alcune cose in una valigia e scarabocchiò un biglietto per Anthony.

Problemi in Inghilterra. Papà ha avuto un infarto.
Ti chiamo quando arrivo. L.

Malcolm la accompagnò all'aeroporto e lei si precipitò al controllo passaporti quando sentì l'ultima chiamata per il suo volo.

Mentre l'aereo decollava, Leah provò un'ondata di emozioni così potente da toglierle il fiato. C'era un dolore profondo, sì, ma anche qualcos'altro.

Per la prima volta da mesi, si sentiva necessaria.

Arrivò all'ospedale di Airedale alle quattro del mattino. L'infermiera la indirizzò al reparto di terapia intensiva. Sua madre era seduta in sala d'attesa, con lo sguardo fisso nel vuoto. Leah si morse il labbro. Era invecchiata molto dall'ultima volta che l'aveva vista. I capelli erano più grigi e il viso stanco e smunto.

Le corse incontro e si tennero strette a lungo. Doreen piangeva in silenzio.

«Grazie di essere venuta, Leah. Stavo impazzendo senza nessuno con cui parlare...»

«Come sta adesso papà?»

«Stazionario, dicono. Non migliora e non peggiora.» Fece un gesto impotente. «Ha un aspetto terribile. Così pallido... Ed è collegato a un sacco di macchinari... A volte apre gli occhi, ma non riesce a parlare.»

«Vado da lui.»

«Vuoi che ti accompagni?»

Leah scosse la testa. «Resta qui e cerca di riposare. Sembri stravolta.»

Percorse lentamente il corridoio silenzioso. Vide altri parenti seduti accanto ai loro cari, anche se era notte fonda. Non c'erano orari di visita fissi in terapia intensiva.

L'infermiera le indicò la stanza in cui giaceva suo padre. Lei trasse un respiro profondo ed entrò.

Soffocò un singhiozzo. Niente poteva prepararla alla vista del suo adorato papà così fragile e inerte. Era disteso sulla schiena, attaccato a un monitor e a una flebo.

«Papà...» sussurrò dolcemente. «Sono io, Leah.» Si sporse in modo tale che, se avesse aperto gli occhi, l'avrebbe vista. Ma lui rimase immobile.

Si lasciò cadere pesantemente sulla sedia accanto al letto. Gli prese la mano deformata dall'artrite e da anni di farmaci. Quell'uomo aveva sopportato atroci sofferenze, eppure lei non l'aveva mai sentito lamentarsi. Aveva da poco superato i quarant'anni, ma ne dimostrava venti di più.

«Papà, sono Leah, sono qui. Voglio che ti impegni a stare meglio, così io e la mamma possiamo portarti e casa e possiamo tornare a essere una famiglia.» Le lacrime le rigarono il viso al pensiero delle tante volte in cui avrebbe potuto andare a trovarli. Si rimproverò per essere stata così presa dai suoi problemi. Ora rischiava di essere troppo tardi.

«Papà, ti ricordi quando ero piccola e andavamo nella brughiera e mi insegnavi i nomi di tutti gli uccelli che vedevamo? E il mio primo giorno di scuola, quando piangevo e non volevo entrare? Mi hai detto che saresti rimasto fuori tutto il tempo, e se non mi fosse piaciuto sarei potuta uscire e tu mi avresti riportato a casa. Ovviamente una volta entrata è andato tutto bene, ma alla fine delle lezioni ti ho trovato ad aspettarmi. Mi sono sempre chiesta se davvero fossi rimasto lì fuori tutto il tempo.» Sorrise tra le lacrime quando gli occhi di suo padre si aprirono e un lieve sorriso apparve sul suo volto.

Leah rimase lì per due ore, poi uscì per tornare dalla madre in sala d'attesa. Le sembrava che stesse meglio.

«Il dottore passerà a visitarlo fra poco. Perché non andiamo a fare colazione? Starai morendo di fame dopo il viaggio.»

Il cibo era l'ultimo dei pensieri di Leah, ma in effetti forse doveva mangiare.

Il bar era strapieno perché era l'ora del cambio turno, ma lei e sua madre riuscirono a prendere qualcosa.

«Quanto ci vorrà prima che sappiano dirci se... è fuori pericolo?»

Doreen si strinse nelle spalle. «Non lo sanno. Oltre a tutto il resto, papà ha la febbre alta ed è debole a causa dell'operazione all'anca. Il suo cuore non ha retto. Al momento non sanno quantificare le conseguenze dell'infarto. Non sono mai stata una persona devota, Leah, ma non puoi nemmeno immaginare quanto ho pregato negli ultimi giorni. Io e tuo padre... È l'unico uomo che abbia mai amato. Ci siamo sposati quando ero giovanissima. A volte mi fa arrabbiare, ma è la mia ragione di vita. Non potrei andare avanti senza di lui.»

Scoppiò a piangere mentre Leah le teneva la mano, poi si asciugò con il fazzoletto fradicio. «Comunque, non c'è tempo per le lacrime» disse, allegra. «Ora dobbiamo essere forti per tuo padre e continuare a credere che ce la farà. Deve farcela.»

Per i due giorni successivi, Leah e la madre non si mossero dal suo capezzale. Gli parlavano, leggevano per lui, gli tenevano la mano e gli accarezzavano la fronte. Le infermiere suggerirono loro di andare a casa a riposare, ma nessuna delle due ne aveva la minima intenzione. «Vogliamo sappia che siamo sempre qui» disse con fermezza la signora Thompson.

La terza mattina dall'arrivo di Leah, furono convocate dal medico. «Abbiamo buone notizie. Stamattina dimettiamo il signor Thompson dalla terapia intensiva.»

«Oh, grazie a Dio, grazie a Dio!» esclamò Doreen, senza riuscire a trattenere le lacrime.

«Ma resterà in ospedale per altre tre settimane circa, dopodiché avrà bisogno di cure specifiche. Ora, visto che sappiamo che è fuori pericolo, vi suggerirei di andare a casa a riposarvi. Non vorremmo dover ricoverare anche voi.»

«Grazie, dottore, grazie...» Leah uscì con la madre in corridoio e si affacciarono insieme alla porta della stanza del padre. Un'infermiera gli stava staccando gli elettrodi dal petto.

Si avvicinarono al letto. Gli occhi del signor Thompson erano aperti e vigili. Le salutò mimando le parole con le labbra.

«Torniamo a casa a riposarci per qualche ora, amore. E a prepararci per il tuo ritorno.» Doreen alzò le sopracciglia e Leah fu entusiasta che sua madre avesse ritrovato il senso dell'umorismo.

Doreen si chinò sul marito e gli baciò la fronte. «Se mi fai di nuovo una cosa del genere, non ti preparo mai più uno Yorkshire Pudding per il resto della tua vita.»

Il signor Thompson sorrise, poi sussurrò: «A presto».

Madre e figlia lasciarono l'ospedale a passo spedito, tornarono a Oxenhope a bordo della Escort noleggiata da Leah e dormirono come bambine per il resto della giornata.

14

Una settimana prima delle dimissioni del signor Thompson, Leah chiese di parlare con il suo medico.

Il dottore la fece entrare nello studio e le indicò una sedia di fronte alla sua scrivania.

«Come sta mio padre?»

«Sta facendo ottimi progressi, Leah. Come vi accennavo, per qualche tempo avrà bisogno di cure particolari. Ovviamente noi siamo a disposizione – un'infermiera verrà a controllarlo a giorni alterni –, ma temo che la maggior parte del lavoro ricadrà sulle spalle di sua madre.»

«Ed è questo che mi preoccupa, dottore. Mia madre è esausta. Si prende cura di papà ormai da vent'anni. Posso restare ancora qualche giorno, ma alla fine dovrò tornare negli Stati Uniti. Pensavo di assumere un'infermiera, ma il cottage è piccolo e mia madre è incapace di delegare. Quindi mi è venuta un'idea. E se li mandassi entrambi in una casa di cura per qualche settimana? Potrebbero stare insieme, ma mio padre potrebbe contare su un'assistenza medica ventiquattr'ore su ventiquattro, e lei potrebbe riposare. Ne ha bisogno quanto papà. Ho contattato alcuni centri privati e ne ho trovata una vicino a Skipton che sembra molto carina e accetta anche le coppie. Sarebbe un grande aiuto per mia madre e mi farebbe partire più tranquilla.»

Il dottore annuì. «È un'ottima idea, ma sono molto costose.»

«Non importa. Volevo solo sapere cosa ne pensava.»

«Credo sia la soluzione migliore per entrambi.»

«Bene. Allora è deciso. Mi farebbe un favore? Potrebbe dirlo lei a mia madre? Se lo faccio io, mi risponderà che non devo preoccuparmi e che non è il caso di spendere soldi.»

«Naturalmente.» Il dottore sorrise, comprensivo.

«Mi raccomando, andate e non preoccupatevi di nulla. Papà, prova a far rilassare la mamma, d'accordo?»

«Farò del mio meglio, ragazza» la rassicurò mentre veniva caricato sul retro dell'ambulanza che li avrebbe portati alla casa di cura a una trentina di chilometri dall'ospedale.

«Ciao, mamma. Riposati. Stai andando lì per questo.»

«Sì, Leah, ma davvero, io e tuo padre staremmo bene a casa.»

«Niente proteste!» Leah la abbracciò forte. «Tornerò a trovarvi quando sarete di ritorno.»

«Se puoi, di' a Chloe che mi mancherà e che torno presto.»

«Sì, mamma.» Leah mandò un bacio a entrambi mentre le porte dell'ambulanza si chiudevano. Li guardò allontanarsi e poi si avvicinò alla sua macchina.

Appena entrò nel cottage si sentì di nuovo depressa. Le ultime due settimane erano state completamente assorbite dalle cure per i genitori e non aveva avuto il tempo di pensare ai suoi problemi. Ma ora, nel cottage vuoto e silenzioso, la mente tornò ad Anthony. Lo aveva chiamato un paio di volte per fargli sapere come stavano andando le cose. Lui era stato dolce come sempre, le aveva detto che ovviamente poteva restare quanto voleva, e che bastava chiederglielo e l'avrebbe raggiunta in un istante. Leah aveva risposto che sarebbe rimasta ancora una settimana per sistemare le ultime cose lasciate in sospeso, e lui aveva accettato senza fare domande. Leah credeva che un po' di tempo da sola fosse esattamente ciò di cui aveva bisogno per rimettersi in sesto.

Vagò per il cottage, sistemando le tazze sullo scolapiatti e sprimacciando i cuscini già perfetti del divano. Alla fine si sedette e tirò un lungo sospiro. Forse era una reazione alle ultime due settimane, ma non era il giorno adatto per iniziare un percorso di ricerca interiore.

Prese le chiavi della macchina e lasciò il cottage. Sapeva dove voleva andare.

La canonica era stata ridipinta dall'ultima volta che ci era stata. E l'avevano ampliata con un negozio di souvenir e uno spazio per le mostre.

La coda per entrare era lunghissima, ma Leah si godette il sole sulla pelle e il cicaleccio sguaiato degli americani in fila davanti a lei. Non riusciva a credere di aver trascorso gli ultimi anni in mezzo a loro. Sembravano così fuori posto quando lasciavano il loro paese...

All'interno, la canonica era esattamente come la ricordava. Vagò per le stanze, immergendosi nell'atmosfera che aveva amato da ragazzina. L'ultima volta che ci era stata... Era andata lì per quel motivo? Per rievocare ricordi piacevoli e al tempo stesso dolorosi?

Ci pensò mentre passeggiava lungo la strada principale acciottolata, con una tappa alla Old Apothecary per comprare dei sali da bagno.

Si fermò davanti allo Stirrup Café. Al diavolo tutto. Se voleva indugiare sul viale dei ricordi, tanto valeva farlo per bene.

Si sedette a un tavolo vicino alla finestra a osservare il mondo fuori e ordinò un pasticcio di carne.

Mentre stava per bere il primo sorso di caffè, guardò fuori e vide una figura alta con una familiare chioma rossa che camminava lungo la strada. Doveva avere le allucinazioni. Per un attimo le sembrò che guardasse nella sua direzione, ma poi continuò a camminare finché non fu fuori dalla vista.

Leah provò una fitta di delusione. Riprese il caffè e sprofondò di nuovo nei suoi pensieri.

Il campanello della porta tintinnò, ma lei non alzò lo sguardo.

«Santo cielo, allora eri proprio tu! All'inizio non ne ero sicuro, ma...»

Era in piedi di fronte alla porta e sorrideva nervosamente.

«Ciao, Brett.»

«Ciao.»

«Che ci fai qui?»

Lui parve sorpreso. «Vivo con Rose alla fattoria. Tua madre non te l'ha detto?»

«No, ma ha avuto altro per la testa in questi giorni.»

«Sì, mi è dispiaciuto moltissimo per tuo padre. Me l'ha detto Rose. Però si sta rimettendo, vero?»

Leah sorrise. «Sì, ora va meglio, ma è stato un momento difficile.»

Brett esitò, poi chiese: «Ti dispiace se mi siedo?».

Lei scrollò le spalle. «Accomodati.»

Posò un sacchetto di carta su una sedia. «Rose adora il pane del fornaio qui vicino. Sono venuto a Haworth per prenderglielo.» Non gli era chiaro perché si stesse scusando di essere lì, quando ormai quella parte del mondo era casa sua.

«Sto morendo di fame. Sei qui per pranzare?»

«Sì.»

«Allora prendo quello che hai ordinato tu.» Brett attirò lo sguardo della cameriera.

«Sì?» chiese la ragazza, con il blocco degli appunti pronto.

Leah arrossì. «Un altro pasticcio di carne, per favore.»

«Ottima scelta.»

Guardò Brett e capì che anche lui se ne ricordava.

«Per quanto tempo rimarrai in Inghilterra?»

«Un'altra settimana. Starò al cottage. Quindi non lavori più per tuo padre?»

«No, anzi, mi ha proposto lui di venire qui per qualche mese a dipingere. L'idea era vedere come andava e decidere se iscrivermi a un'accademia d'arte. E a dire il vero, giusto stamattina ho ricevuto una buona notizia.» Brett frugò nella tasca dei jeans e ne tirò fuori una lettera spiegazzata. «I quadri che ho presentato alle Beaux-Arts di Parigi mi sono valsi un colloquio tra dieci giorni. Sarei così felice di studiare lì! L'ha frequentata anche mio nonno, sai?»

La cameriera arrivò con le ordinazioni.

«Non lo sapevo, ma sono felice per te. Non riesco a credere che l'ultima volta che ci siamo visti eri così sicuro che tuo padre non ti avrebbe mai lasciato uscire dall'azienda.»

«E invece ho il suo pieno appoggio.» Brett sospirò mentre alzava la forchetta e cominciava a mangiare. «Sono successe tante cose alla nostra famiglia nell'ultimo anno. È troppo complicato da spiegare, ma mio padre mi ha tenuto nascoste delle ferite terribili che l'hanno reso la persona che era. Poi ha attraversato un periodo difficile e ne è uscito cambiato. È un uomo diverso.» Fece una pausa. «E lo sono anch'io.»

Rimasero in silenzio per qualche istante, poi Brett aggiunse: «Devi venire alla fattoria per un tè o qualcos'altro. Rose sarebbe felice di vederti. Fra tre settimane partirà con Miranda e Chloe per New York. Ha in programma la sua prima mostra in America.»

«Davvero? Come sta Miranda? È tornata dalla sua misteriosa assenza, allora?»

«Sì. E anche lei è profondamente cambiata, come mio padre. Andiamo molto d'accordo. E sua figlia è adorabile.»

Leah non sapeva come rispondere. Nonostante tutto, non le piaceva sentire Brett che tesseva le lodi di Miranda. «Devo andare.»

«Aspetta, Leah. Penso che dovremmo parlare. L'ultima volta che mi hai visto mi sono comportato da sciocco. Posso invitarti a cena stasera?»

«Stasera no.»

«Oh.» Sembrava deluso. «Domani, allora?»

«Okay.» La risposta le era sfuggita prima che potesse fermarsi.

«Bene, andremo a Steeton Hall. Rose dice che è eccezionale. Vengo a prenderti al cottage alle otto.»

«D'accordo. A presto, Brett.» Tirò fuori dei soldi dalla borsa e li posò sul tavolo. «Ciao.»

Brett la guardò uscire dal ristorante. Dieci minuti dopo, camminava lungo High Street, con le mani affondate nelle tasche.

Leah era lì. E lui le aveva appena parlato.

Brett si diresse verso la brughiera sul retro della canonica dove l'aveva baciata per la prima volta. Sprofondò nell'erba profumata. Il sole era ancora alto nel cielo. Chiuse gli occhi.

Era finita? L'istinto gli diceva di no.

Ma ricominciare tutto da capo... Aveva paura. Paura del dolore di lasciarsi andare alle proprie emozioni dopo tanti anni.

Suo padre aveva chiuso il cuore e aveva gettato via la chiave. Si stava meglio così, si evitavano le sorprese e le sofferenze. D'altro canto, pensò Brett, ci si condannava a una vita piatta, come uno schizzo a carboncino che non viene riempito dalla bellezza viva e pulsante del colore.

La amava ancora.

Il passato era passato. E lui voleva un futuro.

La sera dopo, mentre si preparava, Leah ripensò al suo primo appuntamento con Brett a New York. Aveva provato tutti gli abiti che si era portata, ma non riusciva a decidere cosa indossare. Di solito apriva l'armadio e tirava fuori i vestiti giusti senza doverci ragionare troppo.

Ora le sembrava di essere tornata adolescente, e non poté fare a meno di riflettere sul fatto che non aveva mai avuto lo stesso problema quando usciva a cena con Anthony.

Del resto Brett l'aveva sempre fatta sentire così: impacciata e nervosa. Aveva passato una notte insonne al cottage e si era detta che doveva essere un misto fra il fatto di dormire da sola per la prima volta e il senso di colpa per aver scelto di vedere Brett.

Un paio di volte, mentre l'alba spuntava sulla brughiera, aveva pensato di chiamare Anthony, ma alla fine non l'aveva fatto. Lui si sarebbe accorto dalla sua voce che qualcosa non andava.

Per l'amor del cielo, Leah, esci a cena con un vecchio amico, tutto qui.

Ma il suo cuore non era d'accordo.

Brett entrò nel villaggio di Oxenhope e svoltò verso il cottage. La vista della casa gli scatenò un'ondata di apprensione.

Il giorno prima Leah gli era sembrata calmissima, come se il loro incontro non l'avesse minimamente turbata, mentre lui era un fascio di nervi e aveva parlato troppo. Era in un tale stato confusionale che si era dimenticato il pane di Rose e lei gli aveva dato una bella strigliata.

Con ogni fibra del corpo tesa, entrò nel vialetto e spense il motore.

Andiamo, Brett. È una donna sposata, è una piacevole cena fra amici per scusarsi degli errori del passato.

Siamo entrambi adulti e ragionevoli.

Ma il suo cuore non era d'accordo.

«Ciao, Leah. Sei molto carina.»

«Grazie, Brett.»

Rimase sulla soglia, incerto se entrare o se lei preferisse andare direttamente al ristorante. Decise di chiederglielo. «Vogliamo andare subito? La strada è molto bella e possiamo bere qualcosa prima di cenare.»

«D'accordo.» Leah si chiuse la porta alle spalle e si incamminarono verso la macchina.

Il viaggio fino a Steeton durò meno di venti minuti. Rose aveva prestato a Brett la sua malconcia Range Rover per tutta la durata del soggiorno. Leah apprezzò l'odore caratteristico della vecchia macchina, un misto di cuoio e benzina.

Riuscirono a chiacchierare per gran parte del viaggio, arrivarono al ristorante e si accomodarono al bar. Brett ordinò una pinta di birra per sé e un vino bianco per Leah.

«Allora hai cominciato a bere?»

«Solo in occasioni speciali.»

«Ne sono onorato, signora» rispose Brett, incerto se lanciarsi immediatamente nelle sue spiegazioni o aspettare di essere a tavola. Alla fine scelse di attendere. «Dimmi, come mai hai smesso di fare la modella?»

«Ero stanca di quel mondo. E poi la morte della mia amica Jenny è stata l'ultima goccia.»

Brett sembrava sinceramente turbato. «Mi dispiace, Leah. Non lo sapevo.» Deglutì a fatica. «Com'è successo? Alcol, droga?»

«Ha tentato il suicidio due volte, la seconda con successo» spiegò Leah.

«Che tragedia...» Brett non trovò le parole. «Allora, da quanto tempo sei sposata?»

«Più di due anni.»

«Felicemente?»

Leah sospirò. «Abbiamo avuto i nostri problemi, ma direi di sì. Anthony è un uomo molto buono e gentile.»

«Mi fa piacere. Lui è più grande di te, giusto?»

«Sì, ma ha solo quarantasei anni, che di questi tempi sono pochi.»

«Infatti.» Brett vide il maître fargli un cenno. «Vogliamo andare?»

Leah lo seguì in una veranda illuminata da candele. Accanto alla finestra era apparecchiata una tavola per due.

«È bellissimo» disse Leah, prendendo la forchetta per iniziare a mangiare avocado e gamberi.

Per tutta la cena Brett cercò il momento giusto per iniziare il suo discorso, ma poi gli mancava il coraggio e finiva per parlare d'altro.

Alla fine ordinò due caffè e un cognac, e si preparò.

«Ascolta, Leah. Devo scusarmi per il modo in cui mi sono comportato quella notte a New York. Ero molto ubriaco, arrabbiato e sconvolto. E non ho accettato le tue spiegazioni.»

Leah scosse la testa. «No, non l'hai fatto.»

«Era stato un colpo leggere su tutti i giornali che la ragazza che amavo stava per sposare un altro. Ho perso la testa.»

Lei lo osservò con calma. «Per la cronaca, Brett, ti stavo dicendo la pura e semplice verità. Non ho mai avuto una relazione con Carlo ed ero furiosa quando mi ha detto che aveva informato la stampa che ci saremmo sposati. Volevo fargli causa, ma Madelaine, la mia agente, me l'ha impedito.» Scrollò le spalle. «Comunque ormai è tutta acqua passata. E capisco perché eri così arrabbiato.»

Brett sospirò. «Quando ho letto che è stato arrestato per l'omicidio di Maria Malgasa, ho pensato che forse era vero che quella notte ti aveva portata nella sua villa con un pretesto.»

«Già. Proprio come ti avevo detto.» Leah scosse la testa. «Non so, Brett. Carlo era capriccioso, egoista, arrogante, però stento a credere che sia un assassino. D'altra parte continuava a mandarmi alcune mie foto tagliate con un coltello. Sono andata alla polizia e penso che la mia denuncia abbia contribuito a corroborare le prove contro di lui. Il processo si svolgerà entro la fine dell'anno. Comunque...» Leah rabbrividì. «Parliamo di cose più allegre. Dove sei stato in questi anni, dopo aver lasciato New York?»

Brett le raccontò dei viaggi in giro per il mondo a visitare le proprietà di suo padre, finché non si accorse che erano l'unica coppia rimasta nel ristorante.

«Credo che faremo meglio a lasciar andare a letto il personale.»

Pagò il conto e tornarono alla macchina.

Brett uscì dal parcheggio e percorse il lungo vialetto. Approfittando del buio per nascondere il suo imbarazzo, disse: «Devo chiedertelo. Puoi perdonarmi e potremmo ricominciare da capo?».

«Sì, Brett. Possiamo essere amici. È stato molto tempo fa.»

Non era la risposta che lui avrebbe voluto.

Rimasero in silenzio mentre tornavano al cottage.

«Grazie per la cena» gli disse Leah, e lui spense il motore.

«Di niente. Non sai quanto sono sollevato di averti potuto spiegare com'è andata.»

«Sono felice che tu l'abbia fatto.»

Aprì la portiera. «Buonanotte, Brett.»

«Buonanotte, Leah.»

Si avviò verso il cottage.

Aprì la porta ed entrò, chiudendosela alle spalle.

Poi si accasciò sul pavimento, con un misto di sollievo e desiderio soffocato. Avrebbe voluto invitarlo a entrare, ma... No, la loro relazione era finita a New York e, qualunque fosse la ragione, lui era il suo passato, non il suo futuro.

Si alzò, si tolse le scarpe e percorse il corridoio fino alla cucina.

Riempì il bollitore, accese la radio per riempire il silenzio e si sedette al tavolo, orgogliosa della propria forza di volontà.

Si preparò una tazza di caffè e scese in salotto.

La tazza si infranse con uno schianto sul pavimento, spargendo dappertutto il contenuto bollente. Aveva intravisto un volto davanti alla finestra.

Ci volle tutto il suo autocontrollo per trattenere un grido.

«Sono io, Leah! Sono Brett! La macchina non parte!»

15

L'indomani mattina Leah si svegliò fra le braccia di Brett: sapeva che sarebbe andata così fin da quando gli aveva aperto la porta.

Nessuno dei due era stato abbastanza forte per opporsi.

Ci avevano provato, Brett aveva insistito per tornare a casa a piedi, poi avevano bevuto litri di caffè per rimandare il momento dei saluti.

Esausta, ma con ogni fibra del suo corpo vibrante di desiderio represso, Leah alla fine si era alzata e gli aveva proposto di dormire sul divano, dato che lei era nella stanza degli ospiti del cottage, piuttosto che fare la lunga camminata fino alla fattoria.

Lui si era scusato per l'inconveniente e aveva accettato il piumone che Leah gli aveva consegnato, promettendo di chiamare il meccanico più vicino appena sveglio.

«Be', buonanotte» gli aveva detto lei, voltandosi per uscire.

Ma Brett l'aveva trattenuta per la mano. «Ti amo, Leah. Non ho mai smesso di amarti.»

Poi l'aveva attirata a sé e l'aveva baciata come lei aveva sognato tante volte negli ultimi anni.

Avevano fatto l'amore lì, sul pavimento, senza riuscire a separarsi nemmeno per raggiungere la camera da letto.

Era stato proprio come l'aveva immaginato: tenero, struggente, appassionato. Parole di cui aveva quasi dimenticato il significato. E la sua reazione l'aveva stupita e quasi spaventata. Voleva toccare e accarezzare ogni singola parte del corpo di lui.

«Oddio, Leah. Oddio.» Brett l'aveva guardata con le lacrime agli occhi. «Sei tu, sei sempre stata tu, fin da quella prima estate. E non ci sarà mai nessun'altra. Lo so. Lo sento. Amore mio.»

Lei era rimasta lì, incapace di provare senso di colpa o tristezza, avvolta dalla pura gioia di essere amata da lui.

Più tardi, dopo essersi messi a letto e aver fatto di nuovo l'amore, Leah gli aveva preso la mano nell'oscurità. «Devo tornare a casa, lo sai?»

Non poteva aspettarsi più di quello che gli aveva dato. «Lo so.» Brett le aveva stretto la mano. «Allora sfruttiamo al massimo il tempo che abbiamo.»

Leah non immaginava che i giorni potessero volare via così in fretta.

Sapendo che ogni istante insieme era prezioso, resero ogni momento speciale e pieno di amore. Lei mise da parte i pensieri sul futuro e decise che avrebbe pagato il prezzo del tempo trascorso con Brett in un secondo momento.

Rose se ne accorse subito, naturalmente, quando Brett arrivò a casa il pomeriggio successivo e spiegò in imbarazzo che la Range Rover era ancora in panne davanti al cottage. La scintilla nei suoi occhi era inconfondibile, e non poteva che essere felice per lui. Non lo rimproverò sulle conseguenze di ciò che stavano facendo: sapeva che ne era consapevole e aveva deciso di accettarle.

Leah, quasi immune al senso di colpa, si abbandonò a un romantico viaggio nel passato con Brett. Mano nella mano, tornarono alla canonica, salirono nella brughiera di Haworth e si baciarono dove si erano baciati la prima volta; si sdraiarono sull'erba vicino alla fattoria e fecero l'amore sotto il cielo azzurro. Di sera andavano a Haworth e si univano ai turisti per cenare in un pub o in un ristorante, prima di tornare al cottage per una notte d'amore.

Tutto era come prima.

E una figura continuava a osservarli come li aveva tenuti d'occhio in passato.

Quattro giorni, tre giorni, due giorni... Leah si svegliò accanto a Brett la mattina prima del ritorno a New York e andò a vomitare in bagno.

Lui la trovò seduta al tavolo della cucina, pallida e infelice, con lo sguardo fisso nel vuoto.

«Che succede, Leah?» Sperava di saperlo.

«Niente» rispose lei.

«Mi sembra che tu stia male.»

«Non mi sento benissimo. Dev'essere stato il chili che abbiamo mangiato ieri sera.»

Brett voleva convincerla ad ammettere la verità. Si sedette.

«È perché domani devi tornare in America?»

Lo aveva detto, aveva espresso ciò a cui entrambi avevano cercato di non pensare negli ultimi sei giorni.

L'incantesimo si spezzò e Leah scoppiò in lacrime. Brett la lasciò sfogare, incerto su cosa dire.

«Mi dispiace.» Leah frugò nella tasca della vestaglia in cerca di un fazzoletto e si soffiò il naso. Si alzò di scatto, uscì dalla cucina e corse di nuovo in bagno.

Mentre si faceva la doccia, pensò alle conseguenze di ciò che era successo. L'indomani sarebbe dovuta tornare da suo marito e fare finta di nulla, quando era certa di avere scritti in faccia i suoi sentimenti per Brett. Anthony non era uno stupido. Avrebbe capito. Provò un'ondata di vergogna. Suo marito le aveva sempre e solo dimostrato amore e affetto, e lei lo aveva ripagato tradendolo appena si era allontanata da lui.

Si sedette nuda sul pavimento del bagno, con la testa tra le mani. Se Brett le avesse chiesto di restare, cosa che finora non aveva fatto, avrebbe accettato?

Oddio, non lo sapeva. Era convinta che quella parentesi nello Yorkshire le avrebbe dato tempo per pensare al suo matrimonio, ma era riuscita soltanto a complicare ulteriormente le cose.

Sapeva di amare Brett, ma immaginare il viso affettuoso di Anthony... Un colpo alla porta la strappò ai suoi pensieri.

«Stai bene, Leah?»

«Sì, stavo per uscire.»

Aprì la porta e si gettò dritta fra le braccia di Brett. Cinque minuti dopo erano a letto.

La loro ultima sera insieme era stata pianificata nei minimi dettagli. Champagne al cottage, poi cena all'Old Haworth Hall.

Fu un disastro. La vista della valigia quasi pronta di Leah in camera da letto fu sufficiente a rovinare la serata prima ancora che iniziasse. Brett aveva prenotato un volo per Parigi per il suo colloquio alle Beaux-Arts, in modo da poter andare insieme a Heathrow. Sarebbero partiti l'indomani mattina alle cinque con l'auto a noleggio di Leah, il che significava che i saluti e i consigli dell'ultimo minuto da parte di Rose per Brett erano avvenuti nel primo pomeriggio. Tornò al cottage di pessimo umore.

Nessuno dei due toccò il cibo al ristorante e il viaggio di ritorno fu silenzioso.

Leah preparò il caffè e si sedettero in soggiorno, immersi nei loro pensieri.

Questa è l'ultima notte che trascorrerò con lei.

Come posso sopportare di lasciarlo?

«Dovremmo andare a letto. Domani partiamo presto» mormorò lei.

«Leah, io...»

«Shhh.» Gli mise un dito sulle labbra. «Non dire niente.» Lo condusse in camera da letto e fecero l'amore per l'ultima volta. La disperazione e la tenerezza dell'atto fisico rispecchiavano sentimenti che nessuno dei due era in grado di esprimere. Ma entrambi sapevano che non lo avrebbero dimenticato per il resto della vita.

Non dormirono, si alzarono alle quattro e controllarono un'ultima volta il cottage. Leah chiuse la porta d'ingresso e lasciò le chiavi nella cassetta delle lettere, poi partirono.

L'aeroporto di Leeds Bradford alle sette del mattino era un posto deprimente. Per fortuna, la navetta per Heathrow era puntuale.

Un'ora dopo si diressero ai banchi del check-in del Concorde delle dieci e mezza per New York. Leah guardò il suo bagaglio scomparire sul nastro mobile. La prossima volta che avrebbe visto le sue valigie, sarebbe stata a pochi minuti dal rivedere anche Anthony.

Brett era molto pallido e i suoi occhi erano iniettati di sangue. «Caffè?»

Lei scosse la testa, consapevole che rimandare l'inevitabile sarebbe servito soltanto a soffrire ulteriormente. «Penso che sia meglio andare. Fra poco chiameranno il mio volo.»

«Va bene.» Brett si controllò. Il nodo che aveva in gola minacciava di trasformarsi in un fiume di lacrime.

Camminò accanto a lei. Mancava poco al controllo passaporti.

Leah si fermò a qualche passo dallo spartiacque che l'avrebbe inghiottita e fatta scomparire per sempre.

«Addio, Brett.» I suoi occhi erano bassi.

Lui non riuscì più a resistere. Le lacrime gli rigarono le guance, non gli importava che lo vedessero. «Ti amo» sussurrò.

Lei si voltò e si avvicinò al banco.

Brett la guardò come se di colpo la scena si stesse svolgendo al rallentatore. Leah consegnò il suo biglietto alla hostess.

«*No!*» Quasi non si rese conto di aver urlato. Leah aveva superato il banco e stava per scomparire dietro il paravento.

Ma lui era galvanizzato. «Leah! No!» Le corse dietro, aggirando una hostess allibita, e la afferrò per un braccio.

Tremando, la costrinse a voltarsi.

«Non puoi andare, non puoi farmi questo. Lo so che mi ami. Per favore, Leah. Siamo destinati a stare insieme. Ammettilo!» Quasi la scosse. «Tu mi ami, Leah, mi ami.»

Lei lo guardò con gli occhi pieni di lacrime. E in quel momento scelse il suo futuro, nel bene e nel male. «Sì. Ti amo.»

Due ore dopo, mentre il volo A300 dell'Air France decollava diretto a Parigi, Brett sorrise alla bellissima donna seduta accanto a lui.

«Non te ne pentirai, tesoro. Te lo prometto.»

Leah ricambiò il sorriso. Poi si voltò, guardò fuori dal finestrino e scosse piano la testa.

16

In piedi nel suo magnifico atrio, Anthony posò lentamente la cornetta. Il lampadario sopra di lui scintillava ancora di più attraverso le lacrime che gli riempivano gli occhi.

Cercò di convincere il proprio corpo a muoversi e portarlo in salotto, dove avrebbe potuto versarsi un brandy.

Lei non sarebbe tornata.

Si ripeté più volte quella frase, eppure il suo cervello rifiutava di accettarlo. No, fra poche ore sarebbe andato all'aeroporto a prendere sua moglie, di ritorno dall'Inghilterra. Sarebbero tornati a casa e la vita sarebbe continuata come sempre.

Invece no. Leah non sarebbe più tornata tra quelle mura. Si era innamorata di un altro uomo e lo aveva lasciato.

Succedeva ogni giorno. Ai suoi amici, ai vicini, a persone di tutto il mondo. E ora anche a lui.

Anthony si sentiva come se l'avessero appena schiaffeggiato. Le sue gambe erano ridotte a due bastoncini tremanti. Riuscì a malapena a riempirsi un bicchiere di brandy prima che le forze lo abbandonassero del tutto e crollasse sul divano color crema, rovesciandone qualche goccia.

L'orologio Fabergé ticchettava come al solito sulla mensola di marmo. Per il resto... silenzio. Il silenzio lasciato in eredità da Leah sarebbe stato il suo unico compagno.

Era completamente annichilito. Non si era sentito così svuotato nemmeno quando la sua prima moglie si era ammalata, forse perché, man mano che la assisteva, aveva avuto modo di venire a patti con la realtà.

Quella volta, invece, era stato uno shock. Nelle due settimane in cui era stata lontana da lui, non aveva mai preso in considerazione la possibilità che Leah non sarebbe tornata. Ripensandoci, realizzò che avrebbe dovuto capirlo. Era infelice da tanto tempo. Ed era ovvio che dipendeva dal fatto che non lo amava più.

Nelle sue telefonate dallo Yorkshire era sembrata più allegra, e Anthony era stato felice di darle tutto il tempo di cui aveva bisogno, nella speranza che quel viaggio gli restituisse la vecchia Leah.

Ma ora si rendeva conto che il motivo per cui lei sembrava così felice era che si era innamorata di un altro.

Il dolore era terribile. Il pensiero di Leah che faceva l'amore con un altro uomo lo faceva stare male.

Avrebbe dovuto sapere che era troppo giovane per rimanere legata a lui per sempre. Brett aveva la sua stessa età. Era forte e in forma. Di certo Leah non avrebbe avuto problemi a dare alla luce un figlio con lui.

Si rifiutava di credere, tuttavia, che un uomo potesse amare una donna più di quanto lui amasse Leah.

La amava totalmente, altruisticamente, in modo esclusivo.

Scoppiò a piangere.

17

«Sei felice, tesoro?»

Lei annuì lentamente. Era nella città più romantica del mondo a progettare il suo futuro con l'uomo che amava da tutta la vita.

Eppure non riusciva a liberarsi dal sottofondo di malinconia che la accompagnava da quando erano decollati. La libertà e la gioia che aveva trovato con Brett nello Yorkshire si erano offuscate quando aveva chiamato Anthony da Heathrow.

Le era sembrato affranto, devastato. Ma non l'aveva implorata di tornare. Le aveva detto che la amava e l'avrebbe amata per sempre, ma non avrebbe ostacolato la sua felicità.

Avrebbe preferito essere insultata, per non sentirsi così in colpa.

Il giorno prima Leah aveva salutato Brett con un bacio fuori dalle Beaux-Arts di Parigi. Il colloquio era durato gran parte della mattinata, così lei era andata a far visita ad alcuni vecchi amici negli showroom di avenue Montaigne.

Il suo bagaglio era ancora all'aeroporto Kennedy, immaginava, quindi aveva solo il vestito con cui era partita.

Gli stilisti l'avevano accolta a braccia aperte e, quando aveva detto loro che forse si sarebbe trasferita a Parigi, l'avevano implorata di tornare alla sua vecchia vita e lavorare per loro.

Lei aveva fatto notare di essere ormai troppo vecchia, ma quelli erano scoppiati a ridere e avevano detto: «A ventiquattro anni una modella è ancora nel fiore degli anni! Guarda Jerry, Christie e Marie!».

Se n'era andata sentendosi gratificata, ma confusa. Più il tempo passava, più realizzava cos'aveva fatto. Era andata a sedersi in un bar e aveva ordinato un *citron pressé* e una baguette al brie.

Quella sera lei e Brett avevano festeggiato il colloquio e l'ammissione alle Beaux-Arts. Avevano cenato da Maxim's e lui le aveva chiesto cosa ne pensava di vivere qualche anno a Parigi. Leah aveva messo le mani avanti, dicendo che non era il momento di pianificare i dettagli, però era sicura che non le sarebbe dispiaciuto.

In un certo senso l'offerta di lavoro come modella era allettante: avrebbe avuto qualcosa da fare mentre lui studiava, ma era convinta che ci fossero altre cose che avrebbe potuto fare e che avrebbe preferito.

Il viso di Brett si era illuminato quando gli aveva accennato alla possibilità di tornare a sfilare. «È fantastico! Io alle Beaux-Arts e tu di nuovo al lavoro! In fondo mi hai detto che negli ultimi anni ti sei annoiata a non avere niente da fare. Ci penserai?»

«Sì» si limitò a rispondere, pensando che Brett non poteva capire cosa provava davanti alla possibilità di tornare in quel mondo, né quanto l'aveva segnata la morte di Jenny.

Lo baciò e si alzò dal grande e comodo letto dell'hotel. Andò in bagno e aprì l'acqua della doccia.

Era l'ultimo giorno a Parigi prima del ritorno nello Yorkshire e dell'inizio della sua nuova vita.

Forse, si diceva Leah, una volta tornati nel luogo che custodiva tutti i loro ricordi, si sarebbe sentita più sicura e fiduciosa riguardo al futuro.

L'acqua calda scorreva sul suo corpo.

Una volta che il dolore e il senso di colpa per aver lasciato Anthony fossero diminuiti, avrebbe potuto apprezzare di nuovo ciò che aveva con Brett.

18

«Rose, volevo chiederti se puoi ospitare una persona in più per le prossime settimane, finché non partirò per Parigi.» Brett era nella cucina della fattoria con gli occhi fissi sul pavimento, in evidente imbarazzo.

Rose sospirò. «Dov'è ora Leah?»

«Sta informando i genitori. Sono tornati ieri dalla casa di cura e ha pensato che fosse meglio farlo subito. Avremmo affittato una casa, ma non abbiamo trovato niente... Siamo nel pieno della stagione turistica.»

Rose annuì. «Certo che può stare qui. Immagino di non dover preparare un letto in più, no?» I suoi occhi scintillarono.

Brett arrossì. «No.»

«Bene, allora tu e Leah starete qui da soli, perché Miranda, Chloe e io andiamo in America tra una settimana. La fattoria sarà tutta vostra. Dio solo sa cosa penserà Doreen Thompson di tutto questo... Leah ha parlato con suo marito, vero? Non voglio che arrivi qui con un paio di pezzi grossi e distrugga tutto, d'accordo?»

«Non ti preoccupare. A quanto pare l'ha presa abbastanza bene. Credo che non fossero felici da tempo.»

Rose guardò gli occhi luminosi di Brett e si sentì felice per lui. «Leah è d'accordo nel trasferirsi a Parigi con te?»

«Non abbiamo ancora affrontato seriamente l'argomento, ma penso di sì. Credo che partirò per Parigi tra un paio di settimane, per avere il tempo di trovare un appartamento prima dell'inizio del trimestre. Leah mi raggiungerà non appena avrò trovato qualcosa. Vuole stare un po' con i genitori e assicurarsi che possano cavarsela da soli.»

Il volto di Rose si fece serio. «Deve amarti davvero per fare quello che ha fatto. Anche se il rapporto con il marito non era dei più felici, ha rinunciato a tutto per te. Non deluderla di nuovo, Brett.»

«Non lo farò, Rose. Sai cosa provo per lei. Sono fortunato ad aver avuto un'altra possibilità. Non appena sarà possibile, voglio sposarla.»

«Bene.» Rose sorrise. «Devo fare un salto a Leeds nel pomeriggio per comprare dei vestiti per l'America. Ti serve qualcosa?»

«No, grazie. Penso che andrò nel mio studio finché non arriva Leah. Mi prudono le dita dopo cinque giorni di riposo.»

Il giovane si avvicinò alla zia e la abbracciò. «Grazie, sapevo che avresti capito.» Le diede un bacio e uscì dalla stanza.

Rose lo guardò allontanarsi. Sperava che non accadesse nulla che impedisse al nipote di trovare la felicità con la donna che amava.

«Leah! Pensavo che fossi tornata in America da Anthony! Cosa ci fai qui?» Doreen fece entrare la figlia nel cottage. Era al settimo cielo.

«Te lo spiego fra un minuto, ma prima voglio sapere di voi.» Leah seguì la madre in soggiorno e abbracciò suo padre. «Devo dire che mi sembrate entrambi in ottima forma.» Non le piaceva affatto dovergli dare una notizia sconvolgente proprio ora che parevano essersi ripresi. Sorseggiò lentamente una tazza di tè e ascoltò la madre che le raccontava le meraviglie della casa di cura.

«E questo è quanto. Ora dicci come mai sei ancora qui.»

Leah inspirò a fondo e spiegò la situazione. L'espressione sconcertata dei suoi genitori le fece venire le lacrime agli occhi. «Mi dispiace.» Non sapeva cos'altro dire.

Dopo un lungo silenzio, fu Doreen a parlare. «Sei sicura di non aver commesso un errore? Anthony è un uomo molto gentile. Ed è stato sempre buono con te.»

Leah avrebbe voluto tapparsi le orecchie. Sua madre aveva ragione, ma era più di quanto potesse sopportare. «Ero infelice da molto tempo. E Brett...» Si torse le mani. «Lo amo.»

«Ti ha già delusa, Leah. E può farlo di nuovo. Non ha il minimo senso di responsabilità: ha la testa fra le nuvole, come sua zia.»

«Non mi deluderà, mamma. È cambiato, è cresciuto. Non è più un ragazzino. È un uomo.»

«Ho capito che avrebbe portato guai dalla prima volta che l'ho visto, tanti anni fa...» osservò Doreen. «E dove andrete a vivere?»

«Brett sta chiedendo a Rose di ospitarmi alla fattoria per qualche settimana, ma a settembre ci trasferiremo a Parigi.»

«Ah sì? E tu cosa farai mentre lui sarà impegnato a dipingere?»

«Mi hanno offerto un lavoro in due case di moda.»

Gli occhi di Doreen lampeggiarono. «Non mi avevi detto che non avresti mai più messo piede in passerella in vita tua?»

«Non ho ancora preso una decisione» rispose lei, irritata che sua madre se ne ricordasse. «In questi anni mi sono annoiata a morte a non fare nulla.»

«Non pensi che, dopo Anthony, troverai un po' difficile vivere con uno studente? Perché in fondo è questo che sarà Brett. Va lì per lavorare, notte e giorno. Quanto tempo gli resterà per te?»

«Abbastanza. Lo amo, mamma. Ho fatto la mia scelta. E poi devo costruirmi una vita mia, non posso dipendere totalmente da un uomo. È per questo che tra me e Anthony non ha funzionato.»

Si rivolse a suo padre, che sedeva in silenzio sulla sedia. «Che ne pensi, papà?» Lo guardò disperata.

Lui la fissò per un attimo, poi alzò le spalle. «L'importante è che la nostra Leah sia felice. Sei felice, amore?»

«Oh sì» rispose lei, guardandolo dritto negli occhi. «Molto.»

19

La sera prima della partenza di Rose, Miranda e Chloe per gli Stati Uniti, Leah e Brett si unirono a loro per cena.

«Vorrei proporre un brindisi a Rose Delancey. Sono sicuro che l'America resterà incantata.» Brett sollevò il calice.

«A Rose!» esclamarono in coro Miranda, Chloe e Leah.

«Grazie del pensiero, caro Brett. Allora brindiamo anche a te e Leah e alla vostra vita insieme a Parigi. Spero che un giorno mi porteranno in giro per la Tate su una sedia a rotelle per ammirare i tuoi dipinti. Ma vedi di non diventare più famoso di me! Salute!» Rose rise.

Leah si alzò. «Ci tengo a ringraziarvi tutti per avermi fatto sentire la benvenuta. Vi sono molto grata.» Abbassò lo sguardo su Miranda, che le sorrise timidamente.

«Di niente, cara. Allora, che ne dite se diamo tutti una mano a lavare i piatti?» suggerì Rose.

Miranda scosse la testa. «No, mamma, tu va' in salotto. So che vuoi chiacchierare con Brett. Ai piatti pensiamo io e Leah, vero?»

Leah annuì. «Tu lavi, io asciugo.»

«Vi aiuto anch'io, zia Leah.»

«Va bene, Chloe.»

Leah studiò la testa scura china sul lavandino e si disse che il castano donava molto a Miranda. La rendeva più raffinata e interessante. In lei percepiva anche una specie di tristezza e capiva perché Brett trovasse più facile andarci d'accordo. Miranda era stata molto gentile con Leah da quando si era trasferita nella fattoria, anche se non avevano avuto molte possibilità di parlare.

«Sei contenta di partire per l'America, Chloe?» chiese Leah, mentre la bambina asciugava diligentemente un piatto.

«Sì! Vedremo Topolino!»

«In realtà, Chloe, zio David ha detto che lo vedremo se farai la brava» precisò Miranda, facendo l'occhiolino a Leah.

«Ti piace la mia salopette, zia Leah? Me l'ha regalata zia Doreen.»

«Oh, è davvero molto bella.» Leah sorrise. Poco prima c'era stato un addio in lacrime tra Doreen e Chloe. La bambina sembrava più attaccata a lei che a sua madre o a Rose, e la cosa non stupiva.

Dopo aver lavato i piatti, Miranda posò lo strofinaccio sul termosifone. «Chloe, perché non vai di sopra a metterti il pigiama? La mamma arriva subito.»

«Va bene. Poi sali a raccontarmi una favola della buonanotte, zia Leah?»

«Certo.»

Gli occhi di Chloe si illuminarono e uscì tutta felice dalla cucina.

«Sembra che ti abbia preso in simpatia, Leah. E tua madre è stata fantastica. Chloe la adora.»

«È una bambina stupenda, devi essere orgogliosa di lei.»

Miranda sorrise. «Sì, lo sono. Leah...» Giocherellò imbarazzata con una tazza di caffè pulita. «Nel caso non ci fosse un'altra occasione prima della vostra partenza per Parigi, volevo scusarmi per quello che ho detto la notte del mio sedicesimo compleanno. Ero così invidiosa di te e di Brett che... ho raccontato un mucchio di frottole. Lui e io ci siamo praticamente solo baciati, e ho fatto tutto io. Sapevo che era innamorato di te, e lo odiavo per questo. Mi dispiace tanto. Voi due sareste stati insieme da sempre se io non mi fossi messa in mezzo.»

Leah si sedette al tavolo della cucina. «Miranda, ti prego, dimentica questa storia. Io l'ho fatto. Sì, è stato difficile, soprattutto perché ero convinta che Brett potesse essere il padre di Chloe...»

Il volto di Miranda si rabbuiò. «Non lo era. Voglio dire, non lo è. Lo giuro, Leah.»

«Ho pensato che visto che non volevi dire chi era...»

Miranda annuì lentamente e la guardò. Per un istante, a Leah sembrò di cogliere nel suo sguardo un disperato bisogno di sfogarsi, ma poi passò.

«Sono felice che tu e Brett stiate insieme. Sono molto cambiata e mi vergogno di come mi sono comportata. Spero che in futuro potremo essere amiche.»

«Ne sarei felice, Miranda.» Leah sorrise. «Ti divertirai un mondo a New York. È un posto meraviglioso e sono sicura che lo adorerai. Quando torni potremmo andare a pranzo a Haworth, prima che parta per Parigi. E ora è meglio che vada da Chloe.»

«Sì. Grazie, Leah.»

Miranda si sedette in cucina, con lo sguardo fisso nel vuoto. I suoi occhi si riempirono di lacrime mentre lottava per seppellire i ricordi che l'avevano perseguitata fin da quando era bambina.

«Stai bene, tesoro?» La sera dopo, Brett le si avvicinò nel letto e le accarezzò una guancia. «Mi sei sembrata silenziosa stasera.»

Leah fissò l'oscurità. «Sì, sto bene. Sono solo un po' stanca, tutto qui. Non dormo molto bene ultimamente.»

«È stata una lunga giornata. Ci siamo svegliati alle cinque per accompagnare Rose, Miranda e Chloe all'aeroporto. A quest'ora saranno a New York. Non riesco a credere che l'anno scorso vivevo lì anch'io. Non è strana la vita?»

«Cosa intendi?»

Brett sospirò. «Ieri mi sono messo a pensare a quanto siamo cambiati, tutti noi, eppure siamo di nuovo qui, insieme. È come se quella prima estate avesse influenzato le nostre vite e i nostri destini. Come se lì si fosse deciso tutto.»

«Già» mormorò Leah.

«Buonanotte, tesoro.» Brett la baciò.

Leah chiuse gli occhi.

E successe di nuovo. Ogni notte, ormai, faceva lo stesso sogno. Ma quella sera, per la prima volta, vide il suo volto.

«No!»

Leah si alzò di scatto e si sporse verso l'interruttore.

«Che succede?» Brett si sedette accanto a lei, allarmato.

Lo percepiva, così vicino da sentire ancora il suo respiro.

«Mi dispiace. Ho avuto... un incubo.»

«Oh, tesoro. Ne hai passate troppe negli ultimi tempi. Vieni qui. Mi prenderò cura di te, ora ci sono io.»

La cullò tra le sue braccia, accarezzandole i capelli.

Anche circondata dall'amore di Brett, Leah sapeva con certezza cosa le avrebbe impedito di chiudere occhio per il resto della notte. Nessuno poteva proteggerla dall'uomo che aveva perseguitato i suoi sogni da quando aveva undici anni.

Destino... Megan... cose malvagie... Il terrore le fece contorcere le viscere fino all'alba.

Era tornata di sua spontanea volontà. Aveva compiuto la sua parte del destino, e sapeva che non sarebbe passato molto tempo prima che lui compisse il suo.

20

«Sicura che starai bene? Mi dispiace lasciarti sola in questa grande casa.»

Le valigie di Brett erano pronte nel corridoio. Si erano spostati in salotto ad aspettare il taxi.

Leah gli sorrise rassicurante. «Certo che starò bene. Se dovessi sentirmi sola, mamma e papà vivono a cinque minuti da qui. E Miranda e Chloe torneranno presto.»

Brett la abbracciò. «Domani inizio la ricerca dell'appartamento. Dovrei riuscire a trovare qualcosa nei prossimi giorni. Vedrai, sarai su un volo per Parigi entro la fine della settimana.»

«Va bene.»

«Prometti di parlare con l'avvocato di Rose per il divorzio da Anthony? Più rimandi, più tempo ci vorrà per tornare libera.»

«Sì, lo prometto» rispose Leah decisa.

Brett le sollevò il mento e la baciò sulle labbra. «Non hai idea di quanto mi mancherai.»

«Anche tu» rispose lei.

Videro un'auto che saliva lentamente su per la collina.

Brett si alzò. «Allora vado, è arrivato il taxi.»

Leah lo seguì in corridoio e prese una valigia.

«Ti amo. Abbi cura di te, ti chiamo dall'albergo.» La abbracciò di nuovo.

«Ciao, Brett.»

Aprì la porta d'ingresso e il tassista prese le valigie. Leah guardò la macchina imboccare la discesa e salutò con la mano finché non scomparve alla vista.

Poi si voltò e rientrò in casa.

Era stranamente inquietante trovarsi lì da sola. Valutò di andare dai suoi genitori, ma decise di non farlo.

Entrò in cucina a prepararsi qualcosa per cena. Una zuppa e del pane erano più che sufficienti.

Controllò l'orologio. Le sei e mezza. La aspettava un'intera serata da sola.

Entrò nel soggiorno e ancora una volta pensò a quanto fosse brava Rose a trasformare una casa in rovina in un rifugio accogliente e confortevole.

Sprofondò su uno dei divani, prese il telecomando e accese la televisione. Passò da un canale all'altro, ma, non trovando niente che le piacesse, la spense di nuovo.

Su un tavolino c'era una pila di riviste. Se le mise in grembo e le sfogliò senza la minima attenzione.

Le sette meno dieci.

Era sconvolta dalla sua incapacità di stare da sola. Da piccola riusciva a intrattenersi per ore, e le giornate a casa di Anthony seguivano una rigida routine. Passava così tanto tempo a pensare ai bambini, o meglio alla loro perdita, che non notava quasi nient'altro.

Di colpo Leah si rese conto che non sapeva più chi era.

La sua vita era un caos e la ragazza sensibile e con i piedi per terra che era stata un tempo adesso era scomparsa senza che se ne accorgesse.

E il sogno di fare del bene con i suoi soldi, rendendo il mondo un posto migliore? Lo aveva messo da parte appena aveva avuto i suoi problemi.

Si alzò dal divano e si avvicinò al mobile bar ben fornito. Tirò fuori una bottiglia di gin e la guardò pensierosa.

Doveva prendere una decisione e voleva bere qualcosa.

Si versò un po' troppo gin e aggiunse dell'acqua tonica.

Il sapore amaro le rimase in gola, facendola tossire. Versò altra tonica e tornò a sedersi.

Uomini. Avevano governato la sua vita da quando aveva quindici anni. Prima Brett, poi Carlo, poi Anthony. Aveva avuto una carriera di grande successo, ma tutta la sua esistenza ruotava intorno a ciò che accadeva nella sua vita privata.

Mentre sorseggiava il drink, pensò al momento più felice che riusciva a ricordare: quando lei e Jenny avevano condiviso l'appartamento a New York. Le mancavano le notti in cui restavano sveglie fino all'alba a raccontarsi storie e ridere dell'universo bizzarro in cui erano capitate.

Il troppo tempo per rimuginare aveva amplificato a dismisura i suoi problemi con le gravidanze. Si preparò un altro gin.

Fino ad allora era convinta di essere stata padrona del proprio destino, quando in realtà era stata manipolata quanto la sua amica scomparsa. E pianse, perché il mondo era difficile, bello, crudele e meraviglioso, e perché per la prima volta riusciva a vedersi chiaramente.

Aveva bevuto metà della bottiglia di gin, ma non si sentiva ubriaca. La sorprendente chiarezza con cui stava mettendo a fuoco la sua vita rendeva accettabili anche i postumi della sbornia. Aveva finalmente capito di dover fare le sue scelte pensando prima di tutto al proprio benessere.

Amava Brett più di ogni altra cosa.

Nonostante il loro passato tumultuoso, la faceva sentire al sicuro. Ma voleva vivere con lui a Parigi? Doveva ammettere di non esserne del tutto convinta, così come non lo era di tornare nel mondo della moda. Pensare a Jenny le aveva fatto dubitare di riuscire a partecipare agli incontri a Parigi.

Avrebbe condiviso con Brett le sue preoccupazioni. Se era vero amore, qualche volo avanti e indietro non avrebbe cambiato nulla. E comunque fosse andata, avrebbe messo al primo posto se stessa.

Pensò ai suoi genitori e alle loro opinioni. La voce di suo padre le echeggiò nella testa. *L'importante è che la nostra Leah sia felice. Sei felice, amore?*

«So di poterlo essere, papà. Scelgo di esserlo» sussurrò.

Era più determinata che mai a essere l'unica responsabile della direzione che avrebbe preso la sua vita. Nessun altro avrebbe avuto voce in capitolo.

E gli incubi? Be', non erano altro che manifestazioni della sua instabilità. Il sollievo la pervase. Sì, era per forza così.

Aveva cinque giorni per rimettersi in sesto. Cinque giorni senza Brett e prima che Miranda e Chloe tornassero. Un'oasi di pace che era sicura le fosse stata concessa per un motivo.

Più tardi salì le scale: la mattina dopo si sarebbe svegliata stanca e con il mal di testa, ma si sentiva libera e leggera come non le succedeva da tempo. Sapeva che avrebbe trovato le risposte.

Finalmente tranquilla, per la prima volta dopo mesi, entrò nella sua camera da letto, si infilò sotto il piumone e cadde in un sonno senza sogni.

Lui vide le luci spegnersi.

Un gufo bubolò da qualche parte nel fienile.

No, non stasera. Troppo rischioso. Le altre se n'erano andate da circa dieci giorni, ma Brett sarebbe potuto tornare.

Sapeva che non era il momento giusto. Avrebbe aspettato.

21

Il pranzo di Anthony fu interrotto dal suono stridulo e incessante del campanello. Chi aveva tanta urgenza di vederlo di domenica?

«Va bene, va bene, arrivo...» mormorò, incrociando Betty che si avvicinava alla porta d'ingresso.

«Non preoccuparti, me ne occupo io.»

La governante alzò le spalle e scomparve nel corridoio.

Anthony sbirciò dallo spioncino e vide un uomo in uniforme. Il secondo era in borghese. Il poliziotto gli mostrò un distintivo. Anthony annuì, disattivò il sistema d'allarme e aprì la porta. «Posso aiutarla?»

«Detective Cunningham, FBI. Mi spiace disturbarla, signore, la signora Van Schiele è in casa?»

«No, temo che sia...» Anthony non riusciva a dirlo. «È in vacanza.»

«Mi dispiace, posso chiederle dov'è andata esattamente?»

«In Inghilterra. A trovare i genitori nello Yorkshire, per la precisione.»

Cunningham aggrottò la fronte, preoccupato. «In tal caso, signore, penso che faremmo meglio a entrare.»

«Sta bene?»

«Per quanto ne sappiamo, sì.»

Anthony li guidò in salotto. «Di cosa volevate parlare con mia moglie?»

«Di queste, signore.»

Il detective estrasse dalla ventiquattrore una spessa cartelletta di plastica e gliela consegnò.

Anthony la prese e ne studiò il contenuto. Vecchie copie di «Vogue America», «Vanity Fair» e un paio di edizioni inglesi di «Harpers & Queen».

Guardò sconcertato il detective. «Non capisco...»

«Meglio se ci sediamo, signor Van Schiele?»

Cunningham diede una pacca al posto accanto a lui sul divano e l'altro agente si sistemò su una sedia di fronte.

«Sua moglie ha ricevuto altre strane lettere di recente?»

Anthony scosse il capo, pensando alla pila di lettere ancora in attesa di Leah nell'ingresso. «Non credo, però non ho aperto la sua posta da quando è partita. In ogni caso Carlo Porselli è rinchiuso in un carcere italiano, in attesa di processo.»

Cunningham annuì. «È proprio questo il problema. Non crediamo che sia stato il signor Porselli a mandare a sua moglie quelle pagine tagliate.» Indicò le riviste. «Abbiamo trovato queste e altre cose durante un'altra indagine.»

«Mi dispiace, continuo a non capire. Potreste spiegarmi?»

«Certo. Un paio di giorni fa, la polizia è stata chiamata in un appartamento a New York. Alcuni condomini lamentavano un odore sgradevole proveniente dall'appartamento sopra il loro. Gli agenti hanno fatto irruzione e hanno scoperto il cadavere in decomposizione di una giovane donna, nascosto sotto le assi del pavimento. Io sono stato chiamato sulla scena. In una stanza abbiamo scoperto centinaia di foto di sua moglie appese alle pareti. Erano state colpite violentemente con un coltello e deturpate. C'era uno schizzo a carboncino di sua moglie da giovane che era stato fatto a pezzi. E abbiamo trovato anche queste.» Cunningham prese una delle riviste e la aprì in una pagina contrassegnata. «In tutte e quattro c'è una pagina strappata. All'inizio non abbiamo notato il nesso, ma poi abbiamo chiesto di inviarci delle copie... In ognuna c'era una foto di sua moglie, signor Van Schiele. E corrispondono esattamente alle foto tagliate che ci ha consegnato alcuni mesi fa.»

Cunningham osservò in silenzio il volto pallido di Anthony. «Non c'è dubbio che sia stato quest'uomo a mandarle a sua moglie. E siamo abbastanza sicuri che sia stata arrestata la persona sbagliata per l'omicidio di Maria Malgasa. La giovane trovata sotto le assi del pavimento è stata uccisa nello stesso identico modo. Abbiamo chiesto alla Scientifica e ci hanno confermato che nella camera d'albergo di Milano erano presenti altre impronte digitali non identificate. Impronte che corrispondono non solo a quelle sugli effetti personali della vittima di New York, ma anche a quelle trovate sulla scena del crimine di un omicidio identico e irrisolto commesso a Londra tre anni fa.» Anthony era sconvolto. «E c'è un'altra connessione. L'affittuario dell'appartamento newyorkese in cui abbiamo trovato il corpo era a Milano al momento della morte di Malgasa. Anzi, per la precisione era il fotografo che si occupava dei suoi shooting.»

Anthony non poteva più resistere. «Chi è?»

«Miles Delancey. Il fotografo di moda. Purtroppo è irreperibile. Da quando è stato a Milano per il servizio fotografico con Maria Malgasa non è più tornato nel suo appartamento di New York. Crediamo che sia volato direttamente in Gran Bretagna. E siamo quasi sicuri che la sua prossima vittima potrebbe essere sua moglie.»

22

«Il telefono ha squillato poco fa, tesoro. La prima volta stavo dormendo e non ho fatto in tempo a rispondere. La seconda volta ho provato ad afferrarlo con la mia abile mano, ma l'ho fatto cadere...» Il signor Thompson indicò il ricevitore sul pavimento accanto alla sedia.

Doreen lo prese e lo rimise a posto. Poi alzò un sopracciglio. «Chi poteva essere? Ho appena lasciato Leah alla fattoria, ma lì il telefono non funziona da un paio di giorni, quindi non può aver chiamato lei. Non importa, sono sicura che ci riproveranno, se è urgente.»

Il signor Thompson annuì, imbarazzato per la propria disabilità.

«Vado a preparare la cena, amore. I tuoi preferiti: Yorkshire Pudding e stufato di manzo.» Doreen sorrise al marito e andò in cucina.

Fu svegliato dal rumore di un'auto in lontananza.

Ascoltò attentamente mentre il rumore si affievoliva. Non sapeva quanto aveva dormito, ma il fienile era immerso nell'oscurità. Trovò la torcia e illuminò l'orologio. Le dieci e dieci.

La stava sognando.

Non poteva più resistere.

Doveva agire quella sera. Aveva sorvegliato la casa per quattro giorni e a parte sua madre nessuno era passato a trovarla. Adesso era sola. Doveva fare la sua mossa prima che qualcuno tornasse.

Un'altra ora e sarebbe andato da lei.

Si cullò al pensiero di quello che le avrebbe fatto, accarezzandosi lentamente.

Una volta l'aveva amata, adorata. Era così perfetta, troppo perfetta per essere toccata da un uomo.

Ma poi lo aveva buttato fuori dal suo appartamento, lasciandolo in mezzo alla strada. Lo aveva minacciato e trattato come feccia.

E tre settimane prima l'aveva vista scoparsi quel bastardo di Brett, nella brughiera.

Allora aveva capito che non era migliore delle altre.

Era sua. Lo era sempre stata.

E adesso era giunto il momento.

Si avvicinò all'ingresso della stalla e si guardò intorno. Le luci del piano di sopra erano spente.

Non c'era bisogno di fare irruzione. In fondo, quella era casa sua: aveva la chiave.

Non c'erano luci esterne, quindi strisciò furtivamente lungo il perimetro del fienile, al chiarore della luna.

Corse alla porta d'ingresso, infilò la chiave nella toppa e aprì.

La sala era buia. Chiuse il battente e si fermò, cercando di distinguere l'ambiente circostante.

Quando i suoi occhi si abituarono all'oscurità, vide una figura con una lunga vestaglia scendere le scale. Tornò nell'ombra e si concesse un sorriso.

Stava venendo da lui.

Il suo corpo pulsava mentre la guardava avanzare scalino

dopo scalino, con i lunghi capelli scuri che le ricadevano sulle spalle.

Arrivò in fondo e attraversò il corridoio.

Miles si mosse. Le coprì la bocca con la mano e la trascinò in soggiorno.

Lei provò a dimenarsi, ma era impotente contro la sua forza bruta.

La gettò sul pavimento, a faccia in giù.

«Sai chi sono. E sapevi che sarei venuto a prenderti, vero?»

«Miles...»

«Sta' zitta! Se fai un altro suono o ti muovi, ti ammazzo.»

Era importante che lei non parlasse, che non rovinasse il momento che lui aspettava da troppo tempo.

Si chinò e le strappò la vestaglia. Sì, l'avrebbe presa così.

Emise dei lamenti da gattino mentre lui la penetrava, ma non riusciva più a sentirli. Ben presto le sue mani si spostarono sul collo sottile e si chiusero attorno a esso. Strinse forte, appoggiando tutto il peso del proprio corpo su di lei.

«Puttana! Non volevi altro fin da quando eri una ragazzina. Sei sempre stata mia, sempre. Pensavo che fossi perfetta, pura, e invece per tutto il tempo ti sei scopata quel bastardo!»

Miles strinse più forte, finché la vita non abbandonò la sua preda.

Si alzò in fretta. Il senso di colpa lo avrebbe consumato presto, come sempre. Doveva andarsene di lì il prima possibile. Poteva prendere la Range Rover di Rose. Teneva le chiavi nel cassettone vicino alla porta del soggiorno.

«Mamma!»

Miles si voltò verso la porta da cui aveva trascinato via Leah.

Sulla soglia c'era una piccola figura. Una mano raggiunse la luce vicino alla porta sul muro.

Miles sbatté le palpebre.

La figura guardò oltre le sue spalle, verso il corpo sul pavimento.

Emise un grido.

«Mamma!»

Due occhi azzurri lo fissarono.

«Che cosa hai fatto alla mamma?»

23

La bambina lo superò di corsa e si inginocchiò accanto al corpo sul pavimento. Provò a scuoterlo e, nel vedere che rimaneva immobile, lanciò un urlo acuto e penetrante.

Miles era paralizzato. Non capiva.

«Chloe, che succede?»

Miles si voltò e vide Leah in piedi alle sue spalle, sulla soglia. Si coprì la bocca con la mano quando lo riconobbe. Poi guardò quanto stava accadendo dietro di lui.

Miles scosse il capo, cercando di dare un senso alla situazione. Non era possibile che Leah fosse lì. L'aveva appena aggredita. Giaceva morta sul pavimento.

«Chloe, vieni da zia Leah. Su, la mamma starà bene. Vieni da zia Leah.»

I capelli di Miles erano lunghi, spettinati e unti. Aveva il viso sporco e puzzava.

Ma furono i suoi occhi a scioccarla. La loro espressione folle.

Sembrava confuso. Era venuto a uccidere lei, come nel suo incubo. Invece aveva trovato Miranda, tornata in anticipo dall'America.

L'unico pensiero di Leah era portare Chloe fuori da quella casa, lontano da lui. Al momento non c'era niente che potesse fare per aiutare Miranda.

E doveva agire mentre Miles era confuso.

«Chloe, andiamo, tesoro.» Fece un cenno alla bambina, incapace di guardare il corpo nudo sul pavimento, con i capelli scuri che le coprivano il viso.

«Andiamo in cucina a bere qualcosa, tesoro.» I suoi occhi non abbandonarono mai quelli di Miles.

Portò Chloe fuori dalla stanza, molto lentamente, poi si voltò e si avviò verso la cucina. Sbatté la porta dietro di sé e la chiuse a chiave. La sua unica possibilità era la fuga. Il telefono era fuori uso da un paio di giorni, non sarebbe riuscita a contattare la polizia o un'ambulanza. Si chinò per parlare con la bambina che la fissava sotto shock.

«Chloe, ascoltami. Voglio che tu faccia tutto quello che dice zia Leah e ti comporti da bambina grande. Dobbiamo correre più veloci che possiamo e andare a chiedere aiuto al villaggio per la mamma. Va bene?»

Chloe annuì.

Sull'onda dell'adrenalina, Leah si alzò e trascinò la bambina fino alla porta sul retro. Con dita tremanti, aprì la serratura, strinse la mano della piccola e fuggì nella notte.

Miles rimase immobile a fissare il corpo sul pavimento. Si avvicinò e si inginocchiò. Con il cuore che gli batteva all'impazzata, le scostò i capelli dal viso e la fece rotolare sulla schiena.

I penetranti occhi azzurri lo fissarono senza vita.

Con un ululato ferino, la attirò a sé e la strinse al petto.

«Nooo! Ti prego, no!»

Miranda no.

Miranda, che lo aveva sempre capito, che lo aveva accolto nel suo letto fin da quando erano piccoli e lo aveva consolato quando faceva uno dei suoi incubi. Cullò tra le braccia il corpo inerte, accarezzando i capelli scuri che lo avevano tratto in inganno. Le lacrime gli rigavano il viso. La baciò, come per riportarla in vita.

Un movimento fugace all'esterno attirò la sua attenzione. Si mise a sedere, lasciando cadere il corpo della sorella sul pavimento. Due figure stavano fuggendo giù per la collina.

Provò un moto d'odio. Era colpa di Leah. Aveva causato la morte di Miranda, e doveva essere punita.

Si alzò e corse alla porta d'ingresso.

«Forza, tesoro. Puoi farcela. Continua a correre.»

Leah ansimava e trascinava Chloe dietro di sé.

«Per favore, possiamo fermarci, zia? Non ce la faccio più.»

«Resisti, fallo per la mamma.»

Leah stava cercando di elaborare un piano. La cosa principale era allontanarsi da Miles. Era completamente pazzo, le avrebbe uccise entrambe. Doveva raggiungere casa dei suoi genitori e da lì chiamare aiuto.

«Ahi!» gridò Chloe quando una delle pantofole le volò via dal piede e la ghiaia le tagliò la pelle delicata. Si fermò e corse a recuperare la pantofola, ma in quel momento due fari spuntarono oltre la collina e cominciarono a puntare verso di lei.

«Presto! Nella brughiera!» Leah svoltò a sinistra. Avrebbe dovuto attraversare la campagna fino al villaggio, oltrepassando il bacino idrico. Da lì non poteva seguirle.

Sentì il rumore dell'auto che rallentava e svoltava nella brughiera.

«Oddio, no!»

Chloe urlava a squarciagola. Leah non riusciva a pensare ad altro che arrivare dai suoi genitori, mettersi in salvo, chiamare aiuto.

Per favore, non lasciare che ci prenda. Per favore, Dio, aiutaci!

Tirò Chloe con sé. La macchina si stava avvicinando, poteva quasi sentire la luce bianca dei fari perforarle la schiena.

Non c'era nessun posto dove nascondersi e le gambette di Chloe non riuscivano a tenere il passo con le sue.

Poi un'idea le balenò in mente: Miles voleva lei, non Chloe.

Si guardò alle spalle. L'auto era a meno di cinquecento metri di distanza. Non avevano possibilità di scampo. Le avrebbe raggiunte e uccise entrambe.

Almeno poteva dare una possibilità a Chloe.

Con una forza che non sapeva di avere, Leah spinse la bambina lontano da sé e giù per la collina, pregando che non si facesse troppo male. Si fermò giusto il tempo di dare un'occhiata alle sue spalle e vide che la macchina non si era fermata. Poi ricominciò a correre attraverso la brughiera, per salvarsi la vita, come aveva fatto tante volte nei suoi incubi.

Vide un muretto a duecento metri da lei e nella sua mente si accese un barlume di speranza. Non poteva seguirla in macchina, sarebbe dovuto scendere.

Con il petto che le esplodeva, implorò le sue gambe di andare più veloci.

Era troppo vicino, ora. Non poteva guardarsi indietro.

Raggiunse il muro e vi si issò. Il bacino idrico scintillava sotto il ripido pendio e, dall'altra parte, brillavano le luci di Oxenhope.

Saltò giù dal muretto e atterrò al suolo, urlando di dolore quando, con uno schiocco raccapricciante, ricadde sulla caviglia. «No, per favore, non posso svenire, altrimenti morirò...»

Si mise in ginocchio e si impose di alzarsi. Il dolore alla caviglia era così insopportabile che si sentiva stordita e nauseata.

«Devo andare avanti, devo andare avanti...» Le lacrime le

inondarono il viso quando sentì l'auto che si fermava dietro di lei. Poi il rumore di una portiera che si apriva.

Zoppicando più in fretta che poteva, notò delle luci blu lampeggianti e si sforzò di non svenire dal dolore.

«È inutile, Leah. Sto venendo a prenderti. Sono a un passo da te. Arrenditi.»

«No! No!»

Inciampò, finendo a pancia in giù.

Rimase senza fiato. Cercò di muoversi, ma non ci riuscì.

Giacque lì, in attesa.

Ormai non aveva scampo.

Sentiva il suo respiro dietro di sé. Chiuse gli occhi e pronunciò una preghiera quando udì il crepitio della sterpaglia e lui si inginocchiò dietro di lei.

Le sue mani le circondarono il collo e lo strinsero. Non poteva più opporsi.

Era il suo destino.

Iniziava a mancarle il respiro.

Poi risuonò uno sparo.

La pressione intorno al collo cessò all'istante. Leah sapeva che avrebbe dovuto sfruttare l'occasione per provare a muoversi, ma non ci riusciva.

«Alzati, con le mani in alto, e non ti verrà fatto alcun male.»

Stordita dalla mancanza di ossigeno, Leah pensò di aver sognato la voce maschile che riecheggiava nella brughiera.

Miles si tirò su.

«Arrenditi e non ti faremo del male» ripeté la voce. «Allontanati dalla ragazza.»

Miles sbatté le palpebre quando un faro si accese, inondando di luce la brughiera.

«Mai. È mia.»

Le mani si avvicinarono di nuovo al suo collo.

«Oddio, no, per favore.»

Poi risuonò un altro sparo. Miles sobbalzò e urlò di dolore, allontanandosi da Leah e stringendosi la gamba.

«Dai! Dai! Alzati!» gridò a se stesso.

E lo fece, con il sangue che gli inzuppava i pantaloni all'altezza dello stinco. Aiutò Leah a tirarsi su, le mise le braccia attorno al petto e la trascinò verso il muro.

«Lascia andare la ragazza, Miles.»

Il fetore del suo alito raggiunse le narici di Leah. «Non mi spareranno finché ci sei tu a proteggermi, capito?»

Raggiunsero il muro, Miles si issò in cima insieme a lei e rotolarono entrambi dall'altra parte.

«Ora saliamo in macchina. E tu guidi.»

«Non posso. La caviglia...»

Ma lui la stava trascinando verso la vettura. Aprì la portiera del conducente e la fece salire a bordo. Poi strisciò sopra di lei e atterrò sul sedile del passeggero.

«Parti! Parti!»

Leah armeggiò con le chiavi nel quadro. L'auto si accese, ma, quando provò a poggiare con cautela il piede sulla frizione, le sfuggì un grido di dolore.

«Stai zitta, stronza! E guida! Vai giù. Vai lontano da quei bastardi!»

Leah schiacciò l'acceleratore. La macchina sobbalzò in avanti. Miles stava cercando di arrotolarsi i pantaloni per vedere se riusciva a fermare il sangue che gli colava dalla gamba.

«Stiamo andando verso il bacino idrico, Miles. Dobbiamo risalire per raggiungere la strada.» La ripida pendenza che terminava nella scintillante pozza d'acqua sul fondo la riempiva di terrore.

«No! Continua a scendere, taglieremo per la campagna quando arriviamo all'acqua.»

«Ma Miles, è troppo ripido, andremo a...»

«Fallo e basta» ruggì lui.

«Va bene, va bene.»

Nello specchietto vedeva dei fari che li seguivano giù per la collina.

«Più veloce! Più veloce! Stanno recuperando terreno!»

«Non posso! Ci schianteremo.»

«Che cazzo!»

Miles le tolse il piede dall'acceleratore e ci appoggiò il suo. Le sue mani si strinsero sul volante.

«Fermati! Ti prego, fermati. Finiremo in acqua!»

Ma lui non l'ascoltava. L'auto sfrecciava in discesa a tutta velocità, e l'acqua si avvicinava sempre di più.

Leah capì che andavano incontro a morte certa.

«Oddio, oddio!» esclamò. Allontanò il piede dai pedali, spingendo con tutto il suo peso contro la portiera.

Era la sua unica possibilità. Cercò a tentoni la maniglia.

Facendo appello a tutte le sue forze, la tirò e quella si aprì.

Si gettò fuori dalla macchina e rotolò a terra.

Sentì un'esplosione a pochi metri da lei quando un proiettile colpì uno degli pneumatici.

Riuscì ad alzare la testa appena in tempo per vedere l'auto ribaltarsi più volte, esplodere in una palla di fiamme arancioni e precipitare in acqua.

Poi svenne.

24

Rose osservava con volto terreo e occhi arrossati la bara che veniva calata nel terreno.

Di Miles non era rimasto quasi niente da seppellire.

In ogni caso, quale membro del clero avrebbe accettato di celebrare il funerale per un uomo che aveva ucciso sua sorella e altre donne?

Rose si sentì svenire mentre ascoltava la benedizione per l'anima di Miranda.

Attorno a lei, gli altri partecipanti alle esequie deposero delle ghirlande accanto alla tomba e iniziarono ad allontanarsi.

«Vieni, Rose. È ora di andare.» Brett le circondò le spalle con un braccio.

Lei scosse la testa. «No. Voglio restare ancora un attimo. Ti dispiacerebbe occuparti degli ospiti fino al mio ritorno?»

«Certo che no.» Lui alzò le spalle, a disagio. «Ma non restare troppo.»

«Non lo farò.»

Rose guardò gli altri allontanarsi.

Il rombo delle auto si spense e nel mite pomeriggio di settembre non si sentì nient'altro che il cinguettio degli uccelli sugli alberi.

Si avvicinò alla tomba e si inginocchiò. «Miranda, tesoro.

Non so se mi senti. Se puoi, ti chiedo di ascoltarmi. Devo dirlo a qualcuno, devo spiegare perché è colpa mia se sei in quella bara. Prego che tu possa capirmi e perdonarmi.»

Rose si asciugò le lacrime dal viso e trasse un respiro profondo.

25

Londra, ottobre 1946

David e Rosa trascorsero la prima notte a Londra rannicchiati uno vicino all'altra sotto una siepe a Hyde Park.

David non credeva di aver mai provato una disperazione così profonda. Forse perché ormai si era convinto di aver trovato rifugio ed era rimasto deluso.

Non credeva alle proprie orecchie quando il funzionario della Croce Rossa lo aveva convocato per informarlo della lettera di sua nonna Victoria. Cominciava a pensare che una risposta non sarebbe mai arrivata, poiché i giorni si erano trasformati in settimane e poi in mesi. Ma alla fine il funzionario lo aveva chiamato nella sua capanna e gli aveva detto che sua nonna sosteneva che sarebbe stata felice di dargli una casa una volta arrivati a Londra. Allegava anche del denaro per organizzare il viaggio via nave il più presto possibile.

L'unico rammarico di David era dover lasciare la piccola Tonia. Ma non faceva parte della famiglia e, anche se le avessero permesso di entrare in Inghilterra, non credeva che avrebbe potuto chiedere ai suoi nonni di accogliere anche lei. Il funzionario della Croce Rossa gli aveva assicurato che sarebbe stata trattata bene e accudita finché non fosse stata adottata.

La nave aveva attraccato a Tilbury, dopodiché erano stati caricati su un autobus per la stazione di King's Cross. Lì erano stati accolti da una donna minuta e ben vestita e da un uomo alto e imponente in giacca e cravatta, che li aveva guardati con occhi di brace. Era Robert, Lord Brown, il loro nonno materno.

Mentre Victoria e il resto della nazione britannica ascoltavano con orrore i resoconti delle atrocità commesse dai tedeschi contro gli ebrei, suo marito era rimasto impassibile.

Era antisemita, antitedesco, anti-tutto tranne il popolo inglese. Gli anni trascorsi in India lo avevano reso un nazionalista, e le sue opinioni erano ristrette, arroganti e categoriche.

Quando Beatrice aveva chiamato da Parigi per dire che Adele era scomparsa, ed era diventato evidente che non sarebbe mai tornata, Lord Brown l'aveva completamente rimossa dalla sua mente e dalla sua vita. Aveva raccontato a tutti gli amici che era morta in un tragico incidente stradale vicino all'Arco di Trionfo. Aveva addirittura insistito per spostarsi nella casa di campagna nel Somerset la settimana in cui avrebbe dovuto svolgersi il funerale.

Victoria lo aveva implorato di aiutarla a cercare la figlia, ma lui aveva preteso che il nome di Adele non venisse mai più menzionato in casa sua. Era morta, punto e basta.

Di conseguenza aveva letto la lettera della Croce Rossa con orrore, ancor di più quando aveva capito che sua figlia aveva sposato un ebreo. L'aveva gettata nel fuoco e aveva detto alla moglie di non toccare mai più l'argomento. La risposta era no.

«Per me possono fare la stessa fine della madre» aveva ringhiato.

«Non puoi dire sul serio, Robert! Santo cielo! Sono i tuoi nipoti, la tua famiglia!» Victoria era disperata.

Lui posò le mani sulla mensola del caminetto e scosse la

testa. Sua moglie si lasciò cadere su una sedia. Era senza speranza.

«Cosa vuoi che faccia? Se ci rifiutiamo di accoglierli, verranno deportati come immigrati clandestini e rimandati in un campo profughi in Polonia. Hanno già sofferto abbastanza. È un destino che non bisognerebbe augurare a nessuno, tanto meno alla tua carne e al tuo sangue.»

«Non sono la mia carne e il mio sangue! Mia figlia è morta tanti anni fa. Questi due sono evidentemente degli impostori.»

Victoria sentì montare la rabbia. Suo marito era malato, crudele, ma soprattutto ipocrita. Andava al Cenotafio a rendere pubblico omaggio ai caduti inglesi ma si rifiutava di accogliere in casa i suoi nipoti perché erano per metà ebrei.

Così Victoria lo aveva sfidato, scrivendo alla Croce Rossa per assicurare che lei e il marito avrebbero dato una casa ai nipoti. Al diavolo Robert. Se necessario, li avrebbe presi con sé e sarebbe andata via. Il piano era sfumato quando lui aveva intercettato la risposta che descriveva in dettaglio l'arrivo dei Delanski alla stazione. Era andato su tutte le furie, minacciando di deportarli e di buttare sua moglie in strada.

Dopo ore di suppliche e preghiere, Victoria aveva ottenuto che i nipoti potessero restare in Inghilterra, a condizione che non provassero mai a contattare lei e Robert.

Alla stazione, il cuore le si era frantumato in mille pezzi quando aveva sentito suo marito dichiarare che David e Rosa non erano suoi parenti.

David si disse che l'offerta di una casa in Inghilterra era troppo bella per essere vera.

Curiosamente, provò una certa gratitudine nei confronti di Lord Brown. Almeno non avrebbe denunciato la loro presenza nel paese. Essere deportato di nuovo in un campo in Polonia era una prospettiva che non voleva neanche prendere in considerazione. Temeva che Rosa non sarebbe sopravvissuta al viaggio. La guardò dormire, accoccolata contro di lui nel freddo pungente.

Finora aveva avuto una vita terribile. Aveva sperimentato dolori e sofferenze indicibili e non ricordava più cosa fossero il conforto, l'amore e la sicurezza.

Guardandola, David sentì una rinnovata determinazione. Aveva promesso a sua madre che si sarebbe preso cura di lei, e lo avrebbe fatto.

Doveva trovare il modo di guadagnarsi da vivere per entrambi. E ora sapeva di non poter contare su nessuno se non su se stesso.

Aprì con cautela la custodia del violino, le mani rese quasi insensibili dal freddo. Tastò sotto la fodera ed estrasse le monete rimanenti.

Ne restavano quattro, in valuta tedesca e polacca. Sapeva di non poterle usare: avrebbe suscitato troppi sospetti.

Avrebbe dovuto vendere il violino. Lo Stradivari aveva un valore enorme e lui non aveva alternative. Se fosse riuscito a strappare un buon prezzo, avrebbero avuto cibo e riparo. E una possibilità di farcela.

Era riuscito a salvare lo strumento in situazioni disperate, ma era arrivato il momento di lasciarlo andare.

Allo spuntare dell'alba, svegliò Rosa e attraversarono una grande rotonda per immettersi in una strada chiamata Oxford Street.

«Ho tanta fame, David. Abbiamo soldi per mangiare qualcosa?»

Lui scosse la testa. «No, ma li avremo per l'ora di pranzo.»

«Come?»

«Non ti preoccupare. Coraggio, andiamo laggiù. È una specie di metropolitana. Farà più caldo.»

Scesero i gradini della stazione di Oxford Circus. David condusse Rosa a una panchina nell'angolo e si sedette.

«Cosa facciamo, David? E se ci prende la polizia?»

«Faremo in modo che non ci trovino.»

Controllò l'orologio sulla parete della stazione. Le otto meno dieci.

Si alzò e andò alla biglietteria.

«Mi scusi» chiese all'impiegato assonnato. «Potrebbe dirmi come arrivare da Suddeby? Credo che sia un negozio di antiquariato in Bomb Street.»

Il bigliettaio ridacchiò. «Intendi Sotheby's in New Bond Street, immagino. Sì, non è lontano. È proprio in fondo alla strada.»

David ascoltò le indicazioni dell'impiegato. «Grazie, signore.» Poi tornò da Rosa e le tese la mano. «Forza, andiamo a procurarci qualcosa per colazione.»

«Entrate, entrate.» L'uomo introdusse David e Rosa in una stanzetta piena zeppa di oggetti belli e preziosi.

«Sono il signor Slamon. Il mio assistente mi diceva che ha un oggetto raro che vorrebbe vendere. Posso vederlo?»

David annuì e posò la custodia sulla scrivania. Poi estrasse lo strumento e glielo porse.

Gli occhi di Slamon si illuminarono quando sfiorò il delicato legno di abete rosso della parte anteriore del violino. Lo capovolse ed esaminò il retro in acero. Nessun difetto. La lavorazione era magistrale. Controllò l'etichetta con crescente eccitazione.

«Bello, molto bello. Dove l'ha preso?»

«Me l'hanno regalato i miei genitori per il mio decimo compleanno. Vivevamo a Varsavia.»

«È un giovane molto fortunato ad avere dei genitori disposti a comprarle un simile tesoro. Le hanno mai detto se il violino ha un nome?»

«Sì. Ludwig.»

Slamon scrutò con attenzione il giovane che aveva di fronte. Se aveva rubato il violino, era improbabile che ne conoscesse il nome.

«Ci vorranno un paio di giorni per verificarne l'autenticità...»

«No!» disse David. «Voglio venderlo ora.»

Slamon tossì. «Capisco. E ha qualche prova che lo strumento sia suo? Sa, Sotheby's non può rischiare di trattare merce rubata.»

Gli occhi di David avvamparono di rabbia e riprese il violino. «Se è questo che pensa, lo porterò altrove.»

«Andiamo, signore, si calmi. Mi scuso, ma dalla fine della guerra abbiamo avuto ogni sorta di individui che ci hanno offerto oggetti che non potevano essere loro.»

«Suona, David» suggerì Rosa in un sussurro. «Così lo convinci.»

David era profondamente offeso di dover dimostrare di non essere un ladro, ma vide la fame nello sguardo di sua sorella e annuì. «D'accordo. Suonerò per lei.»

Si sistemò il violino sotto il mento e avvicinò l'archetto alle corde. Poi chiuse gli occhi e cominciò a suonare.

Slamon non ebbe più dubbi. La familiarità tra strumento e musicista era evidente, e poteva essersi creata solo nel corso di un certo numero di anni. Il ragazzo suonava benissimo. E la musica era quella di uno strumento raro ed eccezionale, plasmato dalle mani di un grande liutaio.

«Grazie. Devo farle i complimenti per il suo talento, e mi scuso di aver dubitato di lei. Ovviamente mi servirà un secondo parere dal mio collega, ma avendola sentita suonare sono convinto che lo strumento sia autentico. Posso prenderlo, per favore?»

David glielo porse con sguardo diffidente.

«Può accompagnarmi, se vuole, oppure potrei chiedere al mio assistente di portarvi del tè e dei biscotti mentre aspettate.»

Gli occhi di Rosa si illuminarono.

«Aspetteremo qui» disse David, a malincuore.

Mezz'ora dopo Slamon era di ritorno, tutto sorridente.

«Il mio collega è d'accordo con me. È proprio il Ludwig realizzato da Stradivari nel 1730.» Si sedette alla scrivania. «Ora, le aste si tengono ogni mercoledì e Sotheby's prenderebbe una commissione del dieci per cento, ovviamente. Immagino che un oggetto simile potrebbe essere venduto per...»

«La prego, signore. Gliel'ho detto, vorrei i soldi oggi stesso.»

«Capisco. Bene, quello che potremmo fare è darle un anticipo di qualche tipo, finché non avremo trovato un acquirente. A dire il vero, conosco un signore che sarà molto interessato. Che ne dice se le do un anticipo di 200 sterline, con una ricevuta che attesti che il resto le verrà consegnato non appena avremo venduto il violino?»

«E a quanto lo venderete?»

Slamon tamburellò con le dita sulla scrivania. «Mmm. Mi faccia pensare. Immagino che metteremo la base d'asta a 1200 sterline, quindi quello sarebbe il minimo che riceverà, sottratta la nostra commissione. Ma un pezzo così raro potrebbe valere fino a due o tre volte quell'importo.»

«Mi scusi, signore, ma quanto sarebbe in złoty, la valuta polacca?»

«Non saprei. E se glielo dicessi in franchi francesi?»

David annuì.

Slamon appuntò alcune cifre e gli passò il biglietto.

Lui fece rapidamente alcuni conti a mente. Non riusciva a crederci. Era una fortuna, sufficiente perché lui e Rosa potessero vivere per anni.

«D'accordo. Accetto le 200 sterline di anticipo, ma desidero che lo strumento venga venduto il prima possibile.»

«Bene. A chi posso far intestare l'assegno?»

David scosse la testa. «Contanti, per favore.»

Slamon alzò le spalle. «Va bene. Datemi solo un momento. Altro tè?»

Un'ora dopo Rosa e David emersero nella luce fievole di ottobre.

Si abbracciarono.

«Hai visto? Te l'avevo detto che avrei trovato una soluzione. Bene, ora andiamo a cercare un ristorante e facciamo la colazione più sontuosa che tu abbia mai visto!»

Trascorsero le due notti successive in un piccolo albergo non molto distante da Bayswater Road. David si comprò un abito e si recò in varie agenzie immobiliari in cerca di una casa in affitto.

Nella prima gli chiesero di compilare un modulo.

In alto doveva inserire il proprio nome.

Pensò in fretta. Non voleva scrivere il suo vero nome, nel caso in cui la polizia li stesse cercando. Com'era che il tizio del ristorante aveva chiamato il poliziotto? Co... Coo... Cooper! Perfetto.

Scrisse il nuovo nome sulla linea tratteggiata e sorrise. David

Cooper. Suonava molto inglese. Da quel momento in poi David e Rosa Delanski erano morti.

Alla segretaria dell'agenzia immobiliare disse che stava cercando un appartamento per sé e la moglie, pensando che un fratello e una sorella così giovani in cerca di un posto in cui vivere potessero destare sospetti.

Lei gli diede l'indirizzo di due posti disponibili, e David comprò una mappa di Londra e salì su un autobus rosso. Il primo appartamento, in un posto chiamato Notting Hill, era piccolo e angusto e la padrona di casa era una tipa strana.

Il secondo, a due passi dall'albergo in Bayswater Road dove alloggiavano, era molto più confortevole. L'unico problema era che c'era solo una camera da letto, con un grande letto matrimoniale.

Non importa, pensò David. *Dormirò sul divano in soggiorno.*

L'appartamento era all'ultimo piano e il proprietario abitava lontano. Era piccolo, ma perfettamente pulito e sarebbe andato bene per cominciare.

David disse che l'avrebbe preso e si sarebbe trasferito subito. Risolse il problema delle referenze anticipando al proprietario sei mesi di affitto. Nei giorni cupi della recessione del dopoguerra, i contanti aiutavano a chiudere un occhio sulle regole.

A Rosa piacque molto. Si mise a ballare per le stanze, felice come una bambina.

Più tardi uscirono in cerca di cibo per cena. A Londra vigeva ancora il razionamento, quindi dovettero sborsare un mucchio di denaro per procurarsi della merce sottobanco.

Ma ne valse la pena, perché poterono gustarsi un meraviglioso pasto a base di polpette di pollo e patate arrosto, proprio come le faceva la madre. Accompagnarono il tutto con una bottiglia di vino che gli diede subito alla testa.

«Un brindisi ai Cooper! A proposito, stavo pensando che forse dovremmo adattare un po' il tuo nome. David funziona bene, ma Rosa è un po' insolito. Che ne diresti di diventare Rose Cooper?»

Lei ci pensò un attimo, poi alzò il bicchiere. «Sì, mi piace! È molto... inglese.»

26

David e Rose vissero felicemente insieme in quell'appartamento per quasi due anni. Il Ludwig era stato venduto per 2500 sterline, quindi non avevano problemi finanziari. David non era mai stato tanto felice. Non avevano amici, non conoscevano nessuno, ma a loro non pesava. Aveva Rose. La sua confidente, sua sorella, il suo genio. Stavano insieme ventiquattr'ore al giorno, si divertivano a esplorare Londra, erano entusiasti della sicurezza del loro piccolo appartamento. Dopo tanto terrore, dolore e incertezza, era bellissimo avere dei punti di riferimento.

David si sdraiava sul divano e guardava Rose, seduta al cavalletto che le aveva comprato, che disegnava lui e qualsiasi altra cosa le venisse in mente.

Piano piano i suoi dipinti iniziarono a cambiare rispetto a quelli puramente rappresentativi del passato.

A volte gettava a terra il pennello e si buttava sul letto per la frustrazione.

«Ho un'idea che vuole uscire, ma non riesco a metterla sulla tela.»

David la portò in tutte le gallerie e le mostre che riuscì a trovare. Andarono alla National Gallery e alla Tate e vagarono lungo Cork Street per studiare il *Miserere* di Georges Rouault alla

Redfern Gallery. Ma la mostra che affascinò di più Rose fu quella di Graham Sutherland alla Hanover Gallery.

«È così... brutale» commentò Rose. «Voglio tornare a casa e dipingere.»

Alla fine di quella settimana, David studiò un dipinto che la sorella aveva appena finito e si sentì gelare il sangue. L'opera aveva un che di oscuro e tetro: volti distorti e occhi che lo fissavano da dietro le sbarre, da strane angolazioni.

«Rose, come lo hai chiamato?»

«*Treblinka*» rispose lei, quasi con leggerezza.

David capì che per la sorella era giunto il momento di andare avanti. Doveva nutrire il suo talento.

L'idea che Rose conoscesse altre persone, che se ne andasse e lo lasciasse per ore per frequentare la scuola d'arte, lo terrorizzava. Ma prima o poi lui si sarebbe dovuto trovare un lavoro, soprattutto se voleva pagare la retta di Rose.

Ne parlarono quella sera a cena.

«Credi davvero che mi accetterebbero al Royal College, David?»

«Sono sicuro di sì, una volta che avranno visto il tuo lavoro.»

Il giorno dopo David fermò un taxi e caricò quattro tele della sorella sul sedile posteriore.

«Exhibition Road, per favore.»

Il taxi si fermò davanti al grande ingresso del Royal College of Art e David portò dentro i dipinti.

«Signor Cooper, purtroppo non è proprio così che funziona» disse agitata l'addetta alla reception. «Deve compilare un modulo e...»

«Potrebbe chiedere a qualcuno di guardarli, per favore, e di contattarci se pensa che mia sorella possa avere talento?» David scrisse il suo nome e l'indirizzo su un pezzo di carta. Poi, con un cenno di saluto, augurò buona giornata alla donna e uscì dall'edificio, fiducioso che qualcuno avrebbe riconosciuto il genio di Rose.

E aveva ragione. Dieci giorni dopo, la sorella ricevette una lettera di convocazione per il lunedì successivo. Sarebbe rimasta per due giorni al College a dipingere dal vero e sostenere diversi colloqui.

Era molto nervosa la sera prima.

«Passerai a pieni voti, ne sono sicuro.» David la abbracciò forte.

Tre mesi dopo, nel settembre del 1948, Rose iniziò il suo corso di studi presso il Royal College of Art. Nonostante avesse soltanto diciassette anni, la scuola aveva riconosciuto il suo talento e l'aveva accettata.

Il primo giorno senza di lei fu insopportabile. David vagò per l'appartamento vuoto e silenzioso, non sapendo come tenersi occupato. Si sentiva perso.

Ma aveva delle cose da fare, dei piani da elaborare. Doveva iniziare a pensare al proprio futuro. Avevano ancora abbastanza soldi per mantenersi altri due anni, ma il corso di studi di Rose avrebbe intaccato una grossa fetta dei loro risparmi.

Prese una matita e un blocco per gli appunti e si sedette al tavolo della cucina. Stilò un elenco dei lavori per i quali pensava di poter essere portato, poi li cancellò.

Nessuna di quelle possibilità lo attirava minimamente. Voleva essere indipendente, avviare un'attività in proprio, non avere limiti. Era diverso dai suoi coetanei e sapeva che non sarebbe mai riuscito a inserirsi in nessun ambiente lavorativo.

Girovagò per l'appartamento, con le mani in tasca, riflettendo.

Alle tre e mezza si arrese. Si era appena preparato una tazza di tè quando suonò il campanello.

Andò ad aprire e vide che era il padrone di casa.

«Entri pure, signor Chesney. Ho l'affitto per lei.»

«Grazie, signor Cooper. Mi piace che i miei inquilini siano puntuali con i pagamenti.»

«Ne hai molti?» chiese David, porgendogli una busta.

«Oh sì. Circa venticinque. Possiedo sette case. Le ho comprate per una miseria dopo la guerra e le ho riconvertite in appartamenti. La cosa migliore che abbia mai fatto. Arrivederci, signor Cooper.» Il proprietario si rimise il berretto e scomparve giù per le scale.

David chiuse la porta e tornò al tavolo per bere il tè, rimuginando su quello che aveva appena sentito. Un'idea cominciava a ronzargli in testa.

Il giorno dopo fece un giro delle agenzie immobiliari della zona. Non riusciva a capacitarsi di quanto poco costasse una villetta a schiera. Si annotò i dettagli di alcune proprietà vicine, tornò a casa e si mise a fare dei conti.

Li controllò più volte, per assicurarsi di non aver commesso errori.

Non ce n'erano. Il guadagno sarebbe stato ottimo, a patto di essere disposto a rischiare il capitale iniziale. Credeva che si trattasse di un mercato in crescita, con sempre più giovani che preferivano lasciare l'abitazione dei genitori per averne una propria. Molti non potevano acquistare o affittare case intere, ma potevano permettersi gli appartamenti.

Prese appunti ancora più dettagliati ed elaborò proiezioni di flussi di cassa. Poi si recò nella City in cerca di una banca che lo aiutasse a finanziare il suo progetto. Rifiutarono tutte. Rientrò a casa scoraggiato ma determinato a non arrendersi.

Sapeva di dover prendere una decisione. L'unica possibilità era usare il denaro della vendita dello Stradivari, lasciandone abbastanza per lui e Rose per i successivi sei mesi. In quel modo poteva permettersi di acquistare due case piccole o una grande e trasformarle in unità indipendenti.

Tornò a casa con una bottiglia di champagne e festeggiò con un'estatica Rose, su di giri per la sua prima settimana di corsi. Non le disse che il suo progetto era una vera e propria scommessa.

«A noi!» David alzò il bicchiere. «Al magnate immobiliare e alla pittrice più straordinari di questo secolo.»

27

Nei tre anni successivi, l'attività di David andò di bene in meglio. All'inizio degli anni Cinquanta la domanda iniziava a superare l'offerta. Lui si era guadagnato un'ottima reputazione, offrendo appartamenti di buona qualità a un prezzo ragionevole. I suoi inquilini erano felici e la voce si sparse.

Nel 1951 David possedeva quindici case a Londra e iniziò a cercare terreni bombardati da acquistare a buon mercato per realizzare palazzi per uffici nella City. Adesso aveva la fila di direttori di banca disposti a prestargli soldi.

Era tutto perfetto. Tranne una cosa.

Rose. Durante il suo primo anno al Royal College non era cambiato molto. David lavorava sodo ai suoi affari e passavano le serate insieme come al solito. Poi, durante il secondo anno, Rose aveva cominciato a stare fuori fino a tardi. Rientrava dopo mezzanotte, parlando entusiasta della Colony Room in Dean Street, dove lei e altri studenti si fermavano a bere con Muriel, la proprietaria, e artisti come Bacon e Freud.

Poi aveva iniziato a frequentare i corsi serali al Borough Polytechnic insieme ad altri del Royal College.

«David, le tecniche di Bomberg sono entusiasmanti! Rifiuta tutto ciò che è artificiale o inventato. Mi sta insegnando tantissimo.»

Lui ascoltava pazientemente, annuiva e sorrideva nei momenti giusti. Era felice che Rose stesse coltivando il suo talento e cercava di non badare al fatto che le restavano poco tempo ed energie per lui.

Al terzo anno, però, cominciò a vederla a malapena. Rose dava la colpa al carico di lavoro e al fatto che doveva restare lì fino a tardi per finire i quadri, ma non di rado aveva l'alito che puzzava di alcol e a volte tornava a casa all'alba.

Nell'ultimo trimestre, poi, spesso non tornava affatto.

David si chiese se avesse un uomo.

Era giovane, meritava una vita normale, e lui non poteva impedirglielo.

La sera dopo il diploma di Rose al Royal College, la portò fuori a cena. Le avevano appena concesso la sua prima mostra alla Redfern Gallery. Fremeva per l'eccitazione.

«Ci credi, David? Una mostra! Ed è tutto grazie a te!»

«No, Rose. È merito tuo e del tuo talento. E per festeggiare, ecco qui.» Le porse una busta.

«Posso aprirla?» disse lei, eccitata.

David annuì, sapendo quanto la sorella amasse le sorprese.

Ma Rose si incupì quando lesse il documento.

«Cosa c'è che non va?»

«Oh, David, mi dispiace tanto.»

Non capiva.

«Perché? Cosa intendi? Pensavo che saresti stata felice di trasferirti in un nuovo appartamento a Chelsea. È mio, Rose. Siamo proprietari di casa!»

Rose lo guardò dall'altra parte del tavolo. Poi abbassò gli occhi.

«Io... Avrei voluto parlartene prima, David.»

«Di cosa? Per l'amor di Dio, Rose, dimmelo.»

«Penso che sia meglio se non viviamo più insieme. Ho incontrato una persona...» Rose si agitò sulla sedia, a disagio.

David annuì. In realtà si era preparato a quel momento. «Va tutto bene, Rose. Capisco.»

Lei si prese il viso tra le mani. «No. Temo di no.»

Suo fratello riuscì a ridacchiare. «Chiunque sia, purché si prenda cura di te e non abbia un problema con il sapone, non vedo l'ora di incontrarlo.»

«Non credo che tu capisca...»

«Come si chiama?» David bevve un sorso di vino. «È inglese?»

Rose scosse la testa. «No.»

«D'accordo. Polacco?»

«Tedesco» sussurrò Rose.

David si irrigidì leggermente, ma ci teneva ad assicurare alla sorella che non portava rancore. «Non fa niente, davvero. Vi siete incontrati al Royal College?»

Rose impallidì. «Più o meno. È... un ammiratore del mio lavoro. Ha comprato uno dei miei quadri.»

«Ah sì? Davvero, non c'è motivo di essere nervosa.» Allungò la mano sul tavolo e la posò su quella di lei per confortarla. «Sono felice per te.»

Rose chiuse gli occhi. «Non mi perdonerai mai, David.»

Lui aggrottò la fronte. «Per cosa devo perdonarti? E ancora non mi hai detto il suo nome.»

Rose fece un respiro profondo. «Si chiama Frank.»

«E cosa fa Frank?»

Gli occhi di lei saettarono per la stanza. «È un uomo d'affari. Fa affari in tutto il mondo. Qualcosa con la sicurezza.»

«Ah, quindi è un po' più grande?» chiese David, intuendo all'improvviso la reticenza di sua sorella.

«Sì.»

«D'accordo. Se ti tratta bene, non ho problemi.»

Rose si portò una mano alla bocca. David si allarmò nel vedere i suoi occhi riempirsi di lacrime.

«Ti tratta bene, vero?»

«È cambiato, lo giuro.»

David si accigliò. «Cambiato? Quindi lo conoscevi già?»

La ragazza sembrava sul punto di vomitare. «Sì» riuscì a dire.

«Rose, di cosa stai parlando?»

«Dice che ha sempre cercato di proteggermi...»

David si sentì gelare il sangue. «Proteggerti?»

«Dagli orrori di Treblinka.»

David cercò di parlare, ma scoprì che non ci riusciva. «Ha detto che aveva deciso di vegliare su di me negli ultimi anni. Che teneva a me più di chiunque altro avesse mai incontrato...»

«Non...» Gli occhi di David erano sgranati per la paura. «Non è possibile... non puoi...»

Ora Rose stava piangendo. «So che per te è impossibile da capire. Ma lo amo.»

Quelle parole gli trafissero il cuore come un coltello.

«Franzen? Kurt Franzen?»

Sua sorella annuì solennemente.

«Il mostro che ha ammazzato nostro padre a sangue freddo?»

«Non voleva, David. Non ha avuto scelta. Se si fosse mostrato debole, lo avrebbero ucciso.»

Doveva essere un incubo, non c'era altra spiegazione. «Non puoi crederci davvero, Rose! Per l'amor di Dio, era uno dei comandanti del campo!»

«Tutti rispondevano a qualcuno.»

«Ha abusato di te!»

«Perché mi amava. Si è scusato un milione di volte. Sa di aver sbagliato, che ero troppo giovane.»

«Ma sei impazzita? No, non ci credo...» La vista di David cominciò a offuscarsi.

«Mi dispiace tanto.»

«Cosa ci fa qui?»

«Ha alcuni amici potenti che lo stanno aiutando a ricominciare da zero. Vuole soltanto questo. E anch'io.»

«No. Contatterò le autorità. Non posso permettergli...» Fece per alzarsi, ma scoprì che le gambe tremanti glielo impedivano.

«Lo so, David, lo so. Non riesco a spiegarlo. Ma non credo di poter vivere senza di lui. Lui...»

«Lui ti ha rintracciata! Ti ha dato la caccia! Non capisci?»

«Ed è una dimostrazione di quanto mi ama! Ha rischiato tutto quando mi ha contattata dopo aver acquistato il mio dipinto.»

«Te lo giuro, non riesco a dare un senso a quello che sto sentendo, Rose! Ha ucciso migliaia di persone. Ha ucciso nostro... nostro...» David era senza fiato. «Sei malata. Questa è una malattia, tutto qui. Puoi guarire.»

Rose scosse la testa. «Avevo tanta paura di dirtelo, ma meritavi di saperlo. Ora me ne vado.»

Si alzò dal tavolo, con le lacrime che le rigavano il viso. David fece appello alle poche forze che gli restavano e le afferrò la mano.

«Non lo ami davvero. Ti ha ingannata, Rose. Ti sta usando!»

«No, per favore, David. Mi dispiace, mi dispiace davvero.»

E con quelle parole scappò dal ristorante e sparì nella notte. David scoprì di non essere in grado di seguirla.

Rose non tornò a casa quella sera, né quella dopo. I tentativi di David di contattarla si rivelarono infruttuosi. Nessuno dei suoi amici gli disse dov'era. Provò a rivolgersi alla polizia, ma non aveva abbastanza informazioni e sapeva che era meglio che non indagassero troppo su di lui e sua sorella. In fondo, dato che i nonni si erano rifiutati di adottarli, tecnicamente non avevano il diritto di vivere in Gran Bretagna.

Due settimane più tardi, David capì che Rose non sarebbe mai tornata.

28

Londra, 1950

Kurt Franzen fumava una sigaretta sul Victoria Embankment, fissando il Tamigi che scorreva. Un fiume sporco che attraversava il cuore di una grande città, perfetta metafora di un paese ipocrita. Si erano mossi per fermare la macchina da guerra tedesca sbandierando l'egida del bene e della democrazia, eppure nessun popolo nella storia aveva conquistato e ridotto in schiavitù tanto quanto gli inglesi.

Forse era per questo che trovava la sconfitta particolarmente irritante.

Franzen si era convinto che tutto fosse iniziato con quel maledetto ragazzino, David Delanski. La sua fuga da Treblinka aveva fatto di peggio che ferire il suo orgoglio: era stata di ispirazione agli altri. Da quel momento in poi i prigionieri avevano capito che c'era una possibilità.

Il 2 agosto 1943 c'era stata una rivolta nel campo. Con un duplicato della chiave dell'arsenale di Treblinka, i cospiratori erano riusciti a rubare trenta fucili, venti bombe a mano, diverse pistole e un certo numero di taniche di benzina. Alcuni avevano dato fuoco agli edifici mentre un gruppo di ebrei armati attaccava il cancello principale, permettendo agli altri di scavalcare la recinzione. Quel giorno erano fuggiti duecento prigionieri, e ne erano stati riacciuffati meno della metà.

Quello era stato l'inizio della fine per lui. Sapeva bene quali sarebbero state le conseguenze. Da comandante umiliato e fallito, l'Alto comando nazista lo avrebbe mandato in prima linea, in modo che venisse eliminato. Ma Kurt Franzen non lo avrebbe permesso. Si era assicurato di avere un piano di fuga, se mai ne avesse avuto bisogno. Il vicecomandante non aspettò l'arrivo dei suoi superiori; fuggì da Treblinka quella notte stessa.

Sapeva che nel mondo cattolico poteva trovare l'appoggio di uomini potenti: d'altra parte il bolscevismo era un nemico che accomunava Chiesa e nazismo. Senza dubbio avrebbe potuto convincere qualche vescovo di essere un capro espiatorio: una vittima perseguitata per qualcosa che non aveva mai voluto fare.

Franzen aveva sentito alcuni cattolici ucraini parlare di una rotta per il Sud America passando da Genova. E per mesi aveva studiato il percorso che, in caso di necessità, lo avrebbe portato attraverso l'Ungheria e la Jugoslavia. Era entrato in Italia utilizzando i documenti falsi che aveva tenuto a portata di mano per ogni eventualità. E lì un qualche vecchio idiota gli aveva procurato un visto argentino e un passaporto falso della Croce Rossa.

Era riuscito a tagliare la corda molto prima che gli altri cominciassero a usare le cosiddette *Ratlines* alla fine della guerra. Quei due anni di vantaggio gli avevano dato il tempo di stabilirsi a Buenos Aires, tanto che, quando era iniziata la caccia ai nazisti fuggitivi, Kurt Franzen era ormai quasi dimenticato. La mancanza di burocrazia e sguardi indiscreti aveva trasformato l'Argentina in un parco giochi. Sfruttando il suo fascino e la sua scaltrezza, si era costruito una rete di contatti e di fiducia. Se qualcuno provava a chiedergli chi fosse, poi, poteva star certo di non durare a lungo.

Frank Santos, come si chiamava ora, era al di sopra di ogni sospetto e viaggiava per il mondo come libero cittadino argentino.

Persino lì. L'idea di entrare in Inghilterra, una delle potenze alleate che aveva messo in ginocchio la Germania, lo aveva impensierito. Ma sapeva che ne sarebbe valsa la pena.

Avrebbe potuto uccidere David Delanski, ovviamente. Ma gli sembrava poco elegante. Voleva che subisse un'umiliazione simile alla sua.

E sapeva come fare.

Grazie alla sua rete efficiente e alla grande ricchezza accumulata, era stato relativamente semplice rintracciarli. Ora sarebbe arrivata la parte più difficile del piano.

Dopo aver acquistato il dipinto di Rosa – o meglio, il dipinto di Rose Cooper, come si faceva chiamare – le aveva scritto. La lettera era un perfetto esercizio di stile in cui si profondeva in lodi sperticate per il suo talento artistico, paragonandolo a un dono divino. Poi forniva l'indirizzo del suo appartamento in affitto per darle la possibilità di rispondere. La corrispondenza era andata avanti diverse settimane. Franzen era sempre andato orgoglioso della sua capacità di usare le parole per manipolare gli altri. Aveva detto a Rose che, sebbene fosse un uomo d'affari, la sua vera passione era l'arte e la sua opera aveva risvegliato in lui sensazioni sopite... Lui era solo... E lei era così speciale...

Era consapevole di quanto fosse vulnerabile quella giovane donna, e si assicurò di sfruttare al massimo la sua debolezza. E, proprio come aveva previsto, Rose si apriva di più a ogni lettera.

Inoltre lui sapeva che, dopo tutto quello che aveva passato, aveva bisogno di sentirsi al sicuro. Ed era così che l'aveva conquistata. Nell'ultima lettera si era offerto di diventare un suo mecenate e di sostenerla finanziariamente in modo che potesse concentrarsi sulla sua arte.

A quel punto era stata lei stessa a suggerire un incontro.

Le labbra di Franzen si erano abbandonate a un sorriso. La strategia stava dando i suoi frutti. Rose cominciava a sentirsi corteggiata e accudita.

L'incontro era fissato per la settimana successiva al River Restaurant del Savoy. Lui aveva scelto accuratamente il posto. Escludeva che Rose potesse fargli una scenata, ma era ancora più improbabile che reagisse male in mezzo ai rappresentanti dell'alta società che sperava diventassero suoi clienti.

Quando entrò, la riconobbe subito. I folti capelli rossi e gli occhi chiari lo riportarono a un'altra epoca. Era bella come la ricordava. Non sarebbe stato un compito ingrato.

Si alzò e sventolò un braccio. Quando lo vide, il viso di lei si aprì in un sorriso raggiante. A quanto pareva non l'aveva riconosciuto, proprio come Franzen aveva sperato. Per ovvie ragioni, aveva cambiato pettinatura e usava il trucco per coprire nei e imperfezioni.

Sapeva che quel giorno le parole chiave erano umiltà e generosità. Durante le prime due portate la conversazione era fluita insieme al vino, dandogli la possibilità di tessere la sua rete di complimenti e rassicurazioni, prima che il discorso passasse ai soldi.

«Davvero, vorrei sostenerti per il resto dei tuoi studi. E oltre.»

«Frank, sei già stato molto gentile. Non potrei mai chiederti di...»

Lui agitò la mano. «Immagina di cosa sarebbe stato capace

Monet se non avesse dovuto preoccuparsi delle bollette, mia cara!» Rose ridacchiò, e lui le riempì di nuovo il bicchiere di champagne. «E poi, sono ricchissimo e non ho nessuno per cui spendere i miei soldi.»

Franzen notò il suo sguardo di compassione e capì che stava vincendo la partita.

«Non lo so...»

«Non c'è bisogno di prendere una decisione prima del dessert, mia cara. Raccontami del tuo amore per Van Gogh. Adoro sentirti parlare in modo così appassionato.»

Alla fine del pasto, tutte le difese di Rose erano crollate. Stava per capitolare. Dopo aver pagato il conto, Franzen si sporse per prenderle la mano. Con suo grande piacere, invece di allontanarsi, la ragazza la tenne stretta.

«Mi ha fatto piacere incontrarti di persona, Rose.»

Lei arrossì. «Anche a me, Frank. Grazie per il pranzo.»

«Di niente. Allora, siamo d'accordo?»

«Come potrei rifiutare? Grazie.» I due si guardarono negli occhi, poi Franzen si chinò sul tavolo e le diede un bacio sulle labbra. Rose sorrise e abbassò lo sguardo.

«Mi dispiace. Non sono riuscito a resistere. Spero di non averti offesa.»

«No, niente affatto!» La risposta di Rose fu enfatica.

Perfetto. Franzen inspirò a fondo e si concesse una pausa significativa. «Sono felice che tu abbia avuto l'opportunità di vedere come sono davvero.» La performance doveva essere impeccabile.

«Come?»

Franzen si prese la testa tra le mani, usando astutamente le dita per strofinarsi gli occhi e arrossarli.

«Frank? Stai bene?»

«No, cara, temo di no. Avevo così tanta paura che mi riconoscessi e scappassi.»

Rose sembrava preoccupata. «Di cosa stai parlando?»

Franzen si tolse le mani dal viso, scoprendo un'espressione piena di dolore e rimorso. «Penso che tu sappia, nel profondo del tuo cuore, che questo non è il nostro primo incontro.» Le prese di nuovo la mano e la guardò. «Non avevo scelta, devi capire. Dovevo uccidere o essere ucciso. Non ci sono scuse per quello che ho fatto, ma... oddio!» Franzen si sforzò di produrre qualche singhiozzo.

«Non capisco, Frank.»

«Ho provato a proteggerti. Ho sempre saputo che eri speciale. E anche tuo fratello, ovviamente.» Notò il cambiamento nell'espressione di Rose.

«Mio... fratello?»

«Sì. È per questo che l'ho messo nell'orchestra. Sapevo che lo avrebbe tenuto al sicuro.»

«Che cosa...?» La voce di Rose era ridotta a un sussurro.

«La verità è che ti amavo. Ero certo che saresti diventata un'artista eccezionale. Ecco perché...» Questa doveva essere la parte più convincente della menzogna. «...quel giorno ho dato i fiammiferi ad Anya. Senza, David non avrebbe potuto accendere il fuoco che ha permesso a entrambi di scappare. Sapevo del vostro piano. Vi ho aiutati.» Era particolarmente orgoglioso di quell'assurdità.

Rose sedeva in silenzio, con le lacrime agli occhi. «Franzen...»

«Ti prego, non chiamarmi più così! Kurt Franzen era una creazione, una conseguenza tossica, putrida e odiosa del regime nazista.» Fece appello a tutte le sue doti di attore. «Non ero affatto io.»

Rose rimase immobile. «Ma...»

«Lo sai che non ero io... Ho cercato in tutti i modi di proteggerti. La mia artista speciale. La mia Rosa.»

Lei si alzò in fretta. Andava tutto bene, era inevitabile. Le afferrò la mano.

«Capisco che devi andare, mia cara. Ma per favore, cerca di ricordare che sono riuscito a farti sopravvivere, quando tanti altri sono morti.» Rose fece per andarsene, ma lui la strinse un po' più forte. «Ricordati di me. Il *vero* me, non Kurt Franzen. Hai il mio indirizzo. E stai attenta a non parlarne con nessuno.» Franzen sembrava triste. «Non mi interessa cosa succede a me, ovviamente. Ma tu e tuo fratello vi trovate in questo paese come clandestini.» Scosse la testa. «Non vorrei che aveste altri problemi a causa mia.» Lanciò a Rose un'ultima occhiata penetrante e le lasciò la mano.

La guardò attraversare frettolosamente il ristorante.

L'incontro era andato meglio di quanto avesse sperato. Si appoggiò allo schienale della sedia e bevve lo champagne rimasto. Se c'era una cosa in cui era bravo era manipolare le persone. E aveva la sensazione che Rose fosse sul punto di capitolare.

Come previsto, ricevette una sua lettera due settimane dopo.

Quando si incontrarono di nuovo, Franzen continuò il suo racconto: Treblinka era l'inferno e lui era stato l'angelo custode dei Delanski. Sparare a suo padre era stato un atto di gentilezza, perché aveva sofferto troppo a lungo. Lui era un brav'uomo, una vittima del regime, e non chiedeva altro che un'opportunità per dimostrarglielo.

Con il passare delle settimane, Franzen iniziò a depositare del denaro sul conto in banca di Rose. Man mano che le settimane diventavano mesi, le aprì altre porte, organizzando incontri con ricchi mercanti d'arte e potenziali clienti.

La fama di Rose cominciò a crescere e lei non poté negare

l'aiuto ricevuto dal suo «protettore». Passarono sei mesi prima che lo baciasse di nuovo. Franzen aveva finto di piangere e aveva insistito affinché andassero avanti soltanto se lei lo desiderava veramente. Era una partita lunga.

Dopo altri tre mesi andarono a letto insieme per la prima volta. La soddisfazione di Franzen fu massima. Era quello il suo obiettivo finale. E non appena il suo compito fosse stato portato a termine, l'avrebbe lasciata per sempre.

Nell'estate del 1951, Rose arrivò all'appartamento di Franzen in uno stato di angoscia, dicendo che aveva parlato della loro relazione al fratello. Come sempre, Franzen era preparato. La consolò, le disse che capiva e che sarebbe andato tutto bene.

«Non mi perdonerà mai!» aveva singhiozzato.

«Certo che sì. Devi dargli tempo» mentì Franzen.

Era il suo segnale per lasciare la città. La «relazione» era abbastanza solida da consentirgli di farle visite frequenti, senza però rischiare di essere trovato da David.

Fece tutto il possibile per mantenere Rose coinvolta continuando a sostenerla finanziariamente e assicurandosi che la sua carriera fiorisse. Le aveva suggerito di cambiare il nome in Delancey. Era un modo subdolo per portarla via da David. Ma il dolore peggiore sarebbe arrivato dopo. Ogni pochi mesi volava a Londra per farle visita e, a volte, le pagava il biglietto aereo per Buenos Aires. Ogni volta, si assicurava di andare spesso a letto con lei.

Ci stava volendo più tempo del previsto. E se non fosse stata in grado?

Ma poi, durante una cena al River Restaurant, Franzen ricevette la notizia che aspettava. Ci erano voluti quasi quattro anni, ma il piano era completato.

«A che mese sei?»

«Credo al terzo, da quando...»

Franzen pagò la cena, uscì e non contattò mai più Rosa Delanski.

Il suo lavoro era finito.

29

David vuotò ogni bottiglia su cui riuscì a mettere le mani, ma scoprì di non poter annegare il dolore nell'alcol. Allora dedicò i suoi sforzi alla ricerca di Franzen. Investì ingenti somme di denaro in investigatori privati, ma nessuno fu mai in grado di ottenere nulla a parte voci e teorie. Trovarono Rose, che viveva con il suo amico Roddy, ma i tentativi di contattarla furono vani. Sua sorella si rifiutava di avere a che fare con lui, che fosse per posta, per telefono o di persona.

Pur non incontrandola mai dal vivo, David vide la sua fama di artista crescere costantemente nei quattro anni successivi. Ogni giornale elogiava il lavoro della giovane artista Rose Delancey. Non gli sfuggì il cambiamento del cognome.

Nel 1955, a ventiquattro anni, sua sorella era una celebrità a Londra. I critici d'arte apprezzavano l'originalità delle sue opere, John Russell del «Sunday Times» sottolineava la somiglianza con Bacon. Le sfumature della sua vita durante la guerra erano presenti in tutti i dipinti. Gli editorialisti la adoravano. Aveva tutto. Bellezza, talento, intelligenza, e un passato misterioso.

Una volta aveva visto una fotografia di Rose e un uomo non meglio identificato a Regent's Park. Indossava un cappello e il viso era rivolto verso sua sorella. Forse era Franzen. Forse no.

Sui giornali si parlava soltanto di un «uomo del mistero».

Possibile che fosse stato una specie di incubo?

Come al solito, convogliò le proprie energie sul suo impero economico, che lo stava portando allo status di milionario.

Poi, una tarda notte d'estate, il telefono squillò: «David Cooper».

«Ciao, David. Sono Rose.»

Deglutì. Bastava il suono della sua voce per fargli tremare le gambe.

«Ciao, Rose.»

«Mi chiedevo... posso venire a trovarti stasera? Sei impegnato?»

David guardò le montagne di scartoffie davanti a lui e disse: «No, per niente. Vieni pure».

«Sarò lì tra mezz'ora.»

Quando entrò nella stanza, David la trovò radiosa. Capì subito perché i tabloid si interessavano così tanto a lei.

Rose estrasse dalla pochette una sigaretta e un bocchino, ma dopo un attimo li rimise a posto. Si fermò vicino alla finestra per osservare la vista dal suo appartamento e David notò che era diventata molto sofisticata.

«Vuoi qualcosa da bere?»

«L'acqua va bene, grazie.»

«D'accordo. Non ti dispiace se...?»

«Affatto.»

David bevve un lungo sorso dalla bottiglia prima di versare il vino in un calice, poi tornò in soggiorno con l'acqua per Rose.

«Grazie.» Lei prese il bicchiere.

«Perché volevi vedermi?»

«Volevo scusarmi per non averti contattato negli ultimi anni. Non ce la facevo.» Lo guardò con espressione addolorata. «Capisci, David?»

L'atmosfera era carica di tensione.

«No.»

Rose fece un respiro profondo. «Prima di proseguire, ho bisogno che tu sappia che Frank... Franzen e io non stiamo più insieme.»

Il cuore di David batteva forte nel petto. «Dov'è stato negli ultimi anni? Non sono riuscito a trovare traccia di lui.»

Rose sorseggiò l'acqua. «Buenos Aires, soprattutto. Ma si sposta molto.»

Il silenzio che seguì fu intollerabile.

«Mi dispiace tanto, David. Ora mi è tutto più chiaro.»

«Va bene.» Riusciva a rispondere soltanto a monosillabi. Doveva usare tutta la sua forza per ricacciare indietro le lacrime.

«Ho cercato di razionalizzare. Ho parlato con delle persone. Psicologi, medici.»

Lui fece del suo meglio per mantenere la calma. «Cosa dicono?»

«Hanno una teoria su una condizione che può svilupparsi quando si vive una relazione violenta e c'è uno squilibrio di potere, a volte si possono formare legami emotivi.» Il discorso di Rose era pragmatico e clinico.

«Capisco.»

«I legami sono del tutto irrazionali, ovviamente. Paradossali. La simpatia che la vittima prova per l'aggressore è l'opposto di ciò che qualsiasi persona sana di mente percepirebbe.» Si vedeva che anche per lei parlarne era difficile. «E l'effetto può essere particolarmente potente se la relazione inizia quando la vittima è una bambina.»

David annuì lentamente. «Sì, capisco.»

«All'inizio è stato gentile, si è scusato per il passato e mi ha promesso di tutto.» Rose deglutì, a disagio.

David prese una copia del «Sunday Times» dal tavolino e la tenne davanti a sua sorella. «Sei diventata famosa.»

«Sì, gli è sempre piaciuta la mia arte. Mi ha presentato a mercanti e ricchi collezionisti. Le mie opere hanno venduto bene.»

«Lo so, Rose. Leggo i giornali.»

«Sì, io...» Non sapeva cosa dire.

David bevve un sorso di vino e strinse i pugni. Non riusciva più a trattenersi. «Come diavolo ti è venuto in mente, Rose?»

Sua sorella abbassò lo sguardo. «Avevi ragione. Stavo male.» Lo guardò. «Ma ora sto meglio, lo giuro. David, mi dispiace tanto.»

«Ti dispiace? Dovrei perdonarti?»

«Ovviamente no. Ma speravo che potessi capire...»

«Cosa c'è da capire? Che mia sorella si è innamorata dell'uomo che ha ucciso nostro padre? L'uomo che ha sterminato migliaia dei nostri?»

«Pensavo che...»

«Pensavi che ti avesse protetta. Ricordo quello che mi hai detto. Ma non l'ha mai fatto, Rose. Sono stato io a proteggerti. SONO STATO IO!» David gettò a terra il giornale.

Rose sospirò. «Era sbagliato, David. Ho cominciato a rendermene conto con il tempo. Il mio cervello era plagiato. Ero dipendente da lui a Treblinka. Capisco le ragioni per cui è successo, ma questo non mi giustifica, ovviamente.»

«Certo che no! Cosa direbbe papà? E mamma?» David era furioso.

«David...»

«No! Quattro anni, Rose. Quattro anni in cui ho dovuto accettare che tu avessi scelto quell'uomo invece di me. Avevo giurato alla mamma che mi sarei preso cura di te. Ho rischiato la vita per salvare la tua, ed è così che mi ripaghi. È così che ripaghi la nostra famiglia. Come hai potuto? Come hai osato?»

«Sono... mi...» Rose non riuscì a pronunciare un'altra parola. Le cadde il bicchiere, si prese il viso tra le mani e scoppiò in singhiozzi.

David fece respiri profondi, cercando di placare la furia che gli era esplosa nel petto. Nonostante la rabbia, la vista della sorella che tremava gli suscitò una reazione automatica. Ripensò alla loro triste vita a Varsavia, quando lei era una bambina affamata e spaventata.

Qualunque cosa fosse accaduta, Rose era la persona che amava di più al mondo. Più tranquillo, si avvicinò a lei per abbracciarla.

«Mi dispiace tanto, David... Mi dispiace tanto.»

La tenne stretta a lungo, finché i suoi singhiozzi non si trasformarono in sospiri.

Nella lunga notte che seguì, Rose gli raccontò i dettagli della sua relazione con Franzen.

Alla fine della storia, David si era convinto che la sorella fosse poco più che una vittima delle circostanze. La sua famiglia le era stata strappata in modo disumano. La ragazzina vulnerabile aveva finito per vedere in Franzen – l'unica costante della sua permanenza a Treblinka – una sorta di protettore. Franzen aveva sfruttato la situazione e, come il più spietato dei predatori, non aveva mollato la presa.

Soprattutto perché David e Rose erano riusciti a sfuggire alle sue grinfie, mettendolo in ridicolo.

Aveva cercato di vendicarsi.

«Dov'è ora?» chiese David a bassa voce.

«In Argentina, suppongo. Ma aveva case in tutto il Sud America. Non mi sorprenderei se si fosse trasferito.»

«C'è un modo per rintracciarlo? Tramite le autorità, intendo.»

Rose scosse il capo. «Ne dubito. Ha una marea di contatti, e lì c'è molta corruzione... So che non è quello che volevi sentire.»

David alzò una mano. «Non importa. Sei qui. Sei al sicuro.» Prese Rose per le spalle. «Ma ho bisogno che mi giuri, Rosa Delanski, che l'incubo è finito. Non vedrai mai più Franzen. Anzi, non farai più nemmeno il suo nome.»

David vide una paura sincera negli occhi di sua sorella. «Lo giuro.»

Si sporse per abbracciarla, ma, nel farlo, notò che lei si proteggeva istintivamente lo stomaco curvando la schiena. Fece un passo indietro e la guardò. Gli venne un terribile sospetto.

«Sicura che non posso offrirti un bicchiere di vino?»

Rose scosse la testa. «No, grazie.»

«C'è un motivo particolare per cui non bevi?»

Rose arrossì. «No. È solo che stasera non mi va.»

David le fissò intensamente la pancia, mentre lei cercava di nascondere il leggero rigonfiamento con le mani.

«Oh, Rose...»

«Che c'è?»

David si sentiva come se lo avessero appena schiaffeggiato. Come se stesse annegando e non riuscisse a respirare.

Doveva nasconderglielo.

«Mi sono appena ricordato che la prossima settimana parto per l'America. Ci vado in nave, non tornerò prima di sei mesi. Sto pensando di espandere la mia attività negli Stati Uniti.» Era orgoglioso del proprio autocontrollo. Ora voleva soltanto che lei se ne andasse, così da poter sfogare il dolore da solo.

«Oh. Bene, spero di vederti al tuo ritorno.»

«Sì.» David non sapeva cosa dirle, ma sapeva che quello sarebbe stato il loro ultimo contatto. «Continuerò a seguire la tua carriera mentre sarò all'estero.»

Rose sospirò. «Grazie, ma a dire il vero sono un po' sopraffatta in questo momento, penso di aver bisogno di una pausa.»

David percepì la stanchezza di sua sorella.

«Negli ultimi anni sei stata molto impegnata. Mi congratulo ancora con te per il tuo successo.»

«Grazie. È stato papà a farmi questo dono.» Rose guardò il muro. «È *Treblinka*. Odio quel dipinto. Perché l'hai appeso?»

David avrebbe potuto rispondere che era perché gli ricordava i giorni in cui avevano vissuto insieme nel loro bozzolo. Il periodo più felice della sua vita.

Invece alzò le spalle. «Mi piace, tutto qui.»

Rose guardò nervosamente l'orologio. «Devo andare, David. Ho appuntamento con Roddy alle otto e mezza.» Si alzò. «È stato bello vederti di nuovo.»

Si avvicinò alla porta e lui la seguì.

Con la mano già sulla maniglia, si voltò. «Ciao, David.» Gli diede un bacio sulla guancia.

Lui chiuse la porta alle sue spalle. Decise di perdonarla, ma giurò anche che non avrebbe più rivisto né lei né suo figlio.

Rose si fermò in corridoio, si trattenne per un momento, poi si lasciò andare alle lacrime. Anche se non l'aveva detto, sapeva che David si era accorto che era incinta. Era inevitabile. Ed era inutile provare a dare false spiegazioni su chi potesse essere il padre. Suo fratello non le avrebbe mai creduto.

Si sentiva soffocare. Doveva allontanarsi da quella città.

«Addio, David» sussurrò. «Mi dispiace.»

30

Yorkshire, agosto 1984

Rose si accorse che il cielo si stava oscurando. Controllò l'orologio. Era seduta sulla tomba di Miranda da più di due ore. Si asciugò le lacrime con il dorso della mano.

«E quindi, Miranda, David non ha più voluto vedermi. Era troppo doloroso per lui. Partì per gli Stati Uniti una settimana dopo. Io ero confusa ed esausta. Fu allora che decisi di venire nello Yorkshire. La stampa non mi avrebbe dato pace se fossi rimasta a Londra e avessi avuto un figlio. Non sarei riuscita a gestirlo.

«Avevo bisogno di stare da sola. Avevo ventiquattro anni, ma ero distrutta, emotivamente e mentalmente. Sapevo che non avrei più rivisto mio fratello, sapevo che non avrebbe mai potuto accettare che avessi un figlio da quell'uomo.

«Miles. Il figlio di Kurt Franzen.»

Rose pronunciò quella frase per la prima volta.

«Ecco perché sei morta, Miranda. Perché sono stata così debole da innamorarmi del mio carceriere. Ho messo al mondo un bambino che era condannato fin dalla nascita. Ho pregato che stesse bene, l'ho osservato per individuare eventuali segni rivelatori, e ne ho trovati pochi. Era così intelligente. Ed è sempre stato gentile e carino con me.

«Ero accecata dall'amore. Avrei dovuto capire molto tempo fa ciò che avevo creato. Un mostro.

«Quindi non devi prendertela con Miles. Quello che è diventato non è colpa di nessuno se non mia. Oh, Miranda. Sono così dispiaciuta per ciò che ho fatto. Per favore, se mi senti, perdonami, ti prego, perdonami.»

Singhiozzò di nuovo. Poi alzò lo sguardo e vide uno stormo di uccelli posarsi sull'albero sopra la tomba di Miranda. Il vento fece frusciare i rami e gli uccelli cominciarono a cinguettare in coro.

Era quasi buio.

Rose sorrise.

«Grazie, Miranda» sussurrò. «Ora è finita, vero?»

«No, Rose. È appena cominciata.»

Una voce maschile la fece sobbalzare.

Si voltò e vide David dietro di lei. La prese delicatamente per le spalle e la aiutò ad alzarsi. «Vieni con me, Rose.»

Lei lo guardò. «Sì.»

David la abbracciò forte.

I due si avviarono lentamente lungo il sentiero, tenendosi stretti. Dagli alberi sopra la tomba, gli uccelli osservarono la coppia sparire in lontananza.

Epilogo

Parigi, 1992

«Signore e signori, benvenuti. Vi ringrazio dal profondo del cuore per essere qui alla sfilata di questa sera, ospitata dal Ritz. Ringrazio il direttore per averci prestato a titolo gratuito questa magnifica sala.

«Come molti di voi sapranno, la Fondazione Delanski è nata quattro anni fa. È un'associazione di beneficenza che non discrimina tra le diverse forme di sofferenza umana.

«La sofferenza può presentarsi in molte forme. Che si tratti di un giovane affetto da AIDS, o di un veterano di guerra la cui pensione non è sufficiente a coprire le necessità minime.

«Negli ultimi tre anni abbiamo supportato più di mille cause, dalle più grandi alle più piccole.

«Stasera, tuttavia, aiuteremo la Holocaust Foundation a portare avanti il suo importante lavoro. Si tratta di un gruppo di uomini e donne che hanno scelto di garantire che lo sterminio di sei milioni di esseri umani non venga dimenticato e non si ripeta mai più nella storia. Inoltre, offrono consulenza alle vittime e ai parenti che hanno perso i propri cari, per aiutarli a venire a patti con ciò che gli è successo.»

Ci fu un caloroso applauso da parte del pubblico.

«Vorrei presentarvi mio suocero, David Cooper, un uomo di cui sono sicura tutti avrete sentito parlare, nonché presidente della Holocaust Foundation. Per favore, dategli il benvenuto sul palco.»

David raggiunse Leah e la baciò sulle guance, dopodiché lei si allontanò.

«Signore e signori, buonasera. Grazie di essere qui con noi. Quando è nata, l'associazione occupava una stanza della casa di Leah, ma sotto la sua abile guida è cresciuta, e adesso occupa un intero piano del mio condominio a New York, e lei ha persino un ufficio più grande del mio.»

Ci furono risate soffocate e altri applausi.

David attese finché il pubblico non si calmò.

Nel frattempo, Leah raggiunse suo marito e si sedette.

«È arrivata?» gli chiese, ansiosa.

Brett annuì. «Sì. Il volo da Mosca era in ritardo, tutto qui.»

Il pubblico offrì quasi cinquantamila sterline per la sontuosa gamma di abiti della nuova collezione di Carlo Porselli. Lo stilista, ben più umile e simpatico dopo il periodo trascorso in prigione in attesa del processo per omicidio, abbracciò calorosamente Leah. Si era scusato da tempo per il suo comportamento e lei, sapendo quello che aveva sofferto e sentendosi in parte responsabile di aver fatto finire dietro le sbarre l'uomo sbagliato, era stata felice di perdonarlo.

Rose, David, Chloe, Brett e Leah erano seduti allo stesso tavolo, a chiacchierare e a godersi la cena.

Leah si guardò intorno felice, riflettendo su quanto fosse strano vedere riunite tutte le persone che le avevano cambiato la vita.

Dopo la tragedia di otto anni prima, Rose aveva lasciato lo Yorkshire per New York, decisa a sfuggire ai terribili ricordi legati alla fattoria. Non era mai tornata, e da allora viveva con David nel suo appartamento. Quella sera Leah pensò che sembravano davvero contenti.

Chloe aveva deciso di restare con Doreen nello Yorkshire e volava in America da Rose nelle vacanze scolastiche. Leah non poteva fare a meno di essere felice che i suoi genitori avessero Chloe a tenergli compagnia. Con tutti i suoi impegni, le visite nello Yorkshire erano meno frequenti di quanto avrebbe voluto.

Quando aveva ripreso conoscenza, dopo quella terribile notte nella brughiera, si era ritrovata tra le braccia di Brett. Dopo aver tentato in tutti i modi di telefonare a Leah e ai suoi genitori nello Yorkshire, Anthony era finalmente riuscito a contattare Brett a Parigi e lui aveva noleggiato un jet privato per tornare subito lì. L'aveva portata a New York un paio di giorni dopo l'incidente, dopo che Rose era tornata nello Yorkshire e aveva lasciato Chloe con la signora Thompson. Leah e Brett si erano rifugiati a casa di David.

Le ci erano voluti mesi per riprendersi dallo shock di quella notte. Ma ci era riuscita grazie all'amore e alla comprensione di Brett. Negli ultimi otto anni la loro relazione non aveva fatto altro che rafforzarsi. Brett aveva ascoltato le riserve di lei su Parigi e aveva deciso di iscriversi alla School of Visual Arts di New York. Sotto la guida di Rose la sua carriera stava cominciando a decollare, e Leah era orgogliosa della sua dedizione. Non avevano figli, ma stavano pensando a un'adozione. E chi sapeva cosa avrebbe portato il domani? Per il momento, Brett e la fondazione davano a Leah tutta la gioia di cui aveva bisogno.

E quella sera il lavoro e la vita personale si erano fusi.

Un anno prima Brett le aveva fatto una richiesta.

«Leah, ho bisogno dell'aiuto della tua organizzazione» aveva detto. Poi le aveva raccontato la sua idea.

Lo sforzo era stato immane. Avevano percorso piste che si concludevano in vicoli ciechi e si erano scontrati con montagne di burocrazia.

Ma l'avevano trovata.

E, finalmente, era lì.

Brett fremeva per l'eccitazione.

Mise la mano su quella di Leah. «Grazie di tutto. Non sai cosa significa questo per me.»

Lei si alzò dal suo posto. «David, Rose, Chloe. Potete venire con me? C'è una persona che vi aspetta. E credo che sarete molto felici di incontrarla!»

Leah si allontanò dal tavolo e gli altri la seguirono sbalorditi fuori dalla sala da ballo.

Li condusse lungo il corridoio e bussò a una porta.

Rispose una voce fievole.

Leah aprì ed entrò, seguita da David.

Lui fissò la fragile donna seduta su una poltrona. Il volto gli era familiare, ma non riusciva a dargli un nome.

Poi la donna parlò. «Ciao, David.»

I suoi occhi si riempirono di lacrime e corse ad abbracciarla e coprirla di baci. Mentre Rose raggiungeva suo fratello, Chloe rimase a guardare affascinata.

«Anya, Anya... Pensavamo che fossi morta...»

Leah chiuse la porta e li lasciò soli.

Brett aspettava fuori. Anche lui era commosso.

«Amore, ho una cosa per te.» Porse a Leah un pesante pacco quadrato, avvolto in carta marrone. Leah lo scartò e sussultò alla vista del dipinto.

«È basato sullo schizzo originale a carboncino di quando

avevi quindici anni. È un regalo di ringraziamento per tutto quello che hai fatto per aiutarmi a trovare Anya. Si chiama *La ragazza nascosta.*»

«Non me lo merito...»

«Sì che lo meriti. E molte persone che sono qui stasera sarebbero d'accordo con me. Non sai quanto volevo rintracciare Anya. Sono sicuro che riportare il passato nel presente aiuterà mio padre a venire a patti con quello che è successo a lui e Rose. Hanno sofferto così tanto, e ora la vita ha chiuso il cerchio per tutti e tre. Hai fatto una cosa meravigliosa portando qui Anya dalla Russia. Ti amo, Leah.»

Le sollevò il viso e la baciò dolcemente sulle labbra.

Nella suite dell'hotel, un flash lampeggiò.

«Non ora, Chloe. Potrai scattare delle foto alla bisnonna più tardi.»

La bella sedicenne la guardò e sorrise.

«Mi dispiace, nonna.»

Rose rabbrividì.

Aveva già visto quello sguardo freddo e distaccato.

MISTO
Carta da fonti gestite
in maniera responsabile
FSC® C115118
FSC
www.fsc.org

Stampato presso Elcograf S.p.A.
Stabilimento di Cles